Victor

FRANÇOIS GUILLAUME DUCRAY-DUMINIL

1797

AVIS

Les Romances répandues dans cet Ouvrage, se trouvent, mises en musique, avec accompagnemens de harpe ou forte-piano, par le citoyen Ducray-Duminil, chez M. Imbault, Marchand éditeur de Musique, rue Saint-Honoré, au Mont-d'Or, près la Croix-du-Trahoir, qui a les Romances de Lolotte et Fanfan, Roman du même Auteur.

Nous, soussignés, déclarons que les Ouvrages du citoyen Ducray-Duminil, savoir: Lolotte et Fanfan, Alexis ou la Maisonnette dans les Bois, Petit-Jacques et Georgette, le Codicile Sentimental, les Soirées de la Chaumière, et Victor ou l'Enfant de la Forêt, ne se trouvent, avoués par l'Auteur, que chez le citoyen le Prieur, Libraire, rue de Savoie, qui en est propriétaire; que toute autre édition serait une contrefaçon, et que nous en poursuivrons les contrefacteurs pardevant les Tribunaux.

Ducray-Duminil, le Prieur.

VICTOR. TOME I

UN MOT AU LECTEUR

Prouver que la vertu est supérieure à tous les événemens; qu'elle sait braver les coups du sort, et ceux de la méchanceté des hommes; qu'elle est toujours grande, toujours sublime, même quand elle a le malheur de succomber sous les efforts du vice, tel est le but moral que s'est prescrit l'Auteur. Si son Victor intéresse, s'il fournit quelques méditations, quelques rêveries touchantes au philosophe, à l'ami de l'humanité; si son plan est senti enfin par ceux qui lisent avec attention, qui cherchent toujours le fruit sous les fleurs, il sera bien récompensé d'avoir entrepris cet Ouvrage, qu'on trouvera d'ailleurs bizarre, romanesque, extraordinaire, invraisemblable, tout ce que l'on voudra.

CHAPITRE PREMIER. LA VEUVE ET L'ORPHELIN

Minuit sonne!.... Un silence religieux succède au tumulte des villes, au hennissement des chevaux, aux chants joyeux des agriculteurs.... Le sommeil appesantit ses ailes noires sur la surface de notre hémisphère: il en secoue les pavots et les songes; les songes!.... qui ne font souvent que prolonger les peines de l'infortuné, tandis qu'ils rappellent à l'homme heureux les images riantes dont il a joui dans la journée. C'est le moment du repos pour tous les mortels; c'est le moment de la douleur pour le jeune Victor.

Il est seul dans son appartement, l'intéressant Victor. Les deux coudes appuyés sur sa fenêtre, sa tête enfoncée dans ses mains, il se livre aux plus tristes réflexions. La lune éclaire la campagne: elle réfléchit son disque argenté dans l'eau limpide du canal qui entoure le château de Fritzierne; un léger zéphyr balance mollement la cime des arbres: les rossignols, les fauvettes, tous ces Orphées des bois sont endormis; le cri lugubre de l'oiseau de Minerve trouble seul la tranquillité dont veut jouir la nature; tout dispose à la mélancolie, tout invite au recueillement.

Victor, occupé de mille pensers divers, fixe ses regards distraits sur les objets qui l'environnent; il regarde tout, et ne voit rien; il pense à mille choses, et n'a pas une seule idée. Ses yeux sont humides de larmes que ses paupières, immobiles, n'expriment point de ses yeux. Son cœur bat, ses genoux fléchissent; il semble qu'il ne puisse plus se soutenir, et voilà plus d'une heure qu'il est dans la même position!.... Un léger nuage cependant obscurcit le disque argenté de l'astre de la nuit; il en affaiblit la clarté; mais il en diverge les rayons sur des bois, des plaines, des rivières, des fortifications. L'absence de la lumière tire Victor de sa rêverie; il promène ses regards avec plus d'attention sur les objets qu'il peut distinguer encore: il les a vus cent fois; mais il ne les a jamais fixés avec autant de volupté: tout lui paraît nouveau, parce qu'il sent davantage. Les vastes forêts de la Bohême, qu'il habite, se présentent en masse à ses yeux étonnés. Au pied du mont des Géants, auprès duquel est situé le château de Fritzierne, il apperçoit l'Elbe sortant de sa source avec impétuosité, courant, au milieu de mille sinuosités, arroser les plaines, les villes et les hameaux. Il voit en imagination ce fleuve majestueux se grossir dans son cours, traverser la Misnie, la Saxe, et porter à la mer, au-dessus de Hambourg, le tribut de ses eaux gonflées, dans leur cours, par mille torrens divers. Il apperçoit la haute tour de Buntzlau, où Boleslas-le-Cruel-massacra son frère Vinceslas qui venait lui demander un asyle. Enfin, baissant les yeux sur les fortifications du château de Fritzierne, il le voit flanqué de bastions, de tourelles, de contre-forts, et défendu par un large fossé, qu'un pont-levis permet seul de franchir.

Ce spectacle imposant doit être familier à Victor; mais il ne lui a jamais procuré autant de jouissances. Eh quoi! s'écrie-t-il, ces tableaux magnifiques, ces superbes campagnes, ce château où l'on éleva mon enfance; je quitterais tout cela!.... je fuirais un protecteur, un père!.... j'aurais l'ingratitude de l'abandonner, quand il compte sur moi pour adoucir les ennuis de sa vieillesse!.... Non, Victor, non, tu t'auras point cette barbarie; tu vaincras une funeste passion, tu respecteras la fille de ton protecteur, tu lui cacheras tes sentimens; tu triompheras de l'amour, et tu jouiras du bonheur d'une famille qui t'a reçu dans son sein au sortir de ton berceau, qui te regarde comme un ami que le ciel lui a envoyé.... Mais, dieux! Clémence! tu ne sauras donc jamais que je t'aime, que je t'adore.... jamais!.... L'ai-je pu former ce cruel projet! Clémence! fille adorable! si tu savais, si j'osais dire à ton père!.... Ton père pourrait-il blâmer un amour vertueux, un amour délicat fondé sur la reconnaissance, sur l'admiration dont tes rares vertus m'ont pénétré!.... Pourrait-il me repousser de son sein, après m'avoir cent fois accablé des bontés les plus touchantes! Non, non, le baron de Fritzierne est un philosophe, un sage; il fait peu de cas de la naissance, de la fortune, de tous les dons du hasard; il n'estime que l'honneur, la probité: il me jugera digne de la main de sa fille. Oui, Clémence, oui, tu connaîtras mon amour; j'ose espérer que tu le partageras: tu m'as donné tant de fois l'espoir d'être aimé! Nous nous jetterons aux pieds du meilleur des pères; il nous embrassera, nous unira. Ô Victor! quelle félicité t'attend!.... Que dis-tu, insensé? où va s'égarer ton imagination? toi, malheureux enfant trouvé dans une forêt; toi, infortuné, sans parens, sans amis, sans appui sur la terre, tu deviendrais le gendre du baron de Fritzierne, d'un des plus puissans seigneurs de l'Allemagne! tu oserais rapprocher la distance....

Non, Victor, non; cesse d'espérer, cesse de rêver, ce bonheur n'est pas fait pour toi. Fuis, Victor, fuis, dérobe-toi aux traits du malheur qui t'attend; crains d'être accusé d'ingratitude, de séduction: tu le serais, Victor, tu le serais, et tu en mourrais!.... C'en est fait, son père m'a refusé aujourd'hui la permission de voyager loin de lui; il a fait de vains efforts pour m'arracher le secret de mon cœur; demain, je me précipite de nouveau à ses genoux; je le presse, je le conjure de me laisser partir, et s'il se refuse encore à mes vœux.... S'il s'y refuse, que ferai-je? que deviendrai-je? Ah! malheureux!....

C'est ainsi que Victor flottait dans une mer de pensées plus douloureuses les unes que les autres. Il devait tout à M. de Fritzierne, il adorait sa fille Clémence; mais son amour était respectueux; jamais il ne lui était échappé un mot qui pût le déceler; jamais aucune de ses démarches n'avait dévoilé le secret de son cœur; Clémence elle-même ignorait que sa tendresse était payée de retour; car Clémence aimait Victor, et Clémence, par des agaceries bien naturelles à un enfant, avait allumé cette funeste passion dans le cœur du homme. Clémence avait dix-sept ans; elle était vive, et simple comme l'innocence; son ame ignorait ces détours qui gênent le sentiment, qui en arrêtent l'explosion. Victor avait dix-huit ans; il était grand, bien fait, doué de toutes les qualités de l'esprit et du cœur. Clémence, élevée avec lui, n'avait pu résister au charme que sa présence, ses discours, ses talens, lui avaient inspiré. Elle l'aimait donc; mais elle croyait n'aimer qu'un frère: son père l'avait élevée dans cette douce illusion. Clémence se croyait attachée à Victor par les liens du sang, et Clémence se livrait sans contrainte à toute l'effusion d'un sentiment qu'elle regardait comme celui de la tendresse fraternelle. Victor, lui Victor, ne pouvait se livrer à cette douce erreur. Victor savait bien qu'il n'était point le frère, de Clémence.... Il ne connaissait qu'une partie de l'histoire de sa naissance; mais il en savait assez pour désespérer de jamais obtenir la main de son amante. Le baron de Fritzierne, vieillard de soixante-cinq ans, après avoir brillé long-temps dans les emplois politiques et militaires, après avoir éprouvé une foule de malheurs, s'était retiré dans son château, où il vivait retiré du commerce des hommes. Là, il avait élevé Clémence et Victor: il aimait ce dernier comme son propre fils; mais il était extrêmement riche; sa naissance était des plus distinguées; il n'y avait pas d'apparence qu'il voulût jamais donner sa fille à un inconnu. Victor le craignait, Victor prévoyait les suites funestes de sa fatale passion, et il s'était déterminé à voyager jusqu'au moment de l'établissement de Clémence. Il en avait parlé à son père, sans lui donner les véritable raisons qui le forçaient à s'éloigner. Mais Fritzierne s'était attendri; le bon Fritzierne lui avait reproché, en versant quelques larmes, l'espèce d'abandon où il voulait le plonger. Victor n'avait pu résister aux pleurs de son bienfaiteur: il s'était tu; son cœur avait gémi. Il était remonté dans son appartement, l'ame oppressée, le feu sur les joues, et les paupières chargées de larmes. Loin de chercher un repos qui l'aurait fui, il avait ouvert sa croisée, et le spectacle de la nature venait d'enchaîner ses facultés, de suspendre, pour un moment, l'exécution de son projet. Tantôt il se proposait de fuir sans voir le baron ni sa fille; et tantôt il voulait écrire à Clémence pour lui faire ses tristes adieux. Il allait se mettre à son secrétaire dans cette intention; mais les beautés des

15

sites que la lune éclairait à ses yeux, le retenaient à sa fenêtre; il admirait, reprenait le cours de ses réflexions, admirait encore et ne pouvait rien faire....

Quiconque a voyagé dans la Bohême, quiconque a vu les montagnes, les bois, les hameaux, les vieux châteaux qu'elle renferme, se fera aisément une idée de la situation de manoir de Fritzierne: c'était un château-fort dans toute l'étendue du terme. Placé au milieu d'une colline qui, par une suite d'élévations, formait le dernier monticule de la chaîne des montagnes des Géants, il dominait sur un pays raboteux, hérissé de vieilles tours, de masures, de côteaux boisés, de prairies et de ruisseaux. Il était fortifié tout autour, à l'exception d'une petite porte percée dans un des créneaux de la muraille, et qui donnait de plain-pied sur la campagne. Sur le devant de la façade était situé le pont-levis, jeté sur un large fossé plein d'eau. Les jardins, élevés en amphithéâtres, étaient immenses, entourés de fortes murailles, flanqués d'énormes contre-forts; en un mot, il était impossible de craindre, d'aucun côté, l'attaque de brigands qui infestaient depuis long-temps les vastes forêts d'alentour. Ce château avait autrefois soutenu des siéges, et il était encore capable de se défendre contre toute surprise.

C'était là le séjour que, depuis vingt ans, le baron de Fritzierne habitait paisiblement; c'était là que la compassion avait tendu une main protectrice à la jeunesse de Victor, dont les malheurs les plus cruels avaient marqué la naissance, ainsi que nous le verrons par la suite....

Victor connaissait toutes les obligations qu'il avait au vieux baron; mais Victor, combattu par l'amour, la reconnaissance et la délicatesse, ne pouvait répondre aux bontés dont on l'avait accablé, que par une fuite précipitée: c'était même le seul moyen qu'il eût de prouver sa gratitude à son bienfaiteur; il fallait, par égard pour ses bienfaits, qu'il s'arrachât de ses bras....

Victor venait de prendre cette résolution. Né ferme et courageux, il était incapable d'en changer. Son ame était plus calme, son cœur moins agité, ses pensées avaient repris leur cours; une heure entière, passée dans la fluctuation des idées les plus tristes, avait épuisé ses facultés morales et physiques; le sommeil commençait à lui faire éprouver son besoin impérieux, il allait fermer sa fenêtre pour goûter quelques heures de repos, déjà il s'en éloignait, lorsque des cris affreux le rappellent au balcon. Il écoute.... Plus rien.... Le silence seul frappe son oreille attentive. Il va s'éloigner de nouveau; les mêmes cris recommencent; mais ils sont plus aigus.... Victor entend distinctement ces mots, prononcés dans la campagne, presque au-dessous de lui: Ô, qui que vous soyez, ne prenez que ma vie; n'arrachez point celle du malheureux orphelin que vous voyez; c'est mon fils, c'est mon fils, je l'ai adopté.... Barbares! que vous a-t-il fait?.... Eh! ne se trouvera-t-il point quelque ame généreuse qui vienne nous secourir!....

Victor, saisi d'effroi, cherche à distinguer les infortunées créatures dont il entend les sanglots; mais la confusion règne sur tous les objets; il n'apperçoit qu'un fer étincelant à la clarté de la lune; on agite ce fer; on semble en menacer les victimes.... Victor ne balance point; il éveille son domestique. Tous deux prennent leurs pistolets, et se précipitent vers la petite porte qui donne sur la campagne, et dont ils ont une clef. Victor n'a qu'une inquiétude; il craint d'arriver trop tard; il craint que le sang ait coulé!.... Bientôt la porte se referme sur eux; ils marchent au hasard, et n'entendent plus rien; mais Victor dirige ses pas vers l'endroit où, de sa croisée, il a vu briller le fer de l'assassin: tous deux marchent doucement pour n'être point découverts.... À peine ont-ils fait deux cents pas que, cachés derrière une bruyère, ils apperçoivent distinctement une femme à genoux, tenant dans ses bras un jeune enfant de quatre à cinq ans; trois scélérats, dont l'aspect est repoussant, tiennent le pistolet sur la gorge de l'infortunée, et l'un d'eux l'interroge en ces termes: Qu'as-tu vu? qu'as-tu entendu? réponds, ou c'est fait de ta vie!—Hélas! je n'ai rien entendu, rien vu, je vous le répète,—Pourquoi t'es-tu écriée: Fuyons, mon fils, ce sont des voleurs!—La crainte, la terreur, à l'heure qu'il est....—Mais tu as ajouté: Si Roger était à leur tête! fuyons!—J'ai entendu parler de Roger comme d'un chef dont l'approche est redoutable.—Tu ne le connais pas?—Moi....—Tu te troubles!....Camarades, immolons l'enfant, et conduisons la mère à notre chef. Cette femme en est connue; je ne sais quoi me dit qu'elle en est connue....

Les trois brigands allaient consommer leur forfait sur l'enfant, que la mère pressait contre son cœur; déjà même ils venaient de lui arracher cette innocente créature, qui jetait des cris affreux.... Victor s'élance, Victor s'écrie: Arrête, scélérat, reçois la punition de tes crimes!....

Un coup de pistolet étend un des brigands à ses pieds. Un second veut fuir, Valentin, le domestique de Victor, le poursuit, et le prive à son tour de la vie. Le troisième brigand se sauve à toutes jambes et disparaît.... Le fidèle serviteur revient joindre son maître, qu'il trouve occupé à rappeler les sens de l'inconnue qui s'est évanouie. Valentin la prend dans ses bras, Victor serre l'enfant dans les siens; et tous deux, chargés de ces précieux fardeaux, regagnent la petite porte, l'ouvrent, la referment soigneusement, et portent dans leur appartement les infortunés à qui ils viennent de sauver la vie.

Qu'on se représente la situation d'un homme sensible, d'un homme comme Victor, qui vient de commettre une bonne action. En est-il de plus douce? Comme son cœur bat délicieusement! comme son sang est rafraîchi par l'idée agréable qu'il vient de secourir l'humanité!

Victor fait asseoir l'inconnue, qui est un peu revenue à elle; il prend l'enfant sur ses genoux, le presse, le caresse, et voit avec satisfaction cet intéressant enfant lui sourire, et jeter sur lui des regards où se peignent déjà la tendresse et la reconnaissance.... La mère a recouvré l'usage de la parole. Qui êtes-vous, lui demande doucement Victor? Par quel hasard vous trouvez-vous seule, à une heure du matin, dans un lieu aussi désert?—Homme généreux, ne me demandez pas qui je suis; n'exigez pas que je vous fasse le récit des malheurs qui ont traversé ma vie? Ce récit douloureux, je ne pourrais le faire; je ne le ferai jamais: je me suis imposé la loi de cacher mes aventures à tout le monde; la mort seule me les fera oublier; mais personne, non personne ne les connaîtra.... Qu'il vous suffise de savoir que je suis une pauvre femme, sans asyle, sans parens, sans amis, qui...—Sans parens, sans ami! Oh! parlez, parlez, vous m'intéressez à un point....—Je m'étais retirée dans un petit village à quelques lieues de Prague. Là, je vivais tranquillement du travail de mes mains et des dons que les ames sensibles voulaient bien me faire. Un vieux laboureur, plus pauvre encore que moi, venait de perdre son fils, l'espoir de sa vieillesse; l'épouse de ce fils était morte en donnant le jour à cet enfant que vous voyez. Le laboureur ne put résister à tant de coups; il expira dans mes bras, et moi je me chargeai de l'orphelin, persuadée que le ciel ne m'abandonnerait pas. Mais, hélas! le sort ardent à me persécuter voulait me chasser une seconde fois de mes foyers. L'avant-dernière nuit, le feu prit au village et consuma une grande partie des masures. Des méchans accusèrent ma négligence de ce malheur.... J'avais perdu mon asyle, j'avais perdu la tendresse de ceux au milieu desquels je vivais; je pris l'enfant dans mes bras, et je partis, résolue d'aller implorer la compassion d'une vieille parente que j'ai en Silésie, mais dont je n'appréhende que trop la dureté, s'il faut vous l'avouer.... Hier soir je me suis égarée dans ces routes tortueuses qui environnent votre château; la nuit m'a surprise au milieu de mes inquiétudes.... Que faire dans cette cruelle extrémité! Je recommande cet enfant à Dieu; je m'enfonce dans un vallon, où j'engage le petit à dormir sur un tertre de gazon, bien déterminée à veiller toute la nuit auprès de lui. L'enfant reposait depuis près de deux heures environ, et je me croyais absolument seule dans cet endroit écarté, lorsque j'entends distinctement ces mots qu'on prononce à voix basse, et tout près de moi: As-tu assez dormi, Morgan? Allons, allons, réveille-toi, voilà l'heure d'aller à la découverte. Tu sais que Roger doit camper aujourd'hui entre Kingratz et Sarwitz: c'est le passage des voitures publiques; il y a là de bons coups à faire.... À ces mots, à ce nom de Roger, qui me retrace des souvenirs trop douloureux, la frayeur s'empare de moi; je prends l'enfant dans mes bras, je me lève, et nous fuyons; mais le petit ne peut retenir ses cris; les deux scélérats nous découvrent, nous poursuivent, nous atteignent, et.... vous savez le reste.... Généreux mortel! je vous dois ma vie, je vous dois plus!.... vous avez conservé les jours de cet enfant qui m'est bien cher, puisqu'il n'a plus que moi dans le monde! comment ferai-je pour acquitter jamais tant de bienfaits!....—Comment vous ferez, ange du ciel! Ah! continuez de donner vos soins à cet enfant, et vous aurez reconnu au-delà tout ce que j'ai eu le bonheur de faire pour vous et pour lui: c'est mériter tous les bienfaits des hommes, qu'être utile à un seul infortuné!....

Victor était charmé de voir que la personne qu'il venait de secourir était digne de son estime. Il regardait avec délices cette femme vertueuse, qui faisait pour un enfant étranger ce que le baron avait fait pour lui; il trouvait, dans la situation de l'inconnue, une sorte de rapprochement avec la sienne propre, et son ame jouissait...... Cependant il pense que ces infortunés n'ont rien pris depuis douze heures. Personne n'est éveillé dans le château.... Comment faire? C'est Valentin qui va le tirer de cette sollicitude. Valentin, ce bon garçon que nous connaîtrons un peu mieux par la suite, a toujours en réserve chez lui une armoire remplie de petites provisions. Valentin apporte à l'inconnue de quoi rétablir un peu ses forces; et comme il est trop honnête pour ne pas tenir compagnie à tout le monde et à toute heure, il boit un verre de vin, dont il faut convenir qu'il a un peu besoin........ Victor regarde avec plaisir ce tableau touchant; Victor oublie et son amour, et ses projets: tant il est vrai que le sentiment de l'humanité est le seul qui puisse remplir un cœur sensible sans douleur, sans serremens, sans toutes ces affections pénibles qui accompagnent toujours les passions!

CHAPITRE II. LE SONGE ET L'HOSPITALITÉ

Madame Wolf (c'est le nom que se donne l'inconnue) a fini son repas frugal; son fils, Hyacinthe, s'est déjà endormi sur un siége. Victor engage madame Wolf à se reposer dans son propre lit: elle résiste d'abord; enfin elle cède. L'enfant est mis à côté d'elle, et Victor se propose de passer le reste de la nuit dans un fauteuil, à côté de ses hôtes. Valentin veut rester avec son maître; mais Victor lui ordonne de se retirer, et le domestique obéit.

Victor est trop ému pour pouvoir sommeiller; il regarde madame Wolf dormir avec ce calme de l'ame que donne toujours la vertu; il examine l'enfant qui entre dans la carrière tortueuse de la vie, et se demande quel sort attend cet aimable enfant.

Victor réfléchissait sur la bizarrerie de la fortune, qui tourmente chaque individu séparément. Des pensées un peu plus pénibles avaient chassé les idées agréables que venait de lui faire naître le bonheur qu'il avait eu de sauver la veuve et l'orphelin des mains de trois scélérats. Madame Wolf et Hyacinthe étaient sans appui, sans secours. Victor connaissait assez le cœur du baron de Fritzierne pour espérer qu'il les garderait dans son château, et qu'il ferait pour le jeune Hyacinthe ce qu'il avait fait pour lui. Il n'en doutait pas un moment; mais il sentait que ces deux infortunés, qui lui devaient la vie, étaient un lien de plus qui l'attachait au château; il ne pouvait s'en séparer. L'enfant attendait ses soins; il devait l'élever comme un fils que le ciel venait de lui envoyer. Il se proposait donc de former son cœur à la vertu, et de développer ses facultés physiques et morales. Cette occupation d'ailleurs pourrait le distraire de sa fatale passion; il lui donnerait tout son temps, ne verrait Clémence qu'aux heures du repas, et toujours devant son père. C'est une espèce d'absence qu'une grande occupation. Près de Clémence, il ne la verra pas plus que s'il en était très-éloigné; car Victor peut prendre ses repas chez lui, séparément, ne rendre ses devoirs à M. de

Fritzierne que le matin, et se renfermer pendant tout le reste de la journée avec son élève, son petit Hyacinthe. Oui, cela peut s'arranger ainsi; voilà qui est décidé. Victor restera au château, Victor ne verra plus Clémence qu'autant que la bienséance l'exigera. Sa passion, distraite par un autre objet, s'affaiblira bientôt; il oubliera Clémence, il l'oubliera.....

Insensé, quelle est ton erreur! que ta raison est fragile, quand c'est ton cœur qui la guide! Crois-tu qu'une première impression s'efface aussi aisément? crois-tu qu'on puisse oublier Clémence quand on a eu le bonheur de la voir, d'admirer ses talens, ses perfections?...... Tu ne la verras que rarement, et devant son père! Mais Clémence s'attachera à ton élève; elle te le demandera; elle viendra le trouver chez toi; elle voudra lui donner des leçons de musique, de talens agréables: tu l'entendras chanter, cette fille céleste! tu la verras sourire, tu la rencontreras chez toi, dans le parc, et partout dans ton cœur!.... Eh! tu pourrais l'oublier! l'oublier! Il te faudra donc oublier aussi que tu as une ame sensible? Il te faudra donc oublier les jeux de ton enfance avec Clémence, ses agaceries piquantes, sa voix si touchante, ses regards si doux, si expressifs? Non non, Victor, n'espère pas te soustraire facilement à ses traits dangereux; n'espère pas vaincre un amour si pur, si délicat.... Eh! quand tu ne la verrais plus, pourrais-tu jamais oublier que tu l'as vue, que tu l'as connue? Fuis le danger, Victor; laisse la veuve et l'orphelin dans le château, confie-les aux soins généreux de ton bienfaiteur. Il demandait une compagne pour sa fille, pour lui des amis, un appui dans sa vieillesse; eh bien! les voilà, ces amis qu'il cherchait. Madame Wolf paraît bien née; elle est vertueuse, elle a du moins l'accent de la vertu: peux-tu, Victor, peux-tu jamais être mieux remplacé?

Victor était occupé de ces diverses réflexions; ses yeux étaient attachés sur la veuve et l'orphelin, qu'il voyait reposer tranquillement.... Tout-à-coup madame Wolf paraît agitée par un songe funeste; son front se couvre de sueur, ses traits s'obscurcissent, sa bouche veut articuler quelques mots.... Victor craint qu'elle ne se trouve indisposée; il va s'approcher d'elle, la secourir. Elle paraît se calmer..... ses yeux se referment..... elle dort.... Mais non: bientôt un nouveau trouble s'empare de ses sens; elle s'agite, elle jette un cri.... À ce cri lugubre et sourd succèdent quelques murmures étouffés. Victor l'entend prononcer distinctement ces mots: Roger! barbare Roger!.... que fais-tu? que veux-tu? la beauté, l'innocence, rien ne peut te désarmer!.... Cruel! frappe, frappe donc! arrache-lui la vie.... Cet enfant, tu le demandes! Non, non, cet enfant n'est plus en ton pouvoir; je l'ai soustrait à la mort, a l'ignominie.... La mère te reste!... Le monstre! il l'étend sans vie à mes pieds, ciel! oh ciel!...

À ce cri affreux, madame Wolf se réveille en sursaut; elle regarde autour d'elle d'un air inquiet, apperçoit Victor, et s'écrie, en cachant sa tête dans ses mains: le voilà! c'est lui!—Qui donc, lui, s'écrie à son tour Victor étonné?... Il s'approche d'elle, lui prend la main, et lui demande la cause de son trouble. Madame Wolf se frotte les yeux, le considère long-temps avec une expression mêlée de douleur et d'effroi: puis, revenant à elle, elle lui dit en soupirant: Pardonnez, généreux inconnu, pardonnez mon égarement: il est la suite d'un songe effrayant. Je voyais..... je croyais voir..... un homme qui..... vos traits.... Un rapport, bien éloigné sans doute, tout a prolongé mon erreur. Pardonnez-moi si j'ai interrompu votre sommeil.—Mon sommeil! je ne dormais point.... Je vous l'avouerai, madame, vous m'avez glacé d'effroi. Ce Roger que vous avez nommé....—Roger? Ciel! j'ai nommé Roger?—Oui, madame; vous le voyiez prêt à frapper la mère d'un enfant que vous lui aviez soustrait; il semblait même qu'il l'immolait à vos yeux.— Malheureuse! qu'ai-je dit? (se remettant.) Excusez-moi encore une fois, homme sensible et délicat. C'est... oui, c'est la scène de ce soir qui s'est retracée à mon imagination..... Je croyais voir les brigands dont vous m'avez délivrée; ils frappaient mon petit Hyacinthe. Sa mère, qui n'est plus.... car elle n'est plus, sa mère!... elle était exposée à leurs coups. Voilà tout.—Voilà tout, madame? Permettez-moi une seule question. Vous m'avez dit que ce Roger, dont vous avaient parlé les voleurs, vous rappelait des souvenirs bien douloureux..... Auriez-vous connu un homme qui portât ce nom?—Que trop, monsieur.—Ce n'est pas sans doute ce Roger, ce chef des brigands qui infestent les forêts de l'Allemagne, celles de la Bohême?—Par pitié, monsieur, par pitié ne m'interrogez point. Je vous ai dit que personne ne connaîtrait mes malheurs, non, non, personne! S'il faut vous les raconter, s'il faut à ce prix reconnaître le service signalé que vous m'avez rendu, je le sens, le sacrifice est au-dessus de mes forces, et je me vois dans la dure nécessité de vous avouer mon ingratitude.—N'en parlons plus, madame Wolf, n'en parlons plus; on doit respecter le secret des infortunés, comme on doit respecter leur sommeil.... Remettez-vous un peu, madame; le jour paraît, tâchez de reposer encore quelques heures.

Madame Wolf ne pouvait plus dormir; ses sens avaient été trop agités par son rêve pour pouvoir se plonger de nouveau dans cet engourdissement salutaire que procure le sommeil. Elle se leva, et attendit, en causant avec Victor de choses indifférentes, le lever du baron de Fritzierne, qui, dès six heures du matin, était tous les jours dans son parc. Victor regardait attentivement par la croisée; il apperçut enfin cet homme respectable qui, un fusil sous le bras, s'amusait de temps en temps à chasser les oiseaux. Victor recommande à madame Wolf de l'attendre. Il vole au-devant de son bienfaiteur, et se précipite sur sa main, qu'il couvre de baisers. Ô mon père! avez-vous bien passé la nuit?—Très-bien, mon Victor, et toi?—Moi, mon père, la nuit la plus délicieuse....—J'entends, tu as bien dormi. À ton âge!.... Cependant je te trouve les yeux un peu... rouges; tu es pâle.—Mon père...— Achève: aurais-tu quelque chagrin? Penserais-tu encore au refus que je t'ai fait hier de te laisser voyager? Crois-tu que je puisse aisément me passer de toi, mon ami? Si c'est cela qui t'affecte, si tu viens encore m'en parler, je t'en avertis, nous nous fâcherons nous deux, mais sérieusement... Allons, mon Victor, consulte ton cœur, et s'il te dit que tu peux me quitter sans regret, je te laisserai partir sans peine.

Ce peu de mots avait foudroyé Victor; il ne venait point réitérer sa demande, ce n'était point là ce qui l'amenait auprès de M. de Fritzierne; mais il avait le projet de lui en parler dans un autre moment, et tout son espoir s'évanouissait. Cependant l'intérêt de la veuve et de l'orphelin l'emporta sur le sien propre: il oublia ses affaires pour s'occuper de celles de ses protégés. Il se remit donc de la première impression que lui a faite la défense du baron. Mon père, lui dit-il, je ne viens point vous parler d'un projet qui a eu le malheur d'affecter hier votre sensibilité; je ne réitérerai point ma demande, puisqu'elle vous déplaît; un motif plus puissant m'engage à réclamer votre générosité—Qu'est-ce que c'est, mon fils? as-tu besoin de quelque chose? Parle, parle; que tes desirs soient inépuisables comme l'envie que j'ai de t'accabler de mes bienfaits.—Homme divin!.... ce n'est pas pour moi; non, ce n'est pas pour moi que je vous intercède; vos bontés savent prévenir mes moindres vœux, et je n'en puis plus former que pour votre bonheur!.... (en souriant un peu.) Vous allez peut-être trouver plaisant l'aveu que je vais vous faire.... Une.... une femme a passé la nuit dans ma chambre.—(souriant aussi.) Une femme? Quel âge?—Quarante ans, à-peu-près.—Oh! tu ne choisis pas bien.—Pardonnez-moi, mon père; je choisis très-bien, comme vous choisiriez; car c'est la vertu, c'est l'infortune à qui j'ai accordé l'hospitalité depuis une heure du matin.—Bon jeune homme! conte-moi donc cela. T'es-tu trouvé dans les grandes aventures?—Oh! très-grandes, mon père: écoutez-moi.

Victor lui fait un récit exact de tout ce qui s'est passé pendant la nuit; il n'oublie rien, pas même les plus légères circonstances du songe de madame Wolf. Quand il a fini son récit, le baron s'écrie: Où est-elle, cette femme respectable, où est-elle? je veux la voir: si elle est digne de mon estime, de la tienne, je la garde ici, je la donne à ma fille pour compagne et pour amie.

Victor court promptement chercher madame Wolf; elle descend, tenant son petit Hyacinthe par la main; elle se précipite aux genoux du baron, qui la relève avec bonté, lui adresse quelques questions, fait venir un domestique, et lui ordonne de préparer, sur-le-champ, un logement pour la veuve. Les larmes de madame Wolf inondent les mains du bon Fritzierne. Victor ne peut retenir les siennes, et le baron lui-même essuie sa paupière, que le sentiment a humectée de ses pleurs délicieux. Madame, dit-il à la veuve, mon fils m'a dit que vos aventures étaient un secret pour tout le monde; je le respecterai, et personne dans cette maison ne vous fera des questions qui pourraient troubler la tranquillité dont je veux que vous y jouissiez. Vous paraissez bien née; soyez la mère de ma fille: elle est encore enfant; c'est volage un peu, c'est étourdi: formez son esprit, son expérience; pour son cœur, je ne vous en parlerai pas; c'est le chef-d'œuvre de la nature, selon moi du moins; et je suis père!..... Mais Victor vous dira..... Qu'en penses-tu, Victor? crois-tu que l'éloge soit outré?

Victor, interdit par cette question, rougit, et balbutie gauchement un oui, monsieur, que l'on n'entend pas. Le baron continue: madame Wolf, dans quelques années d'ici, nous confierons votre Hyacinthe à mon Victor: vous ne pouvez pas lui choisir un meilleur instituteur. Il est jeune encore, mon Victor, il a dix-huit ans; mais je vous réponds que sa raison est solide, que son cœur est pur, que son esprit est cultivé. Je l'aime, oh! je l'aime!.... comme un tendre père aime un fils reconnaissant. Il n'est rien que je ne fisse, rien que je ne lui donnasse pour assurer son bonheur; tous les biens, tous les sacrifices qu'il me demanderait, il aurait tout, et il le sait bien. N'est-ce pas, Victor, que tu me crois bien capable de te donner tout ce qui te ferait plaisir, tout sans exception?—Sans exception; ah, mon père!....—Il connaît bien mon amitié pour lui: c'est qu'il la mérite aussi. Bon Victor! je ne te ferai point d'éloge sur ta conduite de cette nuit: ton cœur t'a déjà récompensé; mais je te remercierai de m'avoir procuré l'occasion de faire le bien. Tu le sais, Victor; c'est m'obliger au-delà de toute expression, que m'amener des infortunés à secourir.

M. de Fritzierne, après ce peu de mots, fit quelques tours de jardin avec Victor et madame Wolf. Cette femme estimable, qui entrevoyait enfin l'aurore du bonheur, après avoir éprouvé tant de chagrin, tant d'inquiétudes, sentait son cœur palpiter plus aisément. Elle pressait une des mains du baron tandis que de l'autre côté, Victor serrait contre son cœur l'autre main de cet homme généreux. On parla d'un genre de vie à régler, d'un plan d'éducation à suivre; ensuite tous se rendirent pour déjeûner au château, où Clémence attendait son père, sans se douter de la nouvelle compagne qu'il allait lui amener.

Par un effet de la sympathie naturelle à deux cœurs qui s'aiment, Clémence avait mal dormi aussi pendant toute cette nuit. Sans savoir quelle était la cause du chagrin de Victor, elle avait remarqué, la veille, que le front de ce frère qu'elle chérissait, était surchargé de nuages; qu'il respirait avec peine, et qu'il semblait méditer quelque grand projet. Quelques mots même échappés à son père, lui avaient fait entrevoir que ce projet était de la quitter, de l'éloigner d'elle. Clémence perdre Victor! s'en voir séparée pour long-temps, peut-être pour jamais! cette idée est affreuse quand on aime! Clémence donc avait souffert toute la nuit, et s'était bien promis de prendre son frère à part dès le lendemain matin, de l'interroger, de lui arracher son fatal secret. Clémence formait ce dessein, lorsqu'elle vit arriver son père, Victor tenant un enfant dans ses bras, et tous deux suivis d'une femme dont les traits annonçaient la vertu et le malheur. Clémence se lève étonnée; son père lui prend la main: Ma fille, lui dit-il, depuis long-temps tu n'as plus de mère; je vais t'en donner une, une bien estimable, une que tu chériras sans doute autant que tu me chéris moi-même. Vois-tu cette respectable femme? nous la devons à Victor; oui, c'est ton bon frère qui, toujours sensible aux maux des infortunés, lui a sauvé la vie cette nuit, à elle et à cet enfant qu'elle a adopté. Elle n'a point d'asyle, ma fille, cette chère madame Wolf; point de parens, point d'amis! qu'elle trouve ici une fille, des frères, et une demeure sûre et tranquille. N'est-ce pas, ma fille, que tu approuves l'accueil et les offres que ton père vient de lui faire?—Mon père, chaque action que vous faites est un nouveau bienfait pour moi: cette dame, dont l'air m'inspire déjà le respect, est bien sûre de trouver en moi une fille, puisque mon père et mon frère l'ont adoptée.

Madame Wolf, pénétrée de la grace et de la sensibilité de Clémence, lui demanda la permission de l'embrasser, non en qualité de mère, mais comme une amie, une tendre amie qui voulait toujours l'être. Clémence se livra à ces douces effusions, et l'on servit le déjeûner, pendant lequel on parla de la forêt, des dangers que madame Wolf y avait courus, et du secours que le ciel lui avait envoyé, en permettant que Victor entendît ses cris.

Chacun se retira ensuite pour vaquer à ses diverses occupations. Madame Wolf fut se reposer dans son appartement, et Clémence ne songea plus qu'à chercher le moment favorable de parler en particulier à son frère. Tous deux avaient les mêmes affections, les mêmes inquiétudes; tous deux devaient se chercher, se plaindre, ou se consoler ensemble.

CHAPITRE III. TRAIT DE LUMIÈRE

Qu'il est délicat, l'amour qu'éprouve un cœur honnête pour un objet que la barrière des préjugés ou des devoirs; sépare pour jamais de lui! Comme il est malheureux aussi, cet amour pur et touchant que l'espoir ne peut alimenter! Tel le voyageur; séparé d'une terre délicieuse par un abîme qu'il ne peut franchir, fixe avec des yeux mouillés de larmes cette terre où tendaient tous ses pas; tel l'amant honnête et timide adore en silence, et sans oser exprimer sa tendresse, l'objet qu'il sait ne pouvoir jamais posséder. Il souffre, l'infortuné Victor; mais il est incapable de manquer aux devoirs sacrés de la reconnoissance et de l'hospitalité. Son amour est cependant à son comble: il lui est impossible d'aimer moins ou d'aimer davantage; il faut absolument qu'il prenne un parti, sans quoi il se trahira, il parlera, ou bien il mourra de douleur. Un jour, un seul jour peut lui faire rompre le silence, le perdre pour jamais, et avec lui, peut-être, l'objet charmant dont il est épris.

Oh! comme il est à plaindre!.... C'est la solitude qu'il cherche; c'est dans un bosquet éloigné du château qu'il va gémir de ses maux. Seul, étendu sur le gazon, il fixe le ciel en versant des larmes; il accuse sa destinée, il accuse l'amour, l'amour qu'il ne peut vaincre, et qui va le forcer à la fuite ou à l'ingratitude. La fuite, c'est toujours le parti qu'il veut prendre, c'est toujours le seul moyen qui lui reste de reconnaître les bienfaits de son protecteur. Mais ces nouveaux venus ne semblent-ils pas devoir l'attacher au château? Ce petit Hyacinthe, il attend ses leçons; on le lui a déjà donné pour élève. Il faut que Victor reste pour former Hyacinthe, pour l'élever, pour en faire un homme instruit et vertueux.... Eh bien! ce jeune Hyacinthe est encore trop enfant pour profiter de ses soins. Victor ne peut entreprendre l'éducation de cette touchante créature que dans trois ou quatre ans: qui empêche Victor de voyager pendant ce temps? Trois ou quatre ans suffiront pour éteindre sa passion, pour changer son cœur, et peut-être la situation de Clémence!

27

Effet bizarre et nouveau de l'amour de Victor, il adore Clémence, et il voudrait la voir unie à un autre. S'il pouvait lui trouver un époux, engager son père à la marier sur-le-champ, comme Victor s'empresserait de contribuer à cet hymen! quelle reconnoissance il aurait envers son rival! ce serait un dieu pour Victor; il lui sauverait la vie.... Mais Clémence n'a que quinze ans, il faut attendre encore. Attendre? oui, attendre; mais en s'éloignant, mais en se séparant pour quelque temps de cet objet trop séduisant. Le danger est pressant: un mot peut perdre Victor: ce mot il erre à tout moment sur ses lèvres. Il ne faut qu'un instant pour qu'il dise à Clémence: Je ne suis point ton frère, je suis.... ton amant!.... Dieux! quelle imprudence! S'il disait ce mot fatal, Victor, Clémence, Fritzierne, tous, tous seraient à jamais malheureux. Il faut donc se taire, il faut donc fuir!....

Victor cherche à s'affermir dans ce dernier parti, lorsque l'objet qui trouble son repos, l'objet qu'il aime, qu'il redoute qu'il veut fuir, se présente à ses regards. Un léger bruit agite le feuillage, Victor tourne la tête; il apperçoit Clémence qui, la tête penchée, les bras tendus vers lui, s'avance, s'asseoit à côté de lui, lui prend la main et l'embrasse sans prononcer une parole. Clémence embrasse Victor! Quel baiser de feu pour ce dernier, tandis que Clémence ne croit lui donner que le baiser de la nature!....

Victor, trop ému, repousse légèrement Clémence de la main. Mes caresses te déplaisent, mon frère, lui dit naïvement cette touchante créature! tu repousses ta sœur!—Ma sœur!....—Ai-je mal fait d'embrasser mon frère?— Ton frère, Clémence!—Eh! oui, mon frère. Voyez donc comme il prononce ce nom, ce nom autrefois si doux pour lui, et qui paraît aujourd'hui lui être étranger!—Ah! Clémence, laisse-moi.—Je vous suis importune?—Non; mais j'ai....—Vous avez du chagrin? Eh bien! est-ce là le cas de me renvoyer? Qui partagera tes peines, qui les adoucira, si ce n'est ta sœur, ta bonne sœur, qui t'aime, oh! qui t'aime!....—Tu m'aimes?—Il en doute, je crois! Tiens, il faut que je te dise une remarque assez singulière que j'ai faite. Tu sais combien je respecte, combien je chéris mon père: eh bien! je ne sais pas pourquoi, il me semble que tu m'es encore plus cher que lui. C'est peut-être mal à moi; mais mon cœur n'est pas maître de surmonter cet excès de tendresse.—Que me dis-tu?....—La vérité.—Clémence, ah! Clémence, par pitié, éloigne-toi; ne me vois, ne me parle jamais.—Bien obligée de ta reconnaissance. C'est ainsi que tu réponds à l'aveu que je te fais?— Clémence, il faut que nous nous séparions.—À propos, c'est ton dessein à toi, je sais cela.—Tu sais?—C'est-à-dire, que tu veux me faire mourir. Moi! moi! que t'ai-je fait, méchant?—Hélas!—Oui; parlez, monsieur; dites-moi pourquoi vous me traitez, depuis quelque temps, avec tant froideur? C'est affreux: vous m'évitez, vous ne me parlez plus, vous repoussez mes caresses: là, tout-à-l'heure encore....—Ah! si tu savais!....—Eh bien! parle, si tu as quelque secret, confie-le-moi; verse-le dans mon sein. Je ne suis qu'une enfant, il est vrai, mais je suis digne de ta confiance; je suis capable de garder ton secret aussi bien que toi. Ô mon frère! mon cher frère! mon cher Victor!....

En disant ces mots, Clémence verse quelques larmes; elle passe ses bras autour du cou de Victor; elle le presse, elle le serre contre son cœur.... L'état de Victor est trop violent; il va succomber, il va parler; sa tête est égarée, sa raison chancèle; il ne voit que son amante, il ne cède qu'à l'amour... Clémence! Clémence! s'écrie-t-il dans un délire effrayant, promets-moi, promets-moi de ne rien dire, de garder dans ton sein l'aveu que je ne puis plus te céler?—Parle, oh! parle, Victor.—Jure-moi....—Eh! ton cœur et le mien ne font qu'un; ton secret, partagé avec moi, n'est-il pas toujours à toi?—Femme divine!.... apprends que je brûle, apprends que je t'aime, que je t'adore....—Eh bien quel mal? Et moi aussi, je t'aime, je t'adore....—Mais je t'aime.... en amant!....—Et je t'aime aussi... en amante!—Plus.... qu'un frère.—Plus qu'une sœur.—Eh! sais-tu, sais-tu ce qui fait mon tourment?.... C'est que tu n'es pas ma sœur!—Je ne suis pas....—Non, tu n'es pas ma sœur, je ne suis pas ton frère; je ne suis qu'un amant ivre de tes charmes, de tes vertus, de tes perfections.... un enfant trouvé dans une forêt, recueilli, élevé par ton père comme son propre fils: voilà, voilà tout ce que je suis....—Tu n'es pas mon frère!.... Dieux! quel bonheur!—Eh quoi! tu me pardonnes de t'aimer! tu ne me punis point!...—Eh! de quoi, mon ami? Au contraire, nous avons maintenant l'espoir d'être unis.—Qu'entends-je?— Ah! Victor, quel heureux changement! Moi qui t'aimais, qui t'adorais.... plus qu'une sœur ne le devait, sans doute, c'était mon amant que j'idolâtrais, c'était mon époux!—Ton époux?—Oui, mon époux!.... Victor, connais-tu mon père?—Je sais qu'il est bon.—Sais-tu aussi qu'il est exempt de préjugés, d'orgueil et de cupidité?—Que veux-tu dire?—Qu'il nous unira.— Comment espères-tu?—Apprends que ce secret que tu viens de me confier, j'ai été vingt fois sur le point de le pénétrer. Oui, j'ai eu vingt fois l'idée.... Mais ma légéreté, mon inexpérience, tout m'a empêchée de réfléchir plus sérieusement sur la conduite de mon père à mon égard. Apprends que mon père m'a cent fois, mille fois dit: Aime Victor, ma fille aime-le de toutes les forces de ton cœur. J'ai des projets sur lui. Un jour ce frère chéri pourrait faire ton bonheur et celui de ma vieillesse. J'ai des raisons pour t'engager à l'aimer autant que tu m'aimes.... Entends-tu, Victor, ce que mon père voulait dire? Comprends-tu que c'est de notre hymen qu'il parlait? Oh! mon ami, quelle heureuse destinée nous attend!

Victor, étonné, écoute ce que lui dit Clémence; il est sur le point de se livrer au plus doux espoir. L'amour aime à se flatter; mais Victor sait penser. L'énorme distance qui le sépare du baron de Fritzierne vient frapper ses regards. D'ailleurs, c'est Clémence, c'est une enfant qui lui donne pour des réalités des conjectures vagues, des expressions à double sens, que la générosité, l'amitié ont seules dictées à son père. Victor ne peut espérer de devenir l'époux de Clémence; il ne peut se livrer à cette pensée consolante, mais chimérique. Non, Clémence, dit-il à son amante, non, il ne faut pas nous aveugler: je ne suis qu'un orphelin, sans parens, sans connaissance même de ma naissance; je ne dois pas élever ma pensée jusqu'à toi. Jamais, non, jamais ton père ne consentira à un hymen aussi disproportionné. Il faut renoncer à cet espoir flatteur, chère Clémence, il le faut. Ton père a la bonté de m'estimer, de m'aimer comme son propre fils: ce sont les liens de la fraternité, et non ceux de l'amour, qu'il a voulu resserrer entre nous deux.... Clémence, te voilà instruite de mon origine, de mon sort, de mes projets. Garde bien ce secret dans ton cœur; que personne ne s'apperçoive que je te l'aie révélé. Clémence, j'ai ta parole, je la réclame.—Mais quelle manie à toi de désespérer comme cela de tout! D'ailleurs, tu parles encore de projets: mon bien-aimé, quels sont donc ces projets que tu formes toujours?—Celui de te fuir; il le faut. Après l'aveu que je t'ai fait sur-tout, je ne puis plus vivre avec toi; non, je ne le puis plus. J'abhorre jusqu'à l'idée de la séduction; elle m'effraie, et je crains déjà de m'en être rendu coupable.— Toi, toi, mon frère?.... Ah! pardonne ce nom, qui m'est échappé involontairement.—Appelle-moi ton frère, Clémence; que je le sois encore, toujours! Ce nom seul peut me ramener à l'honneur, au devoir.—Mais voyez donc comme il parle! À coup sûr, Victor, j'aime encore plus la vertu que je ne te chéris. Si je croyais que la déclaration que tu viens de me faire, que je t'ai faite à mon tour, pût enfreindre la plus légère loi de l'honneur, je ne me pardonnerais jamais cet entretien. Mais, Victor, mon père est bon, sensible, généreux; il ne ressemble pas à ces grands de la terre, qui n'écoutent que l'orgueil, que la cupidité, dans l'établissement de leurs enfans. Il voit les hommes, et non les titres; il te regarde comme un fils, comme un gendre, oui, comme un gendre, te dis-je. Si tu ne veux pas me croire? méchant, c'est que tu veux me faire de la peine....

Clémence emploie mille raisons pour persuader à Victor ce dont elle-même est persuadée, tous ses discours sont inutiles, Victor est désespéré d'avoir éclairé Clémence sans l'aveu de son père. Il pense avec raison que c'était à Fritzierne lui-même à dévoiler à sa fille le véritable état de Victor: et que puisqu'il ne l'a pas fait jusqu'à ce jour, c'est qu'il avait apparemment des motifs que Victor ne devait pas pénétrer, ne devait pas contrarier au moins par son indiscrétion. Cette réflexion effraie Victor: il craint les justes reproches du baron; il redoute les suites de son imprudence, et tout le raffermit dans le dessein qu'il a de s'éloigner, et cela dès ce jour, le plutôt possible; Clémence lui promet cependant de ne point témoigner qu'elle soit instruite. Tous deux se prennent par le bras, et reviennent lentement au château, pénétrés d'une tristesse qui n'aurait pas dû être la suite d'un entretien où l'amour pouvait s'exhaler sans crainte, sans être gêné par l'illusion de la nature.

Cœurs vertueux, c'est ainsi que vous assujettissez les passions aux devoirs de la raison, aux loix de la délicatesse; c'est ainsi que vous savez éprouver, exprimer et sentir!

Tous deux arrivent au château, où ils apprennent avec surprise que M. de Fritzierne les a mandés pour une affaire importante. Ils se hâtent de se rendre chez lui, et sont encore plus surpris de le trouver plongé dans une sombre rêverie.

«Mes enfans, leur dit-il, je vous ai réunis pour vous faire part d'une remarque assez singulière que je viens de faire... Victor, cette madame Wolf, c'est une étrange femme, ou du moins ses aventures doivent être bien extraordinaires....—Que s'est-il donc passé, mon père?—Écoutez-moi tous les deux. Vous savez que j'ai fait donner à madame Wolf l'appartement qui est au bout de la seconde tourelle du nord, du côté de la grande route, elle venait de s'y retirer tout-à-l'heure, et moi, craignant qu'il lui manquât quelque chose, je m'y étais rendu dans le dessein de voir si l'on avait bien suivi mes ordres si tout y était en règle.... J'arrive; quelques exclamations douloureuses qui frappent mon oreille m'engagent à m'arrêter sur le seuil de sa porte, qui est entr'ouverte. Je pousse même un peu cette porte, pressé, je l'avoue, par la curiosité; et j'apperçois, sans être vu, madame Wolf appuyée contre son lit, et tenant entre ses mains un bijou qu'elle mouille de ses larmes, qu'elle baise même de temps en temps avec transport.... Quel rapport, s'écrie-t-elle! quel rapport frappant entre les traits de ce monstre et ceux du généreux jeune homme à qui je dois la vie!.... Oui, oui, c'est lui, c'est Victor, c'est l'innocence elle-même qui respire ici sous les traits du crime!.... Et cette femme, cette femme malheureuse, trop malheureuse, hélas! il a sa bouche, il a son sourire si doux!.... Mais où vont s'égarer mes sens! Le fils du baron de Fritzierne ne peut être.... Non, non.... Mais pourquoi, pourquoi faut-il que je rencontre ici les traits de mon persécuteur, ceux du scélérat qui a tant fait souffrir ma pauvre maîtresse!.... Ô Dieu! quel jeu bizarre de la nature! quelle étonnante fatalité! Je ne le regarderai plus, ce cher Victor; non, je croirais toujours avoir l'infâme ravisseur sous mes yeux!.... Ô ma maîtresse! ô ma chère maîtresse!....

»Madame Wolf baise encore cent fois l'objet qu'elle tient; puis, elle le dépose sur une table, et peu à peu elle s'endort profondément. Vous jugez, mes enfans, combien ses discours me frappèrent. Persuadé que, fatiguée comme elle l'était, elle ne se réveillerait pas de si-tôt, j'entrai doucement chez elle et je m'emparai du bijou dans le dessein de le remettre dans l'instant à sa place; mais je l'ai apporté jusqu'ici, ne pouvant résister au desir de vous le montrer. Le voilà, Victor le voilà; examine-le bien; tout à l'heure nous irons le rendre à cette infortunée, qui sans doute n'aura pas encore cessé de reposer».

Victor, à ce récit, frémit involontairement; il ne sait pourquoi ses cheveux se dressent sur son front. Une sueur froide glace ses membres. Il prend le bijou, et le regarde attentivement avec Clémence, qui partage son trouble par une sympathie qu'elle sait bien définir maintenant. Ce bijou, c'est une double boîte en or, enrichie de diamans. Sur le couvercle on voit le portrait d'une femme jeune et jolie, mais échevelée, mais dont les vêtemens sont dans le plus grand désordre. Elle lève une main vers le ciel, que ses yeux, humides de larmes, semblent invoquer. De son autre main, montre une tombe entr'ouverte, laquelle on lit: Ici s'engloutissent les passions, les plaisirs et les peines. Sur le devant du tableau, aux pieds de cette femme désolée, est le berceau d'un enfant nouveau-né; une banderole qui flotte sur le berceau laisse lire ces mots: Un malheureux de plus!....

Victor regarde long-temps ce portrait avec attendrissement. Ouvre la boîte, lui dit le baron; pousse un petit bouton à gauche, tu verras quelque chose de plus extraordinaire. Victor trouve le secret; et, dans, le double fond, il apperçoit un autre portrait, celui d'un homme dont la ressemblance est si frappante avec Victor, que Clémence jette un cri de surprise....

L'homme que retrace cette peinture peut avoir trente à trente-deux ans. Il est armé de sabres et de pistolets; un énorme bonnet fourré couvre sa tête altière; son visage est ombragé de deux épaisses moustaches; il semble se reposer contre un arbre, et regarder attentivement une femme qui, plus éloignée, et dans l'ombre, alaite un petit enfant; au bas du portrait est écrit: Je sais aussi connaître la nature!....

À la vue de ce portrait, Victor reste immobile de saisissement. Fritzierne s'en apperçoit, s'approche de lui, et lui prend la boîte des mains. Avez-vous remarqué, mes enfans, dit-il, le rapport frappant qui existe entre les traits de ce guerrier et ceux de Victor, quoique celui-ci soit plus jeune et plus délicat? Si nous rapprochons les dernières expressions de madame Wolf avec celles qui lui échappèrent cette nuit, dans ce songe où elle crut voir un nommé Roger, un monstre, percer de coups un enfant et sa mère; savez-vous que nous aurons deviné une partie de son secret?.... Mais ce qui me plonge, moi, dans une foule de doutes plus bizarres les uns que les autres, c'est que l'homme qui est peint dans le fond de cette boîte, l'homme sait aussi connaître la nature, je le connais!—Vous le connaissez, mon père, s'écrie Victor!—Oui mon fils; eh! je ne le connais que trop!....—Qui est-il?—C'est Roger, c'est ce fameux chef des brigands qui infestent depuis si long-temps les forêts de l'Allemagne, et depuis peu les nôtres, celles de la Bohême, celles qui nous avoisinent.—Eh! comment, mon père, où avez-vous vu ce monstre si généralement détesté?—Dans une occasion, mon fils, où.... ma vie.... Ne m'interroge pas, mon Victor; laisse-moi mes malheurs! depuis si long-temps tu me les as fait oublier!—Pardon, mille fois pardon, mon père. Mais ce Roger.... quoi! celui dont madame Wolf parlait dans son songe, celui qu'elle vient de désigner devant vous, celui qui est peint dans cette boîte.... c'est ce scélérat atroce que la justice poursuit sans pouvoir l'atteindre, qui pille, brûle, dévaste les châteaux, et qui traîne à sa suite une armée redoutable? c'est ce monstre, et je lui ressemble!.... moi, moi! dieux!—Ne t'afflige pas, mon Victor: je le vois, les rapports les plus indirects avec le crime blessent toujours une ame honnête; mais ceci est un jeu du hasard. La nature produit souvent de ces ressemblances physiques, monstrueuses, si l'on considère l'éloignement moral qui existe entre les deux êtres qu'elle rapproche par les traits. Cet homme, ce Roger est bien, c'est un blond; il a de grands yeux bleus, un nez assez long, une petite bouche, le front haut. Tu as la masse de ses traits, comme mille autres hommes peuvent l'avoir; mais tu n'en as pas les détails. Laissons donc là cette ressemblance qui t'affecte sans cause, sans motif légitime, et parlons de madame Wolf.—Je ne m'étonne plus si, cette nuit, en se réveillant, elle s'écria c'est lui, en me fixant! Elle croyait voir ce Roger qui venait de tourmenter son imagination.—Sans doute, sans doute; mais, cette madame Wolf, quelle liaison peut-elle avoir eue.... assez intime?.... Il paraît qu'elle était l'amie, ou la femme de confiance de cette infortunée qui est peinte sur le dessus de la boîte. Ce Roger apparemment.... mais cet enfant; mais cette nourrice!.... Allons, quelque obstination que madame Wolf mette à nous cacher ses aventures, il faut qu'elle me les confie à moi; il faut qu'elle me détaille.... d'ailleurs, j'ai des raisons, des aveux aussi à lui faire. Qui sait?.... Mais non, non, cela n'est pas possible, Voilà ma tête qui travaille, qui s'échauffe, qui enfante à son tour des chimères.... Si cette femme est venue pour troubler mon repos! Que dis-je, elle est infortunée, et je pourrais regretter un moment l'hospitalité que je lui ai donnée! Ah! loin de moi cette idée! dût-elle m'arracher des larmes, dût-elle m'associer à ses peines; c'est une jouissance que de s'attendrir avec les malheureux; et l'insouciance sur les maux d'autrui est le plus bas de tous les vices du cœur!

M. de Fritzierne, en disant ces mots, se levait déjà pour aller reporter la boîte dans l'appartement de madame Wolf, lorsque celle-ci parut. Son repos avait été de courte durée: en se réveillant, elle n'avait plus trouvé près d'elle son bijou précieux, et l'inquiétude l'avait conduite chez le baron. Elle entre, apperçoit son bijou, et reste immobile. Le baron à son tour est interdit, et ne sait comment faire excuser son indiscrétion. Madame, lui dit-il, troublé, je ne sais comment.... cette boîte..... le hasard.... l'intérêt que vous m'inspirez....—Monsieur, lui répond madame Wolf, aussi émue que lui: vous m'aviez promis de respecter mes secrètes inquiétudes....

Elle ne peut achever, le baron ne sait que lui dire, et Victor et Clémence se retirent par égard, pour ne pas gêner leur père, qu'ils voient forcé de rougir devant eux. Leur délicatesse leur apprend qu'il ne faut point ajouter au trouble de ceux que le hasard humilie à nos yeux. M. de Fritzierne est seul avec madame Wolf: il est plus ferme, plus tranquille, et l'engage à verser dans son sein les tourmens de son ame. Je l'ai connu, lui dit-il, cet homme que retrace le fond de votre boîte; c'est Roger, c'est ce chef de voleurs, qui maintenant rode dans nos forêts.—Quoi! monsieur!...—Oui, madame, c'est lui,—Quoi! auriez connu ce monstre?—Hélas! tenez, confiez-moi vos malheurs; je vous dirai les miens, et tous deux nous nous consolerons mutuellement.—Monsieur, monsieur!.... Ah! n'insistez pas, en grace, ne me pressez pas davantage? C'est le secret d'une autre, d'une autre, qui n'est plus à la vérité; mais, en lui fermant les yeux, je lui ai promis de ne le révéler à personne, à personne! Vous entendez, mon cher monsieur? je l'ai déjà dit à votre aimable fils; s'il faut, par mon indiscrétion, reconnaître vos bienfaits, j'y renonce, oui, j'y renonce: laissez-moi partir; j'emporterai au moins le souvenir de vos vertus et.... mon secret.—Femme cruelle!.... vous voulez donc gémir et pleurer seule? Je vous en avertis, je verrai couler vos larmes, et je ne les essuierai point. Vous ne savez pas, vous ne sentez pas ce que c'est qu'un ami! vous vous en privez; eh bien! je ne vous en parlerai plus.... Peut-être votre récit m'eût-il été nécessaire pour quelques explications dont j'ai besoin, relatives à ce Roger....—Ah! ne prononçons jamais son nom! Oublions-le, oublions les chagrins passés pour n'admirer que votre bienfaisance et les vertus aimables de votre famille!—Madame Wolf, votre obstination m'a fait de la peine; je me suis emporté un peu: je vous en demande pardon. Ne pensons plus à ce petit démêlé? J'éviterai les occasions de le faire renaître, et j'attendrai, sans vous persécuter, que le temps, la confiance, l'amitié même, que je me flatte de vous inspirer par la suite, vous engagent à verser dans le sein d'un ami des peines qui, dès ce moment, s'allégeraient de moitié. Adieu, madame Wolf.

Le vieillard lui tendit sa main, qu'elle couvrit de larmes et de baisers. Tous deux se séparèrent; et Fritzierne fut rejoindre ses enfans, qui, en blâmant, comme lui, la résistance de madame Wolf, lui promirent de partager les égards qu'il voulait avoir dorénavant pour cette femme intéressante.

CHAPITRE IV. PROJETS MANQUÉS, SURCROÎT D'EMBARRAS

Quelques jours se passèrent sans qu'il arrivât rien au château. Seulement on répandait le bruit que la troupe de Roger se grossissait dans les forêts et qu'il avait le projet d'attaquer quelques-unes des riches propriétés desquelles il s'approchait. Le baron de Fritzierne attachait à ce bruit plus d'importance que Victor, qui le regardait comme un conte exagéré. Quelle apparence en effet que des brigands, sans tactique comme sans discipline, osassent attaquer des châteaux-forts qui avaient autrefois soutenu le choc des armées les mieux réglées. Au milieu de cette sécurité, Victor n'abandonnait pas son projet, celui de s'exiler de la maison de son bienfaiteur; il n'osait plus lui parler encore de son desir de voyager, il était sûr d'en être refusé; il fallait donc qu'il le quittât sans lui faire ses adieux, autrement que dans une lettre qu'on lui remettrait après son départ.

Victor, ferme dans cette résolution, bien persuadé que jamais il n'obtiendra la main de Clémence, tourmenté même de la crainte qu'en restant plus long-temps, son amour ne vienne à se découvrir, Victor prend la plume pour écrire à son protecteur, au père de son amante. Il écrit vingt lettres qu'il déchire successivement; enfin il s'arrête à celle-ci:

«Homme respectable et cher, à qui, même en fuyant, je crois prouver ma reconnaissance, pardonne, pardonne si je ne t'ai pas serré dans mes bras avant de te quitter; il m'en a coûté pour me priver de te voir, mais tu m'aurais retenu, et il faut que je m'éloigne de toi!.... N'accuse pas mon cœur, il est, il sera toujours à toi; mais une fatalité inouie, une passion malheureuse!.... Adieu, n'en exige pas davantage.... Quelque part où je serai, toi et ta fille vous serez l'objet de mes vœux, de mes moindres pensées!.... Ton fils pour la vie,

Victor».

Victor relit cette lettre, puis il appelle son domestique: Valentin, lui dit-il m'es-tu attaché?—Ah, monsieur!—Il faut que tu me rendes un grand service, mon cher Valentin. Tu vas tous les soirs prendre les ordres de M. de Fritzierne, avant qu'il se mette au lit.—Oui, monsieur.—Eh bien! mon ami, il faut ce soir, avant de sortir de chez lui, que tu jettes cette lettre sur sa table sans qu'il t'apperçoive.—Cette lettre, monsieur?—Oui, mon ami.— Eh! que ne la lui remettez-vous vous-même?—Je ne le puis.—Vous ne le pouvez? J'entends, monsieur, j'entends; je sais tout.—Eh! que sais-tu?— Que vous voulez quitter cette maison; et qu'apparemment ce soir vous n'y serez plus.—Eh! qui t'a dit?....—Clémence: oui, c'est Clémence elle-même qui m'a prévenu de vos desseins, mais avec une grace, une confiance, qui m'ont pénétré, moi.—Comment, Clémence t'a dit?....—Oui, monsieur: que vous l'aimez, que vous n'êtes pas son frère; que dans la persuasion où vous étiez de ne jamais l'épouser, vous vouliez partir, la quitter, et me quitter aussi, moi.—Clémence t'a confié, à toi, un secret dont dépend...?—Oui, monsieur, j'ai son secret; elle m'a cru capable de le garder. Apparemment qu'elle me rend plus de justice que mon maître.—Bon Valentin!.... tu sais tout.—Oui, tout, tout; absolument tout.—Garde-toi de jamais....—Elle ne m'a pas fait cette défense-là, elle; elle sait bien que je n'en ai pas besoin.— Mais enfin, comment t'a-t-elle conté tout cela?—Oh! je m'en vais vous le dire. Comme elle sait que vous avez de la bonté pour moi, que je suis votre confident, à-peu-près.... elle m'a dit, après m'avoir mis au fait: mon cher Valentin, veille bien sur ton maître, sur ses moindres démarches: prends garde qu'il ne t'échappe; si tu le vois rêveur, si tu le vois faire quelques préparatifs de voyage, viens, viens sur-le-champ m'en avertir.—Et tu lui aurais obéi, tu m'aurais trahi?—Oui, monsieur; oui, je vous aurais trahi; car ç'aurait été pour votre bonheur. Pourquoi voulez-vous vous en aller, voyons? qu'est-ce qui vous y force? Vous aimez Clémence, eh bien! attendez du temps que vous l'obteniez; puisque vous n'êtes pas son frère, vous avez de l'espoir; avec ça vous êtes un jeune homme si gentil, si bon, si raisonnable, si spirituel. M. de Fritzierne ne vous refusera pas; non: il ne peut pas vous refuser, ou bien j'irai lui dire moi-même qu'il a tort, qu'il fait mal.—Valentin!....—Oui, monsieur, j'irai! c'est que je n'aime pas les injustices, moi, et ça en serait une grande que de ne pas faire votre bonheur; vous le méritez si bien!....

Victor ne peut s'empêcher d'admirer le bon cœur de ce fidèle serviteur: cependant il emploie toute sa rhétorique pour lui prouver que tout l'engage à suivre son projet. Il lui peint les grands, leurs préjugés; et, quoique Valentin soutienne avec raison que le baron n'est pas de ces grands-là, Victor lui donne tant de bonnes raisons, que le bon domestique finit par être de son avis. L'embarras de Victor ensuite, c'est d'empêcher que Valentin avertisse Clémence de sa fuite. Clémence aime, Clémence est jeune, légère; elle a d'ailleurs, pour espérer, des motifs que Victor ne peut adopter. Clémence éclatera, le baron saura tout, et Victor frémit des conséquences qui en résulteront. Victor avait d'abord le dessein d'écrire une lettre d'adieu à Clémence; mais par qui la lui fera-t-il remettre cette lettre? Par Valentin? Valentin parlera: on ne peut se fier sur sa discrétion; sa tendresse pour son maître peut l'abuser sur les moyens de faire son bonheur, il vient de le prouver.... Que fera Victor? il se décide à ne point écrire à Clémence; mais il a un autre moyen de lui faire savoir son départ. Pour Valentin, Victor va l'occuper si bien pendant toute la journée, qu'il lui sera impossible de parler à personne, sur-tout à Clémence. Tout étant ainsi arrangé, Victor fait ses préparatifs, non sans avoir le cœur bien serré. Il voit son père, son amante et madame Wolf, à l'heure du repas, et cette vue accroît encore ses regrets. Clémence, par extraordinaire, semble affecter de ne le pas quitter pendant toute la journée: elle ne sait rien cependant, il est bien sûr que Valentin n'a pu la rejoindre, et Valentin n'a pas pu le lui faire savoir par écrit, puisque le bon serviteur ne sait pas écrire.

Par quel funeste pressentiment donc la sensible Clémence semble-t-elle s'attacher plus particulièrement aux pas de Victor? Hélas! elle est agitée, tourmentée, sans savoir qu'elle est sur le point de perdre pour jamais ce qu'elle aime!.... Pauvre Clémence! pauvre Victor! comme vous m'intéressez tous les deux!

Le soir, lorsque tout le monde est retiré, Victor rentre chez lui, après avoir jeté des regards bien douloureux, peut-être les derniers, sur tous ceux qui lui sont chers.... Victor trouve dans son appartement Valentin occupé à remplir une petite valise de ses propres effets. Que fais-tu là, Valentin, lui demande Victor étonné?—Vous le voyez bien, monsieur, lui répond Valentin avec un ton d'humeur mêlé de sensibilité.—Sont-ce tes effets que tu arranges ainsi?—Il le faut bien.—Pourquoi faire?—Eh! pour vous suivre. Quand un maître a la dureté de partir sans moi, croyez-vous que j'aie l'inhumanité de l'abandonner?—Quoi! tu veux....—Vous suivre par-tout, ne vous quitter qu'à la mort!—Mon pauvre Valentin, y penses-tu? Songes-tu que je n'ai ni état, ni fortune, ni parens, ni amis?—Pour un état, une fortune, ce n'est pas là ce qui doit vous embarrasser: pour des amis, eh bien! vous en aurez un.— Homme unique! tu veux partager ma misère?—Votre misère! Oh! non: vous ne serez pas dans la misère, du moins pour quelque temps. Vous êtes plus riche que vous ne pensez, quoique vous n'emportiez rien. Voyez-vous cette petite somme là, dans le coin de cette valise, sous ce linge; eh bien! c'est le fruit de mes épargnes: il est à vous.—Jamais....—À vous, à moi, à nous.—Valentin, laisse-moi respirer. Ce trait, ce trait sublime!....—Ce trait sublime! quelle expression est-ce ça, pour une action toute simple?— Comme j'étais entouré d'êtres vertueux!... Valentin, Valentin, je ne veux pas absolument....—Ah! vous ne voulez pas? eh bien! moi je veux; oui, je veux voyager aussi. Je suis mon maître, peut-être: vous ne pouvez pas m'empêcher de m'en aller quand je le voudrai. Eh bien! c'est ce soir, à présent que je m'en vais. Je suivrai la route que vous prendrez, voilà tout; si vous ne voulez pas de ma compagnie, vous me chasserez.—Te chasser, bon Valentin! chasser non ami!—Eh! allons, voilà qui est dit: nous faisons route ensemble, n'est-ce pas?—Oui, mon ami, oui: ne nous quittons plus, ne nous séparons jamais.... Tu seras mon frère, tu le seras; et par ce moyen je tromperai la nature qui m'a refusé des parens.

Victor est pénétré de l'attachement de son fidèle Valentin: il l'embrasse, il le presse contre son cœur; et le bon serviteur, qui n'est pas accoutumé à pleurer, verse des larmes pour la première fois. Quand tout est prêt, Victor envoie Valentin à son heure ordinaire dans l'appartement de M. de Fritzierne. Tu remettras ma lettre, lui dit-il, sur sa table, sans qu'il la voye; pendant ce temps je descendrai, j'ouvrirai la petite porte, que je laisserai ouverte; et j'irai t'attendre sur la grande route, à la première merlette du carrefour de la forêt.

Valentin demande à son maître pourquoi il ne l'attend pas pour partir: celui-ci lui objecte que deux personnes ensemble pourraient être plutôt remarquées que l'une après l'autre. D'ailleurs, il tremble toujours qu'on ne vienne déranger ses projets, et c'est, selon lui, le seul moyen d'en assurer l'exécution. Valentin lui fait donner sa parole d'honneur qu'il l'attendra; puis il le quitte pour aller remplir, pour la dernière fois, son devoir ordinaire auprès du baron. Soudain Victor descend dans la campagne pour remplir la promesse qu'il vient de faire à son compagnon de voyage.

La nuit était sombre, le ciel était voilé par quelques nuages qui semblaient être les précurseurs de l'orage: déjà quelques éclairs partis de l'orient, annonçaient que ces nuages de feu recélaient la foudre dans leurs flancs, et que bientôt toute la nature serait livrée aux plus horribles déchiremens. Rien n'arrête Victor; il se retourne quand il est sous les murs du château, cherche la croisée de l'appartement où sans doute repose Clémence sans trouble et sans inquiétudes, s'assied sur un monticule de gazon, et lui chante, avec la voix la plus touchante la romance suivante, dans laquelle il a renfermé ses tristes adieux:

Toi qui reposes sans alarmes,
Écoute la voix de l'Amour
Il va quitter ce beau séjour,
L'Amour n'y trouve plus de charmes!....
Cet asyle va désormais
Causer mes regrets, ma souffrance:
J'y laisse tout ce que j'aimais
J'y laisse.... jusqu'à l'espérance.
Adieu, séjour où ma jeunesse
Trouva, sous un toit protecteur,
La bienfaisance, le bonheur,

Et la tendre délicatesse.
Adieu!... je vous fuis pour jamais,
Pour jamais je quitte Clémence:
Si vous lui peignez mes regrets,
Au moins laissez-lui l'espérance!
Écho, toi dont la voix plaintive
À cent fois répété mes chants,
Va porter adieux touchans
Jusqu'à son oreille attentive;
Va lui dire aussi que mon cœur
L'aime toujours avec constance;
Mais qu'il a perdu le bonheur,
Puisqu'il a perdu l'espérance!
Plein de douleur, plein de courage,
C'en est fait, adieu, je te fuis:
J'emporte avec moi les ennuis;
Mais j'emporte aussi ton image!
Elle me fera tour-à-tour
Supporter la vie et l'absence.
Ah! que ne puis-je avec l'Amour;
Emporter aussi l'espérance!....

Victor à peine a prononcé ces mots, ces mots qu'il croit être les derniers qu'il adressera à celle qu'il aime, lorsqu'il se sent frapper rudement sur l'épaule. Il se retourne, et l'obscurité de la nuit l'empêche de bien distinguer celui qui l'accueille d'une manière aussi brusque. Camarade, lui dit l'importun, c'est bien, très bien chanter. On voit que tu es amoureux, ta voix tremble, tes accens sont étouffés; je parie même que tu verses quelques larmes.—Que vous importe?—Ah! c'est vrai, c'est vrai, cela m'est égal à moi; je ne connais rien à ces belles passions-là; mais je ne veux gêner personne; on est libre de pleurer, de gémir, de se lamenter pour une beauté cruelle, comme je suis libre, moi, de faire mon métier.—Après, que me voulez-vous?—Un mot, un petit mot seulement. Es-tu de ce château?—De ce château?.... oui.... j'en étais du moins.—Tu connais le baron de Fritzierne?—Si je le connais!—Eh bien! il faut que tu lui remettes cette lettre.—Cette lettre?.... moi.... Eh! que ne la lui remettez-vous vous-même?—Je ne le puis; j'ai juré de ne jamais mettre le pied chez lui.—De quelle part cette lettre?—De la part de.... c'est un secret.—Un secret?—Oui; mais il faut qu'il la reçoive, s'il ne veut périr.—Périr!—Cette lettre doit lui sauver la vie.—Ô ciel! mon bienfaiteur! ses jours seraient menacés!....—Très-menacés.—Eh! par qui? Serait-ce toi qui....?—Moi? oh! mon Dieu non. Je ne lui en veux pas absolument, moi: ce n'est pas moi qui lui écris.—Eh! qui donc?—Un homme puissant, un homme dont la seule menace est un arrêt de mort; un homme enfin.... à qui le vieux baron doit une satisfaction.... dont ses jours répondent.—Grand Dieu!.... il est dans le danger, et j'allais, j'allais l'abandonner!.... Mais c'est un outrage qu'on lui fait; mon père est vertueux, il ne peut avoir offensé personne.... Toi, qui t'es chargé d'un pareil message, si je savais que ton sang pût effacer la honte du soupçon seul que tu jettes sur le plus respectable des hommes, mon bras....—Eh! l'ami, n'approche pas, je suis mieux armé que toi. Vois ces sabres, ces pistolets, ces poignards....—Qui donc es-tu?—La lettre te le dira. Adieu: fais ma commission, ou.... tu es perdu toi même.

À ces mots l'inconnu s'éloigne, laissant Victor pétrifié d'une pareille rencontre. Il tient la lettre, Victor; de cette lettre dépend le sort de son bienfaiteur; on le lui assure.... Que fera-t-il, Victor?.... suivra-t-il son premier dessein, ou rentrera-t-il au château? Il rentrera, il rentrera; Victor ne peut balancer. Cette lettre doit lui sauver la vie, a dit l'inconnu. Victor pénétré d'une terreur qui fait dresser ses cheveux, quitte ce lieu, témoin de ses tendres adieux. Il ne court pas, il vole vers la petite porte qu'il a laissée ouverte, et par laquelle il ne voit pas encore venir son cher Valentin.... Victor, en reprenant le chemin du château, sent son cœur battre violemment. Une joie excessive succède à sa frayeur; il revoit avec ivresse les murs de ce château qu'il allait quitter: on dirait qu'après l'en avoir chassé, on vient de lui rendre la permission d'y rentrer, tant il éprouve de plaisir à remonter chez lui. Pauvre Victor! tu n'attribues ces sensations qu'à l'espoir qui t'anime de rendre un service signalé à ton père adoptif; et moi, Victor, et moi, je crois que ton amour et le desir de revoir Clémence, entrent pour beaucoup dans cette joie naïve qui te transporte. Je suis ton historien, Victor, et je dois compte à mes lecteurs des moindres mouvemens de ton cœur.

En remontant dans son appartement, Victor rencontre Valentin, qui se rend tristement à la petite porte. Eh quoi! monsieur, vous voilà! vous vous impatientiez?—Tu as été bien long-temps, Valentin?—C'est vrai, monsieur; c'est que monsieur le baron ne pouvait pas s'endormir, et qu'il causait avec moi. Il a souvent la bonté de me parler comme à son ami. C'est qu'il me raconte des histoires plus drôles!.... Et puis il me fait jaser sur la France, mon pays: cela l'amuse, ce bon vieillard!.... Eh bien! monsieur, partons, me voilà prêt.—Valentin, nous ne partons pas.—Non, monsieur! oh! tant mieux!.... Eh! pourquoi donc, s'il vous plaît?—Tu le sauras. Vîte de la lumière chez moi.—Quel bonheur! quel changement! Tenez, je vous l'avoue à présent, monsieur; mais j'avais, là, un étouffement.—Dépêche-toi donc.— Sérieusement, nous restons?....—Nous restons pour cette nuit du moins.— Pour toujours, monsieur, pour toujours; il faudra bien que tout s'arrange pour cela.—Que veux-tu dire?—Je m'entends, il suffit.

Victor et Valentin rentrent chez eux; les paquets sont défaits; tout est remis en place, comme si l'on n'avait rien, dérangé, afin qu'on ne s'apperçoive pas de la moindre trace d'un projet de fuite qui aurait consterné toute la maison.

Ensuite Victor raconte à Valentin ce qui lui est arrivé, et les propos étranges que lui a tenus l'inconnu, en le chargeant de remettre une lettre à M. de Fritzierne. Le bon Valentin ouvre de grands yeux à ce récit; il ne peut concevoir ce que cela veut dire. Je t'aurais bien engagé, ajoute Victor, à rendre toi-même cette lettre à mon père demain matin: tu serais venu me rejoindre ensuite à un endroit indiqué; mais, outre que cette marche t'aurait exposé à des questions sur mon compte, je me serais reproché le double désespoir où ma fuite, et ce que peut contenir cette lettre, auraient plongé tous ceux qui me sont chers. D'ailleurs, Valentin, les jours de mon père sont menacés, on lui demande une réparation; quel que soit le mot de cette énigme, je dois le secourir, le consoler; oui, je lui dois ma vie, mon bras, tout, toute mon existence. Ah! Valentin!.... et je fuyais!.... et cette lettre serait peut-être venue demain lui percer le cœur une seconde fois: il aurait appelé Victor, Victor n'aurait plus été là!.... Comme il m'aurait accusé d'ingratitude, de cruauté même!.... Ah! Valentin, à quel danger je viens d'échapper! Qu'il soit enseveli, qu'il le soit, ce projet coupable, insensé, formé dans mon sein au moment même où ceux à qui je dois tout ont le plus besoin de ma tendresse. Valentin, ta parole que jamais tu ne parleras....—Je vous la donne, monsieur; mais cette lettre que vous avez écrite à M. de Fritzierne, que j'ai laissée sur sa table?....—Il ne la lira pas. Dès que le petit jour paraîtra, avant qu'il se lève, tu t'introduiras chez lui, tu soustrairas ce fatal billet adroitement, sous prétexte, s'il t'apperçoit, d'avoir oublié ce soir un objet utile. Prends bien garde à l'importance de la commission dont je te charge. Pour que n'y manques pas, je ne veux pas que tu te couches; tu resteras là toute la nuit à côté de moi; nous converserons ensemble, et quand je croirai le moment favorable, je t'enverrai chez mon père.—C'est très-facile ça, monsieur. Il vous aime tant, ce respectable vieillard! Là, tout-à-l'heure encore il me parlait de vous, il me disait....—Il te disait?....—Ah! c'est que je lui disais que j'étais français, moi. Ton maître est né d'une Française, qu'il me disait.—D'une Française!....—Puis il ajoutait: «J'aime les Français, moi; ils sont bons, confians, généreux, sensibles. Ton maître, un jour il sera heureux; je lui ménage un sort digne d'envie, et auquel il ne s'attend pas». Voilà comme il parlait de vous ce brave homme. Tenez! monsieur, je n'ai qu'un gros bon sens, moi, mais je parie que ce sort brillant qu'il vous destine, est la main de sa fille.

Victor ne partage point l'espoir dont le flatte son bon Valentin; il secoue la tête avec l'air de la défiance; puis il fixe la lettre qu'il a entre les mains, et cherche à deviner ce qu'elle contient, de quelle part elle peut venir. Cet homme, de qui il la tient, cet homme a des manières brusques; un son de voix rauque, un langage rustique.... c'est un secret que cette fatale lettre: Il faut qu'il la reçoive, s'il ne veut périr.... Grand Dieu! comme la nuit est longue au gré de Victor!.... Comme il brûle d'aborder son père, qui lui confiera sans doute cet étrange secret! Tous deux prendront des mesures....

Comme Victor serait heureux, s'il pouvait rendre, en cette occasion, un service signalé à son père, lui sauver la vie, l'honneur peut-être!.... comme il serait heureux!

Comme mon lecteur partage sans doute l'impatience de Victor, et que d'ailleurs je ne veux pas lui faire passer la nuit entière avec l'amant de Clémence et son Valentin, je lui dirai, pour abréger, que vers deux heures du matin, Victor, abattu par les fatigues qu'avait éprouvées son esprit, s'endormit profondément, les coudes appuyés sur une table. Valentin, qui se serait tenu volontiers éveillé, s'il eût pu raconter quelques histoires de son pays, regarda son maître avec envie, se frotta les yeux, et ne tarda pas à suivre son exemple, à ronfler autant que le lui permirent sa jeunesse, sa force et sa santé. Tous deux oublièrent l'heure prescrite et favorable pour retirer le billet des mains du baron avant qu'il ait eu le temps de le lire. Ce ne fut qu'à neuf heures du matin que, confus, désespérés, Victor et Valentin se réveillèrent. Pendant leur sommeil, trop prolongé, il s'était passé bien des choses que nous allons connaître dans le chapitre suivant.

CHAPITRE V. ON CROIT TOUCHER AU DÉNOUEMENT

M. de Fritzierne s'était levé à son heure ordinaire, à six heures; il faisait déjà quelques tours dans son appartement, lorsqu'il vit entrer sa fille Clémence, échevelée, dans un état de pâleur et d'affaissement qui l'effraya.... Eh, bon Dieu! mon enfant, qu'as-tu, qu'as-tu donc....?....—Mon père, il est parti!.... il nous fuit!....—Il nous fuit? qui?....—L'ami de mon cœur, mon frère adoptif, mon amant!....—Victor?—Oui, mon père, Victor est parti cette nuit; il s'est éloigné pour jamais de ces lieux.—Est-il possible!.... Mais, non, tu t'abuses; Victor ne peut être un ingrat.—Il l'est, mon père; il est plus, il est barbare, inhumain, sans foi, sans probité.....—Tu me diras peut-être....

Fritzierne est interrompu par madame Wolf qui entre tristement, et confirme au bon père la nouvelle que vient de lui apprendre Clémence. Fritzierne demande des détails; sa fille les lui donne en ces termes:

«J'étais retirée chez moi, mon père, triste, inquiète des marques de chagrin que j'avais apperçues hier sur les traits de Victor, dont d'ailleurs je connaissais les projets. J'avais fait éloigner Lidy, ma femme-de-chambre; et, ma fenêtre ouverte, les yeux fixés sur la campagne, je respirais l'air frais du soir, tout en admirant la beauté des éclairs qui partaient de l'orient, et qui annonçaient un orage épouvantable. Je pensais à Victor, à vous, mon père; et ces deux créatures qui me sont si chères, faisaient battre délicieusement mon cœur. Tout-à-coup une voix enchanteresse, la voix de Victor vient frapper mon oreille. C'est lui, je n'en peux douter. Il est dans la campagne, vis-à-vis ma fenêtre: à la lueur des éclairs, je remarque qu'il porte un havresac sur ses épaules, qu'il tient dans sa main un bâton, qu'il est en un mot dans tout l'attirail d'un voyageur. Tout de suite l'idée de sa fuite se présente à mon esprit; et pour me confirmer dans cet horrible soupçon, le cruel me chante une romance plaintive dans laquelle il me fait ses adieux, en ajoutant qu'il faut qu'il s'éloigne, puisqu'il n'a plus d'espérance. Tel était le refrain de cette romance qui m'a percé le cœur. Je me tuais de crier, de l'appeler; mais, par un effet bizarre de l'orage, il semblait que la foudre prît à tâche d'étouffer mes accens. Les coups de tonnerre redoublés, le déchaînement des vents, tout empêchait mes cris douloureux d'arriver jusqu'à lui; et de mon côté, je n'entendais que quelques mots perdus dans les airs, des couplets qu'il continuait de chanter avec une tranquillité, un sang-froid qui me pénétraient d'indignation; mais ces, mots, comme ils étaient tristes! C'en est fait, adieu, je te fuis; j'emporte avec moi les ennuis.... Supporter la vie et l'absence... Voilà ce qui frappait mon oreille, voilà ce qui me persuadait que je perdais Victor....

»Je l'appelais encore, mais vainement, lorsqu'un homme est venu le joindre. Cet homme, c'était Valentin sans doute, Valentin qui m'avait promis!.... Ah dieu!.... Tous deux, après s'être consultés un moment, disparaissent à mes regards. Je ne vois plus Victor, je ne vois plus que la mort et le désespoir. Soudain je vole au logement de ce frère barbare, de cet amant perfide.... Je parcours, une lumière à la main, son appartement: je parcours un désert...: Personne!.... personne!.... Du dérangement, des meubles dispersés.... des effets qui ne sont plus à leur place, le plus grand désordre.... Oh! mon père, quel état!.... Mes genoux chancèlent, une pâleur mortelle couvre mon visage, une sueur froide glace tous mes membres; j'ai à peine la force de revenir chez moi, où je tombe sur le plancher, morte, morte, sans vie et sans sentiment.... Au bruit de ma chûte, ma fidelle Lidy accourt.... elle s'empresse à me secourir; peine inutile!.... Elle prend le parti d'aller chercher madame Wolf; elle arrive, cette bonne madame Wolf; elle parvient enfin à me rendre à la vie, à la douleur, à la douleur que je ne sentais plus, que je n'allais plus éprouver. Mon état les effraie; elles me mettent sur mon lit, et ne peuvent tirer de moi que des mots entrecoupés. Il me fuit, il me fuit; voilà tout ce que je puis leur dire.... La nuit se passe dans ces mortelles souffrances. Enfin, sur le matin, je leur dis la cause de mes maux, de mes longs regrets: elles gémissent avec moi: nous apprenons que le jour a chassé le sommeil de vos yeux, et nous venons, madame Wolf et moi, déposer nos plaintes, nos tristes plaintes dans le sein paternel....»

M. de Fritzierne reste interdit au récit de sa fille; il ne peut concevoir.... Enfin, elle l'a vu s'éloigner; elle a parcouru son logement, et ne l'y a point trouvé: il n'est donc que trop vrai!.... L'ingrat! s'écria-t-il, l'ingrat! il préparait donc ce coup à ma vieillesse, cette récompense à mes bienfaits! c'était donc pour qu'il me perçât le cœur que je lui ouvrais mon sein!.... Ô Victor! comme tu me fais repentir de t'avoir adopté! Il est donc des occasions où les actions même les plus vertueuses, deviennent une source de tourmens!.... Mais, cet enfant.... me fuir!.... Quelle raison, quel motif a pu l'engager?.... Le saurais-tu, Clémence? connaîtrais-tu la cause de cet abandon, qui n'est pas

naturel? car il nous aimait tous.—Mon père, il vous chérissait, il vous respectait; mais....—Parle, mon enfant; tu l'as nommé tout-à-l'heure ton frère adoptif, ton amant même; ces expressions m'ont frappé... Saurais-tu?... Tout, mon père; oui il m'avait tout dit. Il n'était pas mon frère, mais il m'aimait d'amour, du moins il me le disait; et moi, j'étais sensible, bien sensible à sa tendresse.—Quoi! sans mon aveu il avait osé te divulguer un secret?....—Eh! voilà la cause de sa fuite, mon père. Je vous dirai tout, oui, vous serez mon confident; mais c'est à mon ami que je parle.... Que l'auteur de mes jours oublie sa sévérité pour n'ouvrir son ame qu'à l'amitié, qu'à la confiance....—Ma sévérité, ma fille! Eh! ce mot, t'ai-je jamais donné sujet de t'en servir avec moi? Parle à ton ami, à ton père, c'est la même chose.—Eh bien! je vous le disais, Victor m'aimait; j'aimais Victor; mais Victor, tendre, soumis, respectueux envers un père vénérable qui l'avait accablé de bienfaits, a craint d'être accusé d'avoir séduit ma jeunesse; il a craint de violer les loix de l'hospitalité en nourrissant dans son cœur, dans.... le mien, une passion sans espoir, sans but légitime: ce sont-là ses expressions. Jamais, s'est-il dit, jamais M. le baron de Fritzierne ne donnera sa fille à un enfant trouvé, sans état, sans parens, sans fortune.... Il me l'avait caché, son amour; mais j'avais découvert le projet qu'il avait formé de nous fuir. C'était pour cela, c'était par délicatesse qu'il vous demandait la permission de voyager, dans l'espoir que l'absence changerait mon sort et mon cœur. Je le rencontre; je le presse de s'expliquer sur cette envie de voyager. Vous le dirai-je, mes caresses naïves, mes tendres expressions, dont je crois trouver la source dans la nature, mes instances, tout enfin lui arrache son secret. Il me confie qu'il n'est point mon frère, qu'il m'aime, qu'il m'adore; mais qu'après cet aveu, il ne peut plus rester avec nous, sans se rendre coupable envers vous.... J'engage son domestique à épier toutes ses démarches, à me rendre compte de toutes ses actions. Il aura gagné ce bon Valentin: tous deux sont partis; Victor nous échappe, il nous échappe, mon père, et vous savez, maintenant les causes de sa fuite, de son désespoir et du mien.
M. de Fritzierne presse les mains de sa fille. Il me connaissait bien peu, s'écrie-t-il!—C'est ce que je lui ai dit, mon père.—Il m'estimait bien peu pour me croire capable de sacrifier le bonheur de ma fille, celui du jeune homme le plus estimable, à l'orgueil, à l'intérêt, à l'ambition, à toutes ces passions qui font le tourment des grands, et qui les font détester, pour la plupart, à juste titre. Jeune insensé! il ignorait que mon projet, à moi, était de l'unir à ma Clémence, de perpétuer à jamais en lui le titre de fils, que je lui avais accordé dès sa naissance. Oui, ma fille, c'était-là tout mon espoir, tout mon bonheur; et je n'avais nourri moi-même cette passion dans son cœur, dans le tien, que pour la couronner un jour par le plus doux hymen.—Ah! mon père, j'en étais bien sûre.... et il est parti.—Et il nous quitte, ma fille! Quel contre-temps! quel cruel événement! Jeunes gens, jeunes gens, pourquoi manquez-vous toujours de confiance? pourquoi ne

venez-vous pas, là, bonnement, vous expliquer avec un père? vous craignez qu'il ne fasse pas votre bonheur: est-ce qu'un père peut ne pas vouloir le bonheur de ses enfans?....

Le baron avait porté sur ses yeux ses deux mains, qui étaient baignées de ses larmes, lorsqu'un cri de Clémence le tira de sa rêverie. Ciel! mon père, une lettre!—Comment!—Oui, une lettre de Victor! oh! je reconnais bien son écriture.

Le baron s'empare de la lettre avec empressement. Clémence ne respire point; elle s'approche de lui, ainsi que madame Wolf. Le baron lit le billet de Victor, qu'on a vu plus haut, le laisse tomber de saisissement, et se jette dans un fauteuil, en portant la main sur son cœur. Clémence, dans le plus grand trouble, ramasse le fatal billet, le relit trois ou quatre fois de suite en l'arrosant de ses larmes, puis elle s'écrie douloureusement: Eh bien! mon père, avais-je tort?....—Non, ma fille. Il est donc parti! c'en est donc fait! et tous mes projets, toutes mes espérances sont évanouis!.... Cruel Victor! pourquoi causes-tu tant de maux à une famille qui t'accueillait comme un fils, qui te préparait le bonheur et la paix?..... Il est parti!.... Ma fille, c'est ici qu'il faut montrer du courage, de la patience. Console-toi, ma fille; Victor nous écrira, quelque part qu'il soit; sois sûre qu'il nous écrira. Je réponds à sa première lettre qu'il revienne, qu'il revienne, que je lui donnerai ta main, qu'il sera ton époux. Doutes-tu, mon enfant, qu'il ne s'empresse à venir nous rejoindre? Tu le reverras, Clémence; oui, un heureux pressentiment me dit que tu le reverras... bientôt.—Ah! mon père! et s'il n'écrit pas?—Il est impossible qu'il manque à ce devoir. Ce n'est pas un tyran qu'il fuit; ce ne sont pas des persécuteurs qu'il évite. Il s'éloigne d'un séjour où sa délicatesse ne lui permettait plus de rester. Quelle ame! quels sentimens! combien ce jeune homme était digne de mon estime, de ta tendresse!—Vous le voyez, mon père; mon cœur ne s'était pas trompé sur le choix de celui qui seul pouvait le rendre sensible.—Non, non: vous étiez..... Vous êtes faits l'un pour l'autre.... Eh bien! encore des larmes, mon enfant? Allons, de la fermeté donc. Viens embrasser ton vieux père, et promets-lui d'attendre avec constance que les événemens te ramènent un homme que je chéris, que nous chérissons tous deux. Et vous aussi, madame Wolf, vous aussi, vous versez des pleurs! Victor fut votre libérateur: vous connaissez comme nous les vertus de ce bon jeune homme, et vous le regrettez comme nous... Mais, je vous le répète; l'espoir de le revoir ne m'abandonne pas. Madame Wolf, conduisez ma fille dans son appartement, et ne la quittez pas; je vous en supplie, ne la quittez pas.

Madame Wolf tenait déjà la main de Clémence pour exécuter l'ordre de son père, lorsque Clémence demanda à pénétrer encore une fois dans le logement qu'habitait Victor. Je reverrai ces murs, témoins de ses regrets; ces murs, qu'il a tant de fois frappés de mon nom en parcourant sa chambre; je croirai l'y voir encore, et cette illusion adoucira mes maux....

M. de Fritzierne s'oppose en vain à ce projet de sa fille: il lui remontre qu'elle va rouvrir ses blessures, accroître ses tourmens. Clémence persiste dans son dessein: elle prétend qu'il est possible que Victor ait déposé quelque part, chez lui, une lettre pour elle: elle s'obstine à visiter les lieux qu'il a vus, qu'il a parcourus. Son père cède enfin à ses vœux; il la prend par la main, et s'appuyant sur le bras de madame Wolf, tous trois s'acheminent vers le logement de Victor, qu'ils croient trouver désert, comme il s'est offert la veille aux regards de Clémence.

Comme son cœur bat, à la pauvre Clémence!... comme elle se propose de visiter les plus petits coins de ce réduit jadis habité par l'amant le plus aimable!.... Avance, avance, tendre Clémence, l'amour te ménage une surprise, oh! bien agréable....

Elle approche avec son père et son amie. La porte de Victor est entr'ouverte: elle la pousse. Quelle surprise! Est-ce un rêve? est-ce une illusion de ses sens égarés, qui croient voir par-tout l'objet qu'ils se peignent sans cesse?.... Est-ce bien là Victor? Oui, c'est lui, c'est ce jeune homme qu'on croit bien loin. Il dort profondément, étendu dans un fauteuil; Valentin est dans la même position, à quelques pas de lui. Tous deux n'ont point été réveillés par le bruit que leurs amis ont fait en entrant. Clémence va jeter un cri de joie; son père lui met la main sur la bouche. Son père, aussi ému qu'elle, examine ce tableau, ne peut en croire ses yeux. Tous trois s'avancent doucement jusqu'au fauteuil où repose Victor. Victor paraît agité par un songe; il balbutie quelques mots, prononce le nom de Clémence, celui de son père... Clémence, dit-il tout bas, Clémence, l'amour.... un jour.... nous nous reverrons.... Mon père.... homme respectable et cher... consolez-la; dites-lui.... Ah! dieux!

Tels sont les mots entrecoupés qui frappent l'oreille de nos trois amis. Clémence n'y peut plus résister.... elle colle ses joues mouillées de larmes sur une des mains de Victor. Un doux pressentiment accroît l'agitation de ce dernier... Oui, dit-il; nous nous reverrons.... un jour..... dans les bras de ton père..... Clémence!....

Il prononce ce nom avec force, et se réveille en sursaut.... Quel est le premier objet qui frappe sa vue? c'est son amante, qui lui dit, en lui serrant la main: Oui, oui, Victor, nous nous reverrons pour toujours!.... jamais, jamais nous ne nous séparerons.—Toi dans ces lieux, s'écrie Victor!.... Ciel! mon père!....

Victor, se lève confus; le cri qu'il vient de faire a réveillé Valentin, qui se frotte les yeux, apperçoit la compagnie, et regarde tout le monde d'un air stupéfait. Victor se rappelle ses projets, sa fuite, sa lettre à Fritzierne; puis il s'adresse à son valet: Imbécille, lui dit-il, pourquoi m'as-tu laissé dormir?....—Eh! monsieur, est-ce ma faute? la fatigue.... je ne sais quoi.... Je ronflais bien, voilà tout ce que je sais....—Mon père, madame Wolf, et vous, belle Clémence! qui vous amène?.... qui peut causer la.... douleur où je vous vois plongés?....—Tu me le demandes, répond Fritzierne!.... après avoir tenté de t'arracher de nos bras!—Vous savez donc....—Mais, Victor, réplique Clémence, me suis-je trompée? il me semble qu'hier soir j'ai reconnu ta voix, que tu m'as fait tes adieux.... Je suis venue te chercher ici, tu n'y étais pas.—Il est vrai. (Il se jette aux genoux de Fritzierne.) Mon père, punissez-moi, accablez-moi des noms d'ingrat, d'insensé, je les ai mérités.... Vous avez lu ma lettre?—Oui, mon fils, et tu vois la douleur qu'elle nous a causée.—Je vous fuyais, oui, je m'éloignais de ces lieux.... Mais si je vous en disais les motifs.... Non, jamais, que jamais un tel aveu ne sorte de ma bouche....—Je les connais, Victor, je sais tout.—Vous savez tout?—Oui, que tu aimes Clémence, qu'elle t'aime, et que tu ne t'éloignais que dans la crainte que je désapprouvasse ta passion.—Dieux! qui a pu vous instruire?—Ta jeune amante, elle-même.—Ah! mon père, que je suis coupable!—Coupable, mon Victor! toi coupable, pour t'être livré à l'ascendant irrésistible des sentimens de la nature! Ah! Victor; que tu me connais mal.... Vous me faites bien de la peine.... Je croyais que vous m'estimiez davantage.—Quoi! mon père, vous ne m'accablez pas du poids de votre colère? vous permettez à mon cœur....—D'épancher toute sa tendresse. Oui, mes enfans, je vous permets de vous aimer, d'espérer...—D'espérer!—Vois-tu, interrompt Clémence, vois-tu que je te l'avais bien dit, moi. Nous serons heureux, Victor; il ne faut jamais nous séparer.—Jamais, jamais. Et j'ai pu méconnaître ce cœur paternel!....

Victor se jette sur les mains du baron, il les couvre de baisers. Clémence en fait autant sur le front de son père; et madame Wolf, attendrie, considère avec émotion ce tableau touchant.

Quand les premiers momens d'effusion sont passés, Fritzierne demande à Victor quel est le motif qui l'a fait rentrer au château, puisque, selon toute apparence, il avait déjà fait quelques dans la campagne pour fuir à jamais ces lieux. Victor le prie de lui accorder un entretien particulier: je ne puis, lui dit-il, le confier qu'à vous seul, ce motif puissant; c'est vous, c'est vous, mon père, qu'il intéresse.

Fritzierne reste étonné. Clémence se plaint d'être de trop pour un secret qui regarde son père. Victor la prie de s'en fier à sa prudence, à sa tendresse pour ce père respectable. Clémence n'insiste pas; elle se retire avec madame Wolf, en suppliant le baron de permettre qu'elle aille le rejoindre aussi-tôt qu'il aura fini de parler avec Victor. Le baron le lui promet, et bientôt il se trouve seul avec son fils adoptif, qu'il serre encore une fois dans ses bras.

Mon père, lui dit Victor, avez-vous quelque ennemi particulier?—Moi, mon fils? pourquoi cette question?—Faites-moi la grace de me répondre.—Je crois n'avoir ni amis, ni ennemis; tu sais que je ne vois personne.—Pardon; seriez-vous engagé dans quelque affaire sérieuse et délicate?—Non.... je ne comprends pas....—Ce que je vais vous dire va justifier ma curiosité, qui vous paraît peut-être indiscrète.

Victor raconte au baron ce qui lui est arrivé la veille, au moment où il finissait de chanter sa romance. Cet homme, ajoute-t-il, avait un aspect effrayant; il était armé jusqu'aux dents. Il m'aurait fait trembler si j'eusse été plus timide. Voici la lettre qu'il m'a remise, lettre qui renferme, disait-il, un secret dont dépendent vos jours.—Et c'est pour me la remettre toi-même que tu es remonté?—Votre vie était en danger, mon père, et j'aurais pu vous abandonner!—Bon jeune homme! c'est à ta tendresse pour moi que nous devons le plaisir de te revoir! Tu en seras, tu en es bien récompensé.—Ah! mon père, ma récompense était déjà dans le projet que j'avais formé de venir vous offrir mon bras, s'il le fallait, et des consolations.—Cher Victor!.... Mais voyons donc cette lettre mystérieuse, à laquelle je ne comprends rien.

Fritzierne regarde la suscription; elle porte: Au baron de Fritzierne, en son château. La main lui en est absolument inconnue. Il l'ouvre enfin, et reste frappé d'étonnement en y trouvant la signature de Roger, de Roger! ce chef des voleurs qui infestent les forêts prochaines. Que peut-il y avoir, s'écrie-t-il, de commun entre ce scélérat et moi? Voyons.

Baron,

»Tu sais si j'ai les moyens de punir lorsqu'on n'obéit pas à mes ordres.... L'insolent!

»Je te proteste de respecter ton asyle, de ne point attaquer ton château, si tu veux m'accorder une seule faveur....

Une seule faveur! Qu'attend-il? Voyons.

»Une femme a été surprise dans la forêt, il y a quelques jours, par trois de mes hommes. Deux des plus courageux sont tombés sous les coups de deux de tes gens, qui sont venus secourir la femme et l'enfant qu'elle tenait dans ses bras. Le troisième s'est soustrait par la fuite à leur rage. C'est lui qui m'a appris cette sanglante affaire. Baron, tu l'as retirée chez toi, cette femme. Je la connais; elle est essentiellement nécessaire à mon repos. Il faut que tu me la livres dans les vingt-quatre heures, il le faut. Tu la feras accompagner jusqu'à mon premier poste, dans la forêt de Kingratz. Là, je te jure, foi de capitaine, qu'il ne sera fait aucun mal à son escorte. Penses y bien, baron; si, le terme expiré, cette femme n'est pas en mon pouvoir, tu me verras de près. Tremble!

»Je te salue.

»Roger, chef des indépendans».

Qu'on juge de la surprise de Fritzierne et de Victor, à la lecture de ce terrible billet! Ils restent quelques momens absorbés, sans pouvoir prononcer une parole. On leur demande de livrer à des bandits la femme la plus estimable, madame Wolf!.... Nous verrons dans le chapitre suivant les réflexions qu'ils firent, et le parti auquel ils s'arrêtèrent.

FRANÇOIS GUILLAUME DUCRAY-DUMINIL

CHAPITRE VI. INTRIGUE PLUS OBSCURE QUE JAMAIS

Fritzierne rompt enfin le silence. Que dis-tu, Victor, de cet excès d'audace?—Ne voyez-vous pas sur mon front le feu de l'indignation?—Cette pauvre madame Wolf! ne lui aurions-nous donné l'hospitalité que pour la livrer lâchement au plus vil des mortels!—Dieux! repoussons cette pensée!—Que faire, mon fils, que faire dans cette fâcheuse conjoncture? Roger est à la tête d'une troupe formidable; il est capable de faire le siége de mon château, de nous y égorger tous.—Il y pourrait trouver quelque obstacle.—Je le connais, c'est un scélérat, mais qui est doué d'un grand caractère. S'il s'est mis dans la tête d'avoir cette infortunée, rien ne lui coûtera pour venir à bout de ce projet.—Eh! mon père, vous avez du monde ici; vous me permettrez de me mettre à la tête de vos gens, et je vous réponds de repousser ce monstre et sa troupe, quelque nombreuse qu'elle soit.—Il connaît madame Wolf; elle le connaît aussi; elle porte même son portrait. Quel rapport peut avoir la vertu avec le crime? car à Dieu ne plaise que je soupçonne cette femme d'être coupable, de nous en avoir imposé par les dehors les plus séduisans! Elle est, dit-il, essentiellement nécessaire à son repos! Quel mystère! Et quelle obstination a-t-elle aussi de nous cacher ses malheurs? Cela détruirait en nous jusqu'à l'ombre de la défiance.... Allons, mon fils, il faut prendre un parti.—Il est tout pris, mon père, et je me flatte que vous l'approuverez. Vous avez donné un asyle à une femme infortunée, vous la garderez, vous la protégerez, vous la défendrez contre ses persécuteurs.—Bien, bien, mon ami; nous mourrons s'il le faut, mais nous aurons fait notre devoir....—Non, nous ne mourrons pas; nous repousserons la force par la force; et, comme notre cause est juste, nous aurons pour nous le ciel, et le courage que donne toujours le sentiment de la

51

justice.—Je te reconnais, mon fils: voilà le langage de la probité, de la valeur.... Cependant, avant de répondre à Roger, il faut absolument que nous parlions à madame Wolf; il faut que cette femme nous donne au moins quelque idée des liaisons qu'elle a pu avoir avec un homme dont personne ne peut prononcer le nom sans horreur. Je ne suis pas tranquille sur ce point; et si elle persiste toujours à se taire, je t'avouerai que je lui ferai sentir que sa présence a troublé la tranquillité dont jouissait cette maison.—Vous la congédierez, mon père?—Je ne dis pas cela; mais je veux qu'elle ait plus de confiance en des gens dont elle expose le repos, et même la vie.

Le baron fait appeler madame Wolf. Elle arrive bientôt avec Clémence. Hélas! elle ne se doute pas du nouveau coup qui va la frapper!....

Madame, lui dit le baron d'un ton sérieux, je reçois une lettre qui vous concerne.—Moi, monsieur!—Un homme qui vous connaît, qui a essentiellement besoin de vous, m'écrit pour que je vous engage à l'aller trouver.—Moi!.... Eh! bon Dieu, qui peut se ressouvenir de moi dans le monde! Je n'y ai plus d'amis, monsieur.—Non! mais vous pouvez y avoir des ennemis.—(Madame Wolf pâlit.) Je.... ne me rappelle.... pas....—L'homme en question est très-connu de vous; vous avez même son portrait.—Ciel! (Madame Wolf chancèle, Clémence la soutient.)—Vous rappelez-vous maintenant?....—Serait-ce lui.... non, non, cela ne se peut.—Cela se peut, car cela est.—Roger! (Elle tombe évanouie; on s'empresse à la secourir; elle reprend ses sens.) Quoi! monsieur, c'est une lettre de Roger que vous avez là entre vos mains?—Oui, madame; lisez-la.—(Madame Wolf lit la lettre, jette un cri, et cache sa figure dans ses deux mains.) Grand Dieu, quand finiront tant de maux!—Quand vous voudrez, madame, avoir assez de confiance en moi, pour me les confier.—Ah! monsieur, (Elle se jette aux genoux du baron.) sauvez-moi, sauvez-moi, secourez-moi.—Oui, oui, je veux vous sauver, je veux vous secourir, femme infortunée. Relevez-vous, mais relevez-vous donc?—Non, je reste à vos pieds jusqu'à ce que vous me promettiez de ne point céder aux vœux d'un barbare, d'un monstre qui a fait mon malheur, le mien, et celui d'une femme, ah!.... bien plus à plaindre que moi.—Vous craignez donc tout de sa fureur?—Tout!—Pour votre vie?—Ah! s'il me tuait, ce serait le moindre des tourmens que j'attends de sa férocité.—Pauvre madame Wolf, vous pénétrez, mais en même temps vous déchirez bien cruellement mon cœur!—Homme généreux!—Oui; mais que vous n'estimez pas assez pour lui confier vos peines. (Madame Wolf détourne la tête en se levant.) Parlez; quel rapport ce Roger a-t-il jamais pu avoir avec vous? (Madame Wolf se tait, et baisse les yeux.) Où l'avez-vous connu? comment possédez-vous son portrait? (Toujours même silence.) Que veut-il de vous, enfin? Il faut pourtant que je le sache, pour régler la conduite que je dois tenir avec lui.—Monsieur....—Vous vous taisez, femme inhumaine et dissimulée; vous laissez enfoncé dans mon cœur le trait de l'indécision, de l'inquiétude qui me tuent.—Oui, oui, accablez-moi du poids de votre colère; je sens que je la mérite, je le sens; mais je ne puis regagner votre indulgence: je ne puis parler.—Vous ne pouvez parler!.... Il faut donc que je fasse tous les frais de l'amitié, moi! Il faut donc que je vous reçoive chez moi, que je vous y protège, que je vous défende, sans vous connaître, sans savoir qui j'oblige, si je défends le crime ou la vertu?—Le crime, oh Dieu!—J'en suis fâché: ce mot n'est point dans mon cœur; ma bouche l'a prononcé sans l'aveu de mon esprit; mais enfin que voulez-vous que je pense d'une dissimulation aussi profonde?.... Madame Wolf, c'est aussi manquer à tous les égards, à tous les procédés.—Ah! je le sais, monsieur, je ne le sais que trop; mais j'embrasse encore une fois vos genoux....

Le baron la relève; elle continue: Je vous l'ai dit, je vous le répéterai cent fois: ce secret n'est point à moi; il n'est point à moi, ce fatal secret.... Grand Dieu! que ces persécutions acquittent bien la dette de l'amitié! toi que j'ai tant aimée, toi qui m'entends peut-être du fond de ton tombeau, femme admirable et malheureuse, tu vois ce que je souffre pour toi! Ah! prête-moi donc cette force, ce courage qui ont signalé les derniers momens! j'en ai besoin, ô mon amie! je ne peux plus vivre, s'il faut résister plus long-temps aux instances de ceux que j'honore, qui me sont bien chers, et que j'offense en gardant le serment que tu m'as arraché!....

Cette exclamation forte, énergique, ferme la bouche à M. de Fritzierne: il se reproche d'avoir tant pressé une femme dont la vertu l'étonne, le confond, et sur laquelle il jette des regards fixes pleins d'admiration et de sensibilité. Pardon, madame, lui dit-il, pardon; je vois qu'un serment sacré vous enchaîne, je me repens d'avoir essayé de vous rendre parjure.—Non, monsieur, non, ne m'excusez point, je vous prie; je suis coupable, je le suis... Eh bien! je vais vous venger, me venger moi-même: je vais trouver Roger; oui, je cours me livrer à ce monstre: je lui dirai, je suis à charge à mes bienfaiteurs, à toi, à toute la nature; arrache-moi une vie sur laquelle tu as répandu le poison du remords et de la douleur éternelle: prends ta victime, elle attend de toi le bienfait de la mort!....

En disant ces mots, madame Wolf se précipite vers la porte: Ne me retenez pas, s'écrie-t-elle! il menace vos jours, je veux les sauver en lui livrant les miens.... Laissez-moi, laissez-moi!....

Le baron, Victor et Clémence courent après cette insensée, la forcent de rentrer dans l'appartement, l'engagent à s'asseoir, et parviennent peu à peu à rendre le calme à ses sens. Elle recouvre bientôt l'usage de sa raison, et réclame l'indulgence de ses amis, pour l'effroi qu'elle vient de leur causer. Tous s'empressent autour d'elle, tous lui jurent de mourir plutôt que de la livrer à son bourreau. Cette femme intéressante baigne de larmes les mains de ceux qui lui témoignent tant d'attachement; elle leur prodigue les noms les plus doux. Un jour, leur dit-elle, un jour, vous saurez peut-être, vous connaîtrez les événemens les plus extraordinaires... Ils étaient faits pour moi; mais ne l'espérez pas, ne l'espérez pas de si-tôt, cet aveu déchirant.

Une.... circonstance seule, mais bien bizarre.... un rapprochement singulier, que m'a fait naître l'aveu que Clémence vous a fait de son amour.... si le hasard permettait que mes idées.... mais non, non, ne vous en flattez pas: c'est une erreur, une illusion, un jeu de l'imagination.... Attendez tout du temps et de la loi impérieuse des événemens.

Ce discours, presqu'inintelligible parut tellement dépourvu de bon sens à nos trois amis, qu'ils craignirent pour la raison de madame Wolf: le coup qui venait de la frapper était si violent, qu'il pouvait avoir dérangé son cerveau, et troublé ses sens. Clémence l'engagea à rentrer chez elle, à prendre quelques momens de repos; elle y consentit, après avoir imploré de nouveau la générosité, la pitié, la protection du baron de Fritzierne, qui lui promit, de ne jamais l'abandonner.

Quand toutes deux se furent retirées, le baron et Victor, que cette scène avait singulièrement émus, s'entretinrent long-temps, et des menaces de Roger, et des moyens qu'ils devaient prendre pour en prévenir les effets. Quand leur résolution fut bien prise, Fritzierne écrivit ce peu de mots, en réponse à la lettre insolente du chef des brigands:

«Roger, je ne suis point accoutumé à craindre l'arrogance, tu dois le savoir. La femme que tu réclames est chez moi; elle n'en sortira pas: ose venir l'y chercher toi-même; mais tremble d'y trouver la punition de tes forfaits. Alexandre Bolosqui, baron de Fritzierne».

Cette lettre écrite, il s'agissait de la faire remettre au chef des indépendans d'une manière sûre, et sans craindre de compromettre la vie du porteur. C'est Victor, qui se charge de ce soin, malgré les instances du bon père qui voudrait la confier à quelques-uns de ses gens. Victor, l'intrépide Victor prie le baron de lui permettre de porter cette lettre à l'avant-poste des brigands. Fritzierne craint à juste titre la mauvaise foi de ces scélérats. Rien n'effraie Victor: il promet d'être rentré avant la fin du jour, et part sur-le-champ, après s'être armé de sabre et de pistolets. Dès qu'il est parti, le baron sent l'imprudence qu'il vient de commettre, en exposant ainsi les jours de son jeune ami; mais il le connaît prudent, en même temps qu'il le sait ferme et courageux. Le baron va trouver sa fille, madame Wolf, et, sans leur faire partager ses inquiétudes, il leur promet qu'avant peu ils reverront leur bien-aimé, et se console avec elles des tracasseries de la journée. Suivons Victor, et voyons comment il va s'acquitter de la mission délicate dont il est chargé.

Victor marche pendant plus de deux heures avant de pouvoir découvrir le carrefour de la forêt de Kingratz, où il doit trouver l'avant-poste des brigands. Son ame est tranquille, quoiqu'il ait lieu d'appréhender quelque trahison de la part de ces scélérats. Au surplus, se dit-il, c'est moi qui ai introduit chez moi, qui ai introduit chez mon père cette madame Wolf, aujourd'hui l'auteur de tout ce désordre, c'est moi seul qui dois en supporter les dangers, s'il y en a, et ne pas sacrifier des serviteurs, ni d'autres innocens, pour une faute que j'ai commise; car si le séjour de madame Wolf doit troubler le repos de mon père et de ma Clémence, c'est une imprudence à moi de leur avoir fait connaître cette infortunée. Quelle que soit l'issue de l'événement d'aujourd'hui, cela va toujours reculer ma félicité; car j'épouserai Clémence, je n'en puis plus douter, je l'épouserai: quel bonheur! quel heureux changement!.... et sur-tout quel homme, quel homme respectable que le baron de Fritzierne!.... Ô Victor, hâte-toi de servir l'amitié, pour revenir bien vîte goûter le repos, partager les douces effusions de l'amour et de la nature!....

En réfléchissant ainsi, Victor s'avance dans la forêt, et ne doute pas qu'il soit près du lieu que Roger indique dans sa lettre, qu'il a sur lui. Quelques coups de sifflet qu'il entend le confirment dans cette idée, et troublent légèrement sa fermeté. Bientôt cinq à six hommes, d'un extérieur effrayant, se présentent à lui... Victor est bien armé; mais il est vêtu assez simplement pour ne point réveiller la cupidité de ces scélérats: il marche droit vers eux. Ils se regardent, et ne savent si c'est pour les combattre qu'un seul homme a l'intrépidité de les aborder. N'approche pas, lui crie l'un d'eux, ou tu es mort.—J'approcherai, leur répond doucement Victor; c'est sur la foi des traités que je viens vous rendre une réponse, que vous attendez sans doute.—Que veut-il dire?—Est-ce ici le premier poste de la troupe des indépendans?—Oui.—Eh bien! je vous demande votre parole d'honneur que vous respecterez la mission dont je suis chargé, et que vous n'attenterez ni à ma vie, ni à ma liberté.—Plaisant langage.... n'importe, tu peux parler.— En sûreté?—En sûreté.—Vous êtes les compagnons de Roger?—Et ses amis.—Je n'en doute point. Remettez-lui donc sur-le-champ cette lettre; et dites-lui que c'est la réponse à celle qu'il a envoyée, hier à minuit, au château de Fritzierne.—Ah! ah!.... et cette femme?—Remettez-lui, vous dis-je, cette lettre; elle répond à tout.—Camarades, regardez donc comme il ressemble à notre capitaine?—En vérité (dit un autre brigand) c'est tout son portrait.— (Le premier.) Il est gentil! (Le second.) C'est un enfant.—(Un troisième.) Si nous le gardions ici pour en faire un élève?—(Un quatrième.) Non, non; point de violence dans ce cas-ci, mes amis: c'est un ambassadeur du très-grand seigneur, monseigneur le baron de Fritzierne; il faut le laisser aller.— (Le premier.) Sans doute, et le droit des gens donc.—(Le second.) D'ailleurs Roger se fâcherait; il est pour les procédés, lui.—(Tous deux.) Ah, ah, ah, ah!... (Le premier.) Allons, c'est bon, donne-nous ta lettre, et va-t-en.... à moins que tu ne veuilles parler toi-même à notre commandant?—Je n'ai rien à lui dire, répond fièrement Victor!....

Il leur remet la lettre, et s'éloigne sans affectation, comme un homme qui ne craint rien. Cependant, quand il est tout-à-fait hors de la vue des voleurs, il presse sa marche; son cœur bat plus violemment, et il remercie la providence d'avoir permis qu'il échappât à un péril si grand, si certain même; car quoique Roger aime les procédés, comment se fier aux procédés d'une troupe de scélérats sans ame, sans principes, comme sans délicatesse.... Victor fait cette réflexion, et il frémit.

Enfin il a repris sa route, qu'il suit avec plus de précipitation. Il va retrouver tout ce qu'il aime, Victor; il faut qu'il se hâte de dissiper l'inquiétude à laquelle, sans doute, on est livré sur son compte. Comme il jouit, comme il jouit en pensant au hasard singulier qui l'a empêché de fuir, de s'éloigner pour jamais du bonheur dont il n'entrevoyait pas l'aurore, qu'il ne croyait pas si près de lui! C'est pourtant à sa vertu, à sa tendresse pour son bienfaiteur, qu'il doit son retour; ah! c'est à son retour qu'il doit la certitude d'être bientôt uni à l'objet de son amour! Oh! oui, se dit-il, la vertu seule est la base du bonheur. Elle maîtrise le hasard lui-même; elle est au-dessus de tous les coups du sort. Clémence! tu as tout dit à ton père; il approuve nos feux; nous serons heureux, nous le serons. Ô Clémence! quel bonheur que j'aie formé le projet de fuir, et que ce projet n'ait pas réussi!...

Victor arrive bientôt au château, où il est attendu avec impatience: Victor est abattu par la fatigue; mais il recouvre ses forces pour embrasser tous ses amis que le but de son voyage a plongés dans la consternation. Tu as réussi, lui dit Fritzierne, je le vois; mais une autre fois je ne céderai pas aussi promptement à tes prières, je me méfierai de ton âge et de ta valeur. Tu ne saurais croire, mon fils, combien je me suis repenti de t'avoir laissé partir avec une mission aussi délicate. À ton âge j'en aurais fait autant que toi; mais au mien, je sens que c'est une imprudence, une très-haute imprudence, et que je n'aurais pas dû y prêter les mains. Enfin c'est fait, te voilà, nous te serrons dans nos bras, et nous oublions le danger que tu as couru pour ne jouir que du bonheur de te revoir.

Le père le plus tendre n'emploierait pas des expressions plus touchantes, en parlant à son enfant. Victor fut pénétré jusqu'aux larmes des marques d'affection du baron. Il l'embrassa avec effusion, puis il lui raconta ce qui venait de lui arriver dans la forêt.—Ma lettre est remise, interrompit le baron: tant mieux, nous attendrons maintenant l'effet qu'elle aura produit.

Madame Wolf qui causait tous ces embarras, en parut pénétrée de douleur. Clémence, que l'absence de son amant avait également affligée, s'occupa du soin de consoler son ami. Toute cette famille passa une soirée tranquille, et fut goûter sans trouble, un repos dont elle avait besoin après tant d'agitations.

CHAPITRE VII. TACTIQUE, EXPOSITION

L'aurore avait à peine déchiré les voiles de la nuit pour tracer sa route du jour au père de la lumière, lorsque le baron de Fritzierne fit appeler Victor dans son appartement. Mon fils, lui dit-il, tu sais ce que je t'ai dit hier sur le caractère de Roger. Il est capable de tout, pour venir à bout d'enlever madame Wolf; il faut nous mettre sur la défensive, mon ami; il faut ne pas perdre un instant. Mon château est fortifié; j'ai des hommes, des armes et de la poudre; non-seulement nous sommes en état de faire une longue résistance, mais nous pouvons nous flatter encore de repousser les assiégeans les plus nombreux. C'est toi que je charge de l'expédition, mon ami, si toutefois Roger a l'imprudence de nous attaquer. Je suis âgé, moi, je n'ai plus ta force, ni ta souplesse, j'ordonnerai en dedans; je veillerai à ce que vous soyez bien servi, à ce qu'il ne vous manque rien; toi, tu commanderas notre petite troupe, et je ne crains rien, si tu sais unir la prudence à la valeur; car, mon fils, ce n'est pas tout que de savoir commander une armée, même la plus imposante, ce talent du général n'est pas seulement de remporter la victoire, il faut encore qu'il sache ménager le sang des hommes qu'il commande: c'est en épargnant la vie de ses soldats, en les exposant le moins possible, qu'il prouve un véritable talent. Eh! quels sont nos soldats à nous, dans cette occasion? tous gens utiles, qui font valoir nos terres, nos possessions. Je puis rassembler à-peu-près cent hommes dans tous ceux que j'emploie dans l'intérieur comme à l'extérieur de mon château. Leurs jours me sont tous précieux; et je t'en avertis, je crains leur valeur, je crains même leur témérité; tous me sont attachés, tous périraient pour moi. Il faut ici les guider, réprimer leur impétuosité, et les ménager sur-tout; ce sont presque tous des pères de famille, sages, vertueux et laborieux. Mon ami, nous triompherons sans doute; mais si nous succombons, si nous périssons dans cette entreprise, eh bien! nous mourrons pour avoir défendu la vertu, pour avoir combattu le crime. Ah, mon fils! comme cette mort est belle! comme elle est glorieuse!

Victor presse la main du vieillard: Mon père, lui dit-il, s'il faut que je vous parle franchement, sans crainte d'être accusé de timidité, je ne pense pas moi, que Roger, ce chef prétendu si redoutable, commette l'inconséquence de nous attaquer dans un château-fort, pour ainsi dire inexpugnable. Je crains davantage ses ruses et ses hostilités sourdes: je crains, en un mot, la trahison, et envers vous et envers madame Wolf. Voilà je crois, les seules armes qu'il soit capable d'employer. Si nous faisons tant de préparatifs, il a des espions, soyez sûr qu'il a des espions, nous aurons l'air de le craindre, d'avoir peur de lui et de la troupe de bandits qu'il commande.—Tu crois que ses agens s'introduiraient jusqu'ici?—Je ne doute pas qu'il n'en soit déjà venu, ou que quelqu'un de vos gens vous trahisse. Comment aurait-il appris que madame Wolf est chez vous, que ce sont deux personnes attachées à vous qui ont secouru cette femme et son petit Hyacinthe? comment peut-il avoir découvert tout cela?—Ta remarque est juste.—Dans une maison comme la vôtre, aussi vaste, aussi habitée, il va et vient tant de monde, on saura que vous vous mettez en état de siége, il l'apprendra aussi-tôt que nous en aurons divulgué le projet; et, s'il ne prend pas les précautions pour doubler ses forces, pour se rendre plus redoutable, au moins sa vanité sera flattée de l'espèce de terreur, qu'il inspire; et il est humiliant d'être l'objet du mépris d'un pareil scélérat!....

Fritzierne admire le jugement et la délicatesse de son fils adoptif. Celui-ci continue: Je pense donc, mon père, pardon si j'ouvre un autre avis que le vôtre....—Parle, parle.—Je crois donc qu'il vaut mieux laisser tous nos amis à leurs travaux, les prévenir seulement de se tenir prêts au moindre avertissement, préparer nos armes chez nous en silence, affecter, en un mot, la plus grande sécurité.—Charmant jeune homme!.... Oui c'est cela, voilà le parti qu'il faut prendre. Moi, vois-tu, j'ai été militaire, je n'ai jamais suivi les cours des grands; j'ai passé ma vie dans les camps, dans les combats; je voyais déjà dans cette affaire-ci un siége ouvert, une attaque dans les règles. J'oubliais que mes adversaires ne sont point des ennemis ordinaires, qu'il n'y a point de champ d'honneur avec eux. Que veux-tu, mon projet était celui d'un homme qui aime encore le métier des armes, et qui est plein des règles de la saine tactique. Ton avis vaut mieux; oh! il vaut bien mieux que le mien, je l'adopte. Ainsi, fais, agis, dispose, prends tes précautions dès ce moment; moi, comme je te l'ai dit, je vais passer la journée à visiter mon arsenal, mes armes, mes munitions de guerre, à mettre tout en ordre, afin que tout se trouve sous votre main au moment de l'attaque, si elle a lieu. Mon ami, ce Roger que tu ne crains pas, a déjà pillé, incendié des châteaux presque aussi forts que le mien. C'est un diable! cet homme-là; s'il eut été vertueux, il était digne d'être général d'armée. Oh! il ne faut pas s'aveugler sur le péril, quand on veut être sûr de le surmonter.—Vous avez raison, mon père: aussi je ne veux pas faire à vos yeux preuve de témérité; mais d'une prudence et d'un courage raisonnés.—Bien, bien, mon fils: allons, va, je te donne carte blanche; mais sur-tout rassure nos dames, qu'elles ne s'effraient point, et qu'elles ne viennent pas mêler à nos efforts guerriers, leurs cris, leurs larmes, ou leur évanouissement; car les femmes sont comme cela, je les connais.— Ne craignez rien, mon père; l'asyle que je leur prescrirai sera sûr, inviolable; elles ne pourront ni trembler, ni nous troubler.

Victor quitte le vieillard pour aller donner des ordres, et commencer l'exécution de son projet. D'abord il va trouver séparément chacun des individus qui doivent composer sa petite garnison: tous lui jurent le secret et l'obéissance; il leur recommande aussi à tous de ne point quitter leurs travaux pendant la journée; mais de venir passer la nuit au château, et de se réunir au moindre signal. Il ne leur promet point de récompenses, mais des armes: c'est la seule promesse à laquelle ils soient sensibles. Cependant il ordonne à quelques-uns de se répandre, bien armés, dans la campagne, du côté de la Croix de Kingratz particulièrement, d'examiner tous les pas, toutes les démarches des gens de Roger. Comme les brigands n'en veulent qu'aux gens très-riches, très-bien vêtus, ces bons laboureurs ne craignent point d'être attaqués par eux. Ceux-ci partent pour leur mission, en promettant à Victor de l'avertir de temps en temps, s'ils découvrent quelque chose de nouveau; d'autres ont ordre de veiller, pendant le jour, à toutes les issues du château, d'examiner attentivement ceux qui entrent, ceux qui sortent, et d'arrêter indistinctement quiconque ferait même une question indiscrète. Victor, sûr que tous ses ordres seront suivis, revient trouver le baron dans son arsenal, et l'aide, avec Valentin et quelques domestiques affidés, à en retirer les canons, les mortiers, les boulets, les fusils, les pistolets, toutes les armes dont on peut avoir besoin. Le lecteur demandera sans doute si son bon Valentin est chargé de quelque ordre particulier? Il a une place superbe, Valentin, il est commandant en second. Quel honneur! comme il en est tout fier! au reste il a servi autrefois, Valentin; c'est un César pour la prudence, un Alexandre pour la valeur.

Voilà donc toutes les précautions prises, et cela par un jeune homme de dix-huit ans, élevé, non au milieu d'un camp, comme son père adoptif, mais dans un cabinet, au milieu des livres et des instrumens de physique, de mathématiques, etc. Qu'il est aimable, mon Victor! qu'il est intéressant! peu de héros, dont jusqu'aujourd'hui j'ai entrepris l'histoire, m'ont touché comme ce jeune orphelin; peu ont autant mérité mon estime. Lolotte et son frère Fanfan sont intéressans; mais ce sont des enfans[1]. Alexis est un jeune homme bien infortuné; mais aussi il est trop susceptible, trop misanthrope[2]. Petit Jacques et Georgette ont de la grace, de la naïveté; mais ce sont aussi des enfans privés d'éducation, d'instruction[3]. Mon Victor, au contraire, est bien élevé, plein de candeur, de délicatesse; il n'a pas un seul défaut; du moins, jusqu'à présent, je ne lui en ai découvert aucun; il est doux, modeste, sensible, généreux, plein de tendresse pour ceux à qui il doit tout; il chérit la vertu, et la croit supérieure à tout. Oh, mon Victor! comme il m'attendrit! comme il mérite d'être heureux! Hélas! le sera-t-il?... le sera-t-il, ce pauvre Victor?...

La journée se passa ainsi en préparatifs secrets: tout se disposait dans l'intérieur du château pour une résistance opiniâtre, tandis qu'à l'extérieur on ne se doutait pas qu'on y fût plus occupé qu'à l'ordinaire. Clémence sûre du courage et des talens de son ami, voyait ces travaux sans crainte, y prêtait même la main avec une espèce de volupté, puisqu'elle aidait Victor; mais madame Wolf n'était pas aussi tranquille. Comme elle était la cause de tous ces embarras, elle se reprochait d'avoir troublé la tranquillité d'une famille trop généreuse; elle accusait sa destinée, dont l'influence maligne tourmentait, avec elle, tous ceux qui lui étaient chers, tous ceux qui s'intéressaient à son sort. Il fallait toute la fermeté, tous les témoignages d'amitié du baron, de Victor et de Clémence, pour l'empêcher de se livrer au plus sombre chagrin. Elle les fatiguait de ses regrets, de ses excuses, au point qu'on la pria très-sérieusement de ne plus se servir de semblables expressions; elle céda, mais elle n'en fut pas plus tranquille.

Vers le soir, les émissaires de Victor vinrent lui apprendre qu'on avait vu beaucoup de mouvement dans la forêt, qu'on y avait entendu rouler des pièces de canon, essayer des armes, et que les brigands, plus armés qu'à l'ordinaire, faisaient des apprêts de voyages, et paraissaient former quelque grand projet. Tant mieux, dit Victor; ils nous verront de près, et se repentiront d'une entreprise à laquelle le ciel a peut-être attaché leur châtiment.

Victor se garda bien de négliger cet avis salutaire; il était possible que les brigands tournassent leurs pas d'un autre côté; mais il se pouvait aussi que leur but fût de venir attaquer le château, ainsi que Roger en avait menacé Fritzierne. Nous passerons tous la nuit, dit Victor; et si personne ne paraît d'ici à demain, nous tâcherons de savoir quelle aura été la marche de ces scélérats.

En effet, toute la garnison de Victor se rendit au château: on lui distribua des armes, des munitions; les pièces furent pointées sur les tours, tout fut prêt, en un mot, pour attendre de pied-ferme les premiers assaillans qui se présenteraient. Passons la nuit avec eux, ami lecteur, et voyons ce qui leur arriva.

L'appartement de Victor était le seul d'où l'on pût, par sa position, examiner les moindres mouvemens qui pourraient avoir lieu autour du château du côté du chemin qui conduisait à l'étoile de Kingratz. Ce fut là que se rendirent Fritzierne, et même Clémence et madame Wolf, qui voulurent partager leurs inquiétudes et leurs ennuis. Victor avait ménagé dans le milieu de la forteresse un asyle écarté, impénétrable et sûr, où les dames devaient se retirer au moindre signal d'hostilité. En attendant ce signal redoutable, elles demandèrent la permission de rester avec le baron et Victor, on la leur accorda; et l'on ne s'occupa plus, ainsi réunis, que du soin de se distraire, par une conversation intéressante, du besoin du sommeil, auquel il ne fallait pas succomber. Ce fut le vieillard qui se chargea de cette douce occupation. Quand il vit autour de lui son fils, sa fille et son amie, il leur tint ce discours:

«Ah çà, Victor, je t'ai choisi pour mon gendre, tu le sais à présent, tu en es bien sûr: c'est donc ta femme, c'est donc ton vieux père, ce sont donc tes possessions que tu vas défendre. Je ne te dis point cela pour exciter ton courage; il n'a pas besoin d'être doublé par ces motifs puissans. Ta conduite jusqu'à présent, ta tendresse, le desir de conserver mes jours qui t'a fait renoncer à ton projet de fuite, tout me prouve que je pouvais compter sur ton appui, sans même te donner des espérances pour le légitimer. Oui, Victor, oui, tu seras l'époux de Clémence; depuis long-temps, depuis ton enfance, j'ai nourri dans mon sein cet espoir consolateur; je me suis dit: Voilà celui qui me succédera, qui soutiendra ma vieillesse, qui me consolera et protégera ma fille, sa femme. Je ne choisirai point à ma Clémence un époux parmi les grands de l'Allemagne; je les connais trop bien, ces grands, vains, méchans et cupides. L'intérêt, l'ambition ne me guideront point dans mon choix. L'homme vertueux, voilà le seul homme digne de sa main. Formons donc à la vertu ce jeune enfant adoptif; inspirons-lui de l'amour pour ma fille; persuadons à celle-ci qu'il est son frère, afin que l'amour trompe la nature, et prenne sa place lorsque l'âge aura permis à l'hymen de réclamer les deux cœurs que je lui dévoue. Pour Victor, je ne suis pas fâché qu'il sache qu'il ne m'appartient pas; cela peut lui donner le goût du travail et des sciences dont il croira avoir besoin un jour; cela peut doubler sa reconnaissance, son attachement pour moi, et sa tendresse pour ma fille. L'erreur des liens du sang empêcherait peut-être cet amour que je veux lui inspirer de naître dans son cœur; l'idée repoussante d'une passion pusillanime pourrait arrêter en lui l'essor du sentiment; instruisons-le. Dans les femmes, le sentiment n'est pas aussi soumis que dans les hommes au calcul de la réflexion: elles se livrent plus bonnement, plus ingénument à toute la force des passions qu'elles éprouvent. D'ailleurs, en regardant Victor comme son frère, si le caractère de ma Clémence ne se développe pas d'une manière aussi heureuse que je le desire, elle ne le méprisera pas comme un enfant trouvé; l'envie ne trouvera aucun germe dans son cœur si elle me voit lui prodiguer des caresses, des bienfaits; en un mot la distance au titre de son époux lui paraîtra moins grande, moins indigne de sa naissance, en cas que l'orgueil et la vanité tourmentent son jeune cœur.

»Tels sont les raisonnement que j'ai faits, mes enfans, et qui m'ont conduit à laisser l'une dans une erreur que je n'ai pas voulu faire partager à l'autre. Tu seras son époux, mon gendre, ô mon cher Victor; c'est tout le bonheur, c'est tout l'espoir de ma vieillesse. Je n'exige, pour terminer ces nœuds, qu'un seul éclaircissement: oui, c'est à une seule condition, et qui ne te paraîtra pas trop dure, que je te donne et ma fille et mes biens. Victor, tu vas me connaître, tu vas m'estimer davantage.

»Je viens de te dire que la naissance, la grandeur, la fortune, tous ces hochets de la vanité m'étaient indifférens, absolument indifférens dans l'établissement de ma fille; mais il me faut la probité, l'honneur; voilà les seuls titres de noblesse que j'exige de mon gendre et de sa famille. Tes parens, Victor.... je ne les connais point; j'ignore qui sont ceux à qui tu dois le jour, et il faut que je le sache; c'est bien la moindre chose que je puisse exiger: mais je vais te mettre à ton aise sur ce point. Quelque part que soit ton père, quelque état qu'il exerce, fût-il même dans la servitude, ou occupé à ces métiers manuels, que la société a l'orgueil d'appeler abjects, je ne lui demande qu'une seule qualité, c'est qu'il soit honnête homme. On n'est pas moins exigeant que je le suis, n'est-il pas vrai? Je te le répète, quels que soient la naissance, la fortune, l'état, l'éducation même de ton père; que ce soit un homme des champs ou de la ville, un riche ou un indigent, un homme en place ou un ouvrier, s'il a de la probité, son fils deviendra mon gendre: est-il possible de te donner plus de latitude?—Il est vrai, mon père; mais où le trouver?—Oh! je vais t'en faciliter tous les moyens, en te racontant l'histoire de ton adoption: tu vas savoir comment je t'ai trouvé dans une forêt, dans quel temps, à quelle époque, et tu connaîtras toutes les circonstances qui ont accompagné, sinon ta naissance, que j'ignore, mais les premiers pleurs que tu as versés en entrant dans la carrière de la vie. Ce sont même ces circonstances bizarres, extraordinaires, qui m'engagent aujourd'hui à réclamer le nom de ton père, pour sceller l'union que je veux former. Victor, voilà ma manière de voir; la trouves-tu déraisonnable?-Il s'en faut, mon père!—Exempt de la plupart des préjugés qui pèsent sur ce qu'on appelle les convenances sociales, je n'ai qu'un seul préjugé, moi; oui, je l'avoue, j'en ai un puissant qui dirigera toujours toutes mes actions: c'est que j'adore la vertu, et que j'exècre le crime. La vertu, sans naissance, sans fortune, est digne de tous mes hommages, de tous mes bienfaits; mais le crime, fût-il couvert d'or, de titres et d'armoiries, jamais, jamais!... la ligne qui nous sépare ira se perdre dans mon tombeau!....»

Ah! monsieur, s'écrie Victor dans l'ivresse de la joie, si vous me donnez les moyens de retrouver mon père, je réponds de mon bonheur, je serai le plus fortuné des époux.... Oh! n'en doutez pas, quel que soit mon père, il doit être honnête homme; je le sens à mon cœur, à mes principes, à mon amour pour le bien. Mon père m'a donné son ame, j'en suis sûr; il ne fut, il n'est peut-être que malheureux.—Eh bien, reprend Fritzierne, ce serait un titre de plus à mon estime!—Mais daignez donc me raconter ce qui vous arriva lorsque je me présentais à vos regards, faible nouveau-né, dans une forêt, ce récit que vous avez toujours différé....—Je vais te le faire enfin, mon Victor: écoutez-moi tous; vous allez connaître des événemens si bizarres, si singuliers, que long-temps ils paraîtront un songe à mes sens troublés à leur seul souvenir; mais avant de parler du hasard qui me fit trouver l'enfant que voici, je dois vous donner quelques explications préliminaires sur ma vie, sur mes propres malheurs.

Victor, Clémence et madame Wolf se rapprochèrent du vieillard, tandis que Valentin se mit en observation à la croisée; tous lui prêtèrent la plus grande attention, et il commença son récit en ces termes:

«Je suis né à Pizeck, sur les bords du Moldaw, où mon père avait un château de plaisance. Je fis mes premières armes sous lui, et ce fut bientôt à tous les petits souverains qui tyrannisaient alors une partie des cercles de l'Allemagne. Je ne vous parlerai point de mes campagnes, ni des dégoûts que j'éprouvais lorsque ma réputation me fit fréquenter les cours étrangères; je ne vous dirai point que poussé, coudoyé par la foule de courtisans qui sont là, toujours là, j'eus lieu d'observer tout à mon aise, et la bassesse de ceux-ci et la sotte impertinence de celui qu'ils appellent leur maître. Qu'il vous suffise de savoir que je sus y étudier les hommes, et que ce n'est pas là qu'ils se présentèrent à moi du côté qui leur est le plus favorable. Fatigué de la grandeur, bien petite, de tous ces messieurs, affaibli par une blessure presque incurable que j'avais reçue à l'armée, je voulus me retirer dans une campagne que j'avais achetée sur les bords de l'Elbe, en Silésie. J'y avais passé deux ans lorsque j'appris que mon père venait de mourir, et qu'il fallait que je me rendisse sur-le-champ en Bohême, pour y recueillir sa riche succession qui m'appartenait, à moi seul. Je vendis donc ma petite possession rurale, et j'arrivai ici, ici même dans ce château où je songeai à mettre de l'ordre dans mes affaires.

»Faut-il vous dire tout, mes enfans; faut-il vous dire que j'avais comme vous connu l'amour, et que l'amour avait fait mes tourmens, comme il va faire votre bonheur. Cécile-Clémence d'Ernesté joignait aux graces de la figure, la finesse de l'esprit et le charme des talens. Elle avait tout pour plaire; je la vis, je l'aimai, que dis-je, je l'adorai; elle dépendait d'une mère, d'une mère spirituelle et sensée, mais sévère, trop sévère envers une fille aussi accomplie. Lorsque j'entrai dans cette maison, je fus surpris de la tristesse, de la timidité de Cécile et de la dureté de madame d'Ernesté. J'y allais souvent; la mère connaissait même ma passion pour sa fille, et ne ménageait pas davantage Cécile devant moi. Lorsque je prenais la liberté de remontrer à madame d'Ernesté qu'elle séchait le cœur de sa fille par ses manières brusques, brutales même, elle me répondait les larmes aux yeux: Ah! monsieur, mon cher monsieur!.... vous ne savez pas, vous ne vous doutez pas des motifs de haine que je dois avoir.... Toute autre mère à ma place.... Mais, non, non, je m'abuse: vous avez raison, mon cher Fritzierne, je sens que mes procédés envers cette enfant.... Mais soyez mon, gendre, mon ami; devenez son époux, et chargez-vous du soin de la conduire, de la morigéner!.... Je n'aurai aucun droit sur elle, alors vous ne me gronderez plus.

»Sans faire beaucoup d'attention à ces discours, que j'attribuais à l'humeur contrariante de cette femme, je pris le parti d'avouer mon amour à la belle Cécile.... Elle reçut cet aveu avec une espèce d'effroi.... Vous, monsieur, s'écria-t-elle, vous voudriez épouser une malheureuse fille, privée de.... de tout ce qui peut lui rendre la vie supportable!—Que dites-vous, mademoiselle?.... N'avez-vous pas une mère?—Une mère, une mère!.... Oh! oui, oui, je ne le sais que trop.

»Je crus entrevoir un refus dans ces mots, ou le soupçon de tyrannie de la part de sa mère, tyrannie à laquelle j'étais bien loin de me prêter. Enfin, que vous dirai-je? ma persévérance, mes soins et mon ardent amour, tout parut vaincre la résistance de Cécile. Elle consentit enfin à m'épouser, ou plutôt elle céda aux menaces de sa mère, ainsi que je l'ai su par la suites.... Quelques mois après notre mariage, madame d'Ernesté mourut, et mon épouse ne parut pas beaucoup la regretter. Cependant, pour l'éloigner de l'aspect d'un séjour où sa jeunesse avait été malheureuse, car elle était en Silésie, où nous demeurions alors, je l'emmenais avec moi dans ce château, où, comme je vous l'ai dit, la succession de mon père m'appelait. C'est ici, mes amis, que les plus cruels malheurs m'attendaient. D'abord je m'apperçus que ma femme faisait de fréquentes absences, qu'elle passait souvent des journées entières loin de moi, et que, le soir, elle s'emportait lorsque je lui demandais doucement les motifs de cet éloignement. Elle venait de donner le jour à une fille, à Clémence, que tu vois près de toi, cher Victor; et cette mère coupable, non contente d'avoir livré cette intéressante créature à des soins, à un lait mercenaire, ne s'occupait ni d'elle, ni de moi. À la fin cette conduite me révolta, et je pris tous les moyens d'en percer l'obscurité. Une seule femme-de-chambre était dans la confidence de mon épouse. Je pressai, j'intimidai si bien cette femme, qu'elle m'avoua que madame se rendait tous les jours, à une heure convenue à l'entrée de la montagne voisine, chez une fermière, où se trouvait un jeune homme; que le jeune homme et ma femme laissaient là la femme-de-chambre pendant des heures entières et qu'on ne savait où tous deux allaient passer leur temps. Cette découverte me rendit furieux: j'engageai la femme-de-chambre à garder le secret sur l'aveu qu'elle venait de me faire; et ce jour même, une heure après le départ de ma femme, je suivis ses pas, et me rendis chez cette fermière complaisante, dont j'avais l'adresse.... J'entre: quel tableau frappe mes regards! Ma femme assise auprès de son amant, passant nonchalamment une main autour de son cou, et lui donnant l'autre, qu'il couvre de baisers. À cette vue, la rage s'empare de mes sens. Ô le plus perfide des hommes, lui dis-je, défends tes jours!....

»Ma femme jette un cri; l'inconnu se lève, nos sabres s'engagent, et je le jette mort à mes pieds.... Cécile tombe évanouie; je la fais transporter chez moi, où elle ne recouvre ses sens qu'une heure après qu'on l'a mise dans son lit....

Je m'apprêtais déjà à lui faire tous les reproches qu'elle méritait, lorsqu'elle me tint cet étrange discours: Monstre!.... homme barbare! tyran de ma jeunesse, digne de la mère qui m'a sacrifiée!.... apprends que c'est mon époux que tu as immolé à ta basse jalousie!....—Votre époux!—Oui, homme féroce, oui, mon époux! Un mariage secret nous avait unis long-temps avant que je te connusse. Ma mère, qui nous avait tant persécutés tous deux, l'apprit, ce fatal mariage.... elle força mon époux à s'expatrier. La cruelle me persuada ensuite qu'il était mort, que je l'avais perdu pour jamais.... Je le crus, hélas! Vous paraissez, vous demandez ma main. Ma mère me menace de sa malédiction, de la mort même.... Persuadée que les liens de l'amour sont rompus, je forme malgré moi ceux de l'orgueil, ceux de l'intérêt.... Mon amant, mon premier mari revient; je l'apprends, je le vois.... Nous nous occupons ensemble des moyens de vous apprendre cet événement, et vous l'assassinez dans mes bras! Il n'est plus, il n'est plus! et c'est moi qui cause sa mort!.... Je te rejoindrai, ombre chère et sanglante, nous nous reverrons.... bientôt! Les hommes nous ont séparés, mais la mort nous réunira!.... Prenez soin, monsieur, au moins, prenez soin du fils, puisque vous avez immolé le père!.... J'étais mère.... avant d'être à vous.... Je le cachais à tous les regards, ce fils d'un homme à qui le sort avait refusé la naissance, la fortune; mais comme il aimait!.... quel époux!.... Vous trouverez dans ce secrétaire la preuve légitime d'un hymen que vous venez de rompre.... (sa voix s'affaiblit.) Cet enfant, ce fils.... chéri!.... la fermière vous dira.... elle sait où il est.... où nous allions tous les jours.... l'embrasser.... son père et moi.... Songez....

»Cécile ne peut plus achever; elle expire.... Étonné, attendri, effrayé même de cette mort peu naturelle, je me jette sur elle.... Dieux! son sang coule.... Elle vient de se percer d'un poignard homicide.... L'infortunée!.... et c'est moi qui cause tous ces maux!.... c'est moi qui les tue, ces deux amans, ces deux époux!.... Malheureuse Cécile!.... mariée secrètement avec moi!.... Eh! pourquoi ne m'a-t-elle pas confié?.... J'étais assez délicat pour lui remettre sa foi; nous serions tous heureux....

»Vous jugez, mes amis, de l'excès de ma douleur, de mon repentir. Je me jette sur ce corps sanglant pour le ranimer du feu de mes baisers. Vains efforts; il reste froid, froid.... glacé.... Mais abrégeons cette scène d'horreur.

»Dès que j'eus fait rendre les derniers devoirs à l'infortunée Cécile, je courus au secrétaire, où je trouvais en effet un contrat en bonne forme, qui constatait son mariage avec le nommé Friksy, interprète de langues; mariage fait sous les auspices d'une vieille tante, de trois amis communs, et six ans avant que je me présentasse dans la maison de madame d'Ernesté. Un paquet de lettres frappa aussi mes regards: les unes offraient la correspondance de deux époux séparés par une mère ambitieuse et cruelle; les autres, de la main de cette mère, annonçaient à Cécile la mort de son époux: quelques-unes, plus récentes, semblaient détruire ce bruit; les dernières enfin étaient de ce Friksy, qui revenait en Bohême, et qui faisait à son épouse les plus vifs reproches sur son nouveau mariage.

»Que vous dirai-je? Étourdi de tant d'événemens imprévus, mon premier soin fut de courir chez la fermière, pour savoir l'asyle du fils de deux malheureux époux. Cet enfant, me disais-je, je l'adopterai; il sera le frère de ma fille, et les tendres soins que je lui prodiguerai pourront appaiser les mânes plaintifs de ses parens, dans le tombeau où je les ai plongés....

»Vain espoir: la fermière, effrayée de ma fureur, du malheur qui était arrivé chez elle, venait de fuir le canton à la hâte. Personne ne savait ce qu'elle était devenue. Impossible à moi de la retrouver, impossible de découvrir le fils de Cécile, dont cette femme seule connaissait l'asyle....

»Je ne vous dirai point quel fut l'excès de ma douleur, de mes regrets. Après avoir fait des recherches infructueuses, je me voyais privé de la consolation d'avoir auprès de moi un enfant intéressant que j'avais rendu orphelin. Je ne pouvais servir de père à cet infortuné, après lui avoir ravi le sien!.... Le chagrin s'empara de mon cœur; la vie me devint insupportable, le jour fatigant, la nuit cruelle par les tableaux affreux qui se peignaient à mon imagination.... Quel état, mes amis, quel état!.... Oui, me dis-je, le premier orphelin que je trouve, le premier enfant abandonné que je rencontre, sera mon fils, quelque danger, quelque obstacle que j'éprouve à l'adopter, à l'élever. J'en fais le serment devant Dieu, je vous le jure à vous, à vous, ombres sanglantes, dont je n'ai pu exécuter les derniers vœux, il remplacera votre fils près de moi; il sera le mien; et puisse le ciel, en faveur de cette adoption, détourner les coups de la malédiction, du malheur, qu'il lance sur tout homme qui a versé le sang de ses semblables....

»C'est à ce serment que je te dois, mon cher Victor, c'est ce serment sacré qui m'a fait vaincre tous les périls auxquels je me suis exposé pour t'avoir, pour t'emporter chez moi, pour t'élever, pour te soustraire à l'espèce de fatalité qui entourait ton berceau. Redouble d'attention pour m'entendre, mon ami; me voici arrivé à toi, à ce qui te regarde».

LES NUITS DE LA FORÊT
PREMIÈRE NUIT.

«Qu'ils sont cruels, les aiguillons du remords, qu'ils sont cruels! Comme il souffre, l'homme qui en ressent l'atteinte lorsqu'il est seul, seul avec sa conscience!.... Le jour, la nuit, point de trève, point de paix pour lui. Cette conscience timorée, cet ennemi terrible, le poursuit par-tout; par-tout il souffre: il n'est mieux que dans les antres des forêts, dans le silence de la nuit. Là, il ressent une espèce de volupté à se rappeler ses torts, à les détester, à détester son existence....

»J'éprouvais cet état déchirant, mes amis; j'étais dans cette horrible situation. Depuis la mort de deux époux que j'avais assassinés, je fuyais l'aspect du jour et des hommes; sur-tout la présence des hommes heureux. Tout m'était devenu insupportable. Si j'eusse pu retrouver leur enfant, cet intéressant orphelin m'eût consolé, m'eût dégagé du poids de mes remords; j'aurais cru, en l'élevant comme mon fils, appaiser les mânes sanglans de ses parens; il eût été tout pour moi. Mais cet enfant, j'avais perdu l'espoir de jamais le rencontrer. Quel moyen, en effet? J'ignorais son nom, son asyle; lui-même pouvait ignorer le secret de sa naissance, le nom des auteurs de ses jours. Il était isolé dans la nature, près de moi, peut-être, mais aussi éloigné que s'il eût été à mille lieues.... J'avais fait serment à Dieu, à ma conscience, d'adopter le premier orphelin; mais je ne faisais aucune démarche pour en trouver un. Je passais les jours enfermé seul dans l'endroit le plus ténébreux de mon château. Les nuits, j'errais çà et là dans mes jardins: les rayons du soleil ne frappaient plus mes yeux, comme les pavots de la nuit avaient cessé de les fermer....

»Depuis quelques jours j'avais pris l'habitude de sortir vers le soir, et d'aller me promener dans la campagne au loin, souvent jusqu'à l'entrée de la forêt de Kingratz. On la disait, dans ce temps-là, infestée par une troupe de brigands. J'aurais pu les craindre, j'étais seul et sans armes; mais tout entier à ma douleur, livré à mes tristes réflexions, je marchais toujours sans savoir où j'étais, où j'allais, et l'aurore seule me faisait remarquer que je m'étais égaré, que j'avais passé la nuit entière à parcourir les vastes forêts, dont je me hâtais de sortir au point du jour, effrayé de mon imprudence, et remerciant le ciel des m'avoir préservé de tout accident.

»Une nuit, ma mélancolie m'avait entraîné plus avant qu'à l'ordinaire dans ces forêts immenses. Je m'assis, accablé de lassitude, sur un monticule de gazon, au pied d'un taillis d'arbrisseaux touffus. J'y étais à peine, que quelques gouttes d'eau me tirèrent de ma rêverie, en m'annonçant un orage que je n'avais pas prévu. Je lève la tête, et j'apperçois quelques éclairs violens qui sillonnaient une nuée épaisse et noire. Bientôt les éclats de la foudre m'avertissent d'un danger auquel il m'est impossible de me soustraire. Que faire dans ce fatal moment? Les cataractes du firmament s'ouvrent, et m'abîment déjà d'un torrent de pluie large et sulfureuse. Les échos d'alentour répètent les longs et bruyans éclats de la foudre; c'est un bruit violent et continuel, qui semble produit par mille tonnerres prêts à fondre sur ma tête. Dans ce péril imminent, je sens chanceler mon courage et s'affaiblir mes genoux.... Un coup affreux de tonnerre écrase un arbre à mes côtés; les autres sont à tous momens frappés: seul, serai-je épargné dans cette lutte affreuse des cieux contre la terre? Je rappelle ma fermeté; je ramasse, pour ainsi dire, toutes mes forces, et je fuis, je fuis dans l'espoir de rencontrer un abri salutaire. La lueur des éclairs m'en fait découvrir un tout près de moi. C'est une espèce de grotte formée par la nature, dans le creux d'un monticule couvert d'arbrisseaux et de broussailles; elle est tapissée de verdure. La chûte d'un torrent, produit par les eaux de pluie, se fait entendre dans le fond; mais la pente du terrain me fait juger que ce torrent va se perdre au loin dans quelque cavité. Nul danger dans ce réduit, tout m'engage à m'y abriter, tout m'y présente la sûreté, la paix et la tranquillité.

»J'entre dans cette grotte favorable, je m'y asseois; et bientôt, oubliant le désordre de la nature, bien moins violent que celui qui règne dans mon cœur, je me livre de nouveau à mes pensées affligeantes. Je me rappelle mes malheurs, ceux que j'ai causés à deux êtres infortunés, et je verse des larmes. Peu à peu, par un effet de l'orage, qui engourdit mes sens, mes yeux se ferment pour la première fois depuis bien long-temps. Je ne puis résister au profond assoupissement qui me domine; ma tête tombe sur le gazon, et je m'endors en prononçant le nom de la malheureuse Cécile..... Le sommeil, mes amis, ne devait pas rafraîchir mon sang; il était trop agité pour me procurer le plus léger repos. À peine suis-je endormi, que Cécile et son époux se retracent à ma pensée. Je les vois; ils m'accusent de leur mort; ils me montrent leurs plaies sanglantes, le fer étincelant qu'ils viennent d'en arracher. Je leur demande leur fils, leur fils, à qui je dois le bonheur... Ils ne me répondent point. Un tombeau s'élève, ces deux ombres plaintives s'y précipitent; elles m'entraînent avec elles: qu'apperçois-je! le cadavre d'un jeune enfant qu'elles pressent dans leurs bras.... Je tombe à la renverse, et le charme disparaît.... Un moment après je me trouve près de ce fatal tombeau: il est fermé; mais le même enfant que j'ai vu est à côté de moi, il respire, il me tend ses petits bras. Viens, lui dis-je, viens; tu seras mon fils; fils de Cécile, tu seras mon bien, mon espoir, ma consolation. Je le saisis, je le presse contre mon sein.... À l'instant où je le presse, une foule immense se précipite sur moi; on m'arrache cette innocente créature, on l'emporte, on la place, où, grands dieux? sur un échafaud!.... Un homme coupable vient d'y expier ses crimes.... On s'écrie autour de moi: C'est son père!.... Des bourreaux, des tortures, des flambeaux funèbres, tout glace mes sens épouvantés.... Je cours, je m'éloigne de cet affreux spectacle.... Un fleuve agité se présente à mes yeux.... la foudre gronde sur ma tête.... J'apperçois une petite nacelle.... je veux m'y précipiter.... je tombe dans le fleuve, et je me réveille en sursaut....

»Ce rêve effrayant m'avait agité au point que je me lève brusquement, et fais quelques pas, croyant encore être poursuivi par les images horribles qu'il m'a tracées; mais mon cœur bat moins violemment, mes sens se calment, et j'éprouve un mouvement de joie de me voir seul, hors des dangers que j'ai courus en songe. Pendant cette espèce de sommeil, l'orage s'était dissipé, le ciel s'était éclairci, la nature avait repris sa tranquillité première, et l'aurore annonçait déjà le retour du soleil. Il faisait assez clair pour que je pusse distinguer les objets qui m'environnaient. J'allais, par pure curiosité, parcourir la grotte qui venait de me servir d'asyle, lorsque j'apperçus à mes pieds une espèce de portefeuille fait en forme de tablettes. Je le prends, je l'examine extérieurement; et, bien persuadé qu'il ne m'appartient pas, je m'imagine qu'il a été perdu dans ce lieu par quelqu'un à qui, peut-être, il était d'une grande utilité. Quelle est ma surprise, en l'ouvrant, d'y trouver ces mots écrits avec un crayon, et qui semblent m'être adressés:

«Homme infortuné, mais qui paraissez vertueux et sensible, lisez, et prononcez.

»Le hasard m'a conduit dans cette grotte, où vous reposiez. Au milieu du songe qui vous agitait, vous avez laissé échapper quelques exclamations. Oui, disiez-vous, j'adopte le premier enfant qui s'offrira à mes regards; il sera mon fils, je le dois, j'en ai fait serment, rien ne pourra m'empêcher de le tenir.... Homme généreux, venez donc au secours d'un malheureux enfant, d'une mère plus infortunée. Cette mère vous livrera son fils; mais promettez le secret, promettez de ne point vous informer de son nom, de celui de ses parens: qu'il vous suffise de savoir qu'il est né d'une Française et d'un Allemand. Adoptez-le, quelque danger que vous puissiez courir, et vous aurez secouru l'enfance, vous aurez soulagé le malheur....».

»Frappé d'étonnement, j'interromps ici ma lecture pour regarder autour de moi, si je n'apperçois pas l'enfant qu'on recommande à mon humanité. Rien ne s'offre à mes regards, je ne vois rien, et je reprends les tablettes, où je lis:

«Que ce papier, que je mouille de mes larmes en y traçant cette prière, devienne l'interprète de votre sensibilité. Écrivez-y vos réponses à toutes les questions que je vais vous faire.

»Êtes-vous marié?

»Êtes-vous père?

»Êtes-vous bien né?

»Votre asyle est-il éloigné?

»Êtes-vous libre?

»Êtes-vous assez intrépide pour courir cette étonnante aventure?

»Assez discret pour garder le secret?

»Pour ne faire nulle question?

»Pour céder aux moindres vœux de la mère de l'enfant?

»En un mot, peut-on compter avec vous sur toutes les vertus qui distinguent une belle ame, un grand cœur?

»Voilà ce qu'on vous prie d'expliquer. Ne craignez rien d'ailleurs; vos jours, votre fortune seront plus en sûreté que jamais. Veuillez répondre, laisser les tablettes dans cette grotte, où l'on viendra les chercher; et demain, trouvez-vous ici seul, à minuit.... on vous en dira davantage.

»P. S. Homme sensible! la prière qu'on vous fait vous paraîtra singulière; mais comptez, si vous y cédez, sur la reconnaissance éternelle d'une femme, hélas! bien infortunée!.... eh! vous ne pouvez rejeter ses vœux, si vous avez connu le malheur!»

»Vous jugez de ma surprise et de mon embarras. Quel était ce malheureux enfant qu'on abandonnait ainsi dans une forêt, à la merci d'un inconnu? Quels malheurs entouraient son berceau? On ne me parlait que de sa mère. Son père l'avait-il proscrit? Ce père inhumain était-il la cause de tant de précautions.... Je vous l'avouerai, mes amis, toutes les loix qu'on me prescrivait me firent balancer un moment sur le parti que j'avais à prendre. Je craignais de trop m'exposer en souscrivant aux désirs de ceux qui m'écrivaient. Ce mystère étonnant, ce rendez-vous donné, au milieu de la nuit, dans une forêt infestée de brigands, tout me fit réfléchir quelques momens: mais bientôt mon indécision s'évanouit devant le serment que j'avais prononcé, et que je me rappelai. Il était sacré; il devait appaiser mes remords, calmer la colère des deux victimes à qui je l'avais fait. Cet enfant qu'on m'offrait devait remplacer celui de Cécile. J'avais juré d'adopter le premier qu'on me présenterait, quelque peine que j'en dusse éprouver, dans l'instant ou par la suite. Je ne songeais plus qu'à tenir mon serment. Courons cette aventure, me dis-je, j'en aurai la force; oui, j'aurai tous les sentimens qu'on exige de moi. Donnons un frère à ma fille, à Clémence, et servons l'humanité après l'avoir outragée en répandant le sang d'un homme plus à plaindre que coupable.

»Me voilà décidé à surmonter tous les événemens, à braver tous les dangers. Je relis les tablettes mystérieuses, et, me servant du même crayon qu'on y a fixé, j'écris au bas cette réponse:

«Je suis veuf, père d'une fille en bas âge. Mes biens sont considérables. Mon château est voisin de cette forêt. Personne ne peut m'empêcher de servir les infortunés, et je suis honnête homme. C'est dire assez que j'accepte les propositions qu'on me fait. Demain, à minuit, on peut me livrer l'enfant sans crainte; il trouvera chez moi, éducation, protection, toute la tendresse d'un père».

»Je ne jugeai pas à propos de me faire connaître davantage, ni de signer cet écrit: la prudence exigeait cette précaution. Je remis les tablettes à la place indiquée, et je revins chez moi me reposer un peu des agitations dans lesquelles j'avais été plongé pendant cette nuit entière passée dans la forêt».

IIe NUIT DE LA FORÊT.

«Vous vous doutez bien, mes amis, que pendant toute la journée je fis une foule de réflexions, qui toutes aboutirent à me confirmer dans le projet d'adopter l'enfant qu'une mère me confiait. Dans tous les temps, j'avais eu du goût pour les aventures extraordinaires. Celle-ci exigeait du courage, de la patience, c'était assez pour qu'elle me plût; j'étais d'ailleurs accablé de chagrins. En adoptant l'orphelin, je soulageais ma conscience, et je me donnais une consolation, un délassement au moins pour le moment. Les soins que je devais donner à mon fils adoptif pouvaient me distraire de ma noire mélancolie. Je verrai, me disais-je, en lui le fils de Cécile, et je croirai Cécile vengée.

»Après m'être bien affermi dans l'entreprise que je formais, j'attendis le soir avec une espèce d'impatience. Elle arriva enfin cette soirée, qui devait m'enchaîner pour long-temps à l'enfance; au malheur! Je sortis de chez moi à mon heure ordinaire, vers onze heures; mais pour cette fois, je m'armai; je pris une paire de pistolets à ma ceinture, et mon sabre sous le bras. Cette précaution était nécessaire; on pouvait m'entraîner dans un piége; les brigands de la forêt pouvaient m'attaquer; je pouvais enfin trouver l'occasion d'opposer de la résistance, soit en protégeant la mère et l'enfant, soit en me défendant moi-même. Je partis donc bien armé, et, après avoir marché pendant plus d'une heure dans les longs détours de la forêt, je retrouvai ma grotte chérie, celle qui m'avait préservé de l'orage, celle qui m'avait offert les moyens de faire une bonne action. Il faisait très-nuit; cependant il était impossible de distinguer les objets, et je n'avais point fait la réflexion qu'il me serait difficile de trouver l'enfant qu'on devait exposer dans la grotte. D'ailleurs si l'on avait écrit de nouveau sur les tablettes, pouvais-je en distinguer les caractères? Cette réflexion m'alarma, et je me repentis de n'avoir point apporté une lanterne sourde. J'étais arrivé à la grotte, dont la veille j'avais bien remarqué la situation; mais devais-je y entrer sans craindre de fouler aux pieds, d'écraser peut-être l'innocente créature qu'on y avait sans doute déposée! Tout mon sang se glaça à cette idée; et j'allais me disposer à attendre le jour à la porte de la grotte, lorsque je crus appercevoir de la clarté dans le fond de cette espèce de souterrain. Je ne me trompe point; c'est une lumière éloignée, mais qui peut guider mes pas. Je sens que j'ai besoin de toute ma fermeté, d'un peu de témérité même, et je m'avance, non sans éprouver une espèce de frémissement involontaire.... Mes yeux sont attachés à la terre.... Je crains de rencontrer sous mes pieds ce que mon cœur brûle de trouver.... Mes pas sont lents.... mes regards se fixent en vain de tous les côtés, je ne vois rien. À mesure que je m'enfonce dans cette grotte tortueuse, mes yeux distinguent plus aisément. J'apperçois enfin la lumière qui m'a guidé: c'est une torche.... elle est enfoncée dans la terre.... À côté d'elle sont les tablettes mystérieuses qui nous servent de fidèle interprète: je les ouvre précipitamment, et j'y lis ces mots nouvellement tracés.

«On est satisfait des éclaircissemens que vous avez donnés, et l'on s'en repose entièrement sur votre probité. Homme rare!.... prenez ce flambeau.... suivez la grotte à droite.... vous y trouverez l'enfant».

»Je suis l'avis qui m'est donné.... Me voilà, un flambeau à la main, cherchant dans les détours obscurs d'un immense souterrain, non la fortune, non les trésors de la cupidité, mais l'enfance et le malheur.... La tendre pitié guide mes pas chancelans.... la douce humanité fait battre délicieusement mon cœur, et quelques larmes de sensibilité coulent de mes yeux attentifs....

»Tu partages ma situation, mon cher Victor; je te vois m'écouter, haletant d'inquiétude.... Tu suis ma démarche incertaine, et tu soupires après le moment où je te rencontrerai, faible nouveau-né, couché sur la pierre, abandonné à la pitié, aux soins de la tendre humanité.... C'était toi, mon Victor: je te trouvai enfin; tu me tendais tes petits bras; ta bouche semblait me sourire, et me demander un père, une mère, que la nature t'enlevait, peut-être pour ne jamais les revoir!.... Comme j'aime à me rappeler ce moment, ce doux moment où je t'apperçus pour la première fois!.... Le voilà! m'écriai-je involontairement, le voilà, ce cher enfant! Ô mon Dieu, conserve-lui l'existence, à moi la vie, la patience et la paix de l'ame!....

»Mes genoux fléchissent, mon cœur bat violemment, mes yeux se troublent, je me laisse tomber sur la terre, et je prends dans mes bras l'enfant, que je serre étroitement contre mon sein. Pauvre petit, pauvre petit! lui dis-je, qu'es-tu? qui sont les cruels qui te persécutent, qui forcent ta pauvre mère à t'éloigner, à t'abandonner? Oh! faut-il qu'à peine entré dans la carrière de la vie, ton berceau soit livré aux orages du malheur! Tes yeux sont ouverts, petit ami, et c'est pour fixer la pierre de ce souterrain, où l'on me confie le soin de tes jours!.... Tes premiers cris sont ceux de la douleur, tes premiers pas dans la vie t'ont plongé dans l'infortune. Mais non, non, tu n'es plus malheureux, tu ne le seras plus, au moins. Je t'emporte, je t'emporte avec moi; tu seras mon fils, tu seras le frère de Clémence, et peut-être, par la suite, seras-tu son époux.... Comme cette idée sourit à mon cœur! Je vois déjà mes petits-enfans, ma postérité dans cet enfant; je vois l'appui de ma vieillesse, ma consolation, mon ami, tout mon bonheur à venir.... Viens, viens, ne perdons pas de temps; arrachons ton enfance à l'abandon; créons en toi un homme, et un homme heureux....

»Tu pleures, Victor, tu pleures, Clémence, et vous aussi, madame Wolf!.... ce récit vous émeut tous les trois; et moi-même.... Viens, mon Victor, viens essuyer les larmes que fait couler de mes yeux le souvenir touchant du moment de ton adoption.... En voyant alors tes petites mains, je me doutais bien qu'un jour elles seraient mouillées des pleurs de ton vieux père, oui, de ton père, je le suis, je le fus dès cet instant, qui sera toujours gravé dans ma mémoire et.... dans mon cœur!....».

(Ici Victor et le baron se serrèrent étroitement dans les bras l'un de l'autre. Clémence porta sur ses lèvres la main de son père, et madame Wolf parut plongée dans un trouble violent, auquel ses trois amis n'eurent pas le temps de faire attention. Au bout d'un moment, M. de Fritzierne reprit sa narration en ces termes):

«L'enfant était richement habillé; je me doutais qu'il appartenait à des gens très-aisés. Il était couché dans une espèce de barcelonnette couverte de rubans et d'étoffes précieuses; on l'avait déposé, dans ce berceau, sur une pierre angulaire, qui formait comme un banc à cet endroit du souterrain. Quand j'eus bien caressé cette petite créature, qui semblait me sourire, je songeais à l'emporter; et, chargé de ce précieux dépôt, je repris le même chemin que j'avais parcouru déjà. Je croyais ma correspondance finie avec les étrangers qui me le confiaient; je me trompais: à la même place où j'avais trouvé la torche allumée, j'apperçus un autre flambeau et d'autres tablettes; je les ouvris, après avoir mis à terre ma barcelonnette.

«À présent, m'y disait-on, que vous possédez le bien le plus précieux dont une mère puisse se priver, accordez une faveur bien chère à cette mère malheureuse, et qui l'attend de votre générosité. Gardez l'enfant pendant toute la journée: il le faut pour sa sûreté, pour celle de sa mère; mais souffrez qu'elle le nourrisse de son lait pendant la nuit; promettez que demain vous l'apporterez ici à la même heure, vous-même, car il ne faut mettre personne dans votre confidence. Voyez si vous voulez consentir à le rendre à sa mère, toutes les nuits seulement? ce n'est qu'à cette seule condition qu'on peut vous le confier. Prononcez oui à haute voix et sans crainte: on vous écoute, il suffira de votre parole».

»Cette loi qu'on m'imposait me parut bien dure à observer; il fallait me résoudre à venir passer toutes les nuits dans cette grotte.... Tout autre que moi n'aurait pas souscrit à ce traité; mais j'avais vu l'enfant; il était si beau, si intéressant!.... Un regard que je jetai de nouveau sur lui acheva de me déterminer. J'y consens, m'écriai-je tout haut; mais ce manége durera-t-il long-temps? l'enfant est-il à moi, ou si je n'en ai que la garde pendant un temps prescrit?....

»J'attendais qu'on me répondit: personne.... le silence le plus absolu.... Je pris le parti de reprendre le berceau, l'enfant, et de sortir de cette grotte pour revenir au château. Je laissais les deux flambeaux, que j'eus le soin d'éteindre pour ne donner aucun soupçon, et je pris sur moi les premières tablettes dans lesquelles on m'avait fait les premières propositions. Bientôt je perdis de vue la forêt de Kingratz; et je rentrai chez moi avant que le jour parût. Je fis éveiller sur-le-champ la nourrice de ma fille Clémence, et je lui confiais l'enfant, en lui disant, pour toute explication, que je l'avais trouvé. Cette bonne femme alaitait ma fille, qui n'avait que deux mois: l'enfant de la forêt pouvait avoir plus d'un an; mais il était si faible, si délicat, qu'il avait besoin encore long-temps de cette nourriture céleste dont la nature a rendu les femme dépositaires, et qui est qui le premier aliment de tous les hommes. Je me proposais de prendre une seconde nourrice pour l'orphelin; mais, dans le moment, celle que j'avais chez moi me fut d'un grand secours. Quand j'eus pris ces premiers soins, je me jetai sur mon lit, où je dormis avec un calme qui m'était étranger depuis bien long-temps, tant il est vrai qu'une bonne action rafraîchit le sang, et donne le repos aux cœurs les plus troublés par les malheurs ou par les passions».

IIIe NUIT DE LA FORÊT.

«À mon réveil, mon premier vœu fut pour qu'on m'apportât mon petit Victor. Je lui avais donné ce nom que portait autrefois un Français, mon ami, avec lequel j'avais été fort lié. J'aimais beaucoup les Français; je savais que la mère de l'enfant était française, et ce titre réveillait en moi des souvenirs agréables. L'enfant avait bien reposé; on en avait eu le plus grand soin; j'étais tranquille sur sa santé; mais, d'un autre côté, j'étais tourmenté par la promesse que j'avais faite de le porter toutes les nuits à sa mère; cette contrainte me gênait singulièrement, et il fallait tout l'intérêt que j'avais ressenti pour des malheurs que je supposais bien grands, pour avoir souscrit à une condition aussi dure. Je devais cependant tenir ma promesse; je me flattai d'ailleurs de tirer des explications de la mère pendant ces entrevues nocturnes. Elle viendra, me dis-je, elle alaitera son fils à mes côtés, je la verrai, je lui parlerai, je l'interrogerai; elle me confiera ses chagrins; et j'aurai le bonheur de lui offrir des consolations, que sait-on, un appui, des secours peut-être....

»Cet espoir me fit désirer la fin de la journée, trop longue à mon impatience. La soirée arriva enfin: à mon heure accoutumée, je pris l'enfant dans mes bras et partis pour la forêt, toujours armé comme la veille. Combien de réflexions je fis en chemin sur cette aventure bizarre, extraordinaire, dans laquelle je me trouvais engagé sans en connaître le fond, sans en prévoir les suites!.... Comment se faisait-il en effet qu'une femme se trouvât régulièrement toutes les nuits dans une forêt infestée de brigands? L'habitait-elle, cette forêt? ou si elle ne l'habitait pas, pourquoi choisissait-elle un rendez-vous aussi dangereux, aussi effrayant pour un sexe timide? L'écriture des deux tablettes que j'avais vues, était celle d'une femme. Était-ce la mère de l'enfant avec qui je correspondais directement?.... Mais que faisait-elle donc dans cette forêt? y était-elle retenue par quelque lâche ravisseur? Pourquoi se priver de son enfant pendant le jour, et ne l'alaiter que la nuit? était-elle alors débarrassée de ses surveillans? Ceux qui la persécutaient, qui la forçaient à se priver de son fils, étaient-ils ses parens, son époux lui-même?.... Compte-t-elle que je lui porterai comme cela son fils toutes les nuits? n'en serai-je que le gardien? m'enlèvera-t-elle ensuite cette innocente créature au moment où j'y serai le plus attaché?.... Il faut qu'elle me satisfasse sur tous ces points, il le faut. Si elle n'est point digne de mon estime, si sa conduite est toujours aussi obscure, si je m'expose trop moi-même en lui donnant la satisfaction d'embrasser son fils, elle ignore mon nom, mon asyle; je garderai l'enfant, et je ne reviendrai plus à la forêt.... Mais quoi! soustraire un enfant à sa mère!.... Eh bien! est-ce faire son malheur, à ce petit? Eh! n'aura-t-il pas en moi le plus tendre des pères?

»Je m'avance vers la grotte, plein, de ces idées, fermement décidé à pénétrer, dès cette nuit même, le secret de la mère de mon petit enfant; bien déterminé à lui rendre son fils, si elle s'obstine à se voiler toujours à mes regards, à me cacher ses malheurs.... Je m'approche, chargé de mon précieux fardeau...... La plus grande obscurité règne autour de moi.... Je fais quelques pas encore... Rien... Je vous avoue qu'ici, mes amis, une espèce de terreur vint se mêler au dépit de me voir trompé dans mon attente.... On me demandait l'enfant pour le nourrir pendant la nuit, il était tout naturel que je m'attendisse à voir paraître une femme qui, remplissant à mes yeux les devoirs entiers d'une mère, me convainquît qu'on n'avait pas voulu se jouer de ma complaisance. Fut-ce la mère de l'enfant, fut-ce une nourrice mercenaire, quelqu'un au moins devait se présenter.... Mais toujours rien!... personne!..... l'obscurité la plus profonde!....

»Interdit, outré d'indignation, effrayé même, j'allais abandonner la grotte, sans toutefois me dessaisir de mon fils adoptif; j'allais reprendre le chemin de la forêt, quitter la voûte immense qui m'interceptait la sombre clarté du firmament étoilé, lorsque l'incident le plus étonnant glace tout-à-coup mes sens, et m'enfonce plus que jamais dans l'aventure bizarre que je courais depuis trois jours... Redoublez d'attention, mes amis, écoutez-moi bien.

»Au milieu des ténèbres épaisses qui m'environnent, une main, une main invisible me saisit par le bras.... Cette main puissante cherche à m'entraîner; ou à m'arracher la faible créature qu'avec confiance je rapporte à sa mère.... Tremblant, non pour moi, mais pour l'enfant auquel déjà je m'intéresse comme un père, je tente de me dégager. Que me veut-on, m'écriai-je?— Imprudent, me répond-on! taisez-vous, et suivez-moi sans effroi.—Où me conduisez-vous, répliquai-je avec un ton de voix plus bas?—Où la nature et le malheur réclament votre générosité, votre sensibilité....—Mais pourquoi sans lumière?....—Craignez-vous?.... Rendez, rendez-moi l'enfant, et fuyez loin d'ici; trompez l'espoir d'une infortunée qui a cru à votre probité, à votre délicatesse, à votre fermeté.... Mais sachez qu'en abusant de sa confiance, vous faites son malheur; oui, homme faible et timide, vous causez à la mère des remords éternels, et à l'enfant, l'enfant que vous tenez, la mort.—La mort?—La mort!.... tel est l'arrêt de.... Dirai-je, ô ciel! l'arrêt de celle qui lui a donné l'être?—Quoi! sa mère?....—Lui a donné la vie; si vous abandonnez l'enfant, cette mère malheureuse se verra forcée de lui donner la mort.—Ô crime!.... Eh! vous ai-je dit, vous ai-je fait entendre seulement que j'étais capable d'abandonner cette innocente créature, qui dans ce moment me tend les bras? Oui, je sens ce petit garçon charmant, je le sens qui caresse mes joues inondées de larmes; il me sourit sans doute, et moi je l'arrose des pleurs de la compassion!.... Guide invisible et inhumain, homme, femme, qui que vous soyez, votre conduite étrange me fait bien du mal: vous connaissez mon cœur sensible, bon, et vous en abusez d'une manière bien cruelle!....

»Pendant cette espèce de dialogue, je suivais l'inconnu ou l'inconnue, dont la main me pressait assez vigoureusement le bras gauche, et me forçait à céder, pour ne pas faire un éclat sans doute imprudent. Le son de sa voix paraissait appartenir à une femme; mais la force de son poignet m'annonçait un homme, et un homme fort; un autre indice encore me persuadait que mon guide était un homme, c'est qu'il marchait à pas de géant; ses pas étaient très-grands, et je ne pouvais le suivre qu'en pressant singulièrement ma marche. Quand nous eûmes cessé, moi de l'interroger, lui de me répondre, mille réflexions se présentèrent en foule à mon esprit. Il me tenait toujours, et moi je me laissais conduire comme un agneau; quelque chose même me disait intérieurement que je ne m'en repentirais pas, que je n'avais aucun danger à courir.... Je tenais toujours mon petit Victor, et je sentais que ma fermeté ne m'abandonnerait pas, tant que j'aurais dans mes bras cet enfant qui me causait tant d'inquiétude.

»Enfin, après avoir suivi mon guide pendant tout au plus cinq minutes, je me trouvai dans un lieu, obscur toujours, mais qui me parut meublé. J'entendis remuer un fauteuil, une table fut culbutée, une commode rudement heurtée, et tout cela, parce qu'une personne se leva brusquement à mon arrivée, et se précipita vivement à ma rencontre. Est-ce lui, s'écria-t-elle, est-ce mon fils?—Oui, madame, répondit mon guide; je vous l'amène avec son généreux bienfaiteur....—Homme bon, homme estimable, me dit la mère, si vous saviez.... Vous ne sa saurez jamais.... non: vous ignorerez long-temps, toujours peut-être, le secret de sa naissance.... Il le faut, il est absolument nécessaire.... Mais donnez-le-moi, donnez-le-moi, ce malheureux enfant; qu'il repose encore une fois sur mon sein.... que ses lèvres s'humectent encore une fois du lait maternel.... Oh! donnez-moi mon fils, si vous ne voulez que j'expire à vos pieds!

»Quand on pense, mes amis, que cette scène se passait dans les ténèbres, que j'ignorais où j'étais, qui me parlait, comment je reverrais la lumière du jour!.... vous frémissez; et, si jamais je publie mes aventures, cette aventure du moins, quiconque la lira frémira comme vous, s'il se met bien à ma place, s'il veut ne pas confondre cet événement avec ces récits fabuleux, mensongers, exagérés, invraisemblables, que nous rencontrons dans les romans, et qui n'ont d'autre objet que de nous effrayer sans nous intéresser, sans arriver à un but moral: j'en ai lu aussi, moi, des romans; mais j'ai éprouvé!.... et des malheurs réels n'effacent que trop le souvenir de malheurs imaginaires!.... Je reviens à ma situation.... elle était pénible: je ne savais si je devais exiger des aveux, des explications, ou céder à l'effusion de la tendresse maternelle... Cependant cette femme venait de donner un accent si douloureux à cette exclamation: Oh! donnez-moi mon fils, si vous ne voulez que j'expire à vos pieds!.... Elle avait un son de voix si touchant! toutes les facultés de mon ame étaient tellement ébranlées!.... un moment d'attendrissement, une espèce d'enchantement de mon cœur!.... enfin, je ne sais comment cela se fit, mais l'enfant me fut pris dans mes bras, sans que je songeasse à le retenir, à le refuser.

»Soudain je me sentis repris par mon guide. On me fit faire une vingtaine de pas, toujours dans l'obscurité: ensuite une porte se ferma derrière moi; je me trouvai seul, absolument seul.... La clarté d'un flambeau frappa de loin mes yeux.... Une demi-heure s'écoula toute entière avant que j'arrivasse à l'endroit où brillait cette clarté salutaire. Je m'approche pour m'en emparer; ô surprise! des tablettes sont à côté; j'y lis ce que j'avais lu la veille à la même place: Prenez ce flambeau; suivez la grotte à droite, vous y retrouverez l'enfant.

»Pour le coup mon imagination se trouble; elle croit entrevoir quelque chose de magique dans suite de ces événemens.... La tête presque égarée, je prends le flambeau; je cherche, comme j'avais cherché la veille; je trouve et saisis l'enfant avec autant de plaisir que j'en avais eu l'autre nuit à le découvrir: je reprends le chemin de la forêt, celui de mon château, et je rentre chez moi sans m'être apperçu du long trajet que j'ai eu à faire pour y arriver, tant mon esprit était troublé des aventures extraordinaires dont je venais de me trouver le héros.... Bon Victor! pauvre ami!.... je te remis aux soins de ta nourrice, de la nourrice de Clémence; tu dormis, toi, tu dormis!.... et moi je veillai; toute la nuit tu occupas ma pensée, toi et ta mère, ta mère invisible, impénétrable, mais sans doute infortunée; oh oui, bien infortunée!...».

IVe NUIT DE LA FORÊT.

«Je vous laisse à penser, mes amis, quelle foule de réflexions m'assiégea pendant toute la journée du lendemain. Le rôle que la mère inconnue me faisait jouer, était si bizarre, si dangereux même, que malgré mon goût pour les aventures extraordinaires, celle-ci commençait à me déplaire singulièrement; non que je me détachasse de l'enfant; hélas! cet innocent nouveau-né était-il cause des inquiétudes que j'éprouvais, des courses qu'on me faisait faire? devait-il souffrir des malheurs ou de la bizarrerie de ses parens? fallait-il que je l'exposasse de nouveau aux dangers que paraissait courir sa mère infortunée, à la mort même que cette mère égarée par le malheur sans doute, pouvait lui donner dans un moment de désespoir, ainsi que me l'avait fait entendre le guide de la forêt! Devais-je m'exposer moi-même à la cruelle incertitude d'en être privé, à la crainte de me le voir enlever par sa mère, plus calme ou moins malheureuse? Je l'aimais déjà ce pauvre enfant, oui, je sentais déjà que son existence était nécessaire à la mienne, et que si je devais le perdre, il fallait me résoudre à perdre la paix et le bonheur. Charme inconnu qu'on éprouve à la vue de l'enfance abandonnée, qu'êtes-vous? par quel talisman pénétrez-vous l'homme sensible!.... Oh! quel empire vous aviez sur mon ame! comme vous faisiez palpiter mon cœur! combien de larmes, combien de soupirs vous m'arrachiez en fixant le petit Victor, ce fils du crime ou du malheur!.... J'étais père, j'avais reçu Clémence dans mes bras, je lui avais donné le premier baiser de la paternité, et jamais je n'avais éprouvé, à la vue de ma fille naissante, les sensations délicieuses que me faisait éprouver le petit Victor qui m'était point mon fils!.... Qui n'était point mon fils, que dis-je! il l'était dès ce moment, tout autre homme l'aurait adopté pour moi: eh! les émotions de la commisération sont-elles autre chose que les douces étreintes de la tendresse paternelle!....

»Je chérissais donc davantage l'enfant abandonné; mais je ne voulais plus m'exposer aux dangers qu'on me faisait courir pour lui. Trois courses nocturnes m'avaient fatigué, je me proposais de garder Victor, de le faire sévrer chez moi, et de ne plus le conduire à une mère assez peu confiante en ma probité pour me cacher ses traits, son nom et ses aventures. D'après ce que je faisais pour son fils, que craignait-elle de m'ouvrir son cœur? Son secret eût-il été moins sacré pour moi que son enfant? Non, me dis-je, je ne le lui porterai plus; elle m'inspire trop peu d'estime: elle peut être infortunée, mais, à coup sûr, elle a la tête égarée, romanesque; elle a une ame qui n'est pas faite pour s'épancher dans le sein d'un homme sensible et généreux, elle ne reverra plus son fils!....

(Ici madame Wolf, qui paraissait émue, fit un mouvement pour interrompre le baron. Celui-ci, qui s'en apperçut, se tut comme pour lui laisser la faculté de parler.... Madame Wolf se contenta, après une pause qui étonna singulièrement son bienfaiteur, de soupirer, de lever les yeux au ciel, et de lui dire, d'une voix étouffée: Je vous demande pardon, monsieur, je n'avais rien à dire.... J'ose vous prier de continuer!.... Fritzierne fut le seul de sa famille qui fit attention à cette espèce de réticence de madame Wolf. Il parut s'inquiéter; mais bientôt il se remit, et reprit ainsi son intéressante narration.)

»Fort de ces réflexions, je formai d'abord le projet de ne plus retourner à la forêt.... Cependant je changeai d'avis.... Je veux absolument connaître cette femme singulière, me dis-je.... J'irai la trouver cette nuit; mais j'irai seul, sans son fils; je la questionnerai, je la supplierai de m'accorder sa confiance, de me raconter ses malheurs: si elle s'y refuse, si elle s'obstine à me cacher son sort, son nom, celui du père de Victor, alors je la fuirai, je l'abandonnerai pour toujours; et dussé-je cacher son fils dans le coin le plus obscur de l'univers, jamais elle ne découvrira son asyle ni le mien!

»Ce parti, j'en conviens aujourd'hui, ce parti était peu réfléchi; il prouvait le désordre de ma raison et de mon cœur; car allant seul voir cette femme, en mettant la vue de son fils à des conditions que la nécessité pouvait la contraindre de rejeter, je m'exposais à tout son ressentiment, je m'exposais à perdre ma vie, ma liberté, ou à voir cette mère désolée s'attacher à mes pas, me suivre, ou me faire suivre par-tout par ses gens, peut-être par le guide vigoureux qui m'avait déjà entraîné dans la caverne, et cela dans l'espoir de découvrir mon nom, ma retraite, celle de son fils.... Toutes ces conjectures, que je ne fis pas alors, pouvaient être fausses; mais enfin il était possible aussi qu'elles se vérifiassent: j'ignorais à qui j'avais affaire: servais-je le crime, l'imprudence ou le malheur, je n'en savais rien! et mon Victor, que je vois sourire sans doute de la peur à laquelle il suppose que je cédai, ne peut pas me taxer de faiblesse, s'il se rappelle que pendant trois nuits j'avais couru les aventures les plus extraordinaires, des aventures que mille autres, à ma place, auraient abandonnées dès la première.

»Je pris donc le parti de retourner seul à la forêt, et j'y fus à mon heure accoutumée, je le répète, sans le petit Victor, que j'avais confié à sa fidelle nourrice; mais il était écrit que mon projet serait renversé cette nuit-là, et que la fortune, cruelle me préparait un événement terrible autant qu'inattendu. Prêtez-moi toute votre attention.

»La nuit la plus sombre couvrait la nature; le ciel n'était éclairé que par des milliers d'étoiles, qui, par leur scintillation, ne donnaient pas assez de clarté pour distinguer les objets, mais en jetaient cependant assez encore pour me faire reconnaître la route tortueuse qui devait me conduire à mon souterrain.... Je marchais absorbé dans mes réflexions, et méditant dans mon esprit les moyens qu'il me fallait prendre pour m'insinuer dans la confiance de la mère inconnue.... Déjà j'en avais trouvé un que je croyais excellent, lorsqu'un coup de sifflet, parti à mes côtés, me réveille de ma méditation, et me rappelle à la prudence, au courage. Je m'élance contre un arbre, et je me jette sur mes armes; mais soin inutile!.... Une corde, que je n'avais pas remarquée à mes pieds, se dresse soudain; je me sens garrotter les jambes, l'estomac et les bras, après l'arbre que j'avais embrassé comme un abri. Tout cela se fait sans que j'aie le temps de me défendre, et par des gens que je ne puis voir, car j'ai le dos tourné contre l'arbre, et l'arbre me sépare de mes bourreaux, qui, dans le moment, s'élancent sur mon sabre, sur mes pistolets, et me désarment avec une agilité qui prouve leur long exercice dans ce genre de travail.

»Vous dépeindre ma situation est une chose impossible. Je vous dirai seulement que ma première idée fut que j'étais trahi par les inconnus à qui appartenait l'enfant, ou surpris par leurs ennemis. La suite me prouva que mon malheur ne provenait d'aucune de ces deux causes. Heureusement que je ne l'avais pas avec moi, cet aimable enfant, heureusement.... (Ô bonheur inouï! s'écrie ici madame Wolf, avec un accent plus fort que celui qui naît du simple intérêt qu'excite un récit.... M. de Fritzierne, étonné de nouveau de cette exclamation, fixe un moment l'étonnante madame Wolf, et continue) Heureusement que ce pauvre enfant n'était pas dans mes bras, car je l'en aurais vu tomber, et peut-être se briser la tête à mes pieds....

Après que les brigands m'eurent ainsi garrotté, l'un d'eux m'adressa la parole, et nous eûmes ensemble la singulière conversation que je vais vous rapporter: Qui es-tu, me dit-il?—Qui es-tu toi-même, répondis-je?—Tu le sauras; mais réponds, ou tu es mort. Qui es-tu?—Militaire.—Comment t'appelles-tu?—Mon nom est un secret pour les scélérats de ton espèce.— Imprudent!.... que faisais-tu à cette heure dans cette forêt?—J'y cherchais ma route....—Un moment, reprend un autre brigand, je connais cette voix; je me trompe fort, ou c'est celle du fameux baron de Fritzierne.—Je le suis, répondis-je.—Tu es Fritzierne, je te reconnais, j'ai servi sous toi: je suis déserteur d'un de tes régimens.—Lâche!....—C'est toi qui, dans la dernière guerre, as trouvé le secret de simplifier le travail des mines, et de faire sauter une plus grande étendue de terrain avec moins de bras et moins de poudre.—Eh bien! que me veux tu?—Camarades, c'est un des plus grands savans de l'Europe. Il faut le ménager et le conduire à notre capitaine. Quelle bonne prise!.... Comme Roger, qui aime l'art de la guerre, va s'instruire avec un homme comme ça!—Quel est ce Roger? (Madame Wolf frémit.)—Un grand homme, que tu aimeras, car tu deviendras son ami, si tu veux lui prouver de la confiance et de la franchise.—Un brigand qui vous commande aurait ma confiance! Jamais, jamais....—Nous pardonnons aux injures d'un homme dont le nom nous commande le respect. Notre capitaine nous a cent fois raconté tes exploits; il t'estime; et si nous t'estimons à son exemple, c'est te prouver assez que nous ne sommes pas des brigands.—Avez vous bientôt décidé de mon sort?—Ton sort? il est entre les mains de notre capitaine: c'est à lui que nous allons te présenter: seul il est maître de tes jours, de ta liberté. Viens avec nous, Fritzierne; nous te promettons d'avoir pour toi les plus grands égards.

»Ces égards, que ces messieurs me promirent, furent de me garrotter fortement les bras, de me faire descendre un long bâton entre les jambes, pour m'empêcher de courir, et de m'entraîner au milieu d'eux, après m'avoir détaché de l'arbre où ils m'avaient lié d'abord.

»Je marchais en silence, absorbé sous le poids du malheur qui m'accablait, formant mille réflexions plus douloureuses les unes que les autres, et ne m'arrêtant qu'à celle de l'abandon où le destin condamnait mon petit Victor, s'il me fallait rencontrer la mort parmi les monstres dont j'étais l'esclave. Ma vie, je ne la regrettais pas; mais mon fils adoptif, mon cher fils!....

»Après une heure de marche, nous entrâmes dans une espèce de chaumière, dont la porte se referma sur nous. Elle conduisait à un souterrain dans lequel mes bourreaux s'enfoncèrent. Trois d'entre eux m'attachèrent à une forte chaîne qui était scellée dans le roc. Ils me laissèrent un flambeau, qui brûlait à quelque distance; puis ils me dirent en riant: Bonne nuit, baron de Fritzierne; demain matin, tu verras Roger notre chef, notre père et notre ami.

«Bonne nuit!.... Les monstres!.... Ils partent, et bientôt je ne vois plus autour de moi qu'une affreuse solitude, des fers, toute l'horreur, de la plus dure captivité!....».

Ve NUIT DE LA FORÊT.

«Vous n'exigerez pas de moi, mes amis, que je vous détaille les cruelles réflexions qui m'assiégèrent, ni que je vous fasse un tableau déchirant de la douleur à laquelle je fus en proie pendant toute cette nuit, plus affreuse, plus longue que celle qui couvrait la forêt; car le jour ne pénétrait pas dans mon cachot, et quand on vint m'en tirer, je crus voir l'aurore naître, tandis que le soleil avait déjà parcouru près de la moitié de sa carrière.... Il était onze heures à-peu-près. J'étais accablé par la fatigue et le désespoir, lorsque je crus entendre les pas de plusieurs hommes. Je ne me trompais pas. Je prêtai l'oreille, et bientôt j'apperçus huit à dix brigands, chargés de flambeaux, qui venaient vers moi. L'un d'entre eux, qui paraissait supérieur aux autres par sa taille, la richesse de ses vêtemens et la fierté de son maintien, s'écria: Eh quoi! vous avez laissé M. le baron de Fritzierne dans ce caveau, chargé de fers comme un vil criminel! Qui sont ceux qui ont commis cette faute?....—(Un brigand répond:) C'est Morgan qui l'a ordonné.—Eh bien! reprend le chef, je condamne Morgan aux arrêts pendant huit jours. (Il s'approche de moi:) Baron de Fritzierne, tu vois que ce n'est point par mon ordre qu'on t'a fait éprouver un traitement indigne de toi et de moi.... Qu'on détache ses fers. (On me rend ma liberté; Roger continue:) Baron de Fritzierne, me connais-tu?—Non.—Tu ne me connais pas? tu n'as jamais entendu parler de Roger, chef des indépendans?—J'ai entendu parler de Roger, chef d'une troupe de brigands.—(Roger sourit avec amertume.) Baron de Fritzierne, épargne-moi les injures. Je suis digne de ton estime, et je veux la mériter.—Tu le peux, en me rendant la liberté.—Tu n'es point mon prisonnier; tu seras aussi libre ici que dans le sein de ta famille; mais je te prie d'y passer quelques jours, de m'aider de tes conseils, et de me donner ton amitié.—Mes conseils, mon amitié, à toi!— Écoute, baron, dépose ta fierté; elle est déplacée avec moi, et dans cette occasion. Reste ici quelque temps; c'est une prière que j'adresse à l'homme que j'estime: mais s'il me refuse, s'il me hait, tu sais que je puis le traiter en ennemi.

»Roger, à ces mots, me lance un regard furieux, se calme un peu, me prend la main, et m'engage, du ton le plus affectueux, à le suivre dans sa caverne.... Que pouvais-je faire, le braver? J'étais seul, sans armes, en sa puissance: c'eût été le comble de l'imprudence. Je me déterminai à me contraindre, à le suivre, à attendre enfin le sort que le ciel me réservait.

»Il me conduisit dans une espèce de souterrain, à-peu-près pareil à ceux que j'avais déjà parcourus depuis quatre nuits; mais celui-ci était orné de meubles précieux, de sabres, de pistolets, et d'une quantité considérable de caisses, qui paraissaient contenir des effets. Là, Roger me fit servir des rafraîchissemens, et me quitta en me disant qu'il reviendrait passer la soirée avec moi. Deux de ses gens furent mis en sentinelle à ma porte, avec ordre de me traiter avec tous les égards possibles, mais de ne me point laisser sortir, quelque prétexte que je prisse.

»Seul, livré à moi-même, je ne pus que gémir sur ma fatale destinée, sans pouvoir toucher à aucuns des mets qu'on avait servis devant moi. Tout ce qui m'arrivait me paraissait un rêve, et j'en fus tellement abattu, que, vers le soir, lorsque Roger revint, il me trouva à la même place et dans la même position où il m'avait laissé le matin.

»Roger, précédé d'une douzaine de flambeaux, et de deux ou trois de ses affidés, entra donc dans mon cachot, et s'appercevant que je n'avais pris aucune espèce de nourriture, il s'assit près de moi, et me dit avec sensibilité: Vous voulez donc vous faire mourir, baron?.... Songez que j'ai besoin que vous viviez; oui, j'en ai besoin: mon cœur veut s'épancher dans le vôtre; et, vous le dirai-je, ma propre sûreté dépend de vous.—De moi, Roger?—De toi, mon ami!

»Je frémis involontairement à ce nom d'ami qu'il me donne; et Roger qui s'en apperçoit reste un moment troublé...... Il se remet..... Je n'étais pas né pour le crime, me dit-il, non, je n'étais pas fait pour l'état que je professe; mais je l'ai honoré; oui, baron, je l'ai honoré, ce titre de chef qu'ils m'ont décerné, et que tu traites de chef de brigands.... Si tu savais qui je suis.... Si je te racontais mes malheurs, si je te faisais part des loix que je leur ai prescrites, de la discipline que mes troupes observent, de la subordination, de toutes les vertus militaires qu'on pratique ici, tu m'estimerais, baron; oui, tu m'estimerais, et tu me dirais: Roger, tu étais né pour être général d'armée, pour être un grand homme!

»Il m'intéressait!.... Je le fixai avec moins d'indignation; il cacha son visage dans ses deux mains; puis il fit retirer son monde, excepté les deux surveillans qui gardaient l'entrée du souterrain; ensuite il me tint cet étrange discours. Baron de Fritzierne, il faut que tu me sauves la vie; tu le peux.— Moi; et comment?—Écoute-moi avec la plus grande attention?.... L'empereur a résolu ma mort, il la veut; il connaît mes projets, ma puissance, il veut se débarrasser d'un ennemi qui ravage ses états, et dont les succès multipliés accroissent de jour en jour et la force et l'audace.... Je ne crains point ses armées; mais je crains la trahison.... C'est l'arme du lâche et la terreur du brave.... Tu ne connais point ces routes tortueuses et souterraines, ces voûtes ténébreuses où tu es, et que j'habite depuis que j'occupe la forêt de Kingratz? Ici le cruel Boleslas eut autrefois un château-fort; ici des cavernes profondes furent creusées par lui, et prolongées jusqu'aux montagnes de Tabor: celle-ci va se perdre sur la rive gauche du Muldau, au pied des hautes fortifications de Pizeck. C'est par ces souterrains que l'on a résolu de m'investir et de me massacrer; j'en suis averti, je le sais, et déjà je suis certain que les bouches de ces affreuses cavernes sont occupées par les espions de mon ennemi. Mes gens ont entendu, sous ces voûtes sombres, des signaux effrayans; ils ont voulu pénétrer les endroits les plus reculés, un bruit singulier d'armes et de trompettes leur a toujours inspiré une terreur involontaire: ce n'est point en pleine campagne qu'on veut m'attaquer; on sait trop à quel point je suis redoutable! c'est dans des défilés obscurs et tortueux, c'est par la ruse et par la perfidie qu'on veut me soumettre.... Baron, tu peux me tirer de cet embarras. Tu connais le jeu des mines, tu sais l'art d'enfermer le bitume, et de lui donner ensuite une explosion qui porte la mort en déchirant les entrailles, de la terre; donne-moi ton secret, donne-le-moi: Je fais sauter cette caverne, et avec elle les espions qu'elle renferme: ensuite je quitte le pays, et la moitié de mes trésors est à toi.

»Étonné de cette odieuse proposition, je voulus d'abord faire éclater mon indignation; mais, réfléchissant qu'en m'insinuant davantage dans la confiance de Roger, je pourrais adoucir mon sort, trouver peut-être les moyens de m'échapper de ses mains, je feignis d'entrer dans ses vues. Il est tard, lui dis-je; le secret que tu me demandes, et que je consens à te confier, exige des leçons, des dessins, et par conséquent du temps; demain je te le communiquerai, non pour les trésors que tu me proposes, je rougirais de les accepter, mais pour ton instruction, pour ta sûreté. Il est cependant essentiel, avant que de commencer ce travail, que je connaisse les détours de tes souterrains, afin de mieux établir mes plans; consens à m'y conduire sur l'heure, cela me guidera dans mes opérations, et demain mes projets te seront soumis.

»Roger, ravi de la complaisance que je lui témoigne, me serre la main, se lève, et m'engage à le suivre.... Nous partons, accompagnés de quelques brigands armés et munis de flambeaux, et nous commençons l'examen des souterrains, dont Roger m'indique les issues, et les relations qu'ils ont avec le sol qui les couvre. Mon but, en lui demandant de visiter ces cavernes, était de m'éclairer moi-même sur les moyens de me sauver. Je ne sais quel pressentiment même me disait que j'allais recouvrer ma liberté, et j'écoutais avec avidité toutes les explications que me donnait Roger.

»Nous avions déjà mis plus de deux heures à cet examen, et nous n'avions rien découvert encore qui pût nous inspirer de l'effroi, et justifier les alarmes du chef des brigands, lorsqu'au fond d'une caverne sombre, un bruit affreux de trompettes vint frapper nos oreilles, et nous forcer à suspendre notre marche.... Roger pâlit, et j'avoue que moi-même je sentis mes cheveux se dresser sur ma tête, non que je dusse appréhender rien de fâcheux de la part de ceux qui en voulaient à Roger; au contraire, c'était d'eux seuls que je devais attendre ma liberté; mais je ne fus pas maître d'un premier mouvement de terreur.... Entends-tu, me dit Roger? ce sont eux.... Nous nous sommes trop avancés.... Retournons, il serait imprudent de les chercher, de les attaquer; il vaut mieux les engloutir tous sous les débris de ces souterrains qui les dérobent à mes regards: cher baron, c'est de toi que j'attends ce service signalé....

»Il dit, et m'engage, ainsi que sa troupe, à rétrograder; mais il n'est plus temps; nous nous sommes en effet trop avancés.... Les soldats envoyés par l'empereur, avaient épié depuis deux jours toutes les démarches de Roger; ce brigand venait de tomber, sans y penser, dans une embuscade; la trompette avait rallié ses ennemis; ils nous entouraient de toutes parts, nous ne pouvions leur échapper.... À peine avions-nous fait quelques pas vers notre première habitation, que nous nous trouvons enveloppés par plus de deux cents soldats qui fondent sur nous de toutes les ouvertures des souterrains.... Je frémis soudain, dans la crainte d'être confondu avec les brigands; et, pour éviter le sort qui les attend, je saute sur le sabre de Roger, je le lui arrache, et me rangeant du côté de ses aggresseurs; Scélérat, lui dis-je, combats un ennemi de plus....

»Les soldats, étonnés, n'osent pas s'en fier à mon exclamation: on m'arrête; et pendant qu'il se livre un combat, dont je dois ignorer l'issue, quatre soldats m'entraînent avec eux. Le bruit des armes à feu et du choc des sabres me suit assez loin dans les souterrains que j'avais encore à parcourir.

Bientôt je n'entendis plus rien, et je me trouvai, au bout des cavernes, dans la forêt au milieu d'une troupe armée qui me conduisit à son commandant. Je n'étais pas embarrassé de me justifier; je reconnus d'ailleurs ce commandant qui avait servi autrefois sous moi. Il me fit des excuses de la manière dont on m'avait traîné vers lui, et me fit reconduire, sous une bonne escorte, à mon château, où je me hâtais de rassurer mes gens, et d'embrasser mon petit Victor. J'avais besoin de repos, je m'y livrais long-temps, et me promis bien de ne plus aller, la nuit, à la forêt, d'abandonner la mère inconnue, et de ne plus exposer l'enfant, ni moi, aux dangers des courses nocturnes, dans un lieu où ma vie et ma liberté venaient de courir de si grands dangers».

fin de l'aventure de la forêt.

Ici, M. de Fritzierne se reposa un moment, puis il continua ainsi son intéressant récit. «Vous êtes sans doute curieux, mes amis, de savoir ce que devint Roger au milieu de la troupe qui l'investit, et s'il succomba sous les efforts des soldats envoyés par le gouvernement? J'ai ignoré moi-même les détails du combat que j'avais vu commencer; j'ai su seulement que Roger s'était défendu avec une intrépidité vraiment héroïque, que ses gens étaient venus le secourir, et que ces scélérats, après avoir perdu des leurs, et fait mordre la poussière à plusieurs de leurs aggresseurs, avaient remporté la victoire et s'étaient évadés. Quelques jours après, on envoya contre eux des forces plus considérables; mais on apprit que la troupe des brigands avait quitté tout-à-fait la forêt de Kingratz, et qu'ils s'étaient répandus, dans l'Allemagne, qu'ils infestaient, sans qu'on pût parvenir à s'en emparer. Depuis seize ans on n'en avait plus entendu parler dans nos contrées, et il n'y a pas plus de deux mois que Roger est revenu dans les forêts qui nous avoisinent: il est aujourd'hui plus redoutable que jamais; car sa troupe s'est considérablement augmentée, depuis que la paix qui a suivi la dernière guerre a fait rentrer dans nos foyers une foule de déserteurs, de gens habitués à piller, à voler, à incendier des villes entières: tous les mauvais sujets se sont rangés sous les drapeaux sanglans de ce chef redoutable, et c'est vraiment aujourd'hui une troupe formidable, faite pour effrayer le prince, qui ne peut la détruire que par une espèce de guerre civile. Mais laissons l'infâme Roger, que je n'ai vu qu'une seule fois, et revenons à toi, mon cher Victor, à toi dont l'adoption m'a coûté tant de peines, tant d'inquiétudes.

»Je n'entendis plus parler de la mère inconnue, ni de tout le mystère qui avait entouré ton berceau. Je pensai que cette femme, dont je n'avais pu pénétrer les secrets, était morte ou passée dans d'autres contrées. (Ici madame Wolf lève les yeux au ciel, et laisse échapper un soupir, que le baron remarque avec inquiétude.) Qu'avez vous, madame Wolf?—Rien, monsieur le baron; daignez continuer.... Cet enfant vous fut donc laissé sans aucune réclamation.... sans qu'aucun signe, aucun effet ait pu vous... faire...

soupçonner?...—Pardonnez-moi... vous me rappelez... j'oubliais de vous dire qu'au fond de la barcelonnette dans laquelle il était couché la première fois qu'il me fut confié, il y avait un portrait, un portrait de femme, je crois; oui, c'était un portrait de femme.... Eh! comment ai-je pu oublier si long-temps.... Je l'ai mis dans ce secrétaire, et depuis seize ans, je n'ai pas eu la curiosité de le regarder.... Tu vas le voir, Victor, je vais vous le montrer, mes amis; ce sont sans doute les traits de sa mère; oh! oui, oui, ce sont ses traits, je n'en puis douter! Le voici! le voici».

Le baron, étonné de n'avoir pas pensé plutôt à ce portrait, qu'il avait oublié dans son secrétaire, courut le chercher. C'était en effet un portrait de femme. Autour du cercle d'or qui l'encadrait, en voyait trois lettres initiales, A. D. L. et derrière, on lisait ces mots: Dreux, rue Parisis, 32. Victor et Clémence baisaient ce portrait précieux en versant des larmes, et cherchaient à y retrouver quelques traits qui pussent leur persuader qu'il retraçait la figure d'une mère infortunée. Pendant que nos deux amans se livraient à cette recherche intéressante, le baron de Fritzierne, qui venait aussi d'examiner le portrait, tomba tout-à-coup dans une profonde rêverie. Il regarda ensuite fixement madame Wolf, qui pâlit, et laissa échapper de ses yeux quelques larmes. Madame Wolf, lui dit le baron très-ému, vous avez une boîte sur laquelle.... (madame Wolf se trouble) oui, sur laquelle il y a un portrait de femme.... Je ne l'ai vu qu'une fois, ce portrait qui vous est si cher.... je ne sais; mais il me semble que je vois ici les mêmes traits que vous possédez!... Quel soupçon me fait naître cette ressemblance! Je ne sais pourquoi je frémis!... Madame Wolf, ah! madame Wolf, de grace, daignez.... ayez la complaisance de me montrer cette boîte, qui ne vous quitte jamais....—Monsieur!....—Mais voyez, voyez donc, madame Wolf, si ce n'est pas là la copie exacte de la femme....

Le baron, ému, prend le portrait des mains de Victor, et le met dans celles de madame Wolf, qui y jette un coup-d'œil, et s'écrie avec l'accent le plus douloureux: Oui, c'est elle, oh! c'est bien elle, l'infortunée!....

Cette exclamation plonge tout le monde dans le plus grand trouble. Vous l'avez connue! c'est le seul cri que jettent ensemble le baron, Victor et Clémence. Madame Wolf est presque évanouie; des soupirs gonflent sa poitrine; elle pleure, et l'état douloureux auquel elle est livrée, arrache des larmes de tous les yeux.... On attend d'elle une explication, elle la doit, elle ne peut plus cacher ses malheurs puisqu'ils sont liés à ceux de ses bienfaiteurs: elle va parler!....

Elle s'y dispose en effet; mais un incident nouveau, imprévu, vient ajouter au trouble de tous les personnages, et reculer une explication, dont néanmoins il va abréger la moitié. C'est dans le livre suivant que je vais tracer les événemens les plus singuliers et les plus touchans. Amis de l'enfance, amis de l'infortune, venez vous attendrir à mes tableaux; et vous; ames froides, vous qui ne croyez pas à la fatalité, aux malheurs inévitables, dont le hasard fait souvent dépendre notre destinée; vous qui ne savez pas que la vertu peut être grande et sublime au milieu des persécutions qu'elle n'a pu s'attirer ni éviter, ne lisez point mon livre, ne lisez point sur-tout mon dernier volume, vous n'y verriez que les défauts d'un roman, tandis que le lecteur philanthrope et sensible y trouvera, j'ose le croire, l'histoire de l'homme et la morale des êtres malheureux.

FIN DU TOME PREMIER.

VICTOR. TOME II

CHAPITRE PREMIER. COMBATS; LE NOUVEL ŒDIPE

Le baron de Fritzierne, Victor et Clémence, regardent avec un intérêt mêlé d'effroi, madame Wolf qui couvre de baisers et de larmes le portrait de l'inconnue; ils sont trop troublés pour avoir la faculté de lui parler, de l'interroger; mais leurs regards fixés, leurs bras tendus vers elle, expriment assez leur curiosité, et le desir qu'ils ont de l'entendre s'expliquer sur un rapprochement aussi extraordinaire. Quelle est cette femme, dont le baron et madame Wolf possèdent chacun un portrait? Est-ce cette amie dont madame Wolf veut garderie secret jusqu'au tombeau? Personne n'en peut douter. Est-ce la mère de Victor? C'est la mère de Victor, puisque son portrait se trouva au fond de sa barcelonnette. Madame Wolf connaît la mère de Victor, et sans doute son père; madame Wolf va, par des explications franches, abréger les recherches de l'amant de Clémence; elle va hâter son bonheur, puisque la main de celle qu'il aime est attachée à la découverte du secret de sa naissance. Son père enfin sera connu; son père!.... Ah! sans doute cet homme vertueux fut aussi infortuné que celle pour qui il soupira. Tous deux malheureux, tous deux persécutés apparemment par un tyran farouche, séparés peut-être pour jamais, tous deux ont fini leurs jours loin de l'autre, ou ensemble et par les mêmes coups; madame Wolf sait tout cela; madame Wolf va dévoiler ce mystère; et le baron, en apprenant le sort et le nom du père de Victor, va combler pour toujours les vœux de son fils adoptif en lui donnant Clémence; ô bonheur!
Telles sont les réflexions qui s'accumulent en foule dans la tête de Victor; il ne peut les détailler, ces réflexions mêlées de joie et de tristesse; mais tandis que son cœur bat d'impatience et de sensibilité; ses yeux, qu'humectent quelques larmes, entrevoient déjà l'aurore d'un bonheur prochain; les yeux

expressifs du bon Victor sont attachés sur les yeux de madame Wolf: sa bouche est ouverte, et sa langue veut articuler quelques mots qu'il ne peut prononcer. Mille sentimens divers assiégent à-la-fois le cœur de Victor: la curiosité, l'espoir du bonheur, l'amitié, la reconnaissance et la voix de la nature.

Enfin, s'écrie madame Wolf dans l'expansion du plus touchant abandon, enfin il faut parler, il faut le dévoiler ce secret terrible!.... Ô ma tendre amie! toi qui reposes dans le silence du tombeau, le destin m'affranchit du serment que tu as exigé de moi; c'est pour ton fils que je le romps, c'est ton fils qui m'en dégage; cet affreux secret est encore à toi, à moi, puisqu'il n'est déposé que dans son sein, et dans le sein généreux et sensible de son second père, de sa vertueuse épouse.... Écoutez, mes amis, écoutez, et frémissez....

Madame Wolf allait commencer le récit le plus intéressant pour nos amis; déjà chacun d'eux s'était rapproché de cette femme étonnante, et le plus grand silence régnait autour d'elle, lorsque Valentin, qui, comme je l'ai déjà dit, était resté en observateur à une des croisées de l'appartement, se précipite sur Victor en s'écriant: Aux armes! aux armes! les voici!....— Qui?—Les brigands, Roger, les voici!

Un coup de vent qui soulève une colonne de poussière, et la disperse au loin dans la campagne, ne produit pas un effet plus rapide que cette exclamation inattendue n'en fit sur nos quatre amis réunis. Ils se lèvent précipitamment, désespérés de cette interruption, mais embrasés par l'indignation et le feu du courage.... Rentrez, madame Wolf, s'écrie le baron; retire-toi, ô ma Clémence! reprend à son tour Victor..... Les deux dames vont sortir; Clémence revient; elle demande à son père la permission d'embrasser son ami. Qui peut deviner, dit-elle en frémissant, qui peut deviner l'issue de ce combat?.... Le baron présente Victor à sa fille: les deux amans se serrent étroitement: madame Wolf revient à son tour presser les mains de ses deux bienfaiteurs; puis le bon Valentin accompagne ces dames jusqu'à la retraite qui leur est préparée dans la tour la plus reculée et la plus fortifiée du château.

Comment remplirai-je maintenant la tâche que je me suis imposée? Essaierai-je de tracer à mes lecteurs des descriptions de combats? Mon crayon est-il assez fort pour dessiner des attaques, des évolutions militaires?.... Oui, je l'entreprendrai; mais j'abrégerai ce tableau imposant, terrible; et si cette histoire intéresse ceux qui me lisent, ils me sauront gré au moins, malgré ma faiblesse, de ne les priver d'aucuns des détails qui servent à la lier dans toutes ses parties, à lui donner de la clarté, de la variété et de l'intérêt.

À peine Clémence et madame Wolf sont-elles éloignées, que Victor et le baron se mettent à la croisée où Valentin observait, pour tâcher de distinguer les forces de l'ennemi qui s'approchait. À peine y sont-ils, qu'à la lueur des flambeaux que portent les brigands, ils apperçoivent ces scélérats, armés de pied en cap, traînant avec eux des canons, des machines, des matières combustibles, tout l'attirail formidable des combats. Aux armes! s'écrie à son tour l'intrépide Victor; en se précipitant dans les cours intérieures du château où sa petite troupe est postée; et sur-le-champ, ce cri de deuil, aux armes! frappe de tous côtés les voûtes du manoir, naguère si tranquille, du vénérable baron de Fritzierne. Tandis que la trompette sonne l'alarme dans les cours, le son lugubre du beffroi se fait entendre dans la tourelle la plus élevée du château.

Cependant la troupe de Roger s'est avancée dans la plaine; elle est sous les murs des tours, presqu'au bord du large fossé, et forme un demi-cercle au milieu duquel on voit s'élever, comme le chêne au milieu des jeunes ormeaux, le superbe Roger, reconnaissable par l'aigrette blanche qui orne la toque couleur de feu dont son front est ombragé: un large cimeterre brille dans sa main, et sa ceinture est hérissée de pistolets. Il est entouré de l'élite de ses soldats; et ses ordres, comme l'éclair qui semble parcourir la moitié du firmament, volent en un moment de l'aile gauche à l'aile droite de son armée. Elle est formidable, son armée: plus de mille hommes la composent. Ici, à la tête d'une brigade, distinguée par un soleil d'or qui orne sa bannière, on remarque l'effroyable Dragowitz: ce scélérat, dont la taille est gigantesque, qui, à l'approche d'une action, roule ses yeux comme un lion qui déchire sa pâture sanglante, ce monstre couvert de forfaits porte, pour toute arme, une énorme branche d'arbre, qui, dans ses mains, et pour le malheureux passant qu'il attaque, est vraiment la massue d'Hercule. Là, vous remarquez l'astucieux Fritzini, dont le corps maigre et la figure blême n'annoncent pas la force; mais examinez ses yeux louches et faux; entendez le son rauque de sa voix; suivez ses gestes, ses moindres mouvemens, ils vous diront que c'est l'homme le plus adroit pour les trahisons, le plus perfide pour les traités; c'est l'Ulysse de la troupe dans le conseil; c'est le Thersite de l'armée dans les combats. Plus loin sont, à la tête de leurs colonnes, les plus vils brigands de la terre, Sermoneck, Alinditz, Morneck, Flibusket, Bernert; et à leur suite, tous ceux qui se distinguent particulièrement dans l'attaque des voitures publiques, des courriers, et même des brigades qui courent les forêts pour la sûreté publique. Tous ces scélérats, que nous aurons occasion de retrouver par la suite, sont bouillans d'impatience et de pillage; ils toisent déjà des yeux le superbe château de Fritzierne, et le regardent comme leur future propriété: chacun brûle de tenir sa part des richesses qu'il renferme; chacun se dispose à combattre avec la plus grande intrépidité.

Quoi qu'il en soit, leur chef Roger ne sait point se précipiter, sans ordre et sans tactique, sur sa proie, comme une troupe d'écoliers tombe sur un cerisier qu'elle dépouille. Roger aime les batailles rangées, les attaques en règle; il a d'ailleurs affaire à un adversaire dont il connaît les talens dans l'art militaire; il veut lui prouver qu'il en possède aussi: il est fier, Roger, et veut se donner, aux yeux du baron de Fritzierne, la réputation d'un grand guerrier. En conséquence, et pour mettre des formes à l'action qu'il brûle d'engager, un de ses hérauts sonne trois fois du cor: on lui répond de l'intérieur du château. Roger croit qu'il va voir s'abaisser le pont-levis; il se trompe; on le méprise trop pour parlementer avec lui, pour le traiter comme un ennemi ordinaire; son héraut sonne encore du cor, on ne lui répond plus. L'indignation fait rougir de honte son front audacieux: il fait recommencer; pour le coup, une voix très-forte lui crie à travers un des créneaux de la première tour: On n'a rien de commun à démêler ici avec un brigand tel que toi; fuis, si tu crains la mort.—Moi, fuir! s'écrie Roger en se retournant vers sa troupe. Amis, secondez ma fureur, chargez....

À l'instant deux pièces de canon sont dirigées sur le pont-levis, dont une des chaînes est sur-le-champ rompue; mais un feu roulant part aussi-tôt des créneaux et du sommet des tours du château; la troupe de Roger en est ébranlée: elle se rallie. L'aile droite dirige toujours ses attaques sur le pont-levis, qu'elle voudrait briser; tandis que l'aile gauche roule des terres, des pierres et des pièces de bois, pour remplir le fossé et tenter l'assaut.... Le feu des assiégés redouble, et fait mordre la poussière à plusieurs des brigands. Le château ne paraît plus qu'un vaste incendie, tant les batteries, placées avec adresse, sont bien dirigées.... Victor est par-tout, par-tout il commande; il ranime sa petite troupe, dont le courage croît à mesure que l'action s'engage. Valentin fait aussi des merveilles; c'est lui qui dirige les canonniers. Tout s'ordonne, tout se fait sans bruit, sans confusion, tandis que le plus grand désordre règne parmi les brigands, qui poussent des cris de rage. Victor ne peut s'empêcher de frémir en voyant ces barbares relever les corps de leurs camarades morts à leurs côtés, et les précipiter dans le fossé pour le combler plus vîte, et arriver jusqu'au château en foulant aux pieds les cadavres de leurs amis....

La nuit la plus obscure couvre ce combat sanglant, éclairé seulement par les torches que portent une partie des brigands, et par la lueur rapide et pâle de la mousquetterie. Elle s'avance, cette nuit terrible, et la victoire paraît couronner les efforts des assiégés. Roger a déjà perdu un grand nombre des siens; il prend une résolution subite: l'ordre en est donné, et sur-le-champ il est exécuté. Les colonnes commandées par Dragowitz et Sermoneck se jettent à la nage dans le fossé, et soutenues par les poutres qui flottent sur l'eau bourbeuse, elles cherchent à briser le pont-levis à coups de hache, tandis que trois autres colonnes, commandées par Alinditz, Morneck et Roger lui-même, attaquent le côté du château qui donne de plain-pied sur la campagne, et où se trouve la petite porte par laquelle Victor et Valentin ont été secourir madame Wolf, au commencement de cette histoire. Le pont-levis résiste aux efforts de Dragowitz et de sa cohorte; une grêle de pierres tombe du haut du château sur ces misérables; ils sont noyés ou blessés pour la plupart, et, forcés d'abandonner leur entreprise; Sermoneck et les siens vont rejoindre Roger, dont les succès paraissent plus certains. En effet, la petite porte est enfoncée; Roger plein d'espoir et d'audace, se précipite dans l'intérieur du château; il est bientôt suivi d'une partie de ses troupes, et les assiégés, vainqueurs jusques-là, sont perdus, perdus sans ressource, si le courage et la prudence les abandonnent....

Étourdi par le grand nombre de précautions que Victor avait dû prendre avant l'action, il n'avait pas pensé à cette petite porte, qui était le côté le plus faible du château: il eût fallu la faire murer: Victor l'avait oublié; il ignorait même dans ce moment qu'elle était enfoncée, et ne songeait qu'à foudroyer le reste des malheureux qui s'étaient jetés à la nage pour briser le pont-levis.... Pauvre Victor! la foudre est sur sa tête, et tu ne l'entends pas gronder!..... Il était donc encore sur la tour du midi, l'intrépide Victor, occupé à donner des ordres, lorsqu'il entend crier à ses côtés: Les voilà, les voilà! ils nous poursuivent!....

Victor ne comprend rien à ces cris; mais il voit ses gens courir, se culbuter, se précipiter les uns sur les autres. Qu'y a-t-il donc? parlez?—Ils sont là, là, dans le château; ils montent, sauvons-nous....

Un trait de lumière vient frapper Victor, il se rappelle sa négligence et frémit; mais il ne se décourage point. Mon père, dit-il au baron qui combat à ses côtés, mon père, ralliez vos gens, et qu'ils me suivent....

Le baron ranime une partie des fuyards: tous jurent de mourir plutôt que d'abandonner leur jeune commandant; et Victor, suivi de Valentin et d'une vingtaine de gens d'élite, descend précipitamment; il entend bientôt les hurlemens de joie des brigands, qui, bien qu'ils n'occupassent encore qu'une seule tour, se croyaient déjà en possession du château. Cette tour renfermait justement une quantité considérable de matières combustibles, que Victor y avait amoncelées d'avance, dans l'intention de brûler les richesses du baron, plutôt que de les céder lâchement à Roger, en cas que la victoire se décidât en faveur de ce dernier. Victor fait précipiter de la paille, des monceaux de lambris et des bois enduits de résine, dans les escaliers que les brigands montent déjà précipitamment. Le feu est mis par-tout à ces matières inflammables; une quantité considérable de soufre est allumée; et, pendant que les assiégeans étourdis de cet incendie inattendu, délibèrent, glacés d'effroi, sur le parti qu'ils ont à prendre, toutes les portes de fer, qui peuvent communiquer de la tour à l'intérieur du château, sont fermées sur eux. Tranquille sur ce point, et bien persuadé que le feu qu'il vient d'allumer ne peut percer les voûtes de la tour, ni s'étendre dans le château, Victor remonte pour prendre d'autres précautions; mais, ô terreur!.... un groupe de brigands se présente à lui: c'est Roger à la tête de quelques-uns des siens!....

Roger, entraîné par son courage et l'espoir du succès, avait couru plus vîte que Morneck, Alinditz et leur troupe; il n'était déjà plus dans la tour au moment où Victor en avait fait fermer les portes. Roger se croyant suivi de ses amis, parcourait les longs corridors du premier corps de bâtiment, et poursuivait les gens du baron qui fuyaient devant lui. Qu'on juge de sa joie en voyant s'offrir à ses yeux justement l'ennemi qu'il cherche, Fritzierne presque seul, accompagné d'un jeune homme et de quelques vieux serviteurs!—Rends-toi, lui crie Roger, ou tu es mort.—Roger! s'écrie à son tour le vieux baron.—Roger! reprend Victor étonné, tu es ce monstre? tu vas périr.....

À l'instant commence le plus terrible combat; les coups les plus violens se portent de part et d'autre; Roger, qui attend toujours le secours des siens, voit tomber à ses côtés le pesant Sermoneck, et la plupart de ses compagnons; c'est Victor qui les abat à ses pieds, Victor est comme l'ouragan furieux qui entraîne dans sa course les arbres les plus élevés. Victor garantit des coups de Roger son protecteur, qui, malgré son âge, fait encore des prodiges de valeur; Victor voudrait faire mordre la poussière au traître Roger; mais les amis du perfide le défendent, et s'exposent seuls aux coups de Victor, qui les immole comme la pierre, qui roule du haut du rocher, écrase des milliers d'insectes qui rampaient dans la plaine.... Enfin Roger est resté seul de sa petite troupe; Roger écumant de rage, recule quelques pas en mutilant du pied les cadavres de ses complices.... Victor lui crie de se rendre; le scélérat l'ajuste avec un pistolet; il va tirer! le jeune héros se précipite sur le monstre, le désarme, l'étend à ses pieds, et n'écoutant plus que sa juste colère, il le saisit par les cheveux, et se dispose à lui couper la tête....

Roger va donc périr.... il va donc subir la peine due à ses forfaits.... Mais, ô surprise! quel est l'imprudent qui vient suspendre les coups de Victor?.... C'est une femme! c'est madame Wolf!.... Malheureux, s'écrie-t-elle en arrêtant le bras de Victor prêt à frapper!.... jeune insensé! qu'allez-vous faire?—Madame!.... Ô crime! arrêtez! Dieu! je meurs!....

CHAPITRE II. COUP DU SORT

Madame Wolf perd connaissance; elle tombe, mais dans les bras de Clémence, qui la suivait, ignorant la cause de sa fuite précipitée.... L'étonnement du vieux baron et de Victor est à son comble; Victor sur-tout est immobile d'effroi et de saisissement. Pendant que nos héros restent comme enchantés, Roger se relève; il fixe madame Wolf en pâlissant... Femme à qui je dois le tourment de ma vie, s'écrie-t-il, tu ne m'échapperas pas.... oui, je te retrouverai....

Il dit; et profitant de l'issue que lui offre un appartement ouvert devant lui, il s'y sauve, ouvre une croisée, et se précipite dans le fossé, sans que Victor, Fritzierne, ni aucun des assistans songent à le retenir.

Laissons Roger gagner la rive à la nage, jusqu'à ce que les siens le reconnaissant, le sauvent transportés de joie. Laissons ce chef de brigands, honteux de sa défaite, pénétré du regret d'avoir perdu une partie de ses complices étouffés dans les flammes de la tour, rallier sa troupe à la hâte, et fuir dans le fond de ses forêts, après avoir encore essuyé le feu des batteries des tours, que Valentin et les gens du baron, ignorant ce qui se passe en bas, font toujours jouer. Revenons à nos amis, que nous avons laissés dans les corridors du château, et que la tête de Méduse, ou la baguette de Médée, n'aurait pas pétrifiés plus promptement que ne l'a fait l'étonnante exclamation de madame Wolf.

Le baron et sa fille s'empressent d'éloigner cette femme, qui n'a pas encore recouvré ses sens, tandis que Victor, stupéfait, sans voix comme sans mouvement, cherche à se rendre compte de l'horreur qui soudain vient de glacer ses sens; il éprouve un sentiment qu'il ne peut définir; il a vu fuir Roger, et n'a pas eu même l'intention de l'arrêter; l'ordre que madame Wolf vient de lui donner d'épargner ce monstre, lui a paru partir d'une voix céleste, d'une voix.... que sa conscience lui a fait entendre en même temps;

d'une voix enfin qui a résonné jusqu'au fond de son cœur.... Il pense à madame Wolf, et ne sait si cette femme est complice de Roger, ou si.... Il n'ose se livrer à toutes les réflexions qui s'offrent en foule à son esprit; il reporte sa pensée sur Roger, et un mouvement de pitié qu'il ressent pour ce misérable, le fait rougir de honte et d'indignation.... Ô crime, s'est écrié madame Wolf!.... Eh quoi! Victor allait commettre un crime en punissant un coupable! Quel est donc ce coupable, grand Dieu!.... et combien il doit l'être, ce Roger, puisque la vertu peut elle-même devenir criminelle sans le savoir!....

Victor ne se livre pas long-temps à ce chaos de pensées qui l'assiégent. Il songe bientôt que sa présence est plus nécessaire que jamais: le chef de brigands s'est évadé; il peut rallier ses troupes, et recommencer l'attaque du château.... Victor cherche des yeux son bienfaiteur, madame Wolf et Clémence; il n'a pas oublié que sa bien-aimée s'est présentée à ses regards, à moins que ce ne soit une illusion de l'amour; car tout ce qui vient de se passer sous ses yeux lui paraît un songe.... Hélas! il ne sait pourquoi il craint le réveil!

Victor s'apperçoit, enfin qu'il est seul. Il monte soudain sur les plates-formes des tours; et là, réuni à ses gens, rendu à l'objet important qui doit seul l'occuper, il voit avec plaisir la retraite précipitée des ennemis: il en sourit; mais ses yeux cherchent, sans qu'il y pense, le perfide Roger, il l'apperçoit au loin, et frémit involontairement. Victoire, s'écrie-t-on autour de lui! oui, victoire, répond-il en balbutiant! Plus de danger, plus de malheur, mon cher maître, lui dit son Valentin, et notre héros répète en soupirant, plus de malheur!.... Il est presque disposé à ajouter: Il n'y en a plus à craindre que pour moi!

Pauvre Victor! un funeste pressentiment t'agite; et moi, moi qui ne suis que ton historien, je sens mon cœur palpiter, et mes genoux s'affaiblir dans l'attente de la funeste explication que madame Wolf va bientôt nous donner à tous.

Quand l'amant de Clémence se fut un peu remis de son trouble, il songea à donner les derniers ordres pour rétablir le calme dans le château, et rendre au repos les généreux serviteurs qui l'avaient aidé à repousser l'ennemi: il les assembla donc, et s'apperçut que deux seulement avaient péri sous les coups des brigands qui s'étaient introduits dans la tour, Victor donna des regrets à la mémoire de ces deux braves gens, puis il distribua des récompenses aux autres. Valentin fut ensuite chargé par lui de faire éteindre les restes de l'incendie, de nettoyer la tour, de remettre en un mot tout dans son premier état. Laissons Valentin s'occuper de ces soins avec le zèle qu'on lui connaît, et entrons avec Victor chez M. de Fritzierne. Il est temps que Victor satisfasse sa curiosité; il est temps qu'il demande à madame Wolf les motifs de son étrange conduite. Peut-être a-t-elle déjà parlé, madame Wolf; Victor le craint, et tremble involontairement. Il entre donc chez M. de Fritzierne, qu'il trouve seul, et qu'il n'ose interroger; mais son bienfaiteur l'embrasse avec la même tendresse que la veille: son père adoptif le félicite sur sa victoire, dont il vient d'apprendre les détails. La leçon est forte pour Roger, ajoute le baron; je doute que, de long-temps, il lui prenne une nouvelle envie d'attaquer mon château, ou quelque autre aussi bien fortifié.—J'en doute aussi, mon.... père.... Et cette femme?—Tu lui en veux, je le vois, de ce qu'elle est venue suspendre ta vengeance.—En a-t-elle dit les motifs?— Elle n'a point encore parlé.—(Victor se remet de son trouble.) Elle.... n'a point parlé....—Non; son évanouissement, qui a été long, s'est terminé par un sommeil bienfaisant.... Ma fille est auprès d'elle. Tout ce qu'a pu dire madame Wolf, c'est qu'elle ne veut s'expliquer que devant toi.—Eh! concevez-vous, mon père, une démarche aussi extraordinaire?—Cette femme m'étonne beaucoup, mon fils; elle m'afflige, et même m'inquiète. C'est maintenant que je regrette l'asyle que je lui ai donné.... Comment! Roger poursuit ses jours, nous nous armons tous pour les défendre, pour punir Roger, et c'est elle qui défend Roger, c'est elle qui cause sa fuite! Quelle peut être sa liaison avec ce monstre? quelle est la cause de son attachement pour un pareil scélérat? Quels qu'en soient les motifs, je ne puis souffrir ici une amie de ce brigand qui, tout-à-l'heure encore, et sous tes yeux, voulait m'arracher la vie. Rien de commun entre le criminel et moi; tous ceux qui lui appartiennent, par quelque lien que ce soit, sortiront de chez moi; ils iront vivre avec celui dont ils respectent tant la coupable existence. (Victor pâlit.)—Daignez, mon père, daignez m'accompagner chez elle: je veux savoir absolument.... je ne puis vivre dans l'affreuse inquiétude qui me tue!—Soupçonnerais-tu?...—Moi, rien; oh! rien, mon.... père!—Oui, mon cher Victor, tu as raison: allons savoir d'elle.... D'ailleurs, je veux lui parler avec une sévérité qui l'étonnera sans doute, mais que je crois qu'elle mérite. Viens, mon cher fils!.... viens, mon gendre!

Le baron s'appuie sur le bras de Victor, et tous deux s'acheminent vers la demeure de madame Wolf, où le coup de foudre le plus inattendu va écraser Victor. Victor! comme cette démarche lui coûte; comme il se repent de l'avoir provoquée! il voudrait pouvoir retarder le moment d'une explication dans laquelle ses funestes pressentimens lui font entrevoir le plus grand malheur pour lui; mais il n'est plus temps; ils sont en route, et Victor ne peut plus reculer; ils sont en route, et le baron prodigue à son fils adoptif les noms les plus tendres, les plus douces caresses. Noms tendres! douces caresses de l'amitié! c'est peut-être la dernière fois que vous faites battre le cœur sensible de mon jeune héros!

Ils arrivent enfin chez madame Wolf, qui ne repose déjà plus. Madame Wolf remercie sa jeune amie, la sensible Clémence, des soins généreux qu'elle a pour une infortunée. Clémence veut lui arracher son secret: madame Wolf n'ose le lui confier; elle craint trop d'affliger cette intéressante amie; elle voudrait retenir ses indiscrètes exclamations; elle regrette d'avoir quitté son appartement pour se rendre dans la galerie où Roger allait expirer sous les coups de Victor: mais, enfermée avec Clémence pendant l'action, on vient leur dire que Roger et les siens ont pénétré dans le château. Une minute après, on leur apprend que l'intrépide Victor a rencontré le chef des brigands, et qu'il le combat. Enfin, au bout d'un instant, on vient encore lui annoncer que Victor est vainqueur, et que tout porte à croire que Roger va périr de la main de ce jeune homme.... C'est à cette nouvelle que madame Wolf n'a pu se contenir. Elle est partie pour empêcher un crime; Clémence l'a suivie, et l'on sait l'effet que produisit leur présence sur tous les combattans.... À présent il faut que madame Wolf justifie sa conduite; il faut qu'elle parle. Qu'elle parle, grand Dieu! elle va donc enfoncer le poignard dans le sein de son jeune bienfaiteur, de celui à qui elle doit la vie! elle va donc désespérer une famille qui l'a reçue dans son sein comme une parente, une amie! Elle sait, madame Wolf, elle sait que le baron a promis sa fille à Victor, pourvu qu'il retrouve un père, mais un père vertueux; elle sait que le baron, inflexible sur la probité, ne peut unir son sang à un sang criminel; elle va rompre d'un seul mot un hymen, l'espoir de deux amans! et il faut qu'elle le prononce, ce mot terrible! Qu'on juge de sa douleur et de ses regrets! Elle cherche à reprendre sa fermeté, à se préparer à ce funeste aveu, au moment où elle voit entrer le baron et Victor: elle devine le but de leur visite, et frémit.

Tandis que l'innocente Clémence serre dans ses bras son jeune ami, insensible, pour la première fois, aux caresses d'un amour subordonné, pour le moment, à un intérêt plus vif, le baron s'approche de madame Wolf. Madame, lui dit-il d'un ton le plus sérieux, la paix et le bonheur régnaient ici, et vous en avez chassé la paix et le bonheur. Un ennemi cruel vous poursuivait; il nous attaque, il tombe en notre pouvoir, et vous l'arrachez de nos mains!—Eh! monsieur!....—Répondez, madame; êtes-vous la complice, la femme ou l'amie de ce monstre pour lequel vous témoignez un si grand attachement?.... Je vous prie de m'expliquer sur-le-champ cet étrange mystère.—Monsieur le baron....—Oui, madame Wolf, reprend à son tour Victor; oui, vous daignerez me dire pourquoi vous avez retenu mon bras, prêt à frapper un monstre.—Eh! malheureux, voulais-tu que je te laissasse égorger ton père!—Mon père!—Son père!....

Qui peut peindre cette scène de douleur?.... Victor tombe de sa hauteur sur le plancher. Le baron, glacé d'horreur, cache sa figure de ses deux mains; et Clémence, au désespoir, cherche à secourir son jeune ami, qu'elle parvient à faire asseoir, ainsi que le baron. Ô malheur, s'écrie Victor en sanglotant! ô malheur affreux!....

Madame Wolf poursuit: Vous avez voulu l'apprendre, cet horrible secret; vous m'y avez forcée, famille désolée! Eh bien! le voilà; oui, le doux, le vertueux, l'intéressant Victor est le fils d'un scélérat couvert de tous les forfaits, de Roger, en un mot! La vertu peut donc naître du crime: il en est un fatal exemple!—Ô mon Dieu, reprends ma vie, s'écrie douloureusement Victor, qui verse un torrent de larmes!—Jeune homme, poursuit madame Wolf, rappelle ton courage, réunis toutes les forces de ton ame contre un coup aussi accablant.—Femme imprudente, réplique Victor, qu'avez-vous dit? que vous ai-je fait? pourquoi me perdez-vous? Que ne pouvez-vous me rendre ma paisible ignorance!.... Hélas! je n'ai vécu que dix-huit ans, je vais mourir toute ma vie!—Mourir, interrompt Clémence!—Accablé du fardeau d'une honteuse naissance, puis-je exister, grand Dieu! puis-je exister?....

le baron, se levant.

Viens, ma fille, viens, suis-moi.

victor, se précipitant à ses pieds.

Vous me fuyez, mon pè.... monsieur!.... quoi! vous m'abandonnez! Ah! je ne suis donc plus, pour vous, qu'un objet d'horreur?

le baron, lui prenant la main.

Qu'un infortuné.... que je plains.... Levez-vous, jeune homme. (Il le fixe.) Dieu!.... ce sont tous les traits du monstre!....

clémence.

Mais il n'a pas son cœur, mon père; il est vertueux!

victor.

Vertueux! oh! oui, vertueux!.... Vous le savez, monsieur, vous vous plaisiez vous-même à me le dire.

le baron.

Oui, je te le disais, et je te le répète encore: tu avais plus de vertus que je n'en exigeais dans un fils, dans un gendre.... Mais quel mot ai-je prononcé! Moi donner ma fille au fils de Roger! Non, ne l'espérez plus....

clémence.

Ah! mon père, vous faites mourir deux cœurs qui vous adoraient....

le baron.

Viens, ma fille: faut-il que je te réitère l'ordre de me suivre?

clémence.

Moi, le quitter dans l'état affreux....

(Le baron prend Clémence par la main, et s'éloigne.)

victor.

Que n'ai-je fui.... que n'ai-je fui cette fatale demeure! Je m'éloignais d'ici pendant cette nuit orageuse.... j'allais errer loin de Clémence; mais au moins j'aurais ignoré le sang impur où j'ai puisé la vie.... la mort!

le baron, revient attendri.

Madame Wolf, je vous le recommande; prodiguez-lui les consolations de l'amitié.... Malheureux Victor!

mad. WOLF.

Eh! monsieur, suis-je en état moi-même de le secourir, l'infortuné!

Le baron s'éloigne une seconde fois, en entraînant sa fille, qui tend une main à Victor. Victor s'écrie avec l'accent du désespoir: Je vous suis par-tout, monsieur, ou je meurs à vos yeux!....

Le baron double le pas; Victor le suit, ainsi que sa fille, jusques dans son appartement, où nous les retrouverons tous trois dans le chapitre suivant; mais, avant de terminer celui-ci, je dois faire une courte digression. Mon lecteur, dont je ne doute point de la sagacité, a sans doute deviné depuis long-temps que mon Victor est le fils de Roger. Il est possible qu'avec cette connaissance, la scène douloureuse que je viens de tracer n'ait pas fait sur son ame une très-grande impression. Il est possible aussi qu'ayant deviné un secret qui lui paraissait clair, il s'étonne de ce que les personnages que ce secret regarde ne l'aient pas deviné plutôt, en même temps que lui. Je le prie d'observer d'abord que, dans un roman, les personnages devinent tout, parce qu'il arrive toujours quelqu'un à propos pour les mettre au fait, parce que tout le monde s'y réunit des quatre coins de la terre, et qu'il ne doit pas s'y égarer seulement un petit enfant: mais que, dans une histoire véritable, les héros sont assujettis aux règles de la vraisemblance, et qu'ils ressemblent à une famille, dont les secrets, les défauts et la conduite sont souvent mieux connus des voisins que de ceux qui la composent. En second lieu, mon lecteur voudra bien se mettre à la place de Fritzierne et de Victor. Il relira les scènes avec madame Wolf, où ils peuvent concevoir quelques doutes, et il se dira franchement: Je vois bien, moi, que Victor est l'enfant du crime et du malheur: mais à sa place, à celle de son bienfaiteur, j'aurais repoussé loin de moi une idée si contraire aux principes d'honneur et de vertu qui sont dans leur cœur.

Enfin il le sait, Victor; il connaît le coupable auteur de ses jours. Oh! qu'il est à plaindre, Victor!.... il est maintenant malheureux pour sa vie entière: mais suivons le fil des nombreux événemens qui vont naître de cette affreuse découverte.

CHAPITRE III. FAIBLE ADOUCISSEMENT

Le baron, rentré chez lui, s'est jeté dans un fauteuil. Clémence est à ses pieds; elle arrose de larmes les mains de son père. Victor se promène à grands pas dans l'appartement. Absorbé sous le poids du malheur, il ne peut plus exprimer une seule de ses pensées. Quelques exclamations vagues sortent de temps en temps de sa bouche, et soulagent son cœur oppressé.... Le baron le regarde souvent, et souvent il détourne les yeux, comme saisi d'un mouvement d'horreur. Victor s'en apperçoit, et frémit à son tour en pensant à sa singulière ressemblance avec Roger.... Cette scène muette se prolonge si long-temps, qu'elle fatigue nos trois héros; Victor lui-même est prêt à tomber sans connaissance. Monsieur, lui dit doucement Fritzierne, ma fille et moi nous avons besoin de repos; j'espère que vous allez nous laisser maîtres de nous y livrer au moins pendant la fin de cette funeste journée....

Victor veut répliquer, il ne le peut, sa langue se glace sur ses lèvres; il jette un regard plein d'expression sur son bienfaiteur et sur Clémence, qui s'en apperçoit seule, et seule lui répond en usant du même langage. Clémence lui fait même signe de la main de se retirer, de la laisser seule avec un père qui a besoin de ses consolations.... Victor sort d'un air si sombre et si effrayant, que le vieux baron, inquiet, lui crie de loin: Mon ami, donne tes soins pour que tout rentre dans l'ordre dans le château: je te ferai dire l'heure à laquelle tu pourras me parler.... Je veux te parler, Victor, j'en ai besoin.

Ce peu de mots, le ton de bonté avec lequel il est prononcé, tout calme un peu le sombre désespoir de Victor, qui, sûr d'ailleurs du zèle de son fidèle Valentin, pour tout ce qui regarde le château, rentre chez lui, ferme sa porte à double tour, pour n'être point interrompu, et se livre de nouveau à tout l'excès de sa douleur.

Comme tout ce qui l'entoure ajoute à son chagrin! ces meubles, présens de son bienfaiteur, cet appartement que ce généreux bienfaiteur s'est plu à orner pour son fils adoptif, tout cela change de physionomie aux yeux de Victor; il n'est plus qu'un étranger pour le baron, et moins qu'un étranger même, car il est le fils de son plus mortel ennemi...... C'est lui, oui, c'est Victor qui a troublé la paix de ceux qui l'ont élevé; c'est lui qui les a rendus infortunés, et par son adoption, et par le secours qu'il a donné à madame Wolf; c'est en introduisant madame Wolf dans cette maison qu'il en a détruit le charme, qu'il a causé sa propre disgrace. Un secret pareil devait-il jamais être dévoilé? Victor eût préféré ignorer toute sa vie de qui il tient le jour, plutôt que de savoir qu'il le doit à un être si méprisable! Si méprisable!.... Victor ose-t-il bien se servir de cette expression en parlant de son père!..... Oui, il l'ose: les liens du sang ne sont rien à ses yeux auprès de la vertu, de l'éducation et des tendres sentimens qui unissent un bon père à un fils respectueux lorsqu'ils ne se sont jamais quittés. La vertu née du vice lui doit-elle des égards? Un homme jeté parmi d'autres hommes sur cette terre d'infortunes, y est pour son compte; et s'il doit ses malheurs à celui qui l'y a placé, n'a-t-il pas le droit de lui reprocher ce funeste bienfait, plutôt que de lui en témoigner de la reconnaissance? Il est dans cette triste situation, mon Victor; il a connu le doux sentiment de la tendresse filiale, mais pour son bienfaiteur; il ne peut éprouver cette tendre affection pour un homme qui lui a donné l'être au milieu du sang, du carnage, et des forfaits de tous genres.... Bons pères, fils reconnaissans qui lisez ceci, n'accusez pas mon Victor de méconnaître la voix de la nature, qui touche vos cœurs: cette voix n'est vraiment puissante que lorsqu'elle parle à deux cœurs faits pour s'entendre et pour s'aimer: l'écouter seule, cette voix touchante, lorsqu'elle parle pour un être pervers et vil, serait un fanatisme, et tout fanatisme n'a d'empire que sur une ame faible: Victor est trop grand pour y céder.

Victor, en se promenant à grands pas, jette par hasard un regard sur la plaine, à travers sa croisée: il apperçoit quelques-uns des soldats de Roger, qui achèvent de lever leur camp, encore tout effrayés de la déroute qu'ils viennent d'essuyer.... C'est donc là, se dit-il, la digne société de mon.... de Roger! voilà donc ses complices! et c'est sans doute pour ce métier infâme que j'étais né, si le sort n'eût daigné me jeter dans les bras du plus respectable des hommes! Ô destin! tu fais les coupables comme les hommes vertueux. Il n'appartient donc pas à l'enfant dans son berceau de choisir entre le bonheur et l'infortune, le crime et l'innocence, l'estime ou le mépris de ses concitoyens!.... Moi-même! ne suis-je pas, dès ce jour, condamné à la honte, à l'infamie! Ma naissance n'est point mon crime; eh bien! si elle se divulgue, ne suis-je pas l'objet du mépris public? ne suis-je pas montré au doigt par-tout comme le fils d'un scélérat? Hommes aveugles et insensés! vous ne voyez jamais l'homme dans l'homme; vous n'exigez jamais de lui d'autres vertus que celles qu'il n'a pas pu se donner!....

Victor est livré à ces tristes réflexions lorsqu'une voix douce l'appelle à travers la porte de son appartement: Victor!—Ciel! Clémence, c'est vous? entrez!—Non; un mot, un seul mot....

Victor ouvre; Clémence reste en dehors, et continue: C'est mon père qui m'envoie.—Votre père! Ô bonté!—Mon ami, le secret fatal que vient de nous dévoiler madame Wolf, il faut qu'il ne soit connu que de mon père, de toi et de moi, entends-tu, mon ami? il faut qu'il reste enseveli dans nos cœurs, et que personne de cette maison, pas même ton fidèle Valentin, parvienne à le découvrir. Tel est l'ordre de mon père, cher Victor: il a, dit-il, des raisons pour cela, des motifs qu'il te communiquera.—Homme généreux!....—Ah ça, sois prudent: n'est-ce pas que tu seras prudent, et sur-tout que tu te consoleras? Voyez donc, il est accablé de fatigue, et il se désespère encore avec cela! Victor, si vous m'aimez, oui, si tu crains de me voir mourir, tu surmonteras ta douleur, et tu espéreras.—Moi, espérer!—Oui: mon père est bien plus tranquille, et semble méditer quelque grand projet. Il est bien bon, mon père! il t'a élevé, il t'aime! peut-il te bannir, faire ton malheur, le mien; il me perdrait aussi d'abord; oh! il sait bien qu'il me perdrait s'il ne m'unissait pas à toi. J'en mourrais, mon ami; et toi aussi, n'est-il pas vrai?—Ange du ciel! que ton amour me touche; mais qu'il me fait de la peine!.... Quoi! tu ne craindrais pas de donner ta main au fils d'un....—Moi! pourquoi donc? est-ce que c'est ta faute, à toi? est-ce que j'étais libre de me choisir un père tel que le mien? va, je n'ai ni ton esprit, ni ta science; mais je crois penser juste en ne m'attachant qu'à toi, qu'à toi seul: que m'importent tes parens, puisque je te connais, puisque je sais apprécier ton cœur, ton ame, toutes les rares qualités qui brillent en toi?....—Ô Clémence! que ton père ne pense-t-il comme toi!—Il y reviendra, à ces sentimens raisonnables, j'ose le croire, j'en suis même sûre; je sais comme il m'a parlé!—Que t'a-t-il dit?....—Je te dirai cela dans un autre moment. Il faut que j'aille le rejoindre; il a besoin de moi, ce bon père; il ne peut se passer de mes consolations..... Adieu, adieu, Victor!.... pense à l'ordre de ton bienfaiteur! que ce mystère...... tu m'entends.... Adieu, je reviendrai bientôt.

Clémence est partie, et Victor ne songe plus à s'enfermer.... Il a un rayon d'espoir, Victor; il est plus calme, son sang est rafraîchi, et sa raison plus saine.... Tant il est vrai que les douces paroles de l'objet qu'on aime, font couler dans tous nos sens un baume de consolation bien salutaire. En effet, en y réfléchissant bien, le baron n'a donc point envie d'éclater, de bannir son fils adoptif, puisqu'il lui ordonne le silence sur ce grand événement! Il est bien plus tranquille, a dit Clémence: il semble méditer quelque grand projet?... Quel projet?.... Est-ce celui qu'il avait formé avant ce fatal éclaircissement? serait-il toujours dans l'intention d'unir Victor à.... Insensé! perds cet espoir, perds ce frivole espoir, enfant du crime et du malheur! ne connais-tu pas le baron de Fritzierne? ne sais-tu pas qu'il a sur la probité, sur l'honneur, des préjugés.... Que dis-tu, des préjugés!.... Des opinions légitimes, raisonnables, sensées, et que tout le monde doit approuver.

L'homme qui méprise le rang et la fortune dans son gendre, n'a point de préjugés; l'homme qui veut s'allier à une honnête famille, est le véritable honnête homme, et le plus sage des pères.

Ainsi pense Victor, et Victor a raison.... Peut-être dans ce siècle de philosophie, où l'on saute à pieds joints sur tous les sentimens de la nature, sur toutes les conventions sociales, peut-être, dis-je, l'opinion du baron de Fritzierne paraîtra-t-elle exagérée à quelques personnes. On le trouvera peut-être ridicule de ne point estimer assez les qualités personnelles de Victor, pour ne voir en lui qu'un homme vertueux, pour l'isoler de son père, pour ne pas lui faire un crime d'un malheur qu'il n'a pu prévoir, ni prévenir, pour surmonter enfin ce qu'on appellera un préjugé comme celui de la noblesse ou de la fortune. Doucement, philosophes prétendus, sans principes comme sans délicatesse, faites attention au temps où vivaient mes héros; plus d'un siècle s'est écoulé depuis eux; et ce siècle, comme la trombe foudroyante qui, après avoir démâté les vaisseaux, s'avance sur le rivage pour entraîner dans sa course les arbres et les masures du laborieux agriculteur; ce siècle, dit de lumières, a moissonné les vertus sociales et privées; il a émoussé la délicatesse, absorbé les jouissances de l'ame, et tué le sentiment. Du temps de mes héros, on faisait encore quelque cas de l'estime publique; et l'estime publique, que l'intrigue, les cabales et les factions ne s'arrachaient pas, l'estime publique valait quelque chose. Si le respect qu'on a pour la vertu est un préjugé, on l'avait ce préjugé-là; et mon vieux baron pouvait fort bien priser la fortune et la noblesse ce qu'elles valent; mais faire un très-grand cas de la probité qui donne toujours de l'estime de soi-même et des siens.

Victor, revenu à des idées plus douces, s'était endormi, accablé par la fatigue d'une nuit de combats et d'une matinée de douleur. Déjà plus des trois-quarts d'un jour aussi fatal pour l'amant de Clémence s'étaient écoulés, et chacun dans le château avait employé ce jour à se reposer. Vers le soir donc, Victor endormi sur son siège, se sent poussé doucement; il se réveille, et apperçoit Valentin, qui lui dit avec l'accent de l'émotion: Qu'avez-vous, mon bon maître?—Rien.—Rien! oh! pardonnez-moi, vous avez quelque chagrin; car je vois que vous avez versé des larmes.—Moi..... Tu te trompes, mon ami: les embarras de cette nuit ont seuls occasionné cette altération de mes traits.—Vous avez un secret que vous me cachez, à moi, à moi!.... Eh bien! je le saurai.—Comment?—Oui, je le saurai: comme rien de ce qui vous regarde n'est étranger à mademoiselle Clémence, elle connaît le sujet de votre douleur, et elle me le dira.—À toi?—Oui, monsieur, à moi. Oh! elle fait quelque cas de ma discrétion, elle; elle ne me cache rien; mais c'est dur pour un fidèle serviteur de ne pouvoir consoler son maître, et d'apprendre ses malheurs d'un autre que de lui.—Valentin, est-ce pour cela que tu es venu?—Non, monsieur, ce n'est pas pour cela que j'ai pris la liberté de vous réveiller; mais me trouvant seul avec vous, j'ai profité de cette circonstance pour éprouver jusqu'où va votre confiance en moi.—Valentin.... une autre fois.... tu sauras.... oh! je ne te cacherai rien; mais, pour le moment, dis-moi ce qui t'amène? Viens-tu de la part de Clémence?....—Non, monsieur: c'est M. le baron qui m'envoie.... Vous avez des mystères pour moi....—M. le baron? que me veut-il?—Vous voir.... Pour moi qui vous suis si attaché!— Comment t'a-t-il dit?—Va le trouver, qu'il m'a dit, ce pauvre jeune homme!.... Vous voyez bien, monsieur, que si je l'avais pressé un peu, lui, il m'aurait dit la chose.—Après?—Valentin, a continué M. le baron; oui, va trouver ton maître de ma part. Tu lui diras de se rendre ici avec ses amis.— Avec ses amis!—Oui, ce sont ses propres expressions. Madame Wolf y était, qui avait l'air triste: Oh! triste!....—Voilà tout?—Pardonnez-moi monsieur, il y a encore quelque chose; mais je ne puis vous dire ça, parce que ça m'est donné sous le secret.—Oh! parle, mon cher Valentin?—Parle, mon cher Valentin!.... Eh! vous ne lui parlez pas, vous à votre cher Valentin? Vous ne l'estimez pas assez pour lui confier!....—Mon ami, tu me mets au supplice. Oh! dis tout, je verrai après!....—Il faut qu'il soit arrivé quelque chose de bien extraordinaire dans cette maison: oui, quelque événement bien malheureux pour mon cher Victor, pour mon pauvre maître!.... Ce n'est sûrement pas le combat de cette nuit, puisque nous avons remporté la victoire; mais à propos de cela, vous êtes brave, monsieur; savez-vous que moi, qui ai servi.... Oui, monsieur, j'ai servi autrefois dans mon pays, en France: bah! j'ai vu....—Valentin, tu ajoutes à mon impatience par tes éternelles digressions! Voyons, que t'a dit de plus mon bienfaiteur?—Il m'a dit que vous aviez un grand chagrin, un violent chagrin; que vous étiez capable de vous livrer au dernier désespoir; puis il ajouta: Mon ami, tu es un garçon prudent, (il me connaît, M. le baron!) tu m'obligeras tu me rendras le plus grand service, en veillant sur ton maître, en ne le quittant pas d'une minute, en le consolant. Songe que je te confie sa vie, et avec elle l'espoir de ma vieillesse, et le bonheur de ma fille.... Moi je lui ai répondu: Monseigneur, soyez persuadé que....—Ô bonheur!.... que ces mots sont doux! l'espoir de sa vieillesse, le bonheur de sa fille! pourrais-je donc encore espérer!....—Oui, monsieur, espérez: Oh! espérez beaucoup. Puis mademoiselle a joint ses instances à celles de son père; mais avec tant de graces! tant de sensibilité!.... un ton.... si touchant.... En vérité les larmes m'en viennent aux yeux.—Et il me demande?—Sur-le-champ. Allez-y, mon cher maître, ne perdez pas un moment....

Victor se débarrasse de son bon Valentin, qui en revient toujours au peu de confiance que son maître lui témoigne; puis l'amant de Clémence, entraîné par un reste d'espoir, qu'il lui est bien permis de concevoir, se rend précipitamment chez le baron, qui, ainsi que sa fille et madame Wolf, avaient passé la plus grande partie de cette journée à se reposer.... À se reposer! autant qu'il est possible de le faire quand on a l'esprit troublé par tant d'événemens.

Victor se présente en tremblant: madame Wolf, Clémence et le baron, le regardent avec le plus tendre intérêt. Assis-toi, Victor lui dit ce dernier du ton le plus affectueux; assis-toi près de nous, et écoute-moi avec attention. Victor, un peu rassuré, s'asseoit, et le baron continue:

«J'ai prié madame Wolf de se rendre chez moi; je t'y ai fait venir toi-même, afin que tu entendisses le récit des aventures de ta mère, et le détail des circonstances malheureuses qui t'ont fait naître d'un homme, dont le nom seul est l'effroi des gens de bien. Madame Wolf voudra bien nous faire ce récit intéressant; mais, avant qu'elle le commence, je dois te prévenir, mon ami, que la réflexion m'a suggéré un projet qui, s'il réussit, peut encore te mener au bonheur. Oui, mon cher Victor, tu peux encore espérer d'obtenir ta Clémence, et tout concourt à me fortifier dans cet espoir. Je ne m'expliquerai que lorsque madame Wolf aura fini son récit; mais ce que je t'en dis à présent est suffisant sans doute pour calmer ton esprit, et pour t'engager à prêter la plus grande attention à l'histoire que l'on va te raconter. (Le baron lui prend la main.) Me promets-tu, Victor, d'être calme et confiant en ton vieil ami?—Ah! mon.... monsieur! eh! que deviendrais-je si vous me retiriez votre tendresse?....—Tu l'as encore, tu l'auras toujours; et Clémence, qui me regarde avec tant d'expression, sait bien que mon cœur brûle de te donner un titre bien doux!.... Mais laissons cela; tu sauras bientôt mes intentions.... Parlez, madame Wolf; racontez-nous les étranges événemens qui ont fait naître Victor dans une forêt, et qui m'ont fait jouer, à moi-même, un rôle si singulier à l'époque de sa naissance; car je ne doute pas maintenant que vous n'ayez su que l'enfant m'avait été remis: vous étiez peut-être le secrétaire invisible des tablettes du souterrain?—Oui, monsieur, répond madame Wolf; c'est moi qui ai conduit toute cette affaire; mais ne vous ayant à peine pas entrevu dans les souterrains de la forêt, puisque je vous y faisais voyager sans lumière; ignorant, ainsi que je vous le dirai, le nom et la demeure du particulier à qui j'avais confié l'enfant.... ajoutez à cela dix-huit ans qui se sont écoulés depuis ce moment, il n'est pas étonnant que je ne me sois pas douté, en entrant chez vous, des rapports étonnans qui pouvaient exister entre vous, Victor et moi. La ressemblance de Victor avec son père me frappa cependant la première fois que je le vis: il doit s'en souvenir; mais ce n'est que par le récit que vous nous avez fait de son adoption, que j'ai été entièrement éclairée. Jugez de ma surprise et de ma douleur! Je ne pouvais rompre le silence, puisque je vous aurais rendus tous malheureux! et jamais vous n'auriez su que Victor est le fils de Roger, si je n'eusse craint cette nuit un parricide! Entraînée hors de mon asyle par l'horreur que m'inspirait ce crime, je l'ai empêché; mais dès-lors j'ai senti que je ne pouvais plus me taire, et vous me trouvez décidée à vous faire un récit sincère et détaillé: écoutez-moi tous, et sachez que si mon Victor a une ame bien différente de celle de son père, c'est qu'il a puisé ses principes et toutes ses vertus dans le cœur de sa mère, la plus vertueuse et la plus intéressante des femmes»!

Il se fait un grand silence, et madame Wolf poursuit en ces termes:

CHAPITRE IV. UNE SEULE FAUTE, NOUVELLE

La voiture publique, une nuit d'auberge.

«Vous me permettrez de prendre ma narration d'un peu loin, et de vous distraire par quelques anecdotes, quelques tableaux assez plaisans qui se trouvent naturellement enchaînés à l'histoire de la femme estimable dont je dois vous entretenir: mon récit ne sera pas au commencement aussi triste, aussi douloureux qu'il le deviendra vers la fin; mais je suis forcée à ces épisodes étrangers à Roger, pour ne rien vous laisser ignorer de ce qui a pu affecter ma malheureuse amie. L'action est en France.

»Madame du Sézil, jeune femme de dix-huit ans, venait de perdre son mari dans un voyage que tous deux avaient fait à Calais. À peine arrivé dans cette ville, son époux tombe malade, et meurt dans ses bras au bout de quatre jours de souffrances. Madame du Sézil, triste, isolée, sans enfans, sans fortune comme sans parens; car elle avait fait un mariage d'inclination qui l'avait brouillée avec sa famille, une des plus distinguées de la Provence; madame du Sézil se livre pendant quelque temps à ses regrets; puis enfin elle songe au parti qui lui reste à prendre. Ira-t-elle se jeter aux genoux de son père, homme inflexible et fier? Non; son cœur répugne à cette humiliation: elle préfère s'adresser au protecteur de son mari. M. du Sézil lui avait raconté cent fois, pendant le court espace de temps que l'amour et l'hymen leur avaient permis de passer ensemble, qu'il avait été élevé par les soins du marquis de Rosange, vieillard respectable, ami de ses parens qu'il avait perdus en bas âge. C'était M. de Rosange qui l'avait avancé dans le service, qui avait fourni à tous ses besoins, et qui lui avait promis de ne jamais l'abandonner. M. de Rosange savait que son protégé s'était marié, en voyageant dans la Provence, avec une jeune personne qu'il avait en quelque façon enlevée à ses parens. M. de Rosange avait d'abord blâmé cette conduite; mais ensuite il s'était appaisé. Il avait écrit cent fois à du Sézil qu'il voulait voir sa femme; et ce dernier, au moment même où la mort le frappait à Calais, formait le projet d'aller à Paris, présenter sa jeune et vertueuse épouse à son bienfaiteur. Ma chère Constance, lui disait-il souvent pendant sa maladie, si je recouvre ma santé, nous irons, oui, nous irons nous précipiter dans les bras du vénérable Rosange; il m'a servi de père, il t'en tiendra lieu aussi; lui seul peut, par la suite, calmer la colère de ton père, et nous faire pardonner notre amour par ton injuste famille....

»Vains projets!..... La mort venait de les anéantir, et madame du Sézil perdait son jeune époux au moment où il allait lui procurer cette utile protection. Elle prend son parti: j'irai, se dit-elle; oui, j'irai me présenter, seule, hélas! à cet homme respectable; je lui dirai: J'ai tout perdu! votre protégé n'est plus; mais vous voyez devant vous sa veuve désolée: elle avait son cœur, elle a conservé toutes ses affections: il vous chérissait, elle vous chérit et vous honore; pourra-t-elle se flatter de prendre sa place auprès de vous, osera-t-elle espérer que vous la rendrez à son père irrité, à sa famille, dont votre bonté tutélaire peut seule la rapprocher! Oui, vous le ferez; vous aimiez mon époux. La moitié de son être existe encore, puisque je respire pour vous témoigner sa vive reconnaissance, dette sacrée, la seule qu'il m'ait laissée, et que je me fasse un bonheur d'acquitter!

»Remplie de ces idées consolantes, madame du Sézil rassemble le peu d'effets qu'elle possède, et prend la voiture publique pour se rendre à Paris chez M. de Rosange, dont elle sait l'adresse. C'est ici que l'attend une aventure singulière, et qui doit influer sur le bonheur du reste de ses jours.

»Ne pouvant voyager avec une voiture à elle, vu le peu de facultés qu'elle avait, elle prit donc, comme je viens de vous le dire, une voiture publique qui devait mettre huit jours à faire ce voyage, en couchant dans des auberges. Dans cette voiture, étaient deux vieillards, homme et femme; un ecclésiastique, un militaire, une jeune personne, et enfin un jeune homme qui paraissait très-bien né, et que la nature avait doué de la plus heureuse figure.

»Madame du Sézil, malgré son affliction, ne pouvait s'empêcher d'examiner les diverses figures de ses compagnons de voyage. Les deux vieux époux, par le peu d'amitié qu'ils se prouvaient, par le ton aigre de leur conversation, avaient l'air de s'ennuyer d'une longue existence, passée ensemble peut-être au milieu des ennuis et des querelles de ménage: madame du Sézil sut les définir, et se promit de s'en amuser. L'ecclésiastique, homme fait, qui voulait affecter de la gravité, pour provoquer un respect que ses manières égoïstes et peu polies ne pouvaient inspirer, parut être, à notre voyageuse, un sot et un caffard. Le militaire était assez bien, mais brusque et de mauvaise société; la jeune fille qui l'accompagnait, faisait assez connaître, par son étourderie et sa conversation, l'espèce de liaison qu'elle avait avec lui. La seule personne douce qui pouvait frapper plus agréablement madame du Sézil, était le jeune étranger, dont les manières étaient polies, dont la figure était douce, spirituelle, et le ton excellent. Ce n'est pas que, nouvelle matrone d'Éphèse, madame du Sézil sentît son cœur s'arracher du tombeau de son époux pour voler à une nouvelle passion; mais quand le sort vous contraint à voyager huit jours avec les mêmes personnes, c'est une espèce de liaison qu'on contracte, il faut se livrer malgré soi; il est donc nécessaire de choisir sa société, et de se fixer au moins à ceux qui nous offrent plus de rapport avec nos goûts, nos mœurs et notre éducation.

»De son côté, les observations qu'avait faites madame du Sézil, avaient frappé le jeune étranger. Aucun personnage de la voiture ne lui avait paru mériter son attention; mais madame du Sézil était jeune, jolie; l'habillement de deuil qu'elle portait, joint à l'air de langueur répandue sur ses traits un peu décolorés par le chagrin, tout jetait sur sa personne un intérêt propre à toucher un cœur moins sensible et moins brûlant que ne l'était celui du jeune étranger. Il regarde, il examine, il admire madame du Sézil, et dès ce moment l'amour le plus violent embrase ses sens: vous verrez bientôt quel fut l'effet de cette fatale passion.

»La voiture s'arrêta le soir, à Boulogne, à l'auberge de la poste; où il fallait coucher. Le jeune étranger ne négligea rien pour prouver à madame du Sézil qu'elle l'avait intéressé; et, de son côté, madame du Sézil, qui ne suivait que l'impulsion de son cœur et de son esprit, lui fit entendre aisément qu'elle l'avait distingué des autres voyageurs. Ce soir-là, madame du Sézil ne voulut point souper, et ne tint pas une longue conversation avec les voyageurs.

»Le lendemain, le jeune étranger eut soin de se placer, dans la voiture, en face de madame du Sézil, place qu'il n'occupait pas la veille; car madame du Sézil avait eu le sot abbé pour vis-à-vis pendant toute la journée; mais la place du coin près la portière étant plus commode, le jeune étranger qui l'avait, pria l'abbé de l'accepter, celui-ci fut enchanté de cette marque de déférence, et madame du Sézil, qui crut que c'était par respect pour l'âge et pour l'habit ecclésiastique, que le jeune étranger en agissait ainsi, lui en sut intérieurement bon gré.

»Fatalité des rencontres et des premières entrevues! Si l'on pouvait percer dans l'avenir, et voir dans la personne qu'on salue pour la première fois, l'être qui doit changer un jour vos destinées et causer à jamais vos malheurs, combien serait-on plus attentif à réprimer les premières affections de l'ame? combien serait-on plus scrupuleux sur le choix de ses amis, de ses moindres liaisons même!.... Mais poursuivons.

»La conversation fut d'abord générale; elle roula sur les sites, sur les campagnes qui s'offraient à la vue; ensuite le vieux époux raconta des histoires, des anecdotes de voyages, qui endormirent profondément l'ecclésiastique. Le militaire, pour éviter de les entendre, se mit à causer tout bas avec sa jeune amie placée aussi en face de lui. Le vieux conteur, piqué, se tourna vers sa femme, qu'il querella, et le jeune étranger saisit cette circonstance pour adresser quelques questions à madame du Sézil, qui ne fit aucune difficulté d'y satisfaire. Il apprit ainsi d'elle qu'elle venait de perdre un époux qui lui était bien cher, qu'elle n'avait point d'enfans, que, privée de fortune, elle allait à Paris implorer les bontés d'un protecteur qu'elle ne nomma point, et qu'enfin son veuvage était éternel.... Le jeune étranger parut s'attendrir; sa sensibilité émut madame du Sézil qui versa quelques larmes: le jeune homme aurait bien voulu les essuyer, tant les beaux yeux de madame du Sézil faisaient d'impression sur son cœur; mais il se contenta de lui offrir des motifs de consolation qu'il puisa dans sa jeunesse, ses graces, l'appui qu'elle ne pouvait manquer d'attendre de tout le monde, etc. Madame du Sézil lui fit, à son tour, quelques questions auxquelles il répondit d'une manière un peu détournée: il était noble, il allait à Paris aussi rejoindre son père; mais il ne devait pas faire la route entière dans la voiture publique; son domestique venait au-devant de lui avec une chaise de poste; en un mot, madame du Sézil sut de lui bien moins de choses qu'elle ne lui en dit sur son propre compte; car madame du Sézil était bonne, confiante; elle lui raconta une partie de sa vie, sans cependant lui dire le nom de son père ni celui de son époux: encore, s'il l'avait demandé, on les lui aurait dit. Il inspirait tant d'intérêt à notre sensible voyageuse!

»Ce soir, on fut coucher à Montreuil, à l'auberge de la cour de France: mêmes attentions de la part de l'inconnu; même confiance de madame du Sézil. Le lendemain, on descendit à Abbeville, et le surlendemain à Princourt, où l'on arriva au grand jour: car on n'avait fait que cinq lieues ce jour-là; il était survenu un accident à la voiture, qui fut raccommodée le même soir. Au petit jour on se remit en route, et l'on se trouva pour dîner à Amiens. Pendant qu'on préparait le dîner, le jeune inconnu demanda à madame du Sézil la permission de lui faire voir cette ville qui est grande et bien peuplée. Madame du Sézil y consentit, et prit le bras de son écuyer qui, connaissant plusieurs personnes dans la ville, lui fit voir la riche fabrique d'étoffes de laine et celle de poil de chèvre. Ils admirèrent ensemble la nef et le clocher de la cathédrale, puis, après avoir fait un tour de promenade sur le cours, ils rentrèrent à leur auberge. Le jeune étranger avait fait en route plusieurs emplettes, principalement chez un apothicaire, où il était entré seul: il était indisposé, disait-il, sujet à de violentes palpitations de cœur, on lui avait enseigné une poudre merveilleuse pour calmer ces sortes d'incommodités. Il s'enferma seul d'abord; puis madame du Sézil le vit, sans y faire une grande attention, causer long-temps, et non sans quelque chaleur, avec la jeune maîtresse du militaire.

»Remontés dans la voiture après le dîner, madame du Sézil remarqua que cette fille lui adressait plus souvent la parole: comme elle avoit de la gaîté et des saillies, elle amusa assez notre voyageuse, qui prit même quelque goût à l'entendre. Depuis deux jours, sur-tout, le jeune étranger pouvait à peine contenir son amour; il brûlait, il était au plus haut degré de la passion, et cependant il n'en avait rien dit à madame du Sézil, qui ne s'en était point apperçue: il est vrai qu'elle-même éprouvait un sentiment tendre, dont elle ne se rendait point compte, mais qui la portait à l'indulgence, à l'intérêt même pour tout ce que lui disait d'obligeant un jeune homme qu'elle trouvait charmant: elle ignorait, hélas! le malheur qui l'attendait, malheur qu'elle n'avait plus assez de prudence pour prévoir, ni assez de force pour repousser.

»La voiture devait aller coucher à Breteuil, pour réparer le temps qu'on avait perdu à la réparer. Il était près de neuf heures lorsqu'on arriva dans ce bourg: aussi n'y avait-il presque plus de chambres à donner à l'auberge de l'Ange couronné, la meilleure de l'endroit. Ce contre-temps désespéra madame du Sézil, qui vit bien qu'il lui faudrait partager son lit avec une des dames ses compagnes de voyage; ce qui la contrariait beaucoup. En effet, quand on eut soupé, il fallut faire le partage des chambres: il ne s'en trouva que trois; il fut décidé en conséquence que le vieux ménage en aurait une, que le militaire, le prêtre et le jeune inconnu coucheraient dans la seconde, et qu'enfin la troisième, où il n'y avait qu'un lit, serait donnée à madame du Sézil et à la compagne du militaire. Que faire? point de moyen de passer la nuit autrement, il fallut accepter cet arrangement.

»On avait soupé tous ensemble, et l'on avait même fait quelques excès excités par le militaire et l'abbé, qui s'entendaient à merveille, lorsqu'il s'agissait de boire. Madame du Sézil n'avait rien pris de plus qu'à son ordinaire; cependant elle se sentait la tête lourde; des bâillemens perpétuels annonçaient chez elle une extrême envie de dormir, et ses yeux se fermaient à tout moment malgré elle. Retirée dans sa chambre avec sa jeune compagne, elle voulut résister à cet assoupissement auquel elle n'était pas accoutumée. Elle prit donc une plume, de l'encre, du papier, et forma le projet d'écrire une lettre qu'elle pût laisser chez le marquis de Rosange, en cas qu'elle ne le trouvât pas chez lui à son arrivée à Paris. Cette lettre le préviendra, se dit-elle; elle épargnera beaucoup à ma timidité. Il y verra l'objet de ma visite, et je trouverai son front serein et ses bras ouverts, lorsque je me présenterai devant lui..... Oui, écrivons....

»Elle écrit; mais à peine est-elle à la moitié de sa lettre, qu'il lui est impossible de continuer; ses yeux se ferment tout-à-fait, et elle va passer la nuit endormie sur son papier, si sa compagne, qui est déjà couchée ne la réveille en l'engageant à se mettre au lit.

»Madame du Sézil se lève, laisse sans y penser sa lettre telle qu'elle l'a commencée, et toute déployée sur la table; puis elle se couche en se plaignant d'une migraine affreuse et d'un élancement singulier dans la tête. Mais un profond sommeil vint bientôt engourdir ses sens.

»Comment vous raconterai-je maintenant l'événement singulier qui a décidé du sort de sa vie entière! Quelles expressions emploierai-je pour couvrir des détails.... qu'une femme ne peut rapporter sans rougir: essayons cependant de vous faire entendre.... Si vous me comprenez, j'en aurai dit assez.

»Le sommeil de madame du Sézil devint bientôt agité d'une manière extraordinaire; elle crut rêver qu'elle était dans les bras de son mari; et cette idée, embrasant son sang, elle perdit connaissance; mais elle ne la recouvra que pour faire la funeste découverte de quelque réalité dans son rêve.... Un homme est dans ses bras; elle le repousse, vain effort! Le crime est consommé. Qui es-tu, s'écrie-t-elle, vil séducteur?....—Ô la plus belle des femmes, je vous adore!....—Quoi, vous!.... ciel! vous que j'ai cru si doux, si vertueux!.... Sortez, sortez....

»Madame du Sézil a reconnu la voix du jeune étranger, et l'indignation a succédé à la terreur, à la colère!.... Elle lui dit: sortez; mais d'une voix tremblante. Elle n'a plus la force de le repousser, elle ne peut que verser un torrent de larmes!.... L'étranger en est ému. Je ne suis point vicieux, lui dit-il, je ne suis qu'un jeune homme brûlant, ivre d'amour, et qui n'a pu résister au desir de vous posséder.... Oh! daignez me pardonner!....—Te pardonner, monstre, après m'avoir déshonorée!....—Ma conduite vous prouvera mes remords et ma tendresse: oui, quelque part où vous soyez, j'en jure par l'amour, je ne vous abandonnerai point.... et peut-être un jour.... si un père n'exigeait pas de moi un sacrifice!.... Oui, oui, un jour nous nous reverrons, nous nous reverrons, j'en ai l'heureux pressentiment!....

»À ces mots, le suborneur se retire, et madame du Sézil n'a point le courage de lui adresser de nouveaux reproches; elle est tellement étourdie du crime dont elle vient d'être la victime, qu'elle est anéantie dans une mer de réflexions douloureuses!.... Quel est cet étranger, qui, même au milieu des violences les plus coupables, conserve encore l'accent et le langage du sentiment! L'amour seul aurait-il causé sa faute? L'amour! que ce motif l'excuse auprès de madame du Sézil! Non, il ne peut être vicieux, il n'est qu'égaré!.... Mais dieux! quelle fatale aventure!.... Si elle se répand, si cette femme perfide, instrument du crime, qui a livré à un suborneur sa place dans le lit de l'innocence, si elle parle, quelle honte! quel déshonneur! Madame du Sézil verse toujours des pleurs, qui, peu à peu la replongent dans un sommeil, dont les monstres, pour le troubler d'une manière aussi criminelle, ont sans doute doublé la force par quelque boisson.

»On la réveille enfin, et ce sont les cris du conducteur qui lui annoncent que la voiture va partir. Madame du Sézil ouvre les yeux et frémit.... Son cœur se serre en se rappelant son malheur, et une rougeur subite couvre son front. C'est elle qui rougit, c'est elle qui éprouve de la honte, tandis que les vrais coupables ont sans doute le calme et la sérénité de la vertu.... Madame du Sézil ne peut se décider à poursuivre sa route avec ceux qui l'ont déshonorée.... Que fera-t-elle? Ira-t-elle se plaindre à l'hôte, à l'hôtesse? De quoi? D'une aventure dont le public est toujours disposé à rire, et dont le ridicule retombe souvent sur la femme qui en est l'héroïne! Non, il faut se taire, il faut cacher à jamais au fond de son cœur ce fatal secret; mais en même temps, il faut fuir la présence de ceux qui l'ont trompée; elle ne pourrait soutenir leur vue ni leur sourire malin: elle doit donc rester seule avec son déshonneur et ses regrets.

»Je ne sais, monsieur le baron, si cette aventure vous a paru singulière et peu commune; mais j'ai dû vous la raconter pour vous amener à l'histoire de ma tendre amie; car de cette nuit fatale, de ce crime affreux commis sur la vertueuse madame du Sézil, est née ma malheureuse compagne, la sensible Adèle, ta mère, ô mon cher Victor!.... Oui, mon Victor, ta mère a dû le jour à madame du Sézil, et à ce jeune inconnu, que nous retrouverons néanmoins par la suite; mais suivons le fi des événemens qui doivent nous le ramener».

CHAPITRE V. TOUT LE MONDE LA TROMPE

«Madame du Sézil se lève aux cris du conducteur, et fait ensemble toutes les réflexions que je viens de vous communiquer. Elle met ses deux mains sur son front, et se détermine à cacher son malheur à tout le monde. Si M. de Rosange, se dit-elle, si ce respectable bienfaiteur connaissait ma faute!.... Je lui écrivais, à ce digne ami de mon époux; je lui marquais!....

»Elle va pour mettre la main sur sa lettre, elle ne la trouve plus! Ciel, s'écrie-t-elle, qui peut me l'avoir prise!... Elle cherche encore cette lettre, où le secret de son voyage est renfermé; elle est disparue. À sa place est un autre billet conçu en ces termes:

«Je pars, j'emporte le regret d'avoir déshonoré la plus estimable des femmes! La raison a repris son empire sur mes sens trop impétueux!.... Je reconnais mon crime, et si je vis assez pour pouvoir le réparer, ô femme accomplie! aucun sacrifice ne me coûtera.... Soyez tranquille sur votre lettre, je l'ai, elle m'a appris votre nom; c'est tout ce que je desirais savoir. Adieu. J'emporte à la fois, au fond de mon cœur, le remords et l'amour, qui ne me quitteront qu'au tombeau.... Adieu! Il est possible que vous ne me revoyiez jamais, mais vous me retrouverez toujours près de vous. J. R.»

»Madame du Sézil relit plusieurs fois ce singulier billet; elle rougit de nouveau à ces mots: elle m'a appris votre nom; c'est tout ce que je desirais savoir.... Mais c'est sur-tout à cet endroit de la lettre que sa pénétration l'abandonne: Il est possible que vous ne me revoyiez jamais; mais vous me retrouverez toujours près de vous.... Que signifie cette phrase mystérieuse! Quoi! cet homme coupable va donc l'obséder sans cesse; il va donc jouir continuellement de son triomphe! Est-ce là ce qu'il veut dire? vous me retrouverez! Oui, sans doute, je ne te retrouverai que trop, homme sans honneur, sans délicatesse! Oui, à toute heure, chaque jour, toute la vie, tu seras présent à ma mémoire: tu seras toujours là, là, devant mes yeux, pour faire rougir mon front, et oppresser mon cœur que tu as lâchement trompé.... Je te dois la perte de ma vertu, de mon innocence, de ma tranquillité: juge si je dois te retrouver sans cesse!

»L'infortunée descend dans la grande salle de l'auberge, dans l'intention de congédier le conducteur de la voiture, et d'attendre qu'il se présente une autre occasion de continuer sa route. Elle apprend par hasard que le jeune inconnu est parti seul, de grand matin. Quoiqu'elle ne dût plus le rencontrer dans la voiture, elle ne voulut pas y monter, pour ne plus revoir cette malheureuse femme qui l'avait trahie, en la livrant à son séducteur. En conséquence, le conducteur, prévenu par elle, fouette ses chevaux, et la voiture part avec deux voyageurs de moins. Je laisse le militaire et sa maîtresse, le vieux couple et l'abbé, s'entretenir peut-être de cette aventure, qui leur paraît sans doute plaisante. Ils ignorent jusqu'aux noms des acteurs de la scène, ainsi leur estime ou leur mépris doivent être fort indifférens pour nous. Je reviens à madame du Sézil, qui est restée dans l'auberge, seule, en proie à sa douleur, et en attendant qu'il se présente une place dans une autre voiture qui puisse la conduire à Paris, où elle a toujours dessein d'aller. La pâleur que lui avait causée le chagrin de la perte de son mari, s'était encore accrue par la douleur qu'elle éprouvait de son aventure: sa faiblesse était extrême, et sa raison paraissait même un peu aliénée. Dans cet état cruel, elle était si intéressante, que l'hôtesse s'empressa de lui prodiguer les soins les plus touchans. Dans l'après-midi, madame du Sézil se trouva mal; on fut obligé de la mettre au lit, et l'hôtesse eut la complaisance de passer elle-même la nuit dans sa chambre. Le lendemain matin, madame du Sézil se sentit mieux, elle se leva; l'hôtesse ouvrit sa valise, y prit ce qui était nécessaire, et l'habilla avec les marques de l'amitié la plus touchante. Tant de soins pénétrèrent de reconnaissance la sensible madame du Sézil, qui remercia l'hôtesse avec sensibilité; celle-ci lui répondit en l'embrassant, et en lui protestant que de tous les voyageurs qui étaient descendus chez elle, aucun ne lui avait encore inspiré tant d'intérêt. Sur le soir il arriva un carrosse d'Amiens, dans lequel il se trouva justement une place: madame du Sézil la retint pour le lendemain matin. Enchantée de cet heureux hasard, qui lui faisait quitter une maison triste par les souvenirs douloureux qu'elle lui rappelait, elle sentit renaître ses forces et son courage; elle passa même une bonne nuit. Éveillée de bonne heure, elle trouva l'hôtesse dans sa chambre, occupée à remettre tout en place dans sa valise: cette femme avait tellement mérité la confiance de madame du Sézil, que cette dernière ne craignait pas qu'elle détournât quelques-uns de ses effets. Quand elle eut fermé la valise, madame du Sézil lui dit: N'avez-vous rien oublié, ma chère hôtesse?—Rien, ma chère dame, rien: vous y trouverez tout, tout, et même plus que vous ne pensez.—Comment! que voulez-vous dire? Je veux dire que j'y ai mis plus d'ordre qu'il n'y en avait, plus que vous ne pensiez que j'étais capable d'en mettre apparemment.—Pardon, chère hôtesse, je n'ai pas entendu vous chagriner. Voulez-vous bien me dire combien je vous dois?—Rien, ma bonne dame, rien.—Comment, rien!—Non, je suis payée.—Payée! et par qui?—Oh! par qui, par qui? je suis payée, cela doit vous suffire.—Mais encore? Depuis deux jours que je suis ici, ma dépense....—Ne vous regarde pas, encore une fois...—Très-sérieusement, madame, je ne vous comprends pas, et je me fâche avec vous, si vous ne me dites sur-le-champ comment vous vous trouvez payée, quand je ne connais personne capable....—Personne! (en souriant) ah! personne! et ce beau cavalier qui s'en est allé l'avant-dernière nuit à cinq heures du matin, madame ne le connaît pas, non? (Madame du Sézil rougit.) Allons, il ne faut pas rougir pour cela; au surplus si vous ne le connaissez pas, il vous connaît bien, lui; car, en s'en allant, il m'a recommandé d'avoir pour vous les plus grands soins, les plus grandes attentions; eh puis, c'est qu'il m'a donné beaucoup d'argent pour cela.—Il vous a donné?....—Enfin je suis contente.—Madame, je ne veux pas, je ne puis consentir.... je vous en prie, ma chère hôtesse; des raisons particulières m'engagent à vous prier de distribuer à quelques infortunés la somme qu'il vous a remise: je veux payer ma dépense; elle me regarde, je crois; et ce monsieur si obligeant!....—Oh! comme il m'a parlé de vous! il m'a demandé de l'encre et du papier; puis il a écrit une lettre qu'il a remise à cette jeune personne qui a couché dans votre chambre: elle a dû vous la rendre, cette lettre, car il le lui a bien recommandé; et puis, c'est qu'il pleurait, ce pauvre jeune homme!....—Il....—Oui, madame, il pleurait, il sanglotait à nous fendre le cœur à tous; car mon mari, qui n'est pourtant pas bon, eh bien! il en avait la larme à l'œil.

»Madame du Sézil, honteuse à l'excès de se voir défrayée par l'étranger, veut répondre à cette femme; mais le fouet du cocher se fait entendre. Pierre, s'écrie l'hôtesse en appelant un de ses garçons, portez vîte la valise de madame à la voiture.

»Pierre emporte la valise, le cocher appelle madame du Sézil, elle est obligée de partir: l'hôtesse lui demande la permission de l'embrasser, madame du Sézil se prête au desir de cette bonne femme; puis, sans lui dire un mot, elle se précipite dans la voiture, qui a déjà fait une lieue, sans que notre voyageuse ait pensé à examiner les nouveaux individus avec lesquels elle se trouve.

»Elle y fut forcée cependant par une conversation assez vive qui se tenait à côté d'elle, et à laquelle elle n'avait pas fait encore la plus légère attention. Oui, monsieur, disait un gros homme à un jeune officier, je le poursuivrai par-tout, cet infâme ravisseur, je lui demanderai compte de sa conduite; il a déshonoré ma fille!—Mais, monsieur, répondait l'officier, êtes-vous sûr?....—Sûr, oh! très-sûr, mon cher monsieur; et ma fille elle-même sera bien punie, je la rejette loin de mon sein paternel. Comment! elle se laisse.... séduire par un homme qu'elle ne connaît pas, qu'elle voit pour la première fois, dont même elle ignore de nom?—Peut être la violence....—Il n'y a pas de violence, monsieur, qui puisse empêcher une femme de résister; quand elle veut se défendre, elle en trouve les moyens. On ne me persuadera jamais qu'on puisse prendre une femme de force: elle peut faire quelques façons d'abord; mais les sens s'en mêlent, et puis votre serviteur.—Et vous dites qu'elle est enceinte?—Oui, monsieur, elle l'est; vous voyez qu'elle est déshonorée à jamais.

»À cette conversation, qui avait quelque rapport avec sa situation, madame du Sézil fut frappée d'une terreur soudaine. Ce mot: elle est enceinte, lui fit craindre pour elle le même sort; elle n'avait pas encore prévu ce dernier malheur; un pressentiment funeste l'avertissait intérieurement qu'il était certain. Elle fit tous ses efforts pour retenir ses larmes et cacher sa honte; mais elle fut sur le point de perdre connaissance lorsque le vieillard fit à son ami le portrait du suborneur de sa fille. Ce portrait s'accordait parfaitement avec celui de l'audacieux étranger: même taille, mêmes traits, même douceur. Serait-ce lui, se dit-elle à elle-même? serait-ce ce perfide, qui se ferait un jeu cruel de tromper toutes les femmes qu'il rencontre?....

»Madame du Sézil crut n'avoir plus lieu de douter que ce fût lui; mais elle fut bientôt agréablement désabusée, lorsque le vieillard ajouta: Mais ce qui vous inspirera, monsieur, plus de mépris pour ce scélérat, c'est qu'il a quarante ans au moins; c'est qu'il est marié, et père de famille comme moi....

»Ces mots répandirent la consolation dans l'ame de notre voyageuse; elle sentit renaître sa fermeté, et ne pensa même plus aux funestes applications qu'elle pouvait se faire à elle-même dans la conversation qu'elle entendait, tant il est vrai que le jeune inconnu avait réellement touché le cœur de cette femme sensible, et qu'elle était disposée à lui pardonner moins, envers une autre, la conduite qu'il avait tenue envers elle. Quand il la conjurait de lui pardonner sa faute, le coupable avait, dans le cœur de sa victime, un défenseur plus puissant que lui, et qu'elle ne connaissait pas elle-même, l'amour, l'amour! qui fait excuser tous les torts de la jeunesse; mais cet amour, chez madame du Sézil, était subordonné à l'estime de soi-même, à la crainte du mépris, du déshonneur; à la honte enfin d'avoir été trompée.

»La voiture vint coucher le soir à Clermont à l'auberge du Cygne royal, où madame du Sézil obtint une chambre particulière pour elle seule. Vous jugez combien fut agitée la nuit qu'elle passa!... Le lendemain, elle remonte tristement dans sa voiture qui se met en route; mais à peine les chevaux ont-ils fait quelques pas, qu'un petit garçon de l'auberge du Cygne court après: Arrête, arrête, crie-t-il au cocher? Le cocher arrête, le petit garçon monte à la portière, puis présentant un paquet à madame du Sézil: Voilà, madame, lui dit-il, ce qu'on m'a dit de vous remettre.—À moi?—À vous.—De quelle part?....

»Le petit garçon s'est déjà sauvé à toutes jambes, et la voiture s'est remise en marche. Madame du Sézil, interdite, sent que le paquet est un peu lourd; et n'osant pas l'ouvrir devant des étrangers, elle le met dans sa poche, en affectant un air d'indifférence qu'elle est bien éloignée d'éprouver. En effet, qui peut la connaître sur cette route? Quelle correspondance peut-elle avoir, puisqu'elle n'a ni amis, ni parens qui s'intéressent à sa triste existence! Elle a bien envie de jeter ses soupçons sur l'étranger; mais elle fait tous ses efforts pour réprimer ce desir, pour détourner sa pensée d'un homme qui lui fait horreur: du moins c'est ainsi qu'elle cherche à se faire illusion.

»Ce fut à la dînée, qui eut lieu à Luzarches, que madame du Sézil voulut examiner le paquet mystérieux; mais mille obstacles l'en empêchèrent. L'auberge était pleine de voyageurs curieux, qui, voyant une jeune veuve, qu'un air de tristesse rendait plus intéressante, l'obsédaient avec importunité, dans quelque lieu qu'elle se retirât.... Il fallut donc que notre belle voyageuse réprimât sa curiosité, et attendît qu'elle fût arrivée à Paris, où elle devait descendre le même soir. Il lui en coûtait sans doute pour se contraindre ainsi; mais il le fallait.

»La nuit commençait à s'épaissir lorsque madame du Sézil se vit enfin au comble de ses vœux: un vaste fauxbourg se présente à ses regards, c'est le fauxbourg Saint-Denis, c'est une des entrées de Paris. Quel bonheur! elle va être libre, tranquille, et dégagée des importuns, dont les regards indiscrets l'ont assiégée pendant toute sa route. La voiture s'arrête à la porte d'un roulage: chacun descend, se salue, se fait les complimens d'usage. Madame du Sézil abrège les siens, fait charger sa valise sur les épaules du seul commissionnaire qui se trouve là, et part sans destination fixe, mais enchantée de se voir dans une ville l'objet de tous ses desirs. Où va madame, lui demande le commissionnaire? Madame du Sézil regarde cet homme, dont la physionomie ouverte et franche inspire de la confiance, et lui répond d'un air indécis: Mon ami, je n'en sais rien.—Madame ne va point chez des amis?—Hélas! mon cher, je n'en ai point. Une dame aussi respectable que madame, ne devrait point en manquer.—Je ne connais personne ici, j'y viens pour affaire.... Sauriez-vous m'indiquer quelque endroit honnête où une femme pût loger décemment? je n'aime point les maisons garnies.—Vraiment, si madame y consentait.... j'ai ma mère qui demeure avec moi; la mère Michel, tout le monde l'estime dans le quartier; elle a deux petites chambres très-propres que madame pourrait occuper.... pour ce soir toujours, car il est tard. Madame verrait demain à prendre un autre logement, si le nôtre ne lui convenait pas.—J'accepte mon ami; tu me parais un honnête homme, et....—Oh! pour ça!....—Où demeure ta mère?— C'est un peu loin d'ici, madame; mais le quartier est beau; si madame connaissait Paris, je lui dirais que c'est tout près du Luxembourg.—J'en ai entendu parler.—Quoi! de ma mère? De la mère Michel?

»Madame du Sézil ne put s'empêcher de sourire de la naïveté de ce bon garçon, naïveté qui prouvait au fond sa tendresse pour sa mère: elle le suivit sans crainte, et remercia même intérieurement la providence de lui envoyer un asyle plus sûr, plus décent, qu'une auberge, dont le nom seul la faisait frémir. Elle traverse donc tout Paris avec son zélé conducteur, qui paraît avoir déjà pour elle les plus grands soins, et qui même cherche à la distraire de ses sombres réflexions, soit en lui racontant quelque trait plaisant, soit en lui faisant remarquer les rues, les quais et les ponts qu'ils sont obligés de traverser. Notre belle voyageuse commençait à se fatiguer lorsque son guide s'arrêta à la porte d'une maison qui avait une apparence assez honnête. C'est ici, lui dit-il, nous demeurons au troisième: cette rue-ci est la rue de Vaugirard, voilà le Luxembourg, et ce beau jardin que vous voyez, à gauche, est le jardin de l'hôtel de Condé[4]. Madame du Sézil monte; elle est parfaitement reçue par une femme dont l'extérieur annonce la pauvreté, mais qui porte sur sa figure la douceur de la bonté, et l'air ouvert de la franchise. La mère Michel, mise au fait par son fils, le remercie de lui avoir amené une aussi belle étrangère; elle montre les deux chambres en question à madame du Sézil, qui en est très-contente; puis la bonne mère s'occupe de faire son soupé, qu'elle doit partager avec sa nouvelle pensionnaire. Madame du Sézil est enchantée des prévenances aimables de la mère et du fils; elle a voulu payer à ce dernier le port de sa valise. Laissez donc, madame, a-t-il répondu, cela viendra avec autre chose: nous allons avoir des comptes ensemble....

»Pendant que la mère Michel fait son petit ménage, madame du Sézil prend une lumière, et demande qu'on la laisse seule un moment dans sa chambre. Entrons-y avec elle, et voyons ce que renferme le paquet que lui a remis le petit garçon de l'auberge de Clermont; car ce ne peut être que pour satisfaire sa curiosité que notre héroïne a demandé à ses hôtes un moment de solitude».

CHAPITRE VI. ON CROIRAIT LIRE UN ROMAN

«Seule et tranquille, madame du Sézil se hâte de défaire les nombreux cachets qui entourent le paquet mystérieux. Quelle surprise! une superbe boîte d'or enrichie de brillans! un portrait d'homme! Dieu! c'est celui du jeune étranger: ce sont ses traits, il est parlant! madame du Sézil ne peut s'y tromper... Mais quels sentimens éprouve-t-elle, madame du Sézil? Les traits d'un homme qui l'a si cruellement trahie, devraient lui faire horreur? c'est tout le contraire; ces traits charmans la fixent et l'attachent, elle se surprend à admirer ses beaux yeux pleins de douceur, cette bouche qui a osé.... Son cœur se serre, elle veut détourner ses regards.... impossible! L'amour est dans son cœur, l'amour est peint sur ce portrait touchant, il est par-tout; comment lui résister. Cependant madame du Sézil ouvre la boîte; qu'y voit-elle? une lettre et des rouleaux de louis!.... Eh quoi! ce perfide ose lui faire accepter des présens! prétend-il par-là dédommager sa victime de la perte de l'honneur? espère-t-il faire oublier sa faute par des bienfaits? ils sont insultans ses bienfaits, puisqu'ils sont le prix du crime!.... Mais voyons sa lettre?.... Ce sont des vers!.... Une romance!.... et sur un air que madame du Sézil sait; car elle lui en a fait entendre quelques phrases, en se promenant avec lui dans la ville d'Amiens.... Voyons:
ROMANCE DE L'INCONNU.
Avais un cœur indifférent;
Avais jours purs et nuits tranquilles:
En fuyant l'Amour étais franc;
Mais, vains sermens! soins inutiles!
Vois jeune veuve en son printemps,
Vois graces et délicatesse,
Cœur me bat, et, depuis ce temps,
Ne vis plus que pour la tendresse.

Mon pauvre cœur, tout en émoi,
Ne veut lui dévoiler sa flamme;
Crains de lui demander sa foi,
Et renferme mienne en mon ame.
Eh quoi! me dis, perfide Amour,
Promets toujours bonheur, liesse!....
Si dame ne m'aime à son tour,
N'ai plus besoin de la tendresse!
Mais un jour, hélas! jour fatal!
Ose approcher dame endormie....
Conseil mauvais et déloyal
M'avait poussé vers mon amie.
Baisers accroissent mon ardeur;
Oublie honneur, vertu, sagesse!....
Pardonne, ô dame de mon cœur:
Fut la faute de la tendresse.

Qu'il est tendre! qu'il est sensible et touchant! Voilà ce que madame du Sézil n'ose penser; mais ce que ses yeux expriment. Ses yeux! ils versent quelques larmes, sans doute de regret, de douleur du malheur qui lui est arrivé! Ou plutôt ses larmes sont-elles de sensibilité, d'intérêt? Pour qui? Pour l'étranger audacieux!..... Mais sa romance..... Comme elle est douce! il faut la relire; madame du Sézil ne peut résister à ce desir.... On la relit; on essaie même de l'adapter à l'air que l'on sait; mais comme la voix est tremblante! comme on respire difficilement! sur-tout à ce dernier couplet, qui rappelle.... Pourquoi, pourquoi aussi a-t-il ravi un bien qu'il aurait pu mériter avec le temps; un bien dont ils auraient mieux joui tous les deux!....

»Les émotions douces de la sensibilité ont succédé à l'indignation dans le cœur de madame du Sézil; elle ne hait plus, elle sent enfin qu'elle est disposée à aimer.... Mais, hélas! elle ne le reverra jamais, il l'a dit; il a sans doute de fortes raisons qu'il ne peut révéler; mais elle le retrouvera toujours auprès d'elle, ce sont ses expressions: oui, sans doute, car ce portrait charmant ne doit plus la quitter; il lui rappellera un aimable séducteur qui, dans le fond, mérite bien l'intérêt qu'on prend à lui, car ses desirs ayant été satisfaits, qui l'engage à suivre encore une liaison où il ne peut espérer rien de plus que ce qu'il a obtenu? l'amour sans doute; et s'il aime, il est digne d'être aimé.... Ses bienfaits, on les acceptera. Qu'en faire d'ailleurs? peut-on les lui rendre? on ignore son nom et sa demeure; mais on espère que ce seront les derniers. Des vers, des lettres, des romances, tout cela s'accepte quand on aime; mais l'argent porte avec lui quelque chose d'humiliant.... Eh bien! c'est encore une preuve de sa tendresse: il sait que celle qu'il aime n'a point d'autre ressource que l'espoir qu'elle met en un protecteur qu'elle n'a jamais vu; il songe à prévenir ses besoins, il prodigue même; est-ce un motif pour lui en faire un crime? Allons, cela est décidé, il n'y a rien que de

124

charmant dans toute sa conduite.

»Madame du Sézil serait encore à réfléchir, si la mère Michel ne l'avertissait que son souper est servi. Notre aimable voyageuse serre précipitamment sa boîte et sa romance dans sa poche, puis elle vient joindre son hôtesse, qui l'étonne par une ordonnance de souper à laquelle elle est bien loin de s'attendre. Deux ou trois plats seulement, mais recherchés, mais très-proprement servis; il semble en vérité qu'on l'ait attendue dans cette maison. Allons, allons, madame, dit la mère Michel, mettez-vous là. Vous me permettez de manger avec vous, n'est-ce pas? Pour mon fils, il va vous servir.—Pourquoi donc, la mère, répond madame du Sézil? qu'il se mette à table, je le veux, je le veux.—Non, non, non, madame; il sait trop, et moi aussi le respect qui vous est dû.

»Notre aimable veuve ne peut obtenir que Michel prenne sa place; il est debout derrière elle, et la sert avec un respect qui la flatte intérieurement, et la fait soupirer de reconnaissance. Le repas fini, madame du Sézil se retira chez elle, et passa une excellente nuit. Le lendemain il fut question de vider la valise: la mère Michel y mit la main avec sa pensionnaire, et tous les effets furent rangés avec soin dans une armoire. Quand on fut au fond de la valise, madame du Sézil resta toute étonnée d'y trouver une forte bourse remplie d'or.... Elle savait bien qu'elle ne possédait pas tant d'argent. Est-ce encore une prévenance de l'inconnu? mais où, quand et comment aurait-il pu? Ah! je me rappelle, s'écrie-t-elle tout haut; puis, honteuse de cette exclamation, elle prend la bourse, la serre, et continue tout bas ses réflexions. En effet, à Breteuil, le surlendemain de cette nuit fatale, l'hôtesse de l'auberge ne l'aida-t-elle pas à refaire sa malle! Cette femme avait reçu de l'argent de l'inconnu, de son propre aveu: c'est elle qui, par l'ordre de l'étranger, a glissé cette bourse dans sa valise, et voilà l'explication de ces mots de l'hôtesse: Vous y trouverez tout, et même plus que vous ne pensez. Quel homme, quel homme délicat en procédés, que cet aimable inconnu!

»Madame du Sézil se reposa quelques jours avant de se rendre à l'hôtel du marquis de Rosange, à qui elle avait toujours l'intention de s'adresser. Cette démarche lui coûtait, parce qu'il est toujours désagréable d'aller demander des secours. Enfin, un matin, elle se fait accompagner par la mère Michel, qui lui indique les rues qu'elle doit traverser pour se rendre à l'hôtel de Rosange, situé à la place royale. Elle demande à parler au marquis; on lui répond qu'il est depuis deux mois dans une de ses terres avec son fils; on ne les attend tous deux que sous trois mois au plus tard. Quel contre-temps pour madame du Sézil! elle est dans une ville où elle ne connaît personne, seule, sans état, sans fortune, sans ressource; c'est alors qu'elle sent plus vivement encore la perte de son époux; un vide affreux paraît l'entourer; elle ne jette ses regards que sur des étrangers, qui ne peuvent prendre à elle d'autre intérêt que celui qu'on doit à ses semblables. Madame du Sézil revient tristement avec la mère Michel, s'enferme pour réfléchir, et se décide à attendre les trois mois que M. de Rosange doit encore passer à sa terre; elle est bien chez la mère Michel: elle attendra le retour du marquis, d'autant plus qu'elle ne manque pas d'argent, grace aux bienfaits de l'aimable inconnu....

»La mère Michel et son fils ne négligeaient rien pour prouver leur zèle et leur amitié à leur intéressante pensionnaire; la mère l'accompagnait par-tout dans Paris, et lui en faisait admirer les beautés; rentrés le soir, le bon Michel, qui savait jouer quelques airs sur la flûte, accompagnait la belle veuve qui chantait. Michel avait appris la romance favorite de madame du Sézil: Avais un cœur indifférent; et vous devinez bien que celle-là était chantée et jouée tous les jours; elle charmait notre tendre veuve, et lui rappelait un homme qui voulait, à force de délicatesse, faire oublier un moment, le seul peut-être de sa vie où il en avait manqué. Mais une funeste découverte, que fit bientôt madame du Sézil, vint lui rendre tous ses remords et toutes ses inquiétudes; elle s'apperçut qu'un être puisait la vie dans son sein, et comme elle avait beaucoup d'amitié pour la mère Michel, elle lui fit part de cette remarque, en lui disant toutefois qu'elle s'en était doutée, qu'elle en avait même parlé à son mari quelques jours avant qu'il expirât dans ses bras. La mère Michel parut enchantée de cette nouvelle; et, chose extraordinaire, qui prouvait sans doute l'intérêt que ces bonnes gens portaient à leur pensionnaire, le bon Michel en fit des sauts de joie. Sa mère, pour modérer cette ivresse indiscrète, lui fit en secret un signe que madame du Sézil remarqua très-bien, mais qu'elle n'attribua qu'à la peine que pouvait éprouver la mère en voyant sauter son fils comme un grand sot.

»Cependant le nouvel état de notre veuve change son plan de conduite: elle n'ose plus aller trouver M. de Rosange: elle rougirait de lui présenter la mère d'un enfant qui n'appartient pas à l'époux dont elle se réclame. Pourrait-elle en imposer, avancer de quelques mois la mort de cet époux? Il serait si aisé de la confondre alors à quels reproches, à quel mépris ne s'exposerait-elle pas?... Elle se sent coupable, l'infortunée; elle croit que tout le monde doit deviner son secret.

»Quelques jours après qu'elle eut fait à la mère Michel l'aveu de sa grossesse, madame du Sézil fut se promener au Luxembourg; ce fut Michel lui-même qui l'y engagea. Il fait beau, lui dit-il, l'air vous fera du bien.... La promenade de madame du Sézil dura près de deux heures: quand on est seul avec soi-même, et qu'on sait réfléchir, il est si doux de parcourir des sites solitaires!.... Madame du Sézil rentre à l'heure du dîner; la mère Michel lui dit d'un air ouvert: Il faut, madame, que vos parens de là-bas se soient souvenus de vous; ils vous envoient une caisse d'effets qui est d'une grandeur!— Comment?—Pendant que vous étiez sortie, il est venu ici un domestique avec un voiturier; ils ont monté dans votre chambre une caisse qui est bien à votre adresse, pardi, je ne me suis pas trompée.—Et de quelle part?—Ils n'ont jamais voulu me le dire: moi, j'ai pensé que cela venait de la Provence, de votre père, que sais-je?

»Madame du Sézil court dans sa chambre; Michel et sa mère la suivent; en une minute la caisse est ouverte, et un billet tout ouvert frappe d'abord les yeux de la veuve; elle y lit:

«Ne rougissez pas femme estimable et chère, ne rougissez pas d'accepter ces légères marques de la tendresse d'un homme qui vous chérira jusqu'au tombeau. Ces faibles présens ne peuvent humilier que celle qui a mis un prix à sa vertu: la vôtre, que j'ai outragée, est encore intacte et pure, puisque vous l'avez défendue. Vous faites mon malheur, et vous ajoutez à mes remords, si vous supposez au don de ces bagatelles un autre motif que celui de la reconnaissance, et de l'amour dont je brûle toujours pour vous.... Je ne puis vous voir, hélas! un obstacle insurmontable me sépare de vous peut-être pour toujours!.... Mais, en vous écrivant quelquefois, j'aurai du moins le bonheur de m'entretenir avec vous, et mes regrets seront moins douloureux. Adieu: le hasard seul m'a fait découvrir votre retraite; n'en changez pas, et sur-tout ne dévoilez pas notre secret aux gens chez qui vous avez pris un asyle. J. R.»

»Madame du Sézil qui, dès les premiers mots de la mère Michel, s'était doutée de la main qui lui faisait des présens, avait eu d'abord l'idée que cette femme la trahissait, et s'entendait peut-être avec l'inconnu; mais les derniers mots de cette lettre lui prouvèrent qu'elle se trompait: le hasard en effet sert toujours les amans; il se pouvait que l'inconnu eût découvert sa retraite: elle ne se cachait point dans le quartier, et elle y portait le même nom sous lequel elle était peut-être connue de l'étranger. Notre belle veuve était d'ailleurs confiante et bonne; elle prit donc le parti de dire à ses hôtes qu'en effet cette caisse lui venait de la Provence; puis elle les pria de la laisser seule, ce qu'ils firent sur-le-champ. Madame du Sézil, émue et confuse, fit soudain l'inventaire de sa caisse: des étoffes de tous genres, des bijoux, et sur-tout de l'or, voilà ce qu'elle y trouva. Il faut que cet homme soit bien riche, se dit-elle.... Elle éprouvait toujours une certaine répugnance à accepter; mais enfin elle ne pouvait restituer, il fallait donc garder: c'est ce qu'elle fit.

»J'abrège maintenant l'espace de temps qui s'écoula depuis ce moment, jusqu'à l'époque où madame du Sézil donna le jour à une fille charmante, qu'elle nomma Adèle. Elle avait répandu le bruit que cet enfant était de son époux: tout le monde le crut, et cette femme intéressante voulut remplir, envers sa fille, tous les devoirs de la maternité; elle la nourrit de son lait, et l'éleva avec le plus grand soin, comme avec la tendresse la plus touchante. L'ame finit par se faire aux grands chagrins; madame du Sézil s'habitua insensiblement à une position, qui lui avait paru si critique dans le commencement, qu'elle s'imaginait succomber bientôt sous le poids de la honte, du repentir et du chagrin. Toujours même zèle, mêmes soins, mêmes égards de la part de la mère Michel et de son fils; toujours des lettres et des présens de l'inconnu, qui ne se nommait jamais, et qui même avait l'air d'ignorer qu'il fût père. Madame du Sézil formait quelquefois le projet de quitter son asyle trop connu de l'étranger, et de se soustraire à ses bienfaits dans quelque endroit écarté qu'il ne pût découvrir; mais elle était sans fortune, sans ressources; eh puis elle était mère: les présens de l'inconnu n'avaient plus rien qui pût l'humilier: elle les rendait à sa fille, ces présens d'un père coupable; elle ne rougissait plus, en songeant que ce qu'il croyait donner à l'amour, devenait le juste tribut de la nature.

»Quinze ans s'étaient écoulés dans la pratique des devoirs maternels, et, pendant ce temps, il s'était passé quelques événemens chez madame du Sézil. La mère Michel était morte, et son fils, qui ne pouvait se séparer de sa chère maîtresse, ainsi qu'il appelait la belle veuve, avait pris un petit cabinet dans le haut de la maison, tandis que madame du Sézil avait loué pour son compte, et meublé à son goût, les quatre pièces qui formaient le logement de la mère Michel. Madame du Sézil était chez elle, et Michel la servait; il ne faisait plus de commissions, Michel; il était le domestique, le confident, et l'ami de la veuve et de sa fille. La jeune Adèle grandissait en beauté, en vertus et en talens; sa mère lui avait donné tous les maîtres propres à faire une brillante éducation; elle avait de l'esprit, du jugement et de la raison; c'était, en un mot, un chef-d'œuvre de la nature. Je l'ai connue, mes amis, je l'ai aimée.... Ah! pardonnez les pleurs qui coulent de mes yeux, c'est le juste tribut des regrets que je dois à sa cendre. Me voici bientôt à ses propres aventures.... Mais je vous dois encore quelques détails sur la mère, l'intéressante madame du Sézil.

»Vous êtes sans doute étonnés, ainsi que je le fus moi-même lorsque ses malheurs me furent racontés par elle, de ce que l'inconnu trouva le moyen, pendant près de seize années, de pourvoir, même d'une manière magnifique, aux dépenses de la mère et de la fille, sans chercher une seule fois l'occasion de les voir. Vous êtes surpris aussi de ce que madame du Sézil ne fit aucune démarche pour connaître enfin l'homme mystérieux de qui dépendait son sort et celui de sa fille; je vous éclaircirai bientôt vos doutes sur le premier point. Quant à la résignation de la belle veuve, je vous dirai qu'elle était le fruit de l'habitude et de la délicatesse. Les lettres de l'inconnu étaient toujours si tendres, touchantes, que madame du Sézil ne pouvait attribuer son silence sur son nom et sa fortune, qu'à un obstacle bien puissant qui l'enchaînait, et qu'il ne dépendait pas de lui de surmonter. Quelle apparence en effet, s'il eût pu se faire connaître, qu'il ne l'eût pas fait, tandis qu'il accablait cette famille de bienfaits, toujours offerts avec délicatesse et d'une manière détournée! Dans ses dernières lettres, il hasardait de parler de sa fille, ce qui prouvait à la veuve qu'il était instruit; mais il ne le faisait jamais qu'avec les plus grands ménagemens, comme s'il craignait d'offenser la vertu de madame du Sézil, en lui rappelant une nuit d'erreur, qu'il n'appelait que le seul tort de sa jeunesse. Les personnes qui venaient de sa part remettre ses lettres ou ses présens à la veuve, ne se présentaient jamais que lorsqu'elle était absente, elle et sa fille. C'était toujours Michel qui les recevait, et qui attribuait, ou feignait d'attribuer ces dons aux parens que sa maîtresse disait avoir dans la Provence. Depuis quelque temps madame du Sézil n'était plus dupe de la prétendue crédulité de Michel; elle le soupçonnait fortement d'être dans la confidence du père d'Adèle, et de le connaître même particulièrement; mais, délicate et fière, elle eût cru offenser l'inconnu, elle eût cru se dégrader elle-même, en forçant un domestique à violer un secret qui lui avait été confié; elle en admirait davantage ce bon serviteur, et ne faisait aucune tentative pour obtenir un éclaircissement qui peut-être, en nuisant à l'homme généreux dont elle dépendait, aurait pu détourner la source des bienfaits qu'il répandait journellement sur elle et sur sa fille. Avec cela sa fille ignorait le secret de sa naissance: Adèle se croyait, comme tout le monde se l'imaginait, la fille de M. du Sézil, qui avait perdu la vie quelques mois avant qu'elle eût vu le jour. Des démarches, des explications arrachées, auraient forcé cette tendre mère à faire à sa fille d'autres explications dont elle aurait eu trop à rougir et que d'ailleurs l'âge et le sexe de l'enfant ne permettaient pas qu'elle lui fit.

»Toutes ces raisons sont sans doute assez fortes pour motiver la résignation de madame du Sézil, et pour m'engager à passer sur-le-champ au récit d'événemens plus sérieux, et dans lesquels la mère de mon Victor va jouer un rôle important, mais bien douloureux».

Ici madame Wolf se reposa quelque temps. Le baron la força, ainsi que Victor et Clémence, à prendre quelques rafraîchissemens, dont ils avaient tous besoin après tant de fatigues, et qu'il partagea avec eux. Ensuite madame Wolf reprit son récit ainsi qu'on le verra dans le chapitre suivant.

CHAPITRE VII. NOUVEAUX TROUBLES, NOUVEAUX VOYAGES

«Madame du Sézil n'avait pas d'autre consolation que sa fille, qui réunissait toutes les qualités physiques et morales qu'on peut désirer à quinze ans. Adèle était grande, très-forte, et la meilleure amie de sa mère. La lecture, la musique, et les petits ouvrages du sexe, occupaient les momens de ces deux êtres vertueux: ils n'étaient qu'eux deux, pour ainsi dire, dans la nature, ou plutôt ils ne faisaient qu'un; mais leur bonheur ne devait pas être de longue durée, ou du moins il allait être traversé par une catastrophe terrible, inattendue.

»Des voisins, amis de madame du Sézil, lui offrent deux places dans une loge qu'ils ont louée pour aller, ce soir même, voir jouer une pièce de Molière au théâtre des comédiens ordinaires du roi, rue des Fossés-Saint-Germain-des-Prés. Madame du Sézil n'avait pas été deux fois au spectacle depuis ses malheurs, et sa fille n'avait pas non plus un goût très décidé pour ce genre d'amusement. En général on les voyait rarement dans un endroit public: leur goût les portait vers la campagne; elles aimaient les fêtes champêtres; et c'était au loin qu'elles allaient rêver, lire, causer, ou admirer la nature. Cependant les places qu'on leur offrait étaient attrayantes: on donnait le Misanthrope, et ce chef-d'œuvre qu'elles connaissaient d'ailleurs, était trop dans leurs principes, pour qu'elles manquassent l'occasion de l'admirer. Nos dames vont donc dans la loge de leurs voisins: le spectacle commence, et elle y prêtent la plus constante attention. Cependant, dans la loge en face d'eux était une femme de condition, très-parée, surchargée de rouge et de diamans, qui, depuis long-temps, fixait la veuve et sa fille avec une curiosité mêlée de dépit. À côté d'elle était un homme d'une quarantaine d'années, qui, de son côté, lorgnait la loge de nos dames, et paraissait mettre, à les regarder, l'intérêt le plus vif. La vieille marquise, car c'en était une, se lève tout-à-coup, avant que son cavalier ait le temps de s'informer du sujet qui la trouble. Elle descend précipitamment, remonte avec un vieillard, reparaît dans une autre loge voisine de celle où elle était, fixe de nouveau la loge de nos dames, et fait une question à l'oreille du vieillard. L'homme de quarante ans entend celui-ci répondre distinctement à la marquise: Ce sont elles. Le cavalier sort aussi de sa loge, fait le tour, et vient à celle où nos dames, ignorant ce qui se passait, n'étaient livrées uniquement qu'au spectacle.... Madame du Sézil entend frapper doucement à sa loge: elle ouvre; le cavalier, troublé, ne peut que lui dire ce peu de mots: Retirez-vous.... prenez garde d'être suivies; ne craignez rien; demain je vous expliquerai ce mystère.

»Le cavalier est sorti soudain en refermant la porte de la loge; mais madame du Sézil reste frappée du coup le plus violent.... Cet homme qui vient de lui parler, ses traits, sa voix! elle l'a reconnu, c'est lui, c'est l'inconnu, c'est le père de son Adèle!.... Elle jette un cri, et s'évanouit. Sa fille, ses amis, dans la plus grande inquiétude, la transportent hors de la loge: elle recouvre ses sens; mais elle se rappelle l'ordre qu'on vient de lui donner, et demande à rentrer chez elle. On lui obéit, on la ramène dans son appartement, où chacun lui demande la cause de son trouble; elle ne peut la dire; elle prie en grace qu'on la laisse seule; sa fille, sa tendre fille qui baigne ses mains des larmes de la tendresse, est elle-même repoussée. Les amis se retirent, Adèle rentre dans une autre pièce, où elle se livre à ses inquiétudes, et madame du Sézil seule, repasse dans sa mémoire toutes les circonstances de cette étonnante aventure. Quoi! c'est lui! oh! c'est bien lui! Voilà cet homme qu'elle n'a connu que six jours, et qu'elle n'a pas revu depuis seize ans! Mais qu'a-t-il voulu dire? Qu'y a-t-il? Quel danger peut courir madame du Sézil? Demain, a-t-il dit, il expliquera ce mystère! Grand Dieu! le malheur est-il arrivé de nouveau? va-t-il fondre sur la tête innocente d'une mère vertueuse?.... Prenez garde d'être suivies!.... Elle appelle sa fille: Adèle?—Ma mère, ma tendre mère! eh bien! êtes-vous un peu calmée?—Oui, ma fille; écoute: crois-tu que quelqu'un nous ait suivies tout-à-l'heure?—Je ne crois pas, maman; à moins que cette méchante dame....—Quelle dame?....

»Ici la jeune Adèle rapporte à sa mère les observations que ses amis ont faites, et qu'ils lui ont confiées avant de se retirer, sur une dame qui a beaucoup regardé leur loge, qui est sortie, puis rentrée avec un vieillard, etc. Adèle ajoute que le particulier qui est venu parler à l'oreille de sa mère, était placé à côté de cette dame si curieuse, et qu'on le croit même son mari.— Son mari! s'écrie madame du Sézil, en cachant sa tête de ses deux mains: ah! malheureuse Adèle!....

»Adèle ne peut comprendre le sens de cette exclamation: elle s'efforce de consoler sa mère, que le mot son mari vient de plonger dans le plus grand désordre. Allons, dit-elle, il n'y a que Michel qui puisse m'expliquer ce mystère: fais-le venir, ma fille.

»Adèle appelle Michel; il n'y est point; elle demande si on l'a vu dans la maison: on lui répond qu'un domestique, tout essoufflé, est venu le chercher, et que Michel a chargé le portier de dire qu'il ne rentrerait peut-être pas de la nuit, pour une affaire pressante qui concernait madame, et qu'il lui confierait demain. Adèle vient rendre ses propres expressions à madame du Sézil, dont l'inquiétude et la douleur redoublent. Il faut qu'elle se détermine à passer la nuit entière dans l'incertitude la plus cruelle, sans pouvoir attendre d'autres éclaircissemens que des événemens, qui doivent être funestes, si elle en croit ses pressentimens, qui ne l'ont jamais abusée.

»Adèle respecte le secret de sa mère; elle n'ose la prier de le verser dans son sein; mais cette tendre mère lui dit souvent: Tu sauras tout, mon Adèle, hélas! je vois bien qu'il faut que tu saches tout!.... Mais demain.... attends.... attendons toutes deux!.... Si nous sommes menacées de quelque accident, il ne nous abandonnera pas; non, il ne doit, il ne peut pas nous abandonner!...

»Tous ces mots entrecoupés de sanglots, sont autant d'énigmes pour la sensible Adèle; cependant elle se décide, ainsi que sa mère, à attendre les événemens, et toutes deux passent une nuit cruelle, agitée, sans pouvoir se reposer.

»Le lendemain matin, une voiture brillante s'arrête à la porte cochère. Une dame en descend; elle monte, et se présente du ton le plus courroucé à madame du Sézil. C'est la dame d'hier soir qui les examinait tant, Adèle la reconnaît. Savez-vous qui je suis, dit cette dame à madame du Sézil?—Non, madame.—Je suis marquise, et femme d'un homme qui mène avec vous la conduite la plus scandaleuse.—Avec moi, madame!—Oui, oui, vous le connaissez bien, vous savez bien qui je veux dire.—Mais je n'entends rien....—Voilà le petit ménage que mon mari soutient en ville! Et cette petite fille, c'est la sienne sans doute; on m'avait vanté sa figure, moi, je n'y vois rien que de très-commun.

»Je vous passe, mes amis, les expressions injurieuses dont se servit la vieille irritée; je ne vous peindrai pas la surprise, l'effroi d'Adèle, non plus que le trouble et la douleur de sa mère. Qu'il vous suffise de savoir qu'après avoir fait une scène épouvantable à madame du Sézil, la vieille sortit en la menaçant d'obtenir, avant la fin du jour, un ordre pour la mettre, ainsi que sa fille, dans une maison de force.

»On ne peut pas se faire une idée de l'état cruel dans lequel notre belle veuve fut plongée après le départ de la marquise. Elle perdit connaissance; puis elle reprit ses sens pour maudire le jour fatal où elle rencontra l'inconnu; ensuite elle recommanda sa fille à la providence qui, jusques-là, avait pris soin d'elles. Incapable de réfléchir ni de prévenir le coup fatal dont on la menaçait, madame du Sézil ne pouvait que se livrer à l'excès de sa douleur, lorsque Michel entra pâle et défait. Ah! Michel, lui dit sa maîtresse en sanglotant, qu'as-tu fait? tu m'as abandonnée!—Non, madame; mais les momens sont chers, daignez me répondre: Est-elle venue?—Oui, Michel, elle est venue; mais quelle est cette femme altière; et que signifie ce mystère?—Je ne songerai à vous l'expliquer que lorsque je vous aurai mises toutes deux en lieu de sûreté. Allons, madame, rappelez votre courage; une chaise m'attend là-bas, il faut y monter sur-le-champ, il faut céder aux vœux d'un homme qui vous adore, et qui veut vous protéger contre les injustes violences de sa femme.—De sa femme, grand Dieu!

»Michel charge une valise des effets les plus précieux de madame du Sézil, qui le regarde sans songer à l'aider. Cependant elle pense au portrait de l'inconnu, elle le prend, l'examine avec une expression douloureuse; puis elle le montre à sa fille, en lui disant du ton le plus ému: Voilà ton père, mon Adèle!... c'est le particulier que tu as vu hier soir!.... Tu n'es pas le fruit de l'hymen, tu n'es pas même celui de l'amour; car ta mère a été trompée, séduite: ah Dieu! que ne suis-je morte la veille de ce jour fatal!....

»Adèle étonnée, attendrie, prend le portrait, le considère; puis elle embrasse sa mère en fondant en larmes. Ma tendre mère, lui dit-elle, et tu m'avais caché!....—Devais-je rougir à tes yeux, mon Adèle!.... Mais le destin, le cruel destin m'y force!.... La scène de cette femme violente.... Qu'aurais-tu pensé de moi!....

»Pendant ce court entretien, qui se termine par des effusions de tendresse entre la mère et la fille, Michel a tout préparé pour le départ. Il est temps, madame; il est temps, daignez me suivre.

»Madame du Sézil noyée dans les larmes, faible, et soutenue par sa fille, monte avec elle dans la chaise: c'est Michel qui les conduit, il fouette ses chevaux, et fend l'air. Michel est le postillon de notre veuve, il est impossible qu'elle lui parle en route, qu'elle tire de lui la moindre explication. Elle ne sait où elle va, l'infortunée; mais elle a confiance en Michel, il ne peut la trahir, la livrer à ses ennemis. Ce fut dans la voiture que madame du Sézil raconta à sa fille les détails de sa courte liaison avec l'étranger, ainsi que l'histoire de sa naissance, et le secret de son existence, que les bienfaits de l'inconnu avaient jusqu'à présent rendue aisée et même heureuse. Adèle ne pouvait revenir de sa surprise, elle brûlait du desir de voir cet homme extraordinaire, et finissait par embrasser sa mère, par rassembler toutes les facultés de son cœur et de son esprit pour consoler cette mère désolée. Michel courut pendant l'espace d'environ cinq heures sans s'arrêter. Il était quatre heures du soir, lorsqu'il descendit de cheval, au milieu de la grande rue d'une ville de province, dont nos voyageurs ignoraient le nom. Michel donne le bras à ces dames, et leur dit: Voilà la retraite sûre et tranquille que vous devez désormais habiter.

»La porte d'une maison simple, mais commode s'ouvre; une femme, jeune encore, et d'un extérieur décent, paraît: Entrez, mesdames, dit-elle à nos voyageuses, je vous attendais....

»Tout ceci paraît un rêve à madame du Sézil, qui reste bien plus étonnée, lorsque Michel, après avoir dit à la maîtresse de la maison: Je vous recommande mes chères maîtresses que je reverrai bientôt, remonte sur son cheval, et disparaît avec la chaise qui les a amenées, et dont il a retiré la valise.

»Je ne vous peindrai point le silence inquiet et douloureux de madame du Sézil et de sa fille; vous devez vous en faire une idée, si vous vous mettez un instant à leur place.

»Madame Germain, c'est le nom de leur nouvelle hôtesse, ne néglige rien pour rassurer ses deux aimables compagnes qu'elle voit tremblantes et dans un trouble difficile à décrire. Soyez tranquilles, mesdames, leur dit-elle, daignez m'accorder votre confiance, vous êtes parfaitement en sûreté chez moi.—Je le crois, madame, répond la belle veuve; mais, de grace, veuillez nous apprendre où nous sommes, et par quel ordre nous sommes conduites ici?—Je vais satisfaire à toutes vos questions, madame. Vous êtes ici à Dreux, petite ville de Beauce, éloignée tout au plus de dix-sept lieues de Paris. Quant à moi, je m'appelle madame Germain, et l'honneur d'avoir l'estime et l'amitié de M. le marquis de Rosange.—Du marquis de Rosange, s'écrie madame du Sézil, en se rappelant l'ancien bienfaiteur de son époux! du marquis de Rosange! Quoi! vous connaissez ce vieillard respectable?— Ce vieillard, dont vous parlez, madame, n'est plus depuis dix ans; c'est son fils qui a la bonté de m'estimer, et qui brûle, depuis seize ans, pour vous de l'amour le plus tendre et le plus constant.—Ciel! mon inconnu?...—N'est autre que le marquis Jules de Rosange, fils du bienfaiteur de votre époux, que vous veniez implorer à Paris, lorsqu'il vous arriva l'aventure de Breteuil.—Qu'entends-je, grand Dieu! si son père a su que la veuve de son protégé s'était déshonorée!....—Jamais, madame; ce secret n'est connu que du marquis, de moi et de votre fidèle Michel.... Mais je vois que j'ajoute encore au trouble qui vous agite: daignez prendre quelque nourriture, ensuite je me ferai un devoir d'éclaircir tous vos doutes.

»Madame Germain fit servir le dîner; et nos dames, rassurées par le ton obligeant et les manières franches de leur hôtesse, mangèrent un peu, mais sans goût et sans appétit; elles avaient éprouvé depuis vingt-quatre heures trop de révolutions. Madame Germain ne cessait de leur dire, soyez tranquilles, mesdames, la femme qui vous poursuit ne saurait découvrir votre retraite, et d'ailleurs j'espère qu'elle n'aurait aucuns droits chez moi.— Mais quelle est cette femme?—C'est son épouse.—Comment a-t-il pu épouser une autre que celle qu'il aimait?—C'est lui qui vous expliquera cela; car vous le verrez bientôt.—Nous le verrons!—Oui, du moins il m'a fait prévenir de l'attendre sous quelques jours.—Ô bonheur!.... Mais comment avez-vous su, madame?—C'est ce que je vais vous apprendre. J'étais autrefois femme de confiance de la mère du marquis qui m'avait élevée: mon mari était aussi au service de cette famille estimable. Devenue veuve, j'ai prié ma maîtresse de me permettre de vivre tranquillement du fruit de mes épargnes: elle y a consenti, et ses bienfaits ajoutés à ce que je possédais déjà, m'ont permis d'acheter cette maison où je vis, depuis dix ans, sans faste, mais dans une honnête aisance. Le marquis, qui a des terres dans cette province, avait la bonté de se reposer de temps en temps chez moi, lorsque ses affaires l'appelaient dans ses possessions: il avait hérité de la tendresse de sa mère pour moi, et en vingt occasions il avait éprouvé que j'étais digne de sa confiance. Ce fut au commencement de ce printemps qu'il me raconta son aventure avec vous et les suites qu'elle avait eues. Il m'ajouta qu'il vous adorait, qu'il chérissait sa fille, quoiqu'il fût privé du bonheur de vous voir par des motifs puissans, mais que son seul espoir était de se réunir un jour à vous deux, et de réparer les torts de l'amour et du destin. Mon épouse, me dit-il ensuite, a des soupçons; un domestique m'a trahi, j'en suis sûr; vous connaissez l'humeur altière de la marquise, elle est capable de tout pour se venger d'une femme qu'elle croit bien plus sa rivale qu'elle ne l'est en effet. Si jamais elle parvient à découvrir la retraite de ma fille et de sa mère, permettez-moi, madame Germain, de les cacher dans votre maison, promettez-moi de leur donner un asyle sûr, secret, et de leur accorder une part de cet attachement que vous me prouvez tous les jours.... Je lui promis de seconder ses moindres vœux à cet égard, et depuis ce temps, je ne le vis plus.... Cette nuit, je dormais profondément, lorsque vers deux heures du matin, je fus réveillée en sursaut par un bruit extraordinaire: on frappait à ma porte à coups redoublés: c'était Michel, que j'introduisis après qu'il se fut fait bien connaître. Je n'avais jamais vu Michel; mais le marquis m'en avait parlé comme d'un homme sûr et probe qu'il avait placé auprès de vous. Michel me remit une lettre dans laquelle le marquis me racontait l'aventure arrivée au spectacle, et me priait de tenir sur-le-champ la parole que je lui avais donnée de recevoir chez moi les deux dames auxquelles il s'intéressait: à l'instant, dis-je à Michel, amène-les-moi, ces deux personnes infortunées dont je brûle d'adoucir les chagrins.... Michel est parti à cheval comme il était venu, et je lui dois le bonheur de vous posséder en ce moment.

»Madame du Sézil remercia son hôtesse de l'explication importante qu'elle venait de lui faire; puis elle parut inquiète de ce que Michel venait de la quitter si brusquement. Madame Germain lui répondit: Le marquis, tremblant qu'il ne vous arrivât quelque accident en route, avait donné ordre à ce domestique de revenir sur-le-champ, à Paris, lui rendre compte du succès de votre voyage. Et d'ailleurs il a des arrangemens à prendre relativement à votre maison, aux effets que vous avez laissés dans votre appartement. Ne craignez rien, encore une fois, femme intéressante; et vous, jeune personne digne d'une mère aussi estimable, aidez-moi à dissiper ses inquiétudes; vous êtes toutes deux chez une amie, une tendre amie, qui fera tout pour mériter que vous l'appeliez par la suite de ce doux nom.

»La veuve et sa fille embrassèrent madame Germain, qui mêla quelques larmes de sensibilité à celles que ses amies répandaient en abondance:

ensuite on conduisit les voyageuses dans leur appartement, où on les laissa libres de se livrer, sans témoins, à leurs réflexions.

»Maintenant, monsieur le baron, belle Clémence, et toi, mon cher Victor, voulez-vous me permettre de faire une courte digression? Voulez vous connaître plus particulièrement cette madame Germain, qui commence à jouer un rôle assez important dans cette histoire? Regardez moi, vous la voyez devant vous.... Wolf est un nom supposé que j'ai pris à une époque que vous connaîtrez.... Oui, je suis cette madame Germain, qui a connu ton aïeule, Victor, qui t'a reçu dans ses bras, qui t'a remis dans ceux du respectable baron de Fritzierne; enfin je suis cette madame Germain qui a fermé les yeux à ta malheureuse mère, moissonnée dans sa tendre jeunesse, comme la violette du printemps. C'est ma maison que le marquis de Rosange avait choisie pour soustraire aux regards de la jalousie deux personnes auxquelles il était attaché par les plus doux liens. J'étais prévenue sur les graces et les vertus de ces deux aimables femmes; mais leur excellent caractère, leurs malheurs, le charme de leur entretien, tout me pénétra bientôt pour elles d'une amitié si vive, si constante, que les preuves que j'eus le bonheur d'en donner par la suite, ne coûtèrent rien à mon cœur».

Ici, madame Germain (nous ne l'appellerons plus madame Wolf) fut interrompue par le baron de Fritzierne, qui lui prouva son estime dans les termes les plus flatteurs: la jeune Clémence embrassa cette femme sensible, et Victor ému, attendri, ne put que se jeter sur une de ses mains, qu'il couvrit des douces larmes de la reconnaissance.

Madame Germain remercia ses amis de l'intérêt qu'ils lui prouvaient; puis elle reprit ainsi son intéressante narration.

CHAPITRE VIII. L'AMOUR ET L'HYMEN

«Madame du Sézil, retirée avec sa fille, ne put s'empêcher d'admirer la providence, qui assigne à chaque individu une destinée qu'il ne peut fuir. Quoi! s'écria-t-elle, mon inconnu qui s'est caché à mes regards depuis seize ans, cet étranger sensible et généreux qui a su faire les plus grands sacrifices pour réparer une seule faute, c'est le fils du bienfaiteur de mon époux, c'est le jeune Jules dont M. du Sézil m'a parlé autrefois avec tant d'intérêt, l'ami de son enfance, le compagnon de ses jeux, de ses moindres plaisirs!....

»La veuve relit les lettres, que depuis long-temps elle reçoit de l'inconnu: aucune n'est signée; mais toutes sont souscrites d'un J. et d'un R. ce qui fait bien Jules Rosange. Elle s'étonne de ne l'avoir point deviné; mais elle s'abuse, il était impossible que sa pensée s'arrêtât sur un jeune homme qu'elle ne connaissait que de nom, et qu'elle ne pouvait pas supposer se rencontrer sur la même route qu'elle avait à parcourir, dans la même voiture qu'elle a choisie. Les choses les plus simples sont souvent tellement éloignées de la vraisemblance, qu'il y aurait de la folie à vouloir leur trouver des rapprochemens.

»Adèle et sa mère attendaient le marquis avec la plus vive impatience: lui seul pouvait leur donner des explications indispensables sur bien des points qu'elles ne comprenaient pas encore; mais vœux inutiles! le marquis, qu'on attendait sous peu de jours, ne vint pas; un mois s'écoula sans qu'on entendît parler de lui, sans qu'on vît revenir le fidèle Michel lui-même. L'inquiétude, la douleur, et la révolution violente qu'avaient causée à madame du Sézil l'entrevue du spectacle et la scène affreuse de la vieille marquise, tout avait altéré sa santé à un point qu'un médecin, appelé, déclara que l'infortunée avait tout au plus huit jours à vivre. Sa fille et moi, nous ne quittions pas le chevet de son lit, nous lui prodiguions les soins les plus empressés; mais nous ne pouvions calmer le vif desir qu'éprouvait la veuve de voir Rosange, de mourir dans ses bras! Dans le transport de son cerveau, elle l'appelait à grands cris, elle croyait le voir, lui reprochait sa fatale destinée, et retombait dans un accablement qui faisait craindre pour ses jours. Adèle ne savait que pleurer et implorer le ciel pour sa tendre mère: moi, je m'occupais des soins que l'état de mon amie exigeait, et je ne pouvais concevoir le retard ni le silence du marquis. Enfin, un jour que madame du Sézil était un peu plus tranquille, je vois s'arrêter à ma porte une calèche couverte; le cœur me bat, je cours, et reconnais sur-le-champ le domestique qui est derrière: c'est Michel! ô bonheur! s'il accompagne le marquis, nous allons rendre à la vie une femme infortunée! c'est Rosange en effet qui descend, se précipite dans mes bras, et me demande son amie. Votre absence, lui dis-je, a pensé lui coûter la vie: elle est encore très-mal; mais aussi pourquoi avez-vous tant tardé?....—Une forte raison, des embarras multipliés, me répond le marquis; je vous conterai tout cela, madame Germain; mais où est mon amie, je viens faire son bonheur.

»Je me hâte d'aller annoncer à madame du Sézil la plus heureuse nouvelle; le marquis m'a suivie, il est déjà dans la chambre, au lit de madame du Sézil, qui jette un cri de surprise et d'émotion. Le marquis, effrayé de la pâleur et de l'état languissant de l'infortunée, recule quelques pas, examine sa fille, et la presse contre son sein avec la plus vive tendresse. Quel moment pour ces trois amis! comme ils avaient soupiré après ce moment fortuné, et combien il leur avait coûté!.... Rosange, lui dit madame du Sézil d'une voix faible, la voilà, ta fille, la voilà; hélas! pourra-t-elle jamais t'appeler son père!—Elle le peut, réplique vivement le marquis, elle le peut dès aujourd'hui: oh! recouvre ta santé, femme adorable, et apprends la nouvelle la plus heureuse!.... Je suis libre, et je viens t'offrir ma main.—Quoi! votre épouse?—Elle n'est plus, et sa mort me rend à mes premiers liens, à mes premières affections. Deviens ma femme, ô mon amie, et donne à ta fille un père, un rang estimé, et quelque fortune!

»Vous peignez-vous, mes amis, l'impression que cette nouvelle inattendue produisit sur nous toutes. Madame du Sézil ne peut prononcer un mot; mais son front est coloré, ses yeux brillent de l'espoir du bonheur; elle saisit la main de Rosange, qu'elle presse sur son cœur: Adèle est dans les bras de son père, et moi je supplie ce dernier de nous faire le récit d'un événement aussi heureux pour ma tendre amie. La malade, qui était un peu revenue de son trouble, était en état de l'entendre. Le marquis ne se refusa point à satisfaire notre curiosité: nous prîmes tous des siéges, et le marquis commença ainsi:

«Le marquis de Rosange, mon père, était un des hommes les plus favorisés de la nature du côté du cœur et de l'esprit. Grand guerrier, fin politique, son génie l'avait rapproché du souverain, à qui il avait même rendu les plus grands services. Je me souviens toujours de lui avoir entendu raconter que combattant un jour aux côtés du jeune roi, notre grand monarque actuel

Louis xiv, mon père et le comte de Bellemare, son ami, avaient eu le bonheur de sauver la vie deux fois à leur prince. Ce jeune roi, reconnaissant et sensible, prit sur-le-champ le plus grand intérêt à Rosange et à Bellemare, qui ne se quittèrent plus. Dans les troubles civils, ces deux amis furent toujours du même parti, et ne contribuèrent pas peu, par leur courage et leur prudence, à borner les prétentions de ceux qui soufflaient sur notre malheureuse France le feu de la discorde. Louis xiv leur disait souvent: Je vous marierai tous deux de ma main, messieurs, et s'il naît de l'un de vous une fille et de l'autre un garçon, je veux, je veux absolument qu'ils soient unis un jour, pour que le généreux sang qui coule dans vos veines reste toujours dans la même famille!....

»Ces touchantes promesses ne furent pas sans effet. Le roi fit bientôt épouser au comte de Bellemare mademoiselle de Sancy, fille de l'un de ses généraux, et à mon père, il donna mademoiselle de la Guiche, fille de la première dame d'honneur de la reine. Louis, en faveur de ces mariages, donna aux deux amis des terres, des châteaux; mais, fidèle au vœu qu'il avait formé de voir unir un jour les enfans des quatre époux, il exigea, en cas que le caprice ou les passions de ces enfans les éloignassent d'une union qu'il desirait; il exigea, dis-je, que les biens de celui qui refuserait passassent à la famille de l'autre; j'entends par ces biens, ceux seulement qui venaient de ses largesses. Tout fut donc ainsi décidé, arrangé et signé. Bientôt madame de Bellemare donna le jour à une fille, et ce ne fut que plus de dix ans après que M. de Rosange eut un fils. Quelque différence d'âge qui se trouvât entre les jeunes gens, le projet d'union n'en fut pas moins suivi. Les deux pères, enchantés, firent savoir cette nouvelle au roi, qui partagea leur satisfaction. J'étais donc destiné, dès ma naissance, à mademoiselle de Bellemare, et l'on m'habituait tellement à la voir un jour mon épouse, que dans mon enfance, en jouant avec elle, quoiqu'elle eût dix ans de plus que moi, je ne l'appelais que ma petite femme, et qu'elle me répondait en me nommant son petit mari.

»Cependant, en grandissant, je remarquais que le caractère de ma petite femme était aigre, impérieux, et qu'il annonçait beaucoup de dispositions à la méchanceté: je ne l'aimais pas; mais n'ayant point de passion dans le cœur, habitué d'ailleurs à obéir aux volontés de mes parens, instruit aussi des arrangement pris pour cette union par le roi, qui m'accablait de bontés, je me préparais à mon hymen sans crainte comme sans plaisir. À l'âge de vingt ans, mon père voulut me faire voyager pendant deux ou trois ans, afin de me donner la connaissance des hommes et des peuples. Je partis donc au grand regret de mademoiselle de Bellemare, et accompagné d'un seul instituteur qui avait élevé mon enfance. Je ne vous ferai point ici l'histoire de mes nombreux voyages; il vous suffira de savoir qu'après avoir vu l'Angleterre, j'arrivai à Calais, où je trouvai une lettre pour moi chez un de mes correspondans. Elle était de mon père; il m'ordonnait de revenir bien vîte, attendu que le roi voulait m'unir lui-même à mademoiselle de Bellemare avant de partir pour les frontières d'Allemagne, où il allait commander ses armées en personne. Je devais, disait-il, m'arrêter à Chantilly, où je trouverais des domestiques et des chevaux qui avaient ordre de me conduire, sans débotter, à son château de Rosange, situé à quelques lieues de Paris, où il était depuis deux mois avec la famille Bellemare, et où l'hymen devait se faire aussi-tôt mon arrivée. Cette précipitation qu'on mettait à former un lien où je prévoyais la perte de mon bonheur et de ma liberté, m'attrista; avec cela, mon digne instituteur était tombé dangereusement malade chez le correspondant où j'étais descendu. Je ne pouvais partir sans lui, l'abandonner. Je restai donc quelques jours, après avoir écrit à mon père pour lui faire part de l'obstacle qui m'arrêtait. Mon vieil ami mourut, je lui fis rendre les derniers devoirs; après quoi je me préparai à partir. L'ennui que j'éprouvais, le désir que j'avais d'éloigner encore mon arrivée, tout me porta à faire comme les écoliers (passez-moi cette comparaison), qui prennent le plus long chemin pour revenir à leur pension. Je me mis donc dans une voiture publique, qui devait rester huit jours au moins en route: je ne puis pas bien me rappeler aujourd'hui les motifs, dignes de ma jeune tête sans doute, qui m'engagèrent à voyager ainsi: peut-être était-ce ma destinée qui me poussait à prendre ce parti, car l'homme est plutôt maîtrisé par la fatalité qu'il ne l'est par sa propre volonté! »J'étais né avec des passions brûlantes, mais qui ne s'étaient fixées encore sur aucun objet: je vois madame du Sézil, je la vois et l'adore!.... Le feu de l'amour coulait dans mes veines au lieu de sang, et si elle eût bien examiné mes yeux, si elle eût eu plus d'expérience, de connaissance du cœur humain, elle se serait apperçue de mon ardeur, qui s'exhalait à tout moment malgré moi. Je dis malgré moi, car je voulais me contenir. Comment pouvais-je en effet exprimer ma tendresse à une veuve en larmes, qui ne pensait qu'à l'époux qu'elle venait de perdre, qui n'existait que pour chérir sa mémoire!.... Tant de vertus, tant d'amour pour un autre, m'enflammaient davantage, mais me forçaient au silence.... Dans la même voiture était une jeune personne qui paraissait très-liée avec un militaire qui l'accompagnait: Claire, c'était son nom, avait remarqué le feu de mes yeux; elle se douta de mon amour, et m'en plaisanta; ce fut à Abbeville que j'eus l'imprudence de lui confier qu'il me fallait mourir si j'étais obligé de renoncer à ma passion. Claire et son ami se mirent à rire de ce qu'ils appelèrent ma naïveté; ils me donnèrent les conseils les plus pernicieux, et embrasèrent tellement mes sens, que je leur promis de suivre leurs avis; tout était arrangé, il ne fallait plus qu'une auberge commode où nous pussions exécuter notre joli petit plan. Cette auberge favorable se présenta à Breteuil. Vous vous rappelez mon amie, que le soldat et le prêtre se mirent à boire en soupant, et nous forcèrent de suivre leur exemple: ceci entrait dans nos projets. Claire avait mis dans votre verre une poudre narcotique que j'avais achetée à Amiens....

Elle devait vous procurer un sommeil profond, ce qui arriva sans doute; car lorsque vous fûtes endormie, la trop officieuse Claire m'ouvrit votre porte, se retira, et vous ne savez que trop à quel excès je fus coupable!....

»Quand mon crime fut consommé, je rentrai dans la chambre où nous nous étions retirés, le prêtre, le militaire et moi: le bon ecclésiastique était si fort endormi qu'il ne s'était pas apperçu de mon absence; pour le militaire, qui n'avait pas perdu son temps, puisque Claire était venue le trouver, il renvoya cette fille, et me demanda en riant des nouvelles de ma victoire. Je ne pus lui répondre, tant j'étais troublé: effet singulier du remords dans un cœur égaré, mais vertueux! J'éprouvais une confusion dont je ne pouvais me défendre; et un nouveau sentiment, plus doux, plus conforme à mes principes, à mon éducation, l'amour sensible et délicat prenait dans mon cœur une place qu'il ne devait plus quitter. On a toujours prétendu que la jouissance était le tombeau de l'amour; j'éprouvais un effet tout contraire: mon sang s'était rafraîchi, ma tête s'était calmée; ma raison avait fait taire la voix impérieuse des sens, je me rappelais vos larmes, vos prières, et le plus vif intérêt m'attachait à vous. Je me regardais comme un monstre indigne de l'estime des honnêtes gens, de ma propre estime; je ne savais quelle conduite tenir, quels sacrifices faire pour expier mon crime, pour regagner votre tendresse; car je ne doutais pas que vous n'eussiez quelque amitié pour moi; j'avais un peu d'amour-propre et beaucoup d'amour, l'illusion m'était permise. Oui, me dis-je, je veux l'aimer, l'adorer toujours; mais quand et comment lui prouver ce nouveau sentiment qui ne peut l'irriter; j'ignore son nom, quoiqu'elle m'ait appris ses malheurs et le motif qui la guide à Paris.... Au moins je dois lui demander pardon de mon crime, je le dois; je ne pourrais vivre chargé de sa haine.

»Ces réflexions m'avaient agité tout le reste de la nuit. Au jour je rentre chez vous comme un homme égaré, dans l'intention déplacée de tomber à vos genoux, de vous exprimer mes regrets, je jette un regard sur vous; un doux sommeil rafraîchissait votre sang; je le respecte ce sommeil, partage de l'innocence, et vais me retirer.... Une lettre commencée frappe mes regards sur une table; j'ose y porter la main, et j'y lis:

»La veuve désolée du jeune du Sézil est passée à l'hôtel de M. le marquis de Rosange, pour prier ce respectable bienfaiteur de son époux, de lui permettre de verser des larmes dans son sein paternel. C'est à Calais que la mort l'a séparée de l'époux le plus estimable. Depuis quelque temps il se plaignait d'une indisposition, à laquelle on aurait dû....

»Votre lettre, que vous n'aviez pas finie, ne contenait que ce peu de mots; mais il suffisait pour m'éclairer, et pour me faire détester davantage mon crime. J'avais déshonoré la veuve du protégé de mon père, la veuve de l'ami de mon enfance; car votre époux orphelin, élevé par les soins de mon père qui avait connu ses parens, était mon frère et mon compagnon de jeux, et je venais d'outrager sa mémoire!.... Non, me dis-je, je ne l'abandonnerai jamais cette femme vertueuse! l'orgueil, l'intérêt et la protection vont me faire contracter des nœuds forcés; mais ceux de l'amour seront plus sacrés, quoique plus secrets. J'éviterai l'occasion de la voir, puisque ma main étant au pouvoir d'une autre, ma présence ne pourrait que faire rougir ma tendre amie: elle et moi, nous sommes aussi trop délicats pour entretenir un commerce scandaleux que l'hymen m'interdit. Pourquoi donc la reverrai-je? Pour m'exposer au danger de troubler mon ménage? Non: qu'elle soit accablée de mes bienfaits; mais que mes traits s'effacent de sa mémoire, qu'elle ignore jusqu'à mon nom! il lui rappellerait son époux, et aggraverait ma faute. Acquittons à jamais la dette de l'amour; mais évitons, par l'absence, les piéges qu'il pourrait tendre à l'hymen....

»Ce parti était bizarre; mais il était sage, et j'osai le croire délicat. C'est pour commencer mon plan de conduite que je substituai un billet de moi à votre lettre que je gardai: l'hôtesse fut mise dans mes intérêts; et à force d'argent, je m'attachai le militaire, amant de Claire. Ce jeune homme, après s'être entendu avec Claire, partit avec moi à cheval, et je le chargeai de vous devancer d'auberge en auberge, jusqu'à Paris, d'y suivre vos pas, et de me rendre compte de vos moindres démarches. Ce jeune homme était moins vicieux qu'étourdi; ce fut lui qui chargea le petit garçon de l'auberge de Clermont de vous remettre mon portrait, que j'avais fait faire à Londres, à l'insu de mon père, dans l'intention d'en faire un présent à mademoiselle de Bellemare. Ce fut lui qui, connaissant la mère Michel et son fils, mit ces bonnes gens dans mes intérêts, et vint ensuite à Rosange, me dire le lieu de votre retraite. Lorsque Michel se trouva à la porte du roulage, dans le fauxbourg Saint-Denis, il y était exprès: c'était la première fois de sa vie qu'il jouait le rôle de commissionnaire. Mon confident, le militaire, était à deux pas qui vous montra du doigt à Michel, et lui fit signe que vous étiez la personne qu'il attendait. Quand Michel vous proposa son logement, que vous acceptâtes, c'était par mon ordre, tout était prévu, arrangé, et tout réussit au gré de mes souhaits.

»Pendant ce temps, j'étais chez mon père, où je m'enchaînais par politique à un objet qui m'était devenu odieux; mais la protection de mon roi, ma fortune, la tendresse de mon père, tout était attaché à ce fatal hymen. Je me mariai donc, et j'eus une véritable furie attachée à mes pas; cette femme, soit par jalousie, soit par méchanceté, ne me laissait pas sortir un moment sans elle, ou sans avoir, dans mes propres domestiques, un espion de ma conduite. Vous jugez combien je tremblais qu'elle vous découvrît! je m'étais débarrassé du jeune militaire, qui seul pouvait instruire ma femme; je donnai à ce jeune homme de l'avancement à l'armée, où, depuis, j'ai toujours eu soin de lui. Michel et sa mère étaient dans ma confidence; mais ces êtres étaient si probes, si fidèles!.... Dupré, mon valet-de-chambre, homme sur qui je pouvais aussi compter, était chargé de vous porter les faibles présens que je pouvais vous faire: il s'entendait à merveille avec Michel qui, de temps en temps, venait me rendre compte de l'état de votre santé, ou de celui de vos affaires.

»Rien n'égala la joie de la mère Michel et de son fils, quand vous leur apprîtes que vous alliez devenir mère: le bon Michel vint sur-le-champ m'apprendre cette agréable nouvelle, qui changea soudain tous mes projets. Je n'avais point d'enfant de la marquise, je me décidai à n'en jamais avoir de cette femme altière, qui prit, de-là, l'occasion de s'imaginer que j'avais quelque intrigue cachée. Je fus plus épié par elle; mais la guerre que je fis, les différentes places que le roi m'avait données, m'obligeant à des voyages fréquens, j'eus mille prétextes pour me défendre de céder à l'hymen ce dont l'amour, à qui je n'avais sacrifié qu'une fois, m'avait bien récompensé par le don précieux de la paternité. Depuis seize ans, je vous ai vue cinq à six fois, ô mon amie; j'ai aussi vu mon Adèle; mais dans des endroits publics, où l'on m'avertissait que vous alliez, et où il vous était impossible de me distinguer dans la foule. Quelles douces émotions j'éprouvai, sur-tout en admirant ma fille, le modèle de son sexe, par ses graces et ses rares qualités!.... Combien je vous vouais de reconnaissance, mon amie! combien je vous remerciais d'être mère, quand je ne pouvais, envers mon enfant, remplir les tendres devoirs d'un père!

»Enfin le moment du malheur approchait. Dupré, mon valet-de-chambre, était âgé; il tomba malade, et bientôt ses jours furent comptés par les médecins. Je ne sais quelle fausse délicatesse saisit ce vieillard, qui était dévot; il prie la marquise de passer chez lui, et lui raconte que depuis environ quinze ans, il porte de temps en temps, de l'argent et des bijoux précieux à une femme que son maître entretient: c'est ainsi qu'il vous peint; car il ignore les rapports qui m'unissent à vous, je ne lui en ai jamais fait la confidence. Il semble que ce vieillard timoré attende cet aveu pour expirer: il meurt, et n'a pas même le temps de dire votre adresse à la marquise; mais cette femme irritée se rappelle que Dupré vient de lui dire que Bernard, l'intendant, connaît la maîtresse de son mari; Dupré la lui a montrée un jour à la promenade. La marquise fait venir Bernard et le questionne. Bernard convient qu'il a vu l'inconnue; qu'il la reconnaîtrait bien; mais, comme il n'a jamais eu une grande confiance dans les caquets des domestiques, il n'a pas pensé à demander à Dupré des renseignemens sur l'adresse ou le nom de cette femme: ce sont ses expressions.

»Ainsi la marquise sait tout, et ne sait rien: c'est à moi qu'elle s'adresse alors, et n'en est pas plus avancée, quelque violente que soit la scène qu'elle me fait.... Mais c'est au spectacle qu'elle est tout-à-fait instruite. Elle voit mes regards fixés sur vous avec intérêt; cette méchante femme conçoit des soupçons, fait venir Bernard, qui vous reconnaît, et sort furieuse pour mettre ses gens à votre poursuite; j'ai le temps de vous prévenir, soins inutiles! Vous êtes suivie, je l'apprends, et j'envoie chercher Michel. Mon ami, lui dis-je, il faut sauver ta maîtresse; cours à Dreux, crève tous mes chevaux, porte cette lettre à madame Germain, qui, j'espère, voudra bien donner un asyle à la mère et à la fille: tu reviendras soudain les chercher, et ne perdras pas un moment pour les conduire dans le sein de l'amitié.

»Voilà le mystère de l'absence de Michel, lorsque vous rentrâtes chez vous, au sortir du spectacle; il a suivi mes ordres, et la marquise s'est vu arracher ses victimes sans pouvoir les découvrir. La rage et la fureur se sont emparées du cœur de cette femme, qui, dans l'impuissance de se venger, a pris le parti de tomber malade et de mourir de dépit. Voilà ce qui a retardé mon départ et celui de Michel; car je n'avais plus que ce fidèle serviteur à qui je pusse me confier; il m'était utile à Paris, pour vous avertir des moindres événemens, en cas qu'il en arrivât d'une nature à m'y retenir long-temps. Tel est le récit exact des événemens qui m'ont conduit enfin à la liberté, et qui me permettent aujourd'hui de reprendre mes premiers liens, les seuls faits pour fixer mon cœur, jaloux de se livrer à tous les sentimens que font éprouver l'amour et la nature».

CHAPITRE IX. SUITES D'UNE PROMENADE SOLITAIRE

«Quand M. de Rosange eut fini de parler, Adèle se jeta une seconde fois dans ses bras; pour madame du Sézil, elle ne put résister à l'excès du bonheur qui venait terminer ses maux. Après avoir balbutié quelques exclamations, elle tomba dans une faiblesse qui nous fit craindre pour sa vie. Nous nous retirâmes, et le médecin qui arriva bientôt, nous apprit qu'il désespérait des jours de cette tendre amie. Vous vous peignez notre douleur, et sur-tout celle du marquis, qui se reprochait sa mort, et craignait de ne pouvoir réparer tous les maux qu'il avait causés. Mais il avait une fille, le marquis; il lui devait un nom, un état dont sa malheureuse mère n'avait pu jouir. Le marquis prit son parti; il mit dans ses intérêts le respectable curé de Saint-Pierre, à qui il confia ses fautes et le projet qu'il avait formé. En conséquence le bon curé vint trouver madame du Sézil; et, après l'avoir préparée par degrés à la mort, qui s'avançait à grands pas, il la pria de permettre que le marquis lui donnât sa main pour le bonheur et la fortune de sa fille, à qui elle se devait à ses derniers momens. Madame du Sézil montra en cette occasion une fermeté au-dessus de son sexe; elle consentit à tout.... Ce fut donc au pied du lit de douleur que se contracta l'acte le plus saint, le plus auguste, le plus utile, puisqu'il réparait une faute, et donnait à une fille vertueuse une existence civile. Je vous abrégerai les détails de cette triste cérémonie, qui arracha des larmes de tous les yeux qui en furent témoins; je vous dirai seulement qu'un notaire fut mandé, et que tout fut fait dans les formes, et avec la plus grande sûreté pour Adèle. Madame du Sézil avait renoncé à l'espoir de jouir de cet hymen brillant; elle sentit s'avancer sa fin sans la craindre, et bientôt elle expira dans nos bras, résignée et satisfaite d'avoir fait au moins le bonheur de sa fille....

»Qu'on ne me demande pas la nature d'une maladie cruelle qui venait de la plonger si précipitamment dans le tombeau: on sait qu'il y a des momens où un saisissement seul suffit pour causer à notre sexe des maux irréparables!...... L'infortunée venait de périr enfin, et le deuil le plus sombre remplaçait la tranquillité de ma maison...... Le marquis, inconsolable, passa quelques jours avec nous; puis il nous laissa Michel, et retourna à Paris, où l'appelaient des arrangemens de famille relatifs aux biens et aux parens de sa première femme; je dis de sa première femme, car il venait d'être veuf deux fois en huit jours; mais la perte qu'il avait faite en madame du Sézil lui était bien plus sensible que la première. Il partit donc en me recommandant sa fille. J'ai encore affaire, m'a-t-il dit, à M. de Bellemare et à sa femme; ils demeurent chez moi. Quand j'aurais eu le bonheur de conserver ma chère du Sézil, je n'aurais pu l'emmener sur-le-champ à Paris, déclarer hautement mon nouvel hymen, et présenter aux parens de ma première épouse une seconde femme et une grande fille toute élevée. Tout cela m'aurait demandé du temps et des ménagemens; je vous aurais priée, madame Germain, de donner encore, au moins pendant six mois, un asyle chez vous à la mère de mon Adèle; veuillez rendre le même service la fille de votre amie; je la confie à vos soins, à votre vertu; veillez sur ses jeunes passions, tenez-lui lieu de l'appui qu'elle a perdu; qu'elle retrouve enfin en vous toute la tendresse et toute la surveillance d'une mère! Aussi-tôt que j'aurai terminé des affaires d'intérêt, trop longues peut-être pour mon impatience, je vous redemanderai ce trésor inappréciable, et j'espère que vous voudrez bien alors quitter votre solitude, pour accompagner, près de moi, votre élève, et lui servir d'amie pendant toute sa vie!

»Je remerciai M. de Rosange de la confiance qu'il me témoignait, et je lui promis de faire oublier à sa fille chérie qu'elle fut éloignée de ses parens. Adèle embrassa son père en versant un torrent de larmes, et cette séparation fut presqu'aussi douloureuse que celle qui nous avait privés pour jamais de l'infortunée du Sézil.

»Après avoir donné quelque temps à la douleur, aux regrets, je songeai à cultiver dans Adèle les heureux talens qu'elle possédait, et, pour cela, je lui fis voir un peu la société. Par-tout elle était adorée: rien en effet n'était plus aimable que mademoiselle de Rosange. C'était le cœur et l'esprit de sa mère, avec plus de graces, plus de beauté et plus de talens. Elle avait un caractère assez sérieux, mais elle n'était ni triste, ni timide; elle savait faire briller tous ses avantages sans nuire à ceux des autres, sans vanité comme sans faiblesse; mais ce qui la distinguait particulièrement, c'était une franchise et une confiance qui prenaient leur source dans un cœur pur et sensible. Cette qualité me faisait trembler pour son bonheur; je me disais souvent: Si elle aime un jour, elle aimera trop, et peut-être sans distinguer si l'objet de sa tendresse en sera digne! Elle avait devant les yeux l'exemple de sa mère, et je m'appliquais à lui en fournir d'autres de passions malheureuses: vains efforts! Toutes mes précautions devaient rester sans effets, et il était écrit que le seul malheur que je redoutais pour elle devait lui arriver.

»Huit mois s'étaient écoulés, pendant lesquels nous avions reçu plusieurs lettres du marquis. Dans ses dernières, il nous marquait qu'il nous engageait à prendre patience, que débarrassé bientôt de la famille Bellemare, il ne songeait plus qu'à rendre sa maison et son château de Rosange dignes de recevoir sa fille; tous ces arrangemens pouvaient lui coûter quelques mois, au bout desquels il se ferait un devoir et un bonheur de présenter sa fille à ses amis, et de déclarer sa naissance. Ces lettres, toujours pleines de tendresse, faisaient notre consolation: nous entrevoyions le bonheur, et l'espoir seul pouvait nous faire supporter l'absence d'un homme qui nous était également cher à toutes deux. Adèle, pour surprendre agréablement son père, et lui faire un présent, le seul qu'il pût accepter de sa fille, venait de se faire peindre; elle se faisait une fête de lui présenter elle-même son portrait, et de lui chanter, en s'accompagnant de sa basse de viole, trois couplets qu'elle avait faits à cette occasion. Je crois me les rappeler; si vous n'y trouvez pas, mes amis, un grand talent, comme poète, au moins ils vous offriront des idées simples, vraies, et du sentiment.

ROMANCE.

Père sensible, ami fidèle,
Pour te faire un présent flatteur,
Un présent digne de ton cœur,
Un peintre a choisi ton Adèle;
En faisant pour toi ce portrait,
S'il a retracé mon jeune âge,
S'il m'offre à tes yeux trait pour trait,
Il est content de son ouvrage.
Des talens de notre jeunesse
Qu'un père aime l'accord touchant!
Que l'art des vers, que l'art du chant
Sont précieux pour sa tendresse!
Pour le payer d'un doux retour,
Aux yeux d'un père offrir l'image
De l'enfant qui lui doit le jour,
C'est lui présenter son ouvrage.
Si la nature, en traits de flâme,
Dans nos yeux mit le sentiment,
Dans l'image de son enfant
Un père découvre son ame.
Si l'on distingue, en chaque trait,
De quelques vertus l'assemblage,
C'est encore, avec le portrait,
Lui rendre deux fois son ouvrage.

»Ces couplets, dont Adèle avait fait aussi la musique, n'attendaient plus que l'arrivée de M. de Rosange, ainsi que le portrait, sur le cercle duquel ma jeune amie avait fait mettre A D L, Dreux, rue Parisis, 32. espèce de légende qui signifiait Adèle, à Dreux, rue Parisis, n°. 32....».

Ici, M. de Fritzierne interrompit madame Germain: Quoi! madame, ce portrait? c'est celui que je possède, c'est celui que j'ai trouvé dans la barcelonnette de l'enfant de la forêt?....—Oui, monsieur le baron, reprit madame Germain: c'est celui-là même. Il avait été fait pour un père, vous allez voir comme il passa dans d'autres mains coupables, criminelles.... Mais n'anticipons pas sur l'événement affreux et déchirant qu'il me reste à vous rapporter: je touche à l'histoire de la séduction la plus singulière! daignez me prêter toute votre attention.

«La ville de Dreux est bâtie dans un fond, entre deux collines: sur celle à droite est la collégiale, et une antique démolition qu'on appelle le château. On y voit encore plusieurs hautes tours, dans lesquelles Sully fit la première expérience de l'invention de la mine. L'autre colline à gauche, en venant de Houdan, offre un pays plat, cultivé et couvert au loin de villages et de hameaux. Au pied de cette colline serpente et murmure, au milieu des saules, la petite rivière de Blaise, qui fait tourner plusieurs moulins. C'est sur le sommet de cette colline, que les gens du pays appellent le Blerat, que nous avions l'habitude de nous promener tous les soirs, mon Adèle et moi. Elle aimait la solitude et les entretiens philosophiques: ses goûts étaient les miens, et tous deux nous jouissions du plaisir de nous communiquer nos pensées et nos moindres réflexions sur les lectures que nous avions faites dans la journée.

»Un soir que la conversation nous avait fait passer l'heure ordinaire de la retraite, nous remarquâmes dans ce lieu, ordinairement désert à cette heure, un jeune homme qui tourna plusieurs fois autour de nous, et nous examina avec une attention particulière. La lune était dans son plein, et donnait presque à cette soirée la clarté d'un beau jour; en sorte que l'on pouvait distinguer, non-seulement les objets, mais même les traits de la physionomie: l'affectation que mettait ce jeune homme à passer et repasser auprès de nous, nous effraya d'abord: l'inconnu cependant avait l'extérieur le plus décent, et l'on distinguait plutôt de l'égarement dans sa démarche que l'envie de nuire. J'engageai néanmoins tout bas ma jeune amie à doubler le pas. Elle était moins effrayée que moi: le jeune inconnu lui inspirait de l'intérêt; elle le supposait accablé d'un violent chagrin, et elle ne se trompait pas; car, pendant que marchions précipitamment, nous l'apperçûmes qui, s'éloignant de nous, descendait de la colline, et portait ses pas rapides vers les bords de la rivière. Plus tranquilles, mais curieuses, nous nous arrêtâmes en haut; émues par un pressentiment que l'inconnu pouvait être accablé par un désespoir concentré, la crainte fit bientôt place en nous à la terreur. L'inconnu s'arrête contre un saule; puis, il s'écrie avec l'accent du désespoir, et assez haut pour que nous puissions l'entendre: Oui, voilà le terme de tous mes maux! la mort, la mort! cette onde salutaire me l'offre, osons la puiser dans son sein! tu m'as abandonné, ô ma mère! ombre de mon amie, reçois le sacrifice d'une vie qui ne peut plus couler pour toi!....

»Il dit, et va se précipiter dans la rivière: Arrêtez, s'écrie involontairement Adèle!....

»Ce cri aigu déconcerte l'étranger, il se retourne: Qui que vous soyez, nous dit-il, anges du ciel, car ce n'est pas la voix d'une mortelle que je viens d'entendre, ô laissez-moi, laissez-moi mourir! Vous ne connaissez pas la douleur d'un fils qui a outragé sa mère, d'un amant qui a perdu l'amante qu'il chérissait!....

»L'étranger s'apperçoit que nous volons vers lui, pour l'empêcher d'exécuter son fatal dessein: Non, s'écrie-t-il, vous ne m'arracherez point à une mort que j'envie!....

»Il tire un pistolet, s'ajuste.... Le coup part, et nous voyons l'infortuné tomber sans mouvement....

»Qu'auriez-vous fait à notre place, mes amis? auriez-vous abandonné là ce malheureux?.... Peut-être nous blâmez-vous aussi intérieurement de nous être laissé entraîner si vîte par la pitié; mais est-il possible de résister à un premier mouvement de compassion pour un infortuné qui ne peut-être à craindre, puisqu'il n'en veut qu'à ses propres jours! Et d'ailleurs, les accens de sa voix sont si touchans! ses exclamations annoncent tant de sentiment, une si belle ame! il a parlé de son amie qu'il a perdue, de sa mère qu'il a outragée; il connaît donc l'amour et la tendresse filiale? Avec ces deux affections si pures, si délicates, peut-on inspirer quelque terreur? Non, on est à plaindre, on est intéressant, et l'on est fait pour attendrir tout le monde, sur-tout des femmes.

»Ah le malheureux! il est mort, m'écriai-je, en entraînant Adèle vers le chemin pour l'éloigner de cet affreux spectacle. Non, ma chère Sophie (c'était le nom qu'Adèle me donnait), non, mon amie, me répond-elle, il n'est que blessé: tiens, tiens, vois comme il se débat, le moindre secours pourrait le rendre à la vie. Oh! viens, viens, allons le soutenir un peu!....

»Je suis machinalement ma jeune amie: nous descendons à la hâte le côteau, et nous approchons du blessé, qui, levant sur nous des yeux pleine de larmes, nous dit, du ton le plus reconnaissant: Créatures célestes et sensibles, venez-vous me rendre à mes tourmens? Je voulais les ensevelir avec moi dans la tombe; mais mon bras mal-adroit a mal servi mon désespoir; je n'ai fait que m'effleurer légèrement la tête: je vous vois, vous m'empêchez d'achever un crime; peut-être, hélas! je vous devrai la vie, je vous devrai le malheur!

»Ces paroles m'attendrirent, et touchèrent encore plus profondément ma jeune amie, qui s'empressa de consoler l'étranger, de le rendre à la vie, à la raison. Le sang du jeune homme coulait abondamment; Adèle déchira son mouchoir, et s'empressa de panser sa blessure, qui était absolument à côté de la tempe gauche. Il nous remercia affectueusement, est nous pria de lui donner le bras jusqu'à son auberge; nous ne crûmes point devoir lui refuser ce léger service; il se leva, et nous le soutînmes toutes deux pendant le peu de chemin que nous avions à faire jusqu'à l'hôtel du Paradis où il demeurait, en face de la rue Parisis. Il ne put que sangloter et se plaindre en route, sans pouvoir nous donner aucuns détails sur les malheurs qui l'avaient porté à vouloir mourir: Adèle et moi nous étions très-curieuses de les connaître; il nous en promit le récit pour un autre moment. Arrivé chez lui, il nous pria de ne point ébruiter cette aventure, nous remercia encore des secours que nous lui avions accordés, et nous demanda notre adresse, en nous priant de permettre qu'il vînt nous rendre ses devoirs après son rétablissement.

»Peut-être aurais-je été assez prudente pour ne point lui indiquer ma maison; mais Adèle fut plus vive que moi, et lui dit, sans balancer, que nous demeurions rue Parisis, n°. 32. L'inconnu, satisfait, rentra, et nous revînmes chez nous, attristées de cette aventure, qui fut le sujet de notre conversation pendant le souper. Je crus m'appercevoir, et je dois le dire, dès le même soir, de la trace profonde que l'étranger avait laissée dans le cœur de ma sensible Adèle: elle en parlait avec feu et à tout moment. Il a tout au plus trente ans, cet homme-là, me disait-elle, n'est-ce pas, ma bonne amie, qu'il n'a que trente ans? Que ses yeux sont expressifs! que le son de sa voix est touchant! comme il est bien fait! quel bonheur qu'un coup de feu n'ait point détruit un ensemble aussi séduisant!

»Telles étaient les expressions de mon amie, et je vous avoue que je les entendis avec peine, sans leur supposer néanmoins toute la passion qu'elles avaient. Toute la nuit Adèle ne dormit point; l'image de l'inconnu vint troubler, ou plutôt charmer son insomnie. Le lendemain matin je m'apperçus de quelque altération dans ses traits; je lui en témoignai mon inquiétude; elle me dit que le triste tableau de la veille avait été présent à sa mémoire, et je me contentai de cette réponse. Je m'apperçus qu'elle parlait bas à Michel, et j'ai su depuis qu'elle l'avait envoyé à l'hôtel du Paradis pour savoir des nouvelles de l'étranger. Funeste inconséquence qui enfla l'amour-propre de ce dernier, et lui fit prendre tous les droits dont il abusa si étrangement par la suite. Quelques jours se passèrent sans qu'Adèle me parlât de l'inconnu; mais elle devint rêveuse, triste, ennuyée, et je fus assez aveugle pour ne pas me douter du motif de ce changement. Enfin le quatrième jour on annonça notre inconnu, et la joie brilla sur les traits de mon amie. L'étranger était parfaitement rétabli; il exalta beaucoup nos bontés pour lui, et nous fit, sur ses prétendus malheurs, un récit qui me parut un conte, tant était pressé et invraisemblable. Il était allemand; il se nommait Roger, baron de Walfein. Fixé en France avec sa mère (son père était mort à l'armée), il avait vu une beauté charmante qu'il avait adorée. Sa mère, à lui, ne voulant point consentir à l'unir à l'objet de son amour, il avait quitté sa mère: son amante l'avait suivi; mais devenue enceinte, l'infortunée venait de mourir en mettant au monde un enfant mort aussi. La douleur avait égaré les sens de Roger, qui n'osait plus revoir une mère, dont son absence faisait le tourment; et c'était dans l'intention de venger la nature et l'amour affligés, qu'il avait voulu se donner la mort au moment où nous avions été assez généreuses pour l'engager, et l'aider même à vivre, à souffrir.

»Je vous passe, mes amis, les voyages, les détails sans nombre dont Roger assaisonna sa longue narration; il vous suffira de savoir qu'elle me fit quelque peine. Au milieu de ses exclamations sentimentales je distinguai une immoralité choquante dans sa conduite, et j'étais fâchée que mon Adèle entendît des aventures faites pour blesser la délicatesse et la vertu. Que vous dirai-je? dès cette entrevue je jugeai l'homme, sans pourtant le croire aussi pervers qu'il l'était, et il me déplut souverainement. Hélas! pourquoi ma sensible amie ne fut-elle pas aussi clairvoyante que moi? elle se fut épargné bien des maux, à elle et à sa famille infortunée. Mais poursuivons».

CHAPITRE X. ÉVÉNEMENS RAPIDES

«Adèle, jeune et sans expérience, crut voir dans le baron de Walfein, un homme doué de toutes les vertus, et sur-tout un cœur fait pour aimer; elle, s'apperçut bien dès ce moment, ainsi qu'elle me l'avoua depuis, qu'elle éprouvait, pour ce jeune homme, un sentiment plus vif que celui d'un simple intérêt; mais elle ne s'en effraya point; et voyant que je ne partageais point son estime ni son admiration pour Roger, elle se détermina à dissimuler avec moi; conduite répréhensible sans doute, qu'elle n'aurait point tenue avec sa mère, ainsi qu'elle en est convenue, mais dont elle pouvait user envers moi qui lui étais étrangère, et qu'elle ne connaissait que depuis quelques mois. L'amour ne raisonne point; il détruit souvent les plus rares qualités, et la dissimulation, la feinte et le mensonge sont les premiers vices qu'il jette dans le cœur de l'innocence qu'il a subjuguée.

»Par l'effet d'une fatalité insurmontable, je tombai malade sur ces entrefaites, non dangereusement, mais assez pour m'aliter pendant une quinzaine de jours. Adèle profita de ce temps pour voir Roger; elle prétextait avec moi des promenades champêtres dont sa santé avait besoin, et sortait, mais accompagnée de Michel; car j'exigeais absolument qu'elle ne se promenât point seule. Elle fut donc obligée de mettre Michel dans ses intérêts: et ce bon garçon, entièrement dévoué à sa jeune maîtresse, qu'il avait vu naître; intéressé d'ailleurs par les marques d'affection, plus que par les présens qu'il recevait du perfide Roger, garda quelque temps le secret à mon imprudente amie, et se prêta ainsi à une intrigue dont il fut, hélas! la première victime. Les détails que je vais vous transmettre, je les ignorais alors; mais je dois vous les donner, pour vous rendre plus claire la marche des événemens.

»Ce fut donc pendant mon indisposition que ma jeune amie eut tout le temps de se lier avec Roger: tantôt ils se rencontraient à la promenade,

155

tantôt c'était chez moi, où Roger ne manquait pas de venir s'informer de ma santé; tantôt enfin c'était à l'auberge même du séducteur, où mon Adèle ne craignait pas d'aller déjeûner, se croyant forte de la compagnie de Michel. Par-tout, chez moi, à la promenade, chez lui, le perfide Walfein saisissait l'occasion de parler d'amour à l'innocente Adèle, qui lui avouait franchement qu'elle l'aimait à son tour. J'ai perdu tout ce que j'adorais, lui disait souvent Roger, mais je le retrouve en vous; oui, vous m'offrez encore mieux que mon Émilie; vous seule pouvez me la faire oublier; vous seule êtes faite, dans la nature, pour livrer mon cœur à une flamme nouvelle, plus pure, plus violente que celle que j'ai ressentie pour Émilie. Ô Adèle, Adèle! que faut-il que j'espère?....

»Adèle lui répondait naïvement que, puisqu'il était noble et riche (il le disait, le monstre), rien n'empêchait qu'ils fussent unis. J'ai un père, ajoutait-elle, un père tendre et respectable à qui je dois tout.... Il va venir, ce tendre père, je l'attends incessamment; osez lui demander ma main, en lui peignant votre amour pour moi; je lui dirai, moi, que sans vous je ne puis exister. Il me chérit, mon père; il ne voudrait point laisser mourir son enfant; il nous unira. Mais, avant tout, il faut instruire mon amie, madame Germain, de notre tendresse mutuelle; nous lui devons cette marque d'estime, de confiance, et elle saura bien la reconnaître en appuyant notre demande auprès de mon père, qui a pour elle une sincère amitié.

»Ainsi parlait la naïve Adèle, et Roger cherchait toujours quelque prétexte pour différer cet indiscret aveu qu'elle voulait me faire. Il ne m'aimait pas, Roger: les scélérats sont pénétrans, ils devinent d'un coup-d'œil les gens qui ne sont pas leurs dupes, et auxquels ils n'ont aucun moyen d'en imposer. D'ailleurs, d'après la nature des projets qu'il méditait, il lui était bien plus facile d'abuser de la crédulité d'un enfant, que de tromper l'expérience d'une femme raisonnable qui lui paraissait avoir quelqu'esprit, de la droiture et du jugement. Il ne voulait point épouser, Roger, il ne voulait que séduire. Je dois convenir cependant qu'il aimait Adèle, qu'il l'adorait même; cet excès de passion, qui le surprenait lui-même, enflammait son sang, troublait sa raison, et le rendait capable de tout pour posséder l'objet de sa tendresse.

»Vous me demanderez peut-être comment Roger se trouvait là, dans une petite ville, et seul; vous voudriez que je vous dise ce qui l'y avait amené, ce qu'il y faisait, et sur-tout si le récit de ses premières amours, de sa mère abandonnée, etc. était vrai; c'est ce que j'ai toujours ignoré. Tout ce que j'ai su, c'est qu'il exerçait déjà depuis long-temps son infâme métier de brigand, mais en subalterne, et qu'au moment même où il filait la séduction la plus coupable avec ma malheureuse amie, il avait des relations coupables avec une troupe de voleurs qui infestaient alors la forêt d'Anet, située à trois lieues de Dreux: cette forêt sombre et touffue, qui avait servi autrefois aux mystères des druides, couvrait les crimes de ces scélérats, au milieu desquels Roger se trouvait toutes les nuits, ainsi que vous allez l'apprendre.

»Ma santé se rétablissait, et j'ignorais cette trame infâme. Adèle, trop fidelle à suivre les mauvaises impressions qu'elle recevait de Roger sur mon compte, ne me parlait plus de lui que d'une manière très-indifférente; il venait souvent, mais ses entrevues n'avaient l'apparence que de visites de politesse. J'attendais toujours, avec impatience, l'arrivée du marquis de Rosange, qui ne pouvait plus tarder, et je me flattais qu'en emmenant sa fille à Paris, un nouveau genre de vie effacerait de la tête de mon amie les légères traces que le chevalier de Walfein avait pu y laisser. Vain projet! Tout mon espoir allait se renverser, et cela en vingt-quatre heures.

»Un soir que Michel venait de se promener, il apperçut beaucoup de monde autour de l'auberge du Paradis; il s'informe: on lui répond que depuis long-temps la police cherche un grand coupable, et qu'on a de violens soupçons sur le jeune étranger qui, depuis quelque temps, habite cette maison, et en sort toutes les nuits par goût, soi-disant, et pour méditer.

»Un coup de poignard n'aurait pas percé plus avant le cœur de Michel, que ne le fit cette nouvelle. C'est un archer même qui lui fait ce récit, et qui, pour le convaincre, lui montre le signalement du fameux voleur qu'il cherche, signalement qui s'accorde parfaitement avec celui de Roger!.... Michel frémit, et demande s'il est pris: il s'est sauvé, lui répond l'archer; mais il ne nous échappera pas!....

»Le pauvre Michel revient tout en tremblant à la maison. La terreur s'empare de ses sens; il redoute les liaisons qu'il a eues avec ce monstre, en lui conduisant Adèle; il ne veut point frapper cette dernière d'un coup aussi violent; c'est à moi, à moi qu'il réserve cette triste confidence et l'aveu de sa faute. Michel ne peut cependant se persuader que le chevalier de Walfein soit le malfaiteur qu'on cherche; mais si cela est, il est prudent d'avertir, d'arrêter sa jeune maîtresse sur le bord du précipice, et c'est ce qu'il va faire.

»Il était tard, j'avais embrassé mon Adèle, et j'allais me retirer dans mon appartement; Michel demande, tout bas, à m'y suivre, à me parler: il est tout défait, Michel; il m'effraie, je lui serre la main, en lui faisant signe de la tête que je suis prête à l'entendre. Il monte, je m'enferme avec lui; et, le cœur serré, comme accablée d'un funeste pressentiment, je lui dis d'un ton de voix étouffé: Qu'avez-vous à m'apprendre, Michel?.... Ah! madame, s'écrie-t-il, en se jetant à mes pieds, je suis perdu, j'ai abusé de votre confiance; j'ai fait le mal sans le vouloir, sans le savoir; mais il en est temps encore; sauvez-la, il en est temps, vous dis-je.—Sauvez-la! qui?....

»Alors Michel m'apprend tout ce que j'ignorais sur l'amour d'Adèle pour Roger, et leurs entrevues; il termine ce récit douloureux par la funeste découverte qu'il vient de faire, et me laisse accablée à la fois sous le poids de la honte, du remords et de la terreur! À peine revenue de mon trouble, je sens qu'il n'y a pas de temps à perdre pour réparer mon imprudence, sauver mon amie, et la mettre entre les bras d'un meilleur surveillant que moi, et je prends sur-le-champ mon parti.

»Nous devions justement, le lendemain, aller nous promener au parc d'Anet, fameux par les amours de Henri et de la belle Diane de Poitiers. C'était une partie arrangée et provoquée même par Adèle: nous devions partir le matin, et ne revenir que l'après-midi; non le soir, car, depuis quelque temps, on parlait beaucoup de vols et d'assassinats dans les environs; nous ne devions pas nous risquer, la nuit, dans une forêt qu'on disait n'être pas sûre même de jour. Je me détermine donc à ne point faire manquer la partie d'Anet, à ne rien dire à mon Adèle de ce que je sais; mais à quatre heures après-midi, Michel nous procurera une calèche bien attelée; nous y monterons nous deux mon amie, et sur-le-champ je prendrai la route de Paris: c'est dans la voiture que je parlerai à mon imprudente Adèle, étonnée sans doute du chemin que je lui ferai prendre; c'est alors que je lui montrerai l'abîme où elle allait se précipiter: si elle me remercie de la conduite que je tiens, je serai trop récompensée; si elle verse des larmes de regret, je braverai ses larmes, et je la conduirai chez son père, chez le marquis de Rosange, à qui je dévoilerai l'erreur de sa fille, et que je supplierai de me pardonner le peu de zèle que j'ai mis à surveiller le bien précieux qu'il m'avait confié; il n'y a que ce parti à prendre, et Michel à qui je donne des ordres en conséquence, sort, bien persuadé que mon projet est le seul qu'on doive exécuter dans une pareille circonstance.

Pénétrée de ces idées, je passe une nuit cruelle; mais le lendemain matin, je reprends ma fermeté, et sais me contraindre, au point d'embrasser mon Adèle avec autant de sérénité qu'à l'ordinaire: je me charge en secret d'une partie de mes effets les plus essentiels; j'emporte même aussi quelques effets d'Adèle, sans qu'elle s'apperçoive d'aucun déplacement, et nous montons dans une petite carriole couverte, destinée dans le pays à des promenades aux environs, et que mon fidèle Michel conduit.

»Adèle fut fort gaie pendant notre voyage, ce qui l'empêcha de remarquer que j'étais fort triste; mais je m'apperçus qu'obligée de traverser la forêt avec nous, elle changea de couleur, et sentit son cœur se serrer, funeste pressentiment du malheur qui nous y attendait tous. J'avais regardé jusqu'alors comme des contes les bruits qu'on répandait de vols et d'assassinats dans cette forêt, percée de plusieurs grandes routes, et d'ailleurs coupée par des petits bâtimens, rendez-vous de chasse des seigneurs qui s'y rendaient souvent; mais je devais revenir de mon erreur, et éprouver la funeste réalité de ce que je considérais comme des fables.

»À peine avions-nous fait une lieue dans la forêt d'Anet, que plusieurs coups de sifflet viennent frapper notre oreille. Une bande de scélérats sort des taillis, et entoure notre carriole avant que nous ayons le temps d'en descendre. Nous jetons des cris perçans, pendant que ces monstres s'emparent de Michel qu'ils contiennent. On nous somme de descendre, et l'on nous menace de nous brûler la cervelle, si nous résistons. Comment descendre; nous sommes presqu'évanouies toutes deux. On nous enlève, on nous porte à terre, et dans l'instant les brigands forment deux troupes, dont l'une s'empare d'Adèle, et l'autre veut m'entraîner au loin.... Me séparer de mon amie, plutôt mourir!.... tel est le cri que nous jetons ensemble, Adèle et moi.

»Pendant que les voleurs, qui n'écoutent point nos cris, nous séparent impitoyablement, ceux qui tenaient Michel, le lâchent par inadvertance: ce pauvre garçon, se voyant libre, et n'ayant point d'armes pour nous arracher des mains des monstres, veut courir vers le prochain hameau, en appelant du secours; deux hommes à cheval paraissent et s'opposent à sa fuite.... Quel est le premier? C'est Roger!.... Michel, qui le reconnaît aussi-bien que moi, s'écrie: Scélérat! on ne m'a donc point trompé! tu es capable de tous les forfaits!

»Roger paraît étonné; il court vers Adèle comme pour la défendre, et dans l'instant, celui qui suit Roger tire un coup de pistolet qui étend, sans mouvement, à ses pieds, le malheureux Michel!....

»Je le vois, je jette un cri, et je tombe sans connaissance dans les bras de mes satellites.

»Hélas! mes yeux ne revoient la lumière que pour être frappés de l'horreur d'un cachot obscur où l'on m'a jetée. Je crois mes sens en proie à l'illusion d'un songe funeste, j'examine, je palpe, je suis éveillée! Oui, c'est bien un souterrain où l'on m'a renfermée; j'y suis seule, seule hélas! Qu'est devenue ma malheureuse Adèle? Qui m'en a privée? a-t-elle perdu la vie comme mon fidèle Michel!.... Ou plutôt.... Dieux, quelle pensée douloureuse!.... L'infâme Roger s'en serait-il emparé? Serait-elle en sa puissance? serait-il, lui-même, le chef, ou le compagnon des misérables qui nous ont attaquées?....

»Je vous laisse, mes amis, calculer le nombre de réflexions cruelles qui vinrent m'assiéger. Je vous demande, s'il est une position plus triste, s'il est état plus déchirant!....

»À peine apperçois-je un rayon détourné du soleil qui vient d'éclairer tant d'horreurs!.... Je me livre à mes regrets, je gémis, je crie, je pleure, j'appelle.... Rien.... Un silence effrayant.... Je passe ainsi deux jours, livrée au plus violent désespoir, sans voir personne, sans autre nourriture qu'un pain grossier et une cruche d'eau, qu'on a déposés en même temps que moi dans cette obscure prison!....

»Enfin, on ouvre mon cachot.... Est-ce la mort qu'on m'apporte, dis-je d'un ton ferme? Non, me répond une voix affectueuse, c'est votre liberté, c'est le bonheur!

»Quelle voix! je la reconnais; oui, c'est celle de Roger. Quoi! m'écriai-je, vous ici, monsieur!—Oui, me répond Roger (car c'était lui); j'ai eu le bonheur de découvrir la prison où ces scélérats vous avaient plongée.... Ils ne sont plus, vous êtes libre, et je viens vous rendre à votre amie.— Adèle....—Est chez moi.—Chez vous!—Avec ma mère.—Votre....—Adèle est maintenant mon.... épouse.—Ciel! elle est?....—Sortez; une voiture nous attend; je vous conterai tout cela: mais allons la rejoindre; elle meurt d'impatience de vous embrasser.

»Étourdie plus que jamais de tant de coups qui viennent me frapper ensemble, entraînée d'ailleurs par le vif désir de revoir mon amie, mon imprudente Adèle, je monte, avec Roger qui me soutient, une vingtaine de degrés, et je me trouve, ô surprise! dans la même forêt d'Anet, à la porte d'un petit pavillon inhabité, et dont mon cachot ne formait qu'une espèce de cave ou de fondation. C'était-là, me dit Roger, que ces voleurs vous avaient renfermée; je les ai découverts, et je les ai fait mettre tous entre les mains de la justice; cette forêt en est purgée.

»Je ne pouvais lui répondre; je ne savais plus, s'il était vertueux ou criminel; je ne savais plus où j'étais moi-même.

»Nous montâmes ensemble dans sa calèche; il commençait à faire nuit: nous voyageâmes pendant plus d'une heure, et nous nous arrêtâmes, dans l'obscurité, à la porte d'une auberge isolée dans la campagne, mais hors de la forêt; et très-peu éloignée d'un village qu'on appercevait au loin.

»Il me raconta en route, que, passant par hasard dans la forêt d'Anet, au moment où les voleurs nous attaquèrent, il eut le bonheur au moins de sauver la vie à la jeune Adèle, ne pouvant m'arracher en même temps des mains des autres brigands qui se sauvèrent à son approche, et m'entraînèrent, évanouie, dans leur repaire. Je l'interrompis là, pour lui reprocher le meurtre de Michel.... Que me dites-vous là, s'écria-t-il! De quelle horreur m'accusez-vous? Ah ciel! moi!.... Ce pauvre garçon! je l'ai tant pleuré!.... C'est mon domestique qui, le voyant courir vers moi, le prit pour un des voleurs qui vous attaquaient, et lui cassa la tête, sans que j'eusse le temps de prévenir ce funeste accident! Enfin, continua-t-il, je mis la jeune Adèle, évanouie comme vous, sur mon cheval, et je la transportai dans cette maison, où je venais retrouver ma mère, ma respectable mère, qui courait, hélas! après un fils dont l'absence allait causer sa mort!.... Adèle, reconnaissante du service que je lui ai rendu, cédant d'ailleurs à la force de mon amour, aux sollicitations de ma mère, m'a donné la main.... Elle vous dira peut-être que j'ai employé quelques violences pour l'obtenir, cette main si chère; mais ne l'en croyez point: et d'ailleurs, un amour impétueux est un tyran qui subjugue, qui entraîne, et peu de femmes savent inspirer une pareille passion.

»Je me taisais, suffoquée par la colère et l'indignation; je ne pouvais concevoir Adèle, ni Roger, ni moi-même!.... Nous entrâmes enfin dans cette auberge, où, dans un appartement écarté, le spectacle le plus déchirant vint frapper mes yeux».

CHAPITRE XI. EXPLICATION DES NUITS DE LA FORÊT

«Que vois-je, sur un lit de douleur! mon Adèle presque expirante. Un ecclésiastique est à ses côtés; une vieille femme, sans doute la mère de Roger, lui soutient la tête et paraît sangloter. Ô mon amie, m'écriai-je, en me précipitant sur la main d'Adèle!

»Elle me reconnaît: J'allais mourir, me dit-elle, si je ne vous eusse vue. Vous voilà! vous m'êtes rendue!.... Oh! que vous avez dû souffrir, si, vous avez ressenti ce que j'ai éprouvé depuis notre séparation.—Chère et infortunée Rosange!....—Ma bonne Sophie!—Mon amie!—Prie-les de se retirer: leur présence m'importune.

»Roger verse quelques larmes, et emmène l'ecclésiastique dans une autre pièce: mais la vieille veut absolument rester; elle prétend que sa bru, que sa chère fille ne doit point avoir de secret pour elle. Cette vieille me paraît tellement ridicule, que je ne puis retenir un sourire de mépris dont elle s'apperçoit, et qui va la fâcher si son fils ne l'appelle. Elle sort, en murmurant entre ses dents, et nous laisse seules.

»T'a-t-il appris, Sophie, me dit Adèle?....—Quoi! dois-je croire, ô mon amie, que vous ayez pu consentir à épouser....—Il l'a fallu. Approche-toi, et juge de mon affreuse situation. Roger m'aime; oh! il m'aime de bonne-foi; et moi, je l'adore! que dis-je, oui je l'adorais! tu as ignoré jusqu'à présent ce fatal secret; pardonne, pardonne, ô mon amie! si j'ai fait une faute, une seule faute, hélas! j'entrevois que j'en serai bien punie. Il m'avait vanté souvent les sites du parc d'Anet; je desirais le voir: Eh bien! me dit-il, j'attends ma mère, tel jour; je dois même aller au-devant d'elle: choisissez ce jour-là pour votre promenade; nous nous y rencontrerons peut-être, et j'aurai encore le bonheur de vous voir!.... J'accepte le jour indiqué; je te presse, Sophie, de

lier cette partie; tu y consens; et voilà que des voleurs nous attaquent dans la forêt. On te sépare de moi; un homme se présente, c'est Roger; il fond sur les brigands qui me tenaient: Scélérats! leur dit-il, lâchez votre proie, ou vous êtes morts!.... Je ne sais quelle terreur s'empare de ces misérables; ils se sauvent tous, et me laissent, sans mouvement, entre les bras de Roger qui s'empresse, ainsi que son domestique, de me secourir!.... J'ouvre les yeux, et je me trouve devant Roger qui me soutient, assis tous deux sur un cheval que son domestique mène doucement par la bride. Je demande Sophie; on m'apprend que je l'ai perdue, et l'on m'amène ici, livrée aux regrets les plus douloureux. Une femme se présente; une femme âgée et respectable, c'est la mère de Roger; elle veut me consoler, c'est en vain; je ne pense qu'à mon amie, et je pleure!.... Sur le soir on m'apprend la mort de mon pauvre Michel, tué par accident; pour le coup la fièvre s'empare de mon sang qu'elle brûle; on me met au lit, et le transport le plus violent vient agiter mon cerveau.... Hier matin, Roger entre dans cette chambre où sa mère m'avait gardée pendant la nuit; il était suivi d'un ecclésiastique. Roger s'approche de mon lit, tire un poignard.... Je frémis!.... Ne craignez rien, me dit-il, c'est contre mon sein seulement qu'est dirigée cette arme meurtrière, si vous vous refusez à mes vœux. Écoutez-moi, Adèle; je suis noble, mais je suis sans fortune; jamais votre père ne m'accordera votre main.... Donnez-la-moi, cette main précieuse, il me la faut. C'est en présence de ma mère, c'est entre les mains de ce ministre des autels que nous allons jurer de nous aimer comme époux! Adèle, pensez-y bien; je me perce à vos yeux de ce fer homicide, si vous ne consentez sur-le-champ à devenir mon épouse....
»Vous jugez de mon trouble, chère Sophie, continua mon amie! Eh quoi, barbare Roger! tu choisis le moment où, privée de mon amie!.... Est-il possible de persécuter plus cruellement une femme! Roger me presse toujours de consentir à cette union: il tourne le poignard contre son cœur; sa mère veut arrêter son bras: Laissez-moi, s'écrie-t-il, je meurs, si je ne l'obtiens!.... La mère tombe évanouie sur un siége; l'ecclésiastique me presse: Allons, mon enfant, me dit-il, c'est un homme qui vous adore! Voulez-vous être cause de sa mort!.... J'étais malade, ma Sophie: j'étais absorbée par la douleur, je croyais avoir perdue pour toujours!.... Je n'attendais moi-même que le trépas; je voyais un homme prêt à se tuer de désespoir, et je l'aimais!.... Eh bien! lui dis-je, prends donc ta victime: mais tu n'en jouiras pas long-temps; le tombeau te la dispute, et va t'en séparer bientôt.... À peine eus-je achevé ces mots, que la mère recouvre sa raison; Roger se précipite sur ma main qu'il couvre de baisers, et l'ecclésiastique se met à faire je ne sais quelle cérémonie très-courte, après laquelle il nous annonce que nous sommes mariés. Absorbée par tant de secousses à-la-fois, je tombe dans un profond assoupissement, pendant lequel j'ignore, hélas! jusqu'à quel point Roger a pu abuser de ses droits d'époux.... Le soir, je me trouve dans ses bras que je n'ai pas la force de repousser, et l'on me rend à

la vie, à l'espoir, en m'apprenant qu'on a découvert les traces des brigands qui vous ont enlevée. Je presse, je supplie Roger; je lui annonce que je meurs s'il ne vous retrouve.... Il me le promet, et ce matin, il se met en route pour vous retirer des mains des malheureux qu'il a dû livrer à la justice. Je vous embrasse enfin, ma Sophie, et vous me revoyez mariée, hélas, loin de vous, sans le consentement de mon père, de mon père que je ne puis plus revoir, jamais!.... Oh! les traîtres, ils ont abusé de ma jeunesse, de mon inexpérience, de mon fol amour, de la faiblesse de ma santé, de tout, de tout! Je suis leur victime, leur esclave! Ils peuvent m'emmener par-tout, faire de moi tout ce qu'ils voudront: je ne leur demande qu'une grace, c'est de ne jamais me séparer de ma Sophie!

»Ainsi parla mon amie, et je vis au trouble de sa narration, au désordre de ses idées, que sa raison était un peu aliénée par tous les coups qu'on venait de lui porter. Vous jugez de l'excès de ma douleur et de mon indignation: je ne doutais pas un moment que la mère de Roger, et peut-être le prêtre lui-même, ne fussent supposés pour abuser de la crédulité d'une enfant. Je soupçonnai même le perfide Roger d'avoir arrangé le complot des voleurs dont il était peut-être parfaitement connu. Toutes ces idées se présentèrent en foule à mon imagination, et me pénétrèrent d'une secrète horreur; mais le mal était fait; mon amie était déjà assez accablée: pouvais-je ulcérer encore son cœur en lui faisant part de mes conjectures? c'eût été l'achever! Je me contentai, pour le moment, de la consoler, d'adoucir ses regrets, de veiller sur sa santé, de contribuer, par ma présence, qui lui était si chère, à son rétablissement, et je me promis d'attendre du temps et de mes remarques, pour être sûre de la perfidie de Roger, ainsi que de ses complices, d'en faire part alors à mon amie, et de prendre ensemble un parti.

»Lorsque je me trouvai seule avec Roger, je lui fis tous les reproches que méritait sa conduite, sans toutefois lui faire connaître les soupçons que je formais sur sa prétendue mère, et sur ses liaisons avec les voleurs de la forêt. Il convint, avec moi, qu'il avait choisi une circonstance peu favorable pour engager Adèle à lui donner sa main; mais il se rejeta sur la violence de son amour. Maintenant, ajouta-t-il, elle est ma femme; vous êtes son amie, je vous laisse libre de rester en France, ou de l'accompagner; mais je vous avertis que je l'emmène en Allemagne, ma patrie, et que nous partons après-demain.

»Roger se retire après ce peu de mots, et me laisse pétrifiée.... Il l'emmène en Allemagne, et sans revoir son père! Son père! qu'ai-je dit osera-t-elle se présenter à ses regards, l'oserai-je moi-même? n'est-ce pas à moi qu'il a confié sa fille? ne m'a-t-il pas rendue responsable de ses mœurs et de sa main dont elle a disposé?.... Jamais, jamais je ne pourrai supporter le poids de sa colère.... Que dois-je donc faire?.... accompagner par-tout mon Adèle, écrire à son père, et sur-tout tâcher de faire différer le départ de Roger. Ce parti pris, j'écris à monsieur de Rosange; je lui avoue la faute de sa fille, mes torts, et je lui fais part du voyage projeté par l'époux d'Adèle; cet époux perfide, je le lui nomme, et je l'engage à employer tout son crédit pour faire rompre ce mariage, sans doute illégal; je lui promets de lui donner souvent de nos nouvelles, et de lui faciliter tous les moyens de reprendre les droits qu'un père doit avoir sur sa fille.

»Quand cette lettre fut faite, je pris le parti d'attendre qu'il passât un voiturier quelconque pour l'en charger, n'osant pas la confier aux gens de Roger, gens d'assez mauvaise mine d'ailleurs, ni aux valets de l'auberge, dans la crainte qu'elle soit interceptée. Je ne dis pas non plus à mon amie que je venais d'écrire à son père, et, comme elle était très-faible, j'espérai gagner quelques jours auprès de Roger pour l'engager à différer son voyage. Vain espoir! Le même soir Roger rentra pâle, égaré et entièrement défait. Sa prétendue mère lui demanda ce qu'il avait, il ne lui répondit pas; mais il nous déclara à tous que cette nuit même nous partions pour l'Allemagne. En vain lui représentai-je qu'Adèle et moi nous avions des affaires à terminer en France, qu'il fallait absolument que je retournasse à ma maison de Dreux, où j'avais des effets précieux.... Retournez-y, me répondit-il brusquement: je n'ai pas besoin de vous; mais pour Adèle, elle ne me quittera pas: elle peut se passer d'ailleurs de vos effets et des siens; j'ai là-bas des moyens de fortune suffisans pour elle, pour vous et pour moi.

»Adèle lui fit à son tour mille objections qu'il n'écouta point; elle pleura, parla de son père; il lui tourna le dos, et fut s'enfermer avec huit à dix hommes d'une figure repoussante, et qui, comme lui, devaient faire, mais séparément, le voyage d'Allemagne. Quand je fus seule avec Adèle, je crus qu'il était temps de frapper les grands coups, afin de l'engager à fuir avec moi, à nous échapper des mains de Roger par tous les moyens possibles. Je lui fis donc part, et des renseignemens donnés à Michel sur un fameux voleur, à l'hôtel du Paradis, renseignemens qu'elle ignorait, et de toutes mes conjectures sur l'aventure de la forêt, sur la mère, sur l'ecclésiastique qui ne paraissait plus dans la maison, et que j'avais tout lieu de croire des gens supposés. Adèle m'écouta avec la plus grande attention: elle frémit d'abord; mais bientôt elle me calma, et chercha même à détruire tous mes soupçons. Que tu es injuste, me dit-elle, Sophie! peux-tu penser de pareilles horreurs d'un homme que je ne crois pas d'ailleurs très-délicat, mais que je jure être incapable de tant de bassesses! Les voleurs de la forêt, c'est lui qui les a chassés, qui m'a sauvée, arrachée de leurs mains, et tu supposes!.... Ah! Sophie, Sophie, je ne reconnais là ni ton cœur ni ta raison! Il est vrai que sa mère me paraît être une vieille folle, sans usage comme sans éducation; il est vrai aussi que Roger est un homme très-dissimulé, qu'on ne sait rien de ses affaires; que je n'ai jamais rien compris à son arrivée dans cette auberge, où se trouvent, à point nommé, sa mère et un ecclésiastique: il est encore vrai que tout est mystérieux dans sa conduite, comme dans le genre de monde qu'il fréquente; mais si cet homme est dissimulé, est-ce une raison pour le croire un vil scélérat? il m'aime, Sophie, et l'amour n'entre point dans le cœur des êtres dégradés par le crime.

»Ainsi me parlait Adèle. Adèle était prévenue, aveuglée par l'amour! Je renonçai au projet de lui faire entendre raison, et même à celui de l'engager à fuir son séducteur. Elle pleurait, elle parlait de son père qu'elle ne reverrait jamais, des mânes de sa vertueuse mère qu'elle outrageait dans son tombeau: elle sentait tout le poids de sa chaîne; mais elle était déterminée à la porter. Malheureuse! elle me forçait à la consoler, quand mon seul projet était de l'éclairer.

»Que vous dirai-je enfin? Nous partîmes à minuit, et nous quittâmes pour jamais la France, où nous abandonnions un père, qui bientôt devait accuser sa fille, m'accuser moi-même, et mourir de douleur.... Nous n'étions que quatre dans la voiture: Roger, sa mère, mon Adèle et moi. Mon Adèle, faible et souffrante encore, me faisait craindre à tout moment qu'elle ne pût supporter les fatigues du voyage. Elle les souffrit enfin, et je vous abrégerai tous les détails fastidieux d'une route longue et souvent coupée par des repos, pour vous faire arriver avec nous à Vienne en Autriche, où nous séjournâmes quelque temps. Roger, qui avait pris un tel ascendant sur nous, que d'un seul regard il nous subjuguait, nous avertit que nous partirions sous quelques jours pour Prague, où il comptait se fixer. Tant que nous fûmes à Vienne, nous ne le vîmes presque point; il sortait avant le jour, et ne rentrait que le soir, souvent très-fatigué, et presque toujours accompagné de quelques étrangers avec lesquels il s'enfermait pendant une partie de la nuit. Cette conduite qui confirmait mes horribles soupçons, fit aussi trembler son épouse; elle lui en fit des reproches: il lui répondit qu'en temps et lieu elle saurait ses secrets. Nous partîmes enfin pour Prague, où nous passâmes huit jours, pendant lesquels Roger se conduisit comme à Vienne. Pour cette fois Adèle, qui dissimulait ses terreurs avec moi, m'ouvrit tout-à-fait son cœur; elle m'avoua, en versant un torrent de larmes, qu'elle craignait que ce que je lui avais dit en France ne fût que trop vrai. Ce n'était pas le moment de lui faire des reproches de son peu de confiance, je fis tous mes efforts pour la rassurer; mais le moment approchait qui devait éclaircir tous nos doutes.

»Une nuit, nuit d'horreur et d'effroi, Roger nous éveilla brusquement. Il faut partir, nous cria-t-il, et vous préparer à un nouveau genre de vie.... Nous frémissons.... À peine habillées, il nous fait monter, sans dire un seul mot, dans une espèce de chaise à porteurs. Une troupe d'hommes à cheval, et armés jusqu'aux dents, nous entoure: Roger lui-même se met à leur tête, et, après plusieurs heures de marche, nous arrivons dans une forêt. Un souterrain devient notre asyle, et Roger nous annonce qu'il est nommé chef d'une troupe d'indépendans. Adèle, tremblante, a la naïveté de lui demander l'explication de ce mot; il la lui donne en riant, et le rideau qui voilait ses crimes tombe tout-à-fait devant nos yeux.

»Je ne vous peindrai point notre douleur, celle d'Adèle sur-tout, dont la crédulité nous avait toutes deux entraînées dans cet abîme.... Il n'y avait plus de moyen d'en sortir! Nous étions tout-à-fait en sa puissance, nous étions perdues sans ressource!.... La prétendue mère de Roger n'était plus qu'une vieille femme qui servait la troupe; l'ecclésiastique lui-même était le chef d'une de ses brigades. Adèle avait été trompée, je m'en étais apperçue; mais son peu de confiance en moi, et ma tendresse pour elle nous avaient égarées toutes deux. Il n'était plus possible de compter sur la protection de M. de Rosange, ma lettre était encore dans mon portefeuille; et quand il l'aurait reçue, aurait-il eu des droits, en pays étranger, sur un homme qui faisait trembler tous ceux qui osaient l'approcher?

»Passons rapidement sur les tableaux horribles qui frappèrent nos yeux pendant près de trois ans que nous passâmes à gémir au milieu d'une troupe de brigands, qui changeaient à tout moment de repaire, et des mains desquels il était impossible d'échapper.... Depuis quinze mois Adèle était devenue mère, et les soins qu'elle donnait à son enfant pouvaient seuls adoucir un peu l'amertume de notre position. Je dois dire que Roger adorait toujours Adèle, et qu'il chérissait son fils: c'est lui qui avait fait faire ce portrait, que je possède, au fond d'une boîte d'or, où vous l'avez vu, appuyé contre un arbre, et regardant Adèle qui nourrit son fils. Le monstre avait fait écrire au bas: Je sais aussi connaître la nature. Adèle, désolée, avait ajouté à cette boîte l'autre portrait où l'on voit, sur le berceau de son fils, ces mots: Un malheureux de plus! Adèle détestait ce scélérat, et ne le voyait que pour lui reprocher sa séduction et ses crimes. Roger était violent, et malgré sa passion pour mon amie, il la menaçait souvent de lui arracher la vie, si elle persistait dans la haine qu'elle paraissait lui avoir vouée: l'infortunée alors lui découvrait son cœur, en lui disant: Frappe! je préfère la mort au crime de vivre avec toi.

»Voilà les scènes douloureuses qui se répétaient tous les jours sous mes yeux.

»Adèle savait que Roger ne chérissait son fils que dans l'intention d'en faire par la suite un brigand tel que lui. Cette pensée la faisait frémir ainsi que moi. J'ai vu même, oui, j'ai vu des momens de désespoir où cette mère égarée était sur le point de poignarder son fils, à la seule pensée qu'il pourrait devenir un scélérat comme son père!.... Osons, lui dis-je un jour, osons dérober cette innocente créature au crime qui l'entoure et qui l'attend: auras-tu le courage, ô mon amie! de te priver de cet enfant, pour qu'il soit vertueux?

»Adèle m'embrasse, et me répond qu'elle sacrifiera tout, son amour, ses droits de mère, pour le bonheur de son fils; et dès cet instant, je cherche les moyens de le soustraire à son père. Adèle, épuisée par la douleur, n'avait plus qu'une existence fragile: à tout moment je craignais de la voir expirer dans mes bras. Son fils, très-faible pour son âge, avait eu besoin jusqu'à ce moment du lait maternel; mais il pouvait maintenant s'en passer; et s'il perdait sa mère, je prévoyais que je ne pourrais jamais l'arracher des mains de son père, qui l'éleverait dans ses affreux principes. Adèle ne pouvait point se sauver de la forêt, à peine pouvait-elle se soutenir sur un siége, et d'ailleurs elle était trop surveillée par Roger, trop connue des brigands: moi, je ne pouvais l'abandonner. Je me déterminai donc à livrer l'enfant au premier étranger; mais comment en trouver un assez sûr?.... Le hasard me servit. Sur la fin d'une nuit d'orage, j'apperçus un homme endormi dans un des obscurs souterrains qui communiquaient à ceux que nous occupions dans la forêt de Kingratz, où nous étions alors. Cet homme endormi, c'était vous, monsieur le baron; au milieu d'un rêve qui agitait vos sens, vous parliez d'enfant, d'adoption; j'examinai vos traits, ils portaient tous les signes de la probité: la plus douce confiance vient rafraîchir mes sens. Oui, me dis-je, voilà l'étranger généreux que je cherche.... J'écris sur des tablettes, et me retire; un instant après je viens chercher votre réponse, et la porte à mon Adèle. Cette tendre mère frémit d'abord de l'idée d'être séparée de son enfant mais bientôt les fortes raisons qui lui commandent cette privation l'emportent sur la tendresse maternelle: elle me laisse la maîtresse de conduire cette intrigue secrète et délicate.

»Il y avait, parmi les brigands, un jeune homme, jadis doué de quelques talens, et qui m'inspirait plus de confiance que les autres; c'était lui qui avait fait le portrait d'Adèle, celui qui couvre la boîte à double fond que vous connaissez; je le mis dans mes intérêts, et je n'eus pas lieu de m'en repentir. Ce fut lui qui veilla sur vous pour vous garantir des attaques de ses camarades; ce fut lui qui vous porta l'enfant dans le souterrain; pauvre petit innocent! je l'avais richement habillé. J'avais mis au fond de sa barcelonnette le portrait que sa malheureuse mère avait fait faire, à Dreux, pour le marquis de Rosange; mais pour son nom et sa naissance, je ne pouvais les confier à l'étranger qui s'en chargeait, il l'eût repoussé loin de lui!....

»Ce fut encore mon fidèle confident qui vous conduisit par le bras, la troisième fois que vous vîntes à la forêt, et qui vous fit entrer chez Adèle, où, sans lumière, vous remîtes l'enfant sur le sein maternel. Vous savez toutes les particularités de votre adoption, je ne vous les répéterai point; il me suffit d'avoir éclairci ce qui pouvait se rencontrer d'obscur dans votre récit. Heureusement que vous ne revîntes point le lendemain avec l'enfant; car il n'aurait plus retrouvé sa mère. Le barbare Roger, troublé par quelques inquiétudes que lui donnent les troupes de l'empereur qui l'investissent, entre chez Adèle; il lui demande à embrasser son fils. Tu ne le reverras plus, lui répond avec fierté mon amie. Je l'ai soustrait à tes infâmes projets; il ne sera point un monstre tel que toi.—Malheureuse! où est-il?—Je l'ignore.— Eh quoi! je ne reverrai plus mon fils!—Jamais! et si quelque homme généreux n'avait pas voulu s'en charger, mon fils eût péri; pour lui épargner l'exemple et les crimes de son père, ce fer lui eût percé le sein.

»Adèle montre à Roger un poignard qu'elle tenait caché. Roger, furieux, s'écrie: À ton fils, barbare! tu aurais pu l'immoler; tiens, meurs toi-même, mère dénaturée, meurs!....

»Le monstre saisit le poignet d'Adèle, encore armé du fer meurtrier, le tourne vers le sein de cette femme éperdue, et se sert de la main même de l'infortunée pour la poignarder. Je jette un cri terrible, et déjà l'assassin est sorti pour aller commettre de nouveaux forfaits.... Je cherche tous les secours que je peux trouver, et je les prodigue à mon amie, qui, baignée dans son sang, n'a pas encore perdu l'usage de la parole. Je meurs, me dit-elle, plus malheureuse que ma mère, mais aussi plus coupable! C'est moi, moi qui ai dirigé le coup affreux qui me tue aujourd'hui; je me suis perdue, et j'ai perdu avec moi la plus tendre amie. J'ai fait mon malheur ensemble et le tien, ô Sophie! Jure-moi, jure-moi, sur ce fer encore sanglant, de ne révéler à personne mes fatales erreurs; jure-moi que sur-tout mon père, le vertueux, le généreux Rosange, les ignorera toujours! J'ai déshonoré son nom, qu'il m'a donné avec la bonté la plus touchante. Que mes fautes, que mes malheurs, tout s'ensevelisse avec moi dans la tombe! Ne fais point rougir le front d'un père de l'association honteuse que sa fille a formée avec le plus vil des scélérats! Sophie! oh! prononce le serment que j'exige; il adoucit mes remords, il me plonge seule et toute entière dans la tombe!....

»Je le prononce en pleurant, ce serment sacré, et elle continue: Si jamais tu retrouves mon fils, sers-lui de mère, ô mon amie! mais ne lui raconte jamais mes malheurs! Qu'il ignore sa naissance: s'il est vertueux, elle ferait son supplice; mais si quelque hasard la lui fait découvrir, s'il doit à sa mère le malheur de sa vie entière, dis-lui qu'il ne la maudisse point, cette mère malheureuse! Si le sang d'un monstre coule dans ses veines, dis-lui que celui de sa mère peut en épurer la source, et qu'elle a expié, par sa mort, le crime de lui avoir donné la vie.

L'infortunée Adèle, satisfaite de la promesse que je venais de lui faire de ne révéler ses malheurs à personne, pas même à son père, vit s'avancer la mort sans effroi; elle en, adoucit les momens par quelques devoirs pieux; mais enfin elle expira vers le soir dans mes bras, et dans le moment même où j'entendis se livrer un combat sanglant dans les premiers souterrains de la forêt: c'est à ce combat que vous eûtes le bonheur de vous sauver, M. le baron. Roger, d'abord enveloppé par les troupes impériales, fut secouru à temps par les siens, et parvint à se réfugier dans l'intérieur des souterrains. À peine sorti du danger qu'il vient de courir, il demande des nouvelles d'Adèle: on ne lui répond point; il entre chez elle, et ne trouve plus qu'un cadavre; le désespoir et le remords égarent ses sens; il s'accuse, il maudit Je jour; il croit ranimer son amante du feu de ses lèvres brûlantes: elle est glacée!.... Il s'écrie: Qu'on cherche madame Germain! qu'on me la trouve! qu'elle me rende au moins mon fils! elle seule sait où il est, mon fils! qu'elle me le rende, et que sa vue me dédommage de la perte d'une femme que j'ai adorée, et dont la haine m'a porté au dernier degré de férocité!....

»Heureusement pour moi, j'avais fui ce lieu de douleur; et, guidée par mon fidèle confident, qui connaissait les routes de la forêt, j'étais déjà libre et en sûreté dans une chaumière isolée, et cachée à tous les regards. J'y passai une nuit cruelle, et mon guide, qui revint le lendemain, me dit que je n'avais plus d'autre parti à prendre que de quitter le pays. Roger était furieux de ma fuite; il voulait que je lui rendisse son fils, et jurait que par-tout, en tout temps, il me poursuivrait et me découvrirait. Voilà le motif des persécutions que j'ai éprouvées, et que j'éprouve encore de sa part. Je suis essentielle à son bonheur, dit-il toutes les fois qu'il croit me saisir; c'est qu'il espère que je lui donnerai des nouvelles de son enfant, le seul bien qu'il ambitionne après avoir perdu sa mère.

»Tel est, mes amis, le récit exact des aventures de mon amie, de la mère de Victor: j'ai dû vous les raconter, j'ai dû empêcher un parricide; j'ai fait mon devoir; c'est à vous, M. le baron, à prendre un parti digne d'une ame grande et généreuse comme la vôtre; nous attendons tout de votre cœur, et de votre tendresse pour votre fils adoptif, pour le fils de la malheureuse Adèle».

Fin d'une seule faute, Nouvelle.

CHAPITRE XII. TRÈS-COURT, MAIS QUI PROMET

Madame Germain, que nous n'appellerons plus madame Wolf, jugea à propos de terminer là son récit; elle pouvait avoir encore quelques aventures à raconter; mais ces aventures lui étaient particulières; elles n'avaient plus le même intérêt pour ses auditeurs, puisqu'il n'était plus question que de ses voyages, jusqu'au moment où elle revint en Hongrie. Ce fut alors qu'elle se chargea de l'orphelin Hyacinthe, fils d'un bon fermier qui lui avait donné l'hospitalité, et qu'il lui arriva, dans un chemin de traverse, l'aventure qui lui valut un asyle dans le château de Fritzierne. Elle n'avait changé de nom que pour se soustraire aux recherches de Roger, qui avait juré de l'atteindre en quelque lieu qu'elle se retirât; et par un effet funeste de la bizarrerie du sort, tout ce qu'elle avait fait pour s'éloigner de son tyran, l'avait justement ramenée au point d'où elle était partie; elle se retrouvait près de Roger, occupée de Roger, du souvenir de son épouse, des intérêts de son fils; enfin, tout ce qui lui était arrivé depuis seize ans ne lui paraissait plus qu'un songe qui trouble vos sens pendant une nuit agitée, et vous rend, au réveil, aux coups du sort qui vous accablait la veille.

Madame Germain cessa donc de parler, et Victor attendri, se saisit encore une fois d'une de ses mains, qu'il couvrit de larmes et des baisers de la reconnaissance. Il appela cette femme généreuse sa seconde mère, et Clémence elle-même la remercia de lui avoir conservé son ami, et d'avoir soustrait ses premiers ans, au crime et au malheur qui assiégeaient son berceau. Madame Germain les embrassa tous deux, et les remercia de leur amitié, avec cette douce modestie que donne toujours l'assurance où l'on est que l'on n'a fait que son devoir.

Pour le baron, il garda quelque temps le silence, et le rompit enfin, pour faire quelques réflexions morales sur les événemens singuliers qui avaient fait le tourment de madame du Sézil, et celui de sa fille Adèle. Il appuya sur-tout, devant Clémence, sur les malheurs auxquels s'exposent les jeunes personnes qui, manquant de confiance envers leurs parens ou leurs amis, se livrent aveuglément au charme trompeur des passions, et ne calculent jamais les suites des fausses démarches auxquelles elles se laissent entraîner. L'amour, ajouta-t-il l'amour porte un bandeau sur ses yeux; c'est à la raison à le guider par la main c'est à la sagesse à régler ses pas et ses actions. Jeunes gens, jeunes gens! vous méprisez les sages conseils d'un père ou d'une mère tendre; mais vous aurez des enfans à votre tour, et vous serez obligés de leur dire ce que nous vous avons en vain répété mille fois; vos enfans ne vous écouteront peut-être pas plus que vous ne nous avez écoutés; car c'est le sort des ingrats de faire à leur tour des ingrats, et le ciel nous punit souvent dans nos enfans des chagrins que nous avons causés à notre vieux père....

Quand le baron eut prononcé ces mots, il se tourna vers Victor, qui devint tremblant comme un homme qui attend son arrêt. Le baron s'apperçut de son trouble, et se hâta de le faire cesser en lui prenant la main, et en lui disant avec le ton de la plus tendre affection: Mon cher Victor, mon cher fils, ne crains rien; ose lever les yeux sur un bienfaiteur, et non sur un juge rigide. Tes malheurs ne viennent point de toi, ta naissance n'est point ton crime; mais il est vrai qu'elle peut nuire à ton bonheur. Il est un moyen d'en réparer les torts: écoute-moi, je vais te dire le projet que j'ai formé, et dont je t'ai donné quelque idée avant que madame Germain commençât son intéressant récit. Écoute-moi bien; tu vas juger de toute ma tendresse pour toi, et du desir que j'éprouve de te voir l'époux de ma fille.—L'époux de Clémence, interrompit Victor! quoi! je pourrais espérer encore?....—Oui, tu le peux, mon ami, reprend le baron; mais prête-moi toute ton attention.

Il se fait un grand silence, et le baron continue: J'ai vu Roger, je l'ai vu assez pour me former, sur son caractère, une façon de penser que le récit de madame Germain vient encore de confirmer. Roger a de rares qualités au milieu des vices affreux qui le poussent vers le crime; Roger est ferme, entreprenant, courageux, actif, et même capable de quelques procédés généreux. Cet homme s'est fait une habitude de son état, mais il n'est pas possible qu'au fond de son cœur il ne souffre, il ne gémisse des extrémités auxquelles lui et ses gens se livrent journellement; il doit être las du brigandage, et peut-être la tranquillité, l'aisance et la pratique des devoirs sociaux, ne lui seraient-elles pas étrangères après vingt ans d'une vie troublée, agitée par la crainte, par les remords, et que l'échafaud a réclamée cent fois. Je ne sais si je m'égare, mais il me semble tout simple de croire que Roger, fatigué du crime, peut y renoncer, pour le calme de sa conscience et la sûreté de sa vieillesse; et encore, ce que ne pourraient point faire la raison ni le remords, il est possible que la nature l'obtienne de lui. Madame Germain nous a dit qu'il brûlait de retrouver son fils, et qu'il était disposé à l'accabler de toute la tendresse d'un père; il est possible qu'en calculant les tourmens que son horrible état cause à ce fils chéri, il y renonce, à cet état vil et flétrissant; il est possible qu'il renonce au crime pour assurer le bonheur de la vertu.... Va le trouver, Victor, rends-lui son fils pour un moment; dis-lui qu'il ne tient qu'à lui de se réunir pour sa vie au fils d'Adèle; dis-lui que tu adores ma fille, mais que tu n'obtiendras mon aveu pour l'unir à toi, que du moment où il aura quitté son infâme métier: j'oublierai ce qu'il fut en faveur de ce qu'il consentira à devenir; mais comme je sens qu'il me serait impossible de me lier avec un homme comme lui, ni de l'avoir sous mes yeux, je lui donnerai une terre que je possède à vingt lieues d'ici; il ira l'habiter sous un autre nom; et s'il tâche, par quelques vertus domestiques, de faire oublier Roger, je me ferai à mon tour illusion sur lui, sur ta naissance; et mon gendre, ainsi que son père, n'entendront jamais sortir de ma bouche le plus léger reproche. Qu'en penses-tu, Victor? puis-je faire davantage? En vérité, il me semble que c'est pousser un peu loin le mépris des préjugés, et même du point d'honneur qui doit présider à tous les établissemens des familles vertueuses. À mon âge, d'après ma conduite et mes principes, on tient un peu au respect humain, à tous les usages qui forment la bonne société, et qui lient entre eux tous les habitans d'une vaste contrée. Je te l'avais dit; que ton père fût indigent et sans naissance, peu m'importait; mais j'exigeais qu'il fût vertueux, et il ne l'est pas. Celui-là déroge vraiment qui s'allie au vice, et je ne puis.... je ne pouvais du moins donner ma fille au fils du plus grand coupable. Je fais encore un effort sur moi-même, et je le fais pour toi, pour toi que j'aime, et que je ne puis abandonner au désespoir de renoncer à une passion que j'ai nourrie moi-même dans ton sein.... Que ton père rentre dans la société dont il fut le fléau; qu'il change de nom et de mœurs; je ne le verrai point, mais je pourrai me dire: Roger n'est plus, et le père de Victor ne fait pas rougir mon front, ni celui de mes enfans. Va donc le trouver, Victor; aborde-le avec cette fermeté, ce noble orgueil, que doit conserver la vertu en présence du vice; attaque avec sensibilité son cœur paternel, si tu le trouves ouvert à tous les sentimens de la nature; ou bien, s'il est mort pour ces tendres sentimens, parle-lui comme un homme qui a le droit de reprocher à un autre homme de lui avoir fait un présent funeste en lui donnant la vie, puisqu'il a répandu sur cette existence malheureuse l'amertume, la honte et l'opprobre.

Le baron de Fritzierne se tait, et Victor se livre avec délices à l'espoir consolant qui vient tout-à-coup charmer ses souffrances. Ah! monsieur, s'écrie-t-il! que de bontés, que de tendresse! Quoi! vous voulez bien encore?.... Oui, monsieur, oui, je la soumettrai, cette ame fière et rebelle! Clémence, nous serons heureux!.... Je le verrai, il rougira, il me suivra; oh! oui, je réponds qu'il renoncera à tout pour moi, pour lui-même! Oui, Roger, ton fils te serrera dans ses bras, si tu réponds à ses vœux; ou, si tu lui résistes, il jure ici, par Clémence, qu'il deviendra ton plus cruel ennemi: tous les liens de la nature, il saura les rompre, si tu ne sais les resserrer! ces titres de père et de fils, si respectables quand ils sont liés par les mœurs, l'éducation et la reconnaissance, ne sont plus que de vains prestiges quand ils sont séparés par l'infamie! Tu me verras, Roger, et tu connaîtras la différence du sang qui coule dans nos veines; la voix du mien brûle de se faire entendre de toi, et j'en avouerai la source si je la trouve disposée à s'épurer.

Le baron, enchanté de cette exclamation de Victor, lui serre la main en le regardant avec tendresse. J'aime, mon fils, lui dit-il, j'aime cet élan généreux. Avec cette noble fierté, tu dois être sûr de ton succès; mais, je te l'avoue, je le veux tout entier, ce succès qui doit faire notre bonheur à tous. Point de capitulation avec les criminels; il faut qu'il te cède sur-le-champ, ou que tu renonces pour jamais à la main de Clémence. Le monstre pourrait temporiser, te garder près de lui, et.... ciel! quelle horreur! s'il allait nourrir l'espoir de te plonger dans ses excès, de former en toi un complice ou un successeur!.... Tu détournes tes yeux indignés, ton ame se soulève à un pareil soupçon; pardon, cher Victor! tu me connais, tu sais quelle estime j'ai pour tes principes, pour ta probité: elle est sûre, ta probité! elle saura résistera tous les genres de séduction.... Tu donneras quelques jours à un père, ou tu fuiras sur-le-champ un brigand; mais, je te le répète, et cette résolution de mon esprit est irrévocable, si tu ne réussis point, si Roger dédaigne mes offres et ton bonheur, tu ne reverras jamais ma fille. C'est à moi que tu viendras confier tes regrets, et c'est moi qui songerai alors à te faire une existence douce, mais loin de moi, loin de nous, et pour la vie!

Victor entend à peine ces derniers mots du baron, qui les prononce avec une fermeté froide, tranquille, et qui annonce un parti bien pris; Victor n'est occupé que des moyens qu'il prendra pour attaquer le cœur de Roger: il en trouve mille, dont le moindre est immanquable. Il est sûr de réussir, Victor; et Clémence, qui est intéressée autant que lui à cette importante négociation, partage son espoir, en voyant son air d'assurance. Pour madame Germain, elle se tait: elle ne peut deviner l'impression que fera sur Roger la vue de son fils, et craint de hasarder son jugement.

Ainsi, il est décidé que, demain, Victor ira trouver son père! quelle destinée l'attend dans le camp des brigands! quelles aventures le destin lui prépare-t-il dans ce repaire du crime et de la scélératesse! S'il n'obtient rien d'un vieillard inflexible, il est perdu, et ne retournera pas au château de Fritzierne pour en être banni; mais s'il parvient à changer le caractère de Roger, il devient heureux, et son roman finit.... Voyons, attendons les événemens qui vont se multiplier dans le volume suivant, et laissons tous nos héros prendre un moment de repos, après une nuit et une journée si agitées. Moi-même, que leurs malheurs ont singulièrement attendri, en les retraçant sous les yeux de mes lecteurs, je sens le sommeil peser sur ma paupière: ma veille a été longue; trois heures sonnent, la nuit s'enfuit devant l'aurore qui déchire ses voiles sombres; le jour naissant éclaire le sommet des maisons qui entourent mon simple manoir; la clarté vacillante de ma lumière pâlit devant les rayons lumineux qui annoncent le retour du soleil. C'est l'heure où l'homme de lettres quitte son manuscrit pour se livrer au repos; mais les tableaux qu'il vient de tracer vont se peindre à son imagination pendant son sommeil; et s'il a chanté la vertu, il est doux pour lui qu'un songe favorable le reporte encore au milieu de ses héros!

FIN DU TOME SECOND

VICTOR. TOME III

CHAPITRE PREMIER. PRÉSENT D'AMOUR QUI DOIT JOUER UN RÔLE

Ô vous! célèbres romanciers allemands et anglais! toi, chantre éloquent des passions de Werther; toi, Goëthe; toi, Schiller; vous tous, conteurs estimés qu'on recherche pour la nouveauté des idées, le merveilleux des situations, le dessin des caractères et la force de l'intérêt, venez, venez faire résonner ma faible lyre, venez me prêter vos pinceaux pour achever les tableaux qu'il me reste à retracer à mes lecteurs; c'est ici que j'ai besoin de votre plume brûlante, et de votre narration rapide; c'est ici que votre inspiration m'est nécessaire pour continuer les aventures singulières de mon Victor: il va entrer dans une nouvelle carrière; et sa vertu, ferme et constante au milieu des efforts qu'on va faire pour la corrompre, a besoin d'un peintre plus habile et plus exercé que moi.... Mais que dis-je? vous, auteurs distingués que j'invoque, vous avez fait des romans, vous avez créé, inventé; il était facile à votre imagination riche et féconde d'amonceler des événemens, et de mettre par-tout l'illusion à la place de la réalité, le vraisemblable à côté du vrai.... Moi, j'écris une histoire véritable; je suis obligé de me renfermer dans les bornes qui me sont prescrites; je ne puis rien changer, rien altérer à mon ouvrage, si je veux être cru de mon lecteur: quelque simples que soient mes récits, ils mériteront sa confiance, son indulgence; et j'aurai du moins le mérite d'avoir su tirer de l'oubli les vertus, la constance, la fermeté et la résignation d'un jeune homme que les coups les plus imprévus d'une fortune injuste et cruelle vont attaquer successivement.

Victor passa une nuit agitée par la crainte et l'espérance: il sentit que, de la démarche qu'il allait faire, dépendait le sort de sa vie entière; il s'agissait d'obtenir Clémence ou de la fuir pour jamais. La fuir! il en avait eu déjà l'intention; il avait même essayé de s'éloigner d'elle: il en aurait eu la force alors; c'était lui seul, c'était sa seule délicatesse qui s'opposait à son bonheur. Il avait d'ailleurs l'espoir de revenir, de la revoir un jour; mais à présent, c'est une fatalité invincible qui le poursuit: il est malheureux, non par lui, mais par le hasard de sa naissance: s'il fuit Clémence, il la fuit la honte et la rougeur sur le front.... Il est le fils d'un vil criminel.... il lui semble qu'il porte sur ses traits le sceau de l'infamie et de la réprobation.. Cependant il est possible qu'il triomphe de Roger, il est vraisemblable même qu'il le rendra, sinon à la vertu, du moins à l'expiation du crime, à l'obscurité du remords. Alors, il revient, il épouse Clémence, et tous ses malheurs sont terminés. C'est à cette dernière idée que Victor doit s'arrêter; elle est plus naturelle, elle rit mieux à son imagination: oui, Victor sera heureux, il le sera!....

Telles sont les réflexions qui agitent son esprit jusqu'au moment où Clémence demande à lui parler.... Clémence n'a pu reposer de la nuit: elle a essayé de fermer les yeux; mais un songe affreux est venu glacer ses sens.... Elle a vu Victor enchaîné comme un vil criminel. Roger le serrait dans ses bras; tous deux frappaient les voûtes sombres d'un cachot de leurs lugubres gémissemens: des torches funèbres venaient tout-à-coup éclairer ce lieu sinistre: elle entendait crier: Lequel des deux faut-il immoler? Des bourreaux s'emparaient de Roger, de son fils, et ce Victor, qu'elle chérissait, disparaissait dans les airs, entraîné par un monstre ailé qui semblait vouloir le dévorer....

Clémence, éperdue, s'était réveillée en poussant des cris affreux, et elle venait chez son bien-aimé pour chercher des consolations. Je n'essaierai point de peindre une scène de tendresse bien naturelle entre ces deux amans: Clémence fondait en larmes; il lui semblait qu'elle voyait Victor pour la dernière fois, et l'arrêt du baron de Fritzierne lui paraissait injuste et barbare. Clémence n'espérait pas que Victor gagnât le farouche Roger. Elle n'avait pas assez d'expérience, ni de connaissance du cœur humain, pour se rendre raison de sa crainte; mais les femmes ont une finesse de tact, une rectitude de jugement qui les trompent rarement sur les résultats d'une affaire qu'elles ne connaissent souvent que par apperçu, et sur laquelle des hommes éclairés s'égarent, même après l'avoir étudiée à fond. Clémence croyait ne plus revoir Victor, et lui prodiguait les adieux les plus tendres.... Déjà Victor s'était chargé de quelques effets qui lui étaient nécessaires; Clémence y joignit son portrait et plusieurs pièces de linge qu'elle avait tissues ou brodées de sa main. Elle voulait engager son ami à différer son départ de quelques jours: il faut te reposer un peu, lui disait-elle, des fatigues du combat d'hier; d'ailleurs, les suites de ce combat funeste exigent ta présence ici: il y a beaucoup de dégât du côté de la tour du Nord; il faut réparer les fossés, remettre toutes les armes dans l'arsenal: veux-tu laisser tous ces embarras à mon vieux père, à ton bienfaiteur, et crois-tu que ton absence nous laissera le courage de penser à autre chose qu'à toi?....

Victor fut insensible aux larmes, aux prières de Clémence; il voulait savoir sur-le-champ le sort qui l'attendait, et ne pouvait rester plus long-temps dans une incertitude qui le désespérait. Quant aux soins à prendre pour les réparations du fort, il en avait chargé Valentin, qui devait très-bien le remplacer. Victor voulait partir, rien ne devait l'arrêter, et Clémence lui promettait qu'elle le suivrait par-tout, s'il arrivait que Roger fût insensible à ses instances. Victor tâchait de combattre cette résolution, qui blessait la tendresse filiale et la reconnaissance qu'elle devait à son père, Clémence insistait, et ces deux amans faisaient assaut de tendresse et de délicatesse, lorsque Valentin se présenta les larmes aux yeux: Quoi! mon bon maître! vous allez nous quitter?—Pour quelques jours, Valentin.—Pour long-temps, monsieur, pour toujours peut-être!—Qui te l'a dit?—Oh! je le crains!—On t'a donc appris les motifs de mon départ?—Oui, monsieur, on m'a tout dit; je sais tout, et c'est toujours d'un autre que de vous; en vérité c'est bien affreux!—Valentin?...—Oh! je vous en veux beaucoup!—Mon ami?...—Je ne suis point votre ami, monsieur: on n'a point de secret pour son ami, et je vois bien que je ne suis que votre domestique.—Enfin, que sais-tu?—Le malheur de votre naissance; oh! mon Dieu! comme c'est injuste ça! quoi! il faut que vous soyez la victime du hasard! est-ce votre faute à vous? avez-vous pu vous choisir un père? défunt le mien, qui était un brave homme pourtant, mais qui avait bien des petits défauts, à ce que disait ma mère, eh bien! il était riche, puis il avait tout mangé: sans son inconduite, voyez-vous, je serais à présent.... qui sait ce que je serais?—Valentin, voulais-tu me dire quelque chose?—Vous ne le devinez pas, monsieur, ce que je veux vous dire? vous connaissez donc bien peu mon cœur? Quoi! vous me voyez là, tout prêt à partir avec vous, à vous accompagner par-tout, et vous ne devinez pas ça?—Valentin, il faut, cette fois-ci, il faut absolument que tu restes.—Non, monsieur, non, je ne resterai pas ici. Vous croyez que je vais vous laisser aller seul au milieu d'une troupe de brigands? ils n'ont qu'à vous tuer; moi, je me reprocherais votre mort.—Ils ne me tueront point, Valentin.—Mais s'ils veulent vous retenir de force?—Je ne crains point cette violence de leur part.—Eh bien! moi je la crains, et je vais vous suivre: à deux on peut se défendre au moins.

Le bon Valentin avait mis dans sa tête le projet de suivre son maître; il fallut, pour l'en détourner, que Victor eût l'air de se fâcher sérieusement, et que Clémence employât toute son éloquence, pour engager le fidèle serviteur à ne point abandonner son père, qui avait besoin de ses soins.

Valentin se résigna à rester, non sans verser quelques larmes de sensibilité; puis, comme il sortait de l'appartement, il revint sur ses pas: À propos, dit-il, j'oubliais, monsieur..... Où était donc ma tête? Tenez, voilà un paquet cacheté que M. le baron m'a chargé de vous remettre.—Quoi! répond Victor, ne veut-il point recevoir mes adieux?—Non, monsieur, ce n'est pas qu'il vous en veuille; bien au contraire, il pleure comme un enfant, et ça me fait une peine!.... Mais comme il craint de s'attendrir trop, comme il redoute les effets d'une séparation qui lui coûte, il m'a chargé de vous prier de ménager sa sensibilité, en partant sans le voir.

Victor, frappé de ce coup imprévu, mit sa main sur ses yeux, et resta quelques momens accablé; mais bientôt Clémence et Valentin parvinrent à le calmer, à lui faire comprendre que le baron était âgé, sensible, et que ce n'était que par tendresse qu'il refusait ses adieux.

Victor, pénétré, décacheta le paquet que Valentin venait de lui remettre: il y trouva une très-forte somme d'argent, et, ce qui le flatta le plus, la boîte d'or qui renfermait le portrait de sa mère. Dedans cette boîte était une lettre ainsi conçue:

«N'aggrave point ma douleur, mon cher Victor, en me faisant des adieux trop touchans pour mon cœur. Pars, va mériter la main de ton amante, ou t'en éloigner pour jamais. En quelque lieu que tu sois, j'aurai soin de ta fortune, et tu retrouveras toujours en moi ou un père, ou un bienfaiteur. Adieu.

Alexandre Bolosqui,
baron de Fritzierne».

Victor mouilla cette lettre de ses larmes, puis il y répondit en ces termes:

«Par-tout, homme sensible et généreux, par-tout je me rendrai digne de votre tendresse qui m'honore; mais si je ne puis obtenir de Clémence, s'il me faut renoncer à cette amie de mon cœur, vous n'entendrez jamais parler de moi; le désespoir abrégera mes jours, et la mort viendra mettre un terme et à mes malheurs, et à ma reconnaissance pour vous.

Victor, l'enfant de la forêt».

Valentin, qui se chargeait d'aller porter cette lettre au baron, voulait revenir sur-le-champ, afin, disait-il, de faire la conduite à son cher maître; Victor exigea qu'il ne l'accompagnât point. Reste, lui dit-il, reste auprès de mon bienfaiteur; et toi aussi, Clémence, console cet homme dont ma fatale adoption trouble les vieux ans; il souffre, il pleure, et c'est moi, moi qui suis cause de tous ses maux. Va, Clémence, va le presser dans tes bras caressans; dis-lui bien que si je ne réussis point, mon départ d'aujourd'hui sera le seul chagrin que je lui causerai.

Clémence ne peut se séparer de son ami; elle pense qu'elle ne le reverra plus; elle entrevoit un avenir sinistre; elle tombe sur le bras de Victor, et forme les projets les plus extravagans pour le suivre sous des habits d'homme... Il n'a pas assez de sa douleur, Victor; il faut que son cœur, oppressé déjà, soit brisé par les gémissemens de celle qu'il aime; il faut qu'il ait du courage pour tout le monde: on ne le ménage point, ce pauvre Victor, on le tourmente de toutes les manières.

Clémence ne veut point s'arracher de ses bras; elle jure qu'elle y restera, ou qu'elle le suivra par-tout. Victor ne sait plus comment se débarrasser de l'excès de sa tendresse; il a épuisé toutes les ressources de la raison et des conseils.... Quelqu'un vient à son secours, et c'est madame Germain.

Madame Germain vient aussi pour embrasser le fils de son amie, ce jeune homme qu'elle a tenu, nouveau né, sur son sein; mais madame Germain a du courage, de la fermeté; son œil est sec, quoique son cœur batte violemment. Elle donne à Victor des avis sages pour se conduire auprès de Roger, dont le caractère lui est parfaitement connu; puis après l'avoir instruit parfaitement des moyens qu'elle juge à propos que Victor prenne pour réussir, elle entraîne Clémence en lui parlant de son père, d'un vieillard désolé, qui réclame sa tendresse et ses soins consolateurs.... Clémence jette des cris, se débarrasse des bras de son amie, et revient à Victor; mais elle ne pleure plus; son œil est sec, son regard animé: elle arrache son voile tissu d'or et de soie écarlate: Tiens, Victor, dit-elle en le présentant à son amant, prends ce voile, qu'il te serve d'écharpe, mais sur ton cœur, et non sur tes vêtemens; qu'il te conduise par-tout au champ d'honneur, et qu'il te rappelle Clémence, et cette maison hospitalière où ton enfance trouva un asyle tranquille et doux. Je ne sais, Victor, je ne sais quel pressentiment me dit qu'un jour cette écharpe amoureuse nous servira à nous.... reconnaître, à nous.... réunir! Jure par Dieu, par l'honneur et par ta dame, qu'elle ne te quittera jamais, et que jamais sur-tout elle n'ornera la tête d'une rivale.—Je te le jure, s'écria Victor, transporté d'amour, de crainte, d'espoir et d'admiration!....

Victor mit un genou en terre et découvrit sa poitrine, sur laquelle Clémence fixa l'écharpe, don de l'amour et de la délicatesse. Cette cérémonie, faite en présence de l'amie d'Adèle et du bon Valentin, eut encore pour témoin l'auteur de la nature, qui reçut les vœux et les prières des deux amans. Ô mon Dieu! s'écrièrent ensemble et Victor et Clémence, ô mon Dieu! toi qui connais nos cœurs et la pureté de nos sermens, daigne les consacrer, ces sermens inviolables, par ton auguste protection; vois deux jeunes infortunés que le destin poursuit et sépare, fais qu'ils se réunissent un jour pour célébrer ta justice, tes bienfaits et les chastes plaisirs de l'hymen.

Quand l'homme a prié il est plus tranquille, a dit un grand homme. Nos deux amans éprouvèrent la vérité de cette maxime. Ils se relevèrent plus fermes et plus résignés. Clémence tendit la main à son ami, qui la serra; puis madame Germain, Clémence et Valentin, laissèrent Victor seul et libre de partir.

Victor, dès ce moment, sentit se ranimer son courage, et ne songea plus qu'à son grand projet, celui de joindre Roger, et d'obtenir de lui ou Clémence, ou la mort. Son léger bagage fut bientôt prêt; il le mit sous son bras, et descendit à pas lents les degrés qui conduisaient à la première cour, où il devait traverser le fossé du château. Le pont-levis s'abaissa bientôt; Victor le traversa, puis se retournant, il le vit se relever derrière lui, peut-être, hélas! pour la dernière fois!.... Son cœur se serra, un funeste pressentiment vint agiter son esprit; il fit quelques pas, puis s'arrêta, et se retourna encore pour revoir les murs du château qui reçut sa jeunesse. En les fixant bien, il apperçut, derrière une croisée, le vieux baron soutenu par madame Germain; à côté d'eux était Clémence, les coudes appuyés sur l'appui de la croisée, et la bouche collée sur les vitraux plombés et de diverses couleurs. Tous trois suivoient des yeux leur ami, cheminant tristement dans la plaine, et semblaient déterminés à ne quitter ce lieu qu'après qu'ils ne l'auraient plus distingué. Victor, ému, leur fit, en signe d'adieux, des gestes de bras, qu'ils remarquèrent, et auxquels ils répondirent de la même manière. Adieu! adieu! adieu! se disaient réciproquement ces êtres si intéressans, et leur langage muet dura jusqu'au moment où le baron, n'y pouvant plus résister, se retira de la croisée en entraînant sa fille, qui paraissait y être attachée.

Victor comprit que son protecteur voulait faire cesser cette scène touchante; il se retourna, et prit sur lui de marcher, et de suivre sa route sans s'arrêter une seconde fois.

Pauvre Victor! tu quittes des amis bien tendres il est vrai; mais tu vas trouver un père.... un père! oui, Victor, un père qui peut devenir tendre aussi et sensible. Ne l'a-t-il pas fait mettre sur son portrait, cette légende consolante pour toi: Je sais aussi connaître la nature. Alors il regardait avec intérêt ta mère, qui te nourrissait de son lait; il l'adorait, cette mère infortunée; il t'aimait aussi, et ta perte a été pour lui le plus grand des malheurs. C'est dans l'espoir de te retrouver, qu'au bout de dix-huit années, il vient encore de persécuter madame Germain; s'il l'avait en son pouvoir, les premiers mots qu'il lui adresserait seraient ceux-ci: Madame, rendez-moi mon fils; vous savez où est mon fils, madame, rendez-le-moi.... Il peut donc encore être père; et quelque scélérat qu'on soit, il est rare qu'on ne se rende pas au cri touchant de la nature. Que vas-tu lui demander d'ailleurs, Victor? qu'il fasse son propre bonheur en faisant le tien. Tu veux qu'il abandonne le sentier dangereux du crime, pour prendre un état plus doux, plus estimable, plus sûr; une honnête aisance, quelque considération et les embrassemens d'un fils, voilà ce que tu vas lui proposer; peut-il refuser un sort qui fixe à-la-fois sa tranquillité et la tienne?.... Mais que dis-je? ai-je donc oublié que cet homme, qui sait connaître la nature, a massacré la femme qu'il avait trompée, séduite et déshonorée? Ai-je donc oublié que ce monstre fut l'effroi de son pays, comme il en est l'horreur? Puis-je lui pardonner d'avoir donné la vie à un être qu'il destinait peut-être à son infâme métier? Est-ce un bienfait que cette existence douloureuse qu'il a donnée à Victor, quand il la souille par la réflexion de ses crimes, quand la naissance de Victor le bannit, pour ainsi dire, d'une maison où les êtres les plus vertueux lui avaient tendu une main généreuse; quand cette naissance infamante le prive d'une épouse chérie, d'un bienfaiteur respectable, et répand peut-être le voile sinistre du malheur sur sa vie entière?... Non, Roger n'est point un père! il ne peut être susceptible de tendresse ni de retour; il n'a pas même de droits sur le cœur d'un fils; il doit le voir, non comme un fils chéri, mais

184

comme un homme jeté par hasard sur la terre; un homme!.... envers qui il est comptable, et de l'existence qu'il lui a donnée sans le vouloir, sans le savoir; et des malheurs qu'il a jetés avec la vie sur cet homme infortuné.

Telles sont les réflexions que Victor fait en marchant, réflexions qui redoublent son courage, son indignation pour Roger, et le déterminent à aborder ce chef de voleurs, ainsi qu'on le verra dans le chapitre suivant.

CHAPITRE II. UN NOUVEL ACTEUR VIENT ENRICHIR LA SCÈNE

Victor avait marché pendant plusieurs heures, et commençait à se fatiguer beaucoup, lorsqu'il apperçut enfin l'entrée de la forêt, dans laquelle il pénétra sans rencontrer qui que ce soit. Il avait été déjà une fois au camp des brigands, et se rappelait très-bien l'endroit où ils avaient leur premier poste. Il s'y rend, et ne trouve encore rien. Ces malheureux auraient-ils fui cette contrée, se dit-il? Les pertes qu'ils ont éprouvées à l'attaque du château, la crainte peut-être d'être dénoncés à la justice et poursuivis, tout peut les avoir engagés à faire une prompte retraite.

Victor craignait de ne pas les rencontrer, et il était accablé, plus encore par les fortes émotions qu'il avait éprouvées, que par la fatigue. Il allait s'asseoir au pied d'un arbre, lorsqu'au détour d'une espèce d'allée, il apperçut une colline sur le sommet de laquelle était bâti un hermitage. Le saint homme qui avait ainsi consacré sa vie entière à la solitude, était au pied de la colline, occupé à puiser de l'eau, avec une coquille, dans un ruisseau limpide qui serpentait mollement sur des cailloux. Victor apperçut l'hermitage comme un port consolant qui allait le mettre à l'abri de la chaleur du jour: il ne se proposait point de demander à l'hermite des nouvelles des voleurs, dans la crainte de lui paraître suspect; mais il espérait que le saint homme voudrait bien partager avec lui et son toit et son eau. L'hermite, en l'appercevant, parut inquiet, et l'examina quelque temps avec attention. Mon père, lui dit doucement Victor, j'ai bien chaud, et je suis d'une lassitude....—Mon fils, répondit l'hermite, donnez-moi le bras, et suivez-moi dans cette cabane que vous voyez là-haut. Vous n'y trouverez pas le faste ni les ornemens qui décorent les palais des grands; mais au moins vous y recevrez l'hospitalité, et je vous donnerai de quoi calmer la soif qui vous dévore.

Victor prend le bras de l'hermite qui chemine tristement, et paraît consumé d'une sombre inquiétude. Au même instant un homme à cheval passe sur la grande route, qu'on apperçoit à un quart de lieue. Ce cavalier s'arrête, examine la cabane, l'hermite, Victor, et disparaît en s'enfuyant au grand galop.

L'hermite, qui a remarqué l'indiscrète attention du cavalier, murmure tout bas: Il nous a vus! c'est fait de moi!....—Qu'avez-vous, mon père, lui demande Victor?—Peu de chose, mon cher fils; venez avec moi, je vous expliquerai cela là-haut.

Tous deux arrivent à l'hermitage, où Victor se hâte d'étancher sa soif avec de l'eau pure que son hôte lui donne. Un peu remis de sa fatigue, Victor remarquant le trouble de l'hermite, ne put s'empêcher de lui en demander la raison. Cette forêt, lui répondit le solitaire, est depuis long-temps infestée par des voleurs, que pousse au meurtre et au vol l'infâme Roger, leur chef (Victor pâlit). Je croyais y vivre tranquille; jusqu'à présent, ne possédant rien que le peu d'aumônes que je vais recueillir dans les villages voisins, je n'avais point fixé l'attention de ces misérables; mais depuis quelques jours un événement.... bien douloureux pour moi, et que je ne puis vous confier, m'a mis en butte à leurs persécutions. Je ne sais s'ils me cherchent pour m'arracher la vie, ou dans une autre intention; mais je sens que je ne suis plus en sûreté ici, et je me détermine à prier le ciel de permettre que je lui rende le serment que je lui avais fait de passer ma triste vie en ce lieu sauvage. Tout m'y rappelle mes malheurs, et je ne puis les supporter!... Qui que vous soyez, jeune inconnu, qui me paraissez être un homme de bien, retirez-moi d'ici, prenez-moi avec vous, à votre service? Vous voyagez, vous alliez peut-être rejoindre un père, une épouse, vous êtes un homme d'honneur! oh! ne rejetez point ma prière; sauvez-moi des mains de ces scélérats à qui je ne suis que trop connu! Par pitié, emmenez-moi avec vous? Je suis jeune encore; mais hélas! combien j'ai éprouvé de malheurs!

L'hermite, en disant ces mots, ôte son capuchon qu'accompagnait une barbe longue et postiche. Victor, étonné, voit en lui un jeune homme de vingt-cinq ans au plus, et d'une figure très-intéressante. Il est aux pieds de Victor, et le prie de l'emmener avec lui, loin des brigands dont, dit-il, il n'est que trop connu!.... Quelle position pour Victor! Comme elle est embarrassante! C'est justement vers ces brigands qu'il tourne ses pas! Osera-t-il le dire à ce jeune infortuné, que sa présence va tout-à-coup pénétrer d'horreur et d'effroi! Lui dira-t-il: Vous les fuyez, et moi, je les cherche; je les cherche, parce que ce Roger que vous détestez à juste titre, ce malheureux est mon père!.... Non, Victor n'aura point le courage de se dévoiler ainsi; il n'aura pas la force d'affliger le jeune solitaire; mais, d'un autre côté, il ne peut céder à ses vœux, il ne peut l'emmener avec lui, s'en faire un compagnon, renoncer au projet qu'il a formé de voir Roger, pour arracher de ses mains un inconnu qui peut être son complice ou devenir sa victime. Toutes ces réflexions arrêtent l'effusion de l'ame de mon héros, prête à s'épancher dans le sein de l'inconnu: il est néanmoins troublé, et ne peut que lui dire ce peu de mots: Jeune homme, n'implorez pas plus long-temps l'assistance d'un homme plus infortuné que vous; je ne puis vous arracher de ces lieux, il faut que je sois seul, seul avec ma honte et mes regrets: vous l'avez bien pensé, je suis un homme d'honneur, digne de votre amitié, digne de votre confiance; mais le destin, qui me poursuit, ne doit pas vous associer aux coups dont il ne cesse de m'accabler. Laissez-moi continuer ma route, et cherchez ailleurs un homme plus heureux que moi, qui puisse céder à vos vœux. J'ai respecté vos secrets, c'est assez vous dire que les miens ne peuvent sortir de mon sein.

Le jeune solitaire regarde Victor avec étonnement; il n'ose le presser davantage; mais il se retourne, et pleure amèrement. Victor remarque sa douleur, et fait des efforts pour la calmer; pendant qu'ils sont occupés à ces doux épanchemens, un gros de gens à cheval vient tout-à-coup les circonvenir. On leur crie: Rendez-vous, ou vous êtes morts!—Qui êtes-vous, leur dit Victor?—Indépendans.—C'est vous que je cherche, leur répond fièrement l'amant de Clémence.—Toi, reprennent les brigands! et quel intérêt?—Qu'on me conduise à Roger?—Que lui veux-tu?—Vous le saurez; mais, pour le moment, qu'il vous suffise d'apprendre qu'il a pour moi la plus grande amitié, et qu'il vous saura gré de m'avoir offert à ses regards.

Les indépendans (nous leur donnerons pendant quelque temps ce nom qu'ils ont adopté), étonnés de l'air calme et fier de Victor, se contentent de le désarmer et de le placer au milieu d'eux. Pour le jeune solitaire qu'on garrotte d'un autre côté, il regarde avec douleur Victor, à qui il vient de donner l'hospitalité, et ne peut que lui dire: Vous, l'ami de Roger! oh, vous m'avez trompé!

Victor lui crie de loin: Ne craignez rien, vous serez libre, et vous me connaîtrez.

Cette petite brigade quitte la colline sur laquelle le jeune solitaire jette un dernier regard, et tous cheminent lentement à travers les bosquets touffus jusqu'à l'entrée d'une caverne sombre. Là, les guides de Victor descendent de cheval, et l'un d'eux se détache pour aller rendre compte au capitaine de la prise qu'ils viennent de faire, et du vœu que forme un jeune homme de se présenter devant lui. C'est dans cette caverne sombre que Victor se voit séparer de son jeune solitaire, pour qui il ressentait déjà le plus vif intérêt. En vain Victor supplie ses guides de lui laisser son ami, ils sont sourds à ses cris: nous le connaissons, lui disent ces cruels, c'est le petit Fritz; il a été élevé parmi nous, il est bien juste qu'il quitte sa maudite soutane de moine pour revenir à son premier métier.

Victor frémit à son tour, et sent l'indignation succéder à l'amitié qu'il portait déjà à l'inconnu; mais celui-ci le supplie, en versant des larmes, de ne pas le juger sans l'avoir entendu. On les sépare enfin, et Victor est resté seul avec ses gardes, qui semblent avoir pour lui, et sans le connaître, une sorte de considération; tant il est vrai que le courage et la fierté en imposent toujours aux hommes les plus téméraires.

Au bout d'une heure d'attente, un des capitaines de Roger se présente; c'est Dragowik, un des chefs qui avaient attaqué le château de Fritzierne. Dragowik reconnaît Victor, et roule ses yeux pleins de rage et d'espoir de la vengeance: C'est toi, dit-il à l'amant de Clémence, c'est toi, jeune insensé; quel heureux hasard t'a fait tomber dans nos mains? tu viens donc t'offrir toi-même en holocauste aux mânes plaintifs de nos camarades que tu as fait égorger ou brûler? je ne sais qui retient ma colère, à ton aspect! Je devrais....

Dragowik, furieux, soulève son énorme massue; il est prêt à en écraser Victor, mais ceux qui le gardent arrêtent le bras du géant: Victor lui dit, avec l'accent du mépris: Lâche! il est bien digne de toi d'insulter ton ennemi désarmé! si je disais un mot, tu rentrerais dans la poussière, et Roger lui-même prendrait soin de ma vengeance; mais tu es trop vil à mes yeux pour que je m'abaisse à t'expliquer le motif qui me fait chercher ton capitaine. Qu'on me conduise à l'instant devant lui, et tu vas pâlir en sachant qui je suis.

Dragowik, qui ne se connaît plus, se retire, en disant aux guides de Victor que Roger est prêt à entendre notre héros.

On l'y conduit enfin: après avoir traversé mille détours souterrains, Victor se trouve au pied d'une montagne dans une espèce de plaine où toutes les forces de Roger sont rassemblées. Les mines hideuses et rébarbatives des scélérats qui accourent en foule sur son passage, le font frémir malgré lui: plusieurs d'entr'eux le reconnaissent pour l'avoir vu à l'attaque du château, et l'accablent d'injures: Victor les méprise, et sent se ranimer sa fermeté par l'indignation qu'il éprouve. Il ne sait comment il abordera Roger; mais il est disposé à le traiter avec toute la supériorité que la vertu doit avoir sur le vice. On le lui montre enfin, ce Roger qu'il redoute et desire. Il est assis sur un canon, entouré de brigands comme lui, qui ont l'air de lui faire une cour assidue: Victor pâlit; et Roger, qui le reconnaît, puisque Roger a pensé expirer sous ses coups, fait un geste de surprise en s'écriant: C'est toi, jeune homme!....

victor.
Je veux te parler en particulier.
roger.
À moi?
victor.
À toi, à toi seul.
roger.
Qu'as-tu de si secret à me dire?
victor.

Tu vas l'apprendre.

roger.

Je n'ai rien de secret pour mes amis, pour mes camarades d'armes; ou renonce à me parler, ou parle librement devant eux.

victor.

Je ne le puis.... Il s'agit d'un secret qui te concerne.

roger.

Qui me.... concerne? eh! quel intérêt prends-tu?.... (Il s'adresse à ses officiers.) Mes amis, éloignez-vous un peu. Je ne sais, ce jeune homme, à qui d'ailleurs je dois la vie, excite en moi un intérêt que je ne puis définir.

(Tous les brigands s'éloignent, ainsi que ceux qui gardaient Victor.)

roger continue.

Nous sommes seuls, personne ne peut t'entendre: voyons, qu'as-tu à me dire?

victor, fièrement.

Me connais-tu, Roger?

roger.

Je te connais.... comme un ennemi que j'ai combattu.

victor.

Sais-tu qui je suis?

roger.

Non.

victor.

Eh bien! monstre, je suis ton fils!....

roger.

Mon....?

victor.

Tu m'as donné le malheur d'exister: oui, homme cruel et sans honneur; tu es mon père, et tu juges assez de la rougeur qui couvre mon front, en te donnant ce titre qui fait ma honte et mon supplice.

roger.

Quoi! tu serais...

victor.

Le fils d'Adèle, d'une femme vertueuse, que tu as séduite et assassinée.

roger.

Adèle!.... grand Dieu!....

victor.

Reconnais-tu ce portrait qui fut mis autrefois dans mon berceau?

roger, ému.

Ciel! c'est elle, la voilà? voilà ce portrait qu'elle me donna jadis comme un gage de sa tendresse.

victor, avec ironie.

Dont tu l'as récompensée d'une manière digne de toi!

roger, très-ému.

Jeune homme, épargne-moi? Tant de coups à-la-fois!.... Tu me parles d'un ton!....

victor.

Que tes forfaits ont mérité.

roger.

Un fils ose traiter ainsi....

victor.

Tes crimes ont brisé tous les liens de la nature: ils n'ont laissé entre nous que l'infamie dont tu me couvres, et le désespoir qui va terminer mes jours!

roger.

Téméraire! oublies-tu que tu es en ma puissance?

victor.

Un forfait de plus ne peut te coûter. Rejoins donc le malheureux Victor à l'infortunée Adèle! Frappe.

roger, avec l'accent de la tendresse.

Mon fils!.... mon cher fils, ah! plutôt, viens dans mes bras; viens sur ce sein paternel! Eh! crois-tu que je sois insensible au cri de la nature?

victor.

Quoi! une vie si criminelle n'a pu l'étouffer, ce cri si puissant sur les ames pures?

roger.

Tu ne me connais pas, mon fils; tu m'as jugé d'après les rapports mensongers d'un monde, d'un monde plus corrompu sans doute que ces braves gens qui s'offrent à tes regards.

victor, souriant avec mépris.

Qu'oses-tu dire, insensé?

roger.

Je te ferai juger d'eux et de moi: oui, je te dévoilerai mon ame toute entière: tu me connaîtras, et tu verras que je n'étais pas né pour le crime, que j'ai fait tous mes efforts, au moins, pour l'ériger en courage et en grandeur d'ame.

victor.

Dieu! quel discours!

roger, avec sensibilité.

Victor, viens seulement, viens dans les bras d'un père! il n'a pu te prouver sa tendresse dans ton enfance, puisqu'il n'a pas eu le bonheur de l'élever.... Mais dis-moi donc, dis-moi qui m'a rendu mon fils, et qui a bien voulu se charger de son éducation?

victor.

Madame Germain vient de me révéler le fatal secret de ma naissance; c'est elle qui m'a pris dans mon berceau pour me remettre aux mains du respectable baron de Fritzierne, qui m'a servi de père.

roger.

Et je l'ignorais!

victor.

Nous l'ignorions tous. Ce n'est que pour éviter un parricide, dont j'allais me rendre coupable, que madame Germain a parlé. Hélas! elle a détruit d'un seul mot mon bonheur, le calme de ma vie, et toutes mes espérances!

roger.

Je ne t'entends pas, mon fils.

victor.

Je crois bien que tu n'es pas fait pour m'entendre; mais je m'expliquerai; oui, je te dirai bientôt que toi seul peux me rendre le bonheur que ton titre de père m'a enlevé; tu sauras qu'il ne dépend que de toi que je sois heureux.

roger.

Il ne dépend que de moi, mon fils! Ah! doutes-tu que les plus grands sacrifices me coûtent! ma vie même, je te la donnerais pour réparer les maux dont tu te plains, mais dont je ne conçois pas les motifs.

victor, se livrant à l'espoir.

Parles-tu sincèrement, Roger?

roger.

Reçois les embrassemens d'un père pour gages de sa tendresse et de son dévouement à tes moindres desirs.

victor, se jetant dans ses bras.

Ah! Roger, rends-moi mon père? Oui, sois mon père, si tu veux te rendre digne de l'être!.... Je sens, je sens là, dans mon cœur, qu'il m'est impossible d'étouffer la voix qui me parle pour toi. Ah! qu'il est puissant le lien de la paternité!

roger, le pressant contre son cœur.

Enfant d'Adèle, ô mon cher fils! qu'ils me sont doux, ces tendres épanchemens! Oh! non, non, l'homme qui sait s'y livrer n'est point un monstre: on est fait pour la vertu, dès le moment qu'on sent le bonheur d'être père.... Mon ami, tu restes avec moi quelques jours?

victor.

Renvoie-moi, Roger, renvoie-moi avant le coucher du soleil.... Je ne puis m'habituer à l'air que tu respires ici.

roger.

Eh quoi! mon fils voudrait déjà me quitter!.... N'as tu pas à me parler?

victor.

Mais, si tu veux, je puis sur-le-champ te dire....

roger.

Non, tu es fatigué.... Il faut que tu prennes quelque nourriture, quelque repos; je ne puis me séparer si-tôt de toi. Mon bonheur est si grand!.... Permets que je te présente....

victor.

À qui, Roger? à ces misérables! Tu voudrais me forcer à rougir à leurs yeux.

Non, promets-moi le secret sur le malheureux lien qui nous unit, ou je te quitte à l'instant.

roger.

Comme tu m'accables, mon fils! comme tu te plais à m'outrager! Je veux bien ménager, pour le moment, ta fausse délicatesse; mais bientôt....

victor.

Jamais, Roger.... Permets-moi cependant d'éprouver l'empire que j'ai sur ton cœur? Un malheureux jeune homme, un vertueux solitaire a été pris avec moi par tes gens; daigne lui rendre la liberté.

roger.

Il l'aura, mon fils, il aura sa liberté; tu la desires, cela me suffit; mais permets que je tire de lui quelques renseignemens qui me sont nécessaires.... En attendant que je juge s'il est de ma sûreté de le laisser aller, je veux qu'il soit libre, comme toi, dans mon camp. Vous ne vous quitterez point, et je vous logerai ensemble. Il te faut un ami étranger, puisque tu ne veux pas en voir un dans ton père!....

Victor se tut, pénétré de tant de marques de tendresse que lui donnait Roger. En effet était-il possible de joindre plus d'amitié à plus de sensibilité! Victor croyait aborder un scélérat incapable de procédés; il l'avait même traité avec une dureté, indigne peut-être d'un fils, et il trouve en un chef de voleurs, un homme tendre, doux et sensible à toutes les émotions de la nature. Victor le regardait d'un air étonné à-la-fois et touché. Il n'avait plus la force de lui dire de dures vérités. Il ne pouvait même résister au desir qu'il témoignait de se voir au moins un jour entier avec lui; il sentait son cœur agité par la tendresse filiale ensemble et l'horreur. Roger lui paraissait un homme surnaturel; et Victor ne put lui refuser de la délicatesse, lorsqu'il l'entendit appeler ses compagnons en leur disant: Messieurs, ce jeune homme est le fils d'une victime innocente qui est tombée sous mes coups: il m'est cher comme mon propre fils; j'entends que tout le monde ici ait pour lui les plus grands égards: la moindre insulte qui lui serait faite serait regardée, par moi, comme un outrage fait à ma personne, et je la vengerais dans le sang du coupable. Vous m'entendez? il n'y aura point de travaux aujourd'hui: que chacun se prépare aux honneurs que je veux rendre à ce jeune étranger. Berner et Flibusket viendront recevoir mes ordres.

Roger, après ce peu de mots, conduisit lui-même Victor dans une espèce de grotte assez bien ornée. Voilà, lui dit-il en riant, ton appartement: je te quitte pour un moment, mon cher fils; mais je reviendrai bientôt, et, en attendant, je vais t'envoyer ton ami.

Roger se retira en lui serrant la main, et Victor, resté seul, se livra à ses réflexions.

VICTOR

CHAPITRE III. TRISTES SUITES D'UNE BONNE RÉCEPTION

Quel était donc l'ascendant que Roger venait de prendre sur Victor? Victor, tout-à-l'heure, le regardait avec horreur; il ne lui parlait qu'avec le ton insultant du mépris; il frémissait d'indignation à son aspect, et se proposait de quitter ce monstre, après en avoir tiré une réponse ou consolante, ou désespérante! À présent Victor n'est plus le même; il n'éprouve plus tous ces sentimens que le point d'honneur avait substitués à ceux de la nature; il a reçu sans effroi les embrassemens de Roger, il les lui a rendus même avec effusion. Aurait-il en effet de l'attachement pour cet homme étonnant? Il ne peut d'abord lui refuser une certaine estime pour la grandeur de son caractère; il ne peut repousser la satisfaction qu'il éprouve d'avoir été reçu de lui comme un père tendre qui retrouve un fils chéri.... Roger d'ailleurs lui a promis de faire pour son bonheur tous les sacrifices, même celui de sa vie; ce n'est point sa mort que Victor lui demande, c'est son repos, c'est sa conversion, c'est son retour à la pratique des vertus privées. Roger, qui s'attend sans doute à des sacrifices plus grands, fera sans peine celui d'un métier infâme qu'il ne peut aimer, qu'il n'aimera plus dès que Victor lui en aura démontré toute la scélératesse et tout le danger. Il vaincra sa résistance, Victor, et cet espoir le ramène à la tendresse filiale; il est prêt à le nommer son père.... Son père, grand Dieu! Victor cache son front dans ses deux mains, que brûle la rougeur qui le couvre.... Victor ensuite pense aux périls auxquels lui-même est exposé dans ce camp de brigands: être témoin de leurs forfaits, de leur vie scandaleuse, se voir exposé à être confondu avec eux, si l'heure de la justice vient à sonner pour ces misérables; Victor ne peut repousser cette idée effrayante; à tout moment il croit entendre le cliquetis des armes, il croit voir les troupes de l'empereur qui cernent le repaire des indépendans, et qui les fusillent jusqu'au dernier..... Victor se trouble, son imagination s'exalte, son esprit travaille; il est prêt à quitter ces lieux funestes pour la vertu; mais sans réponse, sans emporter l'espoir d'épouser Clémence!... Dans quelques heures il sera instruit de son sort; il faut attendre; c'est pour l'amour, c'est pour l'honneur qu'il court d'aussi grands dangers; l'amour et l'honneur, s'il réussit, se joindront bientôt à la nature pour l'en récompenser. Pauvre Victor! quel homme s'est vu jamais dans une situation aussi cruelle que la tienne?.... Je frémis, Victor, moi qui suis ton historien, et je crains qu'il ne t'arrive un jour de plus grands malheurs.

Victor, en proie aux plus vives inquiétudes dans la grotte qu'on lui avait désignée pour être son appartement, vit bientôt arriver le jeune solitaire, dont on venait d'adoucir le sort. Le jeune homme entre avec timidité, ose à peine regarder son protecteur, et ne peut que lui dire: Qui êtes-vous donc, étranger généreux? à votre voix tout change ici. Ah! ne m'ôtez pas la douce certitude que vous êtes vertueux! j'aime à le croire, j'ai besoin de vous estimer; mais vos liaisons avec ces voleurs, pardon.... elles me paraissent....—Désabuse-toi, homme honnête et confiant.—Désabusez-moi vous-même; dois-je voir en vous un ami? dois-je vous regarder comme un complice de ces vils coupables?—Oui, je suis ton ami, jeune homme, et je te le prouverai en te racontant mes aventures, si tu veux bien, avant cela, me témoigner assez de confiance pour me conter les tiennes.—Oui, je l'aurai pour vous, cette confiance, peut-être imprudente; mais, dussé-je après m'en repentir, je ne puis renoncer à l'estime, à l'amitié que vous m'avez inspirées: vous m'écouterez, et, si vous ne me connaissez point du tout les gens au milieu desquels nous nous trouvons tous deux, mon récit pourra les offrir à vos yeux sous différens aspects qui vous intéresseront.

«On m'a toujours nommé Fritz; ma naissance fut long-temps un mystère pour moi; elle l'est encore quant au nom de celle qui m'a donné le jour: je ne connais que mon père, un père hélas! bien infortuné. La Silésie fut mon berceau; un petit hameau près de Pisek».....

Le jeune solitaire n'eut pas le temps de continuer son récit; il fut interrompu après ce peu de mots par Roger, qui vint, suivi de ses gens portant une table somptueuse et couverte de mets. Mon fils, dit-il à Victor, je viens dîner avec toi.—Son fils, s'écrie le jeune Fritz étonné!—Oui, poursuit Roger, Victor est mon fils; je croyais, Fritz, qu'il t'en avait fait la confidence.—Rassurez-vous, Roger, interrompit Victor, ce n'est point une indiscrétion de votre part; mon ami allait l'apprendre ce fatal secret; à présent qu'il le sait, souffrez qu'il reste avec nous.—Je le veux bien, reprit Roger, cela ne nuira point à l'entretien particulier que je veux avoir avec lui. Reste, Fritz, et remercie mon fils de l'honneur qu'il te procure de dîner avec un homme tel que moi.

Victor ne mangea point, il ne fut occupé qu'à regarder, avec un sentiment d'horreur et d'effroi, les prétendus honneurs militaires que Roger lui faisait rendre, et dont je vais essayer de faire une courte description.

La grotte, ouverte dans tout son ceintre sur le devant, donnait sur une espèce de plaine, que terminait une montagne presqu'à pic, garantie par des halliers et des précipices; presque tout le camp de Roger était fortifié de cette manière: nous le décrirons dans un autre moment.

Pendant qu'un luxe recherché embellissait la table de Roger et de son fils, on vit défiler d'abord toute la troupe des indépendans, mieux vêtus, pour la plupart, que ne le sont les gens de cette espèce, et tous armés. Les ceintures, de différentes couleurs, distinguaient les compagnies; la toque blanche et l'aigrette rouge ornaient la tête des soldats du géant Dragowik; ceux de Morneck portaient l'écharpe en sautoir, et cette écharpe, hérissée de petits pistolets garnis d'un acier poli, brillait au soleil comme la plus riche broderie.

Après la compagnie de Morneck celle d'Alinditz se présenta: la tunique orange, les brodequins couleur de chair, la toque et la ceinture verte, distinguaient cette compagnie, qui portait pour armes un large cimeterre, et une espèce de carabine suspendue à un large baudrier.

La troupe favorite de Roger, ses gardes-du-corps, si je puis le dire, parurent ensuite: leur tunique était blanche; la toque, l'aigrette et l'écharpe fatiguaient la vue par la plus belle couleur écarlate. Un baudrier couleur de chair soutenait un sabre à riche poignée, et leur ceinture contenait trois paires de pistolets. Ils portaient, dans les cérémonies comme celle-ci, une longue pique dont le fer était doré.

Quand toute cette troupe eut passé en revue, au son bruyant des cors et des trompettes, elle forma, en face de Victor, plusieurs évolutions assez bien ordonnées, et telles qu'une troupe bien réglée aurait pu les faire. Ensuite il s'ouvrit une espèce de tournoi où les champions les plus distingués se mesurèrent. Mais c'était particulièrement dans ces sortes de luttes qu'on remarquait la férocité et la témérité des indépendans; et si le son éclatant d'un beffroi, que portaient deux nègres, ne les eut séparés à temps, on les eût vu passer de la rage à la fureur, et se massacrer pour faire briller réciproquement leur valeur.

Le tournoi fini, les vainqueurs furent conduits à Victor, que Roger pria de les couronner. Notre héros se sentit une répugnance si invincible pour rendre cette espèce d'hommage à des brigands qu'il méprisait, que son père, qui s'en apperçut, fut obligé de se charger lui-même de cet honneur distingué. Le couronnement terminé, la troupe défila dans le même ordre qu'à son arrivée, à la grande satisfaction de Victor, que la vue de tant de scélérats importunait.

Roger, se trouvant seul avec son fils et Fritz, adressa la parole à Victor en ces termes: Eh bien! mon fils, que dis-tu de mes soldats?—Je dis, Roger, que je réclame la parole que tu m'as donnée ce matin, de m'entendre, et de te résoudre aux plus grands sacrifices pour ton bonheur et le mien.—

Parle.—Roger, je ne puis te le dissimuler, et il est impossible que tu te le caches à toi-même; après d'ailleurs la fermeté que je t'ai témoignée aujourd'hui, je dois te dire toute la vérité; écoute-moi. Un grand seigneur, qui m'a servi de père, le baron de Fritzierne, à qui je dois tout, a une fille charmante: Clémence était l'objet de tous mes vœux; nous nous aimions dans l'espoir d'être unis un jour; on nous avait élevés pour ce but et dans cet espoir: j'allais l'épouser, j'allais être heureux; le funeste secret de ma naissance se dévoile, on apprend que je suis ton fils! Le nuage du malheur nous enveloppe tous, la barrière du mépris sépare de mon bienfaiteur, de mon amante: on me rejette au loin comme le fils d'un chef de voleurs, et le sang de la vertu ne peut plus s'unir à un sang dont la source se perd dans le crime! Je veux fuir, je veux aller ensevelir ma honte dans le fond des déserts, une voix bienfaisante et protectrice me rappelle. Où vas-tu, malheureux, me crie mon père adoptif? penses-tu que je veuille t'abandonner à l'opprobre qui couvre ta vie entière; reviens dans mes bras, et profite de cette dernière marque de bonté, le seul effort dont je sois capable! Ton père est né avec de grands moyens; il eût été l'homme le plus grand de son siècle, s'il n'en eût fait la honte. Va le trouver; dis-lui que je puis oublier son nom s'il veut en changer; ajoute que je puis tirer le voile de l'oubli sur ses crimes, s'il ne veut plus en commettre de nouveaux. J'ai une terre, je la lui donne; j'ai de la fortune, je la partage avec lui: qu'il abandonne ses vils complices; qu'il fuie une terre qu'il a arrosée du sang de l'innocent; qu'il vienne, en un mot, vivre dans la retraite, ignoré, soustrait à la justice des hommes, qui tôt ou tard va l'atteindre; enfin qu'il ne soit plus Roger, et je te donne ma fille, et tu deviens mon héritier; mais s'il s'oppose à ton bonheur, au sien; s'il refuse mes bienfaits, fuis loin de moi, va traîner ta triste existence loin de ton bienfaiteur, loin de ton amante; ni l'un ni l'autre ne peuvent respirer l'air que respire le fils de Roger, si Roger s'obstine à vivre au milieu des forfaits dont lui et ses complices attristent tous les jours ma patrie!... Voilà, Roger, voilà ce que m'a dit le plus généreux des hommes, voilà la loi qu'il m'a imposée, et c'est le motif qui m'a fait chercher ta présence. Parle à ton tour, Roger, parle.... Te sens-tu la vertu nécessaire pour quitter le vil métier que tu professes, pour faire le bonheur de ton fils, et assurer le repos de tes vieux jours? J'attends ta réponse pour te serrer dans mes bras, ou pour te fuir à jamais.

Roger parut un moment interdit: cette proposition, à laquelle il ne s'attendait pas, faite avec véhémence par un fils qu'il adorait, le déconcerta pendant quelques instants; il eut l'air de se recueillir; mais bientôt il reprit sa fermeté, et dit à Victor avec un sourire ironique: Voilà bien, mon fils, la proposition inconsidérée d'un jeune étourdi, et les beaux sentimens d'un vieillard radoteur! Qui lui a dit, à ce vieillard insensé, que mon état fût plus vil que l'état qu'il a fait toute sa vie, celui de général d'armée? Qui t'a dit, à toi, que mon nom te déshonore, que je suis un chef de brigands, un scélérat qui répand le sang innocent? Pourquoi traites-tu mes camarades d'armes de voleurs et de misérables? Tu viens de les voir! demande à ton Fritzierne s'il a vu dans la Misnie, dans la Moldavie, dans toute l'Allemagne, des troupes mieux tenues, plus soumises et mieux disciplinées. Connaît-il nos principes, nos institutions? Les connais-tu, toi-même? Savez-vous tous deux que je fais trembler les souverains de l'Europe, et qu'un souverain n'est, comme moi, qu'un chef adroit qui gouverne par la force et par la terreur, qui prend le bien d'autrui à main armée, qui s'enrichit, dans son inaction, aux dépens de l'homme qui travaille pour le faire vivre, qui s'arroge le droit de vie et de mort sur ses sujets, qui dépouille ses voisins, et qui ne fait tout cela que parce qu'il a des troupes, de l'argent, des armes et du caractère? Que fais-je, moi? J'ai des troupes, de l'argent, des armes, du caractère, et je fais ce que fait un roi, un général d'armée: je prends le superflu de celui qui a trop, je mets à contribution les villages où je passe, les villes même, si j'ai la force de m'en emparer. Mon empire n'est point stable, il est vrai; mais il n'en est pas moins réel; j'ai des soldats et des courtisans; je les flatte sous le titre d'égal, de mon camarade d'armes, et mon empire sur eux est plus certain; ils sont plus heureux avec moi que les sujets des vastes empires de l'Europe ne le sont sous leurs souverains; ils se croient libres, et mes égaux: j'avoue qu'ils ne le sont point réellement, et je te dois cet aveu pour justifier l'ambition qui dévore mon cœur; il me suffit, il leur suffit à eux-mêmes qu'ils prennent l'apparence pour la réalité. Tu les traites de brigands! Leurs mœurs, mon fils, sont plus pures, plus austères que celles des citoyens d'une grande ville; tu en jugeras, lorsque je te ferai part des statuts que je fais observer dans ma troupe. Aucun d'eux ne sait ce que c'est que de dévaliser un passant; nous n'en voulons point au paisible voyageur qui porte sur lui son bagage et sa petite fortune; mais le riche insolent, le noble altier et couvert d'or, les peuplades entières, les petits despotes des petites cités, voilà les gens avec qui nous aimons à partager. Que fait un général d'armée, par exemple, qui porte le fer et la flamme chez des peuples paisibles, pour des intérêts que ceux-ci ne peuvent ou ne veulent pas connaître? Il pille, il tue, il incendie des villes entières: sa présence est comme le torrent dévastateur qui roule du sommet du rocher pour déraciner les arbres et entraîner dans son cours destructeur, les chaumières de la prairie. Par-tout il lui faut de l'argent, et cela dans deux heures, ou dans vingt-quatre heures au plus; par-tout le sang et le feu signalent son passage.... Eh bien! l'état militaire, cet état spoliateur et meurtrier, est pourtant noble, grand, sublime aux yeux du monde, vous ne craignez pas de le professer, de le donner à vos enfans, et vous ceignez de lauriers le front du vainqueur, sans penser aux meurtres et aux pillages qui ont cimenté sa victoire!.... Le général d'armée, le souverain qui opprime ses sujets, mon fils, font en grand ce que je fais en petit, et d'une manière moins cruelle, moins vexatoire qu'eux. Je me crois, non-seulement leur égal en puissance, mais encore plus généreux qu'eux en procédés; et dès l'instant que mon opinion est ainsi formée, ma conscience est en repos. Ils règnent sur des millions d'hommes; moi, je n'en ai que douze cents sous mes ordres; mais ils me regardent tous comme leur père, et je les aime comme mes enfans. À présent, tu me proposes de les abandonner lâchement, pour vivre dans l'obscurité, dans l'inaction, comme l'homme que la nature a formé sans moyens, sans courage, sans caractère! Insensé! tu me connais bien peu, pour me croire lâche et égoïste à ce point. Mais, me dis-tu, la justice peut t'atteindre? qu'appelles-tu justice? dis donc la force, et je serai de ton avis. Oui, je puis succomber sous le nombre, et je croirai alors mourir pu champ d'honneur. C'est un général tué sur le champ de bataille, c'est un roi détrôné et immolé par un usurpateur. Mais je serai regardé, après ma mort, comme un brigand audacieux? L'homme qui ne réussit point, a toujours tort; celui qu'on sacrifie eut toujours des vices ou des faiblesses; ses ennemis, ses assassins ont intérêt à le noircir aux yeux de la postérité; mais l'homme qui sait juger et comparer, se dira toujours: Si l'infortuné avait triomphé, on l'aurait traité de grand homme... Eh! que m'importe, d'ailleurs, le jugement de mon siècle et de la postérité? Mon siècle et la postérité sont dans les générations des hommes; ils vivent tous pour eux, je vis pour moi; je jouis de ma propre estime, parce que je connais la force de mon ame, la pureté de mes intentions, et je n'attends point mon bonheur de l'estime d'un monde que je n'estime pas moi-même, quand je pense qu'il a plus de vices encore que moi. Je me résume donc, mon cher Victor; je ne puis céder à tes vœux. Mes trésors, ma vie même, j'aurais pu te les donner; le sort de mes camarades, leur bonheur, leur amour, tout cela n'est pas à moi, je ne puis en disposer. Ton baron est assez vain pour croire que l'alliance de Roger ne peut l'honorer! Si le sort des armes me jetait demain une couronne sur la tête, il ne balancerait plus. Que serais-je alors à ses yeux? toujours Roger, n'est-ce pas? Non, je serais un grand homme, un grand conquérant. Voilà ma réponse, mon fils, elle t'afflige; mais si je méprise les préjugés de ton Fritzierne, j'ai pitié des tiens, et j'espère les détruire en te faisant mieux connaître et moi, et mes amis.

Qu'on juge de l'effet que produisit sur le jeune Victor cette harangue pleine de hauteur et de sophismes. Dès ce moment, il perdit tout espoir, et sentit que la raison elle-même, si elle habitait la terre, ne pourrait changer le cœur dur, ambitieux et féroce de cet homme qui avait blanchi dans le crime. Que peut dire Victor? Roger a réponse à tout: il croit que son fils doit se trouver honoré de lui appartenir: il s'imagine valoir les plus grands potentats, les plus fameux guerriers! Impossible de lui prouver la bassesse de son état, le mépris qui le poursuit, la honte de l'échafaud qui l'attend. Il prendra les coups du sort comme un roi détrôné! Quel orgueil! quel aveuglement! Eh quoi! le scélérat a donc aussi sa conscience, ses principes, sa philosophie et sa propre estime? Non, cela ne se peut pas, ou la nature a formé cette classe d'hommes d'une argile différente de la nôtre, ou ils sont faits autrement que nous; et leur tête, leurs organes, leurs sens sont autrement organisés que ceux des honnêtes gens.

Ô Victor! es-tu bien le fils de cet homme à qui tu ressembles si peu? est-ce bien le même sang qui coule dans tes veines?..... Mystères de la formation de l'homme, principes de vie, d'ame et de sentimens, que vous êtes étendus, profonds, incommensurables, et que vous êtes étonnans dans vos successions et dans vos déviations!.....

CHAPITRE IV. FÊTE NOCTURNE, ABUS DE TOUT

Victor, après la réponse de Roger, se lève, et ne peut que lui dire: Adieu, Roger! j'espérais que ton cœur serait plus sensible au désespoir d'un fils; adieu!....

Roger l'arrête: Où vas-tu, Victor? Tu veux déjà te séparer de moi! Ah! tu ne me connais pas; tu ne sais pas pourquoi je fais briller tant de fierté, qui, à tes yeux, passe pour de l'orgueil! Victor, tu dois prendre le temps, avant de nous juger, d'étudier nos mœurs, de connaître nos loix, et d'apprécier notre conduite. Non, mon fils, non, je ne te laisserai point partir si-tôt; j'avoue même que si tu veux te soustraire à mes embrassemens, j'y mettrai de la rigueur, et que tout accès sera fermé pour toi.—Quoi! vous voulez me retenir par la force?....—Non, toujours; je ne veux point disposer de ta liberté, ni contraindre tes faux principes; tu partiras, tu iras.... où tu voudras; mais dans quelques jours, mais lorsque j'aurai eu le temps de te faire bien connaître les gens que tu méprises, ton père lui-même, que tu crains de nommer de ce doux nom. Victor, tu es encore un enfant; tout imbu des préjugés avec lesquels on a égaré ta jeunesse, tu ne vois pas par tes propres yeux, tu vois comme le monde que tu as connu, comme cet orgueilleux baron qui t'a élevé; tu as pris sa fausse philosophie, tu te crois un sage, et tu n'es qu'un insensé comme lui; tu juges sans savoir; tu blâmes, tu loues, tu condamnes, tu applaudis, tu méprises, tu estimes, sans cause comme sans raison. Tu me parais instruit, tu as même de l'esprit, du goût du jugement. Sais-tu, Victor, ce qui a fondé les sociétés? l'espoir du bonheur, et l'assurance de la propriété dans les gouvernés; sais-tu ce qui a détruit ces sociétés? la tyrannie des gouvernans. Dans ces contrées, par exemple, où le despotisme d'un seul pèse sur des millions d'individus, où des petits tyrans subalternes abusent du droit féodal, oppriment en cent manières les vassaux qui leur sont soumis, une poignée d'hommes, fiers, nés pour être libres, pour devenir les égaux des potentats, qu'ils brûlent de renverser de leur trône, des hommes enfin assez pénétrés du sentiment de leur dignité, pour ne pas vouloir ramper, assez courageux pour entreprendre, ont secoué le joug de fer qui écrasait leur tête, et se sont réunis en société sous le titre naturel et sublime d'indépendans. Je ne te cacherai pas que plusieurs d'entre eux avaient eu une jeunesse fougueuse et peu vertueuse; que moi-même, poussé avec ardeur vers le vice qui me paraissait plus attrayant que la vertu, j'avais bien des torts à me reprocher: quoi qu'il en soit, mon ami, ces hommes ardens, audacieux, m'ont choisi pour leur chef et pour leur premier ami. Dès ce moment j'ai formé le projet de les rendre meilleurs, de les soumettre à des loix, à des statuts, à des convenances sociales, et j'y suis parvenu. Rien de beau, mon fils, comme les loix qui régissent les indépendans! Leur premier principe est d'écraser les forts, et de ménager les faibles: les châteaux, nous les démolissons; les chaumières, nous les respectons; le vertueux agriculteur peut même compter sur nos secours, sur notre bourse; mais le riche égoïste, le grand, superbe et insolent, doivent tomber sous nos coups; ils rompent l'équilibre de la nature; ils pompent, ils épuisent tous les sucs nourriciers qui doivent alimenter les membres les plus obscurs de la grande société. Ils ressemblent à ces branches parasites qui nuisent à l'arbre, et qu'il faut couper et jeter au feu. Les grands seuls écrasent la terre, et nous avons secoué le joug des grands, est-ce un crime?.... Les riches ont plus que le pauvre, et nous prenons aux riches pour secourir le pauvre, est-ce un mal? Les puissans abusent de leur pouvoir, nous leur retirons ce pouvoir fatal de nuire, est-ce-là nuire à l'humanité? Quand nous avons attaqué ton Fritzierne, ce n'était pas à toi que nous en voulions, ce n'était pas ses gens, ses serviteurs, ses malheureux vassaux que nous brûlions d'exterminer; c'était sur lui seul que nous dirigions nos coups. Ses grandes richesses, nous voulions en prendre une partie, et donner l'autre, suivant notre coutume, aux infortunés qu'il a faits. Son château, nos voulions l'abattre: ne vois-tu pas que ses tours orgueilleuses rompent la belle uniformité des plaines et des prairies; il fallait les réduire à la hauteur des chaumières sur lesquelles elles dominent, et qu'elles privent de la bénigne influence des vents et du soleil... Voilà nos principes et notre philosophie. Ici, nous ne connaissons point de maîtres ni de titres fastueux, nous sommes tous nos égaux dans le repos des armes; nous ne connaissons de rang que lorsque nos travaux bienfaisans nous forcent à suivre les statuts que nous avons faits nous-mêmes. Chacun de nous est chéri comme un camarade; chacun de nous, s'il meurt, est regretté comme un frère. Tu vas en avoir un exemple touchant. Le brave Sermonek, notre ami à tous, a perdu la vie, à mes côtés, dans les murs de ton insolent palais, nous avons eu le bonheur de remporter les corps de plusieurs de nos malheureux compagnons tués à cette affaire. Eh bien! un cénotaphe simple, mais digne de ces dépouilles respectables, vient de leur être érigé; c'est ce soir même que nous jetons des fleurs sur leur tombe; suis-moi, Victor, sois témoin de cette auguste cérémonie! Viens voir couler des larmes vraies, viens entendre des sanglots touchans, et dis-moi, après avoir assisté à ce triste spectacle, s'ils sont des brigands ceux chez qui l'on trouve tant d'amitié, tant de reconnaissance. La nuit commence à répandre ses voiles sur toute la nature; viens, Victor, nous nous retrouverons seuls ensuite, et nous parlerons encore sur la demande indiscrète que tu es venu me faire. Suis-moi donc, mon fils, et laisse-toi entraîner, sans systêmes, sans préjugés, à tout l'excès de ta sensibilité; je te préviens que nous allons la mettre à l'épreuve.

Victor étourdi d'une doctrine si singulière, si neuve pour lui, n'a pas la force de répondre; il est d'ailleurs curieux de se convaincre entièrement de la scélératesse de Roger et de ses compagnons; il se laisse guider par la main jusqu'au lieu où le spectacle le plus bizarre va frapper ses regards étonnés. Essayons de tracer à nos lecteurs le tableau singulier qui s'offre à sa vue.

La nuit était déjà épaisse quand Roger, Victor et Fritz arrivèrent à l'endroit indiqué: il tombait même une pluie assez forte, qui ajoutait au pittoresque de la scène.

Roger, pour asseoir son camp dans les vastes forêts de la Bohême, avait choisi une espèce de vallée couverte d'arbres, de collines, et sur-tout percée par des grottes qui communiquaient à de vastes souterrains: ce lieu avait jadis vu s'élever dans son sein une superbe forteresse qui défendait ces vastes contrées, et dont les souterrains allaient se perdre jusqu'au pied du mont des Géants. Les suites de la guerre et les ravages du temps avaient détruit cette forteresse, dont il ne restait plus que quelques fortifications. Le Val-Noir, c'est ainsi qu'on nommait ce site ténébreux, était circonscrit dans une chaîne de montagnes presqu'à pic, et d'où s'échappaient des torrens, qui, roulant avec fracas dans les routes tortueuses du Val-Noir, allaient grossir les eaux des fleuves voisins. Les arbres qui couvraient en grande quantité la vallée, étaient l'asyle nocturne des chouettes, des hiboux, de tous les oiseaux sinistres; les bêtes fauves se réfugiaient aussi dans les énormes cavités des rochers; tout en un mot, dans ce lieu sinistre, inspirait l'horreur, l'effroi et l'admiration pour les sublimes ouvrages de la nature.

Au milieu d'une allée d'arbres touffus, on avait élevé des gradins, sur le sommet desquels s'élevait une espèce de tombeau surchargé d'urnes cinéraires et de lauriers. Le tout recouvert d'étoffes cramoisies surhaussées de larmes noires était couvert par une espèce de dais, de la même étoffe, attaché au haut des arbres, et dont les quatre pentes venaient tomber légèrement en draperie sur les quatre coins du monument. Le myrte, symbole de l'amitié, s'élevait par-tout autour du cénotaphe, et le cyprès, signe du deuil et du regret, semblait croître naturellement auprès des urnes funèbres: des torches et des flambeaux de résine, fixés en grande quantité sur le monument, éclairaient des légendes qu'on y avait fixées de tous côtés. Ici on lisait: ils firent pâlir les despotes! Là on voyait: Leur vertu ne meurt pas toute entière, puisqu'elle reste dans le cœur de leurs compagnons d'armes. De ce côté: Pleurez-les, ils furent les amis de l'humanité. Plus loin: Ils ont humilié les superbes, le pauvre doit les bénir.

Enfin par-tout mille inscriptions placées, semblaient faites pour d'autres gens, pour de véritables bienfaiteurs de l'humanité. Victor avait peine à contenir son indignation; mais elle redoubla quand il vit commencer la cérémonie.

Tous les indépendans marchant deux à deux, leurs armes renversées et couvertes d'étoffes noires, arrivèrent lentement, portant chacun un flambeau et une branche de myrte. Quelques femmes parurent ensuite avec des enfans (sans doute les femmes et les enfans de ces brigands); leur voix rauque et discordante psalmodiait une espèce de chant funèbre dont le refrain était:

Nous, les héritiers de leur gloire,

Vivons pour venger leur mémoire.

Ces horribles femmes, presque toutes ivres de liqueurs fortes, avaient les cheveux épars et le regard féroce; elles portaient des cassolettes d'où s'échappaient des fumées d'aromates qui embaumaient l'air. Une musique guerrière, mais sourde et lugubre, terminait le cortége, derrière lequel on remarquait le terrible Dragowik donnant le bras à Roger, que suivaient ses principaux chefs. L'obscurité de la nuit combattue par des milliers de flambeaux, l'horreur d'un site sauvage, la contrariété d'une pluie assez abondante, les chants aigres et sourds des indépendans, tout ajoutait à l'espèce de terreur que devait inspirer à Victor la nouveauté de ce spectacle.

La troupe s'étant rangée autour du cénotaphe, Roger, Dragowik, Alenditz, et Morneck montèrent au tombeau. Là, Roger, debout, prononça d'une voix forte, et souvent avec l'émotion de la douleur, l'oraison funèbre qu'on va lire.

«Camarades et amis,

»Qu'elle est triste, qu'elle est lugubre cette soirée qui nous rassemble! qu'ils sont amers les pleurs que nous avons à verser! qu'il est douloureux l'aspect de ce tombeau qui renferme les reliques sanglantes d'une foule de héros que naguère nous serrions dans nos bras, qui partageaient notre gloire comme nos dangers! Eh quoi! ils ne sont donc plus, ces hommes généreux qui ont péri pour nous, pour la cause de l'humanité! C'est dans la tombe que se sont évanouis leurs hauts faits, leurs vertus, tout ce qui caractérise l'homme fait pour être distingué de l'homme par un grand courage, par un grand caractère! C'est en voulant humilier l'orgueil des grands de la terre, qu'ils sont tombés sous les coups de ces grands, vils et méprisables; c'est en vous faisant un rempart de leurs corps, qu'ils ont saisi la mort prête à vous frapper tous. Indépendans! connaissez-vous les héros que vous pleurez? connaissez-vous les pertes que vous avez faites? Là, reposent Droik, l'invincible; Golos, l'incorruptible; Wetler, le généreux; Sptizlan, le magnanime; les vertueux Fallax, Grandhon, Birtis, Feller, et tant d'autres, dont vous admiriez la valeur, dont le titre d'amis vous honorait tous; les uns, appelés au noble état que nous professons, par la lecture des plus grands philosophes, avaient quitté patrie, honneurs, richesses, famille, pour suivre la bannière des indépendans; les autres élevée dès leur tendre jeunesse, dans notre sein, avaient pris nos principes, et suivi notre exemple, comme l'enfant à qui le lait maternel donne la force, la vigueur et la santé qui conduisent l'homme à l'âge le plus avancé. Tous avaient senti que le véritable honneur sur la terre, que la seule gloire digne de l'ami des mœurs et des hommes, consiste à combattre les puissans, à dépouiller le riche insolent, à punir l'exacteur, le tyran, le despote, depuis la tête couronnée jusqu'au chef dur et barbare d'une simple famille; le tout pour consoler l'opprimé, soutenir le faible, encourager le timide, et venger les droits de la nature, outragée par les droits injustes et tyranniques que l'homme s'arroge sur l'homme, tout fier de ses grands titres ou de son immense fortune. Tel est le but louable de notre sainte institution; telles sont les vertus que nos malheureux camarades ont professées; tels sont en un mot, l'exemple et la leçon qu'ils nous laissent.

»Parmi tant de noms glorieux que je vous ai cités, estimables indépendans, aurais-je oublié de vous rappeler celui du grand Sermonek, de cet intrépide vainqueur des plus grands seigneurs châtelains! Ah! cet oubli ne vient point de mon cœur; il ne naît que de l'embarras où je suis de vous parler séparément de tous les grands hommes dont nous pleurons aujourd'hui le trépas. Moi, je ne planterais pas quelques cyprès sur la tombe de Sermonek qui fut mon ami, mon vengeur, à qui j'ai dû trois fois la vie! Ah! ne m'accuse point d'ingratitude, ombre chère et plaintive; ton nom, ta vie, et tes exploits seront sans cesse présens à ma mémoire, comme le souvenir de ta tendre amitié restera à jamais gravé dans mon cœur. Oui, je te vois encore attaquer le château-fort de cet odieux comte de Mirleski; je te vois lui plonger un poignard dans le sein, et nous apporter sa tête sanglante. Tu fis un acte de justice: cet homme opprimait sa province, et ses grands biens ne pouvaient satisfaire encore sa vile cupidité et sa basse avarice. C'est toi qui sus attaquer à propos, dans un défilé, ce favori de l'empereur, ce ministre oppresseur, ce maréchal de Wirtemberg: tu vengeas ton pays; ce scélérat en était l'horreur et l'effroi. Rappellerai-je ce courage intrépide qui te fit massacrer, à toi seul, toute la famille du baron d'Erlach dans ses possessions d'Hongrie? Pas un enfant, à la mamelle même, n'échappa à ta juste fureur; les innocentes créatures auraient sucé avec le lait, les vices de leur parent; ils eussent été, comme lui, les persécuteurs du pauvre, les oppresseurs des timides vassaux. On ne peut rien ajouter à ces exploits brillans, quand on t'a vu brûler, en un jour, trois villages qui avaient eu la bassesse de nous combattre, pour arrêter notre glaive prêt à frapper leur criminel seigneur. Ô Sermoneck! que de services tu as rendus à l'humanité plaintive et gémissante sous le joug des puissans! Si la mort t'a frappé, elle n'a pu te rencontrer que sur la brèche; c'est toujours là qu'elle attend les hommes comme toi. Que ton ombre se promène aujourd'hui au milieu de tes amis; qu'elle entende leurs regrets; qu'elle soit témoin de leurs larmes amères, et elle se dira: J'ai fait le bien; j'en suis assez récompensée par le souvenir de mes généreux compagnons, de tous ceux qui me furent chers; et la tombe n'est pour le héros, que le passage rapide de la mort à l'immortalité.

»Indépendans! que ne peuvent-ils être tous ici, ces gens du monde qui vous jugent, non par ce que vous êtes, mais par ce qu'ils vous font être! Que ne sont-ils témoins de la pureté de vos mœurs, ces grands de la terre qui vous insultent et vous poursuivent, parce qu'ils sont heureux! Ils pâlissent déjà à votre nom seul, ils rougiraient de honte en voyant vos vertus surpasser les leurs; ils se diraient: Voilà vraiment les amis des infortunés, voilà les vrais vengeurs des droits de la nature! ils ont pour tout bien le sentiment de leur indépendance, et la tranquillité de leur conscience; nous avons contre nous nos titres fastueux, notre luxe insultant, nos oppressions envers nos inférieurs; ils doivent nous combattre, nous sommes leurs ennemis, nous sommes les ennemis de tous ceux qui pensent, et qui nous détestent.

»Telle est, indépendans, la supériorité que vos vertus doivent vous donner sur ces monstres; tel est le noble orgueil qui doit vous embraser à la vue de ce tombeau qui renferme ces victimes de leur rage, vos amis, vos compagnons d'armes. Jurez de les venger, indépendans! jurez de poursuivre par-tout les tyrans de la société, quelque éclatante que soit la pourpre qui les couvre, et prononcez, après moi, le serment terrible que vous impose l'amour de l'ordre, des mœurs et de l'humanité.

»Celui qui possède plus de biens qu'il ne lui en faut pour son existence, et qui laisse mourir de faim à sa porte l'indigent timide qu'il a dépouillé, doit mourir.

tous les indépendans ensemble.

»Il doit mourir!

roger.

»Qu'il périsse, celui qui se fait un jeu des larmes du malheur, et tourmente par ses passions une tendre épouse, des enfans sans défense, ou des serviteurs à qui il doit l'exemple des vertus!

les indépendans.

»Qu'il périsse!

roger.

»Mort aux potentats qui oppriment leurs peuples par des actes tyranniques, par des exactions, ou qui les corrompent par le tableau de leurs vices et de leur luxe spoliateur: mort aux tyrans!

indépendans.

»Mort aux tyrans!

roger.

»Enfin, proscrivons l'ambitieux, l'égoïste, l'avare, le dissipateur, le suborneur, l'envieux, le méchant, le calomniateur, l'incestueux; immolons tous les pervers!

indépendans.

»Immolons tous les pervers!

roger.

»Vous le jurez?

indépendans.

»Oui, oui, nous le jurons!

roger.

»Que l'humanité bienfaisante, que la nature en deuil reçoivent vos sermens! Jamais on n'en a prononcé de plus sacrés; jamais on n'a vu d'hommes plus courageux, plus disposés à les sceller de leur sang»!

Quand Roger eut fini de parler, il brûla des aromates au pied du cénotaphe, les chants lugubres recommencèrent, et la musique guerrière exécuta différens morceaux. Une coupe fut ensuite promenée à la ronde, chacun y but; puis on la renversa sur le tombeau, en signe de libations. Les flambeaux s'éteignirent, l'obscurité la plus profonde succéda à la pâleur sinistre des torches funéraires, et chacun se retira.

Roger ne manqua pas de reconduire Victor dans sa grotte, et de lui demander comment il avait trouvé cette fête nocturne. Notre jeune ami, trop agité par les diverses émotions qu'il avait éprouvées, ne put lui répondre que par un regard expressif, où se peignirent à-la-fois l'horreur, l'effroi, le mépris et l'indignation. Roger lui dit en souriant:

À demain, mon fils; je te ménage d'autres surprises, et pour me faire connaître à toi tout entier; je te réciterai l'histoire de ma vie.

Roger se retira, et Victor resta seul avec Fritz.

CHAPITRE V. L'AURAIT-ON PRÉVU?

Si le lecteur a éprouvé quelque impression au débit de l'oraison funèbre de l'infâme Sermoneck, il peut se douter de celle, plus profonde encore, que dut ressentir Victor en entendant prononcer, par son père, cette prétendue oraison funèbre du plus vil des brigands. On y déifiait le meurtre, le vol, le brigandage en tout genre, et tout cela au nom de l'humanité, de la vertu. Eh quoi! ces noms sacrés doivent-ils se trouver dans la bouche des scélérats? Ils prétendent venger la nature, et ils l'outragent par leurs forfaits; ils veulent, disent-ils, proscrire l'ambitieux, l'avare, le dissipateur, le jaloux, le méchant, etc. etc. Mais, en supposant que ce fût en l'honneur de la vertu qu'ils immolassent tous les hommes imbus de ces vices, ils ne laisseraient donc plus personne sur la terre, car chaque homme a son défaut; et vouloir réformer la race humaine, se roidir contre des vices qui tiennent à la fragilité du cœur de l'homme, des vices qui ont existé de tout temps et qui existeront toujours, c'est le propre d'un fou ou d'un barbare. Ici les prétendus réformateurs sont des misérables, qui prennent des prétextes spécieux pour s'aveugler sur leurs crimes. Roger est un homme adroit qui gouverne des criminels comme lui, ou séduit des têtes faibles par des grands mots et des déclamations sophistiques, qu'il est bien éloigné de prendre pour règles de sa conduite; et ce Roger est le père de Victor! et Victor, qui le sait, ne meurt pas de douleur et de honte!.... Il est donc des situations dans la vie, où l'opprobre même ne peut avilir ni dégrader l'homme qui ne l'a point mérité? L'idée seule d'une pareille naissance eût fait mourir autrefois de désespoir le sensible Victor; aujourd'hui qu'il en a la certitude, il est plongé dans une apathie stupide; il ne sait où il est, ce qu'il fait, ni ce qu'il doit faire; ses sens sont glacés, sa langue est immobile, ses yeux sont fixés vers la terre; il est trop absorbé par la douleur pour verser des larmes; il sent bien, Victor, qu'il lui est impossible de tirer aucun parti du caractère de Roger, et cette persuasion, qui lui enlève l'espoir d'obtenir son amante, fait son plus grand tourment.

Fritz le tire enfin de sa triste rêverie. Ô mon ami! lui dit-il en l'embrassant, combien je vous estime, et combien je vous plains!.... que vous avez de vertu et de grandeur d'ame!.... Soutenez les coups du sort, mon ami, tâchez de leur résister, et que mon exemple ajoute encore, s'il est possible, à votre courage! Vous êtes maintenant au fait de la folie cruelle qui aliène les têtes de tous ces prétendus indépendans, vous allez apprendre les maux qu'ils m'ont faits à moi, et au plus malheureux des pères: le vôtre est coupable et n'est point puni; le mien, hélas! est puni sans avoir jamais été coupable.... Écoutez-moi.

«On m'a toujours nommé Fritz, ainsi que je vous l'ai déjà dit; ma naissance fut long-temps un secret pour moi, elle l'est encore quant au nom de ma mère. Un petit hameau de la Silésie, sur les bords du Moldaw, m'a vu ouvrir pour la première fois les yeux au jour, au malheur. Autant que je puis me le rappeler, mon père, qui m'avait eu d'un mariage secret, obligé de fuir son épouse et sa patrie, m'avait confié aux soins d'une femme sans fortune, mais respectable et bonne: cette femme m'éleva au milieu des enfans du hameau, dans les mêmes mœurs, et dans la même indigence que les enfans du pauvre. J'avais environ sept ans, et, jusqu'à cet âge, j'avais cru que la bonne Brigitte (c'était ainsi qu'on nommait la femme qui m'élevait) était ma mère: pour mon père, je n'avais pas pris le soin de m'informer de son nom, ni du motif qui l'éloignait de moi. J'étais livré à cet état tranquille de l'enfance, qui ne réfléchit ni sur le passé ni sur l'avenir, lorsqu'un jour une dame se présente chez Brigitte; elle demande son fils, on me présente à elle; cette dame verse des torrens de larmes, me presse contre son sein, et me prodigue mille caresses, auxquelles je ne sais répondre que par le plus grand silence et la plus froide insensibilité; j'étais fâché intérieurement de rencontrer une autre mère que ma bonne Brigitte, et je tremblais qu'on ne m'arrachât de ses bras pour m'en éloigner à jamais. Heureusement la visite de cette dame se termina promptement; elle parla bas à Brigitte, lui remit une somme d'argent, m'embrassa, me couvrit encore de ses larmes maternelles, et se retira. Brigitte, à qui je demandai l'explication de cette scène pathétique, ne voulut pas me la donner, et me promit de me satisfaire dans autre moment. Le lendemain, nouvelle scène de sentiment; ce fut un jeune homme qui en fit les frais: c'était mon père, à ce qu'il me dit; il ne pleura point, lui; mais avec quelle tendresse il me parla! Pauvre Fritz, me dit-il! tu es le fils de l'amour, et jamais l'hymen ne viendra légitimer des nœuds que l'intérêt a rompus; mais au moins tu ne me quitteras jamais; ton père expiera, par ses bienfaits, la faute de t'avoir donné le jour, et tu lui tiendras lieu de l'amie qu'une mère injuste et barbare lui a enlevée, pour la livrer à un époux qu'elle n'a pu choisir ni aimer.

»Je n'entendais rien à ces exclamations, et je regardais mon père avec la même froideur que j'avais témoignée la veille à ma mère. Il me quitta enfin, après avoir aussi parlé bas à Brigitte, à laquelle il remit à son tour une autre somme d'argent. Brigitte, restée seule avec moi, ne put s'empêcher de rire de mon étonnement stupide. Je voulus l'interroger, elle ne me répondit que par ce peu de mots: Fritz, fais un paquet de tous tes petits effets; nous allons quitter cette demeure, pour nous rapprocher de la dame que tu as vue hier, et du monsieur qui nous quitte. Dame, mon enfant, ils t'ont donné le jour, ils reprennent leurs droits sur toi; pour moi, je n'en ai plus qu'à ton amitié.

»Jusques-là j'étais resté insensible; mais le regret de quitter le lieu qui avait charmé mon enfance me fit verser des larmes, que ma bonne Brigitte s'empressa d'essuyer. Chacun de nous deux fut vaquer à ses petits arrangemens, et le lendemain nous quittâmes le hameau, pour venir occuper une espèce de masure située au bas d'une montagne, près de cette forêt. Là, ma bonne Brigitte me signifia qu'elle ne pouvait plus demeurer avec moi, mais que tous les jours elle viendrait me voir avec mon père et ma mère. Elle me confia aux soins d'une vieille femme, son amie apparemment, et partit sans me dire où elle allait porter ses pas. Tant de mystères, tant de précautions m'alarmèrent; je devins sombre, chagrin, et peu s'en fallut que je ne quittasse le canton pour aller errer à l'aventure; mais mon père vint me voir seul le lendemain; il m'accabla de présens et de caresses; je commençai à l'aimer. Il revint le surlendemain, toujours aussi tendre, aussi sensible; je m'attachai sincèrement à cet homme intéressant, et je ne pensai plus à le fuir.

»Deux mois s'étaient écoulés, pendant lesquels j'avais vu tous les matins mon père, et tous les soirs mon père et ma mère ensemble, qui venaient m'accabler de leurs caresses, et pleurer sur leurs malheurs. J'avais même eu la curiosité de suivre un jour ma bonne Brigitte, et j'avais découvert qu'elle demeurait dans une ferme à quelques pas de moi. Je n'étais pas instruit encore sur l'état de mes parens, qui jamais ne me faisaient de confidence; mais j'en savais assez pour deviner que ma mère était l'épouse d'un autre. Je me proposais de presser mon père de questions pour pénétrer enfin le mystère qu'on me faisait, lorsqu'un jour Je vis revenir Brigitte pâle, échevelée, et dans l'état d'une femme livrée au désespoir. Elle entre, s'asseoit, et ne peut que s'écrier: Malheureux Fritz! tu es perdu! je suis perdue moi-même! nous n'avons plus qu'à fuir, qu'à nous cacher!—Qu'avez-vous? Qu'est-il arrivé?—Ton père! il n'est plus!... un homme furieux...—Achevez.—Ton père est tombé sous ses coups.—Quel est le monstre?.....—Hélas! le nouvel époux de ta mère....—Ciel!....

»Brigitte, encore frappée de la scène horrible qui vient de se passer sous ses yeux, tombe, privée de sentiment, sur le plancher.... Pendant que son amie lui donne des secours, mon premier mouvement m'entraîne vers la ferme dont je connais le chemin, et où je me doute bien que l'accident vient d'arriver. Je cours, et j'arrive tout essoufflé dans ce lieu de douleur, où je ne trouve que mon père infortuné étendu sans mouvement sur le carreau, et perdant son sang.... Je me jette sur lui en fondant en larmes; je l'appelle, je déchire du linge, je chercher à étancher le sang qui coule de sa blessure.... Il recouvre un peu ses sens, me reconnaît, me nomme, et retombe dans son évanouissement. Quelle douleur pour moi! Je me jette à genoux, j'implore le ciel, je le prie de sauver mon père, de me rendre ce père que je chéris!....

»À l'instant plusieurs hommes armés entrent dans la ferme: loin de m'effrayer, je les regarde comme des protecteurs que la providence envoie à mon secours: je les prie de rendre mon père à la vie. Ils me regardent en riant, chargent le moribond sur un de leurs chevaux, me lient, me jettent sur un autre cheval, et m'entraînent avec eux.

»Qu'on juge de mes cris, de mes gémissemens! Je vois mon père devant moi; mais dans quel état, grand Dieu! Le seul secours qu'on lui porte, c'est de soutenir sa tête décolorée, et je vois clairement que les gens qui nous enlèvent ont sur nous quelques projets infâmes. Je les questionne, ils ne me répondent point; je veux briser mes liens, je mords, j'égratigne; ils se mettent à rire aux éclats. Le petit espiègle, disent-ils! il sera excellent pour ce que nous en voulons faire!

»Enfin notre escorte nous fait traverser un souterrain, et nous arrivons ici, dans ce lieu même où je vous parle, mon cher Victor; c'est assez vous dire que les scélérats qui nous entraînaient étaient des gens de Roger.... Vous frémissez! je vois que mon récit vous touche jusqu'aux larmes.... Je l'abrégerai pour épargner votre sensibilité; mais écoutez ce qui me reste à vous dire, vous allez me voir au comble du malheur!

»À peine arrivé ici, on me sépare de mon père, malgré mes cris et mes prières.... Je suis bientôt livré à un vieux brigand, qui me déclare que, si je ne suis pas les instructions qu'il a ordre de le donner, je recevrai, trois fois par jour, trente coups de plat de sabre. Ces instructions consistent à faire de moi un apprentif voleur. Je refuse, et je suis livré pendant plusieurs jours de suite, au cruel supplice dont on m'a menacé; je le supporte avec courage; mais enfin je forme un projet assez adroit pour un enfant de mon âge. Qu'on me mène au capitaine, dis-je à mon bourreau, ce n'est qu'à lui seul que je puis céder.

»On me conduit à Roger; je lui promets la plus grande docilité à ses ordres, s'il me permet de revoir mon père, dont je sais qu'on prend soin. Roger me permet cette satisfaction, et je cours au lieu qu'on appelle ici l'infirmerie, où je retrouve mon père infortuné qui, à ma vue, verse un torrent de larmes. On avait eu soin de sa santé; ses plaies, qui n'étaient point dangereuses, étaient fermées. Il était presque convalescent. Notre entrevue fut bien triste, hélas! et ce fut la seule que nous eûmes dans ce lieu de terreur! Il n'eut point le temps de me dire la cause de ses malheurs, ni le nom de son assassin; nous ne pûmes nous entretenir que de la cruelle position dans laquelle nous

nous trouvions tous deux. Je me rappellerai toute ma vie les excellens conseils que ce tendre et vertueux père me donna: Mon cher fils, me dit-il, la piété filiale t'a fait promettre à ces brigands de seconder leurs forfaits; garde-toi de tenir cette promesse coupable; tout serment basé sur le crime est nul; meurs plutôt, s'il le faut, mais meurs vertueux. Je ne sais quels desseins ces monstres ont sur moi; sans doute ils veulent m'associer aussi à leurs crimes: mon fils, tu me verras me percer moi-même d'un fer homicide avant de céder à ces barbares, et tu suivras mon exemple; n'est-ce pas, Fritz, que tu imiteras ton père, et que tu sauras mourir?

»Je le lui promis en pleurant, et l'on vint nous séparer.... Je ne puis vous dire combien il me fallut essuyer de traitemens durs pour résister aux sollicitations des indépendans, qui voulaient m'emmener avec eux dans leurs expéditions, et me faire jouer le rôle d'observateur, rôle que mon âge et mon innocence auraient pu rendre funeste aux paisibles propriétaires ou voyageurs que j'aurais trahis. Je sus résister enfin, jusqu'à une époque terrible qui me sépara pour jamais de mon malheureux père.

»Comme il était parfaitement rétabli, les indépendans l'entraînèrent un soir au fond de leurs plus obscurs souterrains, pour résister, disaient-ils, aux troupes de l'empereur qui cherchaient à les cerner. Roger lui-même, qui s'était fait accompagner par un certain baron de Fritzierne, que le sort avait fait tomber entre ses mains, courut les plus grands dangers dans cette affaire; mais il s'échappa, lui; et mon pauvre père ne fut pas si heureux. Circonscrit par une troupe de soldats, il fut pris, lui douzième, et conduit au commandant qui l'interrogea: mon père raconta ses malheurs, il ne fut pas écouté; il protesta de son innocence, on ne le crut point.... Mon père, hélas! n'avait ni un état, ni un nom connu, ni des protections. On l'avait pris, en quelque façon, les armes à la main, au milieu d'une troupe de scélérats: vous savez avec quelle promptitude on examine et l'on juge en Allemagne.... L'infortuné fut envoyé, avec ses onze brigands, dans la grande forteresse de Prague, comme esclave de galère[5]!.... Il y gémit encore mon cher Victor, il y gémit; et je n'ai pu saisir qu'une seule fois l'occasion d'essuyer ses larmes!....

»Je ne vous dirai point ce que je souffris quand j'appris le malheur arrivé mon père! Je suppliai Roger de me rendre ma liberté, il ne le voulut point; mais il me promit d'adoucir mes regrets, en adoucissant mon sort, et surtout en me laissant maître de mes actions. Il tint parole. Roger, dans ce temps là, avait un fond de chagrin; on l'attribuait à la mort précipitée d'une femme qu'il adorait, dont il avait un fils, qu'une femme, nommée, je crois, madame Germain, venait de lui enlever. Ses propres malheurs l'avaient rendu plus sensible à ceux des autres. Il me donna, près de lui, la fonction d'avoir soin de ses armes, et ne souffrit pas qu'on m'engageât dans aucune affaire dont ma conscience pût s'offenser. Je voyageai ainsi avec lui dans toute l'Allemagne, où, depuis ses malheurs, il conduisit ses gens; et, à l'exception de la liberté que je ne pus obtenir, je n'eus que lieu de me louer de ses procédés à mon égard. Cependant nous étions revenus dans ces forêts, et j'avais toujours la crainte d'être pris avec ces brigands, et de subir la peine qu'on avait imposée, avec tant d'injustice, à mon père. Je connaissais le grand caractère de Roger; je savais qu'il était homme à me laisser aller sur ma parole d'honneur de revenir près de lui. Je hasardai un jour de lui faire encore une prière, qu'il avait déjà repoussée bien des fois. Roger, lui dis-je, je ne puis plus supporter la vie si tu me refuses aujourd'hui la permission d'aller passer un jour à Prague. Je te promets, sur mon honneur, de revenir; mais, si je n'obtiens toi cette faveur, je te jure que je suis capable d'attenter à mes jours.

»Roger me fait mille objections que je détruis, et consent enfin à me laisser partir; mais il ne me donne que trois jours pour ce voyage, et veut que je sois accompagné par deux de ses gens qui répondront de moi, me suivront par-tout et me ramèneront au camp des indépendans. Ne pouvant faire autrement, j'accepte les odieux compagnons qu'il me donne, et nous partons tous les trois. Je ne vous dirai point, cher Victor, avec quelle joie, mêlée de douleur, je vis s'élever, devant moi, les hautes tours de la ville de Prague. Je volai, plutôt que je ne marchai vers la grande forteresse, où je demandai le prisonnier qui m'était si cher. Il se présenta; mais dans quel état, ô ciel! Mon père, faible, sans force comme sans couleur, était chargé de chaînes qui laissaient néanmoins encore trop de liberté à ses mains; car on l'employait, ainsi que tous les autres esclaves de galère, aux ouvrages les plus vils et les plus durs. L'infortuné me reconnut à peine, tant ses malheurs avaient altéré sa mémoire et sa vue. Je ne vous peindrai point cette entrevue douloureuse ensemble et délicieuse. Vous devinez sans doute tout ce que nous éprouvâmes. Il fallut cependant nous quitter; les deux Argus, que m'avait donnés Roger, ne me quittaient pas plus que leur ombre. Mon père, désespéré de la cruelle position où je me trouvais, me donna une poudre narcotique, qu'il composait et vendait pour ajouter quelques creutzers à ceux que la maison lui donnait pour exister: il me conseilla de m'en servir pour me soustraire, s'il était possible, à mes surveillans: Va, mon fils, me dit-il, et si tu recouvres ta liberté, travaille à la faire rendre aussi à ton père innocent, victime du hasard et des jugemens précipités des hommes! Je le serrai dans mes bras, et nous nous séparâmes.

»De retour avec mes guides, je ne trouvai, pendant la route, aucune occasion d'employer la poudre bienfaisante que mon père m'avait donnée; ce ne fut que dans cette forêt même, au pied d'une colline, que je pus m'en servir. Mes deux brigands, fatigués, proposèrent de s'asseoir un moment, avant de rentrer au camp, et de se rafraîchir. Heureusement pour moi, je m'étais emparé de la gourde pleine de rhum; j'y jetai adroitement la poudre en question, et j'eus bientôt le plaisir de voir mes guides céder au plus profond sommeil.... Plein de reconnaissance envers l'Être suprême, j'allais courir toute la forêt pour me sauver; mais je réfléchis que je pourrais bien y rencontrer d'autres compagnons de Roger: le ciel m'inspira. Sur le haut de la colline était un hermitage, dont le vertueux propriétaire n'existait plus depuis quelques jours; j'y entrai, je m'emparai des habits de l'anachorète, et me flattai, sous ce déguisement, de pouvoir échapper à la surveillance de la troupe des indépendans; mais, hélas! vain espoir! Au moment où je me propose de fuir, je vous vois, vous m'intéressez, je vous accorde l'hospitalité, et tous deux nous tombons entre les mains de ceux que j'avais tant d'intérêt d'éviter.... Voilà, cher Victor, le court récit de mes malheurs; je vous les ai tracés pour raffermir votre courage, et consoler votre vertu humiliée d'une naissance qui fait votre infortune. Ô Victor! malgré l'innocence de mon père, il est dans les fers, et la honte de son état n'en rejaillit pas moins sur moi aux yeux d'un monde injuste et léger! Victor! votre sort est moins à plaindre que le mien: vous pouvez briser tous les liens de la nature, désavouer la source de votre sang; au lieu que je ne puis repousser de mon cœur un père vertueux, et qui n'est malheureux que parce qu'il m'a donné le jour!....».

Le récit de Fritz avait singulièrement ému Victor, qui se rappelait les aventures du baron de Fritzierne. Quand Fritz eut fini de parler, Victor lui dit: Vous n'avez omis, mon cher Fritz, qu'une seule chose, une chose bien essentielle pour vous et pour moi; c'est de me nommer votre père: en grace, ne me laissez pas ignorer....—Est-ce que je ne vous ai pas dit son nom?— Vous l'avez oublié.—Mon père s'appelle Friksy.—Friksy, grand Dieu! embrasse-moi, Fritz, tu vas être heureux! Le baron de Fritzierne, mon bienfaiteur, mon véritable père, avait épousé ta mère, l'infortunée Cécile-Clémence d'Ernesté. Hélas! j'ai occupé ta place chez M. de Fritzierne: c'est toi qu'il a cherché long-temps pour t'adopter; c'est toi qui devais être son fils, l'époux de ma chère Clémence! Ô Fritz! je vais te rendre tous ces biens dont je suis privé pour jamais! Le baron aura assez de crédit pour te rendre ton père qu'il a cru immoler autrefois, et vous serez tous heureux!

Ici Victor raconte sommairement à Fritz ses aventures et celles de M. de Fritzierne: Fritz est vraiment cet enfant que le baron chercha en vain, après qu'il eut percé de coups le premier époux de la mère de Clémence, chez la fermière, où l'avait conduit la femme-de-chambre de son épouse. Quel bonheur pour Victor, de pouvoir rendre cet enfant à son bienfaiteur! Il peut fuir maintenant, Victor; il laisse un consolateur au baron.

Fritz, enchanté de cette découverte, moins pour lui que pour son père, à qui la protection de M. de Fritzierne pouvait être utile, serra Victor contre son cœur, et nos deux amis, après quelques momens encore de l'effusion la plus touchante, essayèrent de goûter quelques momens de repos.

CHAPITRE VI. VOYAGE EN ENFER

Le lecteur pense bien que Victor ne dormit point: les pensers les plus douloureux vinrent assiéger son esprit troublé. D'abord la résistance que Roger opposait à ses vœux; l'opiniâtreté de cet homme à vivre dans le crime, ses prétendus principes, ce mélange de grandeur d'ame, de philosophie, d'humanité, avec la cruauté, la fausseté, le brigandage, tout cela étonnait Victor. Né avec un cœur droit, pur et sensible, Victor ne concevait pas comment il pouvait exister des êtres aussi corrompus que son père et ses complices. Massacrer au nom de l'humanité, voler sous le voile spécieux de la justice, commettre tous les crimes, en ne prononçant toujours que le nom de la vertu, telle était la conduite de ces brigands qui osaient prendre le titre d'indépendans! Ô Victor! quel horrible tableau!... Tu le fuiras, Victor, oui, dès que le soleil ramènera la lumière, tu presseras Roger de te laisser partir, et tu iras.... où, Victor? De quel côté iras-tu chercher le bonheur et le repos? Tu ne peux plus rentrer chez ton bienfaiteur: lui-même t'a prescrit la loi de ne jamais le revoir.... Tu lui as dit, à lui et à Clémence, un éternel adieu.... Malheureux Victor! tu perds tout, tout! jusqu'à l'espoir de revoir l'objet de ton amour!.... Mais ce jeune Fritz, comme il va être heureux! tu le renvoies à M. de Fritzierne qui va accumuler sur lui toute la tendresse qu'il t'a retirée: il va remplacer Victor, ce jeune Fritz. Mais ô ciel! y as-tu bien pensé, avant de lui découvrir le secret de sa naissance? as-tu prévu que Fritz verra Clémence, qu'il l'adorera sans doute, car on ne peut la connaître sans l'aimer? Fritz obtiendra peut-être sa main, il deviendra l'époux de Clémence; oui sans doute, et c'est même un juste dédommagement que M. de Fritzierne doit aux mânes de son épouse, aux malheurs de ce jeune homme et à ceux de son père que le baron a causés.... Dieu! quelle cruelle réflexion! On est donc jaloux, même de l'objet qu'on ne peut obtenir!... Victor s'apperçoit que cette passion cruelle entre dans son cœur, il frémit, et veut l'en arracher; impossible! L'idée qu'un autre peut posséder Clémence, l'occupe, le tourmente, et il est sur le point de regretter le service qu'il rend à Fritz.... Mais il est né juste et modeste, Victor; il pense bientôt avec douleur à la bassesse de sa naissance, à l'opprobre dont son nom est environné, et il fait tous ses efforts pour se rendre justice, pour mesurer la distance énorme qui le sépare à jamais de celle qu'il aime. Il ne peut y renoncer; mais il sent qu'il ne la mérite point, et revient peu à peu à la douce pensée, que si quelqu'un après lui, doit être l'époux de Clémence, il est plus convenable, il est plus juste que ce soit le jeune Fritz à qui elle est destinée depuis long-temps, et dont lui, Victor, avait la place dans le château de Fritzierne, et la tendresse que lui devait le baron.... Le voilà un peu plus calme, Victor; mais il n'est pas tranquille dans le camp des indépendans: l'exemple du malheureux Friksy, arrêté au milieu d'eux, et puni, quoique innocent, de leurs forfaits, l'effraie sur les dangers qu'il court lui-même. Il croit voir les troupes de l'empereur l'arracher de l'asyle du crime pour lui en faire subir l'horrible châtiment: et si l'on sait qu'il est le fils de Roger! plus de moyens pour se justifier; plus d'espoir de prouver son innocence! L'idée de la honte et de l'infamie le poursuit; elle a chassé l'amour de son cœur; que dis-je! elle n'a pu effacer cet amour qui doit être éternel; mais elle a su affaiblir la tendresse, le desir et jusqu'à la jalousie. Victor voit naître le jour, et jure qu'il ne le verra pas renaître dans ces lieux funestes. Il éveille son compagnon, son ami Fritz, pour fuir avec lui; mais, hélas! ils doivent bientôt se séparer; Fritz va prendre la route du bonheur, et Victor!.... quel chemin prendra-t-il, où il ne rencontre le regret, la douleur et l'amour, l'amour malheureux qui, par-tout, va consumer son tendre cœur!....

Le soleil a déjà commencé sa course lumineuse, et Victor, ainsi que Fritz, croient être les seuls éveillés dans le camp; mais ils ignorent que le sommeil du crime est moins long que celui de la vertu, même dans les pleurs: tous les indépendans sont debout, un coup de canon les a tous arrachés au repos, et c'est Roger lui-même qui a présidé à ce bruyant appel. Roger entre bientôt dans la grotte de Victor, et veut embrasser son fils; celui-ci le repousse: Roger, lui dit-il, j'en ai vu assez, et je renonce à l'espoir de te rendre à la société dont tu veux être le persécuteur: Roger! je réclame de toi une dernière faveur; ouvre-moi les barrières insurmontables qui retiennent ici mes pas; laisse-moi partir, voilà la seule grace que je puisse te demander, et que j'ose attendre de toi.—Eh quoi! déjà mon fils, tu veux fuir un père qui t'aime?—Qui ne fait rien pour me le prouver.—Aurais-tu la folie de penser encore au projet que tu avais formé de m'arracher à la gloire qui m'appelle, pour vivre avec toi dans le sommeil de la nullité?—Laisse-moi partir?—Je me flattais que mon fils serait digne de moi, et qu'il se ferait un honneur de travailler sous mes yeux à me succéder un jour.—Homme aveugle et barbare! serait-il bien dans ton sein, cet infâme projet de me retenir ici pour m'associer à tes crimes?—Victor, ce ton peu respectueux pourrait lasser ma patience.—Immole-moi plutôt; ou si ton bras refuse d'obéir à ton cœur dénaturé, donne-moi ce fer, et qu'il perce mille fois mon sein, avant que je consente à voir une seconde fois se dérouler ici les voiles de la nuit!— (Roger sourit avec l'air de la pitié.) Victor, ton arrogance excite mon mépris plutôt que mon indignation. As-tu cru m'en imposer? as-tu jugé assez mal Roger, le chef suprême des braves indépendans, pour croire qu'il s'intimiderait des cris d'un enfant? Victor, si tu veux obtenir quelque chose de moi, ce n'est qu'avec le ton de la douceur et du respect. Sache commander à ton orgueil, ou je t'avertis que le mien me prescrira bientôt les moyens de réprimer un audacieux qui m'outrage?

Roger avait prononcé cette espèce de menace avec l'accent du dépit et de la colère: Victor sentit qu'il était en sa puissance, que le noble emportement de la vertu ne pouvait qu'irriter ce caractère altier; Victor ne put que détourner la tête, la cacher dans ses mains inondées de larmes, et s'écrier avec douleur: Hélas! faut-il que je ne rencontre qu'un tyran dans un père!....

Cette exclamation désarma Roger qui prit Victor dans ses bras, et le serra tendrement contre son cœur: Mon fils, lui dit-il, tu t'en iras, si tu veux me fuir; oui, je jure sur mon honneur que je n'arrêterai point tes pas; mais, cruel Victor, laisse-moi donc jouir encore, pendant quelques jours, du bonheur de voir un fils que je chéris de toutes les forces de mon ame? Si tu t'es formé des prétextes pour me détester, je n'ai point de motifs pour te haïr! Je vois bien, sur ton visage, les traits qui forment les miens; c'est bien le feu de mes yeux qui brille dans tes yeux; c'est aussi la fierté de mon front qui décore ton front; mais que ton cœur est différent du mien! il ne te dit rien, ce cœur dur, insensible, corrompu par les préjugés du monde: tu te dis vertueux, et tu abhorres ton père! Je suis vicieux, moi; à tes yeux: je suis le plus criminel des hommes, et cependant j'aime mon fils, je connais les douces étreintes de la nature: lequel de nous deux, Victor, est le plus près de la vertu?....

Victor ne pouvait se soustraire aux touchantes caresses de Roger: celui-ci l'accablait de ses embrassemens, et Victor ne savait plus les repousser: il se remit néanmoins de son trouble pour supplier son père, avec l'accent le plus douloureux, de le laisser partir sur-le-champ, avec son ami Fritz: Je te jure, Roger, ajouta-t-il, que nulle part, je n'oublierai ta tendresse, ni la générosité de tes procédés; tu seras toujours présent à ma mémoire, à mon cœur, et je me dirai sans cesse en pensant à toi: Nul enfant ne possède un père plus tendre; et sans l'injustice du sort qui t'a poussé dans le crime, nul père n'aurait eu un fils plus soumis ni plus respectueux.—Tu viens de dire, Victor, reprit Roger, une haute vérité! Oui, mon ami, c'est le sort, le sort injuste et cruel qui m'a poussé vers l'état que je professe!.... Un court récit de mes aventures va te le prouver, mon cher fils; ah! si j'avais eu le bonheur, comme toi, de rencontrer un bienfaiteur, un instituteur sage, éclairé, qui eût porté ma fougueuse jeunesse au bien, je n'aurais pas éprouvé tant de vicissitudes qui ne m'ont pas permis, par la suite, de choisir entre la haine ou l'estime de mes semblables.—Quel bonheur! vous convenez, mon père, vous convenez enfin que votre état....—Je ne conviens de rien, mon fils; je te dis seulement que si j'avais été autrement dirigé, j'eusse anobli ma profession en la faisant en grand, avec toutes les formes que les gens du monde mettent à l'état militaire; j'eusse été un grand guerrier, au lieu d'être un chef de parti. Quoi qu'il en soit, j'ai réussi pour moi; je suis pur à mes propres yeux; n'ayant pu être grand par des titres fastueux, j'ai humilié les grands de la terre, et j'en ai attaché quelques-uns à mon char de triomphe: exempt de préjugés, attaché par des principes certains, à la seule religion naturelle qui nous apprend à culbuter les autres plutôt que de les laisser nous fouler aux pieds, je n'ai respecté, ni les ministres d'un culte que je ne connais pas, ni les dépositaires d'une autorité à laquelle je n'obéis point, ni même un sexe soi-disant timide, dont je regarde l'empire comme humiliant pour l'homme assez esclave de ses sens pour s'y soumettre. Pour dominer sur tout, il faut renverser tout, réduire les forts, intimider les faibles, et se donner raison par la force, quand on vous la refuse par la douceur: c'est le principe de ceux qui bouleversent les empires, ou qui usurpent les trônes. Oui, mon ami, le chemin de la fortune est comme le taillis épais de nos forêts; pour s'y faire un sentier, il faut couper toutes les branches, tous les arbres même qui s'opposent à notre passage. C'est ce que j'ai fait: toujours heureux, j'ai soumis tous ceux que j'ai osé attaquer: je tiens en ma puissance des grands orgueilleux qui m'insultaient autrefois, et qui me flattent maintenant pour m'arracher un regard de pitié. Viens voir mes prisons, mon fils, viens voir cette tourbe de puissans que j'ai plongés dans la douleur et dans l'opprobre: plusieurs te sont connus de noms; tu les interrogeras, tu verras encore percer leur orgueil et leur brutalité sous le poids des fers dont je les ai chargés. Ce tableau imposant t'apprendra ce que je puis, et tu ne me blâmeras plus de tenir à l'éclat de la gloire et du pouvoir qui m'environne.

Roger se lève, et prend Victor par la main. Victor voudrait se refuser à l'accompagner; mais il n'a que peu de momens à rester encore; il veut connaître Roger dans toute sa férocité: le tableau, déchirant sans doute, qui va s'offrir à ses regards, lui fera juger complètement l'ame atroce de ce chef de brigands.

Roger, Victor et Fritz traversent le camp des indépendans, où tout est en mouvement pour une grande expédition qui se prépare. Victor détourne les yeux de ces figures rébarbatives, et s'efforce de ne point entendre les propos horribles qui se tiennent dans les rangs de ces misérables.

Au fond d'un bois touffu de trembles et de sycomores, se trouve une caverne sombre dont l'entrée inspire l'effroi par les masses de rochers qui la forment, et le bruit d'un torrent qui se précipite dans la caverne, comme dans un fleuve débordé. Un seul sentier est praticable dans cette caverne lugubre qu'éclairent rarement quelques rayons du jour, à travers les fentes des rochers. C'est-là que Roger prend Victor par le bras, afin de guider ses pas incertains: Fritz les suit, et tous trois pénètrent dans l'intérieur de la caverne, où, après avoir marché pendant quelque temps, un bruit affreux de chaînes et de gémissemens vient frapper leurs oreilles. Victor s'arrête saisi d'effroi; Roger l'entraîne avec lui, en le plaisantant sur ce qu'il appelle sa sotte timidité. Le souterrain se prolonge, et les cris des prisonniers, qu'on ne voit pas encore, se font toujours entendre. Où sont-ils, ces malheureux, demande Victor?—Sous tes pieds, répond Roger.—Sous mes pieds!....— Oui, regarde avec attention.

Victor se prosterne à terre, et remarque, de distance en distance, des grilles de fer, placées horizontalement, et qui avaient échappé à sa vue. Ces grilles donnaient jour à des cachots fangeux et fétides. Victor se relève, et sent ses genoux fléchir sous lui. Qui marche, s'écrie une voix plaintive? Est-ce l'auteur de tous mes maux? est-ce Roger, l'assassin de mes fils et de ma tendre épouse?....—Celui-là, dit Roger à Victor, avait exercé mille vexations sur ses malheureux vassaux; c'est le fameux Ferdinand, duc de Bohême: il y a dix ans que je l'ai saisi dans son château, et jeté dans ce cachot, où il expie le crime d'avoir été un des plus grands seigneurs de l'Allemagne.

Plus loin, un malheureux agite ses chaînes pesantes en s'écriant: Barbare Roger! vil scélérat! quand le ciel vengeur te punira-t-il de tous tes forfaits! Hélas! j'étais sur le point d'épouser une amante chérie qui répondait à mes vœux; l'infâme Roger attaque le palais de mon père, immole à mes yeux toute ma famille, brûle notre antique castel: mon amante s'offre à ses yeux; il veut la séduire, elle lui résiste; le monstre l'égorge à mes pieds; son sang rejaillit sur moi!.... Malheureux!....—Celui-ci, dit Roger à son fils, en impose: le désespoir a troublé sa raison; c'est le jeune Talem, fils du comte de Saxe: il avait dix-huit ans lorsque je l'ai fait plonger dans cet abyme, dont il ne sortira jamais.

À deux pas de cet infortuné jeune homme, un autre prisonnier gémissait ainsi, et semblait puiser mille consolations dans la religion: Ô mon Dieu! disait-il, toi que j'ai servi si long-temps, comment as-tu pu permettre qu'un malheureux chef de brigands vînt immoler tes prêtres au pied même de ton saint autel! Je les ai vus tomber ces ministres de ta divine religion! Tout fuyait; les fidèles étaient massacrés en se sauvant de ton temple sacré devenu leur tombeau!.... Roger, monstre affreux! tu m'as plongé vivant dans la fosse aux lions; elle est devenue pour moi la piscine salutaire où tous mes péchés me sont remis. Hélas! je n'y passe pas une heure sans prier l'Être de miséricorde de dissiper ton aveuglement, et de te pardonner tes crimes, même les tourmens affreux que tu me fais souffrir!....—Ce cagot, mon fils, dit Roger, c'est l'évêque de Munich; son grand âge le fait radoter; il est plus qu'octogénaire, et j'espère que bientôt sa mort me délivrera de ses prières, dont je n'ai pas besoin.

Il faut que je t'amuse un peu, continua Roger en riant, par un tableau plus plaisant: Tiens, viens par ici; entends-tu ces cris, toutes ces voix qui parlent ensemble, rien n'est plus comique: c'est un vaste souterrain qui renferme à-peu-près deux cents femmes, mais dont les professions étaient autrefois bien opposées. Toutes les religieuses du grand couvent de Munsterberg sont là-dedans avec toutes les courtisannes d'Olmutz; j'ai trouvé ce mélange-là très-amusant: les unes prient, les autres jurent; celles-ci invoquent Dieu, celles-là conjurent l'enfer; souvent les courtisannes injurient ou battent les béguines, c'est un véritable charivari: tiens, Victor, écoute, écoute....

Nous ne répéterons point à nos lecteurs les propos sales et obscènes qui frappèrent l'oreille délicate du vertueux Victor. Qu'on se peigne seulement la douleur et le désespoir des vierges timides du Seigneur vivant dans un souterrain fétide avec les femmes les plus prostituées, qui, pour exhaler leur rage, les accablent d'injures et de mauvais traitemens! L'idée d'une réunion aussi révoltante peut-elle entrer dans la tête d'un homme! Ô Roger! ce trait affreux fit frémir ton fils, comme il repousse sans doute mon sensible lecteur!....

Je ne finirais pas si j'avais à rendre compte de tous les soupirs que Victor et Fritz entendirent dans ce lieu de douleur, où l'on avait réuni tous les genres de supplices et de tortures qu'ait pu imaginer la férocité des hommes. Là, c'était un malheureux couché absolument dans la fange, et dévoré journellement par les reptiles les plus vénimeux. Ici, l'infortuné prisonnier, étendu sur le dos, était obligé, pour respirer, de soulever, à tout moment, une pierre énorme qui écrasait son frêle estomac. Dans ce coin, un autre, presque suspendu en l'air, était fixé sur une espèce de siége lardé de cloux, par des chaînes qui tiraient ses bras vers la voûte, et ses pieds à la terre de son cachot. Dans cet autre coin enfin, était une espèce de four chauffé assez fortement pour que le prisonnier maigre et décharné qui y était renfermé, ne pût poser nulle part ses pieds ni ses mains, sans ressentir une chaleur insupportable: en un mot, on n'avait rien négligé, dans ces horribles cachots, pour faire souffrir mille morts aux infortunés, dont on y entretenait la vie avec les alimens les plus grossiers. Roger passait souvent sur ces prisons, qu'il appelait son lieu de plaisance; et pour se venger des imprécations dont les prisonniers l'accablaient, il avait la bassesse d'insulter à leur malheur en leur jetant du pain, comme l'homme qui se plaît, avec des miettes, à réunir devant lui une foule de poissons sur le bord d'un canal.

Victor oppressé par la douleur, et par l'indignation, ne pouvait proférer une parole. Soutenu par Fritz, qui partageait ses tourmens, il était prêt à tomber en faiblesse; il pria Roger de lui épargner la suite de ces horribles tableaux. Roger y consentit; mais en revenant sur ses pas, Victor fut frappé des accens d'une voix douce, qui chantait la romance suivante, qu'il écouta.

ROMANCE DU PRISONNIER.

Triste prison, affreux barreaux!

Cachot où gémit l'innocence!

Ce n'est qu'à vos murs qu'au silence
Que je puis raconter mes maux.
Loin d'une amie,
Que mon tendre cœur adorait,
Je perds la vie!....
On doit succomber au regret
Loin d'une amie!
À peine suis-je en mon printemps,
Et déjà la sombre tristesse
Flétrit pour jamais ma jeunesse,
Loin des travaux, loin des talens.
À mon amie
J'ai dit un éternel adieu,
C'est pour la vie!....
Que je pense au moins, en ce lieu,
À mon amie!
Si je sommeille en ces caveaux,
Soudain la douleur me réveille
Quand l'air apporte à mon oreille
Le doux ramage des oiseaux!
De son amie
Le moineau chante les attraits,
Toute sa vie!....
Au moins ce tendre amant est près
De son amie
Ici j'attendrai donc la mort!
Adieu, ma fidelle Constance,
Adieu: supporte mon absence,
Ignore mon malheureux sort!
Ô mon amie,
Tu dois bien me garder ta foi
Toute ta vie!....
Ici je vais mourir pour toi,
Ô mon amie!

Celui-ci, dit Roger, je l'appelle le beau chanteur; il ne fait que cela du matin au soir: il est vrai qu'il a moins de sujets que les autres de se désespérer; il n'est point enchaîné, son cachot est assez commode, et je lui ai même promis tôt ou tard sa liberté: il se nomme Henri; c'est un jeune artiste genevois que son malheur avait attaché à un grand seigneur qui voyageait en Allemagne; son maître est tombé sous mes coups, et je n'ai renfermé Henri, qui vivait ici parmi nous, que parce qu'il me menaçait à tout moment de m'assassiner.—Ô Roger! s'écria Victor, accorde-moi sa liberté! donne-moi sur-le-champ ce jeune homme, et que ma visite dans ces tristes lieux ait au moins été utile à un infortuné!—Je te l'accorde, reprit Roger; il partira avec toi, si tu persistes toujours dans le dessein de me quitter; mais j'espère encore, mon fils, que tu ne voudras pas abandonner ainsi un père qui te chérit!

Victor ne pouvait répondre à cette interpellation. Une heure avant il s'était attendri au milieu des embrassemens de son père; mais l'excès de sa férocité, dont il vient d'avoir les preuves les plus révoltantes, a tout-à-fait séché son ame. Victor n'éclatera plus en reproches; mais il regarde Roger comme le scélérat le plus atroce qu'on puisse rencontrer. Le mélange de son caractère le confond: sentimental et cruel, tendre et farouche, spirituel et insensé, grand en procédés et lâche dans sa vengeance, tel est Roger! C'est un misérable brigand que Victor ne peut plus voir ni entendre. Victor est pourtant rentré avec lui dans sa grotte; Roger se prépare à lui faire le récit de ses aventures: Victor, l'ame froissée de ce qu'il vient de voir, aura-t-il la force d'écouter un récit qui lui prépare sans doute encore plus d'une émotion. Il l'aura cette force d'ame si nécessaire, Victor; c'est le dernier acte de complaisance dont il usera envers un homme qu'il brûle de fuir. Il va l'écouter, Victor; ensuite il réclamera sa parole d'honneur de le laisser partir, et rien ne pourra plus le retenir dans ces lieux qu'habitent à la fois le crime et l'innocence, les regrets, le désespoir et la barbarie....

Ils sont donc tous revenus à la grotte de Victor: notre jeune héros et son ami Fritz sont assis, et Roger, au milieu d'eux, commence sa narration en ces termes:

CHAPITRE VII. HISTOIRE DE ROGER

Tel père, tel fils.

«Dans l'histoire de ma vie que je vais te raconter, mon fils, je ne te cacherai rien des dérangemens de ma jeunesse, ni des excès auxquels les passions ardentes avec lesquelles je suis né ont pu me porter; dussé-je te donner des armes contre moi, tu sauras tout, et tu verras, ainsi que je te l'ai déjà dit, que ma jeunesse, mieux dirigée, aurait pu me lancer dans une autre carrière que celle où le hasard m'a poussé, sans que je pusse jamais m'en écarter: la mauvaise conduite des pères est souvent la règle de celle des enfans. Tu frémis!... écoute-moi.

»Je suis né sur les bords du Danube, dans une vaste plaine couverte de bois, de hameaux, et qui s'étend depuis Chava jusqu'à Straubing. Mon père, le baron de Walfein, y occupait un château-fort très-antique, et qui avait servi jadis de maison de plaisance aux anciens rois de Bavière. Cet antique castel, baigné d'un côté par le fleuve, qui le rendait inexpugnable, était flanqué partout, sur la plaine, de tourelles, de contre-forts, et défendu par un fossé, autrefois plein d'eau, alors à sec, mais très-profond; plusieurs ponts-levis facilitaient l'entrée du fort, qui n'était pas grand, mais très-commode. Pour tenir une si belle habitation, il fallait plus que le titre de baron que portait mon père; il fallait être riche, et mon père ne l'était point. On ne savait comment ce château lui appartenait, ni par quels moyens il y soutenait sa famille, composée d'une femme, d'un fils, et de douze serviteurs. Je me rappelle très-bien que, dans ma tendre enfance, nous manquions presque des choses les plus nécessaires à la vie. Ma mère était faible et souffrante; elle mourut bientôt, et je m'apperçus que mon père en avait une vive satisfaction. Ces deux époux n'avaient pas été heureux ensemble; on ignorait le sujet de leurs éternelles querelles, et quand je l'appris par la suite, je ne pus que blâmer mon père, et regretter ma mère, vertueuse, délicate, et qui s'était toujours opposée aux coupables actions qu'il avait commises. À peine ma mère eut-elle fermé les yeux, que je remarquai beaucoup de mouvement dans le château. Une foule de figures, étrangères pour moi, y abondèrent, et lorsque j'en demandai les raisons à mon père, il se contenta, pour toute réponse, de m'enfermer dans un donjon étroit, dont les fenêtres étaient extrêmement élevées; J'avais huit ans, et je commençais à réfléchir: cette conduite me parut singulière, et je me promis bien d'en demander l'explication. Mon père vint sur le soir me délivrer de ma prison. Je me plaignis amèrement de son procédé; il me regarda d'un air furieux, et me déclara que si je me permettais encore la moindre question sur des choses que mon âge ne me permettait pas de savoir, il m'enfermerait pour ma vie dans le plus noir de ses souterrains.

»Cette menace me fit peur; je me contraignis, et me décidai à réprimer ma curiosité. Dès ce moment je m'apperçus d'une aisance extraordinaire dans la maison; on aurait dit que mon père avait trouvé un trésor; les plus beaux meubles, les plus beaux bijoux, tout fut prodigué; nos repas ne finissaient plus; mais les gens qui les partageaient avec nous, hôtes très-inconnus pour moi, avaient des figures et une conversation qui ne me plaisaient pas du tout. Mon père ne sortait pourtant jamais: il est vrai qu'il m'enfermait tous les soirs dans ma chambre pour m'en faire sortir le lendemain matin; et j'ignorais ce qu'il pouvait faire pendant la nuit. Une chose m'inquiétait aussi beaucoup, c'est que, pendant chaque nuit que je passais ainsi seul et sans dormir, j'entendais un bruit affreux qui me faisait des peurs épouvantables. Ce bruit sourd et prolongé se répandait souvent en éclats bruyans qui faisaient gémir les vastes voûtes des corridors du château. On eût dit que des gémissemens longs et plaintifs se répétaient de moment en moment avec la même précision et les mêmes nuances. Je n'étais point né avec la peur du diable ou des revenans, et cependant ce bruit singulier m'alarmait, et faisait involontairement dresser mes cheveux sur mon front.

»Je passai ainsi dans la terreur, et sans oser interroger mon père, deux années, pendant lesquelles je changeai à vue d'œil. Je profitais assez de l'éducation soignée qu'on me donnait; je participais à l'immense fortune que mon père paraissait avoir acquise, et dont il faisait un usage plus que permis. J'avais douze ans, et j'étais né avec des passions violentes qui m'avaient avancé plus que les enfans de mon âge. Je résolus de ne point rester plus long-temps dans une incertitude qui me désespérait. Questionner le baron de Walfein, homme dur, intraitable, c'eût été m'exposer à tous les excès de sa colère: je le connaissais, je n'avais d'autre parti à prendre, si je voulais découvrir ses secrets que celui de l'épier et de me servir de ruses: c'est ce que je fis.

»Tous les soirs, ainsi que je te l'ai déjà dit, mon père m'ordonnait de monter chez moi, de me déshabiller et de me coucher; j'exécutais ses ordres, et une demi-heure après, il montait même avec une lampe, regardait si j'étais couché, se retirait, et fermait sur lui ma porte avec des verroux qui étaient en dehors. Toutes ces remarques, que j'avais faites, m'inspirèrent un projet hardi, mais dont la réussite était sûre. J'ajustai un jour un gros paquet de linge en forme de poupée que je couchai dans mon lit, après l'avoir coiffée comme je l'étais la nuit pour reposer. Ma poupée semblait tourner la tête du côté du mur, et dormir profondément. Cela fait, je me dis: Je pourrai me cacher quelque part dans le château; mon père montera chez moi, me croira endormi, fermera ma porte aux verroux; je pourrai satisfaire à l'aise ma curiosité; et quand je me serai bien rendu compte du bruit effrayant qui se fait la nuit dans la maison, je remonterai chez moi, je tirerai les verroux; je rentrerai, me coucherai comme à mon ordinaire, et il n'y paraîtra pas.

»C'était bien là un projet d'enfant, qui ne prévoit jamais tout. D'abord il était possible que je fusse rencontré, dans ma perquisition nocturne, par mon père, ou par quelqu'un de ses gens: alors j'étais perdu. En second lieu, en rentrant chez moi le matin, je pouvais bien tirer les verroux qui étaient fixés à la porte en dehors; mais une fois entré, pouvais-je les remettre, ces verroux? et n'avais-je pas à craindre que mon père, en venant m'éveiller, ne se doutât de mon espiéglerie? Tout cela aurait arrêté un autre que moi; mais je trouvai mon projet excellent, et je l'exécutai. Le soir donc, au lieu de me retirer sur l'ordre de mon père, je fus me cacher dans un coin noir où personne n'allait jamais. Il faut que M. de Walfein ait été la dupe de ma poupée, car je l'entendis mettre les verroux à ma porte, et rentrer tranquillement chez lui; Dieu sait comme je m'applaudissais je mon heureux stratagême! C'est un bonheur pour les enfans de tromper ceux qui veillent sur toutes leurs démarches; ils se croient plus fins, plus adroits que ceux qu'ils abusent, et leur petit amour-propre jouit.

»Cependant j'étais toujours dans ma cachette et j'attendais que le bruit nocturne commençât, pour diriger mes pas du côté où je l'entendrais; mais j'étais destiné à éprouver une plus, grande frayeur.... J'entends marcher et parler distinctement derrière moi, à travers une espèce de cloison que je n'ai pas remarquée dans mon coin. Au même instant, mon père descend précipitamment, muni d'une lanterne sourde, et s'avance droit vers moi. Quel moment! quel embarras pour moi! je ne sais que devenir, ni comment me cacher; je prends le parti de me prosterner à terre, et de me glisser, à plat ventre, de l'autre coté du mur. Cela me réussit, la sombre lumière que porte mon père ne lui permettant pas de distinguer les objets, et le bruit que font les gens qui causent plus loin, l'empêchant d'entendre celui que je fais. Le baron de Walfein ouvre une porte que je ne connais pas, et dans l'instant, une grande clarté fixe mes regards, et m'expose à être découvert. Je me relève, m'éloigne, et j'apperçois de loin une chambre très-bien éclairée: plusieurs personnes, les mêmes qui partagent notre table dans le jour, sont habillées en ouvriers; mon père leur parle un moment, et tout disparaît. Étonné de ne plus les voir, je me hasarde à entrer dans la chambre éclairée, que j'examine, sans pouvoir découvrir le côté par où tout le monde est sorti. Ma tête se trouble, je me crois dans le palais des fées dont j'ai lu les histoires, et je suis prêt à remonter chez moi, lorsque le bruit nocturne que j'attends se fait entendre de la manière la plus effroyable. Dans les momens difficiles mon courage, au lieu de s'abattre, se raffermit toujours; ma peur cède au desir de m'éclaircir; et j'examine de nouveau la chambre éclairée, qui ne m'offre toujours aucune issue. Une heure entière s'écoule dans ces perquisitions, et je commence à désespérer de réussir, lorsque, dans un coin de la salle, je sens tout-à-coup le plancher céder sous mes pas; une trappe fait la bascule sous mes pieds, et je roule quelques instans sans savoir où je suis. Je m'arrête enfin sans m'être blessé, et je m'apperçois que c'est un escalier que j'ai descendu si précipitamment. Je suis enfin dans un souterrain, éclairé de distance en distance par des lampes suspendues. C'est là que le bruit effrayant devient insupportable; mais il ne fait plus à mon oreille l'effet d'une suite de gémissemens; ce sont des coups violens qu'on frappe autour de moi, et sans que je puisse distinguer personne. J'avance toujours effrontément, et je remarque plusieurs rues dans ces longs et vastes souterrains. Enfin, une espèce de chambre taillée dans le roc s'offre à mes regards. Je n'y trouve personne: j'y entre. Qu'y vois-je? un trésor considérable! des monceaux de pièces d'or; ce sont des rixdallers, des florins, des souverains, demi-souverains, etc. etc. Comme cette vue me réjouit! Je ne doute pas que ce ne soit là la mine où mon père puise journellement pour faire des dépenses énormes. Né avec le même goût que lui pour ce métal si utile, je ne me fais aucun scrupule d'en remplir toutes mes poches, et je me promets bien de revenir souvent à la curée, attendu qu'il ne paraît seulement pas qu'ont y ait touché. Enchanté de cette importante découverte, je sors de cette riche chambre, et je dirige toujours mes pas du côté d'où vient le bruit. Enfin, au détour d'une espèce de rue souterraine, j'apperçois, dans le fond devant moi, une foule de gens occupés, les uns à limer, les autres à tourner une grande roue, celui-là à frapper de grands coups de marteau sur du métal, ceux-ci enfin à faire aller des espèces de presses.... Qu'est-ce donc, me dis-je? est-ce ici la manufacture de toutes ces belles pièces d'or qui viennent de tant flatter ma vue?....

»Je crois qu'on me remarque, et je me sauve à toutes jambes, en regagnant le même chemin par où je suis venu; mais, ô malheur! je ne puis plus retrouver l'escalier de la chambre éclairée. La peur me saisit, je marche toujours, et plus j'avance, plus je me perds dans l'immensité des souterrains qui cessent d'être illuminés.... Je ne sais plus ce que je fais, ni où je suis; je cours comme un fou, au risque de rencontrer des précipices, ou de me blesser contre les murs. Enfin, une lumière très-éloignée frappe ma vue: il semble qu'elle parte d'une espèce de caveau grillé que j'apperçois dans un fond. Je suis égaré, me dis-je, je suis perdu de toutes les manières, puisque mon père ne peut manquer de s'appercevoir de mon absence. Quand je devrais le rencontrer, ce père irrité, lui ou les siens, j'irai droit à cette lumière, et je demanderai aux gens qui sont dans cette grotte, qu'ils veuillent bien me ramener chez moi.

»Mon parti pris, je l'exécute avec fermeté: je m'avance, et crois rencontrer des persécuteurs; quelle est ma surprise d'appercevoir, à travers une grille, une espèce de cachot, éclairé par une seule lampe. Un vieillard vénérable, et étendu sur une paille fétide; il est presque nud, et paraît consumé par la douleur. Qui est là, s'écrie-t-il, en levant sa tête blanchie par les années? qui peut venir ici à cette heure?—Moi, lui répondis-je naïvement, comme s'il devait me connaître.—Qui, vous? un enfant, grand Dieu! serait-ce un ange tutélaire envoyé par le ciel, pour m'arracher à cette indigne prison?—Vous êtes en prison? Et qui vous y a mis?—Le baron Walfein! pour me dépouiller de tous mes biens, pour s'emparer de ce château qui m'appartenait.—Quoi! c'est mon père qui vous a....—Walfein est votre père?—Oui: mon Dieu! je ne le croyais pas si méchant!—Bon enfant! laisse-moi à ma douleur!—Non, je veux vous sauver, moi, vous retirer d'ici.—Toi, et comment?—D'abord, j'ai beaucoup d'or: en voulez-vous?—Eh! qu'en ferais-je dans ce lieu de douleur?—Il faut le donner à celui qui vous apporte votre nourriture, afin qu'il vous ouvre cette porte, et que vous puissiez vous sauver.—Eh! mon ami, mon geolier est un scélérat comme son maître. Ils ont de l'or, dis-tu; c'est depuis qu'ils se sont faits faux monnoyeurs.—Faux monnoyeurs, dites-vous? c'est de la fausse monnaie que j'ai là?... Tenez, prenez tout, je n'en veux plus.

»Le vieillard admira ma candeur, et je causai si long-temps avec lui, que lorsque je voulus me retirer, je m'apperçus, par les jours des souterrains, que, depuis long-temps le soleil était levé. Je saluai le vieillard, en lui promettant de venir bientôt le délivrer (je n'en avais cependant aucun moyen), et je me mis à parcourir de nouveau les souterrains. J'étais accablé de fatigue; lorsqu'enfin, je remarquai que j'étais revenu précisément à l'atelier où, pendant la nuit, j'avais vu travailler tant de monde. Il n'y avait plus personne maintenant: il me vint dans l'idée de m'emparer de deux limes que je trouvai sous ma main. Je ne puis plus rentrer chez mon père, me dis-je, sacs m'exposer à toute sa colère: je veux fuir cette maison où l'on fait de la fausse monnaie. Allons délivrer le bon vieillard, et nous sauver avec lui.

»Je cherche le chemin de sa prison, et je le retrouve avec un peu d'attention. Bon prisonnier, lui dis-je, je viens vous sauver, et m'en aller avec vous. À ces mots, je lui donne une de mes limes, je prends l'autre, et tous deux, nous voilà occupés sans relâche à limer les barreaux de la porte. Je travaillais avec cœur, et lui aussi; mais je crois que nous n'en aurions jamais fini, tant il y avait d'ouvrage, s'il ne fut venu une idée unique au prisonnier: ce sont les gonds, me dit-il, et les serrures qu'il faut limer, nous aurons plutôt fait.

»En effet, au bout d'une heure, la porte s'ouvre sous nos efforts multipliés:

j'entre, j'embrasse le vieillard et veux l'emmener avec moi. Par où, me dit-il?—Eh! par l'escalier du château; oh! je le retrouverai.—Y penses-tu, mon enfant! je serais reconnu, et tu serais puni avec moi, pour avoir voulu me délivrer.

»Cette réflexion me glaça d'effroi. Attendez, lui dis-je, en mesurant des yeux la hauteur d'une espèce de soupirail qui donnait du jour à son cachot, je trouve un excellent moyen.

»Je dis et je cours vers l'atelier où je prends autant de cordes que je puis en emporter. Je reviens à mon vieillard qui me prend sur ses épaules. Je m'élance dans le soupirail qui est étroit à-peu-près comme une cheminée; et je me trouve, tenant toujours un bout du cordage qui tombe dans le cachot, je me trouve, dis-je, dans une cour que je ne connais point, mais où je ne remarque personne qui puisse me gêner. J'attache fortement le bout de ma corde à un crochet placé là par hasard dans le mur, et mon vieillard, sec et maigre, heureusement pour lui, monte après la corde, passe dans le soupirail, et se trouve bientôt dans la cour à mes côtés.

»Tu vois, mon cher Victor, que je n'étais pas né méchant; car je rendais là à un homme que je ne connaissais point, et qui pouvait avoir des torts envers mon père, un service signalé qui pouvait me compromettre et perdre peut-être mon père; mais j'ai toujours été comme cela, moi, dans tout le cours de ma vie, je n'ai jamais réfléchi aux conséquences, avant d'entreprendre, et tout m'a réussi, excepté cependant cette première affaire à laquelle je reviens.

»Le vieillard et moi, nous étions dans la cour; mais il fallait en sortir. Une forte porte dont la clef est précisément de notre côté, nous donne quelque espoir: nous l'ouvrons: mais ô surprise! un bruit affreux se fait soudain entendre dans le château: on entend crier par-tout: sauvons-nous!.... Des gens en désordre courent de tous les côtés, sans paraître nous remarquer.... Nous restons immobiles. Mon père lui-même, mon père, égaré, désespéré, se présente à nous. Ciel! s'écrie-t-il, en nous voyant; mon ennemi libre! il mourra. Un coup de pistolet étend à l'instant le vieillard sans vie à mes pieds. Je jette un cri, mon père me prend par la main: Suivez-moi, Roger, me dit-il, ou vous êtes perdu avec moi!

»Je le suis sans savoir où je vais: il me jette sur un cheval, y monte avec moi, le pont-levis se baisse devant nous, nous fuyons à toutes brides, et, le soir, nous sommes déjà loin du château.

»Pour l'intelligence de cette scène, je te dirai que mon père, noble d'extraction, mais sans mœurs et sans conduite, avait toujours eu recours à l'industrie pour vivre. Le comte de Morlack, propriétaire du château, était son ami, et l'avait engagé à venir vivre avec lui; mon père avait dépouillé de sa propriété ce vieillard qui gémissait depuis dix ans dans les cachots de sa propre maison. Un beau château ne donne point une existence, quand on n'a rien avec; mon père le sentit, et après avoir perdu sa femme, qui était morte de chagrin, il se fit faux monnoyeur avec quelques mauvais sujets comme lui. Ce petit métier avait été assez bien pendant deux ans; mais le duc de Bavière en avait eu connaissance; et, au moment même où je sauvais de sa prison le malheureux comte de Morlack, une troupe de soldats s'avançait vers le château pour y saisir mon père et ses complices. M. de Walfein qui s'en apperçut, sentit qu'il ne pouvait résister à une force aussi imposante, et prit le parti de rassembler ses effets, et de fuir à la hâte. C'est ce qui l'empêcha, ce matin-là, de venir tirer les verroux de ma chambre, qu'il aurait trouvée ouverte: il comptait ne m'emmener avec lui qu'au moment même où il aurait été prêt à partir; et par ce moyen, il ne s'était point apperçu de mon évasion nocturne. Qu'on juge de sa surprise en me rencontrant avec le comte de Morlack! Le cruel immole ce vieillard sans défense, sans demander quel est son libérateur! Les troupes du duc de Bavière sont aux portes du château; mon père n'a que le temps de me mettre en croupe sur son cheval, et de se sauver avec moi, tandis que ses complices cherchent à fuir aussi d'un autre côté.

»Nous voilà donc en voyage tous les deux, et c'est ici que va commencer ma carrière d'aventurier, qui bientôt va me porter vers de plus grandes entreprises, et me mener peu à peu à la connaissance que je fis de ta mère, ainsi qu'à mon établissement dans ces forêts. Prête-moi la plus grande attention, mon fils; et si tu as quelques reproches à faire à ma jeunesse, n'en accuse que mon père, dont les conseils pernicieux et l'exemple funeste ont pensé me perdre».

CHAPITRE VIII. FORTE LEÇON QUI NE SERT À RIEN

«Mon père ne m'avait pas dit un mot pendant la route; ce ne fut que le soir, dans une auberge où nous nous arrêtâmes, qu'il me questionna sur mon absence nocturne, et sûr ma rencontre avec le vieux Morlack. Je lui contai naïvement mes aventures dans les souterrains, et les moyens que j'avais pris pour arracher le vieillard à sa prison où il me paraissait injustement renfermé. Walfein se contenta de me lancer un regard furieux, et de me dire ce peu de mots: Si vous avez le malheur de dire à qui que ce soit, un seul mot sur ce que vous avez pu voir cette nuit dans mon château, je vous brûle la cervelle. Je lui répondis avec aigreur, qu'il n'aurait pas cette peine-là, attendu que je comptais le quitter à la première occasion.... Il me donna quelques coups de poing qui terminèrent l'explication.

»Le lendemain, nous nous remîmes en route, et nous en fîmes autant pendant dix jours, au bout duquel temps, mon père m'annonça que nous étions en France. Nous étions en effet à Strasbourg où mon père se proposait de mettre en œuvre toute son ancienne industrie pour duper le plus d'Alsaciens possible. Là, il se fit passer pour un riche seigneur qui voyageait pour l'instruction de son fils. Un de ses amis à qui il avait donné rendez-vous à Strasbourg, vint l'y rejoindre. On était occupé, dans cette ville, à se réjouir: les Français venaient de la prendre aux Impériaux; et c'était tous les jours des fêtes nouvelles; mon père et Verdier, son ami, louèrent un hôtel superbe, prirent des laquais, des chevaux, et reçurent compagnie. Le jeu fut d'abord l'aliment de nos dépenses, ensuite vinrent des gens confians qui prêtèrent des sommes d'argent pour s'intéresser dans de prétendus projets de canaux, de fourrages, etc. que nos deux fripons imaginèrent; quand ils eurent entre les mains une somme assez forte, ils décampèrent, et furent s'établir dans une autre ville, où, changeant de noms, ils firent les mêmes escroqueries; puis de cette ville dans une autre, et de cette autre dans une autre encore: il s'écoula ainsi six années pendant lesquelles il ne leur arriva aucun événement extraordinaire.

»Les instructions de mon père, son exemple, l'aisance dont il jouissait, et peut-être mes propres dispositions, tout m'avait donné du goût pour son genre de vie: je le servais très-bien, c'était moi, dont l'âge et la candeur n'étaient point suspects, qui allais à la découverte des dupes; et pour mon compte, je m'amusais souvent à leur dérober quelques bijoux, larcins dont on était bien éloigné de vouloir m'accuser. J'avais dix-huit ans enfin, et j'aurais fait par la suite, un très-mauvais sujet, si j'avais continué à suivre toujours l'exemple corrupteur d'un père coupable; mais le moment était venu où j'allais être séparé pour jamais de ce père imprudent. Nous étions à Paris, où nous faisions la plus grande figure: mon père s'était associé à une bande de fripons qui spéculaient sur les fournitures du gouvernement: à la tête de cette bande étaient, disait-on, les premières têtes du ministère. Le petit trafic de ces messieurs se divulgua; on en arrête une douzaine: mon père est de ce nombre, et je le vois, au milieu d'une belle nuit, arraché de nos bras pour être conduit à la Bastille. Verdier, lui comme fripon subalterne et sans naissance, fut jeté dans une autre prison. La peur d'être arrêté à mon tour, me détermina à fuir sur-le-champ l'hôtel superbe que nous habitions. Je pris mes habits les plus simples, sans oublier de me munir d'argent, et je fus m'établir dans un petit cabinet garni, sous le nom de Roger seulement, au fond d'un fauxbourg de Paris. La tendresse filiale parlait à mon cœur comme l'amour paternel parlait à celui de mon père; c'est-à-dire, que je ne l'aimais pas plus qu'il ne m'aimait, et que le sort qu'on pouvait lui réserver, m'était fort indifférent. D'ailleurs, Walfein était au secret à la Bastille; impossible de le voir, de lui parler, de lui faire même parvenir la moindre chose. Toute communication étant interrompue entre nous, je ne pensai plus à lui, et je ne m'occupai que de moi. J'avais très-bien fait de quitter notre hôtel; car, à peine en étais-je sorti, que tous nos effets, mis d'abord sous les scellés, avaient été distraits et pillés par les gens de justice. On s'était bien apperçu de ma fuite; mais je n'étais point suspect, on ne s'inquiétait pas du tout de ce que j'étais devenu. Quand je vis que le temps s'écoulait, et que mon argent diminuait, je songeai à faire quelque chose. Un riche orfèvre, mon voisin, me prit chez lui pour apprendre son état. Ce brave homme avait une fille jeune et jolie qui m'avait souvent examiné, lorsque je passais devant sa boutique. Le desir de la connaître m'avait poussé à entrer lui parler sous différens prétextes. Claire était vive et coquette, notre intelligence fut bientôt au dernier degré, et ce fut elle-même qui engagea son père à me prendre chez lui, afin que nous fussions moins gênés dans nos amours.

»Comblé d'amitié par le père et de tendresse par la fille, j'étais heureux; mais

Claire ne l'était pas autant que moi. Son père la persécutait pour qu'elle épousât un homme âgé, de ses amis; Claire résistait; mais elle voyait venir le temps où il ne lui serait plus possible de reculer sans avouer son amour pour moi. Claire était entreprenante. Elle me propose de fuir, avec elle, la maison paternelle. Et des ressources, lui dis-je?—Nous en emporterons, il y en a ici.

»Je la compris, et dès ce moment, nous nous occupâmes des préparatifs de notre voyage. C'était Claire qui conduisait le commerce de son père; il lui était très-facile de détourner les effets les plus précieux; elle le fit. Son père avait une petite campagne à une lieue de Paris; son bonheur était d'y aller cultiver son jardin. Claire l'y envoya. Le jour fixé pour notre fuite, nous mîmes dans une malle tous les effets d'or et d'argent du magasin, et nous attendîmes la nuit pour partir. J'avais acheté une calèche très-légère et un cheval: le maquignon devait me livrer tout cela à minuit précis chez lui. La malle était déjà déposée dans un hôtel garni, où j'avais été louer une chambre le matin, comme un homme qui voyageait. Toutes nos précautions étaient bien prises; mais hélas! au moment de commettre l'action la plus coupable, le ciel me préparait une leçon terrible qui, si je l'avais écoutée, m'aurait épargné bien des maux!

»Minuit sonne; Claire est dans l'hôtel garni, où elle m'attend comme mon épouse. Il ne s'agit plus que d'aller chercher la voiture. Je sors seul, à pied, et mon chemin me forçant à traverser une place qu'on appelle à Paris, la Grève, je m'arrête un instant pour examiner cette place où la mort et l'infamie attendent journellement les hommes coupables, comme moi, de rapt et de vol... Mon cœur se serre, un funeste pressentiment me trouble, et je suis prêt à verser des larmes.... Plusieurs flambeaux, qui s'avancent vers moi, frappent mes yeux étonnés: c'est un corps de soldats à cheval. Ils entourent une voiture bien fermée, que devance un charriot chargé de charpente. Surpris de ce singulier cortége, je le considère, moi troisième passant; mais la garde à cheval nous ordonne de nous retirer; la curiosité me porte à entrer dans une allée que je ferme sur moi; et, comme cette porte d'allée est surmontée de barreaux de fer à jour, je grimpe jusqu'à ces barreaux, où mon œil fixé sur la place, voit le spectacle le plus affreux et le plus déchirant.

»La place ne renferme plus aucun étranger curieux; le conducteur du charriot chargé de charpente, s'arrête en face de moi. À l'instant même un échafaud est dressé. La garde, chargée de flambeaux, entoure ce trône de la mort. On fait descendre de la voiture un homme pâle, défait, et que je crois reconnaître. Une espèce de rapporteur lit à haute voix sa sentence: Que deviens-je, grand Dieu!... L'homme qu'on va immoler, est mon père! c'est le baron de Walfein! Il monte sur l'échafaud, et s'écrie avec l'accent de la douleur! Ô mon fils! que n'es-tu témoin de ma triste fin!.... elle t'apprendrait quelle est la juste punition du vice, du vice auquel je ne t'ai que trop entraîné; et tu reviendrais peut-être à la vertu.

»À ces mots, il se jette dans les bras d'un vénérable ecclésiastique; et moi, qui ne peux plus soutenir un si cruel tableau, je tombe de ma hauteur sur le pavé de l'allée dans laquelle je suis renfermé..... Je n'eus pas le bonheur de perdre connaissance; un heureux évanouissement m'aurait empêché d'entendre le coup de la hache meurtrière qui abattait la tête coupable de l'auteur de mes jours; ce coup affreux frappa en même temps mon cœur, et il me sembla soudain qu'un songe funeste agitait tous mes sens!

»Je restai ainsi, sans force et sans mouvement pendant plus d'un quart-d'heure; enfin, revenu à moi-même, et n'entendant plus de bruit, je me hasardai à ouvrir doucement la porte de mon allée. Il n'y avait plus rien sur la place; je vis même de loin le funeste cortège, qui s'en retournait par l'arcade Saint-Jean, et qui semblait reporter à la Bastille les restes inanimés d'un homme qu'on venait d'en retirer, avant, plein de vie.

»Immobile encore, et saisi d'effroi, je voulus me persuader que tout ce qui venait de frapper mes yeux était le feu de mon imagination exaltée; mais bientôt la cruelle réalité vint convaincre ma raison, et ne suivant plus que le délire de mon esprit, je fus me précipiter à deux genoux sur la place même où mon père venait de perdre la vie: Dieu! les pavés étaient encore teints de ce sang où j'avais puisé le mien!.... Mon père, m'écriai-je, ô mon père! tes derniers avis ne seront pas perdus pour moi! je les suivrai, ces tristes conseils. Mon Dieu, je te le jure par le sang de mon père que j'inonde de mes larmes, oui, je vais me livrer tout-à-fait à la pratique des vertus sociales et privées. Je renonce à Claire, à tout ce qui pourrait me pousser au crime, et l'exemple de mon père sera toujours devant mes yeux, pour me faire éviter sa fin terrible.

»La prière, quand elle part d'un cœur repentant et sincère, est un baume consolateur qui rafraîchit le sang, ranime les forces et raffermit l'esprit; je l'éprouvai, car dès que je me levai, je sentis mes genoux moins faibles, ma raison était revenue, et je n'étais plus livré qu'au trouble qu'excitaient en moi mille réflexions auxquelles ce funeste événement devait donner lieu. En effet, pourquoi cette exécution nocturne, dans ce lieu, revêtue de toutes les formes de la publicité, quoiqu'on ait eu soin d'en éloigner les curieux? Quel crime assez grand avait commis le baron de Walfein? quels ménagemens un gouvernement qui lui était étranger, avait-il eu à garder avec lui, pour lui épargner la honte de subir de jour, aux yeux de la multitude, une mort infamante? Pourquoi, si l'on voulait s'en défaire, l'avoir conduit dans cette place, plutôt que de le faire périr dans sa prison même? En un mot, quelle était cette politique qui enfreignait les loix en paraissant les suivre? Qui pouvait m'éclaircir tous ces doutes? Personne. Je n'avais pas du tout envie d'aller m'informer des motifs qu'on avait eus de se conduire ainsi. Mon malheureux père était mort enfin: son roman venait de finir, tandis que le mien commençait. Jusques-là j'avais couru la même carrière que lui, et le même sort pouvait m'attendre au bout de cette carrière fatale qu'il avait mesurée en entier quand à peine j'y entrais... Qu'allais-je faire? quel parti devais-je prendre? Claire m'attendait; mais j'avais promis à Dieu, aux mânes de mon père, de renoncer à Claire, d'éviter le piège affreux qu'elle tendait à ma jeunesse.... Claire n'était plus à mes yeux que ce qu'elle était en effet, c'est-à-dire, une fille dénaturée, une femme sans probité, sans mœurs et sans délicatesse: je devais la fuir; mais, hélas! quelle ressource me restait-il pour exister? Je ne pouvais plus rentrer chez son père, quelle que soit l'issue de la fuite nocturne de sa fille. Le bon vieillard devait revenir chez lui le lendemain matin: on n'aurait pas le temps de remettre tous les effets à leur place: Claire elle-même pouvait n'y pas consentir. Le plus sûr moyen de tenir le serment que je venais de faire, était de ne plus voir Claire ni son père, de ne plus même rester à Paris.... Mais en étais-je moins suspect aux yeux du père de Claire? Sa fille, en supposant que, ne me voyant pas revenir, elle rentrât chez lui, sa fille elle-même, pour se venger de mon abandon, pouvait m'accuser, me noircir aux yeux du vieillard, et le crime que je n'avais pas commis pouvait m'être imputé. Quel embarras! qu'il en coûte, me disais-je, pour sortir du labyrinthe du crime quand une fois on s'y est engagé!....

»J'avais quitté la place fatale où je venais d'être témoin des derniers momens de mon père, et je marchais au hasard, sans savoir où j'allais, bien décidé cependant à n'aller chercher ni ma voiture, ni Claire, lorsqu'un homme passa dans une calèche: il s'arrête et me dit: Pardon, monsieur; n'est-ce pas vous qui m'avez acheté ce matin cette voiture et ce cheval, sur lesquels vous m'avez donné cinq louis d'arrhes?—Oui, monsieur, répondis-je en balbutiant.—J'allais à votre auberge, me répond le maquignon (je la lui avais en effet indiquée le matin); ne vous voyant pas venir, j'ai pensé que vous pouviez avoir quelque affaire, et qu'il était plus honnête que je me rendisse chez vous: donnez-vous la peine de monter près de moi....

»Nouvel embarras pour moi. Le maquignon me presse de monter dans une voiture que j'ai achetée; que faire? puis-je lui confier mes chagrins, mes nouveaux projets? Je monte, et je me laisse conduire, sans dire un mot, à l'auberge même où j'ai laissé Claire. Je lui parlerai, me dis-je, à cette jeune insensée; oui, je la ferai rentrer dans son devoir, et tous deux nous trouverons les moyens de cacher les préparatifs d'une fuite que je ne veux plus partager.

»Arrivé à l'hôtel garni, je paie le maquignon, qui se retire, et je monte chez Claire, que je trouve livrée à la plus grande inquiétude. Te voilà, mon ami, me dit-elle avec humeur? qu'as-tu donc fait, méchant? Il est deux heures; je commençais à craindre qu'il te fût arrivé quelque accident.—Oui, lui dis-je, il m'en est arrivé un affreux!—Dieu! conte-moi donc....

»J'allais lui retracer la scène horrible dont j'avais été témoin; mais la prudence et la honte me retinrent; je me contentai de lui faire une histoire que je terminai en lui disant que j'avais changé de dessein, que je ne pouvais l'accompagner.

»Qu'on juge du désespoir de cette jeune personne. Après m'avoir dit en pleurant qu'elle m'adorait, elle passa tout-à-coup des pleurs à la colère; elle m'accabla des noms de traître, de parjure; puis elle revint encore aux larmes et aux prières. J'étais ému; mais je lui résistais, et déjà je me flattais de l'emporter, lorsqu'elle s'écria avec le ton du désespoir: Tu me méprises, cruel, tu me détestes; eh bien! prends un poignard, plonge-le dans mon sein, dans ce sein qui porte un gage touchant de notre amour! Tu l'ignorais, parjure, que j'allais devenir mère; ce secret si doux, je me réservais à te le confier lorsque nous aurions été en sûreté, et pour te récompenser de ta constance. Immole l'enfant et la mère, qui ne peuvent exister sans toi, la mère sur-tout, qui te fait le sacrifice de ses parens, de son honneur, de tout ce qu'elle avait de plus cher. Barbare, ramène-moi dans cet état à mon père, à l'époux qu'il veut me donner! tu m'as mise dans la triste situation de rougir aux yeux de tous les hommes!...

»Claire tombe sur un siége, presque évanouie. L'aveu qu'elle vient de me faire dérange tous mes projets, et me rend à ma passion. Je suis père, me dis-je, et j'abandonnerais mon enfant et sa mère! Non, non, Claire est vertueuse, elle m'encouragera à être vertueux; ensemble nous pouvons tenir la promesse que j'ai faite aux mânes de mon père. C'en est fait, m'écriai-je; Claire, viens dans mes bras et partons.

»Claire oublia soudain tout son ressentiment; elle essuya ses larmes, me donna la main, et nous montâmes dans la voiture, derrière laquelle j'eus le soin d'attacher fortement la malle pleine d'argenterie, ainsi que celle qui contenait nos effets.

»Notre dessein était de passer en Angleterre. Nous voyageâmes de jour et de nuit, moi, toujours tourmenté de ma scène nocturne, Claire occupée seulement à me prouver la tendresse, et nous arrivâmes à Calais sans accident, sans nous être apperçus même qu'on nous eût poursuivis.

»Nous vendîmes nos effets, et nous restâmes ensemble, en bonne intelligence, environ une année, pendant laquelle l'enfant, dont elle avait bercé mon espoir, ne vint point au monde. Claire n'avait trouvé ce mensonge, disait-elle, que pour me déterminer à la suivre. Elle me faisait toujours beaucoup de questions sur les raisons qui m'avaient ainsi refroidi pour elle tout-à-coup pendant la cruelle nuit de notre départ. J'en revenais toujours à l'histoire que j'avais fabriquée alors, et j'étais parvenu, sinon à la convaincre, du moins à la réduire au silence sur cette affaire.

»Cependant, Claire se dérangeait sensiblement, et c'est sans doute ce que l'on devait attendre d'une femme dont la conduite avec son père avait été si condamnable. Claire voyait du monde; elle passait même les nuits entières à jouer sans moi. Sa conduite commençait à me donner de l'humeur, lorsqu'un jour elle rentra plus tard qu'à l'ordinaire, me regarda d'un œil

sévère, et se contenta de me dire: Connaissez-vous un nommé Verdier?
»À ce nom de Verdier, je pâlis et frémis involontairement. Oui, lui répondis-je en balbutiant.—Il a connu votre père aussi.—Je le crois.—Vous avez bien fait, malheureux, de me cacher les crimes de votre père et sa mort honteuse, jamais je n'eusse pu vous aimer; mais je sais tout, et c'en est assez. Adieu....
»Claire me quitte à ces mots, et me laisse saisi d'horreur et d'effroi. Je passe la journée dans l'inquiétude, Claire ne revient point; la nuit s'écoule, elle ne revient point. Enfin deux jours après, j'apprends, par un mot d'elle, qu'elle a cédé aux vœux d'un mylord, et que jamais elle ne me reverra.
»Je n'avais plus d'argent; j'étais seul, et piqué d'avoir été quitté d'une manière aussi humiliante. Je résolus de m'en venger sur l'inconstante Claire, et je passai plusieurs jours à méditer une foule de projets, dont aucun ne m'aurait réussi, si le hasard ne m'avait servi à souhait, en m'envoyant un ami, ou plutôt un complice de mes fureurs.
»Un matin.... Mais avant de te raconter, mon fils, ce singulier événement, je dois t'inviter à te reposer un peu des diverses émotions que mon récit a pu te faire éprouver jusqu'ici. Le tableau déchirant de la mort de mon père t'a sur-tout singulièrement affecté. Il est affreux enfin, et je te l'aurais épargné, si je ne me fusse imposé la loi de ne te rien cacher de tout ce qui m'est arrivé. Cela t'amènera insensiblement à la connaissance de mon caractère, et tu dois voir, jusqu'à présent, qu'il était plus faible que vicieux, j'entends faible pour me livrer au crime; car, dans les grandes affaires, j'ai su toujours déployer une fermeté, un courage, j'oserai même dire une grandeur d'ame peu commune à l'humanité; tu en auras des preuves par la suite; de mon récit».
Ici Roger s'arrêta, prit un verre d'une liqueur forte, en offrit à son fils, qui le refusa, et continua en ces termes après quelques momens de repos.

CHAPITRE IX. VENGEANCE DIGNE DE LUI; POLITESSE INTÉRESSÉE

«Un matin que je réfléchissais à la bizarrerie de ma destinée, et que je songeais à trouver quelques moyens nouveaux d'existence; je vis entrer chez moi ce même Verdier, dont Claire m'avait parlé; ce Verdier, l'ami de mon père, son confident, qu'on avait jeté autrefois en prison pour la même affaire qui avait conduit Walfein à la Bastille. Vous êtes sans doute étonné de me revoir, me dit-il; je viens jurer au fils l'amitié que j'avais vouée au père.—Vous, Verdier, libre et dans ces lieux!—Libre, mon ami, et prêt à vous servir.—Eh! qui vous a appris ma demeure?—Un incident que je vous dirai... Vous, avez-vous su la perte que vous avez faite?—Ah! Verdier, ne comblez pas mes regrets!—Comment avez-vous pu découvrir un événement qu'on a caché à tout le monde?

»Je fis part à Verdier du funeste hasard qui m'avait rendu témoin des derniers momens du baron de Walfein, et je lui demandai s'il savait pourquoi on avait pris tant de précautions pour ne point ébruiter sa fin tragique. Sans doute je le sais, me répondit-il, et ces sortes d'exécutions nocturnes se multiplient plus qu'on ne le pense en France; c'est un coup de la politique du gouvernement de ce vaste empire. Voici le fait. Le baron de Walfein, qui, toute sa vie, n'avait été qu'un intrigant, s'était mis, comme vous l'avez su, dans une fourniture de grains, de fourrages, etc. pour les troupes françaises: à la tête de cette compagnie de fripons étaient des ministres et même des grands seigneurs de la cour. La mine s'évente, la fraude est avérée, plusieurs de ces fournisseurs infidèles sont arrêtés; mais ce ne sont ni les plus fripons, ni les plus titrés. Votre père gémit long-temps dans une sombre forteresse. À la fin il est question de lui faire son procès; il est condamné, c'est-à-dire qu'il paie pour les autres; mais si son affaire a trop d'éclat, le peuple murmurera, demandera d'autres têtes qu'on ne peut lui donner: le baron de Walfein lui-même peut parler, compromettre des gens en place; les appeler à d'autres tribunaux: il est donc nécessaire qu'il soit sacrifié sans bruit; et sa mort est infamante, c'est sur la place même consacrée à l'opprobre qu'il doit périr, afin que les registres qui constateront sa mort, prouvent qu'elle a été déshonorante pour ses parens; s'il en a. Telle est, mon cher Roger, ajouta Verdier, l'explication du tableau douloureux qui a frappé vos regards; le malheureux baron ne vous savait pas si près de lui; il serait mort plus tranquille. Quant aux exclamations qu'il a faites, ne les attribuez qu'à la faiblesse de sa raison dans un moment si cruel; oui, ces conseils de vertu, de sagesse, qu'il vous donnait, sont les fruits d'une imagination troublée. Il n'y a pas de l'eau à boire, mon ami, en suivant ces sottes maximes de la vertu, que les hommes ont sans cesse en vénération, et qu'aucun d'eux ne pratique. Faites comme moi, Roger; je suis toujours le même train de vie, et je suis riche et heureux.

»Je demandai à Verdier comment il avait connu Claire. S'il faut vous l'avouer, me dit-il, je la rencontrai un jour dans une maison assez suspecte. Les riches Anglais qui ont besoin de femmes ou d'argent, y trouvent à satisfaire tous leurs desirs. On joue dans cette maison; c'est ce qui m'y attirait. Claire, je ne sais comment, vint à parler de Roger son ami: ce nom me frappa, je la pris en particulier; et pour lui mieux désigner le Roger que je connaissais, je lui parlai de votre père et de sa triste fin, présumant qu'elle savait tout cela: point du tout, elle l'ignorait, et je m'apperçus trop tard de mon indiscrétion. Claire s'emporta contre vous, jura qu'elle ne passerait pas vingt-quatre heures avec vous; et en effet je sus depuis qu'elle vous avait quitté pour vivre avec mylord Kingham, le plus lourd et le plus sot seigneur de toute l'Angleterre. C'est par Claire encore que j'ai su votre adresse, et je me suis empressé de venir vous voir pour vous consoler et vous offrir mes services.

»J'embrassai Verdier, dont l'appui me devenait si nécessaire; et nous réglâmes ensemble des plans de conduite, qui me répugnèrent d'abord, mais que sa morale, qui était assez de mon goût, me fit adopter. À quoi bon se gêner, me disait Verdier, pour demander aux autres ce qu'ils ont de trop, et ce dont nous n'avons pas assez? L'excès du bien des riches appartient de droit à l'indigent, et si l'on ne l'obtient pas de bonne volonté, il faut le demander de force.

»Je fus de son avis, et dès ce moment, je roulai dans ma tête le vaste projet que j'ai exécuté depuis, lorsque les circonstances me l'ont permis. Pour l'instant, je ne songeai qu'à me venger de Claire, et nous en trouvâmes, nous deux Verdier, les moyens. Plusieurs amis communs, qui furent mis dans le secret, promirent de nous aider; et ce fut Verdier qui se chargea d'attirer la victime dans le lieu du sacrifice. Verdier était grand, bien fait, et encore aimable, quoiqu'il ne fût plus dans la première jeunesse: Verdier fut chargé de faire une cour assidue à l'ingrate Claire, sans lui dire qu'il me voyait. Verdier réussit; au bout d'un mois il fut en état de nous annoncer qu'il avait obtenu un rendez-vous; que la belle devait se trouver, le soir même, derrière les murs d'Hyde-Park, où il lui avait promis de la conduire dans sa petite maison de Saint-James. Aussi-tôt nous nous distribuâmes nos rôles, que nous jouâmes à merveille.

»Il était environ onze heures du soir lorsque Verdier fut chercher sa belle, qui l'attendait déjà depuis une demi-heure. Verdier fait l'empressé auprès d'elle; il brûle d'amour, il voudrait obtenir sur-le-champ le gage flatteur de la tendresse de Claire; Claire résiste. Dans votre petite maison, lui dit-elle, on verra ce qu'on pourra faire pour vous. Verdier la fait monter à côté de lui dans sa calèche, qu'il fait voler; et, au lieu de la conduire dans une petite maison (car il n'en a point), c'est à deux milles de Londres, dans un petit bois touffu où nous l'attendions, qu'il nous amène cette beauté facile. Claire s'apperçoit trop tard qu'elle est prise pour dupe; elle crie, elle verse des larmes, accable d'injures son compagnon de voyage; mais son désespoir redouble quand elle me reconnaît: nous étions six, tous armés d'un excellent fouet de poste, avec lequel nous nous proposions de la faire danser[6]. Je m'empare d'elle, et après lui avoir reproché son inconstance, je lui applique sur les épaules un premier coup qui est soudain suivi de mille autres, que lui prodiguent mes camarades. Claire tombe bientôt à terre, épuisée de douleur, et poussant les plus longs gémissemens. Alors pour lui ôter les moyens de plaire à d'autres, et de les tromper comme elle m'avait trompé, nous lui coupâmes le nez, les oreilles, et une partie des joues.... Tu frémis, Victor! Ne m'accuse pas de cette cruauté, je n'en étais pas capable: ce fut Verdier, qui, malgré moi, et pour s'amuser, fut chargé par les autres de cette expédition, dont, je l'avouerai néanmoins, je finis par rire comme eux.

»Cependant nous allions abandonner la victime sur la place même où elle perdait son sang, lorsqu'un homme seul, et qui paraissait descendu d'une calèche arrêtée plus loin, vint droit à nous. Nous crûmes d'abord que c'était quelque passant attiré dans ce lieu par les cris de l'infortunée Claire; mais notre surprise et notre joie redoublèrent, lorsque Verdier nous dit qu'il le reconnaissait, que c'était le gros mylord Kingham, le nouvel amant de Claire. Mylord Kingham, jaloux de son amante, l'avait suivie de loin à Hyde-Park; la voyant là monter avec un inconnu dans une calèche, il avait pris la même route que Verdier; mais effrayé de voir tant de monde autour de Claire, il s'était tenu à l'écart jusqu'au moment où, indigné des cruautés qu'on exerçait sur cette femme, il s'était montré croyant en imposer par sa présence. Il est vrai que sa vue nous déconcerta d'abord un peu; mais l'intrépide Verdier, se remettant bientôt, résolut de se divertir encore aux dépens du nouveau venu. Il força mylord à se déshabiller; puis sa seigneurie subit, comme sa triste amante, la peine de la flagellation, à laquelle nous nous bornâmes.

»Cela fait, nous le laissâmes gémir à côté de sa maîtresse, et nous nous servîmes de sa calèche, que nous joignîmes aux nôtres, pour fuir à la hâte le petit bois où nous avions poussé la raillerie un peu plus loin qu'il ne fallait. Nous le sentîmes après, mais trop tard. Mylord Kingham avait du crédit; il avait été battu; Claire était défigurée pour sa vie: on pouvait nous faire un très-mauvais parti. Nous résolûmes de fuir tous les sept, d'abandonner l'Angleterre, pour aller exercer nos talens dans un autre pays, et de ne jamais nous séparer: je dis exercer nos talens, car plusieurs d'entre nous en avaient. Je ne sais lequel, par exemple, avait eu l'adresse de dépouiller mylord Kingham de son or et de tous ses bijoux. Il nous le dit en riant après, et nous offrit cordialement un partage que nous acceptâmes.

»Je me trouvai donc associé, en quelque façon malgré moi, à ces gens peu délicats, dont les principes, qui ne me plurent pas d'abord, devinrent bientôt les miens; et nous vîmes ensemble l'Espagne, l'Italie, tous les royaumes d'Europe, où nous nous amusâmes tout uniment à détrousser les passans. Je sentais bien que j'étais voleur en petit, et qu'alors c'était un mal: il faut l'être en grand, me dis-je, ou ne pas l'être du tout. C'était toujours mon projet de former une troupe formidable, et de me mettre à sa tête; mais il fallait des moyens pour cela, et je n'en avais pas encore assez. Notre troupe néanmoins s'était considérablement augmentée, et je commençais à la discipliner: il n'était plus question de voler un simple passant, encore moins de tuer ou même de blesser, ce que je ne me suis jamais permis qu'à mon corps défendant; mais c'était particulièrement l'adresse qu'il fallait employer pour extorquer des sommes d'argent des uns, ou des bijoux des autres. Cependant, comme il nous arrivait souvent que l'un de nous tombait entre les mains de la justice, et que nous avions à craindre son indiscrétion, nous passions alors dans un autre empire, comme ces oiseaux passagers qui, fuyant les frimas, vont chercher le printemps de contrée en contrée. Une affaire semblable nous fit quitter la Suisse; et comme il ne nous restait plus que la France et l'Allemagne à parcourir, nous nous décidâmes à voir d'abord la France, et à regarder l'Allemagne, dont la police était bien plus relâchée que par-tout ailleurs, comme une retraite paisible pour nos vieux jours.

»Je rentrai donc en France, avec la troupe dont alors je n'étais point le chef; c'était Verdier qui la commandait, et qui s'en acquittait en homme de tête. Je t'avoue que mon cœur se serra en revoyant Paris, non dans la crainte d'être recherché pour l'enlévement de Claire (il y avait dix ans qu'on m'avait perdu de vue, et j'étais singulièrement changé); mais par le souvenir de mon père. Je me rappelais ses derniers momens; et, loin d'avoir suivi ses sages conseils, je me voyais dans une carrière bien propre à m'attirer une fin aussi funeste que la sienne. Tout cela me fortifiait dans le dessein, que je nourrissais, de me mettre au-dessus des loix par des forces imposantes, et au-dessus de ma conscience par des formes dignes d'un philosophe ennemi des grands, mais protecteur du pauvre et ami de la nature. Verdier, quoique doué d'un très-grand sens, était incapable d'entrer dans mes vues: il n'avait point de délicatesse, point de principes stables; il était d'ailleurs cruel et intéressé: c'était assez pour ne jamais devenir un grand homme. Il est vrai que j'étais son conseil, son ami, aussi maître que lui dans la troupe, et que mes sages avis arrêtaient souvent la fougue de son caractère, faux, d'ailleurs, et peu constant dans son amitié.

»Cependant, après avoir gagné beaucoup dans Paris, nous sentîmes qu'il était bientôt temps de quitter cette capitale, dont nous étions l'effroi. On commençait les spectacles à trois heures, pour éviter qu'on rentrât tard chez soi. Le soir, on ne rencontrait personne que nous dans les rues: nous cassions les lanternes, et par le moyen de l'obscurité la plus profonde, que nous savions nous procurer ainsi, nous attaquions jusqu'aux gens de la police qui fuyaient devant nous.

»Ce joli petit métier ne pouvait durer long-temps. À tout moment je proposais, au conseil, de partir pour d'autres provinces: le jeu plaisait trop à ces messieurs pour le quitter si-tôt; ils ne m'écoutaient pas, reculaient toujours le départ que je pressais; et bientôt, hélas! l'expérience prouva que j'avais raison de craindre. Voici ce qui nous arriva un jour.

»Nous tenions, régulièrement tous les matins, un conseil dans le bois de Boulogne, bois très-touffu, isolé au milieu des champs, et situé à trois quarts de lieue de Paris. Un jour Verdier manque au conseil: chacun de nous, ignorant ce qu'il est devenu, cherche sa trace, et le lendemain il ne paraît pas encore. Pour le coup, l'inquiétude nous saisit, et nous convenons, si Verdier est encore absent tout le jour, de partir tous au milieu de la nuit, et de nous réunir, dans la forêt d'Anet, par des chemins détournés. Je rentre chez moi, accablé de tristesse, et craignant, au moindre bruit que j'entends, de voir entrer des estafiers disposés à m'arrêter.... La matinée entière se passe, et je commence à craindre qu'en restant chez moi, il soit plus facile aux gens de la police de me trouver, en cas que Verdier soit entre leurs mains, qu'il ait nommé ses complices, et qu'on me cherche. Je descends donc, tremblant, dans le dessein d'errer à l'aventure en attendant la nuit qui doit, ou détruire mes craintes, ou couvrir ma fuite: une femme, âgée et respectable, qui demeurait au-dessous de moi, me fait appeler: je connaissais cette dame comme une excellente voisine, qui m'avait rendu souvent des petits services, sans se douter de l'état dangereux que je professais. J'entre chez elle, croyant qu'elle va m'apprendre qu'on épie mes démarches: c'est tout le contraire, ce sont des consolations qu'elle me demande, à moi, à moi dont le courage chancelant a besoin d'être raffermi!

»Je trouve cette dame au lit, plongée dans le plus grand abattement. Mon cher voisin, me dit-elle d'une voix faible, vous m'avez inspiré de la confiance, et je veux vous en donner une preuve. Vous me connaissez peu: vous savez cependant que je vis seule, retirée, sans domestique, que ma faible fortune ne me permet pas d'avoir, sans autre société enfin qu'une vieille parente qui demeure à deux pas d'ici, et chez laquelle je vais passer mes soirées. Écoutez, écoutez le récit affreux de ce qui m'est arrivé cette nuit, et daignez me donner des conseils sages et prudens sur la conduite que je dois tenir?

»Mon trouble était extrême, et cette dame me proposait de partager le sien! Peu s'en fallut que je ne la quittasse sur-le-champ, en prétextant quelques affaires pressantes, pour ne pas entendre son histoire, que je présumais être un véritable radotage. La suite me prouva que j'avais très-bien fait de lui témoigner de la complaisance. Je m'assis près d'elle, et la priai de parler, ce qu'elle fit en ces termes.

«Je revenais hier soir, mon cher voisin, de chez la parente en question: je m'étais attardée, il est vrai; il était huit heures, et vous savez qu'il y a tant de voleurs aujourd'hui, qu'il est imprudent à une femme seule de rentrer trop tard. Je revenais enfin, lorsqu'au détour de cette rue, deux hommes, pris de vin, m'accostent, et me croyant apparemment plus jeune et plus jolie, veulent à toute force m'emmener chez eux, en me tenant des propos que la pudeur m'empêche de vous rapporter. Je me débats, ils insistent; je crie, ils veulent me fermer la bouche; enfin je ne sais ce que je serais devenue sans un passant, un homme fait, d'un extérieur très-décent, qui vient à mon secours, tire son épée, et met en fuite les deux agresseurs. J'étais restée sans mouvement, appuyée contre une borne; l'inconnu vient à moi, remet son épée dans le fourreau, ôte son chapeau, et me prenant doucement la main: Madame, me dit-il, je me trouve bien heureux que le hasard m'ait fait passer ici assez à propos pour vous tirer des mains de deux misérables qui vous insultaient.—Monsieur, lui dis-je, bien rassurée, je ne sais comment vous prouver ma reconnaissance.—Vous plaisantez, madame, ma récompense est dans le faible service que j'ai eu le bonheur de vous rendre. Cependant, madame, comme ces coquins ne sont pas loin, et qu'ils pourraient encore vous attaquer si je vous quittais, permettez-moi de vous offrir mon bras jusqu'à votre demeure.—Ah! monsieur, combien vous m'obligez! je n'aurais pas osé abuser à ce point de votre complaisance.—Daignez la mettre, madame, à toutes les épreuves, et je vous jure que vous ne pourrez jamais la lasser.

»Je prends le bras du généreux inconnu, et nous arrivons ensemble, en causant avec intérêt sur divers points, jusqu'à la porte de l'allée de cette maison, que j'ouvre avec mon passe-par-tout.... Permettez-moi, ici, mon cher voisin, de reprendre haleine. Le trouble où m'a jetée l'incident qu'il me reste à vous raconter, est encore trop violent, et je crains qu'il ne me conduise au tombeau....».

«Ici ma voisine se repose un moment, puis elle continue ainsi son récit, qui, jusques-là, m'intéressait fort peu».

CHAPITRE X. NUIT D'UNE VIEILLE FEMME; CE QUE CELA VEUT DIRE

«J'ouvre donc la porte de mon allée; et l'honnête inconnu me salue comme pour se retirer. Voulez-vous, monsieur, lui dis-je, vous donner la peine de monter chez moi, pour prendre quelque chose, et vous reposer un moment?—Volontiers, me dit-il, madame, si toutefois cela ne vous gêne point.—Nullement, monsieur: je suis seule, ma maîtresse, et sans domestique même, car ma fortune est très-bornée.

»En disant ces mots, je ferme l'allée, et nous montons ici, où je m'empresse de me procurer une lumière que je pose sur cette console. À peine mon inconnu voit-il de la lumière, qu'il se lève d'un air égaré, marche vers la porte de ma chambre, la ferme à double tour, et en met la clef dans sa poche. Étourdie de cette action d'un homme, qui, peu auparavant, me paraissait si honnête et si doux, je m'écrie en tremblant: Que faites-vous donc là, monsieur?—Rien, madame; gardez-vous de crier seulement, ou vous êtes morte!....

»Le malheureux tire deux pistolets de sa poche, et les pose sur la cheminée, en ajoutant: Ne craignez rien, madame, étouffez vos cris et calmez vos inquiétudes. Je ne suis point un voleur, ni un assassin, je ne veux vous faire aucun mal; mais il faut que je couche ici.—Il faut, dites-vous?....—Oui, madame, il faut que je passe la nuit chez vous, dans cette chambre. Ne me soupçonnez point, de grace, de vouloir attaquer votre vertu! Je vous jure que vous pouvez vous mettre au lit tranquillement, et vous livrer au repos. Pour moi, ce fauteuil est excellent; je vais m'y asseoir, y passer cette nuit cruelle, et je vous promets de ne point troubler votre sommeil....—Mais, monsieur, cela est affreux! que voulez-vous que je pense?....—Tout ce qu'il vous plaira, madame.—Ô ciel! et personne pour me secourir!....—Je vous ai déjà priée de vous taire, madame, ou c'est fait de vos jours!....

»Le cruel me poursuit, le pistolet sur la gorge; et moi, saisie d'effroi, je tombe sur un siége, livrée au plus profond évanouissement.... je ne recouvre la raison que pour remarquer tous les soins que l'inconnu me prodigue de la manière la plus affectueuse. Il a trouvé mon flacon, et me l'a fait respirer; il m'a même délacée, mais avec tous les ménagemens qu'exige la modestie. Quel est donc cet homme étonnant? Il me rassure un peu néanmoins. Ah! monsieur, lui dis-je, en versant un torrent de larmes, il est affreux d'abuser ainsi de ma confiance! Moi qui vous croyais si honnête! vous me rendez un service signalé, et c'est pour me livrer aux plus mortelles inquiétudes! Qui êtes-vous, de grace, qui êtes-vous?—Je vous le répète, madame, je suis un honnête homme, incapable de vous faire le moindre mal, au désespoir de vous causer ce déplaisir; mais il le faut, oui, madame, il faut que je reste ici jusqu'à demain matin.—Mais quelle raison?....—C'est mon secret.... Couchez-vous, madame, je vous en conjure, et cessez de craindre.—Non, monsieur, je resterai près de vous; oh! je vous promets que je veillerai aussi.—Faites ce qu'il vous plaira....

»Je ne vous peindrai point ma situation, mon cher voisin; vous devez vous en faire une idée. Je pris donc mon parti, quoique toujours tremblante. Je multipliai les lumières, et je m'assis, en fixant l'inconnu dont les moindres gestes me glaçaient d'effroi.... Jamais femme s'est-elle trouvée dans une circonstance pareille!....

»L'inconnu ne me dit plus mot; il lut et relut plusieurs lettres sur lesquelles il parut verser quelques larmes; il en couvrit même une des baisers les plus tendres: ensuite, il écrivit; puis enfin il me demanda des ciseaux que je lui donnai. Alors, je le vis se couper tous les cheveux, jusqu'à la peau. Une fiole, qu'il avait dans sa poche, lui servit à teindre sa barbe, ses sourcils, et à se faire des rides: en un mot, il devint bientôt tellement méconnaissable, que moi-même je crus voir un vieillard vénérable, au lieu d'un homme beau et assez jeune encore, qui s'était offert à mes regards. Je le fixais en silence, et mon étonnement redoublait: il n'eut pas l'air de s'en appercevoir, et ne m'adressa pas une parole jusqu'au moment où, voyant paraître le jour, il entendit qu'on commençait à aller et venir dans la rue. Alors, il tira de sa poche une bourse pleine d'or qu'il répandit sur la cheminée. Madame, me dit-il du ton le plus doux et le plus reconnaissant, vous êtes la femme la plus respectable que je connaisse. Vous m'avez rendu un service signalé!.... Si vous en connaissiez toute l'étendue, vous sentiriez que je ne puis jamais en perdre le souvenir. Une affaire d'honneur me force à fuir mon pays. On me poursuivait moi-même, hier soir, au moment où ces deux misérables vous insultaient. Je n'ai pu voir une femme dans un tel embarras, sans lui prêter le secours de mon bras. Je ne sais comment moi-même je n'ai pas été arrêté, ayant eu l'imprudence de vous accompagner; mais enfin, vous m'avez offert de monter chez vous, et soudain j'ai pensé que cet asyle pourrait me soustraire à toutes les perquisitions. Si je vous avais dit mon secret, si je vous avais priée doucement de me donner l'hospitalité, vous ne l'auriez peut-être point fait, dans la crainte de vous trouver compromise dans mon infortune. J'ai préféré un moyen, brusque peut-être, qui a pu vous effrayer, ce dont je suis désespéré; mais il m'a servi au moins, et maintenant je ne cours plus aucun danger. Daignez accepter cet or, madame, comme une faible marque de ma reconnaissance, et permettez-moi de me retirer.

»En prononçant ces mots, qui me calment sans doute, mais qui redoublent ma surprise, il remet ma clef à ma porte, l'ouvre, et descend précipitamment en emportant ses pistolets, et laissant ici son épée, que vous voyez encore sur cette chaise. Eh bien! mon voisin, que dites-vous de cela»?

»La dame se tut, et tu penses bien, mon cher Victor, que je trouvai son aventure très-neuve et très-singulière. Elle ne m'intéressait pourtant que relativement à cette bonne dame qui était encore toute affectée de la grande frayeur qu'elle avait éprouvée. Eh quoi! madame, lui dis-je, vous n'avez pas pu faire parler cet homme, découvrir ce qu'il est, ce qu'il fait?—Non, mon voisin: cependant, le hasard m'a servie très-favorablement, et je crois tenir une partie de son secret. Ce matin, en m'occupant de mon ménage, que j'ai encore eu la force de faire, j'ai trouvé par terre ces deux lettres, qui sans doute sont tombées de la poche de l'inconnu, sans qu'il s'en apperçût: c'est pour cela, mon voisin, que j'ai pris la liberté de vous faire appeler; c'est pour que vous les lisiez, et que vous me disiez ensuite ce que je dois en faire.

»Je pris les lettres, et je les lus; la première paraissait être de l'inconnu: la voici, je l'ai toujours gardée, ainsi que la réponse. Je vais te les lire, mon fils, et tu vas connaître l'homme qui avait fait une si belle peur à ma bonne voisine».

«Lâche Dutervil! tu m'as ravi l'objet que j'adorais! tu as arraché Émilie des bras de son père, des miens! Homme sans honneur et sans délicatesse, dis-moi, dis-moi en quel lieu tu as caché cette beauté qui doit verser des torrens de larmes, puisqu'elle m'aime, et qu'elle te déteste! Son père, son amant, tout ce qui la chérit la réclame, et nous sommes tous prêts à implorer l'assistance des loix pour te forcer à nous la rendre. Ose descendre dans la plaine où je t'attends? ose venir franchement t'expliquer avec moi si tu ne crains ma juste vengeance? Viens, scélérat, viens, et rends la vie à l'infortuné Valsange».

Voici la réponse:

«Vous m'accusez à tort d'avoir enlevé la belle Émilie; je ne sais, comme vous, ce qu'elle est devenue, et je pleure, comme son père, comme Valsange, sur les égaremens de cette jeune imprudente, qui sans doute aura cédé aux vœux de quelque indiscret, en vous trompant, vous, qu'elle devait épouser, et moi qui l'adorais sans espoir. Voilà ma justification. Si elle ne vous satisfait pas, je suis prêt à vous donner toutes celles que vous exigerez de moi. Dutervil».

»Tout cela n'avait rien appris de positif à ma bonne voisine, et néanmoins ces lettres furent pour moi un trait de lumière; car la dernière était de la main de Verdier, oui de Verdier, notre capitaine, qui sans doute avait pris un faux nom pour réussir dans quelque intrigue amoureuse. Je savais d'ailleurs, de sa propre bouche, qu'il aimait la fille d'un conseiller au parlement, qui demeurait dans le marais; il m'avait appris qu'il jouait, auprès du père, le rôle d'un homme bien né et fort riche; qu'enfin, son Émilie était promise à un nommé Valsange, et que lui, Verdier, se promettait de la soustraire un jour à son père et à son amant. C'est sans doute, me dis-je, ce qu'il a fait: Valsange aura rejoint le prétendu Dutervil, et il l'aura fait tomber sous ses coups. Voilà ce qu'il est naturel de présumer dans une affaire aussi obscure. Je ne balançai point sur le parti que j'avais à prendre. Je priai ma voisine de me prêter ces deux lettres, l'assurant que j'allais faire toutes les informations possibles sur les deux personnes qui les avaient écrites, et lui promettant de l'instruire bientôt du succès de mes démarches.

»Tu sens bien, mon fils, que je promettais là ce que je n'avais pas intention de tenir. La lettre de Verdier était trop importante pour notre compagnie, pour que je la laissasse errer dans les mains d'une autre, au risque de la voir tomber entre les mains de la justice. Je sortis donc, et j'attendis avec impatience la nuit qui devait me réunir à mes camarades que je voulais instruire de tout. Elle arriva, cette nuit tant désirée, et je me hâtais de me rendre au bois de Boulogne, où je trouvai le conseil assemblé. Je comptais lui apprendre quelque chose, et c'était lui qui tenait déjà le fil de toute cette intrigue. À mon arrivée, on me remit un paquet à mon adresse et cacheté. Je l'ouvris, et reconnaissant encore l'écriture de Verdier, je lus à haute voix ce qu'il contenait: Voici ce que j'y trouvai.

«Je suis mourant, mon ami, et cependant les cruels qui m'entourent se font un jeu cruel de prolonger, de ranimer même ma triste vie, pour le livrer au supplice infamant et cruel qu'on destine à ceux qui suivent notre fatale carrière. Je n'ai qu'un moment pour écrire, qu'un geolier séduit par moi, pour vous faire parvenir ma lettre, je me hâte de la remplir, et de vous faire part, en peu de mots, du malheur qui me poursuit, et qui peut retomber sur vous tous, si vous ne vous hâtez de vous y soustraire. Voici les faits:

»J'adorais Émilie, fille de M. de Sélinvil. Je m'étais introduit dans la maison du père sous le nom du chevalier Dutervil. J'avais, à m'entendre, des terres, des châteaux, et sur-tout une charmante maison de campagne à Vincennes. J'avais en effet loué une maison dans ce village, où j'espérais attirer Émilie, et l'enlever ensuite pour la soustraire à tous les yeux. Je n'y ai que trop bien réussi!... Émilie m'avait suivi, Émilie me préférait à un certain Valsange qui lui était promis en mariage. Ce Valsange, apprenant qu'Émilie a fui la maison de son père, se doute que j'ai pu contribuer à sa fuite. Il vient à Vincennes, me demande; on lui dit que je ne veux recevoir personne. Il s'arrête dans la plaine qui borde ma maison, m'écrit une lettre insultante, à laquelle je réponds par des subterfuges. Je n'entends plus parler de lui, je le crois bien loin, et sur le soir, je laisse Émilie seule pour me rendre au milieu de vous. Au détour d'une rue, un homme m'aborde, et tire l'épée sur moi; c'est Valsange! J'ai tout découvert, me dit-il, tu m'as ravi Émilie; prends donc ma vie que je ne puis plus supporter sans celle que j'aimais.

»Étourdi de cet abord imprévu, je me mets en défense; mais bientôt, je tombe baigné dans mon sang, et mon ennemi, qui me croit mort, cherche à se sauver. J'entends des cris, la garde accourt, je lui désigne mon assassin, et l'on se met à sa poursuite. J'ignore ce qu'il est devenu. Pour moi, les gens qui m'environnent, trop humains, hélas! m'enlèvent, me portent dans une maison où l'on appelle un commissaire qui m'interroge, me fouille, et découvre bientôt que je ne suis que ce Verdier, ce chef de voleurs, que la police cherche inutilement depuis si long-temps!... Je suis transporté, mourant, dans une étroite prison, où l'on a la cruauté de prendre soin de mes jours.... Voilà mon état, mes amis. J'attends maintenant la mort, et avant tout, les interrogatoires, les questions ordinaires, extraordinaires, toutes les tortures en un mot, que les hommes ont imaginées pour tourmenter leurs semblables. Je tiendrai ferme, je ne compromettrai personne; je vous le jure, mes amis, par les mânes de Walfein, mon patron, mon maître, qui m'a appris à mourir. Adieu: plaignez-moi, et sauvez-vous. Verdier Desgots».

»P.S. J'apprends à l'instant que Valsange, mon assassin, qui s'était coupé les cheveux, et se sauvait déguisé, dans la crainte d'être compromis pour avoir immolé un homme qu'il croyait gentilhomme, est revenu sur ses pas, quand il a su que je n'étais que le formidable Verdier. Il a aujourd'hui la lâcheté de se porter mon accusateur et de se joindre à ceux qui me poursuivent.... Émilie, la malheureuse Émilie s'est poignardée en apprenant le véritable nom de celui à qui elle avait donné son cœur!...»

»Cette lettre fit sur nous l'effet de la grêle qui détruit l'espoir du laboureur. Nous convînmes tous qu'il n'y avait pas un moment à perdre, et qu'il fallait à l'instant quitter Paris. Nous partîmes donc à la hâte, emportant avec nous nos effets les plus précieux, et nous fûmes nous réfugier dans la forêt d'Anet, forêt épaisse, inexpugnable en quelque façon, et qui avait servi autrefois à la célébration occulte des sombres mystères des Druides.

»C'était-là, mon fils, où l'amour vrai, l'amour pur et sincère, devait, pour la première fois, toucher mon cœur farouche, et m'asservir à la femme la plus belle, la plus estimable et la plus infortunée. J'arrive à l'histoire de ta mère, mon cher Victor, et je ne te cacherai aucun des moyens que j'employai pour la séduire, dussé-je redoubler ta haine et ton mépris pour moi; mais non, tu me sauras gré de ma franchise, et tu excuseras l'amour qui seul a fait mon crime, l'amour à qui tu dois ta naissance, et qui m'a rendu le plus heureux, le plus tendre des pères.

»Nous nous étions établis, ainsi que je te l'ai dit, dans la forêt d'Anet, où nous commencions à travailler avec quelques succès, et sans craindre les poursuites de la justice, poursuites inutiles dans une forêt où l'art et la nature nous favorisaient. Plusieurs de nous allaient souvent dans les villes ou villages voisins pour y connaître l'opinion qu'on avait de nous, ou les moyens qu'on pouvait prendre pour nous faire tomber dans quelque piége. Mes camarades m'avaient donné, à moi, la surveillance de la ville de Dreux; j'y avais pris un logement à l'auberge du Paradis, où je me faisais passer pour un infortuné qui voyageait pour chercher des consolations.

»Je remarquai, dans la rue Parisis, une jeune personne charmante, qui logeait dans une maison simple, mais propre, avec une femme un peu plus âgée qu'elle, et qui paraissait être sa parente ou son amie. Dès que je vis Adèle, je l'adorai; mais ne sachant comment m'introduire chez elle, ayant besoin d'ailleurs d'inspirer un intérêt prompt, une passion vive, pour ne point perdre, en soupirs, un temps que je devais à mes camarades, je me décidai à prendre un parti violent pour me faire remarquer. Les femmes, me dis-je, s'intéressent aisément et avec force à tout ce qui a l'air du malheur ou du désespoir d'amour: jouons une comédie, et voyons si la petite voudra y prendre un rôle.

»Mon projet bien conçu, je l'exécutai. Je savais qu'Adèle et sa compagne allaient se promener souvent sur le Bléra; je m'y trouvai un soir, et feignant de vouloir m'arracher la vie, je sus les attirer vers moi. Alors je leur fis un conte; j'étais un amant malheureux qui avait outragé une mère respectable, etc. etc. je ne me rappelle même plus tout ce que je leur débitai. Elles me crurent, et dès ce moment je jouai l'amant passionné auprès de la jeune personne, qui me rendit bientôt tendresse pour tendresse.

»Je m'étais apperçu que madame Germain n'était pas ma dupe; je savais d'ailleurs qu'Adèle était la fille naturelle d'un riche seigneur, de qui je ne pouvais espérer d'obtenir sa main. Je résolus de me cacher de madame Germain et d'enlever Adèle. Michel, leur domestique, était un honnête garçon, incapable de se laisser séduire par les présens, ni d'entrer dans mes vues. Je me l'attachai par l'extérieur de la probité, et sur-tout par des marques de la plus douce affection. Tous les jours le bon Michel m'amenait sa jeune maîtresse à l'insu de la duègne, qui d'ailleurs était tombée malade, heureusement pour moi; et toutes les nuits j'allais retrouver dans la forêt mes camarades, qui me reprochaient assez souvent l'inaction dans laquelle l'amour me tenait. Eh bien! leur dis-je un jour, il n'y a qu'un moyen de me rendre à mes travaux; aidez-moi à enlever Adèle; prêtez-vous à tous les rôles que je vous distribuerai pour m'assurer la possession de cette beauté, sans laquelle je ne puis vivre, et je vous promets de vous seconder comme je faisais autrefois. Ils me chérissaient tous; ils me promirent donc de faire tout ce que j'exigerais de leur amitié.

»Une circonstance fâcheuse vint ensuite hâter l'exécution de mes projets, et presser notre départ de France, départ qui me mit à la tête de la troupe, et

me permit d'exécuter les plans de réforme que je préméditais depuis long-
temps».

CHAPITRE XI. AVEUX QUI SERVENT À ÉCLAIRCIR QUELQUES TRAITS OBSCURS

«Depuis notre séjour dans la forêt d'Anet, la nuit la plus profonde couvrait à nos yeux le sort de notre capitaine Verdier, dont nous n'avions pas entendu parler. Un éclair affreux vint déchirer, cette nuit perfide, et nous annoncer la foudre qui, grondant sur nos têtes, était prête à nous frapper. J'apprends un jour, par un correspondant sûr, que Verdier venait de périr sur un échafaud, et, ce qui est le plus cruel, que ce lâche a eu la bassesse, avant de mourir, de nommer ses complices! Je suis le premier sur sa liste fatale, moi, le fils de son ancien ami; moi, son confident et son camarade le plus dévoué! On sait où je suis, et des satellites entourent déjà l'auberge du Paradis, au moment où j'apprends ces tristes nouvelles!... J'ai le bonheur de me sauver assez à temps pour n'être point arrêté, et j'arrive tout essoufflé à la forêt, où je me hâte de rallier mes compagnons.

»Amis, leur dis-je d'une voix forte, nous sommes trahis par Verdier; on suit nos traces, et c'est par miracle, sans doute, que je viens d'échapper aux poursuites des gardes que ce monstre nous a envoyés avant de perdre, au milieu des supplices, une vie qu'il a souillée des plus grands forfaits. Il faut de la tête ici, mes amis, il faut agir, et sur-tout il faut nous réunir, nous serrer tous, afin d'opposer une résistance opiniâtre à ceux qui voudraient nous attaquer; mais on ne l'osera point, et nous avons tout le temps de prendre des mesures pour notre sûreté. Permettez-moi maintenant d'ouvrir un avis, un avis salutaire, le seul, je crois, qu'il nous reste à suivre. Je suis né en Allemagne près de la Bohême, dont je connais les vastes et sombres forêts. L'Allemagne, est un pays que nous n'avons pas encore visité; allons nous y établir; parcourons-la rapidement, amassons-y des trésors, et retournons ensuite dans les immenses forêts de la Bohême, où nous pourrons fonder une colonie, une ville même, comme fit jadis, en Italie, l'heureux Romulus, qui suivait notre profession. Laissons à des filous, à des escrocs subalternes, les petits vols; voyons, agissons en grand, et prenons un nom distingué, noble, qui, mettant en repos notre conscience, nous rende intrépides, estimables même aux yeux du monde. Nous détestons les riches et les grands, parce que les riches et les grands sont les tyrans du pauvre et de l'homme obscur. Nous bravons l'empire des loix humaines, parce que les loix humaines sont toutes en faveur du puissant, et toutes contraires à la philosophie, à la religion naturelle. Que notre profession s'anoblisse; que notre titre pompeux, imposant, annonce nos principes et nos intentions; qu'on ne nous combatte plus comme de vils brigands, mais comme une formidable corporation; qu'on traite avec nous de puissance à puissance; en un mot, que nous soyons recommandables à nos propres yeux, et que le fils de famille ne rougisse plus d'entrer dans notre illustre corps. Je propose le nom d'Indépendans; est-il adopté?

»Oui, oui, s'écrient ensemble tous mes camarades! Je continue: Amis! que vous prouvez bien la pureté de vos intentions, la grandeur de votre ame! Oui, Indépendans, puisque ce nom vous plaît; vous êtes faits pour former une société à jamais célèbre. Je vous le prédis, vous vous trouverez grossis de tout ce qu'il y a d'hommes fiers, nés pour secouer le joug des préjugés et des tyrans de la terre; vous formerez une armée dont le plus grand d'entre vous sera le chef, et vous ferez pâlir, sur leurs trônes chancelans, les despotes de l'Europe. Indépendans, soyez justes maintenant, soyez magnanimes, et méritez le nom respectable que vous prenez. Ne persécutez pas le faible, le timide; donnez à celui qui n'a rien, prenez à celui qui possède trop; consolez l'infortuné, humiliez le superbe, écrasez le puissant, et vous serez bénis de toute la terre comme les amis, les défenseurs de l'humanité. Quel est celui qui ne voudrait partager vos travaux, cueillir vos lauriers et mériter votre estime? Quel est l'homme courageux qui ne brûlera entrer dans vos rangs, de combattre à vos côtés? Moi-même, je sens que mon ame s'élève: jusqu'à présent j'ai rougi de faire le plus vil des métiers; je n'ai travaillé qu'avec peine; je sentais là, là, dans mon cœur, ma conscience qui me reprochait une vie nuisible à la société; j'entendais sa voix me crier: Cesse de maltraiter ton semblable qui te repousse comme un brigand; sois généreux pour le faible; mais sois son vengeur, et tu n'auras plus de remords. Oh, mes amis! qu'il est beau d'abjurer une profession vile et dangereuse en soi, pour prendre le titre et les principes que dicte à l'homme fier la plus saine philosophie! Indépendans, choisissez-vous un chef maintenant, car il vous en faut un qui soit l'ame de vos pensées, et l'agent de vos moindres volontés: quel qu'il soit, ce chef que vous allez choisir, je baisse mon épée devant lui, et je lui jure respect et obéissance.

»Je savais, mon fils, l'effet que produisent sur des hommes assemblés ces sortes de déclamations; je me souvenais, ainsi qu'il arrive souvent, que celui qui fait des propositions de ce genre, est presque toujours nommé chef, et c'était mon espoir. Il ne fut pas déçu; à peine eus-je parlé, qu'une voix unanime me proclama à l'instant capitaine de la troupe des Indépendans. Je fis les remercîmens d'usage, après quoi je songeai à l'étendue des obligations que m'imposaient ce grade, et les principes philosophiques que j'avais toujours dans mon cœur. J'avais affaire à une troupe indisciplinée, habituée au vol, au meurtre même, et à tous les vices que donnent une mauvaise éducation et des passions honteuses; il me fallait assujettir des hommes déréglés à des loix, à une discipline, et c'était sans doute une tâche pénible et difficile à remplir; je la remis à un autre moment: pour l'instant je ne m'occupai que des précautions à prendre pour éviter les poursuites de la justice, et des préparatifs du départ de la troupe. Mon amour ensuite revint occuper ma pensée, et je me décidai à enlever sur-le-champ mon Adèle.

»Il était tard, je ne pouvais plus rentrer dans la ville; mais je savais qu'Adèle et son amie avaient prémédité, pour le lendemain, une partie de plaisir; c'était même moi qui l'avais engagée à voir le village d'Anet, dans l'espérance, comme elle devait passer par la forêt, de l'entraîner dans quelque piége. J'avais, heureusement pour moi, jeté cette, idée dans la tête d'Adèle, qui l'avait goûtée. Je savais en même temps que la jeune personne ne me céderait jamais, si le lien du mariage, vrai ou faux, ne levait ses scrupules; je m'arrangeai donc en conséquence, et pour assurer mon triomphe, et pour ménager ses préjugés.

»Tout arriva ainsi que je l'avais prévu. Adèle et madame Germain passèrent par la forêt, accompagnées de Michel. Je les fis attaquer par un gros de mes gens, qui séparèrent les deux amies. J'arrivai à point nommé, comme pour délivrer Adèle des mains de ceux qui tenaient. Un coup de pistolet, tiré par un des miens, nous débarrassa du sentimental Michel, et lorsque j'eus fait jeter madame Germain dans la cave d'un petit pavillon, je fis conduire Adèle dans une auberge prochaine dont l'hôte m'était dévoué.

»Ce fut là que j'eus besoin de toutes les ruses dont j'étais capable, pour faire consentir Adèle à m'épouser. Un de mes gens, que j'avais habillé en ecclésiastique, joua le caffard à merveille: une vieille servante de la troupe passa pour ma mère, et je feignis de vouloir me tuer, plutôt que d'être forcé de renoncer à une main qui m'était si chère.

»Que te dirai-je? la malheureuse Adèle fut tellement étourdie par tous ceux qui assiégeaient son lit de douleur, qu'elle consentit à m'épouser, et je fus heureux. Cependant elle n'avait qu'un cri pour me demander son amie madame Germain. Ceci m'embarrassait, et me contrariait le plus. J'avais fait jeter cette femme dans une espèce de cachot pour m'en débarrasser; j'espérais qu'elle y resterait jusqu'à ce que le hasard l'en fit sortir. Point du tout; il fallait l'aller chercher dans sa prison; il fallait me donner un surveillant importun que j'avais lieu de haïr, et qui pouvait à tous momens pénétrer mes secrets. Tu juges de mon embarras. Cependant j'adorais Adèle, je la voyais prête à mourir, si je lui refusais le bonheur d'embrasser son amie, et la mort d'Adèle eût été bientôt suivie de la mienne. J'étais le maître, d'ailleurs, de faire ce que je voulais; une femme de plus ne pouvait m'en imposer, quand même elle eût voulu contrarier mes projets; et puis j'allais partir avec ma troupe, et je pouvais garder encore long-temps le secret sur ma véritable profession. Une fois arrivé en Allemagne, à la tête de mes gens, je ne craignais plus de me découvrir; dans ce cas, une amie près d'Adèle pouvait être utile à cette infortunée, en cas qu'elle ne voulût écouter que son désespoir en apprenant que je l'avais trompée. Toutes ces considérations me déterminèrent à consentir à ce qu'elle exigeait de moi. Je fus chercher madame Germain, qu'il ne me fut pas difficile d'abuser sur le fond de l'événement qui l'avait séparée de sa jeune amie; et lorsque j'eus réuni ces deux femmes, que je laissai pleurer tant qu'elles voulurent, je ne m'occupai plus que des préparatifs du voyage de la troupe.

»Il était temps d'y songer, car les patrouilles et les brigades de cavalerie se multipliaient déjà autour de la forêt. Le soir même, quelques-uns des miens furent obligés de faire la petite guerre, et deux restèrent morts dans cette action. Ce malheur me décida à partir dans la même nuit: je le signifiai aux deux femmes, qui me firent mille objections; mais je ne les écoutai point, et lorsque j'eus bien pris mes dimensions, je les fis monter avec moi dans une voiture, et nous partîmes. Toute ma troupe s'était divisée, et prenait divers chemins, qui tous devaient la réunir à Prague. Les précautions étaient si bien prises, que tous mes gens eurent le bonheur de passer les frontières de France et d'entrer en Allemagne, où nos inquiétudes devaient cesser. Des correspondans sûrs m'avertissaient, de ville en ville, des progrès de leur marche, et tous mes vœux étaient comblés, puisqu'en fuyant un danger certain, j'emmenais avec moi une femme que j'adorais, et dont l'ame, bonne et douce, répondait à ma tendresse par la plus tendre confiance. Il n'en était pas de même de son amie: madame Germain n'était point ma dupe; je savais même qu'elle donnait de mauvais conseils à mon Adèle, et qu'elle cherchait à m'aliéner son cœur; mais elle n'y réussissait point, et c'était ce qui me rassurait.

»Je fus d'abord m'installer à Vienne en Autriche, où je fis beaucoup de recrues pour ma troupe. De là je me rendis à Prague, et bientôt enfin je vins m'établir dans ces vastes forêts, où je découvris tous mes secrets aux deux amies. Je ne te peindrai point leur surprise, leur douleur même, qui ne m'émut point, puisqu'elle était un effet de leurs préjuges. Je ne fis nulle attention à leurs gémissemens, et je ne songeai qu'à organiser la troupe des Indépendans, dont j'étais le capitaine.

»Ce fut alors que j'eus tout lieu de m'enorgueillir de ce titre pompeux. Jamais général d'armée ne vit des soldats plus soumis, jamais chef ne fut plus aimé de ses subalternes. À tous momens il me venait des sujets nouveaux, des hommes instruits, pleins de mérite et de talens divers; tous se rangeaient avec joie sous mes bannières, et tous me juraient obéissance et respect. Je rédigeai par écrit des statuts, que je te lirai si tu l'exiges, et dont les principales bases sont:

»Respect à la vieillesse et au malheur.

»Faites l'aumône: c'est le premier devoir de l'humanité.

»Protégez un sexe timide: que ce ne soit jamais en vain qu'il embrasse vos genoux.

»L'enfance a des droits sacrés à votre générosité: c'est l'espoir de la génération.

»Adorez un Être suprême, et ne vous mêlez d'aucune des jongleries des diverses religions de la terre.

»Vengez-vous toujours de vos ennemis; car, si vous les laissez vivre, ils se vengeront de vous.

»Sacrifiez-vous pour votre ami, si vous présumez qu'il soit capable de se sacrifier pour vous.

»Que le partage d'un trésor pris par tous, soit commun à tous: celui qui en détourne la plus légère part à son profit, est privé, pendant un an, de l'honneur de travailler avec ses compagnons.

»L'envie et la jalousie sont bannies de la troupe: le jaloux et l'envieux sont condamnés aux travaux de la servitude.

»Un jour d'ivresse est puni par une année de prison au pain et à l'eau.

»Chaque Indépendant jure, par le sang qui coule en ses veines, de ne jamais trahir ses camarades, s'il tombe entre les mains de ses ennemis, quelque supplice qu'on lui fasse souffrir.

»Il jure aussi, sur l'honneur, d'être fidèle à la troupe, et de ne jamais la quitter, etc. etc.

»Enfin, mon fils, je ne finirais pas, s'il me fallait te réciter tous les chapitres du code des Indépendans; mais, ce qui te surprend peut-être, c'est qu'on l'observe à la lettre, ce code philosophique, vraiment digne des amis de la nature et de l'humanité. Aucun de mes gens ne peut se soustraire à la rigueur des peines répressives qu'il contient, et ses camarades sont les premiers à y condamner le coupable, s'il s'en trouve. Me diras-tu encore à présent que nous sommes des brigands, des scélérats? J'avoue que nous avons été moins probes que nous le sommes; oui, j'ai fait des fautes sans doute; j'étais jeune, et poussé au vice par l'exemple de mon père et par mes sociétés; mais j'avais là, dans mon cœur, l'amour des grandes vertus; j'étais né fier, entreprenant, courageux, et, j'ose le dire, généreux: j'abhorrais l'oppression, je chérissais la noble profession de défenseur de mes semblables; je l'ai prise; voilà ce que je suis; et, si tu en exceptes l'ambition qui m'a toujours animé, je ne me connais plus un seul défaut. Voilà ton père, cher Victor: si tu le juges encore défavorablement, tu es injuste et dénaturé.... Mais poursuivons.

»J'étais heureux au milieu de la vie active que le destin me prescrivait;

toujours voyageant, toujours au milieu du feu, du carnage et des pleurs, je me consolais des chagrins attachés à mon état dans les bras d'une femme charmante qui ne me repoussait plus que faiblement. Ce bonheur, hélas! ne devait pas durer! Adèle devient mère, et dès ce moment, je ne la reconnus plus; elle passa, de la froideur qu'elle m'avait toujours témoignée, au mépris le plus insultant, à la haine la plus prononcée.... Elle ne me voyait plus que pour m'accabler de reproches, et pour m'annoncer qu'elle allait s'arracher la vie. Cette mère coupable même, oserai-je te l'apprendre, voulait te poignarder dans ton berceau!...

»Moi qui chérissais mon fils! moi qui voulais l'élever pour me succéder! moi qui comptais en faire, un jour, un héros comme son père!... quelle douleur vint me saisir en voyant le désespoir d'une mère dénaturée! Combien j'éprouvai d'inquiétudes en pensant à l'aliénation de son cerveau, au sombre désespoir dont elle était sans cesse tourmentée!... Je n'osais plus laisser son enfant sur son sein, qui, en lui donnant le lait maternel, nourrissait le projet de l'assassiner! Déjà plusieurs fois j'avais donné ordre qu'on lui arrachât mon fils infortuné, l'espoir de ma vieillesse, elle ne voulait pas consentir à cette séparation; et quand je quittais cette femme furieuse, j'étais continuellement tourmenté de la crainte de ne plus retrouver mon fils que privé de la lumière du jour! Quelle horrible situation pour un père!

»Cette conduite d'Adèle me la rendit odieuse, au point qu'au milieu des scènes affreuses que nous eûmes ensemble, je fus vingt fois tenté de l'immoler pour me conserver mon enfant. Je voyais bien que son délire ne venait que de ses préjugés: je savais qu'elle voyait avec horreur que je destinasse mon fils au noble métier que je professais. Elle ne voulait pas, disait-elle, qu'il devînt un scélérat comme son père! c'était, ainsi qu'elle avait l'audace de me parler. J'aurais plaint son aveuglement, s'il se fût borné à lui arracher des pleurs; mais vouloir massacrer l'innocent à qui elle venait de donner le jour, me menacer de sa mort, me priver de mon fils!... je ne pouvais supporter cette idée douloureuse!...

»Enfin le jour fatal qui devait me plonger dans un deuil éternel, arriva. Ce jour-là j'avais, dans mon camp, le baron de Fritzierne, dont j'estimais les talens. Je lui demandais des conseils pour me conduire dans une affaire qui me causait quelques inquiétudes. Je l'écoute avec attention, je parcours, avec lui, mes vastes souterrains; une petite guerre s'engage entre moi, mes gens, et une partie des troupes de l'empereur qui voulait me cerner dans mon camp; j'en sors victorieux: le baron de Fritzierne m'échappe, je ne sais par quel moyen; désolé de sa retraite précipitée, je rentre chez Adèle, je lui demande mon fils. Tu ne le reverras plus, me répond-elle, je l'ai soustrait à tes infâmes projets; il ne sera pas un monstre tel que toi!...

»Égaré, éperdu, hors de moi à cette affreuse nouvelle, je saisis le poignard dont Adèle est armée, et je le plonge à plusieurs reprises dans son sein dénaturé[7]! Tu frémis, Victor! pardonne, mon fils; ou, pardonne à la fureur, insensée peut-être, d'un père trompé dans sa plus chère espérance! c'est pour toi, mon fils, que je l'ai commis, ce meurtre abominable; oui, c'est pour toi que j'ai poignardé ta mère! elle m'était odieuse, m'ayant privé de mon enfant!... Elle mourut!...

»À peine la vis-je glacée du froid de la mort, que mon ancienne tendresse pour elle se réveilla; je voulus la ranimer par le feu de mes baisers.... Caresses inutiles, regrets tardifs!... elle n'était plus!... Je demande madame Germain; je veux qu'elle me rende mon fils!... Madame Germain s'est sauvée. Plus d'espoir; j'ai perdu toute ma famille, et je ne suis plus qu'un barbare, livré seul à mes remords!...

»Que te dirai-je, mon fils, je fis long-temps de vaines perquisitions pour retrouver madame Germain, qui avait changé de nom et de climat: j'envoyai plusieurs de mes gens, avec son signalement, dans les différens états de l'Europe, tous revinrent sans me ramener cette femme, qui, seule, savait le secret de ta retraite. Ce ne fut que dix-huit ans après cette fatale séparation, et ces jours derniers, ainsi que tu le sais, que trois des miens rencontrèrent, presque au pied du château de Fritzierne, une femme qui ressemblait beaucoup, m'ont-ils dit depuis, à cette madame Germain que je cherchais tant. Cette femme tenait un enfant dans ses bras. On allait la conduire vers moi, j'aurais été instruit: deux des gens de Fritzierne sortent du château, tombent sur mes soldats dont deux restent sans vie; et le troisième, qui a le bonheur de se sauver, se cache un moment pour voir ce que va devenir la femme qu'on vient de secourir si heureusement. Il voit bientôt qu'un de ses défenseurs la prend dans ses bras, tandis que l'autre se charge de l'enfant, et tous rentrent au château de Fritzierne.... Instruit de cet événement, j'écris au baron pour qu'il me rende cette femme, qui peut être madame Germain; le baron me répond avec hauteur; je l'attaque dans son château, où le sort des armes pense me faire succomber sous tes coups. Une femme paraît, elle arrête ton bras prêt à commettre un parricide; je la reconnais; c'est cette même madame Germain après qui soupire mon cœur paternel; mais la place n'est pas propre à une explication, je me sauve par une fenêtre, tombe dans le fossé dont les miens me retirent, et je rentre ici, désespéré d'avoir fait une fausse expédition, et de ne pouvoir forcer madame Germain à m'éclaircir sur le sort de mon fils.

»Je l'ignorerais encore, si tu n'étais venu, mon cher Victor, si tu n'étais venu toi-même trouver franchement un père qui ne peut abuser d'une démarche aussi loyale. Je t'ai promis de consentir à une séparation, dont la seule idée brise déjà mon cœur; mais enfin je te l'ai promis, et je tiendrai ma parole.... Pars quand tu voudras, mon fils, va retrouver ton Fritzierne, que tu préfères à Roger: va recevoir les froids présens de la bienfaisance, au lieu de répondre aux tendres caresses de ton père: je ne t'en empêcherai pas. Tu vivras loin de moi, sans le moindre souvenir de mon amitié, tandis que je verrai sans cesse ton image près de moi: oui, tes traits, qui sont les miens,

resteront toujours gravés dans mon cœur, et je ne penserai à toi que pour t'aimer, au lieu que la mémoire de mes aventures, de mes prisons, de tout ce que tu as vu dans mon camp ne servira qu'a redoubler ta haine pour moi!...». Ainsi parla Roger; et Victor qui l'avait écouté avec attention, Victor que plusieurs particularités de son récit avaient souvent pénétré d'horreur et d'indignation, ne songea pas à détruire la certitude que le chef des Indépendans avait d'être détesté de son fils. Victor ne trouva rien à lui dire que ces mots: Je suis charmé, Roger, que tu tiennes la parole d'honneur que tu m'as donnée de me laisser partir: je vais user sur-le-champ d'une permission qui comble mes vœux!—Quoi! si-tôt, mon fils, lui dit Roger en soupirant!—À l'instant, reprit Victor en se levant.
Roger le regarda fixement d'un air troublé; puis il s'éloigna en prononçant ce peu de mots avec l'accent de la douleur: Jeune insensé!... Ah, Dieu!... non, tu n'es qu'un ingrat!...

CHAPITRE XII. TOUT LE MONDE LE CONSOLE

Victor repassa avec Fritz qui, seul dans ces lieux, était fait pour l'entendre, les divers événemens de la vie de Roger. Eh quoi! lui dit-il, voilà donc le fruit d'une éducation vicieuse et d'une coupable inclination! Roger fils d'un faux monnoyeur, apprend sous son père tous les crimes qu'il commet ensuite: il nous cache sans doute une foule de petits traits de sa jeunesse qui l'ont porté d'abord à l'horrible vengeance qu'il a exercée sur Claire, et qui depuis l'ont forcé à s'engager dans une troupe de misérables bandits: mais qu'elle m'a frappé sur-tout, la leçon affreuse que le destin lui donna la nuit même de l'enlévement de la fille de son maître! Ciel! être témoin de la mort funeste d'un père puni par les loix, et suivre ses traces! et s'exposer au même châtiment! n'est-ce pas-là le comble de l'aveuglement et de la scélératesse! Fritz, ô Fritz! quel fatal voyage j'ai fait ici! Que je me repens d'avoir pu attendre quelque retour à la vertu de la part de cet homme endurci dans le crime, de cet homme pervers, qui est mon père, hélas! et dont l'image ainsi que les discours seront toujours présens à ma mémoire!... Ô mon ami! quelle mer de réflexion pour moi, et quelle destinée cruelle m'a rendu le jouet des caprices de cet homme intraitable et barbare!... Je vais le fuir pour jamais, il est vrai; mais n'emporterai-je pas dans mon cœur l'idée de ses liens avec moi? idée déchirante, humiliante, qui me fera par-tout éviter les regards des hommes, et qui me forcera à fuir la société, où je croirai toujours voir tous les yeux fixés sur moi!... Mais, que dis-je, insensé! dois-je m'abaisser ainsi; dois-je oublier assez la dignité de mon être, la pureté de mon ame, pour ne pas m'isoler d'un être vicieux, que je n'ai pu choisir pour mon père, et qui ne l'a jamais été que par l'acte qui m'a donné le jour! Ne suis-je pas comme ces branches vertes, vigoureuses, qui sortant d'un arbre mort, raniment l'espoir de l'agriculteur? Il émonde ces branches fructifères, et les greffant sur un tronc plus sain, il a la satisfaction de les voir étendre leurs superbes rameaux. Oui, mon ami, c'est dans le sein même de l'opprobre que je recouvre ma fierté; c'est dans le séjour du vice que je sens mieux le prix de ma vertu. Qu'elle me console, qu'elle me soutienne, cette vertu sublime! quelle me donne des forces pour me roidir contre les coups du sort! Je serai toujours supérieur au malheur, je le sens, je le dois, et rien ne pourra flétrir mon ame, rien ne pourra plus abattre mon courage. Je te le promets, Fritz: j'en jure par les mânes de ma mère, sacrifiée au caprice du plus cruel des hommes! C'est pour moi qu'elle a perdu la vie; c'est la crainte de me voir suivre l'exemple de son séducteur qui l'a mise en butte à la rage de ce vil mortel: ses vœux seront comblés, même au-delà du tombeau: je serai vertueux, et c'est ainsi que je vengerai, que je bénirai sa mémoire.... Fritz, partons, partons, quittons ces horribles lieux....

Fritz et Victor se disposent à quitter pour jamais le camp des Indépendans, lorsqu'un jeune homme se présente à eux, un jeune homme dont l'extérieur doux, honnête et modeste, annonce qu'il n'est point du nombre des scélérats qui servent Roger. Estimable étranger, dit-il à Victor en se précipitant à ses genoux, que ne vous dois-je pas! vous venez de briser mes fers, vous me rendez ma liberté, et j'ignore par quels motifs vous avez pu vous intéresser à ce point au sort d'un infortuné qui n'attendait plus que la mort!

Victor reconnaît dans ce jeune homme, le genevois Henri qui avait chanté une romance plaintive dans les prisons de Roger. Levez-vous, Henri, lui dit Victor, et jetez-vous plutôt dans mes bras.

Le jeune Henri s'y précipite; et tous deux, sans se connaître, éprouvent déjà les douces étreintes de la plus tendre amitié. Roger m'a donc tenu parole, ajoute Victor; il a brisé vos chaînes!—Oui, reprit Henri, et c'est à vous que je dois ce bonheur inattendu. Roger est venu tout-à-l'heure dans mon triste cachot. Henri, m'a-t-il dit, tu devais souffrir encore long-temps pour la manière indigne dont tu m'as traité; mais un jeune homme qui m'est bien cher, un ange descendu du ciel, mon fils en un mot (Victor rougit), oui, mon fils, qui ressemble bien peu à son père, demande ta liberté: il exige que je te rende à la lumière du jour, à ta patrie, je veux combler ses vœux; sors, sois libre, et va le remercier d'un bienfait que tu ne dois qu'à ses sollicitations et à ma tendresse pour lui. Va le trouver, Henri; et s'il persiste toujours à fuir un père qui le chérit, offre-lui de ma part ces présens, faibles marques de mon amitié; mais dis-lui que, s'il veut rester ici, il sera mon ami, mon appui, mon soutien le plus cher; ajoute que je n'exigerai de sa complaisance aucune action qu'il puisse juger être indigne de lui. Il ne fera rien autre chose que recevoir les tendres caresses de son père, et j'éloignerai même de ses regards jusqu'au tableau des mœurs et des travaux de mes soldats; dis-lui bien, Henri, que je lui rendrai ce séjour plus doux, plus agréable que le château de Fritzierne, et qu'il y sera plus maître que moi, puisque mon cœur lui sera soumis.... Ainsi m'a parlé Roger, généreux

Victor! J'ai dû vous rendre ses moindres parole; mais je crois juger assez bien votre ame pour croire qu'elle repoussera ces perfides séductions. Fuyez, Victor, puisque vous ne partagez point les affreux principes de celui qui vous a donné l'être; fuyez, et regardez-moi dorénavant comme un esclave soumis à vos moindres volontés.

Victor embrassa l'estimable Henri, qui le baigna des larmes de la reconnaissance. Jeune homme, lui dit Victor avec une émotion qui marquait l'élévation de son ame, je bénis mon voyage en ces lieux, puisqu'il a pu me procurer le bonheur de vous en arracher! Ma propre infortune disparaît devant votre félicité, et je suis heureux de faire un heureux.... Vous êtes libre, Henri, et vous le serez toujours: retournez à Genève, allez où vous voudrez; je ne prétends vous gêner en rien; vous n'êtes point mon esclave, soyez mon ami; mais partez, et laissez-moi seul à ma douleur.

Vous êtes malheureux, interrompit Henri, et vous voulez que je vous abandonne! Ciel! que vous me connaissez peu!... Eh! d'ailleurs, où voulez-vous que je porte mes pas? Dans ma patrie? Puis-je revoir encore ces lieux qui me furent jadis si chers, mais qu'un amour malheureux m'a rendu odieux pour jamais! Je n'ai plus de patrie, Victor, plus d'amis, plus de parens, plus de toit hospitalier qui puisse me recevoir: je n'ai plus qu'un libérateur généreux; c'est à lui que je consacre ma vie, mes pas, mes moindres pensées. Ah! Victor, ne me repoussez pas, ne m'éloignez pas de vous; il m'est trop doux de rencontrer un homme vertueux et de m'associer à son sort!...

Victor employa mille raisonnemens pour prouver au jeune Henri qu'il devait voyager seul, Henri ne l'écouta point, et s'obstina à vouloir le suivre par-tout où il irait. Fritz vint à son tour jurer au fils d'Adèle qu'il ne se séparerait point de lui. J'irai, lui dit Fritz, oui, j'irai chez M. de Fritzierne, qui m'a privé de ma mère: je lui dirai, voilà cet enfant de Clémence d'Ernesté; il ne veut point de vos biens, il ne demande point la main de votre fille, il n'exige de vous que la liberté de son père. Vous lui devez son père qui a manqué de périr sous vos coups; il faut que vous le lui rendiez: il est innocent d'ailleurs le malheureux Friksy, c'est un motif pour vous intéresser en sa faveur; il est si beau de protéger l'innocence!.... M. de Fritzierne m'entendra; il est bon, il comblera mes vœux, et mon père une fois libre, nous partirons tous ensemble, nous accompagnerons, Henri et moi, notre ami Victor par-tout où il desirera porter ses pas.—Mais y penses-tu, interrompit Victor? pendant le temps que tu passeras au château de Fritzierne je serai bien loin, mon ami, si loin que tu ne pourras jamais me rejoindre.—Si loin, reprit Fritz! Eh! ne viens-tu pas avec moi revoir ton bienfaiteur, le baron de Fritzierne, et sa fille que tu adores?—Moi, grand Dieu!—Mon ami, je l'exige; oui, je t'emmène; c'est au château que nous nous rendrons tous les trois. Eh! quelle raison as-tu pour fuir des êtres qui te sont si chers?... Tu n'as pas réussi, dis-tu, dans ta mission auprès de

Roger; le baron t'a défendu de le revoir si tes sollicitations auprès du chef des indépendans ont été inutiles. Eh quoi! tu prendrais à la lettre quelques exclamations du dépit ou de l'indignation! Tu crois qu'on aurait la cruauté de te fermer l'entrée d'une maison où l'on a élevé, où l'on a chéri ton enfance? Aveugle Victor, rends plus de justice au cœur sensible et généreux de ton bienfaiteur! Penses-tu qu'il puisse se priver de toi avec autant d'indifférence que tu te sépares de lui? Je ne l'ai jamais vu; je ne le connais que d'après ton récit, et les éloges que tu en fais; mais un homme comme lui n'est point assez esclave des préjugés ni de l'orgueil, pour abandonner un enfant qu'il a élevé, parce que le sort injuste et tyrannique le poursuit: au contraire, Victor, c'est un motif de plus pour élever son ame, pour attendrir son cœur sensible, pour le forcer en un mot aux plus nobles procédés. Viens, Victor, viens, et crois-en l'heureux pressentiment qui me dicte ces conseils, plus sages et plus réfléchis que tu ne penses.

Ainsi parlait le bon Fritz; et Victor, qu'il ne pouvait persuader, frémissait toujours à la seule idée de rentrer au château de Fritzierne, au mépris des ordres du baron qui l'en bannissaient pour jamais. Victor, ainsi circonvenu par Fritz, qui voulait l'entraîner au château, et par Henri, qui jurait de le suivre par-tout, éprouvait des contrariétés qui enflammaient son sang et obstinaient son esprit: il résistait toujours; mais il n'avait encore que deux personnes après lui; il devait lui en arriver une troisième plus entêtée encore et plus difficile à repousser.

Au milieu de ces combats de générosité auquel se livrent nos trois amis, un bruit assez fort se fait entendre; on va, on vient, on court, on, s'écrie: Tu ne le verras pas.... Une voix suppliante prononce ces mots: Menez-moi à votre capitaine! il m'entendra, lui; il verra que je dis la vérité.—Qui es-tu?—Je suis son domestique, vous dis-je; c'est moi qui l'ai élevé!...

Victor, que ces clameurs étonnent, croit distinguer la voix de Valentin; il s'avance, et l'apperçoit en effet: c'est Valentin qui, reconnaissant son maître, se débarrasse des mains des soldats qui le tiennent, et court se précipiter dans les bras de son jeune ami. Le bon Valentin est pendu au de Victor; il le serre étroitement; il pleure de joie; il s'écrie: Le voilà, le voilà; ils ne l'ont pas tué!...

Victor, ému, veut se débarrasser des bras de Valentin qui l'étouffe. Laisse-moi donc, lui dit-il, et dis-moi ce qui t'amène ici.—Rien, rien, répond Valentin en balbutiant, ce n'est rien que le desir de vous revoir.... Là, vous voyez bien, vous ne pensiez pas à moi du tout, n'est-ce pas? Vous aviez oublié votre pauvre domestique: oh! voilà comme vous êtes; moi, je suis obligé de vous aimer malgré vous!... Enfin, vous voilà! Je rêvais que vous étiez mort, assassiné; oui, mon cher maître, la nuit dernière, voilà que j'étais à peine endormi, lorsque je vois un gros chat noir qui semblait....

Victor interrompt Valentin qui va lui raconter son rêve: Mon ami, lui dit-il, abrège, les momens sont précieux: dis-moi donc comment tu as fait pour parvenir en ce lieu?

Valentin, qui s'est un peu remis, regarde autour de lui, apperçoit deux étrangers qu'il n'a pas encore remarqués, et reste interdit. Parle, reprend Victor, parle librement devant ces deux amis qui connaissent mes malheurs, et qui s'y intéressent. Que fait-on au château? Qu'y dit-on? Paraît-on s'y inquiéter de mon absence? Clémence, la belle Clémence écoute-t-elle les consolations de son père, de son amie? Mais parle donc, Valentin, si tu veux me prouver ton zèle et ton amitié.

Valentin, toujours étonné, lui répond: Si vous me faites tant de questions à-la-fois, je ne pourrai, voyez-vous, répondre à aucune. D'abord je ne pourrai jamais vous conter tout ça de point en point, ça ne finirait pas. Comment d'abord vous dire que notre jeune maîtresse pleure du matin au soir; que le jour, la nuit, elle ne quitte pas sa fenêtre, d'où elle jette les yeux, tant loin qu'elle peut, sur la Forêt de Kingratz qui paraît un point, mais où elle semble vous regarder, quoiqu'elle ne vous voie pas. Quand vous avez été parti c'était une désolation! M. le baron s'est renfermé chez lui, et n'en est sorti que vers le soir, pour prendre quelque légère nourriture. Clémence est restée chez madame Wolf, madame Germain du moins, moi, j'ai toujours ce nom de madame Wolf dans la tête: madame Germain donc l'a consolée et la console encore; mais la pauvre madame Germain a besoin elle-même de consolation. Hier, M. le baron est entré chez ces dames. Ma fille, a-t-il dit à Clémence, ranime donc ta force et ton courage. Il n'est pas encore décidé que tu ne reverras pas ton amant: il lui faut le temps de parler à Roger; et d'ailleurs, il est possible que Roger, s'il aime son fils, cherche à le garder quelques jours auprès de lui; c'est tout naturel: s'il revient, tu seras heureuse; mais s'il ne revient pas, je t'engage, mon enfant, à faire tous tes efforts pour l'oublier: je vais plus loin, je t'ordonne en ce cas, de renfermer ta douleur au fond de ton ame, afin de ne point agraver la mienne; oui, la mienne, ma chère fille! Penses-tu que je ne regrette point Victor? Crois-tu que je puisses oublier la tendresse respectueuse, toutes les vertus de ce jeune homme que j'ai élevé? Puis-je ne pas gémir d'avoir sauvé son enfance du malheur et de l'opprobre qui entourait son berceau, pour être forcé aujourd'hui de l'éloigner de moi, de le livrer aux hasards de sa destinée? Va, Clémence, sois ferme au milieu de ta tristesse: si tu ne dois jamais revoir Victor, surmonte tes regrets, et ne me prive pas à-la-fois de mes deux enfans!... C'est comme cela qu'a gémi monsieur. On voyait qu'il souffrait; et, comme j'étais là, moi, il m'a parlé long-temps, mais long-temps, et cela avec sa bonté ordinaire; car vous savez qu'il m'aime beaucoup, M. le baron. C'est moi qu'il aime à rencontrer le premier tous les matins quand il descend dans son jardin: lui et moi, nous sommes toujours les premiers levés dans la maison, et c'est une habitude que j'ai prise du temps que j'étais....—Valentin, interrompit Victor, tu ne me dis point comment tu es venu ici.—Oh! m'y voilà. Quand j'ai entendu hier M. le baron parler comme cela à Clémence et à madame

Germain, je me suis dit: Il faut que j'aille voir un peu ce que fait là-bas notre jeune maître; ça me tourmentait aussi de ne plus vous voir, oh! je n'y étais plus; c'est que je vous aime tant!... Avec cela, le vilain rêve de cette nuit! Je me suis réveillé avec l'idée qu'il vous était arrivé un grand accident. Que sais-je, me dis-je, s'il est en prison chez ces voleurs, s'il souffre beaucoup, s'ils veulent le tuer, mon secours pourrait lui être utile; allons-y; et je suis parti sans dire bonjour à personne. Quand j'ai été dans la forêt, j'ai entendu plusieurs coups de sifflet, c'est ce que je demandais: ça m'a fait un plaisir extrême! Aussi-tôt ils sont venus trois ou quatre sur moi: ils n'ont pas voulu me voler, oh! pour cela, je suis trop honnête pour le dire; mais ils m'ont demandé ce que je faisais là; moi, je leur ai dit que je les attendais.—Pourquoi faire?—Pour me conduire à M. Roger, votre chef.—Que lui veux-tu?... Enfin, que vous dirai-je, après bien des difficultés, ils m'ont amené ici. Mais ce qui me désespérait, c'est qu'ils ne voulaient pas croire que je vous connusse, et je suis sûr que si vous n'aviez pas paru, je serais encore là à me disputer avec ces gens-là qui sont très-grossiers et très-mal élevés. Enfin, je vous vois! Dieu-merci, il ne vous est rien arrivé de fâcheux, et maintenant je ne vous quitte plus.

Victor sourit d'abord du récit naïf de Valentin: ensuite il lui fit quelques légers reproches sur ce qu'il avait abandonné ses maîtres sans rien leur dire, ajoutant que son absence pouvait les plonger dans l'inquiétude. Bon, reprit Valentin, ils peuvent bien s'en douter, car hier j'ai dit quelques mots détournés qu'ils ont paru comprendre, et auxquels ils n'ont point répondu; c'était assez me prouver qu'ils me permettaient de venir vous rejoindre. Au surplus, qu'ils s'inquiètent, ou ne s'inquiètent point, je vous retrouve, et je vous suis par-tout où vous serez. Si vous retournez au château, j'y rentrerai avec vous; si vous n'y allez pas, j'accompagne vos pas en quelque lieu que vous les portiez. Dame, mon cher maître, je vous suis attaché; et si vous ne vous souciez pas de m'avoir pour domestique, moi je ne suis pas assez ingrat pour abandonner un si bon maître.

Voilà une nouvelle persécution pour Victor, qui brûle d'être seul livré à sa douleur. Il ne sait comment résister aux sollicitations de Fritz, de Henri, de Valentin: tous tes trois veulent suivre ses pas; comment fera-t-il pour les contenter? Victor cependant est né ferme et décidé; quand il a pris un parti, personne ne peut l'en faire changer; mais ici, c'est une lutte d'amitié; il parvient à la fin à faire entendre raison à ses trois amis; et, après bien des débats, il est convenu que Fritz se rendra avec Valentin au château de Fritzierne, où Fritz se fera connaître, et portera les derniers adieux de Victor, qui ne reverra plus cet asyle heureux de son enfance. Pour l'infortuné Victor, il ira voyager avec Henri; Victor portera sa douleur dans quelque coin isolé de la terre, où, loin de Roger, loin du baron, et sur-tout de Clémence, il s'efforcera, par des travaux journaliers, d'oublier son amante et son père. Victor est né pour être privé de tout ce qui peut être cher aux autres hommes; il ne peut vivre avec un père coupable; il n'ira pas s'offrir aux yeux du baron, implorer sa pitié, quand il connaît son inflexible, disons mieux, sa juste fierté: une seule ressource était offerte à Victor; celle d'attendrir Roger, de le forcer à sacrifier sa criminelle profession au bonheur de son fils; ce moyen n'a pas réussi: Victor n'a donc plus qu'à fuir son bienfaiteur dont il se rappelle les ordres, terribles sans doute, mais irrévocables. Telle est sa destinée, il s'y soumet, et n'a pas même la faiblesse d'en murmurer; tant il est vrai que la vertu trouve dans ses principes une force incalculable pour résister aux coups les plus cruels du destin qui la poursuit. Telle est la morale de Victor, morale qu'il a suivie jusqu'à présent, et qu'il aura plus d'occasions encore de suivre par la suite.

Victor voulait refuser l'or et les autres présens que Roger lui faisait parvenir par les mains de Henri; mais Henri fut moins scrupuleux que notre héros; il se chargea de cette petite fortune, dont tous deux pouvaient avoir besoin dans le cours des voyages qu'ils se proposaient de faire ensemble, et sans doute il était très-prudent de se ménager des ressources contre l'indigence.

Après avoir fait leurs préparatifs, Victor, Henri, Fritz et Valentin, sortirent du camp des Indépendans par le même souterrain qui les y avait vus entrer. Un des gens de Roger avait reçu de son maître l'ordre d'assurer leur retraite, qui se fit sans accident jusqu'à la sortie de la forêt, où leur guide les abandonna. Roger n'avait pas reparu, et sans doute il avait voulu s'épargner l'émotion d'une séparation qui lui coûtait beaucoup. Roger, au milieu de ses excès, avait de la grandeur et de l'élévation dans l'ame. Il aurait pu retenir son fils, s'opposer à son départ; il ne le fit point, et Victor sut intérieurement apprécier ce procédé d'un homme, à qui il ne pouvait reprocher le moindre mauvais traitement pendant le court séjour qu'il avait fait chez lui; au contraire, il avait été accablé des marques de sa tendresse; mais il ne pouvait lui pardonner sa naissance, et la seule idée de ses crimes le lui rendait à jamais odieux.

Victor sentit son ame se dilater en sortant de la forêt; il respira plus librement, et l'air lui parut être plus pur que celui du camp des Indépendans. Pauvre Victor!... tu viens de subir des épreuves bien cruelles!... Tout ce que tu viens de voir a laissé dans ta tête une foule d'idées douloureuses que tu n'as pas la force d'approfondir. Te voilà libre, maintenant, et plus tranquille; mais quels nouveaux malheurs vont encore flétrir ta jeunesse!... j'en prévois de cruels, d'inattendus, que je n'aurai peut-être pas la force de raconter à mes lecteurs.... Mais, que dis-je? si tu as eu le courage de les supporter, je dois avoir celui de les transmettre à l'histoire.... Pauvre Victor! que tu as encore à souffrir!

FIN DU TOME TROISIÈME

VICTOR. TOME IV

CHAPITRE PREMIER. LA FORÊT ENCHANTÉE

Victor a quitté enfin le repaire effroyable qu'habite l'auteur de ses jours, antre affreux où se commettent tous les crimes. Il n'espère plus le bonheur, Victor; il est plus tranquille, mais plongé dans cette espèce d'apathie que donnent la douleur, et la certitude d'avoir épuisé tous les moyens d'être heureux. Il est accompagné de trois bons et fidèles amis; il les regarde à peine, il ne leur répond point; ses yeux sont attachés à la terre; il marche les bras croisés, et sa tête enfoncée dans sa poitrine. Il souffre trop pour se plaindre; il marche jusqu'au détour d'un sentier, où, levant les yeux par hasard, il apperçoit au loin, devant lui, les hautes tours du château de Fritzierne. La croisée de son appartement frappe d'abord ses regards, qu'il reporte ensuite sur celle de la chambre de Clémence. On lui a dit que Clémence passe les jours et les nuits, les yeux fixés sur la plaine; il croit voir en effet Clémence derrière sa croisée; il lui semble qu'elle le voit, qu'elle le fixe, qu'elle lui fait même signe de rentrer au château..... Victor s'arrête, et sent ses genoux s'affaiblir: il est prêt à tomber sur la terre; mais sa force se ranime à la seule pensée que ses trois amis vont encore le persécuter pour qu'il revienne s'expliquer avec le baron. Pour éviter leurs vives instances, qu'ils sont sur le point de redoubler, il détourne ses regards de la forteresse, et fait à Henri une question insignifiante pour détourner son attention. Henri, et sur-tout Fritz, qui connaît les malheurs de Victor, se sont apperçus de ses souffrances: ils vont lui en parler. Victor rompt la conversation, et propose, à cette place même, une séparation qui va briser son cœur. Voici ton chemin, Fritz, dit-il à ce jeune homme: ce sentier va te conduire au pont-levis du grand château que tu vois là-bas; c'est-là que respire Clémence; c'est-là que tu vas la voir tous les jours, à toute heure, et que tu vas sans doute t'enflammer pour cette créature céleste. Sois heureux, Fritz; rends-toi digne de sa main, de son cœur sur-tout; qu'elle m'oublie pour toi, et je n'en serai point jaloux. Aime-la, Fritz, tu le dois, mais dis-lui bien que je vais vivre et mourir fidèle à sa tendresse; que je renonce à tout engagement pour ne m'entretenir qu'avec son image, que je porterai à jamais dans mon cœur. Ô Fritz! parle-lui souvent de moi! promets-le-moi, Fritz, et sois sûr que mes pensées se partageront sans cesse entre mon amante et mon ami!.... Valentin, adieu, adieu, mon bon Valentin; conduis Fritz à ton maître; qu'il apprenne que c'est-là ce fils de son épouse qu'il a cherché si long-temps en vain, et qui m'aurait privé de ses bienfaits, s'il l'eût rencontré. Oui, Fritz, si le baron de Fritzierne eût trouvé cet enfant d'un couple dont il avait fait le malheur, il n'eût point été la nuit à la forêt, il ne m'eût point adopté; j'aurais couru une autre carrière, et je n'aurais pas adoré Clémence!..... Valentin, remets entre les mains du baron mon ami que je te confie: il me fera aisément oublier, et le bonheur renaîtra dans le château.... Adieu, mes amis, adieu; embrassez-moi tous les deux, et séparons-nous....— Encore quelques pas ensemble, s'écrient à-la-fois et Fritz et Valentin.— Non, non, répond Victor; ce serait prolonger mon tourment, et vous ne voulez pas agraver ma douleur. D'ailleurs voilà Henri qui m'accompagne: Henri me reste; il trouve assez de moyens dans son cœur pour adoucir ma peine et me consoler, s'il est possible de me consoler.... Adieu.

Victor prend la main de Henri; tous deux suivent une route qui s'offre à eux, et Fritz parcourt tristement, avec Valentin, le chemin qui mène au château. Valentin tourne de temps en temps la tête pour voir encore son jeune ami, et fait entendre les sanglots les plus touchans.... Mais Victor résiste au désir de revoir encore le château-fort; il marche avec Henri, et cherche, par des entretiens divers, à réprimer sa curiosité, à calmer ses regrets. Force étonnante de la part d'un jeune homme de dix-neuf ans; courage héroïque, et que peut donner seule l'habitude du malheur.

À présent que nos quatre amis sont séparés, le lecteur est libre de suivre avec moi les deux voyageurs qui l'intéressent le plus. Veut-il que je le mène au château avec Fritz et Valentin? il ne tient qu'à moi, et nous pouvons sur-le-champ nous introduire chez le baron, voir la réception qu'il va faire au fils de son épouse.... Mais non: je devine que mon lecteur préfère suivre son jeune ami, l'intéressant Victor, qui voyage sans savoir où il va, avec un homme qu'il ne connaît pas, mais qui s'est attaché à lui, en lui donnant des preuves de la plus touchante affection. Voyageons avec lui et notre héros, puisque ces deux amis nous intéressent le plus pour le moment.

Ils côtoyèrent d'abord les hautes montagnes du Tabor, au pied desquelles ils se trouvaient, jusqu'à Tentschbrod, et arrivèrent le soir à Kolin, ville fameuse depuis par la bataille dans laquelle le maréchal Daun délivra Prague, et obligea le roi de Prusse à se retirer. Ils avaient tellement marché, qu'ils étaient accablés de fatigue; ils se reposèrent donc un jour entier dans ce lieu, qui offrait des sites assez agréables. Le surlendemain ils continuèrent leur route, et furent coucher à Prague, belle et grande capitale de la

Bohême, qu'ils se donnèrent le temps de visiter pendant trois jours. Victor était trop occupé de sa douleur pour donner une grande attention à l'étude des arts; cependant il visita le palais des rois, la superbe maison-de-ville, située sur la grande place de la ville neuve; les hôtels Lobkowitz, Tschernin; l'université, où l'on comptait alors plus de trente mille étudians; le collège des Jésuites, etc. Mais ce qui le frappa le plus, ce fut le magnifique pont jeté sur le Moldaw, et dont les vingt-quatre arches forment dix-sept cents pieds de long. Victor poussa un profond soupir en passant au pied du fort qui renfermait les prisonniers; il pensa au malheureux Friksy qui y gémissait injustement, et cette idée lui rappela ses malheurs, sur lesquels l'obligeant Henri s'efforçait sans cesse de l'étourdir.

Comme ils n'avaient point de but déterminé, et que tous les deux étaient sans parens, sans amis, sans protecteur, ils marchèrent au hasard, et sortirent de Prague pour aller à Tunsklaw, et de là à Velbern: le site de ce côté était plus conforme à la mélancolie de Victor. Cette partie de la Bohême est moins riante et moins peuplée; on y voit peu de villages et peu de bois; les chemins y sont affreux jusqu'à Aussig; on est obligé de marcher sur le côté d'une montagne ayant l'Elbe à droite.

Il ne leur arriva rien de particulier pendant les cinq jours qu'ils marchèrent pour arriver à Dresde, où ils s'arrêtèrent pour visiter cette capitale de l'électorat de Saxe, qui depuis devait souffrir un siége affreux[8]. Elle était digne alors de fixer la curiosité de nos voyageurs, qui visitèrent long-temps ces deux villes que l'Elbe réunit par un pont de dix-neuf cent vingt toises. Ils y virent beaucoup d'édifices magnifiques, entre autres le palais de l'électeur, le Zwinger, le palais indien, le trésor, la bibliothèque, le cabinet d'histoire naturelle, et sur-tout la galerie des tableaux, la plus belle collection qui fût alors en Europe. Au Gros-Garten, à un mille de la ville, ils virent la galerie des statues, où se trouvent de très-beaux fragmens, entre autres un de Lisippe. À quatre lieues plus loin, à Meissen, ville bien située, dans un pays agréable et rempli de vignobles, ils furent visiter la fabrique de la belle porcelaine de Saxe, et bientôt ils se remirent en route, dans l'intention d'aller voir Léipsick. Deux jours après ils passèrent le Moldaw en bateau, à un mille de Wurtzen, et le lendemain ils arrivèrent à Léipsick, la patrie du célèbre Léibnitz.

Depuis près d'un mois qu'ils voyageaient, ils étaient si fatigués, qu'ils résolurent de se fixer quelque temps dans cette belle ville, située dans une plaine, entre la Saale et le Moldaw. En conséquence, ils prirent un logement dans une auberge assez commode, au bout d'un des fauxbourgs qui conduisent au délicieux bois de Rosendhall. Ce bois, où l'on voit une quantité prodigieuse de rossignols, était la promenade favorite de Victor, qui aimait à rêver seul dans des endroits solitaires, tandis que son ami, plus curieux que lui, passait des journées entières à visiter tout ce qu'il y avait d'intéressant à voir dans la ville.

Un soir que Victor pensait à Clémence, objet bien propre à lui donner des distractions, il oublia l'heure de rentrer à la ville; et s'appercevant à la chute du jour qu'il était tard, il voulut reprendre son chemin; mais il lui fut impossible de le retrouver. Ce bois charmant, mais désert et dangereux même, pendant la nuit, offre mille sinuosités: Victor les parcourt, et s'égare de plus en plus. Quel embarras! S'il était seul, Victor, il ne se troublerait point, il ne regretterait point d'être égaré; mais il a un ami, un ami sensible et fidèle qui va s'inquiéter de son absence, qui peut-être en ce moment verse déjà des larmes, et court dans la ville en demandant Victor à tous ceux qu'il rencontre. Quelle douleur pour Victor!... Il marche, marche encore, et ne rencontre aucune issue qui le fasse sortir de cette immense forêt. Que fera-t-il?... Il prend son parti, s'asseoit sur un tertre de gazon, et attend paisiblement que le jour renaisse, ou qu'il rencontre quelque guide généreux qui le rende à son ami. Victor est donc assis; l'obscurité la plus profonde règne autour de lui, et son repos n'est troublé que par le chant multiplié des milliers de rossignols qui perchent autour de lui. Victor se plaît d'abord à cette douce mélodie; mais toujours l'idée de l'inquiétude du bon Henri le tourmente, et il se reproche son imprudence.

La nuit a déjà couru dans son char d'ébène la moitié de sa carrière; les hôtes ailés des bois se sont tous endormis, pour attendre en silence le retour de l'aurore, qu'ils doivent saluer de leurs chants; Victor lui-même sait que ce silence absolu de la nature l'invite à céder aux pavots que le dieu du sommeil verse sur ses paupières; il s'endort, et bientôt un rêve doux à-la-fois et funeste agite ses sens; il croit voir Clémence, il croit voir le baron de Fritzierne, qui lui reprochent sa fuite, et son peu de confiance en leur tendresse. Clémence s'avance vers lui; elle tient une lumière, elle l'appelle, elle lui tend les bras. Mon père, s'écrie Victor! mon père! mon amie! c'est moi, je reviens à vous!.... L'agitation qu'excite en lui cette exclamation le réveille en sursaut, et Victor reste très-étonné, en voyant devant lui une femme, munie d'une lanterne, qui le presse dans ses bras, en lui disant: Te voilà, te voilà enfin; reviens, reviens consoler ton père et celle qui te fut si chère!....

Victor, croyant que ce qu'il voit n'est qu'une prolongation de son rêve, regarde, et ne peut que nommer Clémence....—Oui, mon fils, tu la reverras, lui dit la femme qui le presse contre son cœur... Victor se frotte les yeux, et se convainc que ce qu'il voit n'est plus un songe, mais une réalité. Cependant, inconnu à tout le monde, seul dans ces forêts, à cent lieues du château de Fritzierne, qui peut le reconnaître? qui peut s'intéresser à son sort?... Il regarde la femme secourable; il voit qu'elle est âgée, que ses traits lui sont parfaitement étrangers. Qui êtes-vous, lui dit-il, madame; et comment vous trouvez-vous ici près de moi?—Je te cherchais, mon fils, lui répond l'inconnue; je savais que tu devais venir cette nuit, mon époux me l'avait dit; et, brûlant du desir de te voir, j'ai fui le sommeil pour parcourir les vastes routes de Rosendhall, où je présumais que tu pouvais t'être égaré.—Je m'y suis égaré en effet, madame; mais vous vous méprenez sans doute; je n'ai pas l'avantage de vous connaître, et....—Je sais, mon fils, je sais bien que tu ne me connais pas, que tu ignores qui je suis, et c'est ce qui me fait jouir de ton trouble et de ta surprise; mais tu reconnaîtras bien ton père, que tu appelais à grands cris lorsque je t'ai éveillé. Tu disais: Mon père! je reviens à vous!.... Reviens à lui, mon fils; oui, reviens à ce père qui t'aime, et qui ne t'a banni de sa présence, que parce que tu lui prescrivais des loix trop impérieuses, et qu'il ne pouvait suivre.—Des loix!—Sans doute; exiger de lui qu'il quittât sa profession, ses amis, c'était trop fort, mon enfant; et, à ce prix, il ne pouvait faire ton bonheur.—(Victor frémit.) Ciel, madame! quoi! vous connaîtriez celui qui m'a donné le jour, cet homme barbare à qui je dois mes malheurs?—Il n'est point barbare, mon fils, il t'aime, et tu as tort de repousser ses caresses paternelles; mais enfin tu vas le revoir.... Viens, suis-moi.—Moi, vous suivre?—Il le faut.—Eh quoi! Roger serait ici? impossible.—Ne penses qu'à ton père, mon fils, et oublie tes malheur, qu'il brûle de faire cesser.—Ce bois serait plein de voleurs, et Roger serait à leur tête? mais cela ne se peut pas.—Que parlez-vous de voleurs, jeune insensé? donnez un nom plus juste, plus honorable à la profession de votre père. Qu'est-ce que vous entendez donc par des voleurs?—Mais madame est-ce bien Roger?—Roger! toujours Roger! Ne voyez que votre père, encore une fois; c'est lui qui vous tend les bras, et je me trouve bien heureuse de pouvoir lui rendre son fils lorsqu'il reviendra.—Il n'est donc pas ici?—Non; je l'attends demain, ou après demain au plus tard.—Roger?—Ta tête se trouble, mon fils: suis-moi, te dis-je, et laisse-toi conduire.—Je ne le puis; un ami, qui m'est bien cher, est en ce moment inquiet de mon absence. Daignez m'indiquer le chemin de la ville; que je retrouve mon ami, et bientôt je verrai s'il est de ma sûreté de céder à vos vœux....

La vieille reste quelques momens indécise puis elle continue: Eh bien! viens, mon fils, suis mes pas; je vais te remettre dans ton chemin, et demain j'espère te voir plus raisonnable.

Victor étonné de tout ce qu'il vient d'entendre, suit avec fermeté l'inconnue qu'il croit folle ou mal intentionnée. Il est prêt à se défendre de toute surprise. Sa main est sur la poignée de son cimeterre, et il va le tirer au moindre signal effrayant qu'il entendra. Après l'avoir fait marcher long-temps, la vieille s'arrête, et au même instant la lumière qu'elle porte dans sa lanterne redouble et devient éclatante. Surpris de ce prodige, Victor va en demander la cause, lorsque deux espèces de géans lumineux s'approchent de lui, et cherchent à l'intimider par des traits de feu qui semblent jaillir de leurs yeux. Qu'est-ce cela, s'écrie Victor! suis-je dans le pays des enchanteurs! ou veut-on me traiter comme un enfant!....

Victor tire son sabre, et sa première victime va être la vieille, si elle ne se sauve: c'est ce qu'elle fait; mais au même instant plusieurs hommes armés se précipitent sur Victor: en une minute il est désarmé, garrotté et entraîné dans une espèce de petit fort, dont la porte se referme sur lui.

Victor est laissé-là seul, sans lumière, et il ignore où il est. Il ne doute pas que cette forêt ne soit infestée, comme celle de la Bohême, de brigands, dont il est la proie; mais ces brigands, sont-ce les gens de Roger? Est-ce la troupe des Indépendans? Roger lui-même se serait-il transporté dans le bois de Rosendhall? Quelle apparence qu'il ait établi si promptement son camp dans un bois si beau, si fréquenté pendant le jour, et qui sert de promenade aux habitans de la ville de Léipsick! À moins que Roger n'ait formé le projet de s'emparer de Victor, d'obtenir de lui par la force ce qu'il ne lui a pas accordé par la douceur, et qu'il n'ait fait suivre ses pas; mais si loin!.... cela n'est pas croyable. Où est-il donc, Victor, et que veut-on de lui? Voilà les tristes réflexions qu'il fait, et le souvenir de Henri, inquiet et désolé, vient encore agiter son esprit.

Au bout d'un moment une porte s'ouvre, et son cachot s'éclaire. Il voit entrer la vieille qui l'a entraîné dans ce piége; elle est suivie de deux hommes à qui elle ordonne de détacher les fers de Victor. Victor est maintenant libre, mais sans armes. La vieille s'approche de lui. Homme méchant et intraitable, lui dit-elle, que t'ai-je fait pour que ta aies tenté de m'arracher la vie? Ta raison sera donc toujours aliénée? tu seras donc toujours un ingrat? Eh quoi! je veux te rendre au meilleur des pères, que tes malheurs ont touché, et c'est ainsi que tu réponds à mes bontés! Quel intérêt ai-je, moi, à te réconcilier avec l'auteur de tes jours? Que suis-je, pour m'intéresser à toi? Suis-je ta mère? T'ai-je vu jamais? Apprends, jeune insensé, que je suis la seconde épouse de ton père, et que, d'après le récit qu'il m'a fait de tes folles prétentions et de ta fuite précipitée, c'est moi qui ai formé le projet de terminer sa profonde douleur, en lui rendant son fils. Je savais que tu devais passer cette nuit dans ce bois; j'ai été t'y chercher, j'ai tout employé pour te consoler; et pour reconnaître mes soins, tu veux m'ôter la vie; tu menaces mes gens; tu veux te battre contre eux!.... Eh bien! je te retire mes bontés; reste ici, restes-y seul, et sans moi, jusqu'au retour de ton père. Il connaîtra tes fureurs, et tu seras trop heureux d'implorer mon appui pour désarmer sa juste colère.

À ces mots la vieille se retire, et laisse encore dans l'obscurité l'infortuné Victor, qui ne sait plus ce qu'il doit penser de sa cruelle position. Il est absorbé dans ses réflexions; un incident nouveau vient l'en tirer. C'est une voix douce qui l'appelle: Cher amant, est-ce toi? On me prive de ta vue; réponds-moi, oh! réponds moi.

Victor croit d'abord reconnaître la voix de Clémence, tant son esprit est frappé du souvenir de son amante. Il attend que la voix se fasse entendre une seconde fois: silence absolu. Victor s'écrie à son tour, sans trop se rendre raison de ce qu'il dit: Clémence! serait-ce toi? serait-ce toi, Clémence?—Oui, c'est moi, lui répond la voix; c'est ta....

L'éloignement l'empêche d'entendre distinctement le mot qu'ajoute la voix: Victor entend seulement qu'il se termine en ence; mais ce n'est point-là la fille de Fritzierne: Victor ne peut se tromper à cet organe charmant, qui tant de fois a frappé son oreille. Ce n'est point-là sa voix; ce ne peut être Clémence; à moins qu'enlevée depuis par Roger, prisonnière de ce monstre, ou d'un de ses complices, la douleur et les larmes n'aient altéré le son de sa voix.

C'est ainsi que lorsque l'imagination se porte vers une présomption, on trouve mille raisons pour se persuader ce qui paraît vraisemblable. Victor a dans l'idée maintenant que c'est bien Clémence qu'il a entendue, et il ne se donne plus la peine de chercher des motifs légitimes qui puissent tourner ses soupçons en certitude.

Encore un incident nouveau, et sa raison va entièrement s'aliéner.

CHAPITRE II. LA LANTERNE MAGIQUE; EXPLICATIONS

Victor brûle de s'entretenir encore avec la personne qu'il ne voit pas, et qu'il suppose être Clémence: il l'appelle, l'appelle toujours, elle ne lui répond plus; mais un événement inattendu vient le glacer d'effroi, et faire dresser d'horreur ses cheveux sur son front. Il apperçoit tout-à-coup, au fond de son cachot, une faible clarté, non fixe comme celle d'une bougie, mais étendue et assez semblable à un nuage blanc qui serait venu couvrir un des murs de sa prison. Cette clarté faible et brumeuse offre bientôt à ses regards l'effigie blanchâtre et sans forme d'un homme dont il est impossible de distinguer les traits. Une voix, plus forte que la première, crie à Victor: Voilà ton père, le reconnais-tu?

Victor, effrayé, cherche à distinguer les objets; le simulacre qu'on lui présente porte en effet la stature de Roger; il croit même remarquer ses habitudes.... Tout disparaît!

Un instant après la même clarté reparaît, et c'est maintenant un simulacre de femme qui s'offre à ses regards. La même voix crie encore: Voilà ton amante; mérite qu'elle te soit rendue!.... C'est en effet la taille de Clémence; Victor, qui la reconnaît, veut s'élancer vers elle, tout disparaît de nouveau. Cruels, s'écrie Victor; qui que vous soyez, ne vous jouez pas d'une manière aussi barbare de ma fragile raison; si vous possédez Clémence, rendez-la-moi; rendez-la-moi, mais n'abusez pas de mon malheur!....

On ne répond pas, et Victor se trouve de nouveau dans l'obscurité la plus parfaite. Il y passe ainsi le reste de la nuit sans pouvoir se rendre raison de ce qu'il a vu, de ce qu'il a entendu. Le jour enfin vient éclairer sa prison, par une espèce de créneau grillé qu'il n'a pas remarqué. Victor voit bien clair maintenant, il est plus tranquille; mais, pour se rassurer davantage, il visite la chambre dans laquelle il est, et sur-tout le côté de mur où il a vu tour-à-tour les ombres de ceux à qui il pense sans cesse. Ce mur est comme les autres; il ne renferme aucune fausse porte, aucune cavité. Par où donc s'est opéré ce prodige étonnant! Victor est confondu, et ne peut qu'attendre du temps l'explication des merveilles dont il a été témoin.

Cependant le soleil a déjà éclairé le tiers de notre hémisphère, et personne n'a paru: Victor commence à se désespérer d'une aussi longue captivité; mais un bruit, qu'il entend près de lui, fixe son attention; on parle, haut, assez haut pour que Victor distingue ce qu'on dit. Mon ami, dit la vieille femme, je te jure que ton fils est ici: je l'ai rencontré, cette nuit, dans la forêt, et j'ai même eu recours à quelque violence pour le contenir dans la chambre d'ici à côté.—Y penses-tu, ma chère femme, interrompt une voix d'homme, inconnue à Victor? tu as fait quelque bévue; car c'est moi qui le ramène, mon fils, que j'ai rencontré aussi, ce matin, dans la forêt.—Quoi! monsieur, répond la vieille, monsieur serait ton fils?—Eh oui, repart l'homme inconnu; le voilà, c'est ce grand garçon-là; qu'en dis-tu, il est bien tourné, n'est-ce pas?—Eh mais, mon Dieu, réplique la vieille, quel est donc ce pauvre jeune homme que j'ai tant tourmenté depuis minuit? Moi, je voulais te faire un cadeau en te présentant, la première, un fils que tu chéris, et je me suis trompée. Oh bien! je te réponds que je lui ai fait plus d'une belle peur.—Il faut le délivrer, ma femme, et lui faire mille excuses.—C'est juste, c'est dans l'ordre.

L'explication du mari et de la femme cesse, et bientôt Victor entend ouvrir la porte de sa prison; mais, quelle est sa surprise, en reconnaissant son ami Henri, qu'accompagnent la vieille et son mari, et qui se précipite soudain dans ses bras, en s'écriant: Ciel! c'est Victor!—C'est toi, mon cher Henri, interrompt Victor? eh comment te trouves-tu ici?—Voilà mon père, reprend Henri, c'est moi qu'on cherchait, et c'est toi qu'on a pris à ma place.—Eh! par quel hasard?....—Je t'expliquerai tout cela; pour le moment, je dois me hâter de retirer mon ami d'un asyle si indigne de lui!

Henri prend Victor par la main, et tous montent dans un appartement, où la vieille s'empresse de témoigner ses regrets à notre héros. Pardon, lui dit-elle, je ne connaissais pas le fils de mon époux: je savais seulement qu'il était à Léipsick: un de mes gens, qui l'a vu naître, l'a reconnu dans un des fauxbourgs de cette ville. Il venait, disait-on, se promener, tous les soirs, au bois de Rosendhall; j'avais tout lieu de croire, vous trouvant cette nuit endormi, que c'était vous. Ajoutez-y la conformité qui s'est rencontrée entre vos demandes et mes réponses, tout devait confirmer mon erreur. Apparemment que vous avez fui votre père pour des motifs semblables à ceux qui ont porté Henri à quitter le sien? Vous avez donc une amante qui s'appelle aussi Constance? C'est singulier, moi, j'aurais juré que vous étiez Henri; mais je vous ai nommé, je crois; il fallait donc m'éclairer?—Non madame, reprit Victor, vous ne m'avez pas nommé, c'est moi qui vous ai dit

souvent, et imprudemment sans doute, le nom de mon père, de Roger.—
J'entendais bien que vous parliez souvent de Roger; mais je croyais que vous
me citiez le nom d'un ami que vous regrettiez: d'ailleurs je ne connais point
du tout ce Roger, moi; je ne pouvais pas deviner....—Mais, interrompit le
père de Henri, il y a un Roger dont la troupe infeste depuis long-temps les
forêts de la Bohême: ce n'est pas celui-là?

Victor n'osait répondre; mais son ami Henri se hâta de le tirer de cet
embarras: Non, mon père, dit-il au vieillard, c'est un autre Roger. Quant à
moi, mon cher Victor, juge de mon inquiétude en ne te voyant pas rentrer?
J'ai attendu jusqu'à deux heures du matin, mais voyant que tu ne revenais
point, je me suis rappelé que tu allais souvent te promener, le soir, au bois
de Rosendhall: ses sombres réflexions, me dis-je, l'y auront retenu; et, s'il ne
s'y est pas égaré, il peut être arrivé quelque accident à mon ami, dans ce bois
qu'on dit n'être pas sûr la nuit. Plein de cette idée douloureuse, je suis sorti,
j'ai battu, pendant plusieurs heures, toutes les routes de ce bois tortueux.
J'avais bien remarqué cette espèce de tour où nous sommes; mais j'ignorais
qu'elle fût habitée. Quelle est ma surprise! un homme se présente à moi,
c'est mon père!.... Il m'engage à venir ici; il possède, dit-il, l'amante que mon
cœur a tant chérie; je cède à ses instances, et je retrouve mon cher Victor,
mon libérateur! Ah! quel heureux moment qui me rend à-la-fois mon père,
mon amante et mon ami!

Henri embrasse Victor, qui répond à ses caresses naïves; puis on se met à
table pour prendre quelque nourriture, dont tout le monde a besoin.
Constance est appelée; Constance a revu son amant: tous deux se sont
prouvé leur tendresse et leur fidélité; elle est assise près de Henri, et tous les
convives sont satisfaits, excepté Victor, que le tableau de l'amour heureux
afflige, non par envie, mais par le regret de ne point voir Clémence près de
lui, comme Constance est aux côtés de Henri. Victor cependant craindrait
que son ami ne prît son trouble pour une basse jalousie; il se hâte de
reprendre sa sérénité. À présent, dit-il à la vieille femme, à présent que je
suis désenchanté, daignez me dire, madame, si vous avez ici des sorciers?
apprenez-moi donc la cause des images surnaturelles qui ont frappé cette
nuit mes regards, ou que j'ai cru voir, du moins; car il est très-possible que
tout cela soit un jeu de mon imagination exaltée.

Ce n'est point un jeu de votre raison, lui répondit la belle-mère de Henri, ce
sont des réalités que mon art a su présenter à vos regards étonnés: vous
saurez que mon mari et moi, nous possédons à fond la physique, et que
nous nous mêlons avec succès de la magie noire, de la magie blanche, de
toutes les espèces de magies possibles: nous sommes aidés par une troupe
de Bohémiens, qui nous sert à merveille: nous disons le passé, nous
prédisons l'avenir, et tout Léipsick a eu lieu d'admirer nos talens: on vient
nous trouver ici, comme on allait chercher les Sibylles chez les anciens; c'est
notre état, et nous l'exerçons avec honneur: c'est ce qui m'a fait me récrier

cette nuit, lorsque vous m'avez demandé si nous étions des voleurs. Voilà le mystère, M. Victor. Les deux géans que vous avez vus dans le bois, et les ombres que j'ai fait passer devant vos yeux, dans votre cachot, sont des effets de notre art. On peut vous en faire voir bien d'autres, si cela est capable de vous amuser.

Victor sourit, et remercia la vieille. Il n'était pas curieux, Victor, et sur-tout de ces prestiges, de ces divinations, qui servent plutôt à troubler le cerveau qu'à augmenter l'entendement humain. Il vit clairement qu'il était au milieu d'une troupe de ces Bohémiens qui vont, courant tous les pays d'Europe, pour dire la bonne aventure, et il éprouva de la peine en pensant que son ami Henri était le fils d'un homme qui professait un état si bas; mais bientôt, tournant ses regards sur lui-même, il rougit du regret qu'il venait de former, et convint qu'il serait trop heureux encore d'avoir un père comme celui de Henri.

Sur le soir, Victor, qui sentit bien que son ami allait se fixer au sein de sa famille, voulut quitter ses hôtes: Henri s'y opposa; il prétendit que Victor ne devait jamais le quitter; ou bien qu'il allait, lui, abandonner son père et son amante pour tenir la promesse qu'il avait faite à son libérateur de le suivre par-tout.

Tant d'importunités fatiguèrent Victor à la fin. Victor sentait le prix de l'amitié; il était capable de tous les sacrifices pour fournir sa part de procédés dans la société intime d'un second lui-même; mais Victor avait en horreur la profession du père de Henri; il lui aurait fallu d'ailleurs vivre dans une forêt, et ce genre de vie lui eût trop rappelé Roger et sa naissance. Victor n'eût point quitté son ami dans toute autre circonstance; mais, dans cette conjoncture, rien ne pouvait le retenir. Il profita d'un moment où on le laissa seul, et sortit; mais il se trouvait dans le même embarras que la veille: il ne connaissait point les routes du bois de Rosendhall, et risquait à s'y perdre de nouveau. Il faisait jour néanmoins: un passant qu'il pria de le reconduire, lui rendit ce service.

Cet étranger qui l'accompagnait était un aubergiste de Léipsick, qui venait de faire quelques provisions à un village prochain: il se mit à causer avec Victor. Monsieur, lui dit-il, je vous demande pardon si je vous ennuie d'une histoire qui peut ne pas vous intéresser; mais je la dis à tout le monde, dans l'espoir de rencontrer celui qui en est l'objet. Vous saurez, monsieur, qu'un pauvre domestique s'est présenté tantôt chez moi tout en nage, et dans un état de lassitude qui me faisait pitié. Monsieur, m'a-t-il dit, n'auriez-vous pas chez vous un jeune homme de la Bohême, qui voyage avec un ami? on les appelle Victor et Henri. Non, mon ami, lui ai-je répondu. Ah, mon Dieu! s'est-il écrié, que j'ai de malheur! j'ai déjà fait toutes les auberges de cette ville, et voilà le métier que je fais depuis Prague. J'ai déjà crevé trois chevaux, car je vais ventre à terre pour tâcher de rejoindre quelque part ce bon Victor, qui est mon maître, monsieur, et un bon maître. Je ne sais s'il est en deçà ou au-delà de la route que je trace; s'il s'est arrêté dans quelque maison particulière, ou s'il a pris des chemins détournés. Dame, tout cela est possible, et dans ce cas mon malheur serait certain; car je suis le plus infortuné des hommes si je ne le retrouve pas. Il faut que je le voie, monsieur, il le faut; je ne puis vivre éloigné d'un jeune homme si vertueux et si malheureux!.... En disant ces mots, ce bon domestique pleurait; il m'a touché moi-même jusqu'aux larmes. Je lui ai indiqué différens moyens de s'informer de l'homme qu'il cherche, dans toutes les villes où il doit passer encore; car il ira, m'a-t-il dit, jusqu'à Calais, où il présume que son maître doit s'embarquer pour l'Angleterre. Oh, monsieur! quel excellent cœur que celui de ce brave homme! et qu'un maître est heureux quand il a l'art de se faire aimer ainsi de ses serviteurs!

Le conducteur de Victor avait débité ce court récit sans remarquer l'intérêt qu'il excitait chez son compagnon de voyage. À peine a-t-il fini, que Victor s'écrie: Il est ici, ce bon Valentin! ah! courons, courons, monsieur, au-devant de ce bon, de ce loyal domestique....—Quoi! reprit l'étranger, vous seriez.... mais en effet, voilà bien le signalement qu'il m'a donné! oui, vous êtes Victor; est-ce vous qui êtes Victor?—C'est moi, monsieur (et Victor redouble le pas).—Ah! mon Dieu, vous serez assez malheureux pour ne plus le rencontrer: il doit être sorti de Léipsick; je l'ai vu monter à cheval; il allait, disait-il, à Wirtemberg, et de là à Potzdam, à Berlin, au diable, que sais-je, moi? ce garçon-là va comme le vent. Là, voyez quel malheur! il faut maintenant que vous couriez après lui à votre tour, à moins qu'il n'ait été chez vous: êtes-vous à l'auberge?—Oui, à la ville de Londres.—Il fallait donc descendre chez moi?—Pouvais-je deviner?....—Ah, c'est vrai. Votre hôte sait-il votre nom?—Je crois que oui....—Oh! vous ne le rejoindrez pas, à moins qu'il ne soit pas encore sorti de la ville; dame, s'il partait à présent, nous le rencontrerions, ici, sur ce chemin même; c'est la route de Duben; eh puis, il faut qu'il passe l'Elbe, dans un bateau plat, avant d'arriver à Wirtemberg.... s'il n'est pas parti; oh! tenez, tenez, quel est ce cavalier qui presse si fort son coursier? Mon Dieu.... oui.... non.... il serait bien singulier!.... la rencontre serait vraiment romanesque.... on ne le croira pas.... C'est lui pourtant, oui, c'est lui, je me rappelle bien sa figure!.... Ah! mon Dieu! je ne me sens pas de joie.... il vous tenez?.... il vous reconnaît, il vous salue.... ah! le pauvre malheureux, il tombe de son cheval, il va se blesser! Doucement donc, mon ami, nous allons à toi.... il ne tient point à la terre.... enfin le voilà dans vos bras!....

C'était en effet le bon Valentin, qui, appercevant son cher maître de loin, n'avait pas eu la force de se tenir sur son cheval: il était tombé; mais au même instant il s'était relevé, et il était déjà collé contre le sein de Victor, avant que celui-ci eût eu le temps de le reconnaître. Victor, bon Victor, vous voilà, s'écrie Valentin! quel hasard! il est fait pour moi. Mon Dieu, je te remercie de m'avoir fait retrouver mon cher maître! J'allais partir pourtant, oui, je m'en allais: dame, je n'avais pas pu rencontrer votre demeure. Oh mon Dieu, mon Dieu! pour cette fois-ci, nous ne nous séparerons plus!

Valentin saute de joie, il fait des folies qui prouvent son bon cœur; et Victor, qui verse des larmes de sensibilité, ne peut que s'écrier: Valentin, quel attachement! comme il me pénètre: mais comment as-tu pu deviner la route que j'ai prise?—C'est bien difficile, monsieur; ne me l'avez-vous pas dite vous-même, là-bas, au pied de la montagne du Tabor, où nous nous sommes séparés, la route que vous alliez prendre?—Moi, je t'ai dit....—Sans doute; si vous l'avez oublié, moi, j'ai bonne mémoire, et il y a une forte raison pour cela; c'est que ma mémoire est là, dans mon cœur, et que mon cœur n'oublie jamais les gens qu'il aime. Oui, monsieur, je vous ai demandé, en pleurant, où vous comptiez aller. Mon cher Valentin, m'avez-vous dit de même, je n'ai pas de but déterminé; mais, comme il faut pourtant que j'aille quelque part, j'irai voir la Prusse, de là je me rendrai en Hollande, et je passerai ensuite en Angleterre, où je fixerai le cours de mes jours trop malheureux. Vous me l'avez dit comme cela, monsieur: c'est ce qui a fait que j'ai suivi vos traces, et que j'ai eu le bonheur de vous rencontrer. Il n'y a pas long-temps que je suis parti du château, non; il n'y a que huit jours: aussi j'ai crevé trois chevaux: bah! cela m'a été égal, j'en ai acheté un autre, et qui est bien gentil; n'est-ce pas, monsieur, qu'il est bien joli, mon cheval?

Victor sourit de sa naïveté. Mon ami, lui dit-il, donne-moi donc des nouvelles de mon bienfaiteur, et de la belle Clémence?—Ah bah! reprit Valentin, il est arrivé bien des choses, bien des événemens! tout le monde a bien du chagrin dans le château.—Eh pourquoi?—Pardi pourquoi? de votre absence peut-être, eh puis encore.... mais vous saurez tout cela quand nous serons chez vous. N'est-ce pas chez vous que nous allons à présent?—Oui, mon ami.—Quelle joie pour moi de retourner sur mes pas! ne vous inquiétez point; j'en ai beaucoup à vous dire, mais vous saurez tout.... Là, mon maître, montez sur mon cheval: pour moi, j'irai fort bien à pied, à côté de vous; car vous n'irez qu'au pas, si vous le voulez bien.

Valentin force son maître à prendre sa monture, et Victor l'accepte pour ne pas désobliger ce bon garçon, qui en a vraiment plus besoin que lui. Valentin et l'étranger, qui venaient de conduire Victor dans les sentiers sinueux du bois de Rosendhall, vont derrière en s'entretenant du bonheur d'une rencontre aussi inespérée. L'aubergiste s'en étonnait toujours: Eh pourquoi? lui dit Valentin, qui tranchait souvent du philosophe. Un grand chemin est fait pour tous les voyageurs, n'est-ce pas? il faut qu'ils passent tous nécessairement par la même route pour se rendre d'une ville à l'autre? eh bien! une rencontre comme la nôtre ne dépend pas d'un quart-d'heure de plus ou de moins. Quand deux personnes partent de deux points opposés, et qu'elles suivent la même direction, il faut bien qu'elles se rejoignent: le plus hasardeux, c'est de voir là ces deux personnes, n'est-ce pas, dans le même moment? eh bien! si elles se cherchent, cela est moins étonnant, n'est-il pas vrai?

L'aubergiste fit un signe approbatif, quoiqu'il ne comprît pas trop le galimatias que Valentin venait de lui débiter. Peu à peu on arriva à la ville, où l'aubergiste, qui était un excellent homme, salua Victor et Valentin, en leur témoignant sa satisfaction de les voir réunis. Victor et son fidèle serviteur se rendirent sur-le-champ à l'auberge du premier, où l'on était déjà inquiet de son absence. Victor fit monter Valentin chez lui, et là, ce bon domestique lui raconta tout ce qui c'était passé au château depuis son retour. Mais comme Valentin est un peu verbeux, et qu'il assaisonne toujours ses narrations de mille digressions aussi fatigantes pour Victor qu'elles le seraient pour le lecteur, je vais prendre de son récit les principaux faits, en y joignant ceux que Valentin peut ignorer, mais qui sont venus depuis à ma connaissance, et je les raconterai sommairement, pour retarder le moins qu'il me sera possible, la marche des événemens qui vont bientôt se succéder.

CHAPITRE III. LA PETITE PORTE DU CHÂTEAU VA S'OUVRIR ENCORE

Le départ de Victor pour le camp de Roger, avait plongé, ainsi qu'on l'a vu par le premier récit de Valentin, tout le château dans la douleur et la consternation. Clémence sur-tout était inconsolable, et son esprit roulait mille projets sinistres, dans le cas où elle ne dût plus revoir son ami. Madame Germain, dont la présence dans cette maison en avait banni pour jamais le calme et le bonheur, ne pouvait consoler sa jeune amie, puisqu'elle-même avait besoin de consolation; et M. de Fritzierne, livré à une sombre tristesse, s'enfermait chez lui toute la journée, et ne voyait ces dames qu'aux heures du repas, où personne encore n'osait parler. Valentin les quitte un matin brusquement pour aller, comme on sait, rejoindre son maître dans le camp des Indépendans: surcroît de douleur pour tout le monde; on craint que Victor, désespérant de rentrer chez son protecteur, n'ait fait mander Valentin pour l'accompagner dans sa fuite. Heureusement cette affreuse inquiétude n'est pas de longue durée. Quelques heures après l'absence de Valentin, Clémence, qui ne quitte point sa croisée, voit revenir Valentin accompagné d'un jeune homme. D'un jeune homme! Comme son cœur bat! c'est Victor sans doute; oui, c'est lui, on n'en peut douter. Clémence, sans se donner le temps d'examiner le compagnon de voyage de Valentin, court chez son père. Le voilà, le voilà, s'écrie-t-elle!—Qui, mon enfant, Valentin?—Non; oui, Valentin et Victor.—Victor!—Victor!

Le nom de Victor vole à l'instant de bouche en bouche, et va jusqu'à madame Germain, qui accourt précipitamment vers l'appartement du baron. Victor revient donc, dit cette femme sensible?—Oui, il est avec Valentin: tous deux approchent maintenant du pont-levis. Le baron, Clémence et madame Germain, descendent, volent au-devant de leur jeune ami, et la joie éclate sur leurs fronts.... Mais, ô douleur! le pont-levis s'abaisse: Valentin y passe tristement le premier, celui qui le suit est un étranger inconnu à tout le monde! ce n'est pas Victor!....

Clémence reste immobile. Madame Germain et le baron se regardent avec l'expression de la douleur, et Valentin, pour augmenter leur trouble, s'écrie de loin: Il est parti, parti pour toujours!—Ciel! nous ne le reverrons donc plus, dit douloureusement Clémence!—Plus jamais, répond Valentin!—Ah! mon père!....

Clémence tombe privée de sentiment. Madame Germain, aidée de quelques serviteurs qui sont là, s'empresse de la faire transporter chez elle, où elle lui prodigue tous les secours possibles. Le baron, pendant ce temps, fait entrer chez lui Valentin et l'étranger, qu'il fixe d'un air inquiet: cet étranger, on sait que c'est Fritz. Fritz, qui remarque l'inquiétude du baron, se hâte de la faire cesser. Oui, monsieur, lui dit-il, le vertueux, le généreux Victor vous fuit pour toujours, et c'est bien malgré moi; car le ciel sait les efforts que j'ai faits, les prières que j'ai employées pour l'engager à venir avec confiance se jeter de nouveau dans vos bras hospitaliers; mais Roger est un scélérat intraitable, endurci dans le crime, sourd à la voix de l'honneur, de la raison, au cri même de la nature: Victor n'a pu adoucir son cœur féroce; vos bienfaits, une retraite paisible, l'oubli de ses forfaits, Roger a tout refusé. Victor alors s'est souvenu de la défense expresse que vous lui avez faite de le recevoir: rien n'a pu le faire changer de résolution, il est parti, et c'est au moment où je reçois de lui le service le plus signalé, que, moi-même, je suis privé, pour la vie peut-être de cet ami généreux à qui je dois la liberté et le bonheur de voir M. le baron de Fritzierne.—Ciel! s'écrie le baron, il m'a trop obéi! Mais qui êtes-vous donc, vous, jeune homme, qui paraissez vous intéresser tant au malheureux Victor?—Permettez-moi, monsieur, d'embrasser vos genoux avant de vous révéler mon sort funeste, et d'intercéder vos bontés, dont j'ai besoin, non pour moi, mais pour mon malheureux père qui fut jadis votre victime.—Ma victime!—Votre main furieuse, égarée, le perça de coups; et il ne dut l'existence qu'aux barbares au milieu desquels il fut chargé de fers.—Je ne vous entends pas, jeune homme, expliquez-vous. Votre père, dites-vous, est tombé sous mes coups! Où donc? à l'armée peut-être?—Non, à deux pas d'ici, au pied de ces montagnes, dans la ferme qu'on voit là bas.—Dieux! quel soupçon! Vous seriez?....—Le fruit d'un premier hymen contracté en secret par votre épouse et l'infortuné Friksy!—Vous! ô bonheur! tu serais cet enfant que j'ai tant cherché, et pour lequel j'ai fait le serment d'adopter le premier nouveau-né qui s'offrirait à mes yeux, serment que j'ai tenu à l'égard de Victor!—Vous le voyez à vos pieds, cet enfant respectueux, qui vous implore pour son père.—Ton père! il n'est donc point mort, ton pauvre père?—Il l'est, hélas! civilement: couvert de la livrée du crime, il porte, innocent, les chaînes destinées aux coupables; il est esclave de galères à

Prague!.....—Que m'apprends-tu-là! Quelle faute a-t-il donc commise?—
Celle de m'avoir donné le jour, celle d'avoir enflammé votre injuste fureur,
celle d'avoir été pris au milieu des complices de Roger, qui, eux-mêmes, le
retenaient prisonnier dans leur camp.—Je t'entends, et je sens toute
l'étendue de tes peines. Ma vieillesse était donc destinée aux remords! C'est
moi, oui, c'est moi qui ai causé tous ses maux, je le vois, et je dois tout
employer, mon crédit, ma fortune, ma vie même, pour les effacer. Tu
m'expliqueras son affaire, et je te promets de te rendre ton père.—C'est un
service dont Fritz ne perdra jamais le souvenir.—Fritz! c'est donc-là ton
nom? Pauvre Fritz! au lieu d'un père, tu en auras deux dorénavant. Tu
resteras ici, et tu me tiendras lieu du jeune homme le plus intéressant, de
mon fils adoptif, de Victor qui me fuit, hélas! mais que je ne puis jamais
oublier! Il a pris ta place ici; elle t'était destinée, cette place dans ma maison
et dans mon cœur! Reprends-la, sois mon appui, mon consolateur, et que
ton père brise des chaînes, qu'il n'a pas méritées, pour venir augmenter le
cercle de ma famille et de mes amis.—Mais Victor!—Victor! ah! tu brises
mon cœur! L'insensé! prendre à la lettre un ordre que nécessitait peut-être la
prudence mais que la raison avait seule dicté! Ne connaissait-il pas ma
tendresse pour lui! c'était par-là qu'il fallait m'attaquer. Partir d'ailleurs seul,
sans ressources, sans crédit, sans amis, sans parens! Si je pouvais deviner la
trace de ses pas! si je pouvais!.... Mais non, non, que la raison reprenne son
empire sur mon faible cœur! Victor adorait ma fille, ma fille l'aimait; ils
étaient destinés l'un à l'autre, et je ne pouvais les unir! Ils eussent été bien
plus malheureux en vivant ensemble sous le toit paternel, en se voyant tout
le jour, en se jurant à toute heure un amour qu'ils ne devaient jamais voir
couronner. Victor a bien fait; s'il était revenu ici, je n'aurais pu le repousser
de mon sein; il vaut mieux qu'il m'ait évité la douleur de lui rappeler mes
ordres rigoureux; il a bien fait de fuir sans me voir, sans voir Clémence. Je
trouverai peut-être des moyens de l'accabler de loin de mes bienfaits et de
ma protection.... Mais, ma pauvre fille, ma pauvre fille, mon ami! ce coup va
la tuer; je vais perdre mon enfant, s'il faut qu'elle désespère de voir celui
qu'elle aime de toutes les forces de son ame! Oh! madame Germain,
qu'avez-vous fait? Pourquoi nous avez-vous dévoilé le fatal secret de la
naissance de Victor? Vous seule le possédiez ce secret funeste! Sans vous,
sans votre séjour chez moi, je les unissais ces jeunes gens, et nous ignorions
tous à jamais le malheur qui me force aujourd'hui de les désunir! Que vous
nous faites payer cher l'hospitalité que nous vous avons donnée!.... Mais
pardon, pardon, cher Fritz, si je m'occupe d'un autre, quand je ne devrais
que te presser contre mon cœur. Mais cet autre, Fritz, c'est Victor, c'est le
jeune homme le plus estimable!.... Tu l'as connu, dis-tu? c'est lui qui t'a
rendu à ma tendresse? Quel procédé, Fritz! qu'il est grand, qu'il est noble et
généreux! Il perd tout, et n'est point jaloux de voir un autre jouir des
bienfaits dont il est privé. Il aime Clémence, et c'est lui qui t'envoie vivre

près de Clémence! Ô Fritz! j'en eusse fait mon fils, il eût été ton plus tendre ami; quelle perte nous faisons tous les deux!....

Fritz veut calmer les regrets de M. de Fritzierne, impossible. Ce respectable vieillard est satisfait de revoir cet enfant de son épouse, mais en même temps il ne peut supporter l'idée accablante d'être séparé de son Victor. Eh! si le père éprouve une douleur si forte, qu'on juge de celle à laquelle sa fille est livrée. Elle est inexprimable: Clémence n'a recouvré ses sens chez madame Germain que pour détester la lumière du jour, qu'on a, dit-elle, la cruauté de lui rendre. Elle appelle Victor, elle croit voir Victor; sa raison est en proie au délire le plus effrayant. Sa santé en est tellement altérée qu'elle passe plusieurs jours entre la vie et la mort; c'est ce que craignait le baron. Il faut qu'il rassemble toutes les forces de son ame, pour n'être point abattu lui-même sous les coups multipliés que lui porte le destin. Enfin Clémence se rétablit visiblement par les secours de l'art qui nous guérit, et sur-tout par les consolations de tous ceux qui l'entourent; elle a vu souvent Fritz près de son lit de douleur, sans demander ce que c'est que ce jeune étranger: elle l'apprend enfin, mais avec froideur, avec insensibilité; elle ne peut s'intéresser à ce frère que lui donna sa mère, elle ne pense qu'à Victor, et Victor seul occupe ses moindres pensées. Quel état douloureux! Il cesse enfin, pour faire place chez elle à un désespoir sombre et concentré auquel son père se méprend. Le baron croit que sa fille est enfin résignée: elle ne parle plus de Victor, elle paraît même n'y plus penser. Le baron, enchanté de ce changement inespéré, profite de ce calme apparent pour lui parler de Fritz, pour lui vanter les traits et les bonnes qualités de ce jeune homme: il voudrait émousser les traits de l'amour en les portant vers la tendresse fraternelle: il voudrait détourner sur un frère une partie des tendres sentimens que Clémence livre tous à son amant. Tel est l'espoir de Fritzierne, tel est son but. Il se flatte même de réussir; mais soins inutiles, il est à la veille de perdre le fruit de ses peines, et le désespoir de Clémence est d'autant plus à craindre, qu'il éclate moins en pleurs ou en exclamations.

Clémence ne se flatte plus de revoir Victor; Clémence n'a point la folle présomption de chercher à le retrouver en courant après lui; mais Clémence ne peut plus vivre dans des lieux où elle ne rencontre plus celui qui en faisait le charme. L'air qu'elle respire a perdu sa pureté depuis qu'elle ne le partage plus avec Victor; le château de Fritzierne lui semble un désert affreux; chaque appartement, chaque meuble même lui rappelle un homme qui semblait l'embellir de sa présence: son père lui-même, son père ne lui est plus aussi cher qu'auparavant. C'est son père d'ailleurs qui cause les malheurs de Victor et les siens; c'est sa vanité cruelle, ce sont ses funestes préjugés qui ont éloigné son ami. Eh! qu'importait à l'hymen la source où Victor avait puisé la vie, quand l'amour avait oublié cette erreur de la nature, quand toutes les vertus de Victor avaient épuré cette source perdue et arrêtée dans son cours? S'informe-t-on, en respirant la rose, du fumier qui a réchauffé sa tige débile, augmenté sa force et sa croissance? Pense-t-on, en voyant couler le ruisseau limpide, au torrent écumeux et dévastateur qui l'a laissé tomber de ses flancs bourbeux, pour le laisser courir dans la plaine où il s'est clarifié? A-t-on jamais reproché aux froids brumeux, aux neiges de l'hiver, d'avoir pénétré les plantes potagères que le printemps a moins de peine ensuite à faire germer? Non, Victor n'avait rien de commun avec son père; ses vertus étaient à lui, il ne fallait voir que ses vertus; de même qu'il ne faut voir que les vices d'un jeune homme qui a gâté, par l'abus des passions, l'excellente éducation que lui avait donnée un père respectable. Non, voilà le monde; le jeune débauché, fils d'un homme vertueux, aurait pu épouser Clémence; au lieu que l'honnête homme, né d'un père criminel, n'est pas digne de sa main! Quel honteux préjugé! Et M. de Fritzierne, homme estimable à mille autres égards, se laisse subjuguer par ce faux calcul de la vanité! il chasse Victor, et fait le malheur de sa fille! Sa fille lui doit-elle encore sa tendresse, quand sa tendresse à lui est moins forte que son orgueil? Clémence doit-elle sacrifier sa liberté, sa jeunesse, à la consolation d'un homme qui s'est créé, de bonne volonté, des sujets de chagrin, à lui et à tous ceux qui l'entourent? L'amour ne peut composer avec la nature marâtre. Clémence ne doit plus rien à son père, elle se doit tout entière à son amant. Elle n'ira point chercher vainement ses traces, qu'elle ignore; mais elle se retirera dans un asyle pieux: c'est au pied des autels d'un dieu rémunérateur; c'est au milieu de ses vierges pures et religieuses qu'elle ira cacher sa douleur, éterniser ses regrets. À douze lieues environ de l'asyle paternel, qui devait devenir le toit conjugal de Clémence et de Victor, est une sainte maison, où l'on reçoit, sans faire aucune question, les jeunes personnes qu'un désespoir d'amour pousse vers une pieuse vocation; c'est là que Clémence va se rendre à l'insu de son père, de madame Germain, de tout le monde. C'est aux pieds de la respectable supérieure de cette auguste communauté qu'elle ira déposer ses douleurs et son espoir; c'est enfin sous le voile de la religion et de la charité chrétienne qu'elle cachera à jamais, à tous les regards, et son amour et ses regrets. Le parti en est pris; Clémence ne pense plus qu'à exécuter son projet; elle ne pleure plus, Clémence, elle ne gémit plus; mais comme elle souffre intérieurement!

Le baron de Fritzierne, qui croit que le temps a calmé un peu l'excès des regrets de sa fille, ne pense plus qu'à se rendre à Prague avec Fritz, pour briser les chaînes du malheureux Friksy. En conséquence, après avoir engagé Clémence à attendre patiemment son retour, à se consoler sur-tout, il recommande sa fille aux soins tutélaires de madame Germain, et part un matin, en promettant de revenir le lendemain. Clémence le voit, d'un œil sec, traverser le pont-levis du château, qui vient de se baisser devant lui; mais au moment où le baron va monter dans sa voiture, Clémence ne peut résister au desir de l'embrasser, en lui disant un adieu qu'elle sait être éternel. Mon père, s'écrie-t-elle en versant un torrent de larmes, oh! serrez encore votre fille dans vos bras paternels!—Y penses-tu, mon enfant? d'où te vient cet excès de douleur? ne semble-t-il pas que je vais faire un voyage de long cours? Embrasse-moi une seconde fois, ma fille, je le veux bien; mais dissipe ta tristesse, et songe que tu me reverras demain au soir.—Je... vous... reverrai, mon père!—Oui, ma fille, et j'espère te ramener quelqu'un qui, en augmentant la société de cette maison, contribuera à te consoler, à me consoler moi-même de l'absence d'un ami qui nous était si cher.

Le baron monte dans sa voiture, où Fritz est déjà placé. Clémence lève encore ses bras vers son père, qu'elle fixe avec la plus tendre expression, qu'elle regarde même avec attention, comme si elle ne l'avait jamais vu.... Fritzierne prie madame Germain d'éloigner sa fille, qui lui paraît trop sensible à cette séparation. Madame Germain entraîne Clémence, et la voiture du baron disparaît.

Clémence est rentrée; elle est plus tranquille, et son projet se retrace de nouveau à son esprit; elle sent que c'est là le moment de l'exécuter, et s'y dispose pendant toute la journée avec un calme, un sang-froid étonnans dans une jeune personne de dix-huit ans, et qui annonce un grand caractère. Clémence a vu qu'on a toujours laissé, dans la chambre de Victor, la clef de la petite porte qui donne de plain-pied sur la campagne, de cette petite porte par laquelle Victor et Valentin avaient été, quelques mois avant, arracher madame Germain des mains des gens de Roger. Clémence s'empare secrètement de cette clef, elle fait encore plusieurs tours dans cette chambre, jadis habitée par l'amant le plus intéressant, et semble interroger chaque objet qui la décore, comme pour savoir s'il a souvent entendu sortir le nom de Clémence de la bouche de Victor. Elle touche les endroits que Victor a touchés, et croit y remarquer encore la trace de ses doigts. Elle va sortir enfin; mais un objet qu'elle n'avait point remarqué, frappe sa vue; c'est une armille, espèce de bracelet que Victor a porté long-temps à son bras. Cette armille, d'or et de rubis, porte une tresse des cheveux de ce jeune homme, qu'elle-même a tissus autrefois. Bijou précieux qui a appartenu à Victor, qui a touché son bras valeureux, tu ne quitteras plus Clémence; elle te cache soigneusement dans son sein, sur son cœur. Oh! que ne peux-tu parler! que ne peux-tu redire un jour à ton maître, s'il retrouve son amie, tous les battemens de ce cœur sensible sur lequel on t'a placé, tous les soupirs dont Victor a été l'objet!

Clémence va retrouver madame Germain, à qui elle a intérêt de cacher ses desseins. Clémence tremble qu'elle n'ait des soupçons; elle prend garde de se trahir; et pour mieux composer son maintien timide, elle parle de son père, du bonheur qu'elle aura de le revoir, et du plaisir qu'elle éprouvera à l'aspect du malheureux Friksy, dont sans doute les fers seront brisés. Madame Germain est peu en état de lui répondre: cette femme estimable et sensible porte depuis long-temps dans son cœur le trait mortel du chagrin qui doit bientôt la conduire au tombeau; elle est dans un état de langueur et de consomption, dont elle cache encore à ses amis tout le danger qu'elle ne se dissimule point. Elle est bien éloignée de soupçonner le nouveau coup que Clémence va porter à sa sensibilité; elle écoute cette enfant, qu'elle croit plus calme qu'elle, et s'efforce de sourire pour la faire sourire aussi.

Ames trempées pour l'amitié, que vous êtes grandes et magnanimes! comme vous touchez mon cœur! et qu'il me serait doux de pouvoir chanter votre félicité! mais, hélas! c'est une destinée faite exprès pour la vertu: il faut que les cœurs délicats soient malheureux; ils ont tant d'occasions d'être froissés par les caprices, les passions, et la dureté de la plupart des hommes. S'il faut être insensible pour être heureux, un bon cœur est donc le plus fatal présent de la nature!

La nuit arrive: c'est le moment favorable pour Clémence. Son amie lui a proposé de passer la nuit près d'elle; elle a refusé son amie, sous le vain prétexte de préférer la lecture au sommeil, et elle s'est enfin retirée seule dans son appartement, dont elle a éloigné Lidy, sa femme-de-chambre. Clémence a fait ses préparatifs: ils sont bien légers: elle n'emporte que des bijoux, précieux sans doute, mais moins que ne l'est à ses yeux le bracelet de Victor qu'elle porte sur son cœur. Clémence attend que l'aurore succède à la nuit; car elle ne veut pas s'engager seule dans l'obscurité, dans des routes qu'elle ne connaît pas. Trois heures sonnent à l'horloge du château, et quelques rayons lumineux, partis de l'orient, précèdent déjà le char du soleil, en chassant devant eux la nuit, qui se hâte de replier ses voiles... C'est l'heure que Clémence a prescrite à son départ: elle descend, ne rencontre personne jusqu'à la petite porte des champs, ouvre cette porte favorable, et la referme sur elle, après avoir laissé la clef en-dedans. La voilà dans la campagne, et il ne lui serait plus possible de rentrer, quand elle le désirerait. Elle marche au hasard: elle ne manque point de force ni de courage, la pauvre Clémence; mais comme son cœur bat! comme ses yeux sont humides de larmes!... Pleure, Clémence, pleure; tu quittes la maison paternelle pour courir une carrière nouvelle, semée de chagrins et d'aventures: hélas! te conduira-t-elle au bonheur?

CHAPITRE IV. MORT IMPRÉVUE; SACRIFICE À L'AMOUR

Laissons Clémence errer au hasard; nous la retrouverons bientôt. Revenons maintenant à Victor, à qui son fidèle Valentin raconte en ces termes la fuite de son amante. «Oui, mon cher maître, Clémence se sauve ainsi une belle nuit!.... La matinée du lendemain se passe sans qu'on s'apperçoive qu'il manque quelqu'un au château. Ces dames ne se levaient pas ordinairement aussi matin que moi et les autres gens de la maison: cependant madame Germain, qui était très-indisposée, s'inquiéta de ne point voir venir son amie, suivant son usage, s'informer des nouvelles de sa santé. Madame Germain sort de son appartement, se rend à celui de Clémence, et, ne l'y trouvant point, parcourt la maison avec inquiétude, et comme agitée d'un sombre pressentiment. Du château elle va courir tout le parc, personne: elle appelle; elle nous met tous à la recherche de Clémence, point de Clémence! Quelle situation pour cette bonne dame! un père lui a recommandé sa fille, et elle ne lui rendra point sa fille, à son retour!.... Mais qu'est-elle devenue, cette jeune personne si douce, si timide? aurait-elle fui la maison de son père? Ce sont là les premiers soupçons de madame Germain; et c'est moi, mon cher maître, qui ai le malheur de les tourner en certitude. Je me rappelle la clef et la petite porte du château; j'y descend et la clef est après la serrure, en dedans. Qui l'a mise là? Clémence, sans doute: elle est sortie par-là; madame Germain, à qui je fais part de cette remarque, en est trop certaine, et soudain la fièvre brûle son sang et le désespoir s'empare de son esprit. Elle ne sait si elle doit à son tour fuir ou rester. Enfin elle reste, elle attend M. de Fritzierne, dont elle va percer le cœur.... C'est la seconde fois qu'une jeune personne, confiée à ses soins, s'échappe de ses mains.... M. de Fritzierne arrive dans l'après-midi, comme il l'a promis. Il amène avec lui

Friksy, le père de Fritz, dont il a fait éclater l'innocence. Le baron, satisfait de la bonne action qu'il vient de commettre, est plus joyeux qu'à son ordinaire: il demande sa fille, à qui il veut présenter le premier époux de sa mère: on ne lui répond point; il m'interroge; moi, je me garde bien de lui dire la perte qu'il a faite pendant mon absence; enfin il veut parler à madame Germain; madame Germain, qui redoute sa présence, n'ose s'offrir à ses yeux. Le baron soupçonne quelque malheur; il laisse là Fritz avec son père, et monte précipitamment chez madame Germain, qu'il trouve dévorée par une maladie aiguë, et plongée dans la plus profonde douleur. Ma fille, madame, où est-elle, lui demande assez vivement monsieur?—Vous l'avez perdue, père infortuné!—J'ai perdu ma fille! qu'est-elle devenue? est-elle morte?—Je n'ose le croire.—Parlez, madame Germain? où est ma fille?— Vous me l'aviez confiée, baron, je devrais vous la rendre; mais elle a trompé ma surveillance; cette nuit elle s'est échappée, elle a fui cette maison.—Ma fille a fui son père! non, non, cela ne se peut pas!—Cela n'est que trop vrai, monsieur!....—Qu'avez-vous fait, femme imprudente! vous avez répandu, à grands flots, la coupe du malheur dans ma maison! c'est vous qui avez éloigné de moi toute ma famille! ma fille, mon Victor! sans vous ils seraient heureux! ils seraient époux, et moi je me verrais le plus heureux des pères!—Je le savais bien, monsieur, lorsque vous me pressiez de vous confier mes peines, que vous me blâmeriez un jour d'avoir parlé. Je voulais me taire, je l'avais juré; c'est vous, à votre tour, que j'accuserai de m'avoir fait trahir le serment que j'avais fait à mon amie. Vous l'avez voulu, et vous me reprochez aujourd'hui mon indiscrétion! et d'ailleurs l'aurais-je jamais divulgué ce funeste secret, sans le combat qui s'est livré entre Roger et Victor? devais-je laisser commettre un parricide sous mes yeux, quand je pouvais l'empêcher? J'arrache Roger des mains de son assassin, je veux encore dissimuler; vous me forcez de parler, il faut m'expliquer, je ne puis résister à vos instances, à vos ordres même; et vous m'accusez de tous les maux qui ont suivi cette triste explication! Ah! c'est plutôt à vous qu'il faut vous en prendre, homme vain, aveugle esclave des préjugés! qui vous empêchait d'unir ces deux enfans? Victor était-il moins cher à votre cœur, avait-il perdu ses rares qualités?.... Non, vous l'avez banni de votre présence, vous avez désespéré votre fille, qui ne l'adorait que parce que vous aviez jeté cet amour brûlant dans son cœur! vous avez forcé cette fille, vertueuse jusqu'alors, à franchir les bornes du devoir: elle vous quitte, elle devient ingrate, dénaturée, et c'est vous, vous qui l'avez amenée à ce point de désobéissance. Pleurez, père dur et orgueilleux; accusez-moi maintenant; je suis coupable sans doute; oh! oui, je suis coupable; c'est moi qui ai détruit votre bonheur, celui de vos enfans, je le sais; et la mort, qui ne peut tarder, va me punir de ce tort involontaire. Je la sens s'approcher, cette mort qui va me réunir à ma malheureuse amie. Déjà je vois Adèle sortir de son tombeau; ses bras vont m'entraîner dans sa tombe, où elle m'attend. Adieu, monsieur, je ne puis résister à tant de coups: cherchez vos enfans, que je regrette peut-être plus que vous, et laissez-moi mourir!....

»Le ton de reproche et d'aigreur qui dominait dans ces dernières paroles de madame Germain, perça le cœur sensible de monsieur. Il lui parut singulier de s'entendre appeler père dur et orgueilleux, lui qui avait fait déjà tant de sacrifices à l'orgueil et à la nature. Il sortit de la chambre de madame Germain sans lui répondre un mot, fit venir son intendant, lui recommanda d'avoir les plus grands soins pour la malade, ainsi que la plus exacte surveillance dans le château; puis il y laissa Friksy avec son fils, monta en voiture, et disparut sans nous dire où il allait.

»Nous pensâmes tous qu'il courait après sa fille, ou qu'il allait prendre des précautions pour qu'on la lui ramenât, ce qui est assez naturel. Nous restâmes donc seuls dans ce château, jadis si agréable, et nous prodiguâmes tous les secours dont nous fûmes capables à l'infortunée madame Germain; mais, hélas! nous ne pûmes la sauver; elle succomba à sa douleur, et mourut dans nos bras le surlendemain, à deux heures trois quarts du matin.

«Pardon, mon bon maître, si vous me voyez verser encore quelques larmes après toutes celles que j'ai répandues.... Je l'aimais, cette bonne madame Germain! et elle avait aussi de l'amitié pour moi.... Hélas! c'est moi qui lui ai fermé les yeux. Un moment avant d'expirer, elle me fit appeler: Mon cher Valentin, me dit-elle d'une voix faible, daigne prendre soin du petit Hyacinthe, de ce pauvre orphelin que je comptais élever tranquillement dans un asyle simple et champêtre, à l'abri des revers qui ont traversé ma vie! Ce pauvre petit, il n'avait que moi: à qui puis-je le recommander maintenant, si ce n'est à un honnête homme comme toi qui l'as sauvé des mains des voleurs et qui couronneras ton ouvrage, en le gardant jusqu'à son adolescence? Tu me le promets, Valentin, et je meurs plus tranquille!....

»Puis elle ajouta: Valentin, si tu rencontres jamais cet infortuné Victor, ce fils de mon amie, cet enfant que j'ai reçu dans mes bras, et dont je cause aujourd'hui le malheur, Valentin ne l'abandonne pas, sers-lui de guide, d'ami, de confident; exige de lui qu'il me pardonne ses infortunes: oh! Valentin! je ne puis plus vivre en horreur à Victor, à Clémence, à M. le baron lui-même, qui me laisse mourir loin de lui!.... Valentin! c'est trop, mille fois trop pour briser un cœur, moins faible même que le mien.... Je sens que ma langue se glace, que le froid de la mort monte jusqu'à mon cœur.... Je ne puis plus.... prononcer.... que les noms si chers d'Adèle.... de Victor!.... et.... je meurs....

»Elle expire, en effet, et je ne vois plus qu'un cadavre inanimé! Oh mon Dieu, mon cher maître, que ce tableau m'a fait de peine! il est là, encore devant mes yeux, et je crois qu'il y sera tant que je vivrai. On peut donc mourir de douleur!... je ne l'aurais jamais cru.... Il faut pourtant que j'en revienne à mon histoire, et m'y voici.

»Madame Germain n'était plus; je lui avais fait rendre les honneurs funèbres, et je l'avais placée moi même dans un des bosquets du parc, où son corps repose encore: que pouvais-je faire-là, moi, seul dans ce château avec Friksy et son fils, qui ne pensaient qu'à l'inquiétude où les livrait l'absence du baron? Je me rappelai les derniers vœux de madame Germain: elle voulait, disait-elle, que je prisse soin de son petit Hyacinthe; elle desirait que je retrouvasse son cher Victor: suivons ses dernières volontés, me dis-je; et je les exécutai. D'abord je mis le jeune Hyacinthe chez une bonne fermière de la montagne voisine, qui, moyennant une bonne somme d'argent une fois donnée, me promit d'élever son enfance et de me le représenter toutes les fois que je le desirerais. Ensuite je pris un cheval, et je me décidai à courir sur vos traces que je pouvais deviner, puisque vous m'aviez dit la route que vous vous proposiez de prendre. Je ne dis donc mon projet à personne; je remis seulement mes clefs et mes comptes à l'intendant, et je partis. Dieu sait si j'ai couru depuis ce temps-là; mais enfin je vous ai rencontré, mon cher maître; et, si mes vœux sont comblés, j'espère que ceux que madame Germain a manifestés avant de mourir seront suivis de même. Nous ne nous quitterons plus, mon bon, mon aimable maître; n'est-ce pas que nous ne nous quitterons jamais»?

Victor protesta encore une fois au fidèle serviteur qui aimait à se répéter, que jamais il ne se séparerait de lui, et notre héros se livra aux justes regrets que devait lui causer la mort d'une femme qui avait été l'amie de sa mère, qui l'avait vu naître, qui l'avait enfin sauvé de la honte, du crime peut-être, en l'arrachant au coupable Roger. Il est vrai que cette madame Germain, après avoir fait son bonheur, en confiant son enfance au baron de Fritzierne, causait aujourd'hui tous ses maux; c'était son entrée dans le château qui en avait banni Victor et Clémence.... Clémence! elle était donc aussi errante, vagabonde! Victor ne savait que sa fuite, sans connaître ses projets; Victor croyait que Clémence n'était sortie du château de Fritzierne que pour courir après son amant, pour le chercher par tout l'univers: quelque insensée que fût cette résolution qu'il attribuait à Clémence, Victor ne pouvait la blâmer d'un excès d'amour, qui, en troublant sa raison, l'avait forcée à manquer aux devoirs de la piété filiale. Mais de quel côté a-t-elle tourné ses pas? S'il le savait, Victor, comme il se hâterait d'aller la rejoindre! comme il volerait vers cet objet cher et si aimant! Elle n'a point de parens, point d'amis chez qui elle puisse aller: elle court donc à l'aventure, et le baron de Fritzierne erre aussi au hasard pour chercher ses traces, qu'il ne connaît pas plus que Victor! Ciel! quelle réflexion douloureuse vient frapper Victor! Si le baron s'était imaginé que Victor est le complice de la fuite de Clémence! s'il présumait que Victor, en fuyant, ait pu entraîner sa fille avec lui, lui donner un rendez-vous, un point de ralliement pour se rejoindre! il est possible que M. de Fritzierne forme ces injustes soupçons; et alors il accusera Victor, et Victor passera à ses yeux pour un vil séducteur! Comme il souffre, Victor, de cette idée affreuse qui afflige son esprit et son cœur. Il ne suffit donc pas, s'écrie-t-il, de ne point faire le mal, on peut donc être toujours soupçonné de l'avoir commis, et l'on n'en est pas moins en butte aux traits du mépris et de la haine des hommes! Surmontons cette nouvelle crainte, qui peut n'être que trop fondée, reposons-nous sur la tranquillité de ma conscience: elle est mon guide, mon soutien, mon consolateur, et sans ma conscience, sans le témoignage de ma probité que j'ai là, dans mon cœur, je ne pourrais plus supporter la vie!

Ainsi parla Victor. Comme il était tard, et que le repos lui était nécessaire, il songea à en prendre un peu, en engageant Valentin à en faire autant près de lui. Valentin ne se fit pas prier, et ce bon garçon dormit comme un homme que le sort n'a livré ni aux remords, ni aux regrets, ni aux douleurs.

Victor, que le sommeil fuyait depuis long-temps, se promit bien de suivre le dessein qu'il avait d'abord conçu de parcourir toute l'Allemagne. Clémence, se dit-il, Clémence, qui me cherche sans doute, présumera bien que je n'irai pas changer de climat, encore moins visiter les autres empires de l'Europe. Un amant banni des lieux qu'habite sa maîtresse est comme la timide fauvette, qui, effrayée par les cris de joie de l'indiscret qui veut lui ravir le nid de ses petits, fuit de ce nid à tire-d'aile, mais tourne sans cesse autour, le guette de l'œil, ne le perd jamais de vue, dans l'espoir d'y rentrer, si le ravisseur a la sensibilité de respecter sa triste famille. Tel est l'amant bien épris; il fuit, mais il ne peut abandonner la patrie de celle qu'il adore; l'air qu'elle respire lui est nécessaire, et s'il ne peut rester près de l'asyle de son amante, il ne s'en éloigne jamais assez pour n'avoir pas la faculté d'y retourner en peu de temps. Si Clémence a fait cette réflexion, elle cherchera Victor dans les environs de la Bohême. Dans les environs de la Bohême! et si son père la retrouve, s'il la contraint à le suivre, comme cela est présumable, elle est de nouveau perdue pour Victor. Singulier effet de l'amour joint à la délicatesse! Victor regrette que Clémence ait fui son vieux père, et Victor serait désespéré que le baron retrouvât Clémence; il lui semble même qu'elle est à lui maintenant, qu'il va la rejoindre aisément, qu'ils sont comme ensemble, puisqu'elle n'est plus sous la puissance paternelle. Victor aurait desiré qu'elle ne quittât jamais son père, et Victor desire maintenant qu'elle puisse se soustraire à ses recherches.... Voilà l'amour, voilà ses indécisions et ses erreurs.

Victor se propose donc de retourner dans son pays, de visiter exactement la Saxe, la Silésie, la Moravie, l'Autriche, la Bavière, la Franconie, tous les cercles qui entourent la Bohême, il ne négligera pas une masure; et si ses recherches sont infructueuses, en tournant autour du climat sauvage qui a vu naître Clémence, il parcourra l'Allemagne entière, la Prusse, la Pologne, la Hongrie, l'Italie, la Savoie, la France, toute l'Europe, en un mot; par-tout il demandera Clémence, aux hommes, aux forêts, aux échos, et il faudra bien qu'il la trouve, si elle n'est pas rentrée au château de son père. Il lui sera très-facile de s'éclaircir sur ce dernier point, en engageant Valentin à entretenir une correspondance suivie avec la fermière qui s'est chargée d'élever le petit Hyacinthe. Cette fermière est voisine du manoir de Fritzierne; elle saura tout ce qui s'y passera, en rendra un compte exact à Valentin; et si Clémence n'est pas retrouvée par son père, ce bonheur doit être réservé à Victor, qui ne prendra plus de repos jusqu'à cette heureuse découverte. Voilà qui est convenu; Victor en fait le serment sur le portrait de Clémence, et sur l'écharpe écarlate que son amante a fixée sa poitrine avant qu'il parte pour le camp de Roger. Victor baise mille fois ce voile précieux qui ceignit jadis la tête de Clémence, et que les zéphyrs se plurent à soulever sur ses épaules. Cette écharpe, don sacré de l'amour, est le gage de la tendresse de son amie; il y a tracé ces mots sur la soie: Dieu, l'amour et l'honneur; c'est la devise des anciens paladins, c'est la devise que Victor chérit; elle lui dit de mettre sans cesse sa confiance en l'Être suprême, de penser toujours à celle qu'il adore, et d'écouter, en toute occasion, la voix de sa conscience, qui l'a déjà soutenu dans les secousses violentes qu'il a éprouvées.

Victor, fort de la résolution qu'il a prise, voit s'avancer à pas lents le char radieux du soleil; il éveille Valentin, qui, fatigué comme il l'est, va dormir toute la journée, et tous deux se disposent à retourner en Bohême, qu'ils vont traverser seulement pour entrer de-là dans la Bavière, qu'ils veulent d'abord parcourir.

Ils sont prêts à partir, lorsqu'un jeune homme entre précipitamment chez eux, et se jette dans les bras de Victor, qu'il accable des plus tendres reproches: c'est Henri. Henri s'est aperçu la veille que son ami s'était échappé secrètement de la maison de son père. Henri s'est douté que Victor revenait chez lui, et, dès l'aurore, il s'est empressé de se rendre à Léipsick, pour tâcher de ramener son ami au bois de Rosendhall. Henri lui fait les propositions les plus agréables. Il va se marier, Henri; il va épouser Constance, qu'il adore. Nous irons, dit-il à Victor, ma femme et moi où tu voudras. Constance est une riche héritière, dont les biens immenses sont plus que suffisans pour nous et pour toi; tu seras heureux enfin, cher Victor, tu seras tranquille; et si tu peux parvenir à oublier Clémence, si tu peux te faire une raison sur le malheur de ta naissance, tu passeras avec nous des jours doux, et filés par la tendre amitié. Moi oublier Clémence, lui répond Victor! eh! je viens encore tout-à-l'heure de jurer de lui consacrer mes moindres vœux et mes moindres démarches! Non, Henri; je pars, je vais chercher cette amie de mon cœur, et je ne prends plus de repos que je ne l'aie rencontrée, quelque part sur la terre.

Henri, qui ne comprend rien à cette résolution de Victor, fait tous ses efforts pour l'en détourner: il ne peut y parvenir; Victor est inébranlable; les grands biens, la vie tranquille, l'état heureux qu'on lui propose, il refuse tout: c'est Clémence qu'il lui faut, ce n'est point la fortune; il ne voit que Clémence: tout entier à l'amour, il ne sent plus rien pour l'amitié. Victor enfin embrasse Henri, le remercie de ses offres avantageuses, et lui dit un éternel adieu.

Ingrat ami, lui dit Henri en versant quelques larmes, tu me quittes, tu renonces à la vie paisible que je te propose; va courir mille aventures nouvelles; va t'exposer de nouveau aux coups du malheur qui semble te poursuivre, et que tu parais chercher; je ne te presse plus, mais je souffre beaucoup de ton insensibilité. Tu me méprises peut-être maintenant, parce que tu as vu hier mon père, parce qu'il professe un état, bas à la vérité, que je n'ai jamais approuvé, et que je vais lui faire quitter. Si tu me juges comme lui, Victor, apprends à me connaître; lis ce cahier que j'ai écrit exprès pour toi; il contient le détail de mes aventures; tu verras qui je suis, qui j'ai voulu être, et ce que je me propose de devenir. Adieu, Victor; garde ces mémoires d'un homme qui t'a trop peu connu; mais qui emportera au tombeau le souvenir de ton amitié, de tes rares qualités et de ta bienfaisance. Adieu.

Henri soupire, serre encore une fois Victor dans ses bras, et se retire. Victor ému de cette touchante séparation, mais s'enorgueillissant d'avoir eu le courage de sacrifier l'amitié à l'amour, jeta les yeux sur le cahier de Henri, pendant que Valentin s'occupait de quelques préparatifs nécessaires pour le départ.

Ce cahier de Henri, je ne puis l'offrir à mes lecteurs: c'est le seul qui se soit égaré parmi les nombreux manuscrits du temps qu'il m'a fallu consulter pour écrire cette histoire. Heureusement ce cahier perdu n'occasionne point une lacune dans la marche des événemens qui donnent de l'intérêt à ces mémoires. J'ai su seulement, par quelques détails oiseux que je retranche ici pour ne point faire de longueurs, j'ai su, dis-je, que Henri était le fils d'un riche Génevois; son père, qui s'occupait le physique et de chimie, mangea toute sa fortune en inventions, secrets, ou découvertes prétendues utiles. Le jeune Henri, qui n'avait pas la manie de faire le devin, le sorcier, comme son père, adorait Constance, fille d'un grand seigneur, son voisin. Tout avait été arrangé pour leur mariage; mais la folie du père de Henri montait de jour en jour à son comble; le père de Constance retira sa parole, et le jeune Henri fit les plus vifs reproches au sien, en l'engageant à renoncer à son vil métier. Celui-ci n'écouta point son fils; il voyagea, fit rencontre d'une troupe de Bohémiens, épousa la vieille qui les conduisait, et fut se fixer dans le bois de Rosendhall, près de Léipsick, où il s'occupa plus que jamais de la magie noire, de toutes les sottises de l'astrologie. Henri, que son père avait quitté sans le prévenir, s'attacha plus particulièrement au grand seigneur, père de Constance: ne pouvant devenir l'époux de cette jeune personne, il pria son père de l'employer comme son secrétaire. Celui-ci y consentit; mais bientôt, appelé en Prusse par une succession, il partit avec sa fille et Henri. Ces trois voyageurs traversent l'Allemagne, sont saisis par la troupe de Roger. Le père de Constance meurt sous leurs coups, ainsi que ses gens; Constance elle-même est laissée sans mouvement sur le corps sanglant de son père; et

Henri, jeune homme qui peut faire un élève pour la troupe des Indépendans, est entraîné, malgré ses cris et ses larmes, par les brigands, qui, peu après, en entendant les menaces qu'il fait d'immoler Roger, le plongent dans les cachots de ce monstre, dont Victor a le bonheur de le délivrer. Pour Constance, elle fut recueillie par la troupe des Bohémiens de Rosendhall, qui la portèrent, presque mourante, à leur chef. Le père de Henri, reconnaissant l'amante de son fils, prit soin de ses jours, et eut le bonheur de la rendre à la vie. Ce fut quelque temps après que la vieille, qui ne connaissait pas le fils de son époux, entendit dire à ses gens qu'on avait vu ce jeune homme à Léipsick, et qu'il venait tous les soirs se promener au bois. La vieille se trompa, comme on sait, prit Victor pour Henri, et tout se découvrit. Maintenant Constance était libre d'épouser Henri: elle allait combler ses vœux; et Henri, qui brûlait de réunir Victor à sa famille, se proposait de forcer son père à renoncer à la magie, à congédier la troupe de Bohémiens, et à partager tranquillement avec lui les grands biens de son épouse.

Voilà tout ce que j'ai pu découvrir de cette histoire, très-longue selon toute apparence, dans le cahier perdu écrit de la main de Henri lui-même; car le manuscrit que j'ai suivi pour écrire l'histoire de Victor, portait en tête de la page où la visite de Henri et le don qu'il fait de son cahier sont détaillés, le chiffre 281, et je l'ai repris au chiffre 412, pour suivre la vie de mon héros, ainsi qu'on va le voir dans le chapitre suivant; ce qui prouve que la lacune est de 131 pages. Au surplus, j'engage mon lecteur à ne point regretter cette lacune, car il me semble qu'il perd plus de détails inutiles et verbeux que de faits vraiment intéressans, faits étrangers d'ailleurs à l'histoire intéressante de l'Enfant de la Forêt.

CHAPITRE V. ENTREVUE NOCTURNE; AFFRONT SANGLANT

Victor a lu le cahier de Henri; il y voit un amour traversé comme le sien, mais plus heureux, puisqu'il est couronné. Victor est enchanté du bonheur de son ami; quoiqu'il n'ait pas l'intention de le partager; il admire en même temps la délicatesse de ses procédés. Si je n'aimais pas, se dit-il, la maison de Henri serait pour moi un port assuré contre les orages qui ont déjà traversé ma vie, et qui peuvent obscurcir encore mes tristes jours. Voilà un homme riche qui sait mes malheurs, ma naissance, et qui, loin de me mépriser, m'offre sa fortune et son amitié constante. Ô Victor! faut-il que tu aies connu l'amour! faut-il qu'un serment, fait il y a quelques momens, force tes pas à errer long-temps, toujours peut-être, et sans trouver la femme divine que tu vas chercher!.... Que dis-je! pourrais-je si-tôt le regretter, ce serment solemnel! aurais-je la bassesse de me repentir d'aimer Clémence! Victor, qu'as-tu dit? qui a pu te faire regretter ces liens charmans qui t'enchaînent à la beauté, à l'innocence, à la vertu? Rougis, Victor, rougis, et songe à suivre la loi que tu viens de t'imposer.... elle est aussi sacrée pour toi que le fut jadis, pour le baron de Fritzierne, le serment qu'il fit aux mânes de son épouse de t'adopter, de t'élever comme son fils. Pars, Victor, et cherche Clémence; c'est-là le seul port où tu puisses trouver le véritable bonheur....

Valentin est prêt, et Victor l'est aussi. Tous deux quittent enfin la ville de Léipsick, reviennent sur leurs pas, traversent de nouveau la Saxe, et se retrouvent, au bout de quelques jours dans la Bohême, où il semble que leur destinée soit d'errer toujours. Comme leur dessein n'est que de passer rapidement par ce royaume, qui leur rappelle Roger, sa troupe et des souvenirs trop douloureux, ils prennent sur la gauche, et vont se rendre enfin à Amberg, capitale du haut palatinat de Bavière dans le Nordgow, et

311

qui n'est qu'à huit lieues de Ratisbonne.

Je ne dirai point comment Victor s'informe en route de Clémence, avec quel soin il interroge tous ceux qu'il rencontre, comment il s'y prend pour désigner celle qu'il cherche, ni les éclats de rire ou les signes de pitié qu'il provoque par ses questions ingénues. Il faut être amant, et par conséquent avoir la tête un peu frappée, pour former le projet bizarre, impraticable à l'apparence, d'aller demander une femme, inconnue à tout le monde, à chaque passant qu'on rencontre, et, pour ainsi dire, dans chaque maison qui s'offre à nos yeux. Je ne dis point que Victor faisait cette recherche à la lettre; mais il n'en était pas moins importun à tous ceux qu'il interrogeait. Il lui semblait qu'un dieu protecteur, le dieu des amans sans doute, devait lui faire rencontrer à la fin celle qu'il brûlait de revoir. Enfin, se disait-il, elle est quelque part dans la nature; je visiterai tous les coins du globe; je passerai ma vie, s'il le faut, à cette recherche, et je réussirai....

Ordinairement, dans les romans, on fait voyager ses héros sans dire au lecteur s'ils ont de l'argent, ou des ressources pour s'en procurer. Il est sensé que cela va tout seul, qu'un amant qui court le monde, a tout ce qu'il lui faut pour se soustraire au besoin; et ce sont des vétilles d'ailleurs auxquelles les romanciers ne pensent jamais. Moi, qui écris une histoire véritable, je ne dois rien omettre; et le chapitre de l'argent en voyage est assez essentiel, pour qu'on me permette une légère explication à ce sujet. D'abord Victor a reçu dans le camp des Indépendans une somme d'or considérable, que son père lui a fait remettre par les mains du jeune Henri. En second lieu, cet Henri qui doit sa liberté à Victor, cet ami sensible et généreux, n'a pas oublié de lui laisser, à sa dernière visite, une marque de sa reconnaissance. C'est Valentin que le jeune Henri a pris à part. Ton maître, lui a-t-il dit, me fuit pour jamais; charge-toi, mon ami, de ce faible présent, bien au-dessous des obligations que ses services signalés m'ont imposées.

Valentin a voulu refuser la bourse qu'Henri lui a remise; mais Henri a insisté, et Valentin a mis l'or dans sa poche sans en parler, pour le moment, à son maître; ce n'est qu'au bout de quelques jours que Victor apprend ce trait de bienfaisance de son ami. Il blâme d'abord Valentin d'avoir reçu un présent aussi considérable, mais il n'est plus temps de le rendre; Valentin d'ailleurs lui fait observer que l'argent est encore plus nécessaire que l'amour. Victor sourit de cette maxime intéressée, et Valentin se charge de faire par-tout la dépense. Ainsi Victor est à l'abri du besoin; il peut voyager: le lecteur est certain maintenant qu'il ne manquera de rien: je ne reviendrai donc plus sur ce point.

Victor et Valentin avaient quitté la Bavière; ils avaient visité l'Autriche, suivant leur projet, et ils étaient maintenant dans la Moravie, qu'ils parcouraient avec les mêmes soins, sans découvrir encore l'objet de leurs vœux. Ils ne se lassaient pas: le courage de Victor s'augmentait par l'amour, et le zèle de Valentin doublait par l'amitié qu'il portait à son maître.

Un jour, ils avaient quitté la ville d'Iglaw, et côtoyaient paisiblement les bords de l'Igla, dans l'espoir de se rendre à Brow, petit village situé à deux lieues. Le ciel, qui jusqu'à ce moment avait été pur, se couvrit tout-à-coup de nuages, et l'orage le plus affreux vint les accueillir. Seuls, dans une campagne déserte, ils ne purent que se réfugier sous une roche, qui, par sa sommité, offrait une espèce de toit salutaire au voyageur mouillé par l'orage. La pluie, la grêle, le tonnerre, tout ce désordre de la nature dura jusqu'au soir. La nuit même commençait à couvrir l'horizon, lorsque l'orage cessa, et permit à nos amis de quitter leur retraite pour chercher un abri plus commode. Les terres étaient trempées, les chemins impraticables; nos voyageurs furent obligés de prendre une route pierreuse, et qui était frayée sur une espèce de montagne. Ce fut sur ce mont élevé que Victor apperçut près de lui une maison éclairée, qu'il n'avait pu remarquer d'abord, attendu que la montagne la lui cachait pendant qu'il en côtoyait le pied. Allons frapper là, dit Victor; on ne peut nous y refuser l'hospitalité pour cette nuit seulement.

Ils frappent; un vieillard, d'un extérieur assez vénérable, leur ouvre, et, sur leur demande, se hâte de les faire entrer dans l'intérieur de sa maison, en fermant la porte sur eux. Ils racontent qu'ils sont égarés; le vieillard les plaint, et leur sert à souper. Il semble habiter seul cette maison assez considérable; ou du moins c'est lui seul qui paraît, qui sert ses hôtes, et qui les conduit après dans un appartement commode, où deux lits offrent à Victor la commodité de faire coucher son domestique près de lui. À peine sont-ils disposés à se livrer au sommeil, qu'ils entendent un bruit sourd, auquel ils prêtent toute leur attention. Leur porte s'ouvre, et quelqu'un marche droit au lit de Victor. Ils sont sans lumière, et ne peuvent distinguer les objets; mais Valentin est bientôt levé; il a saisi ses armes, et se prépare à défendre son maître, qui sans doute est tombé avec lui dans un piège. Ne craignez rien, leur dit une voix douce, bons étrangers, n'ayez aucune inquiétude, je suis une femme.—Une femme!

Oui, je suis une femme persécutée par un père cruel, et qui implore votre appui.—Parlez, madame, lui dit Victor.—Le maître de cette maison, ce vieillard hospitalier que vous avez vu ce soir, est mon père; c'est un homme respectable, qui a occupé autrefois des emplois honorables; mais, hélas! il n'a que moi d'enfant, et il m'a sacrifiée à un homme que je déteste.—Il vous a mariée?—Non, pas encore; mais c'est demain que je dois prononcer le oui fatal: demain est le jour fixé pour mon malheur. Nos parens, nos amis doivent se rendre en ce lieu, qui est une maison de campagne de mon père, et la triste cérémonie doit se faire!....—Quel est donc cet époux qui vous est odieux à ce point?—C'est un scélérat, j'ai tout lieu de le croire. Ses liaisons sont affreuses, ses manières brusques et son état, un mystère. Il a séduit mon père par un extérieur composé, doux, tendre, et sensible en apparence; mais j'ai eu tout le loisir de l'étudier: il est faux, méchant, et je lui soupçonne des relations que je ne puis vous dire, mais qui sont bien criminelles.—Vous m'effrayez, madame! et vous n'avez pas essayé d'éclairer votre père?—J'ai fait tous mes efforts pour rompre cette union qui me désespère: mon père est aveugle sur le compte de Forly. Mon père d'ailleurs n'est point riche, et Forly nous apporte des biens considérables, à ce qu'il dit.—Eh! qu'exigez-vous de moi, madame?—Bon étranger, vous saurez que je suis gardée à vue ici par ce monstre qui doit être mon époux; il épie mes moindres démarches; et mon père lui-même, qui connaît ma répugnance pour cet hymen, me tient en quelque façon prisonnière, jusqu'au moment où j'aurai contracté les liens du mariage.—Eh bien?—Je vous ai apperçu hier à travers une porte, et sans être vue de mon père. Votre air doux, le son touchant de votre voix, la franchise de votre langage, tout m'a persuadé que vous vous prêteriez à me sauver de cette funeste maison. J'ai trouvé une seconde clef de la porte de cette chambre, et je suis venue implorer votre appui.—Encore une fois, que me demandez-vous?—Daignez me prêter vos habits; vous en avez d'autres sans doute. Je descendrai par cette fenêtre, la seule de cette maison par où l'accès de la campagne soit facile, et je fuirai pour jamais mes tyrans.—C'est-là ce que vous desirez, madame?—Oui monsieur; oh! daignez ne pas me refuser!—Cela m'est impossible, madame; je n'abuserai point de l'hospitalité que votre père me donne pour faciliter la fuite de sa fille. J'aime à croire que vous vous plaignez à juste titre; mais je n'ai entendu que vous dans cette affaire; j'ignore si quelques circonstances atténuantes la rendent moins tragique que vous ne le dites. Je n'ai pas l'honneur de vous connaître, même de vue. J'arrive dans cette maison, où je n'ai vu votre père qu'une seule fois: il m'a paru respectable, votre père, il m'a reçu avec bonté; je n'y répondrai point par une trahison: il vous sera libre de fuir par la suite, mais moi je ne seconderai point vos projets.—Homme barbare! tu déchires mon cœur par ta froideur cruelle et désespérante!—Comment, madame, avez-vous osé même venir seule, à cette heure, trouver deux inconnus, qui, moins honnêtes, pourraient abuser de votre position et de votre confiance imprudente? est-il de la décence de votre sexe....—Je ne vous demande point de conseils, monsieur, mais des services.—Vous feriez mieux de suivre les uns que d'exiger les autres.—Vous me désespérez! vous ne savez pas jusqu'où ma douleur peut m'entraîner.—Que prétendez-vous faire, madame? sortez, je vous prie, de ce lieu, ou demain votre père sera instruit de tout.—Il le sera donc en même temps de mon évasion?

La femme inconnue ouvre, en disant ces mots, la croisée de la chambre de Victor, et se précipite dans la campagne! Dieu! s'écrient ensemble Victor et Valentin, en courant à la croisée, elle s'est tuée!....

L'inconnue ne s'était pas tuée en tombant, comme le craignaient nos amis; mais elle était restée au bas de la croisée, baignant dans son sang. Quel malheur! quel malheur affreux! que feront nos voyageurs! Ils prennent leur parti: Valentin, qui peut être plus adroit que Victor à trouver les issues d'une maison qu'aucun d'eux ne connaît, Valentin court les escaliers en appelant du monde. Un homme, qui lui est étranger, ouvre une porte, en sort en tenant une lumière, et demande ce qu'il y a? Venez, monsieur, venez avec moi, lui crie Valentin.

L'étranger suit le domestique de Victor, et tous deux rentrent dans la chambre où l'amant de Clémence est livré au plus grand trouble. À la clarté de la lumière que tient l'étranger, Victor croit reconnaître quelques-uns de ses traits; il est prêt à lui demander en quel lieu il l'a vu; mais il remet cette question peut-être indiscrète, et ne peut que lui raconter naïvement, et dans tous ses détails, la conversation qu'une femme, qu'il ne connaît pas, vient d'avoir avec lui, ainsi que l'action désespérée de cette femme, qui sans doute s'est blessée. L'étranger, très-ému, regarde par la croisée, et s'écrie: Matilde! est-ce bien vous! avez-vous pu commettre cet acte de démence!—Oui, barbare Forly, s'écrie à son tour Matilde d'en bas! et c'était pour éviter de te donner ma main; mais le sort ne l'a pas voulu.... Je meurs, hélas! je meurs!....

Forly, car c'est lui, sort de la chambre, va réveiller du monde. Des domestiques se lèvent à la hâte, vont ouvrir les portes de la maison; on court à la malheureuse Matilde, qu'on relève et qu'on porte dans l'intérieur, chez son père, à qui l'on apprend cette triste nouvelle. Victor, Valentin se sont transportés aussi chez le vieillard, et sont témoins de tout ce qui s'y passe. Frédérik, dit Forly au père de Matilde, voilà un trait de folie de votre fille des mieux caractérisés! Eh quoi, Matilde, s'écrie Frédérik, fille imprudente et insensée! vous avez pu.... à la veille d'un hymen qui faisait tout mon espoir!....—Il est reculé au moins ce fatal hymen, répond Matilde d'une voix faible et souffrante!....

Tout le monde s'empresse auprès de l'infortunée, qui a le bras droit absolument cassé; et Forly, qui paraît en effet dur et brutal, ainsi que Matilde l'a annoncé, s'approche de Victor, le fixe d'un air sombre, et lui dit à voix basse: Demain, j'aurai deux mots à vous dire.—Parlez sur-le-champ, lui répond de même l'amant de Clémence.—Non, non, demain, nous nous verrons de près.

Victor ne peut concevoir ce que lui veut le brusque Forly; il s'en inquiète peu, et répète au vieux Frédérik les détails de la visite de Matilde, et du refus qu'il lui a fait de se prêter à ses vœux, refus qui a causé un malheur qu'il était impossible de prévoir. Frédérik fait à Victor des éloges sur la délicatesse de son procédé, et le conjure de retourner chez lui pour y goûter un repos qu'il est désespéré de voir interrompu. Victor le prie obligeamment de lui permettre de lui offrir des consolations pendant le reste de cette cruelle nuit, et le vieillard y consent. Forly se retire, en témoignant une insensibilité qui choque vraiment Victor. Matilde est reportée chez elle, où les soins les plus pressans lui sont prodigués, et Victor reste seul, ainsi que Valentin, avec Frédérik, qui leur conte en peu de mots les motifs du désespoir de sa fille.

«Elle a toujours eu, leur dit-il, l'esprit romanesque, et même un peu aliéné. Vous avez vu ce jeune homme qui sort d'ici; c'est le gendre que je me suis choisi. Forly est très-riche, mais c'est un homme qui a beaucoup voyagé sur mer; les marins ne sont pas galans: il n'a pas plu à Matilde; j'ai pensé que la rudesse seule du caractère de Forly était la cause de cet éloignement pour un hymen que je brûlais de terminer. J'en ai prescrit le jour; c'est aujourd'hui qu'il devait se célébrer, cet hymen fortuné, ici même, dans la chapelle de ma maison. Hier, mon gendre est revenu de la ville, où il va tous les jours pour des affaires que j'ignore, mais qu'il veut, dit-il, terminer. Il était très-fatigué: je l'ai envoyé se reposer. Ma fille était renfermée chez elle, tout mon monde était couché, seul je veillais lorsque vous avez frappé. Je vous reçois ici, enchanté, en vous offrant l'hospitalité, de pouvoir vous engager à partager tous les plaisirs que devait offrir cette journée, et ma fille, plus qu'indiscrète, va vous importuner: vous lui refusez, avec raison, des services indignes de votre délicatesse, et l'insensée nous plonge tous dans la douleur! Ah! monsieur, quelle scène douloureuse pour le cœur d'un père!.... Vous resterez néanmoins; n'est-ce pas que vous promettez vos consolations encore pendant toute cette journée?—Monsieur, des affaires pressées....—Vous resterez, je l'exige, et en bonne compagnie, car j'attends plus de trente personnes; mes amis, mes parens! que leur dire, hélas! que leur dire»!

Victor se serait bien remis en route à l'heure même; mais il voulait se donner le temps d'apprécier ce Forly, qui avait, disait-il, deux mots à lui dire. Victor cherchait à se rappeler en quel lieu il l'avait vu, car il ne lui était point du tout inconnu. Que lui voulait ce Forly, qui lui avait témoigné de l'humeur? était-il jaloux? croyait-il que sa prétendue était venue à un rendez-vous chez lui? Quelles extravagances passaient donc par la tête de cet homme, dont les traits d'ailleurs annonçaient la fausseté et la brutalité?.... Matilde était sacrifiée; elle avait eu raison, l'infortunée! Un père faible et crédule la livrait à un homme peu fait pour être aimé d'une femme sensible; mais quand Victor aurait cru Matilde, quand il aurait eu plus de sujets de la plaindre et de la servir, pouvait-il, étranger dans une maison où il est reçu avec honnêteté, pouvait-il faire évader la fille de son hôte, et s'exposer ainsi aux reproches mérités de tout le monde? Oui, le père a raison, sa fille a la tête un peu dérangée, sa conduite le prouve; et Victor, qui a bien assez de ses propres malheurs, est très à plaindre d'avoir mis le pied dans cette maison, où on veut lui faire une affaire particulière d'un événement qu'il n'a pu empêcher.

Le lendemain, la maison se remplit de gens parés qui croient venir à une noce, et qui apprennent avec chagrin l'accident de la nuit. Frédérik cherche à faire bonne contenance. Il fait servir un superbe repas, et l'on se met à table. Forly cependant ne paraît point encore, et c'est lui que Victor attend. On vient dire tout bas à Victor qu'on le demande au jardin. Victor, ne doutant point que ce ne soit son agresseur, descend, et rencontre en effet

Forly, qui pâlit à son approche, et lui dit d'un ton brusque: Me reconnaissez-vous?—Je vous ai vu quelque part, mais je ne sais où.—Vous ne vous rappelez pas mes traits?—Non.—Prenez garde à ce que vous dites, car vous pourriez me perdre ici; mais si je prévoyais, si je me doutais que vous eussiez cette pensée, je prendrais l'avance, et je vous perdrais vous-même.—Moi, homme grossier et malhonnête, vous pourriez me perdre: qu'ai-je fait? peut-on m'accuser?...—Je sais qui vous êtes.—Vous savez?—Il suffit. Matilde s'est plaint à vous cette nuit. Elle a pu pénétrer mes secrets, vous les communiquer.... J'exige que vous sortiez sur-le-champ de cette maison; sur-le-champ, vous m'entendez, ou je saurai vous en faire chasser.—Impudent!—Vous connaissiez Matilde: elle n'aurait pas été vous trouver chez vous à une heure si indue, si vous n'étiez son confident.—Je vous jure...—Allons, allons, il était fort bien arrangé, votre petit projet. Vous feigniez d'être égaré, de demander l'hospitalité ici, et tout cela était convenu avec Matilde.—Forly, je n'ai jamais déguisé la vérité; et quand je vous proteste....—Toutes vos protestations ne m'intimideront pas. Vous faites semblant de ne pas me connaître, et vous me connaissez; mais vous allez vous retirer sur-le-champ de cette maison, je le veux; sinon....—D'autres affaires m'appellent: je me proposais de reprendre ma route dans quelques heures; mais tes menaces m'engagent à prier le respectable père de Matilde à me souffrir ici quelques jours. Si cet arrangement ne te plaît pas, je suis prêt à te donner toute autre satisfaction.

Victor et Forly vont peut-être mesurer leurs armes à l'insu de Valentin et de tous les convives, lorsque Frédérik lui-même se présente, et demande à son gendre futur quel motif peut l'éloigner d'une société aimable et choisie qui l'attend.—Vous le saurez là-haut, lui répond Forly.

Tous trois montent dans le salon à manger, où la compagnie se plaint de l'absence de Forly. Je ne puis, messieurs, s'écrie tout haut le méchant homme, je ne puis vous dissimuler la cause de mon indignation, ni souffrir que vous vous compromettiez tous avec cet homme. Ce misérable que vous voyez (il désigne Victor), vous ne le connaissez point: eh bien! c'est le fils de l'infâme Roger!—Ciel! s'écrie-t-on de toutes parts....

Un coup de foudre vient de frapper tous les convives: à ce nom de Roger, les femmes fuient en criant, et les hommes restent saisis d'horreur. Victor est pétrifié: il n'a point la force de poursuivre, encore moins de démentir le perfide Forly; il n'a point le courage de s'excuser, il ne peut prononcer un seul mot; mais comme il est atterré! La pâleur de la mort a décoloré ses traits si doux. Il fixe avec effroi Forly, qui jouit de son trouble; et s'il n'était pas appuyé sur Valentin, qui est aussi stupéfait que lui, il tomberait, privé de sentiment!

Quelle horrible situation! Eh! faut-il déjà qu'il partage l'infamie d'un nom, quand il ne partage point les crimes qui lui ont donné cette funeste célébrité!

CHAPITRE VI. QUI DIVISE, À DESSEIN, L'INTÉRÊT

Victor est resté seul, absolument seul avec Valentin; tout le monde s'est éloigné de lui comme d'une bête féroce dont l'approche est redoutable. Les femmes vont se trouver mal dans les appartemens, tandis que les hommes descendent au jardin, et se réunissent pour tenir conseil. Les uns proposent de livrer à la justice, c'est leur expression, le fils du plus grand scélérat qui soit sur la terre. D'autres pensent qu'avant tout, il faut l'enfermer dans une cave, et mettre tous les chiens en sentinelle à sa porte. Le vieux Frédérik frémit d'horreur quand il songe qu'il a reçu chez lui le fils de Roger; mais Forly, qui lui fait des reproches sur sa trop grande facilité à recevoir des étrangers, ouvre un avis plus doux, et qu'il a bien ses raisons pour appuyer. Mes amis, dit-il, mes amis, écoutez-moi: je ne suis point méchant; non, je ne veux pas la punition du coupable. Il n'a fait aucun mal ici, n'est-ce pas? eh bien! laissons-le aller, croyez-moi, laissons-le aller; qu'il aille ailleurs trouver le juste châtiment de ses crimes, et ne nous mêlons plus de cette affaire.

Ainsi parle le traître Forly. On n'est pas de son avis, on le combat, il répond. Pendant cette espèce de débat, Valentin, qui a vu par une fenêtre le groupe des opinans, pense, avec raison, qu'il est question de persécuter son pauvre maître. Sauvons-nous, monsieur, dit-il à Victor, qui est encore écrasé sous le coup qu'on vient de lui porter; sauvons-nous, ou vous êtes perdu.—Eh! que m'importe? c'est l'existence que je crains, et non la mort.—Si ce n'était que la mort, mon bon maître; mais les cachots, les questions, les interrogatoires; il faut tant de temps pour prouver son innocence, tandis qu'il ne faut qu'une minute pour paraître coupable! Allons, mon Victor, croyez-moi, tandis qu'ils sont occupés, descendons doucement, et gagnons la porte qui est ouverte.—Moi, fuir, Valentin! moi, me sauver comme un vil criminel! Non; je veux absolument m'expliquer, je veux punir cet abominable Forly, que je reconnais bien à présent. Le monstre! il faut que son sang lave l'affront qu'il vient de me faire devant tant de monde; il faut, te dis-je, que je le trouve, et qu'il tombe sous mes coups.—Quel est donc ce Forly?—C'est à lui de trembler....—Monsieur, monsieur, ils montent.—Qui?—Le maître de la maison et tous ses amis.—Eh bien! ils m'entendront.—Ils ne vous écouteront pas, et vous êtes perdu sans ressource.

Frédérik arrive en effet à la tête du conseil: Forly est à ses côtés. Jeune homme, dit Frédérik à Victor, jeune homme, dont l'aspect est si intéressant et le langage si doux, mais qui porte une ame perverse et un nom odieux aux honnêtes gens, remercie-nous de borner, à un simple bannissement, la vengeance que les loix réclament de nous. Fuis, va-t-en, et n'infecte plus de ton souffle impur l'air qu'on respire ici.—Monsieur....—Fuis, te dis-je, ou crains que mes gens n'exercent sur toi et sur ton complice, leurs bras vigoureux.—Écoutez-moi; cet homme que vous voyez, ce prétendu Forly...—Faut-il que j'emploie la violence pour te chasser d'un lieu où ta présence a porté le malheur et l'épouvante?....—C'est-lui, monsieur, c'est Forly qui...—Imite ton complice, crois-moi, sauve-toi sans retard, (Valentin entraîne en effet Victor.)—Non, vous m'écouterez, s'écrie de nouveau l'infortuné Victor, en se précipitant aux genoux du vieillard, homme bienfaisant et sensible, vous seul saurez mes malheurs, si vous daignez m'entendre.

On n'écoute plus Victor; chacun le pousse, Forly le premier; on l'emporte et on le jette, ainsi que Valentin, à la porte de la maison, qui se referme sur eux, sans qu'ils aient pu faire entendre deux mots de justification au milieu des criailleries de ceux qui venaient de le chasser d'une manière si ignominieuse. Victor se retourne; il apperçoit les parens et amis du vieillard aux croisées, et armés de fusils. Ils le menacent de le tuer, s'il fait un seul geste pour rentrer.

Victor va braver cette nouvelle menace; mais Valentin, qui tremble de tout son corps, entraîne son maître, et le porte, pour ainsi dire, jusques par-delà la montagne, où ils ne voient plus la maison, et ne sont plus vus de personne.

À mesure que je décris les tristes aventures de mon héros, je sens que les expressions me manquent de plus en plus pour peindre l'état de son ame après les secousses violentes qu'il éprouve. Comment décrire ici la douleur de ce bon jeune homme? comment se faire même une idée de toutes les réflexions qu'il doit faire? Le voilà chassé honteusement, banni d'une société honnête à qui il fait horreur, et pourquoi? parce qu'il doit le jour à un scélérat dont le nom fait pâlir tout le monde! Voilà donc qu'il porte la peine de l'infamie! voilà donc les malheurs qui l'attendent toute sa vie! exilé de tous les coins de la terre où il sera reconnu, il va payer, par la vie la plus orageuse, le crime d'une naissance qu'il n'a pu empêcher, et qu'il n'a pas demandée au destin. Honte, opprobre, douleurs et regrets, voilà son partage! est-il un homme sur la terre plus à plaindre? en est-il un plus intéressant?

Victor reste quelques momens sous la pointe du rocher qui, la veille, l'a garanti des effets de l'orage. Valentin est auprès de lui; le bon Valentin essuie ses larmes, et le console avec toute la naïveté, toute l'expansion d'un bon cœur; mais Valentin n'est pas encore tranquille sur les suites de cette affaire. Il craint que les gens de la maison de Frédérik ne changent de dessein; il appréhende qu'on poursuive son maître, qu'il tremble déjà de voir gémir long-temps dans des cachots avant qu'il puisse se justifier. Valentin l'engage à marcher encore jusqu'à la nuit, et à se retirer pendant quelques jours dans un lieu écarté, ou peu fréquenté. Vous ne savez pas, ajoute-t-il, mon cher maître, vous ne devinez pas l'impression d'horreur qu'on éprouve, dans toute l'Allemagne, au seul nom de Roger; le fils de Roger paraîtrait une excellente capture, et c'est à qui s'en ferait honneur. Je ne conçois pas même comment ces gens-là vous ont laissé échapper.—Je le conçois assez, moi, lui répond Victor. C'est ce prétendu Forly, ce misérable déhonté, qui les aura pressés de me congédier ainsi: il avait trop d'intérêt de me voir hors de cette maison. Apprends que le barbare Forly n'est autre que ce farouche Morneck, un des officiers de l'armée de Roger, que j'ai vu à l'attaque du château de mon bienfaiteur, et que j'ai bien plus remarqué dans le camp des Indépendans, lors de la revue que Roger fit faire de ses troupes devant moi. Oui, mon ami, c'est Morneck lui-même, que j'étais bien éloigné de soupçonner d'abord dans Forly; mais que j'ai bien reconnu lorsqu'il a dévoilé, d'une manière si lâche et devant tout le monde, le fatal secret de ma naissance. Ce scélérat a craint que je me fusse rappelé ses traits et sa profession; il a redouté que j'éclairasse sur sa trahison le crédule Frédérik, qu'il trompe sous un nom supposé, comme Verdier, l'ami de Roger, séduisit autrefois la fille de M. de Sélinvil, et le monstre a juré ma perte; il m'a fait chasser honteusement pour prévenir ma franchise, et n'a pas voulu me laisser parler, pour prévenir des explications qui l'eussent perdu à ma place. La malheureuse Matilde avait bien raison de redouter l'hymen de ce brigand, dont elle soupçonnait l'infâme conduite. Hélas! si j'avais pu me douter du danger qu'elle courait, je me serais empressé de lui procurer les moyens de fuir: je les lui ai refusés; elle a été la victime de son désespoir, et moi je l'ai été de l'excès de ma délicatesse. Il est donc décidé, grand Dieu! que tout ce que je ferai pour pratiquer la vertu tournera contre moi pour agraver mes peines!... Eh bien! elle est dans mon cœur, cette vertu que je chéris malgré ses dangers; elle y est gravée en traits de feu, et n'en sortira jamais. Que les hommes me persécutent, que le destin me poursuive, que toutes les actions de ma vie soient empoisonnées par les préjugés ou les faux raisonnemens de la société, je serai toujours fidèle à l'honneur, que j'ai juré de suivre; à Dieu, dont je dois respecter les arrêts, dussent-ils me frapper; et à mon amante, que je continuerai de chercher toujours. J'ai fait ce serment sacré, je l'observerai religieusement, et avec toute la fermeté que donnent une conscience paisible et un amour excessif. Oui, Clémence, je t'adorerai toujours; tu sais ma naissance, toi; et, bien loin de me mépriser, tu me chéris d'autant plus que je suis malheureux; tu es donc la seule, la véritable amie que j'aie sur la terre? Oh! combien je serais ingrat, si je ne répondais pas à tant d'indulgence, à tant de tendresse!

Monsieur, interrompit Valentin les larmes aux yeux, monsieur!.... vous n'avez qu'une amie, dites-vous? ah! vous oubliez donc votre pauvre Valentin!......—Moi, mon fidèle, moi, t'oublier quand tu me sacrifies tout, quand tu t'associes à mes peines, à mes courses vagabondes, à mon opprobre même; car tu viens de courir les mêmes dangers que moi: si j'étais un scélérat aux yeux de ces insensés, tu passais pour mon complice. Ô bon Valentin! j'ai une amante adorable; mais j'ai aussi un ami, un tendre ami, qui ne me quittera jamais, tant que je ne lasserai point son zèle ni son amitié!— Moi, me lasser, mon maître! ah! vous ne le pensez pas!...

Victor et Valentin se serrèrent étroitement avec la plus touchante effusion; ensuite Victor, qui se trouvait plus consolé par le charme de la confiance, et sur-tout par le calme de la vertu, se leva, et tous deux reprirent leur route; mais ils jugèrent à propos, par prudence seulement, de s'enfoncer dans des chemins tortueux, et de traverser une vaste plaine qui se trouvait devant eux, et dans laquelle on n'appercevait qu'un seul bâtiment, dont l'extérieur annonçait de loin une église.

Voilà, dit Victor, un de ces temples où les mortels vont abaisser leur front devant l'Être qui les a créés; c'est le lieu de la prière; c'est-là que l'homme, seul avec Dieu, lui demande pardon de ses erreurs, et implore sa miséricorde. Allons-y, Valentin; entrons dans cet asyle pieux, et qu'un saint recueillement nous gagne la protection de l'Être suprême, qui, jusqu'à présent, ne nous a point abandonnés. Prions-le pour l'infortuné Victor, pour son fidèle serviteur, et sur-tout pour l'adorable Clémence, qui, si elle n'est point rendue à son père, est peut-être à présent en butte aux traits du malheur pour moi, pour moi qu'elle aime et qui l'adore. J'ai prié souvent, Valentin, et j'ai remarqué que toutes les fois que j'ai prié, mon ame a été plus tranquille.

Valentin est de l'avis de son maître, et tous deux s'acheminent vers l'église qu'ils croient habitée, où ils s'imaginent rencontrer la paix du cœur et la tranquillité; mais qui va leur offrir des aventures nouvelles.

Avant de les raconter, ces aventures singulières, je dois revenir à Clémence, que j'ai laissée seule, fuyant, avec la nuit qui se dissipe, la maison de son père, où elle ne voit plus son amant. Rejoignons Clémence, cher lecteur, et suivons ensemble ses pas tremblans, sa marche incertaine, que l'amour seul peut accélérer.

Trois heures donc ont sonné à l'horloge du château; l'aurore commence à paroître, et Clémence a déjà refermé sur elle la petite porte qui donne dans la campagne. Clémence se rappelle que c'est par cette porte, favorable aux

amans, que Victor a déjà voulu la fuir. Elle se souvient qu'à quelque distance du château, Victor avant de le quitter, ainsi qu'il en avait l'intention, se retourna pour voir encore une fois la croisée de son amante, et lui chanta une romance plaintive qui lui exprimait ses tristes adieux. Clémence se retourne de même, après avoir fait à-peu-près trois cents pas; elle examine la maison paternelle, ce berceau paisible de son enfance. Elle pleure, Clémence, et détaille avec des yeux inquiets tout l'extérieur du manoir de Fritzierne, qu'elle voit sans doute pour la dernière fois!... Clémence soupire et chante à son tour, les couplets suivans qu'elle improvise, ainsi qu'il est très-aisé de le voir, par le ton plus simple que poétique qui en fait le charme.
ROMANCE.
Ce fut dans ce lieu solitaire
Qu'un jour un amant malheureux
Fit à celle qui lui fut chère
Les plus tendres adieux.
Je n'emporte point l'espérance,
Disait-il en fuyant Clémence,
Sa Clémence qu'il adorait!
Pensait-il qu'elle survivrait
Aux regrets de l'absence!
Hélas! je suis l'infortunée
Que fuyait ce cruel amant;
Il croyait que sa destinée
Me touchait faiblement.
Livrée à ma douleur amère,
Loin de lui triste et solitaire,
Je ne puis exister sans lui!....
Pour lui je m'arrache aujourd'hui
Des bras d'un tendre père.
Adieu, castel, où mon enfance
Reçut la touchante leçon
De la vertu, de l'innocence;
Adieu, vaste maison!
Tu n'étais plus pour la tendresse,
Pour la douce délicatesse,
Qu'un triste et douloureux séjour!....
Tu n'étais plus fait pour l'Amour,
Et l'Amour te délaisse.

Clémence a chanté; mais elle a chanté bas, de peur d'être entendue de quelque voyageur indiscret. Elle regarde encore le château, sur-tout la croisée de l'appartement de son père; puis elle se remet en marche. Elle sait à-peu-près, Clémence, quelle route elle doit prendre pour se rendre à l'abbaye de Belverne, où elle a résolu de consacrer sa vie au culte des autels.

Elle a douze lieues à faire pour trouver cette abbaye, ce port assuré toujours ouvert aux victimes de l'amour. Clémence sent bien qu'elle ne peut faire tant de chemin en un jour; mais elle espère aller passer la nuit à Bodwits, petit village qui n'est qu'à quatre lieues de l'abbaye de Belverne, et le lendemain matin elle arrivera à cette maison, où elle entrera pour n'en sortir jamais. Tel est son projet, tel elle espère l'accomplir. Qu'elle est intéressante, Clémence, voyageant en habit simple, un bâton et une pannetière dans les mains! elle souffre la chaleur du jour, marche, marche toujours, et ne pense qu'à Victor et au but de son voyage. Elle supporte des fatigues qui jusqu'alors lui étaient étrangères; et après avoir fait huit lieues plus longues que toutes les lieues de France, elle se trouve au coucher du soleil dans ce village de Bodwits, après lequel elle soupirait tant. Clémence ne voulait point entrer dans une auberge; elle desirait que quelque personne estimable lui donnât l'hospitalité pour une nuit. Le hasard offrit à ses yeux une bonne femme assise sur la porte d'une espèce de ferme, et qui paraissait se reposer un peu des travaux du jour, avant de se livrer au repos. Eh! bon dieu, ma belle enfant, dit la bonne femme à Clémence qui l'intéressa, vous paraissez bien fatiguée?— Madame, je le suis en effet à un point...—Que n'entrez-vous ici pour vous reposer un peu?—Avec plaisir, ma bonne dame, puisque vous voulez bien me le permettre. (Elle entre.)—Allez-vous bien loin comme cela?—Jusqu'à l'abbaye de Belverne, où je vais dire au monde un éternel adieu.—Quoi! si-tôt, à votre âge? quand le monde, que vous ne connaissez pas encore, vous offre tous ses plaisirs? y pensez-vous, ma belle enfant?—J'y ai assez pensé, ma chère dame; ce monde dont vous me citez les plaisirs, ne me promet à moi que peines et que douleurs.—Est-il possible? Ah, j'entends, je comprends; c'est un désespoir d'amour qui fait votre vocation. Vous aimez, n'est-ce pas, et votre amant vous a trahie?—Il ne m'a point trahie, madame; il m'aime autant que je l'aime, mais nous ne pouvons être unis.—C'est cela; j'ai bien deviné, en vous voyant porter vos pas vers l'abbaye de Belverne, que c'était là le motif qui vous y conduisait. Ce monastère n'a été institué que pour des personnes comme vous. C'est bien malheureux, ma chère enfant, qu'une jolie demoiselle comme vous soit aussi infortunée. Cependant vous ignorez une chose qu'il faut que je vous dise.... Non, je ne vous dirai pas cela ce soir; vous êtes peut-être peureuse, cela troublerait votre sommeil, et vous ferait faire de vilains songes.—Eh quoi donc?— Rien, rien; demain à votre lever, je vous apprendrai des choses étonnantes, et qui pourront vous détourner de votre projet.—Rien ne peut m'en détourner.—Ah! vous dites cela; mais si vous saviez....—Parlez, je vous prie, ma chère dame, je n'ai rien à craindre, plus rien à redouter, puisque le plus grand malheur m'est arrivé, celui d'être privée pour jamais de Victor.—Ah! c'est Victor. Eh! est-il jeune, Victor?—Un an de plus que moi.—Et vous avez seize ans?—À-peu-près.—Pauvre enfant! quel malheur! mon dieu, mon dieu! il y a des parens bien durs dans le monde, il y a des parens bien durs!... Ah ça, restez ici: n'allez pas à l'auberge: une jolie personne comme vous!.... Ce n'est pas l'embarras, il y en a une là, tenez, en face de ma porte, à l'épée couronnée qu'on l'appelle; oh! elle est bonne, et toujours fréquentée par d'honnêtes voyageurs; mais si vous préférez une chambre rustique, mais commode, un asyle décent pour une personne de votre sexe qui est seule, je vous offre ma chambre, qui est ici dessus, dont la vue donne sur la rue, et puis au loin sur la campagne. Voulez-vous accepter cette offre franche et désintéressée?—Femme charitable et hospitalière, vous prévenez mes vœux, et m'évitez la peine que m'aurait causée la nécessité de passer une nuit dans une maison publique, ce que je n'ai pas encore fait.—Allons, c'est dit; mais souvenez-vous que demain j'ai à vous parler; qu'il faut que je vous conte des choses, oh! des choses qui vous feront dresser les cheveux sur la tête, et puis vous me direz encore si vous voulez toujours vous isoler d'un monde dont vous devez faire l'ornement.

Clémence ne devinait point quelle espèce de secret la paysanne avait à lui révéler; cette bonne femme ne voulait s'expliquer que le lendemain matin. Ce secret ne pouvait concerner Clémence; elle n'était point connue de la femme hospitalière: cependant cela devait, disait-elle, l'engager à rester dans le monde. Clémence devait être plus inquiette de son silence que de sa franchise. Quoi qu'il en soit, Berthe (c'est le nom de la paysanne) conduisit sa jeune hôtesse dans la chambre qu'elle lui destinait, après lui avoir fait prendre une collation saine et donnée de bon cœur. Cette chambre donnait en effet sur la rue, et offrait des points de vue charmans. Clémence, seule, ouvrit sa croisée, et se mit à réfléchir sur la bizarrerie de sa destinée.

Eh quoi! se dit-elle, me voilà donc, moi, fille d'un des plus riches seigneurs de la Bohême; moi que mes biens et ma naissance appelaient au plus brillant état de l'Allemagne! me voilà donc errante, vagabonde, sans asyle, privée d'un père, d'un époux! cette madame Wolf, qui a répandu le malheur sur la maison paternelle, a détruit tout d'un coup mon espoir et celui de l'homme le plus aimable, hélas! et le plus malheureux. Victor est errant de son côté, et moi, je suis pour jamais séparée de lui.... je ne le verrai plus! Dieu!... et mon père... mon père! quelle sera sa douleur quand il apprendra ma fuite! Il la sait à présent: oh oui, il y a déjà plusieurs heures qu'il sait ma faute, et l'abandon où je livre sa vieillesse. Ma faute! en est-ce une, sans revenir sur tous les torts dont j'accuse intérieurement mon père, est-ce une faute que de se livrer aux pieux exercices de la religion? fais-je un crime en me mêlant parmi les vierges du Seigneur? en faisant à Dieu le sacrifice de ma fortune, de ma vie, j'allais presque dire de mon amour!... Mon père pourrait-il m'en blâmer? il le saura, d'ailleurs, mon père; oui, lorsque j'aurai prononcé le serment éternel et irrévocable de cultiver les autels d'un Dieu de miséricorde, une lettre de ma main apprendra au baron le sacrifice que sa fille aura fait à l'amour. Il saura tout, et ne pourra plus s'opposer à rien. Ô mon père! ô Victor! il n'y a plus que le secours de la religion qui puisse me faire supporter votre absence!....

Clémence se livre long-temps à ces réflexions qui lui en suggèrent mille autres. Clémence ne songe point à se livrer au repos du sommeil: déjà la nuit a parcouru plus du tiers de sa carrière, et elle est là, là, à sa croisée dans la même agitation que Victor éprouva pendant cette nuit funeste où il eut le malheur d'aller arracher madame Wolf des mains des gens de Roger. Ce fut un malheur pour lui sans doute, puisque sans cet acte de bienfaisance, il n'eût point connu cette femme qui possédait seule le secret de sa naissance. Clémence est donc dans cette position, lorsqu'elle en est tirée par le bruit d'une voiture qui s'arrête sous sa croisée à la porte de l'épée couronnée. Elle ne sait pourquoi elle frémit involontairement. Elle ne craint pas qu'on la poursuive, puisqu'on ignore la route qu'elle a prise, et cependant ce bruit imprévu arrête son sang et fait battre son cœur. Bientôt un domestique frappe à coups redoublés à la porte de l'auberge, et personne ne lui répond. Ils n'ouvriront pas, dit le domestique à son maître, qui est enfoncé dans la voiture. Frappe toujours, lui répond le maître.

Est-ce la foudre qui vient de frapper Clémence? elle est tombée dans sa chambre; et si elle a conservé quelque connaissance, c'est pour sentir se confirmer le malheur qui vient de l'accabler. Quelle est donc cette voix étrangère qui cause son effroi? Étrangère! eh non, elle ne l'est pas pour Clémence. Elle n'a pu s'y tromper, c'est la voix de son père.

Comment donc le baron de Fritzierne a-t-il deviné la trace de ses pas? Comment a-t-il suivi la route qu'elle a tenue? c'est apparemment l'effet du hasard, ou de quelque incident que nous ignorons pour le moment. Quoi qu'il en soit, c'est bien son père dont elle entend la voix. Il descend de sa voiture, il frappe lui-même à la maison en face, on lui ouvre enfin; il gronde, on s'empresse de le servir: Clémence n'entend plus rien. Au bout d'un moment, la chambre de l'auberge, qui donne justement en face de ses croisées, s'éclaire. Clémence, qui, heureusement pour elle, est sans lumière, y voit entrer son père précédé de son domestique, et de deux garçons de l'auberge. Clémence peut suivre tous ses mouvemens. On lui apporte quelque nourriture, dont il prend très-peu. Ensuite les domestiques sortent; le baron est seul. Il se promène à grands pas, il écrit, déchire sa lettre, écrit de nouveau, se promène encore, et passe ainsi plusieurs heures dans une agitation qui brise le cœur sensible de Clémence: elle est prête à faire cesser les tourmens d'un père, elle va voler dans ses bras; mais par où? comment? réveillera-t-elle la bonne Berthe? fera-t-elle un éclat, au milieu de la nuit, dans un village? Il vaut mieux attendre le jour; quand tout le monde sera levé, elle pourra faire savoir au baron qu'elle est là, qu'elle brûle de lui demander un pardon généreux de sa faute..... Clémence ne respire pas: sa bouche est collée sur la vitre de sa petite fenêtre, elle examine son père, et son état ne peut se décrire.

Cependant le jour paraît, et Clémence ne pense point qu'elle peut être vue par le baron. Bientôt elle en fait la réflexion, et se retire. Elle ne sait plus que faire. Ses premiers projets renaissent dans son esprit; elle trouve de nouveau mille raisons pour les suivre; et si son père ignore qu'elle est si près de lui, si elle le voit remonter dans sa voiture et partir, elle reprendra la route de l'abbaye de Belverne, où, une fois dans le cloître, il n'aura plus le droit de la réclamer. Clémence ne peut pardonner au baron le préjugé qui l'a rendu assez inhumain pour bannir Victor: Clémence est peut-être coupable d'ingratitude; mais son cœur est pourtant sensible et tendre: qui peut donc lui donner cet éloignement si condamnable pour l'auteur de ses jours!... Vous tous qui raisonnez ainsi, vous qui osez blâmer Clémence, je vous dirai: Si vous connaissez l'amour, et qu'on vous donne à choisir entre un père, que vous trouvez injuste, et un amant persécuté, que ferez-vous? de quel côté pencheront vos affections?

Laissons Clémence combattre le devoir et le desir religieux qui la porte vers l'abbaye de Belverne; profitons du moment où elle se cache dans la chambrette pour éviter les regards de son père, qui peuvent à tout moment se porter vers sa fenêtre, et revenons à Victor qui chemine avec Valentin, vers l'église qu'il apperçoit dans la plaine, et où l'appelle à son tour le desir pieux et fervent de prier.

CHAPITRE VII. LES RUINES ET LES TOMBEAUX

Victor, tout troublé encore de la scène affreuse qu'il vient d'éprouver, consolé néanmoins par sa vertu qui le soutient toujours, marche donc avec son fidèle serviteur. La nuit approche, et menace d'être aussi orageuse que celle de la veille: ils se flattent de trouver un asyle chez le pasteur de l'église, et avancent toujours. Ils arrivent enfin à l'église, et bien à propos, car des torrens de grêle et de pluie tombent du firmament, et les éclairs semblent, en déchirant la nuit qui s'épaissit, rendre à la terre quelques rayons lumineux du soleil. Ils entrent; cette église est ouverte, elle est même en ruines, et des monceaux de pierres, de colonnes brisées, annoncent la dégradation la plus complète. Victor et Valentin, qui sont à couvert, examinent ensemble ces ravages du temps ou de l'inconstance humaine. Cette église ne leur paraît plus être une paroisse de village, ainsi qu'ils se l'étaient d'abord imaginé; elle fut sans doute une abbaye célèbre; l'ordonnance et la grandeur du bâtiment claustral, qu'on apperçoit à la faveur des éclairs, à travers les vitraux brisés de l'église, annoncent assez que cette abbaye antique fut habitée par un nombre considérable de cénobites. Victor ne se dit pas moins: Puisque ce lieu désert fut autrefois un temple destiné à la prière, que ses voûtes soient encore frappées de celles d'un mortel infortuné! Dieu entend, de tous les points de la terre, le cri du malheur; ces vœux monteront, aussi bien ici qu'ailleurs, au pied de son trône auguste.

Valentin, qui ne voit ni ciel ni terre, lorsqu'il n'éclaire point, serait assez d'avis que son maître quittât ce lieu effrayant, où perchent, près de lui, les oiseaux nocturnes et sinistres qu'il entend s'envoler, effrayés d'y voir deux personnes; mais Victor ne craint rien: il s'agenouille, engage son valet à en faire autant, et commence une prière mentale que Valentin est bien éloigné de partager, puisqu'il tremble au moindre bruit. À peine sont-ils dans cette position, que le chœur de l'église s'éclaire. Une religieuse, absolument voilée, paraît, tenant un flambeau dans sa main, s'approche de l'autel, tout brisé qu'il est, et s'agenouille en priant à son tour. Valentin veut faire un cri de surprise, Victor lui met sa main sur la bouche, et le contient dans une attitude silencieuse quoique étonnée. Tous deux respectant la pieuse occupation de cette vierge du Seigneur, retiennent pour ainsi dire leur respiration, et attendent qu'elle soit levée pour lui adresser la parole. Quelques instans après, la religieuse dépose le flambeau sur l'autel, et disparaît: Valentin, qui court après elle en l'appelant, remarque qu'elle s'est retirée par une petite porte cachée derrière l'autel, et qui est très-bien fermée. Valentin est au désespoir de n'avoir point interrogé la religieuse: il aurait su s'il était possible qu'elle donnât l'hospitalité à son maître et à lui. À présent, il a beau frapper, personne ne lui répond; voilà ce qu'a produit la discrétion de Victor. Ne t'alarme pas, mon cher Valentin, lui dit son maître; l'orage continue, il est vrai, nous ne pouvons nous exposer à reprendre notre route; mais cette maison est habitée, je suis sûr à présent qu'elle est habitée: cette sainte femme ne peut être seule ici; écoute-moi, prends ce flambeau, et cherchons quelque moyen de nous introduire dans la communauté. Je me trompe fort, si, derrière les débris de cette chapelle, je n'apperçois pas une porte entr'ouverte.

Valentin ne craignait point les hommes, quelque nombreux qu'ils fussent; il aurait bravé une armée, Valentin; mais, comme les plus grands caractères ont leurs faiblesses, Valentin croyait au diable, aux revenans; il avait peur des morts, on ne l'eût pas fait passer un quart-d'heure sans lumière dans une cave. Qu'on juge de son effroi, en voyant la ferme résolution où était Victor de parcourir ce vaste édifice: il ne fit pas semblant de craindre, de peur de passer pour poltron, et prit le flambeau qui brûlait sur l'autel. Il pria cependant Victor de marcher devant, comme le plus jeune et le plus alerte; puis il le suivit, en tremblant à son aise et de tous ses membres.

Une porte était en effet entr'ouverte: Victor la pousse, et les longs gémissemens qu'elle fait sur ses gonds retentissent au loin dans des souterrains qu'ils annoncent. N'allons pas là, monsieur, dit Valentin, ce ne sont que des caveaux où sans doute on enterre ici les morts. Il faut les voir, mon ami, répondit Victor; et Valentin se tut.

À l'entrée de ces voûtes sombres était une inscription, écrite en langue esclavonne, celle qu'on parlait alors dans la Bohême, et en lettres capitales qui paraissaient faites à la main:

«Qui que vous soyez, ne cherchez point à pénétrer ces ruines funèbres: respectez l'amour malheureux qui vient d'y fixer son séjour».

Qu'est-ce que cela veut dire?.... Un amant, infortuné comme Victor, serait-il caché dans les détours tortueux de ces souterrains? Victor sent redoubler sa curiosité, tandis que le peu de courage qui restait à Valentin, va l'abandonner tout-à-fait. Victor avance.... Un tombeau frappe sa vue; on lit dessus la pierre qui le couvre:

«Elle connut l'amour, et vint pleurer ici le séducteur qui la rendit mère, et l'abandonna ensuite lâchement. Roselle Déricé gît ici depuis l'an 1602».

Comme cette inscription frappa Victor! Il allait la relire, lorsque son pied accrocha par mégarde un angle du tombeau: plusieurs pierres s'en détachèrent, et le bruit qu'elles firent en tombant effraya tellement Valentin, que son flambeau s'échappa de ses mains, et s'éteignit.

Valentin, qui croit que le bruit qu'il a entendu vient du fond du cercueil, a laissé tomber le flambeau, et le voilà, ainsi que son maître, dans la plus profonde obscurité. Imprudent, lui dit Victor, qu'as-tu fait?—Eh! monsieur, j'en suis plus fâché que vous! à présent que devenir! donnez-moi le bras, en grace, et tâchons de sortir de ce lieu maudit par le même chemin qui nous y a conduits.

Valentin ramasse le flambeau, auquel brûlent encore quelques flamèches, et saisit fortement le bras de Victor, qui consent à retourner sur ses pas. Ils marchent à tâtons; mais au lieu de reprendre leur première route, ils s'égarent sans y penser, et arrivent à une espèce d'oratoire creusé dans le roc, éclairé par une bougie qui brûle sur un prie-dieu. Sur le mur on lit:

«Je l'adore, et c'est pour lui que je m'enterre, toute vivante, dans ces cavernes sombres».

Plus loin, sur un autre mur:

«Ici je viens penser à lui: ici je prie Dieu qu'il dirige un jour sa course vagabonde vers cet asyle du malheur».

C'est quelque infortunée, s'écrie Victor, qui, comme moi, est séparée pour toujours de l'objet de sa tendresse. Ô sombre désespoir! quelle est donc la femme capable de tant d'amour!....

Victor rallume le flambeau de Valentin, et le lui rend; il s'empare lui-même de la bougie qui brûle sur le prie-dieu, et il poursuit son examen. Il ne sait pourquoi il s'intéresse à l'inconnue qui a tracé ces caractères: hélas! existe-t-elle encore, ou repose-t-elle à jamais dans quelques-uns de ces tombeaux!

Une espèce de caveau assez orné de sculptures s'offre à ses regards. Une tombe à moitié ouverte est placée dans un coin. À l'approche de Victor, il s'en échappe un oiseau sinistre qui fait une peur affreuse au pauvre Valentin. Victor lui reproche son peu de courage, s'approche du monument, et y lit ces mots:

«Constance-Adélaïde de Munster, fille du duc de Mensterberg, prononça dans cette abbaye des vœux éternels, l'an 1582. Son père voulait la marier à un grand qu'elle n'aimait pas: son cœur s'était donné au beau page Hillerin, qui l'adorait. Le page mourut de désespoir, et la belle Constance de Mensterberg vint expier ici le malheur de son rang, qui l'avait privée de l'amant le plus tendre. Fuyez l'amour qui cause tant de peines, vous tous qui lirez cette épitaphe, et priez Dieu pour l'ame de celle qui repose sous cette pierre».

Les rangs, l'orgueil et la fortune, s'écria Victor, ont donc été de tous les temps les tyrans de l'amour?.... Il fit une courte prière sur la tombe de l'infortunée Mensterberg, puis il continua sa route souterraine.

Ce fut une espèce de cellule qu'il rencontra ensuite: elle était peu ornée; on y distinguait seulement un méchant lit, une table, quelques siéges, et un squelette, qui fit reculer d'effroi le timide Valentin. On lisait sur les murs: «Ici, je me familiarise avec l'idée de la destruction. Le malheureux ne vit point, il meurt sans cesse; il faut qu'il apprenne à souffrir le moment heureux qui doit le conduire de cet engourdissement à la mort».

Victor remarqua que quelqu'un était venu, peu de momens avant, dans cette cellule; car il trouva un mouchoir trempé de larmes. Quelle est donc cette infortunée, dit-il? car sans doute c'est celle qui s'est enterrée vivante, suivant ses propres expressions, dans ces cavernes sombres. Serait-ce la religieuse que nous avons vue dans l'église? serait-elle seule, seule ici? Une femme! ah Dieu! quel amour! quelle vertu!

Victor rencontra encore un tombeau, mais dont l'inscription le frappa plus que toutes celles qu'il avait déjà lues. Ce tombeau, simple et sans faste, taillé seulement dans le roc, était totalement découvert. On y voyait un cadavre, dont les traits n'étaient pas assez défigurés, pour qu'on ne remarquât point que c'était celui d'une jeune fille qui avait été belle. Un portrait était collé sur sa bouche, qui semblait encore le baiser; et tandis que l'une de ses mains tenait encore ce portrait entièrement décoloré, l'autre main supportait une planche de marbre sur laquelle on avait gravé:

«Son cœur est là contre mon cœur; ses cheveux servent de coussin à mes cheveux. Léopold dort ici avec son Alexandrine. Tous deux constans, tous deux séparés et persécutés par un rival puissant et jaloux, n'ont pu se rejoindre que dans la tombe. Pleurez, amans, pleurez, et apprenez que l'espoir d'une telle réunion fut la plus douce consolation qu'ils eurent pendant leur courte vie.

»Alexandrine gît ici depuis 1599, et Léopold, dont on n'a pu obtenir que le cœur et les cheveux, fut réuni à celle qu'il avait adorée, en 1608».

Quittons cet asyle des morts, s'écria Victor; il me fait trop de mal.—Oui, quittons-le, monsieur, interrompit Valentin; il y a déjà plus de deux heures que je voulais vous le proposer: je n'aime pas cela, moi, ça m'attriste trop.

Valentin, enchanté de la résolution que vient de prendre son maître, le suit avec plus de fermeté. Tous deux apperçoivent enfin un escalier, le montent, croyant se retrouver dans l'église, et restent fort étonnés de voir un vaste jardin, semé de croix noires de tous les côtés. C'est le cimetière, monsieur, s'écrie Valentin: où diable nous sommes-nous encore fourrés?....

Comme tous les murs offrent des brèches, il est facile de sortir de ce lieu triste encore, et il est d'ailleurs instant de se réfugier dans la maison, car l'orage semble être redoublé, et les coups de tonnerre se succèdent avec une rapidité effrayante.

Victor et Valentin montent de vastes escaliers, et se trouvent enfin dans de longs corridors. Ici Valentin est plus tranquille, et Victor, qui ne trouve rien de curieux à voir dans ce bâtiment ruiné, ne cherche qu'une chambre où il puisse passer le reste de la nuit. Une cellule est ouverte; il y a même quelques meubles. Nos deux voyageurs la visitent bien par-tout, et s'y enferment dans le dessein d'attendre le jour et la fin de la pluie. Leur intention n'est pas de dormir, ce qui ne serait pas prudent dans un endroit ouvert de tous côtés, où ils n'ont encore apperçu qu'une femme, quelques recherches qu'ils aient faites. Il est probable, en effet, que cet antique monastère est inhabité: une seule femme s'y trouve, et sans doute c'est celle qui s'y est renfermée par désespoir.

Victor, accablé par la chaleur insupportable de l'air qu'il respire, dépose ses armes, une partie de ses vêtemens. Il examine tranquillement le tableau effrayant que lui offre la nature en feu, lorsqu'il croit entendre des soupirs assez près de lui. On parle même, on se plaint.... et il est impossible de distinguer ni le son de la voix, ni les exclamations de la personne qui gémit.... Victor écoute; c'est sans doute dans une cellule voisine, car en mettant l'oreille contre le mur à gauche, on entend plus distinctement que c'est la voix d'une femme. Je ne puis résister au desir de la trouver, s'écrie Victor; il faut que je la voie, que je la console. Viens avec moi, Valentin, ou reste là; je vais tâcher de pénétrer dans cette cellule, dont l'entrée est sans doute à côté de la nôtre.—Je vous suis, monsieur, répond Valentin, je ne suis pas fait pour vous abandonner.

Victor se rhabille à la hâte, reprend ses armes, et sort avec son valet. Ils croient entrer chez l'inconnue; ils se trompent. Point de porte à côté de la leur; un long mur de corridor, et voilà tout. Ils se mettent, en conséquence, à courir toute la maison, en haut, en bas, de tous les côtés. Ils entrent par-tout où l'on peut entrer, frappent à toutes les portes qui sont fermées, et qu'on n'ouvre pas. Rien, personne; le silence, et l'écho qui répète le bruit qu'ils font, voilà tout.

À la fin Victor commence à se lasser, lorsqu'une porte fragile qui n'est pas fermée, et qui cède à sa main qui la pousse, lui offre un tableau inattendu. Une femme, la religieuse sans doute qu'il a vue dans l'église, car elle est vêtue de même, est appuyée, la tête dans ses deux mains, sur une table; elle dort profondément, et Victor qui l'examine avec attention, sans pouvoir distinguer ses traits, cachés par ses mains, ne sait s'il doit se permettre d'interrompre son sommeil.... Valentin est de cet avis; mais Victor connaît trop les règles de la décence et de la délicatesse pour se permettre une semblable importunité, qui peut d'ailleurs effrayer l'inconnue, et nuire à sa santé. Victor respecte donc son repos; mais il examine tout, il cherche s'il ne trouvera pas quelque indice qui puisse l'éclairer sur le sort de cette femme. Est-ce elle qu'il a entendue gémir, ou sont-elles plusieurs religieuses qui portent le même habit? cela doit être. Quelle apparence en effet qu'une femme reste seule dans des ruines, que n'habiterait pas l'homme le plus intrépide? celle qui pleurait d'ailleurs ne peut pas s'être si vîte endormie: elle était alors à l'autre bout du bâtiment, du moins il a fallu parcourir bien des détours pour venir retrouver celle-ci... Elles sont plusieurs, il n'y a pas de doute, et ce serait une inconséquence que d'en réveiller une pour s'informer du chagrin d'une autre. Attendons, dit Victor, attendons quelques momens, ou plutôt, crois-moi, l'orage se dissipe, le jour commence à renaître, reprenons notre route, et laissons-là cette aventure qui, dans le fond, m'est fort indifférente. Je ne pense qu'à Clémence, Valentin, toutes les autres femmes ne peuvent m'intéresser, et je n'ai pas besoin de m'affliger sur les malheurs des autres, quand j'ai bien de la peine à supporter les miens. Partons, Valentin.—Oui, partons, monsieur.

Victor et Valentin, avant de sortir de la chambre où dort l'inconnue, jettent encore sur elle un dernier regard. Un bijou chargé de diamans, et qui ressemble assez au bracelet d'un riche Bohémien, brille sur elle, où il est presque caché par les replis de son voile. Victor ne fait pas plus d'attention à ce bijou; et Valentin, qui brûle de sortir de ce lieu, ne l'a même pas remarqué. Tous deux descendent, traversent une grande cour dont les portes sont brisées, et se retrouvent enfin dans la campagne, où le temps, plus serein, leur permet de choisir une route. Ils en prennent une au hasard, et après quatre heures environ de marche, ils rencontrent enfin un lieu habité, qu'on leur dit être un petit village, voisin de la ville de Brinn.

Ils s'y reposèrent une partie du jour, et s'amusèrent à examiner la beauté du château de Spilberg, qui, placé sur une hauteur hors de la ville de Brinn, en fait la principale défense. Vers la fin du jour, Victor qui pensait sans cesse à Clémence, voulut revoir l'écharpe précieuse dont elle l'avait décoré. Je le couvrirai de baisers, se dit-il, ce voile chéri qui ne me quittera jamais, et je me rappellerai du devoir qu'il m'impose d'être fidèle à l'amour.

Victor découvre sa poitrine, où il croit retrouver l'objet qui lui est si cher. Ô surprise! il ne l'a plus! Où, quand et comment a-t-il perdu ce bijou précieux? qui le lui a pris? Ciel! s'écrie Victor, je me rappelle.... là-bas, dans cette abbaye, j'ai ôté mes vêtemens, je les ai mis sur un siége, et tout-à-coup, frappé par des accens plaintifs, je les ai repris à la hâte. C'est-là, oui, c'est-là que j'ai oublié mon écharpe.... Oh! courons, volons; je perds la vie, je meurs si je ne la retrouve!—Quoi! monsieur, reprit Valentin, nous allons encore revoir ce vilain séjour des morts? Peine inutile! quelqu'un aura pris votre écharpe, vous ne la reverrez plus.—Eh! qui veux-tu? il n'y a personne, qu'une femme ou deux tout au plus, dans cette maison abandonnée; personne ne va où nous avons été; c'est si haut, il y a tant de décombres à traverser, et le bâtiment est si peu fait pour piquer la curiosité! Retournons-y, Valentin; viens avec moi, mon ami. Oh! si tu savais l'étendue de mes regrets!....

Victor se lève, Valentin le suit tristement, et tous deux, après s'être munis en route de plusieurs flambeaux, car la nuit approche, reprennent le chemin de l'abbaye, qu'ils doivent retrouver après quatre heures de marche. Ils entrent dans le bâtiment, après avoir allumé des flambeaux à leur lanterne sourde.... Ils ne rencontrent encore personne. Victor monte précipitamment à la cellule où il s'est reposé la nuit dernière: il la retrouve, la reconnaît bien; mais, hélas! son écharpe n'y est plus! Quelqu'un l'a prise; mais qui? Pendant que Victor se livre à ses regrets, Valentin, qui cherche autour de la cellule avec son flambeau, jette un cri de surprise. Oh, monsieur, monsieur! lisez, lisez donc ce qu'on a écrit là; votre nom, monsieur, votre nom!

Victor s'approche, et reste frappé d'étonnement en lisant ce qui suit:

»Est-ce bien Victor qui est venu visiter, cette nuit, ces lieux déserts? ou bien est-ce quelque misérable qui lui a dérobé son bijou le plus précieux?... Oh! qui que tu sois, si tu reviens ici, daigne dissiper ma mortelle inquiétude! Ou rends-moi mon ami, ou laisse-moi l'écharpe dont je le ceignis moi-même, comme un don de l'amour.

Victor transporté de joie, comprend par ces mots que Clémence est dans cette maison abandonnée; c'est elle peut-être qu'il a vue sous l'habit de religieuse..... Victor et Valentin courent de nouveau toute la maison: ils croient, à tout moment, qu'ils vont rencontrer Clémence: vain espoir! Clémence ne paraît point. Ils vont dans les souterrains, par-tout! personne, personne....

Laissons Victor occupé de cette recherche dont il commence à désespérer, et rentrons dans le village de Bodwits, où nous verrons ce que fit Clémence pour éviter son père, qui était venu loger justement dans une auberge en face de la maison où la bonne Berthe avait donné l'hospitalité à l'amante de Victor.

CHAPITRE VIII. LE BEAU PÊCHEUR

Le jour paraît, et Clémence se doute que le baron goûte quelques momens de repos; car il ne se montre plus à travers sa croisée, et le plus profond silence règne chez lui. Clémence, absorbée elle-même par le voyage de la veille et les inquiétudes de la nuit, s'endort insensiblement, mais bientôt on frappe à sa porte; elle se réveille en sursaut, et tremble sans savoir pourquoi. Qui est là, dit-elle en frémissant?—C'est moi, c'est Berthe votre hôtesse: venez donc, venez donc voir un beau carosse, des domestiques richement habillés, tout l'attirail d'un des plus grands seigneurs de l'Allemagne; sans doute qu'il est descendu cette nuit, à l'Épée couronnée?—Ma bonne hôtesse, je ne suis pas curieuse.—On dit qu'il va monter en voiture, nous le verrons.—Permettez-moi de reposer encore?—Dame, je l'ai vu tout-à-l'heure; c'est un beau vieillard! il m'a salué avec une bonté!... moi, j'avais presque envie, si je n'avais craint de lui manquer, de l'engager à venir voir mon clos, que j'ai là derrière ma maison, et qui est tenu!.... Ah!.... je lui aurais donné du bon lait, et vous auriez déjeûné avec lui. Nous aurions eu tout le temps de le voir!

Clémence sent redoubler son trouble: elle craint que la bonne Berthe n'accomplisse son projet, ne rencontre le baron, et ne l'amène chez elle, ce qui serait très-possible. Le meilleur moyen d'arrêter ce malheur, c'est d'occuper cette femme... Clémence ouvre sa porte. Entrez, ma chère hôtesse, dit-elle à Berthe; asseyez-vous donc là?—Vous êtes-vous bien reposée, ma belle enfant?—Très-bien.—Je craignais hier soir en voyant votre air abattu, que vous tombassiez malade; mais vous ne l'auriez pas été long-temps chez moi, car j'ai un compère qui possède des secrets capables de ressusciter des morts?—Ah çà, pendant que nous sommes seules, et avant que je parte, car je ne tarderai pas à me mettre en route, contez-moi donc ces choses si effrayantes que vous n'avez pas voulu me dire hier au soir?—Fort bien, mais c'est que je voudrais le voir partir.—Qui donc?—Ce grand seigneur.—Eh laissez là votre grand seigneur: on dirait que vous n'en avez jamais vu.—Oh! il n'en passe pas beaucoup de ce train là par ici, et moi je suis rarement sortie de ce village, où je suis née.—Vous devez connaître en ce cas l'abbaye de Belverne qui n'est qu'à quatre lieues de cet endroit?— Si je la connais! j'y ai été plus de vingt fois. Défunt mon mari était même sur le point d'y être jardinier.—C'est une belle abbaye, n'est-ce pas? il y a beaucoup de religieuses?—Ah bien oui! des religieuses! vous ne savez donc pas, mon enfant? c'est justement cela que je voulais vous raconter hier soir: mais des histoires de diables, de revenans, dame ça peut faire peur aux jeunes filles, et troubler leur repos; c'est ce que j'ai craint.—Que parlez-vous de diables, de revenans?—Écoutez, écoutez, mon enfant: vous voulez aller à l'abbaye de Belverne? eh bien, vous n'irez pas, vous ne pouvez pas y aller: ce que je vais vous dire vous fera changer de résolution, j'en suis sûre.

La bonne femme, qui allait raconter une histoire, ne songeait plus à guetter le départ du baron de Fritzierne: c'était ce que demandait Clémence, qui s'inquiétait peu du conte qu'elle allait lui débiter. Clémence donc feignit de lui prêter la plus grande attention, et Berthe commença son récit naïf en ces termes.

«Il y avait une fois, il y a trois cents ans peut-être, une belle princesse, qu'on appelait Sigisbethe, si je ne me trompe; oui c'était Sigisbethe qu'elle se nommait. Elle était la fille du duc de Saxe, qui, je crois, alors était roi d'une partie de l'Allemagne; oui c'était le roi ou l'empereur de Saxe. Au surplus, cela est indifférent pour l'histoire de la princesse.

»Sigisbethe donc était belle, jeune et riche, c'était trop de perfection sans doute. Tous les seigneurs les plus galans de la cour de son père, s'empressaient de lui plaire; les souverains même, ses voisins, se faisaient un honneur de briguer sa main et son cœur. Sigisbethe était insensible à tous ces hommages.

»Elle n'aimait point encore, et bravait même l'amour qu'elle jurait, en riant, de ne jamais connaître. Il ne faut point badiner, voyez-vous, avec ce petit dieu, qui fait ses coups à la sourdine, et s'attache plus obstinément à ceux qui ont l'air de le fuir. Sigisbethe un jour était occupée à cultiver des fleurs dans le jardin de son palais, lorsqu'on vint lui annoncer que l'écuyer du prince de Souabe demandait l'honneur d'une audience. Sigisbethe se douta que cet écuyer venait de la part d'un nouvel aspirant à sa main; et, comme elle était, tous les jours, étourdie de semblables visites, elle refusa, pour le moment, de recevoir l'écuyer. Celui-ci insiste; et pour se débarrasser de cet importun, elle dit qu'on l'introduise dans les jardins, où sans façon elle l'écoutera et le congédiera. Elle était à sa volière lorsque l'écuyer se présenta, suivi d'un nombreux cortége de gens chargés de présens. L'aspect imprévu d'une campagne magnifique, au sortir d'une plaine aride, ne frappe pas plus agréablement l'œil du voyageur, que la vue de l'écuyer ne fit d'impression subite sur le cœur de la pauvre Sigisbethe. Le plus beau cavalier du monde se présente à ses regards, met un genou en terre, baisse un œil bleu plein de douceur, et lui dit: Belle princesse, frappé du bruit de votre beauté et de vos vertus, le prince mon maître, vous conjure par ma timide voix, d'agréer ses vœux, son respect, sa tendresse, et le desir qui l'anime de devenir votre époux. Permettez-moi de vous offrir son portrait, et de vous prier d'accepter ces présens, faibles témoignages de son estime pour une si grande princesse!....

»Sigisbethe, frappée soudain d'un trait qui lui perce le cœur de part en part, n'a pas la force de répondre à l'écuyer; elle le regarde, et ne lui dit mot. L'écuyer à son tour, étonné d'un silence qu'il prend pour du mépris, lève ses regards sur les beaux yeux de Sigisbethe, et le même trait que vient de lancer l'amour, blesse deux cœurs à la fois... Princesse, lui dit-il en balbutiant, que dirai-je au prince mon maître?—Loyal écuyer, reprend la princesse aussi troublée, je ne puis vous répondre en ce moment. Vos offres, le cœur que vous me.... Pardonnez si..... Revenez tantôt dans mon cabinet, mais seul..... Nous parlerons, je vous parlerai du moins de votre maître, et vous saurez mes intentions.

»L'écuyer baise le pan de la robe de la princesse et se retire. Sigisbethe, restée seule avec ses oiseaux, continue de leur donner de la nourriture; mais elle est distraite, et ne sait plus ce qu'elle fait. Une tourterelle et son fidèle amant se becquetent dans un coin de la volière, Sigisbethe, qui ne les a jamais remarqués, y fait plus d'attention. Elle soupire en voyant les nids des tendres fauvettes, et regardant peu à peu le portrait du prince de Souabe qu'elle a pris des mains de l'écuyer, elle est effrayée de la laideur de ce prince qui ose prétendre à sa main. Elle compare les traits que lui offre le portrait, avec les traits si beaux de l'homme qui vient de lui parler, et regrette que ce charmant écuyer ne soit pas le prince lui-même. Dès le moment qu'elle a formé ce regret, Sigisbethe, qui a de l'esprit et du jugement, descend dans son cœur. Elle y remarque un amour naissant; et, loin de chercher à le combattre, elle brûle de s'y livrer, tant il est vrai qu'une première inclination est insurmontable. Sigisbethe attend avec impatience le moment qui doit lui ramener le bel écuyer; il arrive, ce moment fortuné. Huguenin est introduit; Huguenin et Sigisbethe s'entretiennent long-temps, d'abord du prince de Souabe; ensuite Sigisbethe lui fait des questions sur son état, sa fortune. Huguenin est sans bien; il n'a que sa naissance et les bontés de son maître. Restez à ma cour, lui dit Sigisbethe, et faites dire à votre maître qu'il vous faut du temps pour lui gagner mon cœur; que j'ai exigé d'ailleurs votre séjour près de moi. Cette préférence que je ne donne à aucun des autres écuyers qui me sont envoyés, ne peut que le flatter.—Je ne le puis, belle princesse, répond Huguenin en soupirant, mon maître va partir pour la guerre qui s'allume du côté de la Prusse, et il faut que je lui rende une prompte réponse.—Partez donc, et revenez, revenez sur-tout... De tous ceux qui m'ont fait, comme vous, des propositions de... mariage, vous seul êtes fait pour réussir à m'enflammer.... Votre parole de franc écuyer que vous reviendrez.—Je vous la donne, princesse. Hélas! que mon maître est heureux!....

»Huguenin prononce ces mots en se retirant. La princesse le rappelle, et lui remet son portrait que le tendre Huguenin admire long-temps. Gardez-le, lui dit Sigisbethe; si vous le trouvez bien fait, gardez-le quelque temps, il vous sera toujours loisible de le remettre à votre maître.

»Huguenin s'en retourne, et dès ce moment la cour de Sigisbethe, ses palais, ses superbes jardins, tout cela n'est plus qu'un désert pour elle. Elle passe les jours entiers sur la plate-forme de sa haute tour, pour regarder de loin si elle voit revenir l'écuyer.... Si son nain donne du cor, s'il entre quelqu'un au palais, le cœur lui bat; elle se lève précipitamment, et court comme si elle allait au-devant d'Huguenin.... Mais hélas! Huguenin ne revient pas! deux années entières s'écoulent, et Huguenin ne paraît plus. Sigisbethe est au désespoir; elle change à vue d'œil: son père, tout le monde s'en apperçoit, et son père s'en afflige avec tout le monde. Sigisbethe n'a plus de goût que pour la solitude, pour les promenades champêtres. Elle sort le matin toute seule, et ne rentre que le soir, sans qu'on sache où elle a été. C'est dans la campagne, c'est dans les bois voisins que Sigisbethe va passer des journées entières; c'est au bord des ruisseaux, au milieu des beautés de la nature, qu'elle va penser au bel écuyer. À la fin, cette conduite déplaît au duc de Saxe son père. Il veut qu'elle choisisse un époux, et lui annonce que puisque son cœur ne s'est décidé pour aucun de ses soupirans, il va les rassembler dans un tournoi dont le vainqueur obtiendra sa main. Déjà le jour est fixé pour cette fête, et de tous les côtés de l'Europe, on voit arriver des paladins plus richement armés les uns que les autres. Sigisbethe voit ces préparatifs avec effroi, elle ne peut supporter l'idée d'être à un homme qu'elle ne peut aimer, quel qu'il soit, puisqu'elle n'en adore qu'un seul, et qui ne peut prétendre à sa main.

«Vous croyez peut-être, ma belle enfant, deviner mon histoire? Oui, vous pensez sans doute que le bel écuyer va revenir, qu'il combattra masqué dans le tournoi, et que, se signalant par ses exploits, il sera le vainqueur et l'époux de Sigisbethe. Point du tout; c'est en effet là la marche de ces sortes d'histoires que l'on m'a lues autrefois; mais celle-ci est véritable, et ne ressemble pas aux autres. Vous allez voir.

»Sigisbethe profite encore des derniers momens de liberté qui lui restent pour aller faire ses promenades champêtres. Un jour qu'elle a retardé son retour au palais, elle se trouve presque surprise par la nuit, et, se sentant accablée par la fatigue et la soif, elle entre dans la cabane d'un pêcheur, dont le toit couvert de paille s'offre à ses regards. Une bonne femme y prépare une collation frugale. J'ai soif, ma bonne, lui dit Sigisbethe, voulez-vous me donner à boire?....—Volontiers, ma belle dame, lui répond la bonne femme, qui s'empresse de lui offrir du laitage. Êtes-vous seule ici, lui demande Sigisbethe?—Avec mon fils, madame, un brave jeune homme qui s'occupe de la pêche pour nous faire vivre. Il va rentrer, madame, vous allez le voir; c'est un bien gentil garçon!

»Sigisbethe, qui ne pense qu'au bel écuyer, se soucie peu de voir un autre gentil garçon: elle se lève pour se retirer, mais une romance, qu'on chante au-dehors de la cabane, frappe agréablement son esprit, qui croit distinguer une voix trop connue de son cœur. Voilà la chanson du pêcheur, ma belle enfant; je la sais, car j'ai été bercée avec cela. Je ne chante pas bien; mais vous entendrez à-peu-près l'air.

CHANSON DU PÊCHEUR.

Au bord d'une rivière
Où tendait ses filets,
Pêcheur, dans sa couleur amère,
Exprimait ses regrets:
Dame de haut parage
Avait touché mon cœur;
Mais, ô douleur!
N'ai pu d'un doux servage
Promettre le bonheur
À mon ardeur.
Bien que de ma naissance
Puisse vanter l'éclat,
Étais plongé dans l'indigence,
Sans honneurs, sans état.
Je pars de ma province,
Plein de timidité,
De loyauté;
Je portais, pour mon prince,
Vœu de fidélité
À la beauté.
Vas trouver châtelaine
Qui soudain prend ma foi:
Un moment la rends souveraine
De mon cœur, de tout moi.
N'ai plus que la puissance
D'admirer ses beaux yeux:
Jour malheureux!
Perds mon indifférence
Et lui fais mes adieux,
Triste, amoureux!
Alors, dans ma souffrance,
Quitte l'habit galant;

Et, sous celui de l'indigence,
Deviens sombre et dolent.
Prends filets et nacelle,
Me fais, dans ma douleur,
Pauvre pêcheur.
Ne pense qu'à ma belle,
Et les coups du malheur
Brisent mon cœur

»Sigisbethe, entraînée par des soupçons bien fondés, court vers le chanteur, qui entre en même temps. Quelle surprise pour la princesse de reconnaître Huguenin!... Huguenin, de son côté, revoit l'objet de sa tendresse, et ne peut croire à son bonheur.... Ah! princesse, lui dit-il, en se précipitant à ses pieds, vous avez entendu ma chanson? elle dit tout, elle m'accuse sans doute; mais vous aurez la générosité de pardonner à ma témérité. Je n'ai pas été maître de mon cœur en voyant tant d'attraits, tant de vertus! vous pouvez punir Huguenin d'oser vous adorer; mais vous ne lui arracherez jamais son amour.—Que dis-tu mon ami, lui répond la princesse en le forçant à se relever; eh! suis-je la maîtresse moi-même de renoncer aux tendres sentimens que tu m'as inspirés! Oui, mon cher Huguenin, si, depuis deux ans tu as renoncé pour moi à la cour, à la faveur de ton maître; si, sous l'habit d'un simple pêcheur, tu as nourri tes feux à la vue de mon portrait, depuis deux ans aussi tes traits sont gravés dans mon cœur; je t'adore, Huguenin, et je vais te le prouver.

»En disant ces mots, Sigisbethe détache son voile brodé, ses aigrettes, ses pierreries; elle ôte sa robe d'azur parsemée de fleurs d'or; tous ses bijoux, tous ses riches ajustemens sont déposés; elle prend dans un coffre qui est ouvert, un simple habit de laine, une coiffe à toque rouge, tous effets appartenant à la prétendue mère du faux pêcheur; et dans un moment, cette belle princesse, dont le faste éblouissait les yeux, n'est plus qu'une simple bergère. Si le respect, dit-elle ensuite au bel écuyer, qui la regarde étonné, si le respect t'empêche de porter tes vœux jusqu'à la princesse de Saxe, tu ne dois plus te reprocher d'oser aimer la bergère Sigisbethe.—Comment?—Je reste ici, je partage tes travaux, ta tendresse, et je dis un éternel adieu à la cour, à toutes ses grandeurs, qui étaient sur le point de me priver pour jamais de mon ami. Huguenin, voilà ma main; je te jure, à la face du ciel, amour fidèle et loyauté.

»Huguenin est transporté de joie; il ne peut concevoir son bonheur, ni l'excès du sacrifice que lui fait Sigisbethe. Ces deux amans se serrent étroitement; bientôt usant des droits d'époux, l'amour vient enrichir de ses fruits précieux un hymen fait seulement sous les auspices de l'Éternel.... Sigisbethe a passé seize années dans cette cabane, où elle est devenue mère d'une fille qui compte quinze printemps. Je ne vous dirai point quelle fut la douleur du prince de Saxe, qui crut sa fille enlevée ou passée dans d'autres climats: il lui prit une maladie si singulière, que, perclus de tous ses membres, ce ne fut qu'au bout de seize ans qu'un charlatan, plus habile que tous ses médecins, lui rendit l'usage de ses jambes. Comme on lui avait ordonné, pour sa santé, de faire de longues courses à pied, le prince allait passer des journées entières à courir les champs, suivi d'un seul écuyer. Un jour qu'il avait été plus loin qu'à son ordinaire, il rencontra une jeune fille dont la vue le frappa singulièrement. Elle était occupée à faire un bouquet; et le prince, dont elle n'était pas connue, ne put résister au desir de lui faire quelques questions. C'est sans doute, lui dit-il, pour quelque berger fortuné, ma belle enfant, que vous faites ce beau bouquet?—Vous vous moquez, monseigneur, je n'ai point d'amant; je n'ai qu'un père et une mère que je chéris.—Que font-ils?—Ils sont pêcheurs.—Ils s'appellent?—Huguenin: pardi tout le monde les connaît et les aime, ils sont si respectables!—Sont-ils riches?—Ils auraient pu l'être, à ce qu'ils disent souvent; mais ils ont préféré la pauvreté à la fortune, parce qu'ils disent qu'ils s'aiment mieux comme ça.—Conduisez-moi vers eux, je veux leur faire compliment d'avoir une fille aussi intéressante; eh puis, ma visite peut leur être plus utile que vous ne pensez.—Avec bien du plaisir, monseigneur; mais, pour le moment, ils ne sont pas dans la cabane que vous voyez là, c'est la nôtre. Mon père et ma mère sont sur la rivière à pêcher dans leur yacht; ils vont rentrer dans le moment, car voilà l'heure de dîner.—Je les attendrai en me reposant, car je suis fatigué.

»La jeune fille fait entrer le prince dans la cabane, sans se douter de l'imprudence qu'elle commet. Le prince s'entretient avec elle; et, suivant la frivolité de son âge, elle lui montre ses beaux ajustemens des jours de fête. Ma mère en a de plus beaux que cela, ajoute-t-elle; mais jamais je ne les lui ai vu porter: tenez, ils sont là, dans ce grand coffre: oh! vous allez voir; ça éblouit, tant c'est riche.

»L'enfant dévoile aux regards du prince les ajustemens brillans que portait Sigisbethe le jour où elle rencontra le beau pêcheur; et le prince, qui reconnaît les bijoux de sa fille, reste saisi d'étonnement. Pendant qu'il cherche à pénétrer ce mystère, Huguenin rentre avec Sigisbethe: tous deux, enlacés amoureusement, s'aident réciproquement à porter le fardeau utile qu'ils viennent de dérober au fleuve. Ils entrent: ô surprise! Sigisbethe reconnaît son père qui l'accable de reproches.... C'est donc pour vivre avec un homme vil, avec un homme des champs, que tu as quitté ton père, lui dit le prince, qui ne sait pas la naissance d'Huguenin?—Mon père, Huguenin n'est point ce que vous pensez: il est....—Il va périr!....

»Le vieillard sent ses forces se ranimer; il se lève, et d'un coup de cimeterre il abat à ses pieds le malheureux Huguenin sans vie et baigné dans son sang!.... Quel tableau pour sa tendre épouse! elle veut se percer d'un fer homicide; son père l'en empêche, et se blesse mortellement lui-même, en cherchant à arracher ce fer des mains de sa fille. Sigisbethe est au comble du désespoir; son époux n'est plus; son père va mourir à ses yeux, quel état!....

»Sur le soir, le prince de Saxe expire, et la princesse prend un parti violent, concentré, qui tarit ses pleurs sans rien diminuer de ses regrets. Elle rentre au palais avec sa fille, y fait transporter le corps de son père et celui de son époux; puis elle se fait reconnaître, dépose les rênes du gouvernement entre les mains d'un de ses plus proches parens, et va demander au prince d'Olmutz, son cousin, la permission de fonder un monastère dans ses états. Le prince d'Olmutz y consent, et Sigisbethe fonde l'abbaye de Belverne du nom de son époux, qui s'appelait Huguenin de Belverne. Sigisbethe fait déposer dans un superbe tombeau les restes précieux du malheureux Huguenin; puis elle ne pense plus qu'à se livrer à l'exercice des devoirs pieux. Sigisbethe avait avec elle sa fille, qu'elle voulait retirer du monde, et détourner des maux que causent les passions: elle appela à elle toutes les femmes que l'amour avait rendues malheureuses, et elle obtint que les victimes de l'amour qui se réfugieraient dans son monastère, ne pourraient plus être réclamées ni persécutées par leurs parens et leurs supérieurs. Telle fut la cause de la règle singulière de cette maison, qui fut bientôt remplie d'une quantité considérable de religieuses, et qui n'en a jamais manqué: tant il y a dans le monde de personnes aimables dont l'amour cause les tourmens!....

»Sigisbethe fut remplacée par sa fille Ragonde, et successivement les femmes les plus distinguées devinrent supérieures de l'abbaye de Belverne, où les étrangers venaient de très-loin admirer les tombeaux et les légendes amoureuses que les saintes personnes de cette maison mettaient par-tout, jusque dans leurs cellules. Les vastes souterrains de l'abbaye servirent souvent de sépulture à des couples malheureux, réunis par la mort. On y voyait la tombe d'un page de Mensterberg et de la belle Adélaïde de Munster: on y voyait des choses très-curieuses pour ceux qui connaissent le sentiment de la tendresse.... Mais tout cela ne s'y voit plus, et vous allez savoir pourquoi.

»Mais pardon si je m'interromps, c'est que j'entends, je crois: oui, c'est ce grand seigneur qui monte en voiture; il faut que je voie cela....».

Ici la bonne Berthe coupe sa narration, ouvre la fenêtre de la chambre de Clémence, qui frémit, et lui crie, en regardant dans la rue: «Venez donc, ma chère enfant, venez donc le voir; mettez-vous là, à côté de moi; vous ne le verrez pas: il me salue: bon voyage, monseigneur.... Vous ne pourrez le voir, mademoiselle; le voilà dans sa voiture, le laquais est derrière; le cocher fouette ses chevaux, tout cela part: oh! mon Dieu, mon Dieu, les beaux chevaux! la belle voiture! les beaux habits!....».

Berthe se retire de la fenêtre, et Clémence, que son indiscrétion a fait trembler, se rassure en entendant le bruit de la voiture qui s'éloigne, qui la sépare peut-être pour jamais du baron. Clémence n'a pas fait beaucoup d'attention à l'histoire de Sigisbethe; elle était trop troublée. À présent qu'elle ne craint plus d'être surprise par son père, elle va écouter plus attentivement la bonne Berthe, qu'elle prie de continuer et d'abréger un peu son récit. Berthe lui dit que ce qu'il lui reste à raconter n'est pas long, et elle continue ainsi.

CHAPITRE IX. ON DOIT S'Y ATTENDRE

«L'abbaye, ainsi que je vous l'ai dit, était une des plus florissantes de l'Allemagne dans ces derniers temps. Cette sainte maison était le recours des jeunes amans, et l'effroi des parens, qui ne pouvaient plus y exercer de droits sur leurs enfans. Tout allait bien, lorsqu'un jour le bruit se répand qu'on entend toutes les nuits un bruit affreux dans les souterrains de l'abbaye. C'est particulièrement du côté des tombeaux que ce bruit sourd et continuel était le plus effrayant. Les uns disent que ce sont des diables qui viennent y tourmenter les morts; d'autres assurent, et c'est le seul bruit qui se soit confirmé, que toutes les nuits, les cadavres de Sigisbethe et d'Huguenin, quoique morts depuis près de trois cents ans, se lèvent de leur tombeau, se dressent, descendent, et vont embrasser étroitement les corps de tous ceux qui, comme eux, ont été fidèles et constans. Plusieurs religieuses ont la curiosité de vérifier le fait; toutes remontent des caves pâles, tremblantes, effrayées d'avoir vu les deux revenans. Plusieurs ajoutent même qu'un grand chien noir, qui a des ailes comme un hibou, empêche les vivans de pénétrer dans cet asyle des morts. D'autres soutiennent encore qu'une espèce de serpent vert se bat avec les deux revenans, et leur dispute l'approche des tombeaux au milieu des sifflemens les plus aigus. Enfin l'abbesse se décide à descendre elle-même dans les souterrains, accompagnée du jardinier et de plusieurs personnes de la communauté.... Bientôt l'effroi s'empare de ses sens, les flambeaux que portent le jardinier et d'autres curieux, sont éteints; et, à la lueur d'une espèce d'éclair, l'abbesse voit clairement Huguenin et Sigisbethe qui se promènent, leurs grands bras étendus comme cela, et s'arrêtent de tombeau en tombeau, le long des vastes caves de la maison souterraine. Ces spectres lugubres poussent des gémissemens, auxquels répondent toutes les ames des autres corps enfermés dans les diverses tombes. Il n'y a plus de doute que ce ne soit des revenans. L'abbesse n'a point vu le grand chien noir ailé; mais elle a vu le serpent vert tout comme je vous vois. On fait des neuvaines, on dit jour et nuit des prières, on met toutes les cloches en branle, tout cela n'y fait rien; toujours le même charivari. Ce qu'il y a de singulier, c'est que, pendant le jour, on ne trouvait rien de déplacé dans les caveaux; tout y était comme tout avait toujours été; mais la nuit ce n'était plus cela; c'était, comme je vous l'ai dit, un combat épouvantable entre le diable et les revenans qui voulaient absolument embrasser toutes les tombes de ceux qui avaient aimé comme eux. Nous en avions ici des peurs effroyables, ainsi que dans tous les villages voisins. Nous n'osions plus laisser sortir nos enfans, ni revenir trop tard des champs tous les soirs; car il y a des gens du pays qui assurent que, vers le milieu de la nuit, Huguenin et Sigisbethe sortaient de leurs souterrains, et venaient se promener jusque dans la campagne, où le mouvement de leur respiration faisait un bruit comme celui d'un moulin, et qui s'entendait de très loin.

»Enfin, que vous dirai-je après tout cela? Vous saurez que l'abbesse ne pouvant plus vivre dans cette maison où personne n'osait plus venir la trouver, où ses religieuses elles-mêmes se cachaient jour et nuit, l'abbesse, dis-je, demanda à ses supérieurs une autre maison. Comme il n'y en avait point d'assez vastes pour contenir toutes ses compagnes, on les divisa dans plusieurs autres monastères, et l'institution de Belverne se perdit. Il y a à-peu-près une semaine que l'abbaye n'est plus habitée du tout; mais ce qui semble certifier que vraiment le diable y revenait, y revient peut-être encore, c'est que la colère de Dieu poursuit ce bâtiment vide et ruiné. Il y a trois jours environ que le feu du ciel l'a presque réduit en cendres; oui, un violent coup de tonnerre a démoli le peu qu'il y restait de bons murs, et maintenant il serait très-dangereux de visiter ses décombres. On assure d'ailleurs que les revenans y sont toujours, quoique l'on n'y entende plus le même bruit. Personne n'ose s'en approcher, et l'on se croirait perdu, abandonné du ciel, si l'on mettait seulement le pied sous ses portiques démolis.

»Voilà, mon enfant, voilà ce que je ne voulais pas vous dire hier au soir, dans la crainte d'alarmer votre imagination, de vous faire faire de vilains rêves cette nuit. Voilà ce qu'est à présent l'abbaye de Belverne, où vous vouliez vous enterrer. Vous voyez maintenant que j'avais raison de vous prédire que vous n'iriez pas. Vous sentez bien que cela vous est impossible. Qu'iriez-vous faire dans un vaste bâtiment désert, où il n'y a ni portes ni fenêtres, où le diable revient, ce qui est encore pis? Non, mon enfant, vous serez raisonnable, et vous tâcherez de surmonter votre douleur, de rentrer chez vos parens. Vous avez un père, sans doute: je donnerais quelque chose pour qu'il fût là, ici, pour que j'eusse le plaisir de vous réconcilier avec lui. Si je savais où il est, en vérité j'irais le chercher, tant vous m'inspirez d'intérêt, tant je desire de vous voir heureuse. Puisque vous ne pouvez pas aller à l'abbaye, retournez chez vous, mon ange: voilà le conseil que je dois vous donner, et que vous recevrez de tous les honnêtes gens».

Berthe a terminé sa narration, et Clémence n'a été frappée que d'une seule circonstance de son récit; c'est l'impossibilité où elle est maintenant d'aller se réfugier à l'abbaye de Belverne. Que deviendra-t-elle? où ira-t-elle? Retournera-t-elle au château de Fritzierne? elle n'osera jamais; et d'ailleurs son père n'y est plus, il voyage, il cherche sans doute sa fille.... Que deviendra donc Clémence?

En attendant qu'elle prenne un parti, elle se propose toujours d'aller visiter l'abbaye: elle ne craint ni le diable ni les revenans; d'ailleurs elle n'ajoute aucune foi à tout ce radotage de la bonne femme. J'irai, se dit-elle; je verrai ce saint lieu où je me proposais de renfermer à jamais ma douleur; et, lorsque je l'aurai vu, je poursuivrai ma route pour chercher ailleurs une autre retraite pieuse aussi, mais habitée par des femmes respectables.

Clémence a formé ce projet; elle salue l'honnête Berthe, la remercie de l'hospitalité qu'elle a bien voulu lui donner; et sans lui dire où elle va, elle sort de cette maison qui l'a soustraite heureusement aux recherches de son père. La bonne femme la voit partir avec regret; mais enfin elle l'embrasse, et rentre chez elle la larme à l'œil et le cœur serré.

Clémence brûle de voir cette fameuse abbaye fondée par la tendre Sigisbethe. Les quatre lieues qu'elle doit faire lui paraissent bien longues: elle les franchit enfin; elle arrive, et le soleil a marqué déjà la moitié du jour. D'abord les dégradations considérables de cet antique bâtiment lui inspirent une espèce de vénération religieuse; elle entre dans l'église, qui n'est point fermée, s'agenouille au pied de l'autel, prie et devient plus calme. Elle traverse ensuite une vaste cour, monte dans un grand bâtiment, qu'elle visite et parcourt sans y rencontrer qui que ce soit. Clémence se hasardera bien à parcourir de même les souterrains; mais la clarté du jour n'y pénètre pas; et, sans craindre le diable ni les revenans, il est imprudent de se hasarder, sans lumière, dans des caves qu'on ne connaît point. Clémence cependant fait quelques pas dans un caveau, et reste très-étonnée d'y voir un autel chargé de reliques, et devant lequel brûle une lampe qui éclaire ce saint asyle. Clémence est jeune, vive, et sur-tout très-courageuse; elle s'empare de la lampe, et, remarquant bien le chemin qu'elle trace, elle s'enfonce un peu plus avant dans les souterrains. Au bout d'un corridor s'offre une grille de fer qui est ouverte. Clémence passe par cet endroit, et elle apperçoit devant elle le tombeau superbe d'Huguenin et de Sigisbethe: elle n'en peut douter à l'inscription qu'elle lit; mais comme la terreur qu'inspirent les morts est toujours très-forte, Clémence se rappelle les courses nocturnes de ces deux cadavres, qui, dit-on, ouvrent de grands bras.... Il semble qu'elle les voit; sa vue se trouble, son cœur se serre, elle est prête à fuir ou à tomber en faiblesse; mais bientôt elle rappelle ses sens, sa fermeté, sa raison; pour se convaincre de la sottise des contes qu'on a fait courir, elle s'approche du monument, soulève un coin cassé de la pierre sépulcrale qui couvre la tombe, et voit très-distinctement, à la faveur de sa lampe, deux espèces de momies placées l'une à côté de l'autre, et couchées dans le fond d'une tombe beaucoup plus profonde qu'il ne le fallait pour contenir ces deux corps. Vous voilà donc, se dit-elle mentalement, vous voilà donc, amans autrefois si beaux, si tendres et si passionnés; je vous salue, restes sacrés de Sigisbethe et d'Huguenin! je vous salue!... Oh! qu'est-ce que c'est donc que la vie; que sont donc les passions, les vains plaisirs, la vanité des hommes, devant la mort, devant un sommeil éternel!... Qu'elle est forte, la leçon que donnent les tombeaux!....

Clémence va recouvrir le cercueil; mais ô terreur!.... une voix se fait entendre! on s'écrie: Qui vient troubler le silence de ce lieu terrible? vient-on m'arracher à l'empire de la mort à qui j'appartiens?....

Pour le coup, l'homme le plus courageux perdrait ici toute sa fermeté.... Qu'on juge de ce que doit devenir une jeune personne de dix-sept ans!.... Clémence s'est laissé tomber de sa hauteur; elle est restée sans sentiment sur le marbre glacé qui orne cette chapelle.... Je ne sais combien il s'écoule de temps jusqu'au moment où Clémence recouvre ses sens.... Elle revient à elle enfin; mais c'est pour voir redoubler son effroi. Elle n'a plus de lumière, Clémence; sa chute a entraîné sa lampe, qui s'est éteinte. Elle est toujours étendue sur le marbre; mais quelqu'un la tient, quelqu'un la serre dans ses bras, et paraît l'embrasser étroitement. C'est à présent que Clémence, dont l'esprit n'est pourtant point faible, croit sérieusement aux grands bras de Sigisbethe et d'Huguenin; elle s'imagine qu'elle a violé le silence des tombeaux, et que, pour l'en punir, Sigisbethe, qui lui a parlé, est sortie de sa tombe pour la tourmenter. C'est Sigisbethe qui l'étouffe, ce n'est pas Huguenin; car le spectre qui l'écrase a des vêtemens de femme.

Clémence fait rapidement ces réflexions, et va mourir d'effroi, si les embrassemens qu'on lui prodigue se prolongent encore. On se lève enfin, et Clémence entend la même voix qui lui dit: Ne craignez rien, femme, que j'ai trop effrayée sans le vouloir, ne craignez rien; je ne suis point une ombre, je ne suis point un revenant, je suis une mortelle comme vous, qui n'a plus, il est vrai, que quelques momens à vivre, mais qui existe encore, qui existe pour vous rendre à la lumière, pour vous secourir!....

Ce peu de mots calme Clémence, qui rougit de sa terreur de bonne femme. Qui êtes-vous donc, madame, dit Clémence à l'inconnue? comment êtes-vous ici? où suis-je moi-même?—Je ne dois pas vous répondre, répliqua l'inconnue, avant de vous avoir rendue au jour, que vous avez besoin de revoir.... Relevez-vous, aimable personne; et comme je suis faible et mourante, daignez me prêter le secours de votre bras, je guiderai vos pas.

Clémence n'a plus peur; elle se lève, prend le bras de l'inconnue, qui peut à peine marcher, et se laisse conduire. Bientôt elles se trouvent toutes deux sous les voûtes d'un vaste cloître qui donne de plain-pied sur un jardin. L'inconnue fait entrer Clémence dans une espèce de cellule, où elle lui prodigue tous les secours dont elle doit avoir besoin après une frayeur aussi forte. Clémence regarde avec douleur l'inconnue, qui porte des vêtemens de religieuse, blancs et de fin lin. La curiosité sans doute, lui dit cette religieuse, vous a portée à visiter cette maison abandonnée? vous êtes descendue dans le souterrain, vous avez visité la tombe de nos fondateurs, et vous ne m'avez pas apperçue apparemment? J'étais, il est vrai, penchée sur une urne cinéraire dans un coin, où je priais, où je méditais, avant de rendre à Dieu une vie qu'il lui a plu de traverser par mille infortunes. Vous avez troublé ma méditation par le bruit que vous avez fait près du tombeau. Étonnée de voir là, près de moi, une femme que je n'avais pas entendue entrer, je me suis écriée, et soudain je vous ai vue tomber. Vous jugez de ma douleur, en voyant un effet si triste de la peur que je venais de vous inspirer. Je me suis traînée vers vous, et graces au ciel, je me suis apperçue que vous respiriez.

Clémence remercia la religieuse de ses soins obligeans, puis elle la pria de lui raconter ses malheurs, et de lui dire si elle était seule dans cette vaste maison, ainsi que les motifs qui l'engageaient à y rester.

«L'amour a fait le tourment de ma vie, lui répondit la religieuse; c'est ce qui m'a engagée, jeune encore, à entrer dans cette pieuse retraite où l'on recevait alors les infortunées comme moi. Je ne vous dirai point des aventures que je n'ai pu oublier, et qui ont altéré ma raison. Je vous apprendrai seulement la vérité sur les histoires de diables, de revenans qu'on a fait courir sur cette maison, histoires qu'on vous a dites, sans doute, et qui ont peut-être causé votre effroi tout-à-l'heure au tombeau de Sigisbethe».

Ce début piqua singulièrement la curiosité de Clémence, qui s'approcha de la religieuse et lui prêta la plus grande attention.

«Je m'appelle sœur Sophie: élevée pour ainsi dire dans cette maison, j'y avais perdu la santé sans y perdre l'habitude de pleurer mes malheurs. Il y a quelques jours qu'une de mes amies, sœur Bonne, qui vivait ici avec moi, perdit entièrement l'usage de la raison. Elle devint folle, se jeta dans un puits, et dès ce moment on n'en entendit plus parler. Je la regrettais, et je sentais que ma raison à moi n'était guère plus saine que la sienne; je craignais sur toutes choses de tomber en démence, comme si je pressentais que ce malheur devait bientôt m'arriver. Le lendemain de cet événement j'étais au chœur; toutes nos dames étaient rentrées, et j'étais restée la dernière à prier. Un particulier s'approche de la grille qui donnait dans l'église: Sœur Sophie, me dit-il, savez-vous le malheur affreux!......—Quoi donc, m'écriai-je, en m'approchant de la grille?—Votre amant, que son père avait sacrifié à l'intérêt en l'arrachant à votre amour, n'a pu supporter la vie: il vient de s'empoisonner; hélas! il est mort en prononçant votre nom....

»Cette nouvelle est un coup de foudre pour moi... Tout-à-coup un éblouissement vient passer sur mes yeux: mon cerveau se dérange, et je perds à mon tour la raison.... Je ne vois plus le particulier qui vient de m'annoncer la mort de mon amant; je ne vois plus l'église, je ne vois plus rien, que la mort que je cherche. Je cours précipitamment vers le petit cloître; le puits dans lequel s'est jetée mon amie, sœur Bonne, se présente à mes yeux, et je m'y précipite sans être vue de personne. Ce n'est que depuis deux jours que je me rappelle tout ce qui m'est arrivé depuis cet événement; car alors, et pendant tout le cours de mes extravagances, j'agissais sans savoir ce que je faisais, ni sans m'en rendre raison. À présent que le voile est déchiré, je puis vous raconter des folies d'un genre nouveau, et qui ont causé la désertion de cette abbaye.

»Je tombe donc dans un puits très-profond, mais où il y a fort peu d'eau. Le froid que j'éprouve, joint au coup violent que je me suis donné, tout me rappelle un peu à moi; et comme la mort est toujours repoussante quand on la voit de près, je cherche à lui échapper, en gravissant le mur avec les pieds et les mains, jusqu'à une ouverture que j'y remarque à deux pieds au-dessus de ma tête. J'arrive dans cette ouverture salutaire, et je m'y glisse en rampant, attendu qu'elle est très-étroite. À force de travail, je parviens à trouver le terme de cette espèce de soupirail; il me conduit à un souterrain fétide, rempli de bêtes venimeuses, et qui, selon toutes les apparences, était un puisard de la maison. Je détache des pierres qui tiennent à peine, et me voilà dans une vaste salle souterraine, où je suis tout étonnée de rencontrer sœur Bonne, mon amie, qui me regarde, se met à rire du rire de l'insensé, et ne me dit pas un mot... Je ne sais si je lui parlai; car ma tête était encore plus dérangée que la sienne, et ma folie plus triste, en ce que je poussais sans cesse des gémissemens plaintifs, et que je courais toujours sans me reposer. Cependant, comme tout ce qui respire s'entend, en quelqu'état que soit l'esprit, nous nous attachâmes bientôt l'une à l'autre, et nous promîmes de ne jamais nous séparer. L'aspect des étrangers nous fatiguait, nous effrayait même; car je me rappelle que les figures que je voyais, me semblaient monstrueuses, et les tailles gigantesques. Nous restâmes quelques heures dans cette salle souterraine qui était murée, et par conséquent inaccessible.

»Peu à peu le vide de notre tête, qui s'augmentait par le défaut de nourriture, nous porta aux dernières extravagances. Nous parvînmes à faire une brèche au petit mur qui fermait l'entrée de cette espèce de fondation, et de-là, nous nous répandîmes dans les souterrains que nous ne voulûmes point franchir. Le bruit qu'on faisait sur nos têtes nous importunait au point, que pendant le jour nous nous retirions dans la citerne où nous dormions; mais la nuit nous allions nous coucher dans la tombe de Sigisbethe, qui est très-profonde; de-là, nous; nous levions comme des spectres; puis, nous précipitant sur tous les tombeaux que nous pouvions rencontrer, nous les embrassions, nous appelions à grands cris les morts qu'ils renfermaient, et nous bravions les regards de ceux qui venaient nous observer avec effroi. Quant à notre nourriture, il nous était aisé d'en dérober dans les caves que nous parcourions aussi, et dont nous faisions fuir tout le monde.

»Tel est l'excès de démence où nous étions plongées, et qui fit croire qu'il y avait des revenans dans les souterrains. On déserta l'abbaye, et nous eûmes plus d'étendue pour donner carrière à nos courses effrayantes. Vous desirez savoir maintenant comment j'ai recouvré la raison; c'est le coup le plus inattendu, un coup, hélas! qui va me conduire à la mort!.... Il y a trois jours, que courant avec ma compagne dans ces vastes cloîtres que vous voyez d'ici, la foudre est tombée sur le cloître, dont une partie s'est écroulée sur nous. Sœur Bonne est morte, écrasée sur la place; et moi, frappée mortellement de tous les côtés du corps par des pierres énormes, j'ai trouvé le moyen de me retirer des décombres; mais par un effet bizarre, sans exemple, de la peur que j'ai éprouvée, ma folie m'a quittée, et je me suis retrouvée telle que j'étais autrefois. Ce n'est qu'hier, et par un voyageur secourable qui voulait m'arracher à ces tristes lieux, que j'ai su que la désertion de mes compagnes n'avait d'autre motif que nos extravagances: on les a grossies dans le public; on en a fait une histoire de diables, de revenans; on y a joint un serpent vert, un chien noir ailé, et mille autres sottises; mais, dans le fait, il faut convenir que notre apparition nocturne était faite pour effrayer, et que tous ceux qui nous virent à moitié nues, sortant du tombeau de Sigisbethe et d'Huguenin, durent éprouver une terrible frayeur! Voilà, ma chère demoiselle, le malheur affreux auquel j'ai été en butte; voilà l'événement peut-être le plus singulier dont on ait jamais entendu parler. On ne le croira pas, et moi je voudrais bien ne l'avoir pas éprouvé».

Ce court récit de la religieuse pénétra de douleur la sensible Clémence: sa tête se monta, elle jura à sœur Sophie qu'elle ne la quitterait pas qu'elle ne l'ait rendue à la vie, à la santé. Sœur Sophie qui en effet n'avait que très-peu d'heures à vivre, la remercia de ses soins obligeans, et la pria seulement de vouloir bien fermer ses yeux à la lumière qu'elle allait perdre pour jamais.

Clémence la soutint pour remonter dans sa cellule, qui était dans le milieu du premier corridor du bâtiment. J'ai voulu, lui dit là sœur Sophie d'une voix faible, j'ai voulu voir encore, avant de mourir, ces lieux funestes témoins de ma folie. Je disais, lorsque vous êtes entrée dans la chapelle de Sigisbethe, un éternel adieu à cette amante qui a fondé notre abbaye. Je la quitte, hélas! cette maison, au moment où j'aurais pu l'habiter avec plus de facilité; car je ne l'aurais jamais quittée.—Vous ne l'auriez jamais quittée, interrompit Clémence! Eh! comment vous seriez-vous procuré les choses nécessaires à la vie?—Il y a de tout ici, lui répondit sœur Sophie: nos sœurs en se retirant à la hâte, effrayées des revenans, n'ont point tout emporté. Voilà cette armoire, des habits, du linge; plus loin sont des meubles assez commodes encore. Là-bas dans les offices, cuisines, bûchers, etc. il y a des provisions de toute espèce, et pour plusieurs années. Du pain? Eh bien! avec de la farine qu'on a laissée dans les greniers, on peut en faire; mais pense-t-on à tous ces détails, quand on est fortement occupé d'une douleur vive, éternelle! Je ne voulais que vivre et mourir au pied de l'autel qui, le premier, a reçu de moi le serment de me consacrer à Dieu. La prière, la méditation, voilà quelle devait être l'occupation du reste de ma vie..... Hélas! y a-t-il sur la terre une femme capable de faire à l'amour un pareil sacrifice?—Oui, s'écria Clémence comme inspirée; oui, sœur Sophie: il existe une femme aussi pieuse, aussi courageuse que vous, et cette femme, c'est moi.—Vous! à votre âge?—J'ai tout perdu en perdant Victor, je renonce au monde, à tout, et je reste ici.

La religieuse étonnée voulut détourner Clémence de son projet insensé; elle se fatigua sans réussir. Clémence la veilla toute la nuit, et le lendemain matin elle expira dans les bras de l'amante de Victor. Clémence alors ne s'occupa plus que de son projet de retraite; et après avoir employé plusieurs jours à étudier tous les détours de cette vaste maison, elle prit l'habit de religieuse, le grand voile qui leur couvrait autrefois la figure, et elle se détermina à rester ainsi seule, absolument seule, dans une abbaye ouverte de tous les côtés, et dont les ruines inspiraient à la fois l'horreur et l'effroi. Ce genre de vie aurait pu altérer sa santé, et même aliéner son cerveau; mais un enfant de son âge ne réfléchit point: elle se livre au désespoir, et forme des projets d'autant plus bizarres que sa douleur est plus forte. Les impressions d'un premier amour sont violentes, et poussent au délire le cœur sensible qui les éprouve. Clémence ne pouvait plus vivre avec Victor, Clémence devait détester le monde, et chérir la retraite.

Laissons-la flétrir les roses de son printemps au milieu des larmes, des regrets et de l'exercice des devoirs pieux: voyons maintenant ce que devient Victor, après avoir cherché vainement, dans toute la maison isolée, et son écharpe et Clémence, qui sans doute y est cachée, puisqu'elle a écrit de sa propre main le nom de Victor, joint à la phrase la plus expressive pour un amant.

Victor désolé de l'inutilité de ses recherches, jure de ne point quitter ce lieu qu'il n'en ait parcouru jusqu'au moindre détour: il va recommencer ses courses, lorsque Valentin lui crie: Eh! mon cher maître, voilà là-bas, voyez-vous, dans ce jardin, au pied d'un crucifix... C'est une religieuse, je crois; allons la trouver?

Victor regarde: il apperçoit un femme vêtue de blanc, et à genoux: elle tient dans ses mains une écharpe écarlate, qu'elle semble mouiller de ses larmes. C'est son écharpe; c'est Clémence sans doute. Victor vole, il traverse les terrasses, les broussailles de ce vaste jardin, qui n'est plus entretenu. Il s'écrie de loin: Clémence! et arrive à temps pour soutenir dans ses bras son amante, qui ne peut que dire: Victor!.... Ô mon Dieu! vous me l'avez rendu!....

Quoi! c'est Clémence, c'est elle, auprès de laquelle il a passé, hier, toute une nuit sans la reconnaître! C'est Clémence qu'il a vue entrer dans l'église, et son cœur ne lui a pas dit qu'elle était là, sous ce long voile qui la cachait à ses regards! C'est Clémence dont il a entendu les gémissemens! C'est

Clémence enfin qu'il a vue dormir dans une cellule, sur une table, la tête enfoncée dans ses deux mains! Dieu! il était si près d'elle, et il la fuyait! Il la fuyait, Victor! c'est son écharpe.... don précieux de l'amour. Ah! Clémence avait bien raison quand elle en orna Victor, de s'écrier: Je ne sais quel pressentiment me dit qu'un jour cette écharpe amoureuse nous servira à nous réunir! Oh Victor! que tu dois la chérir!

Valentin est venu retrouver ces deux amans: il pleure de joie, Valentin, en revoyant sa jeune maîtresse. Mais comme elle est déjà changée! La pâleur de son front, le creux de ses joues, tout annonce qu'elle a bien souffert. Elle a souffert! Elle aime donc bien Victor? Oui, elle le chérit, elle l'adore, et il est difficile de dire lequel des deux a le plus de tendresse pour l'autre. Quitte à l'instant cet asyle de douleur, ma chère Clémence!—Mon doux ami, je te revois! je ne suis plus qu'à toi.

Clémence va reprendre ses premiers vêtemens. Elle reparaît bientôt, mise comme elle l'était le jour de sa fuite, et nos trois amis, heureux, bien heureux d'être réunis, reprennent la route de Bodwitz où ils veulent s'arrêter chez la bonne Berthe, dont Clémence vante à Victor les vertus hospitalières.

Quittons aussi, ami lecteur, quittons avec nos héros la vaste abbaye de Belverne, que nous ne reverrons plus, et laissons là les caveaux, les souterrains, les tombeaux, pour ne plus nous occuper que de l'alégresse de deux amans que le sort n'a cependant point encore cessé de persécuter.

CHAPITRE X. ILS TOUCHENT AU BONHEUR

Victor, Clémence et Valentin descendent chez Berthe, qui, fort étonnée de revoir sa belle voyageuse, ainsi qu'elle appelle Clémence, lui donne, de même qu'à ses deux compagnons, les marques de la plus franche amitié. Eh bien! lui dit-elle, je savais bien, moi, que vous ne prendriez pas l'habit religieux?—Pardonnez-moi, ma chère hôtesse, je l'ai pris.—Où donc cela?—À l'abbaye.—Quoi! dans cette maison inhabitée? Et le diable?—J'ai vu le diable.—Ah bon Dieu! et Sigisbethe, avec son fidèle Huguenin?—Je les ai découverts, ainsi que leurs grands bras.—Bonté divine! asseyez-vous donc, ma chère, et contez-moi cela! Je veux être la première à l'apprendre à tout le village.—Clémence lui raconta ce qui lui était arrivé à l'abbaye; elle n'oublia pas de détruire le conte des revenans, en lui faisant part des folies de sœur Sophie et sœur Bonne; puis elle lui apprit qu'elle avait enfin retrouvé son amant, ainsi que son bon serviteur Valentin, qui avait élevé son enfance.

La bonne femme enchantée, lui dit quand elle eut fini: C'est charmant! voilà de quoi m'entretenir pendant un mois au moins avec mes voisines. Ah çà, vous resterez ici tous les trois, n'est-ce pas? Vous vous donnerez le temps de vous reposer de tant de fatigue; écoutez: je ne suis à présent qu'une pauvre femme. Autrefois j'étais plus riche, fille d'un bon fermier, qui m'a déshéritée pour une amourette: j'aurais pu avoir de belles fermes, de bonnes terres; mais j'ai été jeune comme cette belle enfant; j'ai fait des extravagances, je me suis mariée par inclination, et puis il a fallu travailler, dame, travailler comme quatre pour avoir seulement cette petite maison avec le beau clos, qui est derrière, et qui fait vraiment l'admiration des voyageurs. Toute pauvre que je suis, je suis cependant assez à mon aise encore pour pouvoir exercer l'hospitalité, et voilà la seule richesse qui me plaise. Vos malheurs me touchent; je vous aime: ainsi vous resterez ici quinze jours, un mois, tant que vous voudrez.

Nos trois amis acceptèrent ses offres, se promettant intérieurement de l'en bien récompenser. Ils restèrent en conséquence une quinzaine de jours chez la bonne Berthe, et c'est le seul moment de calme qu'ils ont goûté depuis l'entrée de madame Wolf au château de Fritzierne. Cependant Victor voulut mettre à profit ce moment de stagnation. Il engagea Valentin à écrire à la bonne fermière de Bohême, à qui il avait confié l'enfance du jeune Hyacinthe. Tu lui demanderas, ajouta-t-il, des nouvelles de ce qui se passe au château, et sur-tout tu ne lui diras point, dans ta lettre, que tu es avec moi, ni que j'ai eu le bonheur de rejoindre Clémence. Tu feras comme si tu voyageais seul, et dans l'intention de chercher une autre condition: c'est seulement pour satisfaire ta curiosité que tu lui demandes ces détails: tu me comprends?

Valentin répondit à son maître qu'il l'entendait à merveille, et suivit ses ordres avec beaucoup d'intelligence: sa lettre partie, il en attendit la réponse, qui ne tarda pas à lui parvenir par le courrier; mais Valentin, fort étonné de trouver le paquet plus fort qu'il ne le croyait, fut trouver Victor, Clémence, et Berthe qu'on avait mise dans le secret. Il fut convenu que la réponse de la fermière serait décachetée devant Clémence et Berthe. On le fit, et voici ce qu'on y trouva.

Première lettre, de la fermière.

«Pour répondre à l'honneur de la vôtre, mon cher monsieur, j'aurais été bien embarrassée, ne connaissant pas la manière de coucher sur le papier; mais j'ai été trouver, au château de Fritzierne, M. Fritz, qui vous aime toujours beaucoup, et qui regrette tous les jours son ami Victor, ainsi que la belle Clémence. Je l'ai prié de se charger de ma réponse. Il l'a fait, et je vous l'envoie avec celle-ci. Lisez-la; elle sera plus intelligible que tout le griffonnage que j'aurais pu faire. Je vous salue, et prie Dieu qu'il vous fasse rencontrer d'aussi bons maîtres que ceux que vous avez perdus.

Thérèse, femme Toby».

P. S. «Le petit Hyacinthe se porte à merveille. Moi et les miens nous avons toujours le plus grand soin de cet enfant, qui est gentil à croquer».

Seconde lettre, de Fritz à Valentin.

«Tu demandes des détails de ce qui s'est passé au château depuis ton départ, mon cher Valentin! Je vais te les donner le plus clairement qu'il me sera possible, et je dois cette marque de confiance au zèle, à l'amitié que tu as toujours marqués à ton maître, mon ami, l'infortuné Victor que je pleure tous les jours.

»Si quelque jour tu le rencontres, ce malheureux jeune homme, si le hasard te le fait trouver en quelque coin de la terre, montre-lui ma lettre, et qu'il apprenne qu'il a en moi un tendre ami. Que ne puis-je être, hélas! son consolateur!

»Tu sauras donc que ton départ inattendu et précipité augmenta pour nous le deuil qui couvrait déjà cette maison. La mort de madame Germain, la fuite de Clémence, l'absence du père de cette intéressante enfant, tout nous plongea dans la solitude la plus profonde. J'étais là, moi, seul avec les domestiques, et mon père; mais mon pauvre père, le bon Friksy, qui ne connaissait personne au château, et ne pouvait s'intéresser qu'au baron à qui il devait sa liberté; mon pauvre père, absorbé encore par le souvenir d'un long malheur, n'était guère propre à me distraire de mes regrets. Nous passâmes ainsi quinze jours, au bout desquels nous vîmes revenir le baron de Fritzierne, pâle, défait et plongé dans la plus sombre douleur. Nous nous précipitons au-devant de lui. Il nous salue, et nous demande des nouvelles de madame Germain. Elle n'est plus, lui dis-je.—L'infortunée, répond-il! Cette femme généreuse et sensible n'a donc pu résister au regret d'avoir porté le malheur dans le sein de ma famille! Elle n'est plus; et, victime de la fatalité comme moi et mes enfans, elle a souffert pour les fautes des autres! Modèle touchant de la plus parfaite amitié! reçois le tribut de larmes que doit tout homme honnête à la cendre de celle qui sut se faire des peines des chagrins de ses amis, et qui n'a pu leur survivre!... Et.... Clémence n'est point revenue?...—Vous ne l'avez rencontrée nulle part?—Nulle part!... Avant sa fuite, je l'entendais souvent former des vœux pour finir ses jours dans quelque retraite pieuse: dès que je vis qu'elle m'avait quittée, à mon retour de Prague, je me doutai qu'elle était partie pour se rendre dans une maison religieuse; la plus prochaine de ces contrées, est la fameuse abbaye de Belverne, qui n'est qu'à douze lieues de mon château. J'avais entendu parler de cette abbaye célèbre par les amours de sa Fondatrice, et plus encore par l'asyle qu'on y accordait aux jeunes filles qu'un désespoir amoureux engageait à se retirer du monde. C'est-là, me dis-je, que ma fille est allée. Il n'y a pas de doute qu'elle n'ait formé le projet de se retirer dans ce monastère, plus conforme que tout autre à ses goûts, à ses malheurs et à sa mélancolie. J'étais bien éloigné, mon cher Fritz, d'accuser Victor de la fuite de ma fille. Ce jeune homme est incapable de m'enlever mon enfant, de la séduire, de lui conseiller d'abandonner son vieux père. Non, Victor a trop de vertu pour enfreindre les loix de l'hospitalité, pour donner un rendez-vous à Clémence, et la ravir à ma vieillesse. Je me décidai donc à partir sur-le-champ pour l'abbaye de Belverne. Si je n'arrive pas à temps, me dis-je; si ma fille a prononcé des vœux indiscrets, si même elle est entrée avant moi dans cette maison, redoutable aux pères de famille, je ne pourrai plus la reprendre; on ne me la rendra pas, et je serai malheureux à jamais: il n'y a donc pas un moment à perdre.

»Je ne vous dis rien de mon projet, continua le baron; je monte en voiture, et j'arrive vers minuit au village de Bodwitz, qui n'est qu'à quatre lieues de l'abbaye. Là, je m'arrête dans la première auberge. Demain, me dis-je, il sera temps de me présenter à l'abbaye qui doit être fermée à cette heure, et inaccessible à tous les étrangers. Si ma fille, qui n'a pu aller aussi vîte que moi, quelque moyen qu'elle ait pris pour voyager; si ma fille n'y est pas encore arrivée, je l'y attendrai, et je compte assez sur la probité de l'abbesse pour croire qu'elle ne m'enlèvera point mon enfant. Je passai, dans mon auberge, une nuit cruelle, agitée; j'écrivis à l'abbesse, en cas qu'on ne m'introduisît pas sur-le-champ auprès d'elle. Je déchirai vingt fois ma lettre, et je m'arrêtai enfin à un billet très-court, et dicté par le regret, par la tendresse paternelle. Le lendemain matin, je remontai en voiture, et j'arrivai trois heures après à l'abbaye, dont je vis s'élever le dôme à mes yeux, avec un tressaillement de peine ensemble et d'alégresse. Mais quelle est ma surprise! L'abbaye est déserte! elle est ruinée, et n'offre plus, pour ainsi dire, qu'un monceau de décombres! J'y entre, je la parcours, et n'y trouve personne.... Je vous avoue que je ne pus me défendre d'un sentiment tout-à-la-fois respectueux et terrible, en visitant les voûtes silencieuses de ce vaste monument, dont je sors enfin pénétré d'horreur et d'effroi. Je m'informe aux environs des causes de la dégradation de ce monastère: on me fait des contes de diables, de revenans qui me font pitié, et je remonte dans ma voiture, le cœur serré et l'ame brisée de douleur. Puisque cette maison n'existe plus, me dis-je, ma fille ne peut s'y renfermer. Elle aura su plutôt que moi, l'abandon où l'on a laissé cette abbaye. Des contes de revenans, aussi effrayans que ceux-ci, volent de bouche en bouche, depuis les vieilles femmes jusqu'aux jeunes filles. Tandis qu'on craint de nous les débiter, à nous autres hommes graves et incrédules, on en fait le plaisir des veillées, la conversation des enfans et des femmes. Clémence aura su que l'abbaye ne pouvait plus lui offrir un port assuré contre la sévérité de son père, et elle aura tourné ses pas d'un autre côté; mais où? de quel côté? grand Dieu!

»Dans cette incertitude, poursuit toujours le baron, et toujours persuadé que ma fille avait choisi pour retraite une maison religieuse, j'ai parcouru, depuis quinze jours, tous les monastères que l'Allemagne peut contenir aux environs de la Bohême seulement; car je ne suis pas assez insensé pour courir, à mon âge, après un enfant qui a bien su se cacher, puisqu'elle a eu le courage de me quitter. Peut-être est-elle encore dans l'Allemagne, peut-être est-elle passée dans quelque pays étranger; voilà ce que j'ignore. Tout ce que je puis vous dire, mon cher Fritz, c'est que je reviens seul, sans elle, privé de mon enfant, de tout ce qui pouvait faire la consolation de ma vieillesse. Ô mon ami! j'ai tout perdu, ma fille, mon fils adoptif, madame Germain!..... Il ne me reste plus ici personne qui puisse me rappeler ces êtres si chers, personne avec qui je puisse causer de l'enfance de Clémence et de Victor, si ce n'est ce bon Valentin, qui les a vus naître. Où est-il? pourquoi ne s'est-il pas offert déjà à mes regards?—Ce pauvre Valentin, monsieur, vous ne le verrez plus; il a quitté le château sans prévenir d'autre personne que votre intendant, à qui il a remis ses comptes et ses clefs.—Quoi! Valentin aussi?... Tout le monde m'abandonne donc? Quelle ingratitude! On me fuit comme un tyran! on veut me laisser là, seul, mourir consumé par la douleur et les regrets! Qu'est devenu Valentin? est-il allé retrouver son maître, avec qui il pouvait correspondre? Cela est possible: oui, c'est cela sans doute, et je ne puis le blâmer; au contraire, je suis charmé que ce fidèle serviteur puisse accompagner Victor quelque part où il soit, le consoler, et lui tenir lieu d'un ami qu'il a perdu en moi.... Mais aussi, pourquoi l'ai-je banni? Ô mon Dieu! l'homme le moins susceptible d'orgueil, de vanité, est donc encore l'esclave et la victime des préjugés!.... J'aurais dû le rendre plus heureux, ce pauvre Victor; j'aurais dû oublier sa naissance pour l'unir à ma fille.... Oublier sa naissance! je frémis!.... Le pouvais-je? Fritz, dites-moi, le pouvais-je? et tous les pères de famille se seraient conduits comme moi; je dirai plus, il n'y en a pas un peut-être qui ait pu montrer tant de patience et tant d'indulgence au fils de son plus cruel ennemi. Ah, Fritz! que vais-je devenir? que vais-je devenir, mon cher Fritz?

»Le baron pleurait, sanglotait; mon père et moi nous fîmes tous nos efforts pour lui offrir quelques motifs de consolation. Il fut sourd à tout, s'enferma chez lui, et passa la nuit entière à verser des larmes. Il passa toute la journée du lendemain à écrire des lettres aux principaux gouverneurs des villes et provinces de l'Allemagne, il leur désignait sa fille, et les conjurait de la faire chercher, de la lui rendre. Quand ses lettres furent parties, le baron parut plus tranquille. Il fit un tour de jardin avec nous; mais dès qu'il apperçut le tombeau de madame Germain, que tu as fait ériger dans un des bosquets, sa douleur s'accrut, et ses larmes redoublèrent. Nous l'arrachâmes de ce lieu de douleur, et nous rentrâmes avec lui.

»Depuis ce temps, mon ami, le chagrin paraît le consumer visiblement. Il est changé à faire compassion, en un mot, c'est un homme qui approche de sa tombe. Nous aurons la douleur de le voir mourir bientôt dans nos bras. Oui, mon pauvre Valentin, il nous le dit tous les jours, et nous n'avons que trop de sujet de craindre ce coup du sort. Oh! Valentin, si jamais tu rencontres Clémence! mon ami, dis-lui, dis-lui qu'elle revienne, qu'elle ne cause point la mort d'un père qui la chérit. Ramène-la plutôt toi-même, Valentin. Elle n'est point ingrate. Son cœur est excellent, si sa tête est légère. Oh! si elle pouvait lire cette lettre, comme elle se repentirait des maux qu'elle cause au plus tendre des pères!... Ce matin encore, il prononçait son nom, celui de Victor... S'il était là, Victor, si sa fille revenait, je ne doute pas, Valentin, que le baron ne soit capable de faire leur bonheur.... Mais adieu, je ne puis plus écrire, mon cœur est trop oppressé! Quelques larmes même coulent de mes yeux, et mouillent cette triste lettre.... que je finis en te donnant mille assurances de mon affection.
Fritz».

Cette lettre qui avait arraché quelques larmes à celui qui l'avait écrite, en faisait couler de plus amères des yeux de nos trois amis, qui tous y étaient cités; Clémence, sur-tout, Clémence sentit son cœur se briser. L'état affligeant de son père, état cruel dont elle s'accusait, faisait son supplice. Ses remords lui dictent bientôt un avis salutaire, le seul qu'elle pût suivre. Viens, Victor, dit-elle à son ami, viens le retrouver, ce vieillard infortuné. Il est, dit-on, capable de nous unir: il nous unira; oui, il nous unira! Un heureux pressentiment me l'assure.—Clémence, répond Victor, en hésitant, penses-tu bien?... Je ne pense plus qu'au malheur de causer la mort de mon père. Je ne le puis, je ne le puis.....—Clémence, je le chéris autant que toi; mais peux-tu espérer qu'il consente...—J'en suis certaine: Je lui dirai: Mon père, me voilà, soumise et repentante. Je vous ramène Victor, dont l'existence est attachée à la mienne. Le voici près de vous, mon père! unissez-nous, unissez-nous, ou nous mourons tous deux de désespoir à vos pieds... Penses-tu, Victor, qu'après une épreuve aussi douloureuse, après s'être vu privé de sa fille depuis près d'un mois; penses-tu, te dis-je, qu'il aura la cruauté de nous laisser mourir de douleur à ses pieds? Je te jure que je ne m'en relèverai pas qu'il n'ait consenti à notre bonheur. Ô Victor! partons, partons, il n'y a pas un moment à perdre, si nous voulons retrouver ce malheureux père, qu'un moment peut plonger dans la tombe.

Victor entraîné par la touchante éloquence de son amie, cède enfin à ses instances, après avoir résisté quelques instans; mais comme Victor unit la prudence à la reconnaissance, il pense qu'il est à propos de faire écrire de nouveau à Fritz par Valentin, et d'attendre sa réponse pour reprendre la route du château. Valentin, ajoute-t-il, écrira à Fritz qu'il a rejoint Clémence, que Victor n'est pas éloigné non plus; mais que Clémence, avant de se hasarder à reparaître devant un père irrité, le conjure de consentir à son bonheur, et de lui pardonner. Il faut pour ainsi dire, mettre le retour de Clémence à la condition de notre hymen; sinon Clémence, qui est prête à échapper à Valentin, s'éloignera de nouveau, et jamais on ne la reverra. Je ne veux pas que cela soit présenté d'une manière aussi dure que je le propose; mais il faut faire entendre adroitement que notre hymen serait un motif bien puissant pour ramener Clémence à la maison paternelle. Vous m'entendez, mes amis, mieux que je ne puis m'exprimer dans le trouble qui m'agite; et je vais dicter à Valentin la lettre telle que je conçois qu'elle doit être.

Valentin prit une plume, du papier, et Victor lui dicta la lettre suivante destinée à Fritz:

«Je n'ai que le temps de vous écrire très-peu de lignes, monsieur: j'ai découvert l'asyle de Clémence; mais l'homme puissant qui la protége et dont elle s'est fait un appui par l'intérêt qu'elle inspire à tout le monde, est capable de la soustraire à toutes les recherches, à tous les regards, si le plan que lui-même m'a chargé de vous proposer, ne réussit pas. Il pense, cet homme puissant, que monsieur le baron ne doit pas s'opposer plus long-temps à l'hymen de Victor et de Clémence, si toutefois on parvient à retrouver Victor un jour. Il serait fâché, dit-il, de la rendre à son père, pour la voir toujours malheureuse; ce sont ses expressions. J'ai lu votre lettre à ma jeune maîtresse, qui fondait en larmes: elle voulait partir sur-le-champ, aller se jeter aux pieds de son père, implorer son pardon; mais son protecteur l'a retenue; c'est lui qui s'oppose aux élans du repentir et du remords. Voyez, monsieur Fritz, ce que vous pouvez me mander à ce sujet. Indiquez-moi la conduite que je dois tenir, et sur-tout que votre réponse soit prompte; car le protecteur de Clémence est sur le point de l'emmener en France, sa patrie. Je suis, etc.

Valentin».

Dans cette lettre, Valentin ne disait point que Victor fût retrouvé; cela eût donné un air d'intelligence aux deux amans: il valait mieux en effet sonder les dispositions du baron: et, si le lecteur a pensé que Victor faisait un mensonge, en citant un Français protecteur de Clémence, il l'accuse à tort d'une bassesse indigne de sa probité. Je vais le désabuser.

Depuis quelques jours il était descendu à l'auberge de l'épée couronnée un respectable vieillard français qui paraissait riche et bien né. Berthe, qui était à l'affût de tous les voyageurs, avait découvert que c'était un riche seigneur, et qu'il s'appelait le baron d'Ermancé. La bonne femme, bavarde et curieuse à l'excès, avait d'abord lié conversation avec le vieux baron; puis elle l'avait engagé à parcourir son clos. M. d'Ermancé, homme bon et familier, avait vu Victor, Clémence, et s'était singulièrement intéressé à ces deux jeunes gens. Il avait demandé à Berthe ce qu'étaient ces deux Allemands: Berthe, qui ne pouvait jamais parler sans faire des histoires, et ne voulait pas d'ailleurs compromettre ses hôtes en dévoilant leurs malheurs, avait fait à M. d'Ermancé le roman suivant. Le jeune homme est bien né. On l'appelle Victor de Walfein: il est devenu amoureux de la jeune personne, qui est la fille d'un des plus puissans seigneurs de l'Allemagne. Le jeune homme l'a enlevée; ils se sont mariés depuis secrètement, et Victor voyage pour soustraire sa jeune épouse aux recherches de son père à elle, qui la poursuit par-tout. M. d'Ermancé qui ne connaissait point l'empire des préjugés quand ils peuvent gêner l'amour, s'intéressa vivement à nos deux amans, et leur promit même ses secours, son appui, sa protection, si jamais le malheur les forçait à recourir à lui. Berthe avait mis Victor et Clémence au fait du conte qu'elle avait débité à M. d'Ermancé. Les deux amans lui en avaient fait d'abord quelques reproches, mais bientôt ils sentirent qu'il était bien plus décent pour Clémence qu'elle passât pour la femme de Victor, et ils se donnèrent pour époux à M. d'Ermancé, qui leur voua la plus tendre amitié. Tous les soirs ce vieillard venait lire ou causer avec eux. Il paraissait voyager pour son agrément, et n'étant point pressé de quitter ce village, il profitait du séjour que Victor et Clémence y faisaient, pour jouir de leur société. C'est M. d'Ermancé que Victor avait en vue en dictant la lettre de Valentin: Victor était ce protecteur de Clémence; et Victor ne doutait point que s'ils en priaient le vieillard, il ne se fît un vrai plaisir de les mener en France, où il se rendait. Victor n'avait donc point imaginé de mensonge bas et indigne de lui: il était toujours tranquille avec sa conscience.

Dès que cette lettre fut partie, on songea à prévenir les effets qui pouvaient en résulter. Il était possible qu'au lieu de répondre par écrit, Fritz ou M. de Fritzierne vinssent eux-mêmes trouver Valentin, et chercher Clémence. Le baron était capable de se mettre en voyage, pour arracher sa fille des mains du protecteur qui voulait, disait-on, la retenir. Il fallait parer ce coup. En conséquence M. d'Ermancé, à qui l'on dit que le père de Clémence avait découvert la retraite de Valentin, se chargea de conduire Victor et Clémence dans une ville prochaine, et de les protéger contre toute surprise. Le jour même que la lettre partit, M. d'Ermancé monta en voiture avec Victor et Clémence; tous trois partirent pour Bolendith, gros bourg situé à trois lieues, et il fut convenu que Valentin, dont les démarches pouvaient être épiées, rejoindrait ses maîtres par des chemins détournés.

Il fut très-heureux pour eux que, par prudence, ils eussent quitté la maison de Berthe; car quelques heures après leur départ, des agens du gouverneur de la province vinrent faire chez cette femme, comme dans tout le village, des perquisitions inutiles. C'était une suite des lettres que Fritzierne avait écrites à tous les gouverneurs des villes d'Allemagne, pour les engager à faire chercher sa fille. Valentin à qui l'on n'en voulait point, vit cette recherche en riant, et s'applaudit d'être resté seul dans ce village peu sûr. Quelques jours après Valentin reçut une lettre, qu'il se hâta de porter à Bolendith, dans l'asyle où M. d'Ermancé tenait Victor et Clémence cachés. M. d'Ermancé se retira par discrétion, et nos trois amis lurent, avec des transports de joie inexprimable, la lettre suivante, qui était de Fritzierne lui-même:

«Fritz m'a communiqué ta lettre, mon cher Valentin: elle m'a rappelé pour quelques momens à la vie, prête, hélas! à m'échapper. Si je n'étais souffrant sur mon lit de douleur, j'aurais été moi-même chercher mon enfant, mais je ne le puis. Fritz est occupé près de moi, et son père, dont la tête est affoiblie par le malheur, n'est pas capable de me satisfaire sur ce point. C'est donc à toi que j'ai recours, mon ami; à toi, bon et fidèle serviteur, dont les services signalés sont au-dessus de ma reconnaissance. Rends-moi ma fille, Valentin, ramène-la-moi, et dis-lui, que si elle arrive assez à temps pour revoir encore son père mourant, elle recevra de sa bouche la promesse, qu'il jure ici par l'honneur d'accomplir, de l'unir à son amant, à mon cher Victor. Cet infortuné Victor, que je me reproche mille fois le jour d'avoir éloigné de ma maison! Si nous pouvions le retrouver!... Mais au moins j'aurai satisfait ma fille; et, réuni à cet enfant que je chéris, tous deux nous prendrons des moyens pour faire chercher, par toute l'Allemagne, par toute l'Europe, s'il le faut, par le moyen des ambassadeurs, ce jeune et intéressant Victor, que nous reverrons sans doute. Prie seulement le ciel de me conserver assez de jours pour accomplir cet hymen qui me verra entrer plus tranquille au tombeau. Mais sur-tout, Valentin, ramène-moi ma fille: montre ma lettre à l'homme généreux qui lui a donné sa protection, et si cet homme manquant à la délicatesse dont il paraît susceptible, voulait encore la retenir, emploie l'autorité des loix que je te charge d'implorer. Un mot de toi m'engagerait alors à employer le crédit des amis puissans que j'ai dans ma patrie. Adieu, Valentin. Ma fille, ma fille, ou je meurs!...

Alexandre Bolosqui,

baron de Fritzierne».

Rien n'égale l'alégresse de mes héros à la lecture de cette lettre tendre et touchante. Ils s'empressent de dire à M. d'Ermancé que le père de Clémence leur pardonne (ce sont leurs expressions, pour ne point démentir le roman qu'a débité Berthe au vieillard); ils font leurs adieux à ce vieillard respectable, qui leur témoigne ses regrets, et se disposent à partir sur-le-champ, pour le manoir de Fritzierne, où ils vont réunir enfin l'amour, l'hymen et la nature!... Comme il va être surpris agréablement, M. de Fritzierne, en revoyant Victor avec Clémence! on lui dira la petite ruse dont on s'est servi, et il pardonnera!...

Ils vont donc être heureux, mes héros! ils vont donc jouir du repos après tant de traverses! tout est terminé pour eux; il ne peut plus leur arriver d'événemens fâcheux, le malheur ne peut plus les atteindre!...... Doucement, doucement, hélas!.... C'est au faîte du bonheur que l'infortune se plaît à vous saisir!..... Ils vont éprouver cette triste vérité. Ils touchent à l'accident le plus affreux!.... Ô mon esprit, comment auras-tu la force de dicter à ma plume l'horrible catastrophe que je dois retracer à mon lecteur!....

CHAPITRE XI. QU'IL NE FAUT PAS LIRE SI L'ON EST SENSIBLE

Ômon cher lecteur!.... réunissez toutes les forces de votre ame pour supporter le coup affreux que je vais vous porter!.... Vous allez voir votre ami Victor en proie aux traits les plus aigus du malheur; et, s'il vous a intéressé dans le cours de cet ouvrage, vous ne pourrez lire, sans verser des larmes, la cruelle aventure à laquelle il va sans doute succomber.... Reprenons nous-mêmes notre fermeté qui chancèle, et poursuivons.

M. d'Ermancé avait loué, à Bolendith, un appartement garni dans lequel, ainsi que je l'ai déjà dit, il avait caché Victor et Clémence, qu'il croyait poursuivis par un père irrité: ce père venait de pardonner, lui disait-on; Victor et Clémence allaient se jeter dans son sein, et M. d'Ermancé, qui souffrait beaucoup de se voir séparé de ces jeunes gens, auxquels il s'était attaché, ne songeait plus qu'à poursuivre le cours de ses voyages. Tandis que Valentin fait les préparatifs nécessaires pour se procurer une voiture, M. d'Ermancé fait ses adieux à ses jeunes amis. Valentin a trouvé une calèche; il revient, et engage ses maîtres à y monter. Victor embrasse encore M. d'Ermancé, qui compte avec son hôte. Cet hôte de la maison garnie était un de ces babillards qui ont toujours quelques histoires à raconter. Monsieur et madame, dit-il à Victor et à Clémence, qu'il croit prêts à faire un voyage de long cours, si j'ai un conseil à vous donner, c'est de ne pas passer par des chemins détournés, car la bande du fameux Roger, qui est dispersée, comme vous le savez, s'est jetée dans nos campagnes, où elle fait les plus grands ravages: on les poursuit cependant, et l'on ne peut manquer de détruire entièrement ces scélérats, puisqu'ils ont perdu l'esprit depuis l'arrestation de leur chef.—Ciel, s'écrie Victor, entraîné par un mouvement involontaire, Roger est arrêté!—Oui, arrêté, heureusement pour toute l'Allemagne; ce monstre a été conduit dans les prisons de Vienne, d'où l'on dit qu'il sera tiré, sous trois ou quatre jours, pour marcher au supplice....—Ah! mon Dieu, s'écrie Victor en tombant de sa hauteur!....

Ce cri douloureux et l'évanouissement subit du malheureux jeune homme, tout fixe les regards attentifs de l'hôte, qui s'écrie à son tour avec effroi: Ciel! je reconnais ce misérable! je l'ai vu chez le vieux Frédérik, mon ami, d'où on l'a chassé avec ignominie. Tremblez tous, c'est le fils de Roger!—Lui, reprend M. d'Ermancé avec le plus grand trouble!.... Infortuné, interrompt Clémence en versant un torrent de larmes! veux-tu mourir, veux-tu rejoindre ta mère, la malheureuse Adèle!...—Adèle, reprend M. d'Ermancé en se jetant sur Victor, qu'il relève et serre dans ses bras! tu serais le fils d'Adèle de Rosange!....

Victor est inanimé, Clémence et d'Ermancé lui prodiguent mille soins, et Valentin cherche à réprimer les éclats de l'hôte, qui crie par la fenêtre: À moi, à moi! arrêtez! un brigand! le fils de Roger! ils vont me tuer si vous ne venez me secourir.

En un instant la maison est cernée, la porte enfoncée, et Victor et Valentin sont au milieu d'une troupe de furieux qui cherchent à les arracher des bras de leurs amis. En vain M. d'Ermancé s'écrie: Ce sont mes enfans, ce sont mes enfans, vous dis-je, j'en réponds!....

On les entraîne....

La troupe est bientôt grossie d'une foule d'archers qui veulent aussi enlever Clémence. M. d'Ermancé s'y oppose. C'est ma fille, leur dit-il, entendez-vous que c'est ma fille avec laquelle je voyage? Voilà mes papiers, je suis connu, je crois, et je n'ai rien à démêler avec vous.

Au moins vous serez témoin dans cette affaire, lui crie-t-on. Oui, certes, je le serai; je serai plus même!.... Hélas! ranime tes sens, ma pauvre enfant, et attends tout de ma protection!—Ils l'entraînent, digne vieillard, s'écrie Clémence, et vous ne voulez point que je suive mon époux!....—Imprudente! taisez-vous, lui répond M. d'Ermancé! nous le suivrons. Croyez-vous que je l'abandonne! puis-je abandonner mon fils!—Votre fils!—Oui, voilà mon secret! Je suis Rosange, et le père d'Adèle qui lui donna le jour!....—Vous, ô bonheur! vous le protégerez, mon père, vous le consolerez, vous prouverez son innocence!—Il est donc innocent?—S'il l'est! son cœur est plus pur que le jour qui nous éclaire.—Viens, ma fille, viens, et espère....

Nous saurons dans un autre moment par quel effet du hasard le marquis de Rosange se rencontre là sous un nom supposé: nous apprendrons comment il a su que sa fille Adèle avait été la victime de la séduction de l'infâme Roger, ce qui lui fait découvrir ici que Victor est son petit-fils: tous ces détails nous les retrouverons ailleurs; mais, pour le moment, nous suivrons tous les infortunés, et nous entrerons avec Victor dans l'affreux cachot où l'on va le plonger. Vous frémissez, lecteur!.... laissez là ce livre, il vous fera trop de mal!....

Il n'est plus question de Fritzierne, d'hymen, ni de bonheur. Clémence ne suit plus que son amant. Elle est montée avec Rosange dans la voiture, amenée par Valentin pour une toute autre destination. Cette voiture devait la conduire aux autels, elle la mène peut-être à la mort.... Ô fatalité! qu'on ose donc nier encore ton cruel empire sur les destinées des mortels!....

Clémence voit de loin le terrible cortége au milieu duquel Victor, lié comme un vil criminel, est en butte aux injures d'une multitude grossière et trompée, qui fait même des efforts pour assouvir sa vengeance, pour déchirer sa victime... Le nom du fils de Roger circule de bouche en bouche, et la foule qui se grossit veut arracher l'infortuné des mains des archers qui l'entourent, et le sauvent heureusement des fureurs populaires.... Valentin est garrotté aussi, il est derrière son maître, le pauvre Valentin! tous deux ont recouvré leur tranquillité: le calme de leur conscience les soutient; ils savent bien d'ailleurs qu'il leur est très-facile de prouver leur innocence, et ils marchent les yeux baissés, fermes et disposés à se roidir contre les coups du sort; mais quelle marche pénible! comme elle est humiliante! comme elle est douloureuse pour la vertu!

M. de Rosange et Clémence suivaient tristement dans leur calèche, et cette troupe arrive en deux jours à Vienne, où elle s'arrête devant la porte de la grande prison, remarquable par un tableau frappant de la mort de Jésus et de celle des deux larrons sur le Calvaire. Victor et Valentin furent jetés dans des cachots séparés, et M. de Rosange prit, avec Clémence, un logement près de la promenade du Prater. Essayons maintenant de décrire la prison de Victor. Un caveau long de treize pieds, large de six à huit, haut de six pieds au plus; une porte de quatre pieds et demi, épaisse de cinq pouces, formée de planches, ayant entre elles des plaques de fer, et surmontée d'une grille de fer très-étroite: une ouverture de quatorze pouces de long sur neuf de large, et qui sert de fenêtre à ce cachot, voilà le réduit de Victor. L'infortuné y est enchaîné comme un grand criminel: sa chaîne pesante tient par une extrémité au mur, et de l'autre aux pieds de l'amant de Clémence: une autre chaîne lie encore ses poignets, qui sont écartés par une barre de fer de la longueur de deux pieds!.... Quel supplice vous font déjà souffrir les hommes avant de s'informer si vous l'avez mérité!.... Il est là, Victor, dans cette cruelle position, et ne sait plus penser, ne peut plus réfléchir. On lui crie à travers sa porte que, dans deux heures, il sera interrogé. Cette nouvelle lui donne un rayon d'espoir; mais bientôt un nouveau sujet de terreur vient accroître ses inquiétudes.... Son cachot est voisin de la chambre appelée des tortures; c'est dans cette chambre, frappée depuis des siècles des cris de douleur des malheureux, qu'on met les criminels à ce que nous appelons en France la question. Tandis que Victor gémit dans son cachot, il entend les cris violens d'un infortuné qu'on torture: le bruit des tenailles, des étaux, des divers instrumens avec lesquels on le martyrise, frappe les oreilles du sensible Victor, qui ne peut que s'écrier: Ô mon Dieu! soutiens mon courage, s'il me faut passer par cette cruelle épreuve!.... Les cris du malheureux redoublent; Victor reconnaît sa voix, c'est celle de son père!.... Victor est abattu, n'est plus soutenu sur la terre que par sa chaîne qui le retient....

Au bout d'un moment on vient le chercher: c'est pour être interrogé. Les Allemands sont prompts à interroger et juger les coupables après leur incarcération. Victor se raffermit; on le fait monter dans une espèce de greffe, tourelle vitrée de tous les côtés, et dont la vue donne sur la grande place. Là, deux juges, un magistrat et trois officiers, lui font mille questions, auxquelles il répond en racontant l'histoire de sa naissance et de son adoption. Comme cette histoire paraît trop longue aux magistrats, qui l'écoutent à peine, on parle de le confronter avec son père. Victor frémit, et bientôt il voit entrer Roger, pâle, défait et chargé de chaînes. Qu'avez-vous fait, barbares, s'écrie Roger? qu'avez-vous fait en arrêtant ce jeune homme, qui n'est point complice de mes excès? Cruels! est-ce pour redoubler les maux que vous me faites souffrir, que vous chargez de fers, sous mes yeux, un fils que m'avait donné l'amour, un fils qui m'a été ravi à l'âge d'un an, que je n'ai revu depuis qu'une seule fois, et pour l'entendre me reprocher mes crimes? Ce fils est moins le mien que celui de l'honnête homme qui l'a adopté, l'a élevé, a formé son cœur à la vertu. Il est vertueux, Victor, et vous le traitez comme un vil criminel. Allez, hommes féroces et plus inhumains que moi, vous avez bien l'art de me délivrer de mes remords; oui, vous me rendez fier de vous avoir persécutés.

Le magistrat veut faire retirer Roger, Roger veut parler à Victor, qui, tremblant, humilié, n'a pas la force de le regarder. On entraîne Roger, qui s'écrie de loin: Tu vois, Victor, la triste fin de mes jours; on n'a pu me vaincre, on a employé la trahison pour me faire tomber dans un piége infâme.

Roger est parti, et le magistrat fait encore quelques questions à Victor, qui y satisfait; puis on le ramène dans son lugubre cachot, où il passe la nuit la plus cruelle.

Le lendemain matin on le fait monter de nouveau au greffe: Dieu! qu'y rencontre-t-il avec les juges de la veille? Clémence, Clémence son amante, et M. de Rosange, qu'il ne connaît pas encore pour son aïeul. Clémence, s'écrie Victor, as-tu pu t'exposer à revoir un malheureux?....—Victor, répond Clémence, espère, mon ami: tiens, tu vois ce respectable vieillard, qui ne m'a pas quittée?....—Digne d'Ermancé!....—Ce n'est point d'Ermancé, mon ami, c'est le père d'Adèle, M. de Rosange.—M. de Rosange!—Oui, mon fils, interrompt Rosange, je suis cet infortuné dont Roger séduisit, enleva la fille... Juges, juges intègres qui m'écoutez, savez-vous qu'au lieu de charger de chaînes ce jeune homme, vous lui devriez justice, vengeance de la séduction qu'un scélérat a employée envers sa mère? Juges qui m'entendez, brisez, brisez soudain ces fers qu'il n'a point mérités, ou je vous appelle tous au tribunal de Dieu, qui doit vous juger un jour à votre tour, et suivant vos actions. La fatalité de sa naissance a seule causé l'erreur du peuple qui vous l'a dénoncé; on a cru que le fils de Roger ne pouvait qu'être un affreux brigand: vain jugement des hommes! Cet enfant n'a rien de commun avec son père, pas même l'éducation, qu'il a reçue d'un autre, d'un autre bien différent de Roger, et qui a donné à Victor son ame et ses vertus. Prononcez maintenant; retiendrez-vous encore injustement l'innocence dans les fers, ou la ferez-vous triompher par une justification prompte, éclatante et solemnelle?

Les juges restent un moment touchés de cette courte harangue; puis ils se consultent tout bas, et ordonnent ensuite qu'on reconduise Victor dans sa prison. M. de Rosange et Clémence sont au désespoir: on est obligé de les arracher des bras de Victor, où ils vont laisser leur ame et leur existence. On les éloigne enfin, et Victor rentre dans son cachot. Le soir M. de Rosange, qui ne cessait de faire des démarches et de solliciter, apprit qu'il était question de faire venir au tribunal le baron de Fritzierne pour être entendu en témoignage. Cette nouvelle pénétra de terreur la sensible Clémence, qui craignit que la nouvelle du malheur de Victor n'abrégeât les jours de son père. Heureusement pour ce vieillard mourant, M. de Rosange obtint qu'on ne lui porterait pas ce coup mortel.

Le lendemain de ce jour de douleur, Victor fut confronté avec son fidèle Valentin, qui, interrogé séparément, avait confirmé les dépositions de son maître. Victor accabla de tendresse et de consolations ce digne serviteur qui ne souffrait que pour lui. Victor lui protesta de ses regrets éternels, et l'assura que les mêmes démarches que son aïeul faisait pour le maître, serviraient à prouver en même temps l'innocence de son estimable ami.

On les sépara bientôt, et tous deux furent rendus à leur triste solitude.

Une nuit s'écoule encore, nuit d'horreur et de deuil qui précédait un jour plus affreux!.... Dès la pointe du jour, le bruit sourd d'un tambour voilé se fait entendre dans la prison; la cloche lugubre du beffroi sonne le lent et triste tintement de la mort. On entend crier: il va mourir; et déjà la fatale voiture, la dernière qu'on donne aux coupables, fait gémir le pavé de la cour sous le poids énorme de ses roues de fer. L'ange exterminateur plane sur la forteresse, et chacun des détenus attend qu'on vienne lui dire si c'est pour lui qu'on fait ces barbares préparatifs.

Victor, que la mort ne peut plus effrayer après avoir supporté l'opprobre et l'infamie, Victor entend passer l'homme sinistre à qui la loi remet son glaive pour frapper les criminels. Victor l'entend demander tout près de sa porte: Dans quel cachot est-il?—Là, lui répond-on; et Victor frémit.

Il frémit, non pour lui, je le répète; mais s'il meurt, le coup qui va l'atteindre va frapper Clémence, sa sensible amie; Clémence ne pourra supporter le jour; Rosange, Fritzierne, et le bon Valentin lui-même, tous ses amis vont le suivre au tombeau. Dieu, s'écrie-t-il, Dieu créateur de tout! m'as-tu donc destiné à une mort si honteuse! as-tu réservé à mes amis des regrets si longs, si cuisans! Non, il n'est pas possible que l'innocent périsse, ou l'ordre de la nature serait renversé: ta justice est pure comme l'azur des cieux que tu as formés! Tu connais mon cœur, tu sais s'il t'adore, s'il a jamais manqué de confiance en ta divine providence: ô mon Dieu! tu ne me laisseras point périr! tu, ne causeras point une douleur si déchirante à ceux qui me sont chers! tu prouveras ta grandeur, ta bienfaisance, et tu ne porteras pas au dernier degré la rigueur que tes décrets ineffables te font exercer souvent sur la vertu malheureuse!.... Ô mon Dieu! pardonne, pardonne, je n'ose point murmurer, je ne puis que me plaindre et te prier!....

Victor est accablé par la terreur, la fatigue, la fièvre et tous les maux du corps et de l'esprit. Ses sens sont troublés: il croit que la mort l'appelle, que c'est pour lui qu'on dresse l'échafaud: il entend, de sa prison, les coups de maillet du charpentier qui travaille à cette machine effroyable.... La voix de l'exécuteur a frappé son oreille, le tambour drapé s'approche, le tintement du beffroi redouble, les cris de la multitude nombreuse qui attend la victime, cris tumultueux et semblables au bruit des vagues de la mer, sont plus aigus; tout annonce qu'il approche, le terrible moment de la destruction d'un homme....

Victor respire à peine.... Dieu! on ouvre sa prison, ses cheveux se dressent sur son front. Un geolier détache ses chaînes, seulement au pied droit; ce geolier est suivi de plusieurs hommes d'une figure sinistre. Il suit. On le fait monter.... où? dans ce même greffe, dont la vue donne sur la place. Il voit cette place couverte d'une foule innombrable. Cette foule curieuse et avide de supplices entoure un échafaud, revêtu d'un drap noir semé de larmes blanches.... Pour qui, grand Dieu! quel sang va couler!....

On entre dans le greffe: c'est Roger, suivi des magistrats, et accompagné d'un ecclésiastique. Je t'ai mandé, mon fils, dit-il à Victor, qui est presque insensible; oui, j'ai voulu te voir à mes derniers momens: j'ai voulu te faire un aveu sincère de mes crimes, que j'ai déguisés en vain sous les systêmes les plus faux et les plus dangereux! Je vais mourir, mon fils; et, si ta douleur te rappelle celle que j'éprouvai jadis en voyant le supplice de mon père, que la leçon qu'elle te donne soit plus forte, plus utile que celle que je reçus alors, et dont je ne profitai point. Tu vas être libre, Victor, tu vas recommencer la carrière de la vie, dans laquelle tu es à peine entré; n'oublie jamais mon exemple, mes remords, et que ce triste moment soit sans cesse devant tes yeux: il te rappellera qu'il est une heure suprême où le coupable ne peut plus se faire illusion sur ses crimes; il te dira enfin combien tu fus heureux de ne pas vivre sous mes yeux, de ne pas céder ensuite à mes perfides conseils, et que si la vertu est quelquefois persécutée, elle est forte, consolée par elle-même au milieu des peines de la vie, tandis que le criminel meurt faible, timide, et rongé par ses remords déchirans..... Adieu, Victor;

embrasse-moi, et pardonne-moi ta triste existence!....

Victor ne voit rien, et entend à peine ce que lui dit le coupable Roger. Celui-ci s'approche de son fils, colle sur ses joues ses lèvres dévorées par le feu des douleurs; puis il se retourne, et disparaît avec ceux gui l'accompagnent. Victor est resté seul, et le barbare geolier qui l'a amené a la cruauté, pour n'être pas privé du spectacle de la mort de Roger, de laisser son fils dans ce greffe, ouvert de tous les côtés sur la place, en face de l'échafaud. Victor demande à fuir ce lieu; le geolier ne l'écoute pas, et se met tranquillement à une croisée. Bientôt les cris du peuple annoncent que le coupable est monté sur l'échafaud, la hache meurtrière brille, et la tête de Roger tombe au milieu des applaudissemens d'un peuple dont il était l'horreur et l'effroi.

Soudain des cris nouveaux se font entendre. Une foule immense se précipite vers la prison; on entend cette foule répéter: Le fils de Roger! le fils de ce monstre!.... Victor, anéanti, persuadé que le peuple demande sa tête, n'a pas la force d'adresser une question au geolier inhumain qui va le reconduire dans son cachot. On ouvre précipitamment la porte du greffe; c'est le duc d'Autriche qui se présente lui-même aux yeux de Victor: le duc va droit à ce jeune homme et l'embrasse. Infortuné, lui dit le duc, il n'y a qu'un moment que je sais vos malheurs: on m'a appris votre injuste détention, et je m'empresse de la faire cesser. Venez, venez, et pardonnez-moi, si la curiosité de voir tomber sous le glaive des loix un scélérat qui a ravagé mes états, a retardé de quelques momens l'heure de votre liberté. Vous ne pouvez regretter un homme que vous n'avez point connu, et à qui votre ame est bien éloignée de ressembler: le préjugé du sang ne peut avoir d'empire sur un cœur aussi grand que le vôtre: suivez-moi, jusqu'à mon palais, et que mes bienfaits vous fassent oublier, s'il est possible, la fatalité de votre naissance, et les maux qu'elle vous a causés.

Victor ne sait s'il rêve, ou s'il est éveillé: il ne peut que s'écrier: Et mon fidèle Valentin?—Il est déjà libre, lui dit une voix qu'il croit reconnaître; cette voix, c'est celle même de Valentin, qui presse son maître dans ses bras. D'un autre côté, Clémence et M. de Rosange l'accablent de leur vive amitié; Victor est trop pressé: il a trop de sensations à-la-fois.... Il tombe sans connaissance, cet intéressant jeune homme, et les gens du duc le portent jusqu'à la voiture de ce seigneur, qui y monte aussi avec Rosange, Clémence et le pauvre Valentin dont les malheurs ont fait oublier l'état.

Rosange supplie le duc de permettre que Victor soit transporté chez lui, près de Clémence. Le duc y consent, et la fille de Fritzierne est au comble de la joie: c'est Clémence qui a sauvé Victor, c'est Clémence, qui, ce matin même, en apprenant la condamnation de Roger, a frémi d'horreur, s'est transportée jusqu'au palais du duc, à qui elle a raconté l'histoire de Victor, avec cette touchante éloquence de l'amour et de la candeur qui est peinte sur son jeune front. Le duc s'est attendri, et lui a promis de délivrer son ami, soudain après la mort de l'infâme Roger. Il a tenu parole, cet estimable seigneur, Victor est libre maintenant; mais, hélas! Victor est privé de sentiment: il est plongé dans le sommeil de la mort. Ô Dieu! ses amis vont-ils le perdre au moment où ils le retrouvent!.....

Arrivé chez Rosange, Victor est mis au lit, et le duc se retire, après avoir promis à ces tendres amis de venir souvent lui-même s'informer de la santé de son jeune protégé: c'est ainsi qu'il appelle Victor.

Cependant le fils d'Adèle a recouvré ses sens; mais un transport furieux agite son cerveau, une fièvre brûlante dévore son sang: des gens de l'art sont appelés: ils se consultent; mais bientôt ils apprennent à Rosange et à Clémence, que leur ami n'a plus que quelques jours à vivre....... Ciel! quelle affreuse nouvelle!.....

Les plus grands soins sont prodigués au malade, et Clémence, malgré toutes ses occupations, prend le temps encore d'écrire à son père, de qui elle n'a point eu de nouvelles, et qu'elle appréhende de perdre, s'il apprend les affreux événemens qui viennent de se succéder si inopinément.

Je vais laisser parler Clémence et ses correspondans dans le chapitre suivant: heureux d'être parvenu à tracer celui-ci, avec le plus de rapidité qu'il m'a été possible, pour ne point retenir trop long-temps l'attention de mon lecteur sur des cachots, des échafauds, des supplices, que je n'aurai plus à retracer, heureusement pour mon cœur, que ces tableaux affreux ont brisé.

CHAPITRE XII. EN LETTRES

Clémence au baron de Fritzierne.

Que faites-vous, ô mon père! où êtes-vous!...... Qu'avez-vous pensé de votre fille? Vous lui écrivez la lettre la plus tendre, la plus touchante; qu'elle vienne, lui dites-vous; cette fille que je chéris, et je ferai son bonheur; je l'unirai à celui qu'elle aime; et votre fille ne vole pas dans vos bras paternels, et vous n'entendez plus parler de cette fille, que vous accusez sans doute d'ingratitude!.... Non, mon père, non, elle n'est point ingrate, votre Clémence; elle ne le fut, et ne le sera jamais..... Elle allait reprendre la route du toit paternel, elle avait rejoint..... Mon père, osera-t-elle vous l'avouer: elle avait retrouvé Victor; tous deux allaient vous presser contre leur cœur qui vous vénère.... Hélas! un malheur inattendu..... inoui.... vous avez sans doute entendu dire, mon père, que Roger était tombé entre les mains de la justice. Victor l'apprend, Victor lui-même est compromis comme fils de cet homme abhorré!...... Une prison devient la sombre demeure de votre fils adoptif; et bientôt, tableau effroyable! il est témoin du supplice de Roger, comme Roger le fut jadis de celui du baron de Walfein; mais, mon père, la situation de Victor a été plus affreuse. Ce monstre lui a parlé à ses derniers momens, il a eu l'audace de souiller, par le baiser du crime, l'incarnat de l'innocence qui décore le front de mon amant! Puis-je vous rendre nos douleurs; Victor est libre enfin, mon père, il est libre, grace à la puissante protection du duc d'Autriche, qui, lui-même, a été briser ses fers dans son cachot. Mais comme il est écrit que je dois être à jamais malheureuse, le désespoir, la honte, l'horreur des cachots, des tableaux horribles qui ont frappé ses yeux, tout a plongé Victor dans une maladie effrayante, désespérée, à ce que disant les médecins. Victor n'a plus que quelques jours à vivre. Tout l'art des docteurs est impuissant, il a trop, trop souffert, l'infortuné!....

Ah, mon père!..........

Daignez me donner de vos chères nouvelles; et si vous pouvez vous transporter ici, vous y trouverez le malade, qui prononce souvent votre nom, votre fille qui ne peut se résoudre à quitter son ami dans cet état funeste, et un bon vieillard, le marquis de Rosange, aïeul de Victor, que nous avons eu le bonheur de rencontrer. Oh! mon père, venez, ou du moins écrivez-moi bien vîte.

Votre fille, Clémence de Fritzierne.

P. S. Pardonnez au trouble de ma lettre: je ne suis pas à moi; je ne suis qu'à l'amour et à la nature....

Vous voudrez bien adresser votre réponse à M. le baron d'Ermancé, près la cathédrale de S.-Étienne, derrière les jardins de Schoenburn, à Vienne.

Fritz à Clémence.

Votre respectable père, mademoiselle, n'a pu répondre à votre lettre; il ne l'a pas même lue, c'est moi qui lui en ai fait connaître les tristes détails. Nous allons perdre M. le baron de Fritzierne, belle Clémence; nous l'allons perdre, et c'est le coup qui vous accable tous, qui vient de le frapper. Je vais m'expliquer le plus succinctement qu'il me sera possible; car il m'est difficile de quitter plus d'un quart-d'heure, le chevet du lit de douleur, où il attend sa destruction.

M. le baron attendait l'effet de sa lettre à Valentin; et déjà dans l'espoir de vous voir bientôt rentrer au château, son front avait repris plus d'éclat, plus de sérénité. Il se sentait beaucoup mieux; il s'occupait des détails d'une petite fête qu'il voulait vous donner, et je le voyais revenir à vue d'œil. Mon père et moi, nous faisions tout pour fortifier son espoir, comme vous pensez bien. Cependant trois jours s'étaient écoulés déjà, et nous n'avions pas de réponse. Ce retard commençait à inquiéter M. le baron, lorsque vers le soir, le bruit court que le trop fameux Roger, qui avait transporté son camp de la Bohême dans l'Autriche, vient de tomber dans une embuscade; il est pris, la nouvelle est sûre, et ses gens, qui n'ont plus de courage, ayant perdu leur chef, fuient, refluent dans nos campagnes, comme ces feuillages que disperse au loin un ouragan furieux. Je sors un moment pour m'informer des détails de cette affaire, qui remplit de joie tous nos habitans, et, au moment où je baisse le pont-levis, un homme s'y précipite, un homme pâle, égaré, qui cherche à s'introduire dans le château. Je le poursuis, il monte, et se jette précisément dans la chambre du baron, aux pieds duquel il tombe. Ne me perdez pas, s'écrie-t-il, je suis poursuivi, ne me perdez pas!..... Je regarde cet homme, et je reconnois Morneck, l'un des infâmes suppôts de Roger..... À l'instant, la justice, qui le réclame, demande à entrer: nous lui livrons ce scélérat, qui, furieux de n'avoir pu nous attendrir, nous dit: Baron de Fritzierne, tu me fais périr; mais j'ai pris d'avance le soin de ma vengeance. Ce cher Victor, ton fils adoptif, je l'ai fait connaître d'abord dans une maison, dont je l'ai fait chasser honteusement, et j'ai eu soin d'envoyer son signalement dans toute l'Allemagne; c'est le fils de Roger, il faut qu'il périsse si Roger périt.

Le farouche Morneck part pour le supplice qui l'attend, et nous restons frappés d'un coup de foudre. Ciel! s'écrie le baron, Victor est en Allemagne, près de nous peut-être; et il est en horreur à tout le monde, désigné comme fils d'un brigand, prêt à succomber avec lui!.....

Le baron n'en put dire davantage ce soir là: il sentit sa faiblesse redoubler, et le lendemain nous apprîmes, par la voix publique, que l'infortuné Victor était renfermé dans la même prison que son père. On nous dit même qu'il était marié, et que sa femme et son beau-père avaient été arrêtés avec lui. Nous ne crûmes point à la fable de son hymen; mais cette affreuse nouvelle, qui nous désola tous, fut plus sensible encore à M. le baron. Il se mit au lit ce jour là, et depuis, il n'en est pas sorti. Je lui ai lu votre lettre, qui nous a tranquillisés sur la liberté de Victor, mais qui a redoublé notre affliction, en apprenant sa maladie mortelle. Ô mon Dieu, que de maux! quand finiront-ils?

Adieu, mademoiselle; votre père m'engage à vous prier de l'instruire, tous les jours, d'heure en heure, s'il est possible, de l'état du malheureux Victor, dont il a la bonté de se reprocher la mort. Il vous prie aussi de lui donner quelques détails sur les aventures de M. de Rosange, dont la rencontre inopinée l'a singulièrement surpris. Je suis avec respect, etc.

Fritz.

P. S. Je vous donnerai souvent aussi des nouvelles de la santé de M. le baron.

Clémence à Fritz.

Je suis au désespoir, bon ami. Eh quoi! sur le point de perdre mon père et mon amant! est-il une situation plus affreuse! De quel côté dois-je prodiguer mes soins? me dois-je plus à la nature qu'à l'amour? Oh! guidez-moi: mes affections sont tellement partagées, que je ne sais plus où les porter tout entières. Cependant, je suis ici près d'un malheureux moribond: irai-je le quitter pour aller rejoindre un père que je ne retrouverai peut-être plus existant? je risquerais à ne fermer les yeux d'aucun des deux. Vous êtes-là, vous, Fritz; vos soins touchans et délicats peuvent remplacer près de mon père ceux de la piété filiale; et je vous conjure de les redoubler, de me conserver le plus tendre des pères: que ne puis-je aussi vous conserver votre ami!

Hier il a eu un léger moment de calme, et nous a tous reconnus pour la première fois depuis son malheur. Cela nous a donné quelque espoir, mais il n'a pas été de longue durée; une heure après il est retombé dans ce délire effrayant qui lui retrace Roger et sa mort funeste. Ah! mon ami, je succombe sous le poids de mes peines, et je sens que mes forces s'affaiblissent aussi de jour en jour.... Si je perds Victor et mon père, je meurs, oui, je meurs....

Vous me demandez le récit des aventures de M. de Rosange: hier il nous les a racontées pendant le moment de calme de mon cher Victor. Mon jeune ami a paru y prêter une grande attention; il a même eu la force d'adresser quelques mots tendres à son aïeul, qui en a versé des larmes de sensibilité. Ces aventures ne sont pas longues; elles sont intéressantes seulement en un point, c'est que Michel, ce bon Michel que madame Germain et Adèle avaient cru voir tomber mort dans la forêt d'Anet, n'était point mort. Michel n'avait été que blessé, mais très-grièvement, comme vous allez le voir. On aime à retrouver les gens qui nous ont intéressés dans un récit. J'éprouvai cette douce satisfaction, en apprenant que le bon Michel n'avait point perdu la vie. Il resta long-temps baigné dans son sang, puis il revit enfin la lumière; mais ce fut pour s'appercevoir de son état et de sa solitude. Il se douta bien que ses maîtresses étaient devenues la proie de l'infâme Roger, et chercha à se lever. Un voyageur en voiture, qui passait justement dans ce lieu, s'apperçut des efforts que faisait un homme blessé pour lutter contre la mort; il descendit, et ne pouvant en tirer une seule parole, il le fit mettre dans sa voiture, et le conduisit à Anet, où il le fit panser. Là, Michel recouvra l'usage de la parole; il remercia son bienfaiteur, et le pria en grace de le conduire à Paris, tout blessé qu'il était, à l'hôtel de Rosange, place Royale. Le voyageur y consentit, quelque imprudent que fût ce voyage; et le fidèle Michel descendit, ou plutôt fut descendu chez son maître, qui, effrayé de le revoir dans cet état, n'apprit de lui que quatre jours après, et la cause de sa blessure, et les malheurs de sa fille. Michel, après s'être accusé d'imprudence, n'eut que le temps de dire à M. de Rosange que le ravisseur de sa fille s'appelait Roger, qu'on le croyait être un des brigands qui depuis long-temps parcouraient la France; que ce Roger était Allemand d'origine, et qu'il lui avait entendu dire souvent que, s'il n'obtenait pas la main d'Adèle, il s'en retournerait dans son pays: il est possible, ajouta Michel, que, si ce misérable a enlevé Adèle, comme j'ai tout lieu de le croire, il l'ait emmenée en Allemagne.

Michel, après ce court exposé, sentit redoubler ses douleurs; et le lendemain il expira, au grand regret de M. de Rosange, qui chérissait ce fidèle serviteur. La situation de M. de Rosange était des plus embarrassantes: il accusait sa fille, il accusait madame Germain, et recourait au gouvernement français, qui lui promettait toujours de l'aider dans ses recherches, et n'avançait en rien. M. de Rosange voyagea, courut tous les pays, et revint en France, où il se décida à traîner sa malheureuse vieillesse loin de sa fille, loin de tout le monde....

Ce ne fut qu'après bien des années que M. de Rosange sentit se réveiller en lui le desir de revoir l'Allemagne, et d'y chercher de nouveau son Adèle. Il avait entendu parler de la célébrité de Roger, et ne doutait pas que ce ne fût le ravisseur de sa fille; mais il savait en même temps que ce Roger était inabordable, et que c'était en vain que les troupes les mieux disciplinées songeaient à l'attaquer. Quoi qu'il en soit, M. de Rosange revint en Bohême, et prit des informations. Il apprit que Roger avait eu en effet une épouse nommée Adèle, mais qu'elle n'était plus depuis long-temps, et que le fils qu'elle avait eu de son séducteur courait le monde, sans qu'on sût ce qu'il était devenu, si même il était mort ou vivant. M. de Rosange, au désespoir d'apprendre la mort de sa fille, ne prévoyant pas pouvoir jamais rencontrer ce fils, qui sans doute ne se vantait pas de sa fatale naissance, M. de Rosange prit le parti de revenir doucement en France, après avoir essayé de distraire ses chagrins en voyageant. Il avait changé de nom, et pris celui de d'Ermancé pour se soustraire aux perquisitions indiscrètes, et pour oublier, s'il lui était possible, tous les malheurs qu'il avait éprouvés sous le nom de Rosange. Il se persuadait d'ailleurs que la femme de Roger était connue sous le nom d'Adèle de Rosange; il ne voulait plus porter un nom souillé par l'hymen d'un brigand: c'est dans le cours de ses voyages qu'il me rencontra avec Victor chez la bonne Berthe, et qu'il prit à nous un intérêt qui, s'il n'était pas motivé par les liens du sang, ainsi qu'il serait peut-être fanatique de le croire, n'en était pas moins fort; il apprit ensuite, chez le méchant hôte de Bolendith, que Victor était son fils, et réunit ses efforts aux miens pour le soustraire au nouveau malheur qui vint le frapper. Maintenant ce vieillard respectable donnerait sa fortune pour sauver son petit-fils, mais, hélas! son désespoir ne fait qu'accroître le mien, et nous ne pouvons que pleurer ensemble.

Voilà, mon cher Fritz, les détails que vous desiriez savoir: apprenez-les à mon père, et donnez-moi de ses chères nouvelles. Je retourne auprès de mon ami, qui, vient-on de me dire, retombe dans son affreux transport. Ô mon Dieu! peut-être va-t-il expirer dans mes bras!....

Clémence de Fritzierne.

P. S. J'ai appris de vous, avec bien de la joie, que le perfide Morneck avait subi la peine due à ses forfaits: ce misérable a fait dernièrement bien du mal à mon ami!

Clémence à Fritz.

Vous ne m'écrivez pas, Fritz, et votre silence sur l'état de mon père me tue, me désole, et ajoute au chagrin cuisant qui me mine. Je ne sais comment vous dépeindre notre douleur à tous... Nous allons le perdre demain, ce soir, peut-être au moment où je vous écris. Victor, mon cher Victor n'a plus que quelques momens à vivre.... Je suis si troublée!.... je verse tant de larmes, que je ne sais plus où j'en puise encore: il faut que la source de mes pleurs soit intarissable..... Hier au soir il pouvait prononcer quelques mots faibles, que nous avions bien de la peine à entendre. Il nous demanda à se recueillir avec un ministre des autels, et nous dit, avec plus de calme que nous n'en mettions à l'écouter, qu'il sentait s'approcher sa fin sans crainte comme sans regrets.... Sans regrets, lui dis-je; et Clémence, que tu laisses seule en proie à son désespoir!....

Il me serra la main, me regarda d'un œil tendre, quoique mourant, et retomba dans son effrayant transport. Dans ces momens de délire, il frotte sans cesse sa figure avec ses mains, comme pour effacer le baiser horrible que Roger lui donna avant de marcher au supplice.... Ce matin un prêtre est venu: il semble que Victor l'attendait pour recouvrer l'usage de la parole. Nous l'avons laissé seul avec le pieux ecclésiastique, qui, un moment après, est sorti de la chambre du malade, l'œil humide de pleurs, le cœur oppressé: Ô mon Dieu! s'est écrié ce saint homme, c'est un ange que ce jeune infortuné! c'est un ange que tu vas recevoir dans ton sein!....

Puis il est sorti, et nous sommes entrés chez Victor, qui nous a paru tranquille et résigné. Son aïeul et moi, nous lui prodiguons les soins les plus empressés. Son fidèle Valentin ne le quitte pas un moment; il passe toutes les nuits à ses côtés, et pleure sans cesse. M. le duc vient aussi nous voir: il nous a envoyé ses médecins, qui se sont consultés hier..... mais le résultat de leur consultation a toujours été comme avant, la mort. La mort! si jeune, si jeune, et si près du bonheur!.... Ô décrets immuables de la divine Providence, que vous êtes profonds et terribles!....

Je ne puis continuer; mon cœur, brisé par tant de coups, ne bat plus que faiblement; ma main tremble, mes yeux se couvrent de nuages... Adieu... En grace, parlez-moi de mon père; peut-être n'est-il plus; peut-être, trop discret ami, craignez-vous de me dévoiler ce terrible secret: parlez, parlez sans crainte; mon ame est arrivée à un tel point de souffrance, que rien ne peut l'accabler plus qu'elle ne l'est. Je m'attends à tout, je prévois tout, comme le malheureux fixe la pointe du rocher qui se détache, et roule avec fracas jusqu'au lieu où elle va l'écraser.... Adieu.... Demain, ce soir sans doute, je ne vous écrirai que pour vous apprendre..... la mort..... du plus intéressant.... du plus malheureux des hommes.... Je pleure, et ne puis plus que signer:
Clémence de Fritzierne.

Fritz à Clémence.

Il n'est plus, mademoiselle!.... Le respectable auteur de vos jours a fermé les yeux à la lumière, hier, dans mes bras, à quatre heures après midi.... Il vous a nommée, il a nommé Victor.... et sa langue s'est glacée, et la tombe s'est ouverte pour l'engloutir à jamais... Je suis trop troublé pour vous en dire davantage.... Ayez la bonté de me donner vos ordres. Tout le château est dans une consternation!... Heureusement que j'ai les yeux sur tout....

Votre lettre, que j'ai reçue ce matin..... oh! comme elle m'a fait de la peine! comme elle a redoublé ma douleur! Quoi! deux coups aussi violens, ensemble, dans le même moment!.... Je tremble de décacheter la première lettre qui va m'arriver de Vienne!..... Mon bienfaiteur, mon ami, votre père, votre amant, faut-il que nous perdions tout!....

J'ai fait embaumer le corps du vénérable Fritzierne; et, je le répète, j'attends les ordres de son héritière, de sa fille infortunée.
Fritz.

Valentin à Fritz.

Tout le monde est si troublé; il y a tant de désordre, tant de désespoir ici, que c'est moi qu'on a chargé de vous écrire..... Quelle triste nouvelle pour Clémence, que celle dont vous venez de l'instruire!..... Ce n'était pas assez de la mort de son père, il fallait.... Ô Dieu! comment pourrai-je vous faire ce douloureux récit?....

Victor n'avait plus que quelques heures à vivre: c'était l'opinion des médecins, de tous ceux qui connaissaient son état, et ce bon jeune homme, fatigué du poids de la vie, voyait s'avancer, sans effroi, la mort qui devait le plonger dans un sommeil bienfaisant, tandis qu'elle allait livrer ses amis à d'éternels regrets.... Cette nuit, mademoiselle, son aïeul et moi, nous n'avions pas voulu le quitter; cette nuit, nuit d'horreur et de deuil, il a pu appeler mademoiselle; mademoiselle court à lui: Clémence, lui dit-il d'une voix faible, tu ne m'as point donné des nouvelles de ton père.—Mon ami.... mon père..... mon père n'éprouve plus de douleurs.—Il est rétabli?....—J'espère que tu vas bientôt aussi te rétablir.—Je le reverrai donc, ce vieillard respectable, qui a pris soin de mon enfance.—Ciel! que dis-tu?—En effet, insensé que je suis! ma tête faible.... J'ai donc oublié que je vais mourir?—Non, tu ne mourras point....—Clémence, mon heure est marquée. Tout-à-l'heure, dans ce transport violent qui vient de m'agiter, le songe que fit jadis ton père dans le souterrain de la forêt, avant mon adoption, ce songe affreux s'est retracé à mes sens égarés.... Cet échafaud, ces bourreaux, ces tortures, ces flambeaux funèbres, j'ai vu tout cela, j'ai vu.... ce qui s'est présenté à toi-même, à-peu-près de la même manière, la nuit qui précéda mon départ du château pour le camp de Roger.... La foudre grondait sur ma tête; on s'écriait, c'est son père!.... Le sceau de la réprobation attaché sur mon front, par les furies sans doute, me faisait reconnaître et repousser de tout le monde..... Ce signe affreux de l'opprobre et de l'infamie, il le portera toute sa vie, disait-on... Je demandais la mort... L'ange exterminateur a paru alors; je l'ai vu, oh! bien vu, armé de son glaive flamboyant.... Il s'apprêtait à me frapper; il me disait: Péris, enfant du crime.... À l'instant un spectre est sorti de son tombeau: c'était Roger; il m'entraînait dans ses bras décharnés; il m'étouffait, il m'étouffe encore, Clémence, à l'instant où je te parle.... Le vois-tu? tu le vois sans doute, là, là; il me fixe, il veut imprimer encore sur mes joues décolorées le baiser affreux.... qu'il me donna.... Tu ne le repousses point, Clémence, tu ne me délivres point de ce monstre!.... Mon Dieu, mon Dieu!.... oh! comme il te regarde toi-même!.... Clémence!.... il m'entraîne encore.... un gouffre affreux.... l'abîme de la mort, il m'y plonge... c'en est fait... je meurs, je meurs, ô ma chère Clémence!

À ces mots il laisse tomber sa tête: il n'a plus de respiration, et le froid de la mort semble le glacer peu à peu. Nous croyons qu'il n'est plus, et nous remplissons l'air de nos cris aigus. Le médecin, qui le quitte rarement, monte, effrayé de nos gémissemens... Il regarde Victor, et détourne la tête....—Est-il mort, lui crions-nous?...—Je n'oserais l'assurer..... Cette léthargie paraît..... plus.... sérieuse.—Parlez, parlez; il n'est plus, n'est-il pas vrai?—Je vous jure, famille désolée, que je n'en suis pas certain moi-même. Le médecin l'examine de nouveau, et nous, nous sommes autour de lui, l'œil fixe, le cou tendu, n'osant à peine respirer... Il ne l'est pas encore, s'écrie le médecin.... Écoutez, écoutez tous; entendez-vous comme il soupire?—Oh, mon Dieu!

Nous nous précipitons tous à genoux, les mains levées vers le ciel, que nous conjurons de nous rendre notre ami. Il n'est point mort; et sa jeunesse, le temps, tout peut encore faire espérer... enfin un pressentiment, tout ranime un peu notre espoir et notre courage.

Mais le jour est reparu, et Victor est encore dans la même situation. Au moment où je vous écris.... il est comme inanimé, et sans le léger mouvement de sa poitrine, on le croirait descendu déjà dans la nuit éternelle.... Mademoiselle, fatiguée d'un moment d'effroi aussi violent, m'a ordonné de vous écrire, et je le fais. S'il y a aujourd'hui quelque chose de nouveau, en bien ou en mal, je vous le marquerai sur-le champ. Pour mon pauvre maître, le malheureux baron de Fritzierne, mademoiselle vous prie de conserver ses restes précieux dans la chapelle du château.... Quel que soit l'événement qui doit arriver ici, pas plus tard qu'aujourd'hui, car l'état de Victor ne peut durer, mademoiselle ira, si elle en a la force, nous irons tous rendre les honneurs funèbres au plus respectable des pères. Plût au ciel que nous n'ayons pas à remplir avant, ici, d'aussi tristes devoirs!....

Adieu, monsieur: je retourne auprès de mon pauvre maître... Votre obéissant serviteur,

Valentin.

Valentin à Fritz.

Par où commencerai-je, monsieur, le détail de tout ce qui s'est passé ici, depuis quatre jours que je ne vous ai écrit? Comment vous apprendre un événement qui va bien affecter votre sensibilité! sans doute votre inquiétude est extrême, de n'avoir point reçu de nos nouvelles dans l'espace de quatre jours! j'ai voulu vous apprendre quelque chose de positif, et je le puis enfin aujourd'hui. Rassurez-vous, réjouissez-vous, Victor est sauvé!....

Oui, Victor est sauvé; il respire, il est hors de danger, il est même convalescent. Sa raison est revenue avec sa santé, et nous devons ce bonheur au secours le plus inattendu. Ce pauvre jeune homme!... Nous sommes tous ici dans une joie!.... Prêtez-moi votre attention.

Lors du service que monsieur le duc rendit à mon bon maître et à moi-même, en brisant nos fers, j'écrivis cette heureuse nouvelle à tous ceux qui nous intéressaient, à l'estimable Berthe, sur-tout, cette brave femme du village de Bodwits, qui nous avait reçus chez elle avec tant d'affection, et qui avait bien souffert de l'arrestation de Victor. Depuis, je lui avais fait part de la maladie de Victor, ainsi que de sa condamnation prononcée par les médecins. Cette sensible femme, ne pouvant résister au desir de revoir ceux qu'elle nommait ses bons amis, arrive chez nous, à Vienne, dont elle a fait le voyage, et au moment où nous l'attendions le moins. C'était lundi matin, un instant après que j'eus fait partir la dernière lettre que je vous écrivis. Berthe entre donc: elle est accompagnée d'un vieux laboureur qui lui a donné le bras, et dont les cheveux blancs et la figure vénérable inspirent le respect. Berthe demande à voir son jeune ami. Chacun pleure, chacun gémit.— Serait-il mort, s'écrie Berthe?—Il l'est peut-être à présent! hélas, nous n'attendons plus que son dernier soupir!—Je veux le voir, il faut absolument que mon vieux parent que voilà, l'examine; il peut le rendre à la vie!—Lui, ce vieillard!—Ce bon vieillard. Il n'est pas médecin, lui, ce n'est pas un charlatan, il ne se mêle point de l'art de guérir: il ne possède qu'un seul secret que lui a laissé un brave homme, qu'il a retiré de la rivière où il se noyait. Ce secret est unique pour les maux désespérés; j'ai vu vingt personnes ressuscitées par son moyen.—Grand Dieu, s'il était possible!........—Victor est-il réellement abandonné des médecins?—Tous se sont retirés, même celui qui l'a veillé cette nuit.—Eh bien! que coûte-t-il d'essayer le secret du père Mervel?

Mademoiselle s'oppose d'abord à ce que l'on fasse, sur son amant, l'essai d'une drogue qui peut le précipiter plus vîte au tombeau; mais enfin Victor expire, tous les secours de l'art sont insuffisans: il ne peut revenir seul à la vie qui lui échappe. M. de Rosange, le duc et moi, nous faisons faire à mademoiselle toutes ces réflexions, qu'elle finit par approuver; mais elle ne veut point assister à cette cure douteuse, elle va se renfermer, pleurer et se reprocher, toute sa vie, la mort de son ami, s'il faut qu'elle soit accélérée par le secret qu'on va hasarder.

Mademoiselle se retire en effet, et nous approchons tous de Victor, savoir, monseigneur, M. de Rosange, Berthe, le laboureur et moi. Le vieux Mervel regarde Victor, qui n'a plus de mouvement. Un souffle léger ternit seulement la glace qu'on approche de ses lèvres........ Le vieux Mervel s'empresse de distiller, goutte à goutte, dans la bouche du mourant, une certaine potion, qui peu-à-peu le rappelle au sentiment, à la vie!..... Je ne vous dirai point les effets de ce secret surprenant sur le corps débile de mon chef maître. Il vous suffira de savoir que deux heures après il parlait, et que le lendemain matin, il était hors de tout danger.

Jugez des transports de joie de mademoiselle, qui était restée chez elle, seule, et livrée à la plus mortelle inquiétude. On lui apprend cette espèce de miracle.... Elle accourt, elle se précipite sur son ami, qui la reconnaît, et qui semble sortir d'un rêve effrayant. Plus de transport, plus de fièvre, plus de léthargie; une extrême faiblesse seulement, voilà ce qu'éprouve Victor... Ô mon Dieu! quelle ivresse nous saisit! quelle reconnaissance nous témoignons à Berthe, et sur-tout au vieux Mervel! Ce vieillard généreux nous assure que, sans l'intérêt qu'éprouvait Berthe pour son ami Victor, intérêt qu'il a partagé, il n'aurait point risqué l'épreuve de son secret, tant il a peur de passer pour un charlatan; mais Berthe l'a tant pressé, tant sollicité, qu'il n'a pu refuser de la suivre. Monseigneur le duc d'Autriche, pour récompenser ce brave homme, l'a pris à son service pour la culture de ses jardins, et a bien voulu donner une petite pension à la bonne Berthe, qui a promis de vendre sa maison de Bodwitz, dont elle ne regrette que le beau clos qui faisait l'admiration des voyageurs, et de suivre par-tout nos amans.

Que vous dirai-je, M. Fritz? depuis ce temps tout est bien changé dans la maison. Victor va de mieux en mieux; il s'est même levé un peu ce matin; et les médecins, qui l'avaient abandonné, sont confondus de cette cure étonnante. Nous n'avons plus d'autre chagrin ici, que le juste regret que nous éprouvons tous de la mort de M. le baron de Fritzierne. Victor, qui n'a su qu'hier ce malheur, en a bien pleuré. M. de Rosange lui-même, qui brûlait du desir de voir, d'embrasser M. le baron, de remercier cet homme généreux des soins qu'il a pris de son petit-fils, M. de Rosange partage notre douleur, et nos amans sur-tout sont inconsolables. Cependant, s'ils ont perdu un bon père, le sort leur en a fait rencontrer un autre bien tendre aussi, et bien estimable. M. de Rosange est l'aïeul de Victor; il a connu l'amour, puisqu'il a chéri madame du Sézil et sa fille Adèle. M. de Rosange ne peut que s'attacher de plus en plus à Victor, à Clémence, dont il est maintenant le père, l'appui et le seul protecteur.

Voilà où nous en sommes, M. Fritz. Tout va bien maintenant; et, dès que la convalescence de notre ami commun nous le permettra, nous irons tous en Bohême, où nous vous retrouverons. Attendez-nous incessamment, et remerciez, comme nous, la divine providence, qui a rendu le plus vertueux des hommes à la vie, à la reconnaissance, à l'amour enfin, et sans doute à l'hymen.... Je suis, etc.

Valentin.

CONCLUSION.

Après avoir soumis à mon lecteur les lettres qu'il vient de lire, et qui lui ont appris, avec leurs détails, la mort du généreux Fritzierne, ainsi que l'espèce de résurrection de notre intéressant Victor, il ne me reste plus qu'à l'instruire de ce qui se passa, entre nos amis, depuis la convalescence du fils d'Adèle.

Victor se rétablit très-promptement; et, cédant aux consolations de tous ceux qui lui étaient chers, il oublia, autant qu'il lui fut possible, et sa maladie, et la mort funeste de Roger, qui l'avait causée. Clémence était libre maintenant de lui donner la main, et Clémence, seule héritière du nom et des grands biens d'un des plus riches seigneurs de l'Allemagne, se glorifiait de faire le bonheur de son amant. Elle en parla donc à Victor, qui en fut pénétré de reconnaissance, ainsi qu'à M. de Rosange, qui fut ravi de cet hymen. En conséquence, dès que Victor eut recouvré ses forces, Clémence, Victor, Rosange, Valentin, et Berthe, qui avait eu le temps de revenir de

Bodwits, où elle avait arrangé ses petites affaires, tous nos amis furent saluer le sensible duc d'Autriche, qui les accabla de présens, en leur promettant sa protection pour la vie; puis ils retournèrent en Bohême, où les attendaient Fritz et son père.

Quelles émotions diverses éprouvèrent Clémence et Victor, à la vue du manoir de Fritzierne, qui avait vu s'élever leur enfance sous les auspices du meilleur des pères, du plus généreux bienfaiteur! Victor et Clémence, se tenant par le bras, versèrent ensemble des larmes, excitées par les mêmes sentimens. Ils examinèrent l'extérieur de la forteresse, et se dirent réciproquement: Voilà tes croisées, Victor.—Voilà ton appartement, Clémence; ce fut là que je chantai une romance plaintive, la première fois que j'eus l'intention de te fuir.—Et cette petite porte, Victor, la reconnais-tu? ne fut-elle pas ouverte tour-à-tour pour deux amans malheureux?—Ô Clémence! qui nous aurait dit qu'après tant de maux, nous arriverions au même point d'où nous étions partis?—Victor, entrons, soutiens-moi; le cœur me bat: hélas! le maître de ce château, mon père, ton bienfaiteur, il y est encore, Victor, mais il ne peut plus recevoir nos embrassemens..... Ah! mon ami, j'ai abrégé les jours d'un père, ce remords sera toujours là toute ma vie.....

Victor s'efforça de consoler Clémence: le pont-levis s'abaissa devant eux, ils entrèrent; et Fritz, ainsi que son père, se précipitèrent dans leurs bras. Après avoir donné quelques jours au repos, on s'occupa des derniers devoirs à rendre aux restes précieux du baron; et cette cérémonie religieuse et triste se fit avec toute la pompe qu'exigeait le rang de M. de Fritzierne. Son corps fut déposé dans le parc, en face du bosquet où reposait celui de la pauvre madame Germain. Une superbe pyramide fut élevée sur le cercueil du baron: on y grava ces mots:

L'an 1699,
fut déposé le corps d'Alexandre Bolosqui,
baron de Fritzierne.
La tendresse paternelle et la bienfaisance
firent le charme de ses jours;
elles le conduisirent
au tombeau!
Passant, arrête-toi; pleure,
pleure
sur cette pierre, que placèrent
sur sa tombe
sa fille désolée et son gendre Victor,
l'Enfant de la forêt.

M. de Rosange, qui assista à ce convoi funèbre, versa des larmes, sur-tout, sur la tombe de madame Germain, son ancienne amie, la confidente de ses amours, et la victime des erreurs de sa fille.

Quand tous ces embarras furent terminés, mademoiselle de Fritzierne épousa solennellement son cher Victor, dans la chapelle de son château; et les deux époux, heureux enfin, et réunis pour la vie, ne songèrent plus qu'à partir, avec M. de Rosange, pour la France, où ils voulaient se fixer. Les malheurs de Victor, sa naissance, toutes ses aventures, avaient fait trop de bruit en Allemagne, pour qu'il pût s'y fixer. Le monde est méchant et jaloux: le bonheur actuel de Victor, ses grandes richesses, pouvaient exciter la médisance; on eût peut-être osé le nommer le fils de Roger, titre qui inspirait l'horreur et l'effroi: il valait mieux s'expatrier, et chercher ailleurs un sol qu'il n'eût point arrosé de ses larmes, des hommes pour qui il fût absolument nouveau! c'est ce qu'il fit.

Victor et son épouse vendirent donc toutes leurs propriétés d'Allemagne, ainsi que leur superbe château, en se réservant seulement la portion du parc où reposaient leur père et madame Germain: ce jardin devait rester dans leur famille, et passer à leurs enfans, sans qu'ils pussent s'en défaire, ainsi qu'ils avaient le projet de leur en prescrire la loi. Ce n'est pas que nos deux époux qui allaient habiter une autre contrée, voulussent venir de temps en temps visiter cet asyle des morts; mais ils le gardèrent par respect pour la mémoire d'un père infortuné.

Ils donnèrent à Fritz, une de leurs terres de Silésie; où ils le déterminèrent à vivre avec son père, qui faible et presqu'en démence, avait besoin de tous les soins de la piété filiale. Puis ils partirent, avec Rosange, Berthe et Valentin: après un voyage assez long, ils arrivèrent à Paris, le 20 janvier de l'année 1701, et descendirent à la place royale, dans l'hôtel même de M. de Rosange, que des subalternes fidèles avaient gardé pendant la longue absence de leur maître. Victor ensuite, qui prit le nom de Rosange, d'après le vœu et le testament que son aïeul avait déjà fait en sa faveur, Victor acheta un magnifique hôtel dans le fauxbourg S.-Germain, près de la rue de Condé, qu'avait autrefois habité madame du Sézil, et nos deux époux s'y retirèrent avec M. de Rosange, qui ne voulut point les abandonner. Ce fut même dans ce quartier-là, qu'ils retrouvèrent Henri, marié avec Constance, et qui, comme nos héros, était passé en France avec ses parens.

Victor et son épouse s'aimèrent toujours: Valentin les servit jusqu'à sa mort, avec Hyacinthe, cet enfant adopté par madame Germain, et que Valentin avait retiré, en Bohême, des mains de la fermière à qui il l'avait confié: Hyacinthe fut un bon serviteur, et heureux chez ses maîtres. La bonne Berthe eut la garde de la porte de l'hôtel, et fut accablée de bienfaits. M. de Rosange mourut très-âgé, et Victor et Clémence vécurent très-long-temps: ils eurent des enfans qui leur fermèrent les yeux, et qui, en héritant de leur nom, de leurs grands biens, profitèrent de l'exemple de leurs malheurs, de leur courage, de leur constance, et furent vertueux.

FIN.

VICTOR

NOTES

[1] Lolotte et Fanfan.

[2] Alexis, ou la Maisonnette dans les bois.

[3] Petit-Jacques et Georgette, ou les Petits Montagnards Auvergnats, trois ouvrages du même auteur, qui se trouvent chez le même libraire.

[4] Le lecteur ne doit pas oublier qu'il y a plus de cent ans que cette histoire est arrivée.

[5] Nom qu'on donne, en Allemagne, à une classe de prisonniers.

[6] Je prie le lecteur de se souvenir que c'est Roger, un chef de brigands, qui parle.

[7] Roger ici manque de mémoire, car ce fut avant le combat du souterrain qu'il poignarda Adèle, s'il faut en croire le récit de madame Germain.

[8] Par le roi de Prusse, en 1751.

Printed in Great Britain
by Amazon